周縁から生まれる

ボーダー文学論

越川芳明
KOSHIKAWA Yoshiaki

彩流社

目次

序——ボーダー文学とは何か

ボーダー文学とは、説明的に言えば、「境界領域の文学」です。たとえば、国家と国家の境界領域、すなわち、国境地帯の問題を扱った文学かというと、そうでもあり、そうでもないと言えます。

国境線《ボーダーライン》を挟んで、政治的経済的、軍事的に優位にある民族が劣位に置かれた民族を迫害したり、難民として追いやったりする事件は、ミャンマーのロヒンギャ問題、中東やアフリカからヨーロッパへの難民の流出など、歴史的に頻繁に起こっています。特定の国境地帯で難民が受ける被害は、文学作品の中で象徴的に扱われることで、人類の不条理として普遍性を帯びる可能性があります。たとえば、アルメニアと国境を接するトルコの小都市を舞台に、イスラム過激派と近代化(脱イスラム)をめざす左翼との対立を扱ったオルハン・パムクの『雪』には、少数派のクルド人の問題が出てきます。多国籍にまたがるダム開発のために故郷で難民化する村人を扱ったカルジネスの「アトランティスの伝説」(『石の葬式』所収)もあります。あるいは、東京首都圏と東北の間に厳然としてある優劣の境界線を幻視して、二〇一一年の福島原発事故以後を扱った古川日出男の『聖家族』

もあります。

あるいは、心理学でいう「ボーダー・ライン・パーソナリティ・ディスオーダー」、境界性パーソナリティ障害という症例がありますが、そうした症例を扱う文学かというと、そうでもあり、そうでもないと言えます。心理学や精神医学では、障害を認定する条件を厳密に設定して、その条件に適合するどうか、その道の専門家が判断・解釈します。病気かどうかをめぐって、専門家の判断が食い違うことがままありますが、共通するのは、病気を治すことを目的にすることです。症状に見合う処方をしなければなりません。それに対して、文学は人間が正気か狂気かを決めつけることをしません。文学は物語によって正気とは何か、狂気とは何かを問いかけます。それは文学の十八番とも言えるもので、逆説的な思考を促します。文学では「狂気」と思える人間によって、しばしば鋭い洞察がなされたりします。シェイクスピアの『リア王』の狂王リアや、メルヴィルの『白鯨』のエイハブ船長のように。あるいは、ドストエフスキーの『罪と罰』のラスコーリニコフのように。これらの古典は、すべて優れたボーダー文学と言えます。

とはいえ、「境界領域」は、それだけではありません。世界はとりあえず〈中心〉と〈周縁〉という、二元論的な思考で切り取ることができます。でも、世界には〈中心〉でも〈周縁〉でもない曖昧な中間領域が存在します。たとえば、政治的経済的に見て〈都会〉は〈中心〉であり〈田舎〉は〈周縁〉ですが、地方の大都市は〈中心〉でも〈周縁〉でもない、曖昧な中間地帯です。〈子供〉から〈大人〉への移行期、通常思春期と呼ばれる期間も、〈周縁〉でも〈中心〉でもない境界領域です。また、家族一つとってみても、結婚や出産によって成り立つ従来の伝統的な家族から、シェアハウスに共同で住む擬似的な家族まで、様々な「中間形態」が存在します。さらに、〈富者〉と〈貧者〉の区分にしても、そのどちらにも属さない「中間層」が存在します。それらは、皆「境界領域」です。

そうした曖昧な境界領域は、ちょうど里地里山がエコロジーの観点から見て生物多様性の宝庫であるように、多義性や多様性の宝庫です。ステレオタイプに染まらない発想をするボーダー文学の格好のトポスになります。

言い換えれば、ボーダー文学とは、「世界の捉え方」に他なりません。

世界の「周縁」に視点を据えて、「他者」のまなざしによって景色を見ることで、境界領域を発見することができます。そうした捉え方をして初めて世界の本質が見えてきます。

私たち自身は、幾つもの、「中心」と「周縁」という二元論の要素の集合体です。例えば、あなたが〈都会〉に住む、〈富者〉の〈男子〉の〈成人〉で、〈健常者〉だとしましょう。それに対して、〈地方〉に住む〈女性〉で〈貧者〉の〈障害者〉がいるとします。あなたはそうした後者の抱えている社会的な問題に気づきにくい。〈周縁〉の要素が多ければ多いほど、社会の「障壁」に向き合うことが多くなるからです。周縁に視点を据えるというのは、社会の「障壁」を可視化することに他なりません。

周縁の中でも最も周縁の立場、「他者」の中でも最も「他者」の立場、いわゆる社会の「見えない人間」の立場から世界を見てみることが、ボーダー文学的な思考法の第一歩です。世界を単純化し、政治的に正しい言説を述べようというのではありません。世界の多義性や逆説がひそむ境界領域を発見することが目的です。

そんなわけですから、ボーダー文学とは、同じような様式で一つに括られる文学ジャンルというより、むしろ、純文学や大衆文学、SF、ファンタジー、推理小説など、どのような文学ジャンルの中にも、ボーダー文学はひそんでいると言えます。多様性の宝庫である境界領域を見つけ出すのは、ぼくを含めた読者の楽しみなのです。

第一章　周縁から生まれる

高橋源一郎と「ポルノグラフィー」

村上春樹の語り手たち(たいていが一人称の「僕」だが)の口癖が「いやはや」や「やれやれ」といった、人生への諦観をほのめかす間投詞だとすると、高橋源一郎の語り手たちがよくもらす言葉は何だろう。

「エッチ」ではなく

一時、「知識人」を意味するドイツ語をもじって「インテリゲンちゃん」と呼ばれたことがあるにもかかわらず、それは意外とお下劣な「おまんこ」である。

たとえば、地下鉄の車掌が「ただいま迷惑行為がありましたのでしばらく停車します」などと、「痴漢」を「迷惑」とやんわり言い換えたり、たいていの日本人がセックスとか性交という言葉を使わずに、「アレ」とか「エッチ」とか、婉曲的に表現しようとする言語慣習に浸っている中で、語り手たちがときたま発する「おまんこ」という単語はキョーレツに響く

曖昧さを尊ぶ日本の精神風土に対して、このたった一個の名詞が「手投げ爆弾」のような役割を果たしている。共同体の価値観を疑おうともしない人にとっては、眉をしかめたくなるような、非常に挑戦的《オフェンシヴ》な言葉だ。高橋がこの「手投げ爆弾」を使わなかった唯一の例外は、『官能小説家』である。大衆メディアの「朝日新聞」に連載したときに、この爆弾を投げることを封じられたのであ

る。あとは、デビュー作『さようなら、ギャングたち』以来、誰に憚ることなくこの爆弾を投げつづけている。それは、なぜだろうか。

本の帯に「純文学、エロデビュー！」と銘打たれた『あ・だ・る・と』を見てみよう。冒頭の章「人妻図鑑」は、こう始まる。

昼の一時にはじまった面接は人妻五人終わったところで、夕方六時になっていた。五人目の人妻が「それではよろしく」と部屋を出ていくと、殺風景な大日本ビデオの会議室の真ん中の机に向かって、モリタが勢いよく突っ伏した。

「耐えられないッス。おれ、人間不信になっちゃいそうですよお。ピンさん、よくこの仕事やってますねえ」

「ピン」と呼ばれた男は、ニヤリと笑って「すぐ慣れるよ」といった。

この業界にも絶えず新しい人間が入ってくる。そういう連中は、少なくとも人なみ以上にセックスに興味があるはずなのだが、それでも、最初のうちは目まいがするようなショックを受け、回りの人間がすべて異常性欲者に見えてくる。だが、それは束の間のことで、三週間もたてば、新宿「高野」のフルーツパーラーの中だろうが、喫茶「上高地」の中だろうがハチ公前の「マイアミ」の中だろうが、平気で「おまんこ」だの「ちんぽこ」だの「やっぱり中出しじゃなきゃ」だの「アナルも浣腸もオーケーですよね」と大声を出して、他の客たちから大いに顰蹙《ひんしゅく》をかうようになるのだった。

ここでも、確かに「異常性欲者」だの「おまんこ」だの「ちんぽこ」だの「アナル」だの「浣腸」だの、ジャンル小説としての「ポルノ小説」には絶対に欠かせない必須単語が出てくる。あるいは、「中出し」のような、風俗業界の専門用語の使用もある。

そもそも、風俗業界にかぎらず、業界と性的用語の交わりは、この「ポルノ小説」に始まったことではない。むしろ、日本の芸能人たちをセックスと結びつけるのは、高橋の得意わざといってもいい。トルコ嬢の『石野真子』(『虹の彼方に』)から始まり、マスターベーション一家として紹介される菊地桃子の――父・宇津井健、母・小山明子、兄・渡瀬恒彦、兄・加藤剛、兄・風間杜夫、その他大勢の――家族たち(『ペンギン村に陽は落ちて』)を経て、石神井公園の探偵事務所のボスとして名前が登場する、巨乳タレントの吉川ひなの、小池栄子(『ゴヂラ』)にいたるまで、枚挙に暇がない。

なぜ美空ひばりや石原裕次郎が登場しないのか

芸能人たちはTVや雑誌などのマスメディアの中で自己の虚像を作り、それを切り売りするのが商売だ。中でも、その商売をうまくやっているのが、いわゆるアイドルである。しかし、日本のアイドルは永遠不変の存在ではない。大衆に飽きられたら、アイドルの座から引きずり降ろされる。

かつて高橋源一郎の小説は、富岡多恵子から「内輪」の文学だと批判されたことがあった。確かに、高橋の小説には常に、そのときどきのポップアイドルたちの名前――TV芸能人やグラビア・アイドルや人気作家や、そのときどきの流行の先端をゆく図像《アイコン》たち――池袋のサンシャイン、渋谷の109ビル、ドラゴンクエスト、スターバックス、吉野家などが数多く出てくる。だから、高橋の小説がそうした表層的な流行ばかりに囚われて、まるでハイパー消費主義に染まった日本の社会状況を安易に肯定しているかのように見えなくもない。

だが、あとになって分かるのは、高橋源一郎が小説の中で書いてきたポップなアイドルやアイコンたちは、まったく限定的なものであり、永続的なパワーのないものばかりだったことだ。逆にいえば、流行に敏感すぎると批判された高橋源一郎の作品の中には、たとえば美空ひばりや石原裕次郎といった、多くの根強いファンを有する昭和のビッグスターがちっとも登場しないのだ。

昭和時代のメディアの寵児であり、本物の〈偶像〉であった美空ひばりや石原裕次郎の名前が欠落している。それは、なぜなのか？

高橋の小説に出てくる芸能人やタレントたちは、一言でいえば、交換可能の「消耗品」でしかない。高橋が「消耗品」としてのアイドルたちを数多く登用しながら、一方、美空ひばりや石原裕次郎のような、強力なスターを登用しなかったのには、隠れた理由があるのだ。

それは、美空ひばりや石原裕次郎に代わる、交換のきかないアイドルを登場させるためだったのだ。高橋の小説で、美空ひばりや石原裕次郎らの不在を埋めるのは、昭和や平成の詩人たち――田村隆一、谷川俊太郎、金子光晴、藤井貞和などであり、明治の文学者たち——森鷗外、夏目漱石、樋口一葉などである。

「アイドル」ではなく

これらの詩人や文学者たちは、高橋の小説で特権的な位置を与えられている。ことばが初めて発せられる始原の瞬間や、ことばによって何かが命名される瞬間を作り出す者こそが、高橋源一郎にとって詩人や文学者と呼ばれるにふさわしい。高橋の小説の中に、たとえ詩人とか文学者とかいった肩書きがつけられていなくとも、ことばとモノの結びつきを通常とは違うユニークな関係で捉えている者たちを見つけ出すのは難しくない。たとえば、『優雅で感傷的な日本野球』の一節を見てみよう。

わたしは猫に何十という名前をつけてきた。猫を飼えない時には、代わりに電気器具に名前をつけた。トースターが『フランク』、冷蔵庫が『サム』、読書灯が『ヴィッキー』、ドライヤーが『ヴィンス』、テレビが『ルーク』。そういえば、あの頃の電気製品にはどこか動物じみたところがあったような気がする。

ただ、こうした瞬間を表現したことばたちは、共同体の言語慣習とはかけ離れている。だから、すんなり理解されるとはかぎらない。理解されないどころか、精神に異常をきたしているのではないか、と誤解されかねない。しかしながら、こうした言語の独特な使用例はめずらしくはない。英語圏でいえば、バウンドやエリオットなどのモダニズム詩がそうだし、いっぽう日本でいえば、明治の小説がそうだ。

かつて、高橋源一郎は柄谷行人との対談(『群像』臨時増刊号)の中で、日本の近代小説の創始者、夏目漱石の小説に触れて、共同体の常套句《クリシェ》を使わない漱石の文章をあえて「不透明な文」と呼んだことがある。(1)「不透明な文」とは、世人に理解されにくい厄介な仕事をあえて背負い込む詩人や文学者をくさしているのではなくて、むしろ、ドン・キホーテのようなかれらの愚直さに対する、高橋なりの屈折した賛辞である。

高橋自身の小説においても、高橋が巧みに自らの姿を投影させるこうした詩人や文学者は特権的な存在ではある。ただ、ポップアイドルのように大衆によってロマンティックに崇められるだけの存在ではない。言ってみれば、かれらは畏怖されると同時に笑いものにされる、両義的な存在として登場するのである。

たとえば、表札だけの存在でしかない「谷川俊太郎」(『虹の彼方に』)もあれば、女子高生の援助交際の犠牲者としての「谷川俊太郎」(『ゴヂラ』)もあるし、横浜は日の出町の「トルコ」(この言葉も、賞味期限が切れた!)の女性に励まされるインポの男としての「田村隆一」(『虹の彼方に』)もあれば、夜更けに外に立って酔っ払いたちにタバコをせびる「老いぼれ」としての「金子光晴」もあり(『虹の彼方に』)、女の子を前に勃起しないペニスを見ながら涙する「金子光晴」もある(『ジョン・レノン対火星人』)。また、本の扉に謝辞まで捧げられた夏目漱石は、「何年たっても女房とセックスできる顔だ。要するに、変わり者の顔だ」とくさされる(『官能小説家』)。

かくして、モノの命名者としての詩人に対する高橋源一郎のこうした両義的なスタンスは、『ゴヂラ』の主人公の「藤井貞和」で頂点に達する。この小説に登場する「藤井貞和」は、『天才バカボン』のれれれのおじさんに擬して造型されているほどだ。

いうまでもなく、同姓同名の「藤井貞和」は優れた現役詩人であり、国立大学の教授だが、この小説の「藤井貞和」は、ぐうたらな女房にはどやされ、通勤列車では痴漢騒ぎに巻き込まれたりするうだつのあがらないサラリーマンだ。箒を持って一日中石神井池のまわりや、駅前周辺を懸命に掃除するが、枯葉やごみが絶えることはない。箒一本もっての「藤井貞和」のワルあがきは、効率性や生産性を優先させる資本主義の社会で、目先の利益にとぼしい言葉を書き連ねる詩人たちの徒労と蛮勇を表している。

高橋源一郎は一見漫画チックに貶めているようでありながら、本の扉に「この作品を世界の全ての苦悩する詩人たち(藤井貞和等)に捧げる」とあるように、この作品はポピュラーとはいえない詩人たちへのオマージュなのだ。

このように崇めたり貶めたりする対象は、厳密に言えば、「偶像《アイドル》」ではなく「呪物神《フェティシュ》」と呼ばれるようだ。そもそも、「偶像」とは、大衆から一方的に崇められる宗教的な絶対者であり、たとえばメキシコのグアダルーペの聖母やポーランドのチェンストホーヴァの「黒いマドンナ」のように、熱狂的な信者たちによって支えられている存在だ。

しかし、他方でいまここでいう「フェティシュ」は、「仮象」や「倒錯」といった通常に使われているような意味でもない。二十世紀にマルクスやフロイトの唱えた「フェティシズム」は、本物・偽物という二元論的な世界観に基づいており、「フェティシュ」にはネガティヴな意味しか与えられていない。マルクスやフロイトの理論によるかぎり、人間は「フェティシュ」としての貨幣やモノに囚われた〈奴隷〉でしかないからだ。

石塚正英によれば、二十世紀的な意味でのネガティヴな「フェティシュ」に対して、本来的な意味での「フェティシュ」があるという。そもそも、「フェティシュ」なる用語を使い始めたのは、十八世紀にアフリカの「未開社会」の習俗を研究したフランスの民俗学者ド゠ブロスであり、その研究によれば、たとえば大きな石や木などの崇拝対象としての「フェティシュ」に対して、人間はダイナミックな関係を有していたようだ。体系的な宗教が成立する以前の「未開」の信仰において、「フェティシュ」はモノであり、かつ神であった。つまり、その背後に「神霊」を宿す宗教の「偶像」と違い、それ自体が「神」であり、それを崇めたり貶めたりするというのだ。(2) 植物の枯れ死が次なる植物の生命の滋養となるように、衰退した「フェティシュ」を殺すことは、次なる「フェティシュ」に活力をもたらす。それが「フェティシズム」の逆説だ。

石塚は、『フェティシズムの思想圏』の中で、布村一夫の次のような説を紹介している。

未開人にとってはフェティシュは便利なものである。それをおがむ。だが、満足をあたえないフェティシュを打つ。満足をあたえれば和解する。つまり未開人は、フェティシュを崇拝するかぎりでフェティシュの奴隷であるが、それを打ち、なげすてるかぎりでフェティシュの主人なのである。

高橋源一郎にとって「文学」とは、人間がそれに対して〈奴隷〉あるいは〈従者〉の関係しか築けない二十世紀的な意味での「フェティシュ」ではない。むしろ、人間にとって「神」のような特権的な存在でありながら、力が発揮できなくなったら、人間によって唾棄されもする「フェティシュ」のようなものではないだろうか。

なぜポルノグラフィーなのか

さきほど取りあげた「藤井貞和」をはじめとする詩人たちへの高橋の両義的なスタンスは、「未開人」の「フェティシュ」に対するスタンスと類似している。高橋源一郎は同時代のどの作家よりもモダニズムやポストモダンの文学について論じながら、その限界を知っている。現代小説や現代詩の形式に人一倍敏感であり、その狭い世界(文壇)の中だけで流通している形式には、人一倍懐疑的なまなざしを向ける。だから、「文学」へのスタンスとしては、「内輪の人《インサイダー》」というよりも、むしろ「周縁の人《アウトサイダー》」である。

そういう意味で、加藤典洋が高橋源一郎の『日本文学盛衰史』を評しながら、衰退した文学形式としての現代小説を「ゾンビ」と呼び、それに対する高橋の姿勢を次のように表現しているところがとても興味深い。

> でも、高橋はその打ち捨てられた「文学」を拾い、もう一度、継ぎをあて、さあしっかりやるんだ、とお尻をたたいて、舞台に押し出す。ここで文学は「突っ立っている」死体、でも、そのようなものとして夢を託された「歩く」ゾンビです。（『一冊の本』）

人の比喩にケチをつけるつもりはないが、「ゾンビ」では、まずいのではないか。小説であれ、詩であれ、衰退しかけた文学形式を「死体」のまま生かしておく必要が果たしてあるのか。文学ですら、それを蘇生させるためには、いちど徹底的に殺す必要があるのではないか。再生とは、本来そういうものではないのか。果たして、高橋は意志のない「死体」としてのゾンビを操作し、それによって世界を動かせると考えるような作家なのだろうか。

そもそもデビューしたときから、高橋は「文学」の部外者として、「文学」の社会的な影響力のなさを痛感していた。だから、流通している慣用法とは決別し、それに従わない小説の書き方で書き始めたのではないか。漱石の文学について語られた「不透明な文」というのは、むしろ高橋の文学にこそ当てはまる。いまなお、世界は慣用表現によって捉えることができず、「なにもかもすべてに「ヴェール」がかかっていた」と表現されるからだ(『君が代は千代に八千代に』)。だからこそ、高橋の小説において、何かが最初に命名される瞬間が輝いて見えるのであり、そうした瞬間がいっそう輝きを増すのが「死」と直接結びつくセックスシーンにおいてなのだ。もっとも典型的なシーンを挙げておこう。デビュー作の『さようなら、ギャングたち』で、語り手があるオフィスで若い男女のセックスを目撃したシーンである。

受け付けの女の子は受け付けの机《デスク》に両手をおき、うしろから男が女の子の大きなお尻をかかえこんでいた。

ユニフォームの前ボタンを外し、ズボンとパンティをおろした女の子はうきうきしてたのしそうだ。

男はジーパンとTシャツをつけたまま、ジッパーだけを開けて、やっぱりうきうきとたのしそうにしていた。

二人は一生懸命性交していた。

「ちりちりカールの陰毛ちゃん」と男は手の指で櫛のように陰毛を梳きながら言った。

「うふふ」と女の子。

「へのこ喰いちゃん」

「かちかちにしこったクリトリスちゃん」

と男の子。

「女たらし、痴漢」と女の子。

「くわえたがりゃちゃん」

「おそそ盗人《ぬすっと》？」

「やりたがりやちゃん」

「玉門あらし！　変態！」

「コイトゥスぐるいちゃん」

「すけこまし！　のぞき！」

「おかあちゃん」

「やくざ！　ギャング！　あなたのマシンガン！」

わたしにきづいた女の子は、出口の方を指さし「出られますよ」と言って、わたしにウインクした。


語り手〈わたし〉がこのユニークなセックスシーンを目撃したとされるのが、幼児用の墓地のオフィスであったことに注目したい。墓地でセックスだって？　といぶかしがる発想は、近代宗教にもとづく狭隘な倫理観の産物だ。むしろ、高橋のポルノグラフィックなシーンには、「死」こそが

「生」を生み出すという、おおらかな「フェティシズム」本来の再生の逆説が見られる。

おおらかな「フェティシズム」を思わせるポルノグラフイックなシーンは、ジャンル小説(ポルノ小説)としての『あ・だ・る・と』だけでなく、スカトロ(『君が代は千代に八千代に』)、近親相姦(『ジヨン・レノン対火星人』)、アダルトヴィデオ(『日本文学盛衰史』『官能小説家』)といったように、いわゆる「純文学」と見なされるものにまで侵食している。

さて、高橋源一郎にとって作品を書くということは、つねに「文学」や「共同体」への〈遺言状〉という意味を持っている。しばしば語り手によってささやかれる「おまんこ」以上に過激な「手投げ爆弾」は、「さよなら(グッドバイ)」だからだ。

「手投げ爆弾」としての「おまんこ」や「さよなら(グッドバイ)」、それは単なる共同体の慣習(道徳)への挑発でもあるだけでなく、流通している文学形式(因習)への挑発でもあった。村上春樹が諦観の言葉を連発しながら、その実、芸能アイドルのように「国民作家」としての王道を行くのに対して、高橋源一郎は「おまんこ」や「さよなら」を連呼しながらポルノグラフィーによって自ら「国民作家」への道を閉ざしてきた。

「文学」でさえ、ほっておけばすぐに衰退する。マンネリ化する。そしたら、保護などしないで、殺せばよい。その殺しの儀式が高橋の場合は、ポルノグラフィーなのだ。そして、その殺しの儀式を通じて「文学」を蘇生させるのだ。とはいえ、ポルノグラフィーだって万能ではない。いみじくも『優雅で感傷的な日本野球』の中で、精神病院から出てきた「伯父」さんが小学五年生の「ぼく」に向かって語るように、「ポルノは子供にとっても大人にとっても死ぬほど退屈なもの」でもあるからだ。

（２０１３・10）

註

（1）高橋は言う。「しかし、明治に生きた漱石は、いきなり小説に飛び移るのではなく、不透明な文からはじめるしかなかった。不透明な文というのはスタロバンスキーがいったようにルソー以前の散文です。小説はそこから生まれた。漱石は起源に遡行してからはじめたともいえるのです」（『群像』臨時増刊号『柄谷行人&高橋源一郎』）

（2）石塚正英によれば、偶像崇拝（アイドラトリ）と区別される「フェティシズム」の特徴は次のとおりである。（1）フェティッシュは「宗教」以前のもので、「宗教」の出発点である偶像崇拝が存在するよりも古い。（2）フェティシズムと宗教の一形態である偶像崇拝との相違は、フェティシズムではフェティシュそれ自体が神であるのに対し、宗教の偶像崇拝においては偶像の背後か天上にいっそう高級な神霊が存在する。（3）フェティシズムにおいてフェティシュは、信徒の要求に応じられなければ虐待されるか打ち棄てられるかするが、偶像崇拝において神霊は信徒に対し絶対者である。（『世界知とフェティシズム』参照）

出典

石塚正英『フェティシズムの思想圏』（世界書院、一九九一年）、『世界知とフェティシズム』（理想社、二〇〇〇年）

加藤典洋「現代小説論講義15」（『一冊の本』二〇〇二年九月号、朝日新聞社）

柄谷行人・高橋源一郎『柄谷行人&高橋源一郎』（『群像』一九九二年五月臨時増刊号、講談社）

高橋源一郎『さようなら、ギャングたち』（講談社、一九八二年）、『虹の彼方に』（中央公論社、一九八四年）、『ジョン・レノン対火星人』（角川書店、一九八五年）、『優雅で感傷的な日本野球』（河出書房新社、一九八八年）、『ペンギン村に陽は落ちて』（集英社、一九八九年）、『あ・だ・る・と』（主婦と生活社、一九九九年）、『日本文学盛衰史』（講談社、二〇〇一年）、『ゴヂラ』（新潮社、二〇〇一年）、『官能小説家』（朝日新聞社、二〇〇二年）、『君が代は千代に八千代に』（文藝春秋、二〇〇二年）

「官能小説」の枠をはずれた「官能小説」（高橋源一郎『官能小説家』）

「H……市に住むT……と申します。貴紙連載中の『官能小説家』という低俗小説について、編集部の方はどのように考えておられるのでしょうか。私には中学生と小学生の娘が二人おります。その娘たちの目に触れていることを考えるとゾッとします。ポルノ小説を読むために貴紙を購読しているわけではありません。即刻、連載を中止してください」

これは、小説の中ほど、「ただいま連載中」という章で、引用される読者からの「ファンレター」である。（もともと、この小説は、朝日新聞の夕刊に連載された）。ぼくは、最初、この抗議文書も小説家・高橋源一郎が想像で書いたフィクションだと思っていた。それが、つい最近、ぼくの妻の友達（主婦）が上記のような投書とほぼ同じような気持ちで、高橋の連載中に朝日新聞を子ども（中学生）の目に触れないように努めていたと聞かされ、フィクションじゃなかったのか、と思い直したのである。と同時に、ゲンちゃん、やったね、と心の中で喝采をさけんでいた。

明治や大正のころなら、テレビのバラエティ番組もなかったから、有名人のスキャンダルや、普通人の痴情にかられた犯罪や、「人の道」にはずれた行動・心理を題材にした新聞小説が、人びとののぞき趣味を満足させた。新聞小説の人気が、直接、販売部数に結びついた。だけど、スマホやパソコンがあれば、その場でのぞき見でも何でもできてしまう、このインターネット万能のご時世に、新聞小説なんぞ、いったいだれが読むの？　読むわけないでしょ、というのが大方の意見だろう。そんな圧倒的に不利な状況で、抗議・反発・罵倒というネガティヴなかたちであれ、新聞小説に人びとの目を向けさせたのは、小説家・高橋源一郎の功績ではないか。

あなたは、社会人としては確かに「不良」かもしれないが、小説家としては一流であることを証明したのだ。人びとがあなたの小説に「危険な臭い」を感じ取ったということは、まだ小説は死んじゃいないということの証拠なのだ。

ひょっとしたら、ふだん小説なんてまったく読まない新聞読者（それは、知識人と呼ばれる人も含めてだよ）にとって、高橋源一郎の小説の中身が問題ではなくて、「官能」という一語がいけなかっただけかもしれない。「官能」などという特殊な日本語は、東スポや日刊ゲンダイでは頻出度の高い「乳首」とか「アソコ」と「濡れる」とかいった用語と同様、朝日新聞にはあまり出てこないからである。

でも、それって偽善ではないのか。臭いものには蓋をしておこうという「事なかれ主義」ではないのか。果たして、朝日新聞には、高橋源一郎はウソつきだ、「官能小説（家）」と銘打っておきながら、どうして宇能鴻一郎とちがって濡れ場やセックスシーンが少ないんだ、といったお叱りや苦情がこなかったのだろうか。

ちなみに、『日刊ゲンダイ』（七月二日号）の〈官能小説家〉宇能鴻一郎の『春の貝』の一部は、こうだ。登場するのは、渡辺淳一の『失楽園』のようにありきたりの〈官能〉カップルではない。宇能鴻一郎、さすがこの道の巨匠だけあって、ひと捻りして、旅館の若おかみが仲居の新人アルバイトの女子高生を風呂場で手なづけるというレズビアンの設定である。

スベスベの肌が快感。やわらかいお乳が背中にふれる。乳首の感触。

「ソープランドではこんな洗い方をするみたいよ。すると、男性はムラムラとなるんだって。どう、ここ感じてる?」

あっ、指が陰毛をかきわけてアソコにグニュグニョと。あたし、ジュンと。

「ほらヌラヌラになってる」

ああ中に指を。「シボシボが高いね」キモチいい。でも、これ、いけない。

いうまでもないが、宇能鴻一郎の文章には、やたらとカタカナが多い。擬態語や擬声語だけでなく、主人公の女子高生の「気持ち」まで、外来語のようにカタカナになっている。レズビアンの行為は、世間でいけないとされているシチュエーションであり、主人公にとっても未知の領域なので、これまでに経験したことのない感じをカタカナで表記するのは、理屈がとおっている。この場面、「気持ち」でもダメだし、「きもち」でもダメなのだ。

それに対して、高橋源一郎の小説『官能小説家』の濡れ場は、どうだろう。四十八歳の小説家の「わたし」が伝言ダイヤルで知り合った女子高校生と「援助交際」する場面がある(現代によみがえった鷗外が書いた『ヰタ・セクスアリス』からの引用という体裁である）。「わたし」は、小待合（ラブホテル）にはいるなり、女子高生に先に「お小遣い」をせびられる。「やり逃げする人がいるから」という理由で。

あっ、接吻《せっぷん》はなしよ。それから、尺八も。あたし、オエッとなっちゃうんだ。それから、悪いんだけど、舐《な》めるのもなしに。なんか、くすぐったくて笑っちゃうんだよね、あたし的には。わたしはサリナのバスタオルを脱がした。薄暗い部屋の中で、少女の軀《からだ》が鈍く輝いていた。わたしが顔を近づけると、サリナは顔をそむけた。わたしは手を少女のまだ小さな乳房に載せた。堅く張り詰めた、まるで硬貨ビニールのような皮膚がわたしの掌の下にあった。突然、サリナがいった。

ねえ、おじさん、動物占いでいうとなに？　あたしは黒豹《くろひょう》。

この場面、明治を現代におきかえての（あるいは、現代を明治におきかえての）設定だから、あえて「キス」じゃなくて「接吻」という言葉がつかわれているのは無視しておこう。この高橋作品の、宇野作品との決定的なちがいは、濡れ場で、女子高生が男性のいいなりにならないところだ。宇野作品では、主人公の女子高生が、男性（旅館の若おかみも男性の変種である）の欲望にまるでロボットのように忠実にしたがうのにのに対して、高橋作品では、所詮女性はこういうものだろうといった男性側の思い込みは、女子高生によって跡形もなくぺしゃんこにされてしまう。宇野作品において、女性は男性の妄想をかなえてくれる脇役というか、もっと厳密にいえば「道具」でしかないのに対して、高橋作品では、少女ですら、ひとつの人格として強烈な自己主張をおこなう。それによって、女性というものは母性本能があって男性をいたわってくれるものだといった、女性に関するステレオタイプな「性幻想」、いいかえれば、男性の内なるマザーコンプレックスは、見事なまでにこなごなに粉砕される。これを「滑稽」といわずしてなんといおう。

もちろん、「滑稽」と感じるのは、第三者である読者の感性である。こういう場面に遭遇した当事者の男性は、ただただシラけるだけだろう。

では、なぜ高橋源一郎は、そうした男性がシラける〈官能小説〉を書くのだろうか？　それは、高橋が自虐的な性格だからだろうか。それとも、これまで大勢の女性によって痛い目に遭わされてきたからだろうか。ぼくは心理学者ではないから、そういう著者の無意識の領域はわからないし、興味もない。

ぼくにわかるのは、高橋源一郎が、〈官能小説〉というすでにある枠組みを利用しながら、人びとが〈官能小説〉という言葉から連想するものからかぎりなく遠ざった作品（俗っぽくいえば、「オカズ」にならない〈官能小説〉）を書いてしまったということだ。と同時に、高橋は、女性はこういうものだという、男性のこしらえた枠組みからもかぎりなく遠ざかった作品を書いてしまったのだ。

これほどまでに近くにいても、結局、距離が無になることはないのである。だが、それこそが希望の証だった。人は自分自身を愛することはできないが、他人を愛することはできる。それは、そこに埋めることができない距離が存在しているからなのだ。

女性はこういうものだ、という男性がつくる枠組みに男性だけでなく、女性自身も縛られている。しかし、生きた人間は、枠組みどおりではない。自分の向こうに、もうひとつの人格というべき他人が存在し、他人とのあいだに「埋めることができない距離」が存在し、高橋源一郎によれば、その距離ゆえに、「愛」が生まれる。

そんなわけだから、世間の良識を標榜する女性たちが、高橋源一郎の〈官能小説〉を非難するというのは、まったく皮肉なことである。年長の男性を相手に十代の少女が堂々と自己主張をするという一点をもってしても、これはすぐれた〈教養小説〉ではないのか。非難する女性たちこそが、みずからの狭い道徳観に縛られて、男性の「道具」としての女性という、従来の〈官能小説〉の見方しかできなくなっている、ということを知るべきではないのか。

（2002・6）

「悪」って何だ？　追求される言葉の多義性　（高橋源一郎『「悪」と戦う』）

「悪」と戦うのは、昔から「正義」に決まっている。西部劇だって、チャンバラ映画だって、お子様向けのアニメだって、「正義」が「悪」をやっつけるのだ。戦争好きだったブッシュJr.大統領だって、「アメリカにつくのか、それともテロリストにつくのか、いずれか決めよ」といって、自分は「正義」の顔をしていた。

でも、「悪」って何だろう？　ひょっとしたら、「正義」の人ために、「悪」が作られるのではないのか。

「大人のための童話」ともいうべきこの作品の、タイトルが素晴らしい。高橋源一郎のセンスが出ている。「と」という語に、日本語独特の曖昧さが込められている。この「と」を英語に訳すとしたら、against the 'Evil'（「悪」と対決して）なのか、それともwith the 'Evil'（「悪」と一緒に）なのか？　日本語の「と」は、まったく反対の意味を一度にしめすことができるのだ。

それから、括弧つきの「悪」である。語り手「わたし」の上の息子、三歳児のランちゃんは、弟のキイちゃんや公園で一緒に遊ぶミアちゃんと一緒に、ある一線を越えて通常は行けそうにない領域に侵入し、そこで悪を括弧でくくらねばならなくなるような体験をする。夢か現か分からないある境界領域でランちゃんは中学生だったり高校生だったりするが、あるとき「殺し屋」をしているかれは、シロクマをはじめとして、いろいろな動物から、かれらを虐待してきた人類に対して「罰」を与えてほしいと依頼される。しかし、罪に見合うだけの罰を与えることはためらわれる。

「ねえ、もしかしたら、「悪」の方が正しいじゃないかって、ちょっとだけぼくには思えたよ、マホさん。だったら、ぼくは、正しい「悪」をやっつけちゃったのかもしれない。じゃあ、ぼくの方が、ほんものの「悪」じゃん！　違うのかなあ、マホさん」

ランちゃんはそこで、世界の奥行きを知る体験をして、本来いるべきところに帰還を果たす。世界の奥行きとは、語り手の「わたし」によれば、「この世の中には、わからないことがたくさんある——わたしにわかっているのは、それだけでした」ということだ。

政治の世界は、言葉で決めつける。それをプロパガンダという。文学の世界は言葉の多義性を追求する。それは、一見非政治的な行為に思えるかもしれないが、実は「いずれかに決めよ」というプロパガンダの声に対峙する、きわめて「革命的な」行為なのだ。

（２０１０・８）

都会のゲリラ（高橋源一郎『ミヤザワケンジ・グレーテストヒッツ』）

メキシコ南部のジャングルに立てこもるマヤ族系先住民たちのゲリラ、サパティスタ民族解放軍のスポークスマン、マルコス副官の書いた民話集がある。老アントニオというキャラクターが、コロンブスの新大陸への到来いらいさまざまな侵略と征服をうけながらも、チアパスの先住民たちがしぶとく保持してきた、その土地固有の文化と思想を披露する物語であり、政府公認の「歴史」に代わるパーソナルで、オールタナティヴな「物語」だ。

たとえば、「刀と木と石と水」という話がある。刀と大木が、どちらが強いか言い争いをし、刀は大木をずたずたに切り刻む。つぎに刀は大石と、どちらが強いか言い争い、大石を粉々にする。

だが、刃がぼろぼろになってしまう。つぎに刀はちっとも闘おうとしない水をやっつけようと、ぼろぼろの刃で水を切り刻み、その中に飛び込む。水はずたずたにされるが、やがてもと通りになる。いっぽう、刀はぼろぼろの刃のまま水底で錆びてしまう。水とは、メキシコの全土に供給されるチアパスの森の豊かな資源である。と同時に、水は貧苦に喘ぐ先住民たちの忍耐強く、したたかな性格と重なり合う。

高橋源一郎の最新作、二十四篇の短編からなる連作集『ミヤザワケンジ・グレーテストヒッツ』を読みながら、マルコス副官の民話を思い出すのは、マルコス副官のそれに似て、競争原理にもとづく資本主義社会の周縁に追いやられた「他者」の物語が多いからだ。

小学校でのいじめ、ニートやひきこもりの問題、中高年のリストラ、生きる意味を失った若者の集団自殺、売春クラブや芸能界で若さを切り売りする女子高生の実態、痴呆症の老人や老人介護の問題、インターネットの出会い系サイトでの詐欺などに関して、偉そうな政治家や評論家や教師の側から語られることは多くある。が、「負け組」にまわされた当事者たちのことばで語られたものは驚くほど少ない。なぜなら、「負け組」は「声」をもたないからだ。そういう意味で、けっして「声に出して読みたい日本語」にはなりえない、かれら「負け組」の言葉で語られているものが多いこの小説の意義は少なくない。

ちなみに、冒頭に置かれた「オッベルと象」を見てみよう。主人公のひきこもりの男が都会のマンションで子象をペットとして飼うという話だ。まず、「他者」の対極に位置する、社会の中心的存在として、ひとりの警官が登場するシーンから始まっていることに注目しよう。

たしかに、たいていの都会のマンションでは、動物を飼ってはいけないという契約条件が付いている。でも、大家に内緒で、こっそり犬とか猫とか蛇とか鰐とか飼っているのである。ただ、この物語の主人公は、飼うなら象だとひらめく。過激な発想をする都会のゲリラである。「犬とか猫がよくて、どうして象はだめなのか？」というわけだ。ただし、そのひらめきをもたらすのが、テレビの映像だったことに注意を向けたい。

ＩＴ産業に先導されるこの情報化時代において、インターネットや携帯電話によって翻弄されるならいざしらず、テレビによって覚醒を得るとは、この男、実にナイーブというか素朴というしかない。

とはいえ、この寓話には、自分とは異なる外貌をもつ動物への恐怖や敵対心をテーマにした「氷河鼠の毛皮」や、老人が小学校時代にいじめた同級生を回想する「プリオシンの海岸」や、就職難の時代にただひとり会社に採用された中高年の男性の悲哀を描いた「猫の事務所」などと同様、日本社会特有の「他者」排除に対するグロテスクなアイロニーが感じられる。というのも、部屋じゅうにいっぱい猫を飼って異様な臭いをさせている金持ちの女は愛猫を警察に没収されないが、仕事もしていないこの男は明確な被害届がないのに、象を没収されてしまうから。

過激な発想をするほんとうの都会のゲリラとして、「やまなし――クラムボン殺人事件」という物語には、ゴミをゼッタイに捨てない老婆がでてくる。ゴミを溜め込んでいた祖母に対して、ニートの青年はこういう。「ばあちゃんってエコロジカルでリサイクル社会の先駆けでしかもスローフードだった(食うのが遅かっただけだけど)。それにばあちゃんの思想の中にはゴミという概念がなかった。あらゆるものはいかなる状態になっても有益なのである。なんつーかこの考えってスゴクない?」

さてこの連作集は、雑誌連載時には「ミヤザワケンジ全集」というタイトルがついていた。単行本では現タイトルに変更になっている。先行する文学作品をふまえた、いわゆる本歌取り《パスティーシュ》を連想させる「全集」よりも、むしろポピュラーソングのコンピレーションを連想させる「グレーテストヒッツ」のほうが、確かに宮沢賢治の物語のタイトルだけを借用している短編が多い本書にずっとふさわしいと思える。

それでも、なぜ「ミヤザワケンジ」なのかという疑問は残る。西成彦はその卓抜な宮沢賢治論の中で、宮沢作品をポストコロニアルの「漂泊者の芸能」として位置づけながら、次のようにいっている。

「その担い手たちは文字文芸に媚びない無節操さによって、路上の文化吸収にきわめて熱心なフィールドワーカーであった。かれらは文化を与え、同時に盗むものなのである」(『森のゲリラ』)。

本書でも、女子高校生の生態を扱った「なめとこ山の熊」や「ポラーノの広場」、老人のボケを扱った「ビヂテリアン大祭」や「祭りの晩」や「春と修羅」などに、作者の「フィールドワーカー」としての本領がいかんなく発揮されている。軽いノリで読みやすい。やっぱりミヤザワケンジというより、タカハシゲンイチロウだ。でも、バッドテースト仕立てでブラックユーモアをきかせた連作集であり、同じゲリラの物語でも、そこがマルコス副官の「政治的に正しい」寓話との決定的な違いだといえる。

（２００５・６）

人間は動物より、どれだけ偉いのか？ （高橋源一郎『動物記』）

「動物記」というと、動物学者シートンの名前を思い出す。とりわけ、ニューメキシコの草原地帯で「森の魔王」と呼ばれ、牧場主たちに畏れられたオオカミ「ロボ」の物語は忘れがたい。まるで動物に内面があるかのように語る、シートンの文章のせいだろうか。

動物に内面、つまり言葉があるのかって？　そういう問いは正しくない。なぜならば、世界各地の太古の神話によれば、私たち人間の祖先は、ごく普通に動物たちとコミュニケーションをおこなっていたのだから。シートンと同じように、我らがゲンちゃんも、そうした失われた神話の時間を取り戻そうというのか。そういえば、かつてゲンちゃんには『ぼくがしまうま語をしゃべった頃』という本もあった。

本書は、動物の視点に立った短篇を九つ集めたもの。たとえば、「そして、いつの日にか」という作品は、死を目前にした柴犬タツノスケくんが主人公だ。かれはかつて『浮雲』という作品で「新しい日本語」を創造したと絶賛され、また犬語を人間語に「翻訳」する仕事でも成果を挙げた。

だが、本人はそれらのことにどれだけの意味があったのか懐疑的だ。動物↓人間、古い日本語（日本人）↓新しい日本語（日本人）という、「進化」のベクトルを手放しで喜べない。「変身」という作品では、動物から人間に変身するものたちが出てくる。オオアリクイは変身後に、さまざまな不都合に遭遇し、こう嘆息する。「よく生きているよな、人間は」。ここに見られるのは、傲慢な人間中心主義を相対化する「外なる思考」だ。

ゲンちゃんは人間を人間足らしめる「言葉」にこれまでこだわってきた。ここでもコミュニケーションの道具としての「言葉」より、魔術としての「言葉」を語りつづける。それは、「文章教室1」のサルのウタ（短歌）や、「動物記」の少年の「わたし」の言葉のように、社会的な通念に毒されていない原初的な魂（内面）を表わす、まるでシャボン玉のように儚い、しかし奇跡的に一瞬だけ煌めく言葉たちなのだ。

凡百の動物寓話が社会通念を強化し、ありきたりな教訓を垂れるのに対して、これはその逆をいく、アンチ寓話である。

（２０１５・５）

ヤンバルの森からのメーセージ（目取真俊『虹の鳥』）

目取真俊の待望の長編小説である。これまでの目取真俊の中・短編と同様、アクチュアルな沖縄の問題が扱われている。沖縄の闇の世界、組織暴力がテーマだ。

物語の視点人物となっているのは、カツヤという名の二十一歳の青年。カツヤは、いま流行りの出会い系の風俗を悪用して、素人客を恐喝する不良グループの一員である。使い走りのカツヤは、マユというクスリ漬けの娘をあてがわれ、その娘をおとりにして、客を脅すための証拠写真を撮ったりしている。ボスは比嘉という中学時代の番長で、カツヤはボスのいいなりになるしかない。というのも、ボスは、容赦ない暴力を加えることによって、手下を恐怖に陥れながら、その一方で、手下に下働きの仕事を回したりして巧みに相互依存の関係を築くからだ。

この小説では、ペニスの中にマッチ棒を入れたり、女性器に石を突っ込んだりするようなリンチや制裁が繰りひろげられる。恐怖支配といえば暴力団の専売特許だが、沖縄には、そのほかにも見えない「組織暴力」があるという、著者の思いが読み取れる。

それはほかならぬ、沖縄における米軍基地と住民との関係をさす。カツヤの父親のように軍用地料をもらったりして、基地から経済的な恩恵を受ける一方、米兵による屈辱的な事件や犯罪があとを絶たない。それでも、沖縄人は抗議デモでしか反撃できない。

普天間飛行場の辺野古への移設についても、賛成派と反対派がほぼ互角。為政者は一応賛成にまわって、あとで日本政府から北部地域への新興助成金を受けとろうという現実路線をとり、基地をなくせという声は盛りあがらない。これだと、主体性を失った「奴隷」のカツヤとマユと同様、〈依存と暴力〉の悪循環に取り込まれたままだ。

タイトルの「虹の鳥」は、カツヤの中学の社会科教師が話してくれたヴェトナム戦争時代の米軍の伝説に由来。ヤンバルの奥深い森の軍事訓練場で、極彩色の羽根をもつこの鳥を見たものは、一人だけ生き延びることができるといわれる。クスリ漬けのマユの背中にも「虹の鳥」の刺青が彫られている。

カツヤとマユは物語の最後で屈辱的な恐怖支配の桎梏を打ち破り、初期の傑作「平和通りと名付けられた街を歩いて」の少年と祖母と同様、ヤンバルの森に向かう。その先に未来があるのか、それは誰にもわからない。だが、目取真俊の必死なメッセージは伝わってくる。とにかく悪循環を絶つべく、個人のレベルでゲリラ戦をいどむしかない、と。

（２００６・10）

森の洞窟《ガマ》に響け、ウチナーの声（目取真俊『眼の奥の森』）

アメリカ東部の小さな大学で教えている若い日本人の友人が、目取真俊の短編を教材にしているという。興味をひかれて、どの作品をテクストにしているのか、と訊いてみた。「身体と文学」といったテーマの授業で、日米の文学やアニメや映画など数多くのテクストを扱うらしく、手塚治虫、塚本晋也、宮崎駿、押井守、村上春樹、クローネンバーグ、オクタビア・バトラー、Ｊ・Ｇ・バラードらの作品にまじって、目取真俊の「希望」という短い作品（英訳）がリストに挙げられていた。

このリストはいろいろなことを考えさせてくれた。一つには、日本文学や沖縄文学といった括りを取り払うだけでなく、文学やアニメといったジャンルの枠も取り払って、文学作品を脱コンテクスト化することで、目取真俊は意外な作品群と呼応しあうのだ、という新鮮な驚きを得たことだ。だが、その一方で、目取真俊の作品には、リストに挙がっている他の作品にはない切迫したアクチュアリティがあり、まるで接合を拒む膿んだ生傷のように、リストのそこだけグサリと穴があいてしまっているような、違和感を覚えたのも確かなのだ。

「希望」という小説は、もともと『朝日新聞』夕刊(一九九九年)に掲載されたものであり、米兵による沖縄の女性の強姦事件に業を煮やして、アメリカ人の幼児を誘拐して殺してしまう犯人を語り手にした衝撃的な作品だ。語り手は、八万人の抗議集会を何の効果もあげない「茶番」でしかないと考え、「自分の行為はこの島にとって自然であり、必然なのだ」と、言いつのる。

この小品に見られるようなたった一人の「復讐劇」は、目取真俊の文学の隠れたモチーフだ。たとえば、短編「平和通りと名付けられた街を歩いて」では、皇太子の訪沖に際して、沖縄県警が過剰に自己規制の包囲網を張るなか、一人の認知症の老女が県警の目をかいくぐって糞の付いた手で皇室の車のガラスを汚す。「軍鶏《タウチー》」のタカシ少年は小学五年生でありながら、地域のボスにたった一人で立ち向かう。さらに、前作『虹の鳥』では、暴力団によってクスリ漬けにされていたマユという若い女性が、逃避行の途中で米兵の子供を誘拐して殺す。

『眼の奥の森』も、太平洋戦争時に、伊江島と思える離島を攻略した米軍の若い兵隊たちによって小夜子という若い女性が強姦され、それに対して、盛治《せいじ》という地元の男がたった一人で行なう復讐が主たるモチーフとなっている。

多彩な視点と語り

『眼の奥の森』がこれまでの小説と大きく違う点は、まるで万華鏡を覗くかのような、語りの視点の多彩さだ。

戦時中から現在までのスパンで、〈戦争〉という現実が、十個の語りのプリズムによって乱反射する。被害者側の視点もあれば、加害者側の視点もあり、過去の視点もあれば、現在の視点もある。だが、それはただの「藪の中」の手法といった、ある意味で気楽な、相対的な世界の提示と違う。なぜなら、目取真俊がある企図のもとに、こうした語りのプリズムを用いているからだ。

全体の語りの視点と内容について簡略に触れておこう。なお、小説には章立てがないが、ここでは便宜的にナンバーをつけておく。

①国民学校四年生のフミと十七歳の盛治。三人称の語り。戦時中の離島。四名の米兵による小夜子の強姦事件。盛治による銛での米兵刺傷事件。

②区長の嘉陽。二人称の語り。現代の沖縄。若い女性による戦争体験の聞き取り。

③久子。三人称の語り。現在。戦争トラウマ。泣きわめき、走りさる女性の夢。六十年ぶりの沖縄行き。松田フミとの出会い。

④フミ。三人称の語り。現代の離島。戦争時の回想。発狂する小夜子。盲目になる盛治。

⑤盛治。一人称の語り。ウチナー口による独白形式。現代の沖縄。戦争時の回想。米軍による取り調べ。日系人の通訳。

⑥若い作家。一人称の語り。現代の沖縄。大学時代の友人Mからの依頼。銛の先を利用したペンダントをめぐるエピソード。
⑦米兵。一人称の語り。戦時中の離島。集団で沖縄の女性を強姦する。仲間と海で泳いでいるうちに銛で刺される。
⑧沖縄の中学の女子生徒。一人称の語り。現代の沖縄。クラスでの陰湿ないじめ。戦争体験を聞く授業。
⑨タミコ。一人称の語り。現代の沖縄。中学で戦争体験を語った後に声をかけてくる女子生徒たち。戦時中の回想と現在の生活。里子に出された姉(小夜子)の赤ん坊。父の怒り。姉の施設への訪問。
⑩日系アメリカ人の通訳。一人称。現代。手紙形式。沖縄県による顕彰の辞退の理由。米軍による強姦事件の隠蔽。

一般的に、小説の中で、立場の異なる登場人物たちが一人称で語り合い、同じ事件なのに、まったく正反対の「事実」が露呈するというのが〈藪の中〉の手法の特徴だとすれば、この小説で、根本的な「事実」をめぐって、視点によるぶつかり合いはない。小夜子の強姦事件をめぐって、その被害者や加害者による見え方の違いはあっても、事件そのものを否定するような人物は登場しない。小夜子の強姦という「事実」に関しては、冒頭の三人称の客観的な語りによって提示されてしまっているからだ。目取真俊の力点が「事実」の有無にないのは明らかだ。

むしろ、この小説では沖縄内部の差異に目が向くような仕掛けがなされている。

この小説は季刊誌『前夜』の連載がもとになっているが、本にする際に採用されなかった掲載誌(第一回目)には、外部者や障害者への差別問題が書かれている。その他に、第二章の、かつて部落の区長であった「嘉陽」という老人を視点人物とした二人称の語りが注目に値する。

「カセットテープを交換し小型レコーダーをテーブルに置いてスイッチを入れると、まだ大学を卒業して二年にしかならないという小柄な女は、お前を見やりかすかに笑みを浮かべたように感じたが、透明なプラスチックの窓の内側で回転するテープに視線を落としたお前は、二世の名前も女の名前も思い出せず、不安な気持ちになりかけていた」

一般的に、二人称の語りは視点人物と読者を一挙に結びつける効果を発揮する。とすれば、これは戦時中に、盛治の隠れ家(洞窟《がま》)を米軍に密告した経験のある「悪辣な」区長の立場に読者を追いやる挑発的な試みだ。そこに沖縄人が被害者の立場に安住することを許さない作者の激しい姿勢が見られる。と同時に、この二人称の語りは、記憶の隠蔽や歪曲などの実例をしめし、沖縄で行なわれている戦争体験の安易な聞き取りを風刺するものでもある。

ダイアレクトと世界文学

短編集『魂込め《まぶいぐみ》』に収録された短編「面影と連れて《うむかじとうちりてぃ》」は、これまでに日本文学が達成した独白形式の一大傑作だったが、残念ながら標準語だった。だが、この小説の第五章は、ルビという方法で、終始沖縄のダイアレクト、ウチナー口で語られる。

村上春樹が国民作家として、通常は小説など読まない読者層にも支持される理由は、その言語にある。どんなにひどい暴力的な殺人シーンを扱ったとしても、語る言葉が誰にでも分かる標準語であるかぎり、読者は軽く受け入れる。翻訳も容易であるので、海外で紹介されやすく、それによって、村上春樹を世界文学の担い手として持ち上げる批評家が出てくる。

だが、世界文学は世界のへりから、いわゆる標準語に風穴をあけるようなダイアレクトとの創造的な格闘からしか生まれない。というのも、ダイアレクトは、音の豊かな響きによって微妙な感情を表出し、それによって均質化した日本語そのものを多様性へと導くからだ。結果的に、それはマイノリティの立場に立った多元的な思想を生み出す。

ガルシア＝マルケスのマコンド、フォークナーのヨクナパトーファ、大江健三郎の四国の森、中上建次の路地など、世界文学の先人のモデルを受け、目取真俊もヤンバルの森を想像上のトポスへと確立しつつある。

だが、重要なのは、沖縄の言葉をどれだけ小説の言語として創造できるかという点である。それによって、目取真俊は、世界の周縁のカリブ海で「クレオール語」で創作を行なうエドゥアール・グリッサンなどと一気につながる。今福龍太の『群島―世界論』にならって言えば、世界文学は、国籍に関係なく不定形の連なりをなすからだ。

だから、目取真俊が沖縄から発信する文学は、ダイアレクトとしての沖縄語のハンディキャップを引き受けねばならない。ルビを多用した盛治のウチナー口の独白こそ、その一つの成果だ。

「我《わん》が声《くい》が聞こえる《ちかりん》な？　小夜子よ……風《かじ》に乗《ぬ》てぃ、波に乗《ぬ》てぃ、流れ《ながり》て行きよる《いちゅぬ》我《わん》が声《くい》が聞こえる《ちかりん》な？」

これは戦後、六十年以上たった沖縄での独白であり、その中で盛治自身の言葉が日系の通訳の話す標準語や、父母や区長のウチナー口などとも激しく衝突し合い、その総体が盛治の記憶となっている。それは、いわばさまざまな言語からなる森であり、読者はその森をかいくぐって盛治の内面に近づく。その凝縮された声が「我《わん》が声《くい》が聞こえる《ちかりん》な？　小夜子よ」なのだ。

この声は、後に妹のタミコが耳にする、精神を病んだ小夜子がつぶやく声「聞こえるよ《ちかりんどー》、セイジ」に鮮やかに対応して、読者に感動を与えないではおかない。

目取真俊の「抵抗の文学」は、この連作小説に見られる森の洞窟《がま》に響くかのような語りの工夫によってさらなる進化を遂げただけでなく、世界文学に一歩近づいたと言えるだろう。（２００９冬）

身体と思想――目取真俊を読む喜び　（目取真俊『魚群記』）

目取真俊短編小説選集（全三巻）のうちの初巻だ。デビュー作である「魚群記」をはじめとして、二十代の目取真によって書かれた初期の短編作品が八つ収録されている。

未収録の短編を集めた『平和通りと名付けられた街を歩いて』（二〇〇三年）や『虹の鳥』

(二〇〇六年)など、目取真俊を追いかけてきて、今回の企画を実現させた影書房には、大きな拍手を送りたい。

と同時に、大手の出版社のだらしなさに失望する。村上春樹の新刊刊行をめぐって、あざとい企画(内容ではなく、売り方で)を立てても、どうしてこうしたマトモな企画が思いつかないのだろうか。トルコのオルハン・パムク(二〇〇六年、ノーベル賞受賞)を知らないのだろうか。二人は作風も背景も異なるが、読んでいてわくわくするその物語性のみならず、ふと立ち止まって(あるいは読後に)深層の意味を考えることを可能にしてくれる。どれもみな大人の作品だ。それに比べれば、村上の作品は、無駄に長いだけの童話にすぎない。

さて、この初期の短編集をざっと読み直してみて、改めて感じたことが二つある。第一には、誰もが感じることだろうが、すでに二十代にして目取真俊は自己の文体を完成させてしまっているということだ。弛緩するところがまったくない、緊張感を孕んだ一つ一つの文章の細部に、テラピアやヤドカリ、ガジュマルや昼顔やアダンをはじめとした沖縄の動植物の描写が絡み、さらに登場人物の身体感覚(匂いや生理感覚、さまざまな触覚)がぎっしり詰まっている。

第二に、そうした身体表現が思想性を帯びているということだ。たとえば、短篇「魚群記」は、「僕の飢えは激しかった」で終わっているが、ここにある「飢え」は、表向きは数行前の「空腹」を受けているとはいえ、ただの「空腹」ではない。つねに外部の権力(本土やアメリカ)に弄ばれているオキナワの現状(父や兄などの家族だけでなく、台湾女工たちも含む)から、なんとか自分だけは脱したいという切実な欲求の表現だ。

今後、第二、三巻と刊行されると聞く。まだ読んでことのない諸賢にも是非おすすめしたい一冊である。

（2013・7）

「異臭」を放つ偉人たち　（『目取真俊短篇小説選集』一、二、三巻）

昨年（二〇一三年）の十月、すでに初冬の気配のするシカゴを訪れた。紅葉もほとんど散った寒々としたシカゴ大のキャンパスで日本文学を研究する人たちの集まりがあり、目取真俊の作品について話した。実のところ、余計なお世話だが、頭の柔らかいアメリカ人がいれば、目取真俊の作品を英語に翻訳してくれるように頼もうと思っていたのだった。

そのときすでに目取真俊の短篇選集は二巻刊行されており、その二冊を携えて会場に乗り込んだ。だが、アメリカ人研究者の意識の高さに驚かされた。「世界の警察」とうそぶき、弱小国の独裁者に武器を提供したり、民主化運動を押しつぶしたりしてきた自国の政府に批判的な研究者が多いせいだろうか、米軍基地のある沖縄で執筆する文学者への関心は高かった。しかも、同じパネルで「人類館事件」（演劇）についての発表をおこなった沖縄人四世カイル・イケダ氏（バーモント大助教）らが、すでに目取真を含めた、沖縄の作家や詩人たちの英訳に着手しており、それが間もなく刊行されるという。

このたび、三巻そろった短篇選集を通読してみて抱いた感想を述べておく。いくつもあるが、論点を三つに絞って話を進めるとしよう。

一つめは、いま述べた翻訳にかかわる問題だ。それは出版社をめぐるものと、翻訳技術をめぐるものとがある。出版社に関して言えば、イケダ氏らの行なっているような「沖縄文学」という括りだと、アメリカでは地域研究の一環と見なされて、出版社は割と探しやすいかもしれない。とはいえ、目取真は沖縄が生んだ優れた作家に違いないが、「沖縄文学」といった狭い括りの中に閉じ込めておくべき作家ではない。目取真作品の単独の翻訳が出れば、もっと広いコンテクストの中で、たとえばメキシコのボラーニョやトルコのパムクといった、他国のすぐれた作家たちと一緒に論じることができるようになるだろう。村上春樹を遥かにしのぐ作家が日本にまだいるということが、外国の文学者に分かるはずだ。だから、今回の選集を定本にして、まず目取真の短編集の英語訳を出してほしい、と述べた。

次に、方言の処理など、翻訳技術をめぐる難関もある、シマ言葉と呼ばれる「方言」と「標準語」が入り交じる目取真作品特有の難しさは、標準語だけで書かれた作家の比ではない。それだけに、イケダ氏らの訳している作品の一つが、「面影と連れて《うむかじとぅちりてぃ》」だと聞いたとき、思わず笑みがこぼれてしまった。というのも、この作品は「魂込め《まぶいぐみ》」や「群蝶の木」などと共に、いち早く翻訳が出てほしいと願っていた作品だったからだ。

「面影と連れて」は、目取真にしてはめずらしく大人の女性を語り手に据えた小説である。しかも、家族や共同体から周縁に追いやられたその女性が「霊力（さー）」の高さを発揮する物語でもある（だからといって、「救われるいい話」とは限らないのだが……）。

この作品以外にも、「内海」や「帰郷」、「ブラジルおじい」などの中にも、神懸かりの能力を持ち、死者と交流する「霊力《せじ》」の高い人物が多く出てくる。それは、死者の霊が生者の間近にいる沖縄の文化土壌を文学にみごとに活かした例であり、「オキナワン・マジックリアリズム」と呼べるものだ。しかし、その一方で、目取真はブームとしての超能力、商売としてのユタに対しては釘を刺す。「オキナワン・ブック・レヴュー」という、スタニスワフ・レムの『完全な真空』ばりの、架空の書評集の体裁をとった「短編」によって、なにがなんでも沖縄万歳式の「沖縄ナショナリズム」や「大琉球時代への回帰」を風刺している。

二つめは、目取真俊の小説の魅力について。目取真の小説は、権力に虐げられた歴史を語る「叙事詩」と、リリカルな詩情に訴える「叙情詩」の魅力を併せもち、知と情に訴えてくる。辺野古への基地の移設問題を持ち出すまでもなく、いまやどんな片田舎の町でも、アメリカ主導のグロバリゼーションや、本土の政治権力や利権と分ちがたく結びついており、権力ピラミッドの最下層の人間がそうした権力の犠牲になっている。目取真は、そうしたことをただ指摘するだけでなく、その一方で、犠牲者がそうした障害をすり抜ける〈エピファニー〉の瞬間を提示する。たとえば、「伝令兵」という作品では、基地に駐留する米兵三人に追われる主人公が、沖縄戦のときに亡くなった沖縄の若者の浮遊する魂に救出される話だ。艦砲射撃の犠牲になった「鉄血勤皇隊」の「伝令兵」の魂がさまよっているという設定だが、この作品の言外の意味は、沖縄戦は終わっていないということだ。そうしたメッセージは、「水滴」や「魂込め」や「群蝶の木」など、かつて沖縄戦を経験した老人たちを主人公にした代表作にも見られるが、こちらは、あとを絶たない米兵による少女暴行事件、現代の基地問題と絡めたところが斬新である。

三つめは、優れた文学には必ず見られる逆説のレトリックが冴えわたっているということだ。「異臭」を放つ老人たちの「活躍」が目につき、しかも「異臭」は、特別な意味を帯びている。通常、小さな集落では、「異臭」を放つ変人たちは住民から白い目で見られ、排除される存在だが、目取真作品では、「異臭」は、彼らが「偉人」であることを表わす「聖痕」である。

「平和通りと名付けられた街を歩いて」の老女ウタは、痴呆症で失禁しても分からず、あたりに鼻をつく匂いを放つ。「群蝶の木」の老女ゴゼイは、何日も同じ着物を着っぱなしで、その異臭が遠く離れたところにも漂ってくる。「馬」に出てくる掘っ建て小屋に住むよそ者の老人は、「珊瑚の腐ったような」匂いのする髪を伸ばしている。「ブラジルおじいの酒」の老人は、「魚の腐ったようないやな匂いのするシャツ」を着ている。共同体の周縁に追いやられたそうした老女や老人が、異常とも言える厳戒体勢をかいくぐって、過激派もなし得ないような「革命的な行為」をおこなったり、共同体のご都合主義的な「秩序」を撹乱したり、自分を理解する数少ない少年を助けたり、貴重な知恵を授けたりするのだ。

ついでに付け加えておけば、少年のホモセクシュアリティ(「魚群記」「赤い椰子の葉」「黒い蛇」

「水滴」など)も、いま述べた痴呆症患者、狂人《ふりむん》、娼婦、よそ者など、社会の周縁で生きる主人公たちの放つ「異臭」と同様に、逆説的な意味を帯びる。

今回の短篇選集は、これまで未収録作品も収めており、目取真俊のファンにはたまらない企画だ。影書房からは、すでに『虹の鳥』と『目の奥の森』といった挑発的な長編小説も刊行されており、これで目取真作品はすべて読めるようになった。まとも読書人が、「沖縄文学」という括りではなく、単独で目取真作品と向かい合える時が来たことを率直に喜びたい。(2014・3)

「海峡」の街の寓話 (田中慎弥『切れた鎖』)

三作からなる作品集で、とりわけ読み応えのある表題作は「海峡を西へ出外れた場所にある」街を舞台にしている。その街は、わざわざ下関の昔の名前を用いて、「赤間関《あかまがせき》」と名づけられている。そのような架空めいた舞台設定や、丘側(旧住民)と海側(よそ者)に分けられるという住民層の指摘、さらにその土地に見られる朝鮮人差別など、日本にいまなお根強い外国人嫌悪《ゼノフォビア》を扱った寓話と呼ぶことができる。

古来、玄界灘や対馬海峡を挟んで、日本と朝鮮半島とは人とモノの交流が盛んであり、とりわけ半島南部と北九州周辺は同じ生活・文化圏であった。たった二百キロしか離れておらず、現在も、関釜フェリーの存在に象徴されるように、海峡は往来を妨げる鉄の壁ではなく、むしろ人と人との混じり合いをみちびく通路なのだ。

しかし、この小説の視点人物、梅代という名の六十代の老女の一族(桜井家)は戦後、コンクリート製造と販売で知られ、海側の埋めたて開発にかかわったことで権勢を誇り、取り違えた優越感を抱いている。とりわけ、梅代の実母、梅子は戦前の民族教育のせいか、救いがたいほどの偏見にとらわれている。「魚でも野菜でも外国産の大きなものが嫌いだった。なんでもほどほどの大きさでないと駄目だ、大きすぎると品がなくなる」と、家族に言いつのり、朝鮮人を「犬」や「偽物」と呼んで侮辱していた。

だが、よりによって、三十年ほど前にそんな桜井家のすぐ裏手に在日朝鮮人たちの教会が「半島から流れついたようにいつの間にか建った」。しかも、梅代の夫、重徳がその新興宗教の教徒の女性と浮気をした。その後、教会のほうから赤ん坊の泣き声が聴こえるようになり、どうも重徳と浮気相手の間にできた子のようだった。

桜井一族によって作られたまま、いまその上には何も建っていない「コンクリートの地平」の索漠とした風景に象徴されるように、桜井家の栄華も長くはつづかない。

とはいえ、取っ替え引っ替えいろいろな男と付き合って家に居つかない娘の美佐子の生き様には、頑な差別主義に凝り固まった桜井一族からの離脱が読みとれるし、また、孫娘が教会の青年(重徳の子?)の十字架を路面へ叩きつけて、蹴ろうとしたときに決然とそれを押しとどめる梅代の行為には、桜井家が朝鮮人に行なってきた仕打ちへの贖罪の意識が感じとれる。桜井一族にとって長く閉ざされていた海峡に船が走りはじめたのだ。

（2008・6）

小説の「歪曲」（田中慎弥『夜蜘蛛』）

田中慎弥にしては、めずらしい書簡体形式の小説である。

しかも、アメリカ作家ジョン・バースの画期的なメタフィクション『やぎ少年ジャイルズ』（一九六六年）のように、作家である「私」は出版社への仲介者にとどまるという設定だ。いわゆる「入れ子構造」となっていて、小説家ではない「七十を越えているかどうかの男」が、小説家の「私」に読んでほしいと書いた（とされる）書簡が作品の中核をなす。つまり、作家の「私」と書簡の書き手である「私」の、二人の「私」が存在する。

『やぎ少年ジャイルズ』は、アメリカの大学を舞台にしたキャンパス小説で、その中核は、コンピュータが創作した（とされる）「大学シラバス」。それが五〇年代から六〇年代にかけての米ソの冷戦構造や学園紛争など、時代のアクチュアルな実相を比喩的にあぶりだす。

芥川賞を受賞した前作『共喰い』でも、作家はすでに太平洋戦争のようなアクチュアルな現実と格闘していた。主人公の母は戦時中の空襲による火事で右手を失い、義手をつけており、そのことが戦争による「負の遺産」として物語のシルエットをなしている。だが、そうした歴史の痕跡が、戦後を生きた一人の女性の生の証として読者の記憶に深く刻まれる逆転劇が用意されており、不自由な「負の遺産」でしかない義手が血みどろの大立ち回りの主役を演ずるというグロテスクなユーモアが効いていた。

『夜蜘蛛』では、昭和の戦争は最初から前景に配置されている。書簡の書き手である「私」が語るのは、明治四十三(一九一〇)年生まれの父親の生涯であり、その父親が三度にわたって出征した戦争についてだ。

そうした「歴史小説」への挑戦には、これまで作家が書きついできた海峡の街「赤間関」を舞台にした寓話から一歩出ようとする気概が見られる。だが、作家が得意とする濃密な文体と卓抜なグロテスク・ユーモアを犠牲にしなければならないというマイナスの要素もあり、そうした試みは両刃の剣だ。その辺のことは後で述べることにする。

書簡の書き手の「私」の父親は、明治三十四(一九〇一)年の生まれの昭和天皇裕仁より九歳年下だが、日本が軍国主義路線を敷いて中国をはじめアジアに侵略していくなか、天皇と同じ時代の空気を吸っていたと言えよう。たとえば、父親は三度も戦争に召集されたという。具体的に見てみると――、

1　昭和六(一九三一)年、満洲事変のとき。二十一歳。

2　昭和十二(一九三七)年、盧溝橋事件から日中戦争勃発。二十七歳。

3　昭和十八(一九四三)年、太平洋戦争のとき。三十三歳。召集されたが終戦になり出征せず。

注目すべきは、戦争について普段は語りたがらない父親が「私」に語ってくれた二度目の出征で

ある。そのとき父親は部隊が全滅するなか、右足を銃弾で撃ち抜かれ、同僚兵が折り重なっている場所に寄りかかるようにして死んだ振りをして、中国兵の目を欺いて生き延びたという。

ここで、私たちに突きつけられているのは、語りの「主体」の意識の問題である。先ほど、この小説には二人の「私」がいると述べた。しかし、「私」の父親もまたもう一人の語り手として少年時代の「私」に二度目の出征時の体験を話したのである。私たち読者に届けられたのは、父親の言葉そのものではなく、数多くの語り手が介在する口承伝承の物語のごとく、語り手の「私」による味付けが加えられた父親の戦争体験だ。

実のところ、『夜蜘蛛』は、作家の十八番であるグロテスク・ユーモアを犠牲にしているわけではない。書簡の書き手の「私」の意識のなかで、荒唐無稽とも言える妄想がおおいに発揮されている。ちなみに、書き手の「私」は、太平洋戦争開戦の翌年、昭和十七(一九四二)年の生まれで、戦争は体験したものではない。むしろ、大人の語るものを聴いたものでしかない。そこに子どもの空想が入りこむ余地が生じる。

父親は「私」に向かって、自分が中国で命拾いした話だけでなく、『勧進帳』や『忠臣蔵』のような説話や浪花節も語ったらしい。そのうち、「私」の中で戦争の話と芝居の筋書きが「ごちゃ混ぜになり……、ほどけなくなるありさま」となる。

「父が義経、中国兵が富樫という情景が見えてくることもございまして、この場合も、どこからともなく現れます弁慶が、日本語中国語の区別つけがたい大音声で白紙を読み上げ、あわやというところを父義経は生き延びるのでございます」

極めつきは、昭和七(一九三二)年の関東軍による満洲国皇帝溥儀《ふぎ》擁立のいきさつが、「私」の頭の中では、明治十(一八七七)年の「西南戦争」における薩摩と政府の対立と重なってしまうくだりだ。

「これを見た中国兵、まっこと胆の太かお人でごわす、などと言いながら鄭重に(明治帝を)お連れ申しまして、溥儀を頂く満州国に対抗し、大薩摩中華人民共和国を、文字通りの旗、すなわち天皇を立てることによってまさに旗揚げする」

ここには、二つの歪曲がある。一つは、西郷隆盛をリーダーとする反乱軍が明治帝を担ぐという点であり、もう一つは、関東軍による傀儡政府の樹立という作戦に対して、それに抵抗する中華人民共和国のほうに明治天皇が加わるという点。こうした「私」のとんでもない妄想によって、父親の参加した昭和の戦争がナンセンスなまでに強引に歪曲されている。

バースのメタフィクションは、歴史もまた語られるフィクションにすぎないということを示唆している。私たちは複雑に絡みあった歴史の事象をまるごと理解することはできずに、これまでに存在している物語の祖型《パターン》を通して理解せざるを得ないからだ。

したがって、いまここで問うべきは、田中慎弥の『夜蜘蛛』が歴史のアクチュアルな相をあり得ないフィクションの空想で歪めていることの是非ではなく、むしろ、グロテスク・ユーモアを生じさせるそうした作者の「歪曲」がどれほどの説得力を持って読者に迫ってくるかだ。

だが、そうした「歪曲」が、書簡の書き手の「私」の特殊性に還元されてしまってはいないだろうか。今後は、田中慎弥にしか書けない濃密かつ執拗な文体で、周縁者の視座から共同体の〝神話〟や権力者を笑いのめすようなグロテスク・ユーモアのある「歴史小説」に挑んでほしい。

（2013・1）

「源平合戦」は、いまも続いている　（田中慎弥『燃える家』）

「源平合戦」は、いまも続いている。だが、もちろん形と名前を変えて。

思えば、これまでの田中慎弥の小説も、壇ノ浦の近くの赤間関を舞台に、障害者や在日など周縁に置かれた者の視座から「勝ち組」の価値観を問うものであった。言い換えれば、負け組の「平家」に与するものだった。

確かに、これは歴史小説ではない。扱われているのは、九〇年代初めからゼロ年代という近過去であり、れっきとした現代小説である。世界的には、父ブッシュ大統領のもとでの湾岸戦争で始まり、子ブッシュ政権時のニューヨークでの同時テロ事件へと到る、アメリカ主導の「世界秩序」の時代。日本国内では、平成の時代になり海部政権下の自衛隊のペルシャ湾派遣から、第一次小泉内閣のあたりまで、アメリカに与する形でナショナリズムの高まりが見られた時代。

だが、小説の中ではしばしば、八百年以上前に壇ノ浦に入水崩御した安徳天皇への言及がなされ、しかも、後半では、安徳天皇を祀った赤間神宮が舞台となる。赤間神宮では、毎年、亡くなった天皇や平家一門の武士たちの回向《えこう》のために先帝祭が催されるが、小説はその祭を大胆に脚色している。視点人物が、三人登場する。滝本徹という高校生と、山根忍という、徹の通う高校の女教師、それと徹の父親ちがいの弟、光日古である。

徹は、学校でも目立たぬ生徒で、同級生からまったく関心を持たれていない。唯一、友達と言えるのが、皮膚が「何度も蠟に潜らせて仕上げた人形」のように艶のある相沢良男である。この「蠟人形」のような相沢は、風変わりなことを言って、同級生たちにうす気味悪がられるが、人生の意味を模索する思春期の徹は、極端な思想の持ち主である相沢に感化される。

相沢は、小学二年のときに真っ白な鳩の死骸を葬った小さな墓を作ったり、高校生になってからも、自分の祖母「白粉ババア」を海の中に突き落としたりするが、ついには、この世の「無意味」を追求するために、徹や同級生の女子二人を巻き込んで、女教師山根のレイプを計画するほど過激になる。

この世界の意味は、いったい誰が決めるのか。

『平家物語』に窺われる世界観は、言うまでもなく「諸行無常」だ。この世の一切は、絶えず生じて滅び、変化する。永遠不変のものはない。人間や動物だけでなく、政体や制度もまた滅びや変化を免れない。

それに対して、仏教には「常住不滅」という考え方があるようだ。生滅変化することなく、未来永劫に存在すること。それは、この小説の表現を借りれば、『ジャックと豆の木』の巨人に象徴される絶対的な「力」である。そうした「力」に対峙するのは、山根忍や徹だ。

山根は、小学生のとき、昼食の時間に十字を切る同級生の男の子に引かれて、キリスト教に興味を抱く。実家の近くの山口サビエル記念聖堂で入信するが、その信仰はあやふやだ。彼女にとって、絶対的な「力」は、なぜか髭の男を連想させる。イエス、ビンラディン。しかし、彼女自身がレイプ事件に巻き込まれたとき、「神」はなぜ黙って見ているのか、と不信を抱く。

一方、徹にとって、絶対的な「力」とは、中央政界で活躍する実父、倉田正司の存在であり、その「血」である。倉田の考えは勝ち組のそれに他ならず、中央集権主義だ。倉田によれば、日本は「天皇を中心とする神の国」であり、軍隊を否定する憲法を改正して、偽ものの国から本物の国へと変化を遂げねばならないという。「国民は権力者によって飼育されるだけ」だから、お前は赤間関などにくすぶっていないで、天皇のいる首都にきて、権力者の側に立たねばならない。そう倉田は徹を諭す。

徹は自分の中の「血脈」を自覚したときから自らの内なる「力」を知ることとなり、倉田を倒す方向に進む。それは、単なる青年期における父親殺しの儀式ではない。日本の政争史における、「権力者(天皇)」打倒という、メタレベルの儀式が重ね合わされていることを忘れてはならない。それが小説のクライマックスでの、徹と倉田の一騎打ちの意味だ。

さて、この小説には、水と火というモチーフが見られ、それが赤色のモチーフと絡まって、徹や山根を主人公とする、この現代版「源平合戦」を彩る。水のモチーフは、海峡の廃船や蟹の大量発生という変奏となり、赤い色を伴って「平家」側の逆襲に加担する。「赤間関の海は名前の通り赤い、と徹には思えるのだった」

一方、火のモチーフは、本書のタイトル『燃える家』に示唆されるように、サビエル記念聖堂の火事、先帝祭のときの稲妻、という変奏をかなで、赤間神宮の水天門の赤色を伴い、山根や守園、白粉ババアなど、女性たちの「力」の源泉となり、「権力者」の滅亡を象徴する。「世界は娼婦の着物になった」と、徹は言う。つまり、大夫役の守園の(金の縫取りに飾られた)赤い着物が、世界を描いているように見えるのだ。「糸の描く世界は、空では星座のようで、地面に近いところでは戦争のようだった。糸は金色にふさわしく、城や王冠や、またそれらを滅ぼす炎を描き出した」と。

最後に、徹の父ちがいの弟、光日古に触れておこう。『平家物語』によれば、安徳天皇が天子の位を受け継いだ「受禅」の日に、様々な「怪異」があり、その一つに、夜の御殿の仕切りの内側に、山鳩が入り籠ったという。また、平清盛の妻、二位の尼平時子は、安徳天皇の祖母にあたるが、現世における平家の滅亡を自覚して、「山鳩色の御衣」をまとった八歳の孫を抱き、壇ノ浦に飛び込む。飛び込む際に「浪のしたにも都のさぶらふぞ(波の下にも都はございます)」と、「もう一つの現実世界」を不気味に示唆する言葉を吐いて、幼い天皇を慰めたという。

父と対決すべく、先帝祭の舞台に登った徹は、ある幻を見る。「空中をついてきていたババアたちの一団は水天門の上に腰をかけ、鳩に乗った天皇は、馬の首に似た金色の飾りに止まって、自らの追悼のために集まった人間たちを見下ろしている」と。相沢の祖母、白粉ババアは、平時子の再来ともいうべき存在であり、小学二年生の光日古も入水する安徳天皇と同じ八歳だ。やがて、徹の眼には、「鳩に乗った光日古」が見えてくる。

かくして、徹は「負け組」の死者たちを味方につけながら、体制をコントロールする「権力者」に挑戦する。たとえ、この徹が敗れても、次の徹が登場するだろう。それが、現代の「源平合戦」の意味だ。

（2014・10）

全体主義的国家のグロテスクな寓話　（田中慎弥『宰相A』）

「私」こと、Tは母の墓参りのためにO町を訪れる。小説家である「私」は、最近ネタが尽きており、約三十年ぶりの墓参りを切っ掛けに浮上をはかろうという魂胆だ。

だが、「私」がOの駅に到着したとたんに、物語は一転して、パラレルワールドの世界に突入する。「私」が迷い込む世界は、もう一つの「日本」だ。

もう一つの「日本」は、先の大戦後に、アングロサクソン系のアメリカ人が占拠して、そのまま「日本国」を継承。公用語として自分たちの言語である英語を採用。それまで日本人だった者（モンゴロイド系）は、「旧日本人／先住民」として特別なゲットー（居住区）に押し込められたという。

このもう一つの「日本」の特徴は、次の三つだ。一つ目は、アングロサクソン系の日本人は皆、緑色の制服を着ている。「制服／軍服」の着用は、「日本人」の重要な義務の一つである。

制服と私服の対立がこの小説に、「善」と「悪」をめぐる二元論的思考という変奏を加える。三島由紀夫の自害（一九七〇年）と映画『ゴッドファーザー』（一九七二年）が小説の中で何度も言及されるが、三島の場合は、私服を捨てて軍服に着替えた例（軍人）として、『ゴッドファーザー』のマイケル（アル・パチーノ）は、逆に軍服を捨てて私服に着替えた者（マフィア）として好対照をなす。軍服による殺人は、「戦争」という大義ゆえに許容され、ときに「武勲」として称えられるが、私服での殺人は、マイケルの場合のように、悪辣な「犯罪」と見なされる。同じ殺人なのに、倫理的な観点からすると、その違いはどこにあるのか、とこの寓話は問う。

二つ目の特徴は、「民主主義」を政体の根幹に据えておきながら、このもう一つの「日本」のやっていることは、全体主義的な独裁である。個人の自由は許されず、芸術家や小説家も国家のための道具にすぎない。国家と関わりのない表現は「反民主主義」的な行為と見なされる。「旧日本人」でも、新生「日本」に忠誠と貢献を誓えば、「日本人」になることができる。その代表的な例が、この小説のタイトルにもなっている「宰相A」である。「日本」を作り出したアングロサクソン系の者たちは、国民の三分の二以上をなす「旧日本人」の反乱を怖れ、政府のトップに「旧日本人」のAを据えたのだ。もちろん、「宰相A」は傀儡《かいらい》にすぎない。

三つ目は、アメリカと同盟を結んで、「平和のための戦争」をくり返す「好戦性」だ。「宰相A」は、「戦争こそ平和の何よりの基盤」とか、「戦争は平和の偉大なる母」とか、詭弁を弄する。そうした詭弁は、理解不能なまでにねじ曲げられて「宰相A」の所信表明となる。すなわち、「最大の同盟国であり友人であるアメリカとともに全人類の夢である平和を求めて戦う。これこそが我々の掲げる戦争主義的世界的平和主義による平和的民主主義的戦争なのであります」と。

思えば、メイフラワー号に乗った清教徒《ピューリタン》たちの「新大陸」への到来以来、アメリカは内外に敵を作りあげ、たえず戦争を仕掛けることで生き延びてきた国家である。ニューイングランドにいた先住民の虐殺を手始めに、イギリス、スペインなどのヨーロッパ勢に挑み、十九世紀半ばにはメキシコを、冷戦時代にはソ連と東欧を、現代ではイスラム国を相手に……。国内でも、十七世紀末に清教徒たちは「魔女狩り」に熱をあげる。その後、国内の黒人(奴隷制)、中国人(一八八二年の中国人排斥法)や日本人(一九二四年の排日移民法)をやり玉にあげ、一九五〇年代初頭には「赤狩り」というもう一つの「魔女狩り」が生まれる。清教徒の「血」の中に、「浄化する(ピューリファイ)」というDNAがある限り、「異物」を排除しようとする欲望は消えない。

というわけで、登場人物の「宰相A」は、自身の英語へのコンプレックスゆえに小学生から英語を習わせようとしたり、国民の命や暮らしを守るために、憲法第九条を見直して、安全保障法制の整備をする、などと述べたりしている、どこかの首相(これもなぜかAだ)を容易に思い出させる。だから、これは現在の日本にまっすぐつながる怖くてグロテスクな「寓話」なのだ。

(2015・3)

詩人・伊藤比呂美に初めて会った日

約束の午後五時に明治大学の駿河台キャンパスの〈アカデミー・コモン〉の広々としたロビーに行くと、ベンチに若い男の子と年配の女性が坐っていた。面識がない人と会おうとするさい、こういうのは困る。入口のトラッシュ・ディスポーザーの脇に立って、向こうから声をかけてもらうという作戦を取った。

ほどなくして、サングラスをかけて、長いフレアスカートをはいた女性が入ってきた。雰囲気からして、この人だと直感して、ぼくは近づいていった。ぼくと伊藤さんは古典的なペンパルである。共通の友達（アメリカ人女性ゲイル）がカリフォルニアのサンディエゴにいて、そのゲイルがぼくに「ひろみに会って、会って」といい、伊藤さんには「ヨシに会って、会って」といい、ぼくたちはおずおずと電子の手紙を交換するようになった。だが、すれ違いの連続で、なかなか会えなかった。

メキシコにいらっしゃるみたいだから、もっと汚い人だと思っていた、と伊藤さんは本心を隠さずぼくにいった。ぼくは実際に会うまで、伊藤さんのことをもっと垢抜けしないオバさんみたいな人だと思っていたが、黒い革の編み靴からアジアの民族衣装風の白いシャツまで、とてもオシャレな女性だった。だが、なぜかそのことは言えなかった。ぼくにはまだ修行が足りないのだろう。

さて、伊藤さんは自分のアイデンティティを「詩人」と規定することから講演を始めた。――わたしはつねに「詩人」であると思っている。「作家」や「小説家」というのは、職業の肩書きだけど、「詩人」や「歌人」や「俳人」というのは、なにしろ「ひと」だから。「詩人」というのは、とても便利な肩書きで、朝のゴミ出しを忘れても、あの人は「詩人」だから、と許される。

そんなふうに、いきなりユーモアたっぷりのヒロミ節が全開。在米八年の経験から、詩人として、日本語とのアンビバレントな関係について触れた。伊藤さんは言葉へのこだわりを忘れることはなかったが、漢字というヴィジュアルな活字がまわりになく、身辺には子供っぽい日本語しか喋らないひと(自分の子供たち)や英語しか喋らない夫しかいないという環境で、どんどん日本語を忘れていく。それは、まるで実験用の小皿の上にのった食塩水が乾燥して、食塩の結晶だけが残る現象みたいだ、と。「結晶」として残る日本語とは、伊藤さんの場合、手づかみできる日本語、つまり〈話し言葉〉としての日本語なのだ。

伊藤さんは、最先端の日本語を駆使する〈現代詩の詩人〉として、日本語の文法や語彙を壊さないで、いかに普通の日本人の使っている言葉を全否定するか、つねに考えてきたという。頭のいい男の詩人が重きをおくような〈書き言葉〉に対する嫌悪を抱いてきた、と。その代わり、見出したのが声に出して読まれる詩である。

伊藤さんは『平家物語』のような中世の説教詩をはじめとする、匿名の作者の口承詩《オーラル・ポエトリー》に魅力を感じるという。口承伝統にのっとった詩には、いろいろな効能がある。ひとつには、伊藤さんの祖母は、よく神懸りになったり、お呪《まじな》いを得意としていたが、通常〈言霊《ことだま》〉という表現があるように、言葉には願《がん》をかけたり呪《のろ》いをかけたり、何かを成し遂げる力がある。ふたつ目には、言葉の伝達能力。身のまわりにあった出来事を語り継いでゆくことができる。などなど。

伊藤さんは、最後にそうした効能をもつ自作の詩を朗読した。ラフカディオ・ハーンが妻の小泉節に英語を教えるシーンを歌った詩だ。ラフカディオが日本人の節に英語をいうと、それを節がカタカナで発音する。"nasty morning." は「ナシテモーネン」だし、"I am not hungry." は「アイアナーン・ハングレ」などなど。

英語ともつかず日本語ともつかず、〈つたない英語〉〈きたない日本語〉と揶揄されるようなそんなクレオール語を、伊藤さんは〈口移しの言語〉と巧みに表現した。伊藤さんは〈口移しの言語〉を採りいれた詩を、日本語版と英語版の両方で朗読してくれた。それは、まるで伊藤さんのガイドでタイムカプセルにのって、ラフカディオと節だけが知る言葉の宇宙、愛の宇宙へと旅しているような錯覚を聴くひとに抱かせるような朗読だった。(なお、伊藤比呂美氏の講演会は、二〇〇四年六月二十三日に明治大学駿河台キャンパスでおこなわれた。)

(2004・6)

対話「ボーダーで書くこと、生きること」(伊藤比呂美/越川芳明)

越川　きのうの伊藤さんのイベントで、一番の感想は乳児を抱いた若いお母さんが二人も来ていたということです。伊藤さんのイベントっぽいのかなと思いました。

伊藤　乳児が二人、三歳児が一人でした。あの人たちは、一度違うイベントのときに断られたんですって。そのことを私がツイッターで知って、もし今度来たいときは私に直接言ってくれれば大丈夫ですからって言っていたら、昨日は連絡なく、ただぱっと来てくれて、うれしかったです。途中、子どもが少し騒いだけど、あの騒ぎかたがうまく声と乗れる騒ぎかたなんですよね。地震の直後に熊本で義捐金集めの朗読会をしたんですけど、熊本でやっている活動は全部子連れ歓迎です。だからその日も、来た来た来た来た、橙書店というとこでやって、二階を子どもに開放してもらったんですけど、大騒ぎでしたね。長屋で朗読してるみたいでいいやと思って(笑)。

越川　朗読会のありかたっていろいろあると思うし、詩をまじめに勉強したいと思ってくるひとだと嫌がるかもしれないけど。とにかく、楽しまなくちゃいけないよね。きのうの会は閉鎖的でなっていう感じでよかった。若い女性たちが集まってわいわいしゃべる、最近じゃそういうのを「女子会」と言うそうだけど、なんとなく閉じられている感じがするんだよね。でも、きのうの会はそれとは違った、ぼくみたいな男も入れてくれたからね(笑)。ぼくからすると、ラテンアメリカの女性の集まりみたいだった。ラテンアメリカって私生児が多くて、極論すると、男はただ生ませるための道具にすぎなくて、生んだら女が自分で育てて、近くにおばあさんがいて、世話好きのおばさんたちがいて。そういう感じで外に出かけるときはお互いに子どもを預けあったりする。女たちの連帯がつよい。昔は日本もそうだったかもしれませんね。

伊藤　私はそれが理想ですよ。うちの母のところは、おばさんたちがみんなで住んでいて、そのかたちを作っていたりしたんですけど、結婚とか離婚とか、結婚とか離婚とかしていると（笑）、男って本当に役に立たない。私はお父さん子だったからお父さんって必要なんだと思いこんで、幻想ってやつですよ、男と暮らしちゃったけど、どっかですっぱり諦めて男なんて役に立たないんだわ、女たちで暮らしていくんだわって思い切ればよかった。昨日のイベントは、女だけじゃなくて、男もいたでしょう。田中庸介さん、カニエ・ナハさん、長谷部裕嗣さん。マイノリティだった（笑）。マイノリティだと思ってもらっていれば、男はこれからやりやすいですよ。

越川　乳児を連れたお母さんにも若い年下の女性の詩人たちにも、伊藤さんというのは、ロールモデルなのかなと思いました。お客にはお年寄りのかたもいらしたたし、ストライクゾーンが恐ろしく広いね（笑）。

ボーダーで暮らす

越川　ぼくは九八年ごろに一年ほど日本の大学から休暇をもらって、伊藤さんの住むカリフォルニアで暮らしていたんだけど、なかなか会えませんでしたね。サンディエゴには大きな大学が、サンディエゴ州立大学とカリフォルニア大学サンディエゴ校と二つあって、ぼくはサンディエゴ州立大学に「客員教授」として受け入れてもらった。先生をやっている友達がたくさんいたからね。ぼくの前に、州立大学のほうにはヘミングウェイ研究者の今村楯夫さんがいました。さらにずっと前には、金関寿夫さんもね。

伊藤　そもそもわたしがサンディエゴに行ったのも、その金関先生の『魔法としての言葉』（思潮社）にはまり、金関先生からインディアン詩にくわしいジェローム・ローゼンバーグを紹介されて、ジェロームたちを頼っていったというのがきっかけなんです。越川さんとは、その後カリフォルニアにいらしたときに会えましたよね。パーティもやりました。日本人じゃないみたいににこにこしながらみんなの間を渡り歩く越川さん、凄みがありましたよ。目が笑ってなくて、ああなんか観察してるんだなあと思って。

越川　ぼくは、そこでスペイン語を習ったんです。グロリア・アンサルドゥアというチカーナ（メキシコ系）の伊藤比呂美みたいな詩人がいて、そのひとの書いた本を理解したいと思って。その本はバイリンガルで書かれていて、ところどころにスペイン語が出てくる。対象は、カリフォルニアに住んでいるメキシコ系ですよね。あとから振り返れば、スペイン語の部分だってたいして難しくないんですよ。だけど、そのときは何もわからないから。ちょうど四十代のなかば過ぎて、そのままアメリカ文学者としてずっと同じことをやっていていいのか、という人生の根本的な問題にもぶつかって。そこで、一から人生をリセットしてスペイン語を……。ある人から四十過ぎての恋愛と語学は身につかないって言われたけど（笑）。でも、しょうがないよね。「客員教授」のくせに、大学一年生と机を並べてスペイン語初級の授業を受けました。

伊藤　私が英語を覚え始めたのは、もちろん学校でやってましたけど、ろくな学生じゃなかったから、実際には、みんな友だちや男から、耳から入ってきたわけでしょ。西（成彦）さんと住んでいたときに、彼がラフカディオ・ハーンとかをやっていて、自分の研究対象についてずっと話しているわけです。だったら私は非識字者としての言語というのを習得するべきだなと思ったこともある。アメリカに移り住んでみたら、日本語があやうくなってきて、沼野充義さんの『屋根の上のバイリンガル』(白水社Uブックス)に書いてあったか、ロシアの亡命詩人が書けなくなるっていう話ね、他人ごとじゃないなと思ったし。もう意識的に英語は入れまいとしてきた結果、もうほんとに、非識字者として生きてますね。

越川　ぼくもいっとき非識字者になろうとしました。というのも、スペイン語を習って、グロリアの本に書かれているチカーノの精神性を知ろうとすると、詩や文献を読んでいるだけじゃダメなんだよね。彼女たちの食べているものを食べたり、生活を共有しないといけないでしょう。だから、そこから『ギターを抱いた渡り鳥　チカーノ詩礼賛』(思潮社)という本を書くまでに、ずいぶん時間がかかってしまいました。彼女はぼくと同世代のひとですが、すでに亡くなっています。いろんな社会的な障壁を超えてきて、まず階級の壁があった。貧しい農民の出身で周りに大学を出たひとがいないという家庭環境で、自分も親に勉強しちゃいけないと言われながら大学を出ている。グロリアの場合はインディアンの血も入っていて、メキシコではメスティソと呼ばれます。さらに米国に越境してきた人種マイノリティとしての障壁や、レズビアンとしての障壁もあった。でも、いまぼくはキューバの詩人たちに興味が移りつつある。カリブ海の旧植民地にはアフリカから連れてこられた奴隷たちの文化遺産というか精神世界があるわけです。そういった人たちのなかに、ニコラス・ギジェンという混血詩人がいます。黒人たちの音楽に通じる詩を書くひとで、彼らの口承伝統をふまえて、音を大事にする詩人です。自身もたくさん朗読を残しています。革命以前は、反体制的ということで亡命をよぎなくされました。

伊藤　私、このかた（グロリア・アンサルドゥア）のことは越川さんから聞くまでは知らなかったですよ。ちょっと情けない。アメリカに住んでいても、そんなに付き合いないですよね。ヒスパニックの詩人たちだけでなく、あらゆる詩人と。英語に心を閉ざしていたのかな。最近少しずつ外に出るようになった。カリフォルニアは、周りはメキシコ人ばかりで、子どもたちも当然のようにスペイン語を勉強するし、友だちにもメキシコ人がいる。ただ、いろんなものが渾然一体とあるなかでも、それぞれの文化はそれぞれ異文化ですからね。うちの娘は、メキシコ人の男の子とは遊ぶのに、女の子の友だちとは遊ばない。でもごくふつうの中流のアメリカ人の女の子たちとも遊ばないから、同じようなものかも。でも、住んでいるとボーダーって感じがする。スペイン語がひんぱんに耳に入ってくるし、しょっちゅうメキシコに送り返されるバスとか見るし、誰が不法滞在か、誰が合法かって話をよくしているし。

越川　英語の新聞を読んでいるとそういう記事ばかりです。自然と差別的な視点に立って、メキシコ人というのは懲りないバカな奴ばかりで、米国社会の秩序をみだす「違法移民」だということになってしまう。チーチ・マリンというチカーノの監督の作ったとても面白いコメディ映画を見ると、そういう見方がとても一面的であることがわかる。強制送還なんて日常茶飯事で、どうするかというと、移民局のバスに乗せられてボーダーのティファナまでいって、まあ、そこでビールでも飲んでリラックスして、来週また戻ってくるさ、そういうジョークみたいな話をする登場人物も出てきます。なんだかんだ言ったって、米国人はよごれた肉体労働をしてくれる自分たちを必要としているんだから、捕まったらまた戻ればいいんだよって(笑)。

伊藤　うちはサンディエゴの北のほうなんだけど、少し北に行くと、大きな検問所があってその前に交通標識があるんですよ。それが、男と女が子どもと一緒に走っているサインなんですよね。つまり、不法の人たちが検問所の前で車を降りて道を横切るから気をつけろってことなんです。『ラニーニャ』(岩波書店)の表紙は、あれをアレンジしてもらったんですよね。それが、南北に走る高速道路です。カリフォルニアからアリゾナに向かう高速道路には、万里の長城みたいな柵がえんえんと国境沿いにある。高速を走りながら、ほんとにすぐそこに見える。南に向かってうちから三十分ぐらい走ると、南、南、南としか書いてない。この風景がすごく好き。殺伐としていて、緊張感があって。もうちょっと行くと、INT'L BORDERってサインがある。インターナショナルボーダーなんです。こないだもチュラビスタの移民局へビザの書き換えがうまくいっていなくて交渉に行ったんですよね。そういうときに坂の上から、向こうにアメリカじゃない町並みが見えるんですよ。山があって、大きなメキシコの国旗が見える。そういうところでずっと暮らしているでしょう、不思議ですね、国境っていうのは。背筋がのびる感じ。

越川　一種の制度ですからね。じつに理不尽だけど。暮らしは一見違って見えるけど、人々の考え方は国境線の両側でそんなに違わない。

伊藤　制度むかつきますが、あるからなにくそこんなものって思えるでしょ？　ポーランドとロシアの国境沿いにあるギリシャ正教の僧院に行ったことがある。大きな国道でしたけど、東に走れば走るほど、どんどん殺風景になっていって、大きなトラックが行き来するだけになって、コウノトリの巣がやたらに多くなる。のどかなところなんですよ。僧院の真裏、道をはずれて歩いていたら、いきなりそこに国境って書いてあって、立ち入り禁止になっている。そのときもしゃんと緊張しましたね。

越川　なるほどね。ぼくはチカーノの生活を知る旅に出て、別のものも見ちゃったんだけど。国境地帯のインディアンの居留地です。テキサスにはキッカプー族の国家があるんです。彼らの歴史を調べていたら、国境がそこになかったころには両方に住んでいた。リオ・グランデ川をはさんで、かれらはいま二つに分断されてしまっている。一応、両方のパスポートを持てるようになって行き来できるんだけど、一八四八年に米墨の国境線が南に下りてくるまで、本当に自由に行き来していたわけです。いっときは米国ともメキシコとも関係なく、橋の下の河原に小屋を立てて住んでいたらしい。

伊藤　そんなこと言ったら、アライグマやコヨーテだって行ったり来たりしているのがいっぱいいると思うんだけど。自分のテリトリーの中に道が引かれちゃうみたいな。

越川　前に伊藤さんが見にこないかと誘ってくれた、渡りの蝶、ヒョウモンチョウ（一種のまだら蝶)って言うんですか、南のほうから北に二、三千キロくらいずっと移動してゆく蝶がいて、あれだって国境線は関係ない。それに比べると、人間の世界は不自由です。

伊藤　そうそう。あれは、どこへ行くんだろう。南から北へ何千キロと行くんですよ。サンディエゴはその通過地点で、毎年じゃないんですけど、突然多い年がある。何日か蝶だらけになって、いっぱい死ぬんですよね。何日か過ぎるといなくなる。

越川　メキシコのミチョアカンに森があって、そこに冬ごもりしているって何かで読んだ。メキシコシティの西ですから、そのくらい遠いところから飛んでくる。記述によると、交尾しながら行くらしいですよ。別に一世代で飛んでいくわけではないらしい。

原風景としての河原

越川　伊藤さんは、カリフォルニアから日本へ移動するでしょう。カリフォルニアと日本の気候とか風土はずいぶん……。

伊藤　違いますね。九七年に、子どもを連れて行っちゃって、最初のころは、いまみたいに頻繁には行き来していなくて、夏にしか帰らない、仕事があれば、あと一、二回。夏に子どもを連れて帰ってくるのが大変なんですよ。一人は赤ちゃんだったし、おむつバッグ持って、本を持って、『河原荒草』(思潮社)まんまの生活をしていました。あとの二人はだいぶ大きかったから、いろんなものいっぱい背負わせて、行くわよと言うとついてくる。それで、飛行機に乗るときは、当時はいまみたいに赤ちゃんルームなんてなかったから、機内に入る前に、誰もいないすみっこで走り回らせておくんですよね。各空港のそういうスポットを知ってる。そうするとエネルギーが抜けて、ややおとなしくなるの。乗ってる間も赤ん坊のときはいいんだけど、ちょっと大きくなると、飛行機の中でちょこちょこ動き回る。それを追いかけて歩いて、かまってくれる子ども好きな人がいたら、その人に任せたりして(笑)。子どもって、なかなか寝ないくせに飛行機が降りる直前になると寝てしまうんですよね。それを一人一人叩き起こして、次を叩き起こしてるうちに最初に起こしたやつがまた寝ちゃうという(笑)。本当に苦労だった。それで梅雨明け前後の日本に着くと、体中から汗が吹き出してくるような、汗がこっちに向かって襲いかかってくるような、そんな苦しみを感じていましたね。カリフォルニアの冬は雨期ですよね。雨もまあ降らないでもないかなという程度の。四月ぐらいにはすべての雨が降りやんで、どんどん乾いてきて、夏休みごろには、あたり一面の多肉植物とセージとサボテン、ユーカリとライブオークという自生のカシの木、それらが乾ききる。その風景を見尽くしてからこっちに来ると、梅雨の最後のころ、梅雨が明けてすぐのころですね。目もあけられないくらいなんですよ。熊本だから照葉樹が多いでしょう。一つ一つの葉に含まれた光の量がばーんとくるんですよね。光量はカリフォルニアのほうが強いはずなんですけど、日本の場合、そこに含まれた湿気がきらきらきらして、何て言うんだろう、苦しいんだけど、ものすごく豊かで、植物が繁茂していて、とどまるところを知らず、のびて栄えている。見るだけで快感がありました。夏は蚊にやられて、私は虫さされのアレルギーもひどくて、本当に『河原荒草』そのものです。その違いを知るために、いったん国から出たという感じもしますよね。それは、すごく貴重でした。もし台湾かどこかに移住してたら、テーマが違っていたと思います(笑)。カリフォルニアのうちのそばは、自然がすごく保護されているんですよね。帰化植物がはびこるのでそれを抜いている。抜かれた帰化植物の死骸があちこちにあって、まだひとが植物をコントロールできるかもって希望を持ってるみたい。だけど、日本の熊本の河原では、コントロールなんてできません。もう、なすがまま。そういう、私たちの生の限界というのを、外に出て、帰ってきて、目の当たりに見たという気がしますね。

越川　「河原」という詩の場所《トポス》は、そういうところで「発見」したんですか。

伊藤　河原は、子どものときに荒川の近くに住んでいて、遊びに行ってたんです。日常からはちょっと離れていて、バスに乗っておたまじゃくしを取りに行く。取ってきてそだてようとするのに、必ず死んじゃってね。死骸と背中合わせでしょう。六〇年代の河原はものすごく汚くて、草がぼうぼうと生えていて、死骸がいっぱいあって、捨てたものがあって、近くに焼き場があって、そういうところで遊んだ、それが原風景だった。熊本にうつったときに、うちの前に河原があって、もっと小さなサイズでその原風景を繰り返しているなという感じがしましたね。『河原荒草』には、六〇年代の戸田橋あたりから見た荒川の風景も入っているし、熊本の坪井川の河原の風景も入っている。ガマもはえているんですよね。小さいとき因幡の白うさぎの話が大好きで、いつも親にガマのほわたの絵を描いてもらっていたと。覚えてませんけどね。しろみがガマのほわたが好きだったと、家庭の中で語り伝えられてきた神話みたいな感じ。神話だからそんなもの存在するなんて思ってもなかったのに、熊本にはえていて、アメリカにもはえていて、感動した、感動した。頭のなかで神話化されたものが、実際生きているのを見たのは、すばらしい経験でしたね。ガマはアメリカで自然とむすびついて人気のある植物で、ネイチャー関係のお店に行くと、オブジェがいろいろありますよ。

翻訳と創作

越川　ちょっと話題が変わるんですけど、詩の中で「不在の父」というのが出てきて、ドキッとしました。ぼくなんて旅に出てばかりで「不在の父」そのものだから。

伊藤　それは、やっぱり私の妻としての家族、お母さんとしての家族のなかの父ですよね。うちの場合は不在だったか、いても役に立たなかったかで、そういう意識を最終的に持ったということなんじゃないでしょうか。一般化したらまずいと思うんだけど、私にとっての男というのは、なんだかなあ(笑)、だけど、まあヘテロだし、好きでつきあってきたし。アメリカに渡ってからも、男さえいなければ楽だったなという局面がいくつもいくつもあったし、それを感じているので、どうしても父とか男に対して批判がましい言辞を弄してしまうんですね、反省してますけど。男好きなんですよ、これでも(笑)。でも女も好きです。昨日みたいに女の子がいっぱいいるとすごく楽しいですよね。

越川　きのう、文月悠光さんが十代のときにはじめて伊藤さんの作品に出会ったのが翻訳で、『ビリー・ジョーの大地』だったと言っていましたけど、翻訳する行為と詩を作る行為は、どういうふうに分けているのか、分けていないのか。

伊藤　分けてないような気がする。最近とくに分けてない。違う言語で書かれたもので、自分がアプローチできる言語だと、翻訳したくてしたくて、見るそばから頭のなかで翻訳しているんですよね。意識し始めたのは、いつでしょうかね。まだ『日本ノ霊異ナ話《フシギ》』（朝日文庫）のときはそこまで意識していなくて、『ビリー・ジョーの大地』（理論社）のときは意識していたんでしょうね、たぶん。同じくらいの時期に樋口一葉を翻訳したんですよ。あれもやっぱりその一つです。自由にやって下さいって言われて、逐語訳じゃない感じで現代語訳したんですよ。それからスイッチが入っちゃった感じで、『日本ノ霊異ナ話』は、翻訳という方法はとらなかったんだけれども、一話一話おもしろいなと思ったら訳すんですよね。まず全部書きうつして、逐語訳して、それで次に進む。段階を踏んでいくから、こういう古典を扱った仕事では、私の場合、まずは直訳があるんです。その前に『ラヴソング』もありましたけど、あれは最初に『現代詩手帖』にいた井口かおりさんに仕掛けられましたから、やっぱり昔からあったのかもしれないですね。

越川　こんど『続・伊藤比呂美詩集』（思潮社）に収録された多くの詩のなかでも、他の作品の言葉を引用したり参照したりしているじゃないですか。あれは、単に他の作品からインスピレーションを得たというだけでなくて、翻訳の行為とどこか似ているのかな。

伊藤　これは『テリトリー論』（思潮社）のころからです。自分で詩を書いていると、言葉が単調になる。自分の言葉しか使わないでしょう。『テリトリー論』のときにやり始めたのが、人の言葉を使うっていう。たとえば『となりのトトロ』で声優さんが、実になめらかに演じている。その中で突然、糸井重里さんがお父さんの声を出してきて、微妙にぎくしゃくしてるじゃないですか。そのぎくしゃくでもってものすごいリアリティが出ている。あんなような効果を見たかったんですよ。異化というのか、私は初めからそういう学術用語が苦手で生きてきたんだけれども、そういうものへの憧れがいつもあるんですよね。前の夫が学者でしょ。彼に難しい話をさせてそれをまんま使って詩にしたりということもしていました。そういうときは必ず何々から引用参照と書いていた。それが『テリトリー論』。あのときはそれを使いながらも、内から出てくるものがものすごくあった。『テリトリー論』が終わって、スランプに陥った時期があって、そのころにやっていたのが二つ。一つは、今度の詩集に入っている「ニホン語」っていう連作ですね。これは『現代詩手帖』で連載していたときは「アジア」とかいうタイトルで、このころ英語に翻訳可能な日本語で書きたいというオブセッションに取り憑かれていて、そのためには日本語特有の修飾語とか、日本語特有の言い回しというのを一切使わないで、つまり、主語と述語だけ、主語にかかる形容、述語にかかる形容を全部取って、骨だけの言語というのを追いつめていきたかった。当時、夫に教えられてベケットとかを英語で読んだりしていて、あと、イェジー・コシンスキなんかも。彼の小説『Steps』や『Being There』をポーランドで読んだんです。言語を後から習った人が書いているんじゃないかなと思われるようなすごくシンプルなセンテンスの英語が繋がっていく。ああいう日本語を書きたかったた。それで、形容をどんどん取って書いていったのがこの連作です。しばらくやってみて、詩としてくそおもしろくなくなっていったから、やっぱりこれじゃダメだなと思った。もう一つやっていたのが、本屋行って英語の雑誌を買ってきて、適当にえいっと広げてそこのところを翻訳するという。やってる間はエクササイズみたいに黙々とやってて、発表もしたけど、実際、後から見ると詩としてどうなんだろうみたいなのがずいぶんあった。ここにも入れてないですね。そのころから、翻訳という意識はあったかもしれません。

越川　単に英語から日本語というだけじゃなくて、いろんな「翻訳」がありますよね。古典作品から現代語へとか。ところで、ぼくは銚子の出身でなまりにコンプレックスがあって、「ひ」と「し」をよく間違える。だから、原稿なしにあまり人前でしゃべりたくないんです。そういうコンプレックスって、ないですか。

伊藤　私にはないですね。英語にはいつも不自由さを感じていたけど、いまはあんまり感じない。「し」と「ひ」の違いについても、それは私の母たちの言語で私自身は普通に標準語ですよ。いや、標準語というよりは東京北部の方言ですけど、まあもう標準化されちゃった後だから、むしろ自分ではできないけど懐かしい。だから意識してそっちの世界に持っていったということがあって、興味があるから、それが対象化できていたんじゃないかと思います。かえって何か普通に標準語的な日本語を駆使できるっていうところで、あらゆる土地に結びついた地域の言語活動から閉め出されてきたという意識はありますよね。熊本でもありました。熊本弁はわからないし、しゃべれないですね。母とか叔母とか、そういう人たちの中に入ると、東京の下町弁ですけど、発音からして違うし、私なんか「し」みたいな「ひ」もうまく言えないで「ひ」って言えちゃうし。言語的な才能がないんですよ。

死を覗きこむ

越川 最近読んだ面白い本があって、ドイツ人でゼーバルトという作家が書いた作品集で、全体のタイトルが『カンポ・サント』(白水社)。表題作の「カンポ・サント」というエッセイが抜群に面白い。すべて「死」をめぐる考察なんです。コルシカ島というイタリア半島の南にあるフランスの島のお墓のこと、死者の埋葬地について書いている。「カンポ・サント」というのは「聖なる土地」という意味だけど、十九世紀くらいまでは墓地がなかったというんです。なぜかと言うと、家の近くの大きな木の下に埋めたり、屋敷の土地の中に埋めたりしたらしい。なにごとも近くにいる死者に聞くという風習があって、悩みごとがあったら死者のところへ行ってどうしたらいいですかと尋ねるとか、今度これこれこういうことがあるんですけど、どうしたらいいですかと尋ねたっていうことが書いてあった。つまり、長いこと、近代が始まる以前は、死者が生者を支配していた、と。この作家は廃墟についても考察しています。死んだ都市ね。そういう死者に囲まれた世界に取り憑かれている。この地球に人類が生まれたときから数えれば、この世界には死者の数のほうが生者より圧倒的に多いわけですよね。伊藤さんの作品を読んでいると、ぼくには「供養」という言葉が浮かんできます。『とげ抜き　新巣鴨地蔵縁起』（講談社文庫）の中にも鳥が死んでその上に花を植えるというのが出てくる。そこには、生まれ変わりの考えがあるでしょう。また、詩の中に猫を飼うのは自分の厄の肩代わり、身代わりさせるためだという表現もありました。生まれ変わりという考えをしない人っているわけだけど、伊藤さんのそれは、どういうところから出てきたのかな。

伊藤　そうですねえ、別に輪廻の思想を信じているわけでもないし。これだけ仏教の世界に足つっこんでおいて何を言うかと言われそうだけど、宗教とか、精神世界として興味があるわけじゃなくて、翻訳という行為を通じた語り物の世界に興味があるので、こういう乱暴なことも言えちゃうんですが、しいて言えば、アニミズムですね。死ぬことも生きることもいっしょくたというようなアニミズム。

越川　ぼくがメキシコに行って一番興味があるのは、実はお墓なんです。メキシコでお墓というか死者の世界に目覚めちゃったところがあるんですよね。

伊藤　メキシコには二、三回しか行ったことがないんですけど、ワハカの「死者の日」に、枝元なほみと一緒に行ったことがあって、おもしろかったですね。十一月一日っていうのは、ポーランドでは大きなカトリックのお祭りがあるんです。騒がしいお祭りじゃなくて、とても宗教的な。みんながお墓参りに行って、花を供えてろうそくを捧げる。十一月のポーランドって寒くて菊しかないから、あらゆるお墓が菊で埋まり、入れ物に入ったろうそくがいっぱい灯る。万聖節っていうんですかね、ポーランドには二年いましたけど、その日は、大切なおごそかな日だったんです。で、アメリカに行ったら、今度は十月三十日がハロウィーンなんですよ。子どものためにあるような日で、子どもたちはみんな楽しみでしょうがない。夜になるとすごいんです。ひたひたひたと邪鬼どもがやって来るような感じ。ワハカに行ったときは、地元の人の信仰の中心だから、こっちとしてはなるたけ邪魔しないようにと思って、おそるおそる行ったんですけれども、観光地だからみなオープンで、お墓が飾り尽くされていて、いろんなものがお供えしてある。町のそこここにも祭壇ができていて、チョコレートとか糖蜜の固まりとか果物とかパンとか、私たちのお盆とすごく近い。日本と違うのは、もっと騒がしく騒ぎながら、あっちの世界とこっちの世界を繋いでいるところですね。うちはお盆とか何にも関係なく生きてきて、私はお盆の習俗は何も知らなかった。前の夫と結婚したときに、お盆にはきゅうりやなすで馬や牛を作って、お迎えの火を焚いて、仏様用のお膳を作って、というのを彼の生家で教わったんですけど、やっぱり新鮮じゃないですか。一応、そういうのがあるんだということを大人になってからわかった上で、メキシコのそれを見たら、ものすごく新鮮でした。じつは、『日本ノ霊異ノ話』（朝日新聞社）のなかにも入っているんです。「日本霊異記」に「笑う骨」系の話があって、それを処理するのにワハカに行った経験を書いたんです。ワハカというのは、メキシコのなかでも一番宗教的に充実したところでしょう。オアハカって越川さんは言うじゃないですか。あれね、私の耳では、どう聞いても、メキシコ人もアメリカ人も「ワハカ」って言ってるんですよ。ワハカ。漢字で書いたら吾墓ですよね。わがはか。頭のなかで、吾墓、吾墓って思っていた。ある日気がついたら、それってアオハカに似ている。青墓と書いて「おうはか」って読んだら、それは、説経節の小栗判官のお話で、照手が最終的にたどりついて働くことになった場所なんですよね。美濃の青墓。それで、私の中では美濃の「青墓」と「わが墓」とメキシコの「ワハカ」が繋がって、すごい近しい感じがします。

越川　オアハカって緑豊かなところで、サポテカとかミシュテカとか呼ばれる先住民たちの文化が根づいている土地です。郊外にはモンテアルバンという遺跡がのこっています。AD三〇〇年から五〇〇年頃に栄えたサポテカの文明(天文学や象形文字)の遺跡です。彼らはヨーロッパ人が今頃になって見直しているエコロジカルな生き方を何千年も淡々としてきているし、アニミズムの精神を感じますね。「死者の日」のお祭りっていうのは、もともとその土地にあった先住民の先祖崇拝にキリストの万霊節が混淆したものですが、そんな祭りを見ると、われわれが死者の近くに生きているということを感じる。

伊藤　夜、地元の人たちに混じって、お墓のなかを歩いていると、花がいっぱい飾ってあって、カラーって知ってます？　白いサトイモ科の花。あれを飾ってるところは子どもを亡くしたうちなんです。そういうところは、お母さんが一人で座っていたりする。こっちのお墓はマリアッチかなんか演奏して騒いでいて、子どもが観光客に寄ってきたりもして、いったい誰が死んでいて誰が生きているのかわかんない、そういう感じ。『日本ノ霊異ナ話』の「笑う骨」の話のなかでも、まあお約束で、骨が供養してくれって言うんですけど、ワハカに行ってそういう経験をしたので、ここで生きているか死んでいるかわかんないような状態を入れようと思って作った。もともとの『日本霊異記』のその話は、主人公は高麗の僧とその従者なんですよ。外国から来た人たちでしょう。異国の地に住んでいる自分というのを中心に考えて作っていったんですよね。メキシコの文学でファン・ルルフォっていう小説家の『ペドロ・パラモ』（岩波文庫）っていう作品に、感動したんですよ。あれも、いったい誰が生きているのか死んでいるのかわからない。向こうでメキシコの詩人たちに会って『ペドロ・パラモ』は読んだと言うと、それで充分と言われる。あれは、ガルシア・マルケスに影響を与えたんだとみんなが熱く語る。本当にそう思うんですよ。マルケスの『百年の孤独』なんて、誰が生きて死んでいるのか、DNAがちょっとこうなって、同じ名前で、でも違う体型で、というふうに出てくるじゃないですか。あれがもっと死を背負った感じで、縦横無尽に出てきて、いままで生きてたけど、じつは死んでましたみたいなことを言い合うんですよね。あれには、影響を受けましたね。

越川　ファン・ルルフォの作品を読むと、メキシコの無常観を感じますね。せっかく現世であこぎなことをしながら築いた栄誉も富も、結局は、風に吹かれる塵のごとく一瞬にして無に帰してしまうといった……。生者が異界をのぞき見るという点で、少し「雨月物語」に似ているかな。

伊藤　私にとって一番近いのは石牟礼道子さんなんですよね。石牟礼さんの文学の一番のエッセンスがつまったところ、水俣なり天草なりで石牟礼さんがいろんな人と語り合うでしょう。それをいったん自分のなかに入れて、石牟礼語でもって出す。誰が生きてるか死んでるか、わからないし、どうでもいい。日本の無常観には、結局、四季があるでしょう。四季をものすごく熱を入れて書きますよね、短歌も俳句も中原中也も。あれは、何事も一時たりともそこに同じでいない、流れる水のようなものを表現するためだと思うんです。『ペドロ・パラモ』だと、それを四季じゃないかたち、たとえば、風とか土の匂いとか、あとじつにひとの命を粗末に扱っていて、それで表している。日本の場合は、人殺しに熱を入れない文学が多かったから、人を殺すかわりに花を散らし、月を沈ませ、で無常観を感じてきたと思う。でも、もしそれがアニミズムというものだとしたら、たぶん根っこは繋がってますよね。

越川　先住民の発想の根底にあるんじゃないですか。グロリア・アンサルドゥアの場合も、先住民のアニミズムの精神を自分の中に取り入れている。死者がすぐそばにいる。土の中から出てくる。

伊藤　死者とか死骸とか、どうして好きなんだろう。母の一連の介護を始めるまでは死を意識することはなくて、単なるファンタジーとして好きだった。死骸は、子どものときから嫌いでした。そのトラウマがあると思う。荒川のあたりでも死骸だらけだったし、よく路上で犬猫は死んでいたし。死骸がこわくてしょうがないんだけど、やっぱりこう死を見つめてしまう、何なんだろうと覗きこむ心の動きだったんじゃないかと思います。鈴木志郎康さんの『比呂美　毛を抜く話』のときに、ファインダー越しに志郎康さんに凝視されながらそのことを話す過程で、ずいぶん無意識に考えていたことが意識の上にまとまった。あらゆる生きているものはどこかで自分と繋がる、こっち側にいる。でも死骸はあっち側にいて、これからどんどん腐るばかりだと。いまになって見たら、白骨観というような仏教的な考えもありうるんですけど、子どもとして見たときには、ただただ違和感のある存在、気持ち悪い存在だった。それを見つめるという作業を、ずっと子どものころからしていた気がする。それは、死だったんですけれども、人間の死に感じるような何かは断ち切られて、自分の身がおびやかされてしまう、そういう感じではなかったと思います。

越川　少年時代に自分が死ぬ夢を見たことありますよ。自分が棺桶に入れられて燃やされる寸前という夢(笑)。怖いよね。

伊藤　『日本霊異記』を書いた景戒も、自分が死んで焼かれていく夢を見ているんですよね。それがなかなか焼けなくてもうひとりの自分がつついてうまく焼ける、という夢。その夢の話を読んで景戒さんにすっかり感情移入した。千二百年前の人がそんな夢を見るなんて考えられなかったから。同時代にもいるんですね(笑)。

これからの展開

伊藤　いまやっているのは、「日系人の現在」というつまんないタイトルを付けちゃったんだけど、いま私が生きている現実を書きたくなったんです。ものすごい手間がかかる。ジェフリー・アングルスが日本語で詩を書き始めたのを見ていて、私もやってみようと思って英語で書き始めた。そしたら書けないのね。娘に直してもらおうと思ったら、めたくそに直されちゃって。だからやっぱり日本語で始めた。それを英訳する。自分でもやるし、娘に下請けに出すこともある。それをまた日本語に直してみる。語順はなるべく英語の語順で書きたい。その語順、表現で考えているから。だけど、やり過ぎるとつまんないんですよ。だから日本語みたいに書くところもある。それを直していったり、そこに何のルールもないんですけど、私がルールなんだと思ってやっています。あるとき飛行機で隣り合った日系人に話を聞いて、それをメモして詩を書いてみたら、作った詩よりそのメモ書きのほうが詩だなと思って。こういうとき詩だなと思うのはわかんないんですよ。これで出したらまずいかなと思いながらやってみたり。いわゆる詩にしたくない、でもふと読み返すと、あまりに散文で、これじゃ詩じゃないじゃんと思うときもあるんです。この仕事のかたちにおいては、まだ自分でもどこに行きたいっていうのがないんでしょうね。そこを手探りで突き止めていくっていうか、これで詩かも、詩じゃないかも、ちゃんとした規格があるとわかりやすいのにな、と思いながらやっていますけど。

越川　これだけ詩を書いていてもわからないものですか。

伊藤　わからないですね。一個書いたら忘れちゃう。小説はもうやめました。全然向いてない。不自由感だけ残っちゃって。悪いひとが書けないんですよね。一人称だったらいくらでも書けるんですけど、一人称に対立するひとたちの意識、こっちからしたら迷惑な、嫌な意識が書けない。これを他人として第三者として書くことができない。それを結局、全部バラバラにして組み立て直したのが『河原荒草』なんです。『河原荒草』のきょうだいを保護しにくるケースワーカーの人とか警察の人とか、彼らは善意の人たちなんだけれども、きょうだいを保護して親から離し、親を罰したい。こっちの家族からしたら、それは敵で悪だ。そこを書かないと小説にはなり得ないと思った。それができないもんですから、絶対無理だ、もう諦めようと思って、詩に全部投入したんですよね。だから、この詩集には悪いひとが出てこない。アレクサという存在も、はじめはきょうだいの一人だったんだけど、他者が書けない。詩だったら、きょうだいだろうがきょうだいじゃなかろうが、自分だろうが、誰も文句は言わないと思って、一人称の人格が分離したという設定で書いた。何もかもあいまいです。詩だとそれができる。小説だと、たぶんできない。それと、地に足をつけたみたいな描写、興味ないことをつらつら書いていくのができない。好きなものしか書きたくない。小説、まったく向いてないですね。『とげ抜き　新巣鴨地蔵縁起』は、説教節を自分なりの現代詩にしたかったというのがあって、長いこと、説教節にこだわっていたんですよ。『ラニーニャ』も説教節がベースなんですけど、『わたしはあんじゅひめ子である』も『河原荒草』も、説教節をベースにこれでもないあれでもないってやってきて、最終的にこれでいいんだ、というのが『とげ抜き』なんです。これからのことは、この数年間、お経にはまって、ずっと読んできたというのは決して無駄にはならないと思うんですよ。次の一歩に進むためには。最終的には仏教文学をやりたい。信仰心ないのにね(笑)。能も使いたい。能のあのかたち、移動があって、季節があって、詩、というか、うたがあって、引用があって、というあれは、詩の原点みたいな気がするから。

越川　「小説」とか「詩」とかいうジャンル分けは、ボーダーと同じで制度としてあり、本屋でも詩のコーナー、小説のコーナーって分かれているけど、どちらにも当てはまらない過激で面白いい作品が存在する。

伊藤　制度があるところで生きてきているから、別に不自由だなと思いながら生きているのって嫌いじゃないです。

越川　きのうのお話でしばらくスランプだったたっておっしゃったけど、その間にも括弧付きだけど小説、エッセイ、人生相談とたくさん書かれていたみたいだし、この後は、詩なのか小説なのかではなくて、語りを中心にした作品を伊藤比呂美として書いていくんじゃないかという予感がしています。

伊藤　スランプはスランプでしたよ。『テリトリー論』が終わったころから、ずっと。『河原荒草』がはじまるまで。つまりこの『続・伊藤比呂美詩集』にまとめられた期間ですよね(笑)。でも一貫して自分では詩を書いていたとは思ってます。枠にぶつかりながら、窮屈な思いをしながら。でも、それが現実じゃないですか。実生活でビザとパスポートを持って生きているでしょう。それがないと生きていけない。更新だってものすごくめんどくさいんですよ。でもそのめんどくささに慣れっこになっちゃって。ものを書く上でも、文芸誌に書くときにはそれなりにビザとパスポートがいって、時々それがうまくいかなくて挫折したり。『現代詩手帖』に書くときにもそれなりにビザとパスポートがいる、っていう。そういう苦労があったほうがいいかなという気がしますね。そういうのがあって、いろんな批判をされたほうがむしろ生きているっていうか。何でもありなのが現代詩だと思っていて、それにひかれてこの世界に飛びこんできたでしょう。そしたら、やっぱり何でもありなんだっていうのを私が体で示していくのが方法なのかなと思ったりしますね。いまやっている「日系人の現在」にぱっと見似ているのは『コヨーテソング』かな。いや、いわゆる行分け詩だってだけですね。これからどうなるかわからない。でも、それが次の作品になるでしょうね。

（この対話は二〇一一年七月三十一日に東京ヒップスタークラブ［原宿］で行われた）（2011・10）

対話「3・11以後の老いと病と死」（伊藤比呂美／越川芳明）

「おーい、死ぬときは痛いか？」

越川　今日のテーマは「3・11以後の老いと病と死」ということなんですが……。まあ自由に話しましょう。

伊藤　私ももう五十六になりましたからね、やっぱり死というのが射程距離に入ってきて。若いころは、死というのはファンタジーだったなと思いますね。すっごく魅力的なファンタジー。ファンタジーとしての死はずっと書いてきたんですけども、七年ぐらい前に母が倒れて入院し、五年間寝たきりになってそれっきり出てこないまま、二年前に亡くなったんですよ。父は独居の老人になって、きのう八十九歳の誕生日を迎えました。

私はかなりいいかげんな生活してますので、年をとった両親がいるとわかっていながら、しかも一人っ子だってわかっていながら、カリフォルニアのサンディエゴに移住しちゃったんですよね、十五年ぐらい前に。以来私はアメリカと日本の行ったり来たりで、大体一カ月に一回帰ってきて、「お父さん、元気?」と。まあ、私がいなくてもヘルパーさんたちがいてくださるんで、父の生活はちゃんと成り立っているんです。じゃあ私は何をするかというと、一緒にテレビの前に座って野球や時代劇を見る(笑)。これが私にとっての介護なんですね。こういう生活をしながら、このところ私はお経にはまっているんですけれども。

母がもう戻れないとわかったときの状態は、「百年前だったら、二週間で死んでたな」っていうような状態でした。ところが今の医療制度では延々と生かされてしまうでしょう。でも、当人にとっても死というのは、まだファンタジーなんだなあと思って。彼女は「いつ死んでもいいんだ」「もう死んじゃったほうがいいいんだ」って言いながら、やっぱりご飯を食べるし、容態が悪くなると、本人も苦しいから治療してくれって言うわけです。それを見てると「ああ、この人はやっぱり死にたくないいんだろうな、生に未練があるんだろうな」と。かといってずっと生きていたくもないと言うし。つまり、どうやって生きていいのかわからない状態だったなって思います。

仲のいい夫婦でしたけど、父はひとりぼっちになっちゃって、今はうちでテレビをずっと見てるという、それだけの生活です。本も読まなくなっちゃったし、昔好きだったプラモデルを送ってみたんですけど、部品が小さくて見えないっていうし。結局朝から晩まで時代劇専門チャンネルを見ながら「つまんねえな、これは」とこぼすだけ(笑)。彼もやっぱり、死に方がわかんないいんだなと思いますね。

越川　でも、伊藤さんの本を読んでいると、お父さんはすごくユーモアのある人だという感じがする。お母さんが亡くなるときに、最後のジョークみたいなことを言ったでしょう。

伊藤　まだ生きてるときに、母がよく父の手を握って「冷たい」「冷たい」って言ってたんですよ。それから母が死んで、いざ出棺というときに、父がよろよろと立ち上がって母に触って言ったんですよ、「今はそっちのほうが冷たい」って。本人はジョークを言ってるつもりなんだけど、だれも笑えない。

越川　「死ぬときは痛いか?」って訊いたそうですね。

伊藤　ええ……。父は無宗教で、母が死んで私がアメリカから帰ってきたときには、ベッドの上にお棺が置いてあって、父はその裏で寝ていました。お棺の前にお花と線香だけが置いてあって、別に知り合いもいないから、焼き場に行ったのも私を入れて親戚が四人、近い人たちはもう死んじゃったか、年取って動けないですから。まるで無縁仏みたいな送り方で、かえって自然だった。お棺とその裏に寝ている父を見て、どっちが死んでるのかな、と思ったくらい死んでるのも生きてるのもあまり違わないみたいな感じだった(笑)。

焼き場から帰ってきた夜、もうお棺のなくなったベッドの上で父は寝ていたんですけれども、父が寝ぼけて「おーい」って母に呼びかけるわけですよ。「死ぬときは痛いかい?」って。ああ、これだ、これが、これから死ぬかもと思っている人がすごく気にしてることなのかなって。痛いか、苦しいか。そのときに一人か、一人じゃないか。これって私たちの死という概念に、必ず結びついている恐怖なんじゃないですか。

越川　うん。死ぬときは一人だもんね。あきらめるしかないって思っているんだけど。

伊藤　いや、今思ってるだけで、いざとなったら……。

越川　そう思わなくなる？

伊藤　うん、おそらくじたばたすると思う。それが人間だと思うんですよ。『歎異抄』――親鸞の言葉を弟子の唯円が書き留めた本ですが――そこにこんな一節があります。唯円は、浄土に行くということがちっとも楽しみじゃない、彼らにとっては浄土に行くことが一番の関心事のはずなのに。で、「楽しみじゃないですけど、どうしたらいいんでしょうか」とお師匠さんの親鸞に聞くと、お師匠さんが「おまえもそうだったのか、実はおれもそうなんだ」って。「浄土は、ほんとは行きたいなって思うはずなんだけれども、全然行きたくないんだ。でも、もしかしたらこれでいいんじゃないか」みたいなことを言ってるんですよ。格好いいでしょう？

越川　確かに、自分の思想より、心に正直だね。

伊藤　いやいや、これが思想。何もかもが他力、阿弥陀様の本願によるものですからね。でも、とにかく、私、親鸞の『歎異抄』と、あと「正信偈」や和讃や書簡を訳して、もうすぐ本になるので、ここ半年ぐらい頭のなかが親鸞だけなの。親鸞のことしか考えてこなかった。親鸞の筆跡、親鸞の声、親鸞の歩き方、具体的な男として、こう、イメージしてますよ（笑）。

キューバのピジン的宗教

伊藤　最近越川さんはヴードゥー教をやってるんでしょう。

越川　ヴードゥー教とは限らないんだけど……。ヨーロッパの経済的発展のためにカリブ海や南米に強制的に連れてこられたアフリカの人たちがたくましく維持してきた生活の知恵というか、精神の支えというか、そういったものに興味があるんです。仏教やイスラム教やキリスト教などの「世界宗教」と言われるものがあって、その宗教の力ってとても強いんだけど、アフリカの人たちが故郷から唯一持ってこられたのも信仰だった。物は持ってこられないし家族も離散するなかで、どうやって生きていくための、精神の支えになるものを維持してきたかということに興味があるんですよ。例えば、ヨルバ語を話す人たちがハイチで維持してきたのがヴードゥー教と呼ばれ、ブラジルのバイーア地方ではカンドンブレ、キューバではサンテリアと呼ばれています。

伊藤　どういう教義なんです?

越川　簡単に言っちゃうと、日本の古代神道のように自然崇拝やアニミズムの世界で、太陽とか大地とか、人間に命の糧を与えてくれるものを崇める。それから、いろんな神様というかオリチャと呼ばれる精霊がいて、われわれも死ねばやがてエグンという精霊になったりするんですね。黒人たちはローマ・カトリック教会によってキリスト教への改宗を強要されるわけですが、キリスト教の聖者たちの中から自分たちの精霊と似た特性があるものを見つけだしてきて、両者を重ね合わせて祀っちゃうんですよ。例えば、サンテリアにはババルアイェという平癒の精霊がいるんだけど、病死ののちに蘇った聖ラサロという聖者がいるんで、表向きは聖ラサロとしてババルアイェを祀る。十二月十七日は聖ラサロの日なんだけど、その日に、かれらは太鼓の演奏でアフリカの踊りをやる。

伊藤　それは禁止されてたんですか。

越川　ええ、その昔、カトリックの聖者を祀らなかったときは禁止されていた。そのうち、知恵を働かせて、ちゃんと聖ラサロの像なども飾っておくようにして。

伊藤　じゃあ、当局が踏み込んできたらパッと聖ラサロの……。

越川　そう、パッと舞台転換するみたいに入れ替えた。当局が踏み込んできたときには、「私たちは聖ラサロに捧げるお祭りをしているんですよ」って答えて。そういう風にして、生き残りのために、宗教用語でいうシンクレティズム（習合）が生じた。深層にアフリカの信仰があって、表層にキリスト教がある。というか、一枚の硬貨みたいに、表向きはカトリックでも、裏にはアフリカの顔がついている。そういう二重構造がすごくおもしろくて。どこか隠れキリシタンのようで。

伊藤　私も今そう思ってた。隠れキリシタンに関するもの、何か見たことあります？

越川　キリスト教への改宗を強いられた、マラーノと呼ばれるユダヤ教徒の研究をされている小岸昭さんが書かれた『隠れユダヤ教徒と隠れキリシタン』（人文書院）を読んだことがあります。仏壇の中に、例えば宣教師が残していった万年筆を隠して、それを大事に代々受け継ぐとかね。信者にとって、その万年筆はバチカンの承認を受けてなくても、おおいなる聖性を帯びた礼拝の対象になって。

伊藤　私は熊本ですからね。隠れキリシタンのことはまかせて(笑)。熊本市から海沿いに車で三時間半ぐらい南下していくと、丘の上に建っている大江の天主堂があるんですよ。さらに行くとこんどは漁村のなかに隠れているような崎津の天主堂が。ま、とにかく大江天主堂の隣に、天草ロザリオ館という、小さいけど見応えのある隠れキリシタンの博物館がありまして。観音像が子供を抱いていて、後ろを見ると、そこに十字架が描いてあるのとか。納戸が、実は祭壇だったりするのとか。ピジン語化したお祈りや賛美歌が聞けたりもする。

越川　そういうところがおもしろいんだよね。でも、研究者として外側から観察するのは簡単だけど、表面的なことしか分からない。そこで、マノ・デ・オルーラという入門の儀式をやってもらったの。

伊藤　どんなことやったんです?

越川　サンテリアにはババラウォっていう司祭がいて、ぼくがキューバに通いだして二年目の夏にハバナで泊まっていた下宿のおやじが、運のよいことに、ババラウォだった。数日、居間に飾ってあるオリチャや占いの道具を観察したり儀式のことをあれこれ質問したりして、信頼が置けそうだったので、じゃあ、ぼくも儀式をやってもらえないだろうか、とお願いして。

伊藤　やってくれるんですか。

越川　やってくれますよ。だってそれが仕事だもん、ババラウォは。

伊藤　でも、全くの異教徒でしょう?

越川　異教徒って言ったたって、ぼくは無信教だもん。というか、移り気な多神教徒かな(笑)。
伊藤　興味本位で来やがった、みたいに思われないの？
越川　全然思われないですよ。だって、興味本位といったたって、入門の儀式は三日もかかるんだから(笑)。山羊二頭、鶏八羽、鳩……みんなぼくの入門のために生け贄になってくれた。
伊藤　殺すわけね？
越川　ババラウォがやるんですよ。自分で儀式をやってみて、ババラウォがいろいろ実用的な知識や技術を持っているのが分かった。薬草についての知識も半端ではない。動物の生け贄では、例えば、山羊の首を縛って、喉を掻き切って、その血をすべて精霊の像や首輪や腕輪に捧げて生命を吹き込む。殺すシーンは一見残酷に見えるけど、ただ殺すのではない。ババラウォたちが全員でオリチャに捧げる歌を歌いながら、われわれの身がわりになってもらう動物に感謝する。動物にわれわれの厄を落としていただくんです。
　驚いたのはババラウォのナイフの腕さばきで、儀式のあとでやるんだけど、殺した生け贄の皮をさっさと剝いで、解剖医みたいにみごとに肉を切り分けながら、内臓を抜きだすんです。
　それに、ババラウォって、キリスト教の司祭みたいには、お説教を垂れたりしない。サンテリアはただのアニミズムと違って、イファという口承伝達による奥深い「聖典」があり、通常、それに通暁するには二十年ぐらいかかるらしい。でも、いまは活字にもなっていて、デジタル化もされている(笑)。だから、一人の司祭がイファの占いをしながら、別の司祭がコンピュータの画面を見ながら、二百五十六通りある組み合わせの中で、判明した入門者の「運命《シグノ》」を詳細に紙に書き込んでいたりする（笑）。

ところでさっき伊藤さんがピジン語と言っていましたが、ぼくの入門の儀式のときは、スペイン語まじりのヨルバ語を使って、精霊に捧げる歌をうたいながら、生け贄を捧げました。

伊藤　ヨルバ語ってどこの言葉？

越川　西アフリカですよ、かれらの故郷。ナイジェリアの西部あたり。興味深いことに、ある学者によれば、ヨーロッパの植民地主義によって故郷のほうの古い神話や言葉は破壊されちゃったけど、奴隷たちが連れていかれたキューバやブラジルで、むしろ生き残っているっていうんですよ。それから、キューバの東部、サンティアゴのほうでは、ブルヘリアっていう、伊藤さんが大好きなハーブの知識をばっちり備えた人たちがいて、人を呪ったりしたいときに頼みにいくらしい。呪いをかける儀式は見たことはないけど、去年、薬草や動物の生け贄を使って厄よけの儀式はやってもらいました。こちらの儀式ではスペイン語で歌って踊るんだけど、そのスペイン語が初心者のぼくにでもよく分かるんだよね。なぜかというと、名詞の複数形にSがついてないし、動詞の活用も複雑じゃないから。

伊藤　つまり、ピジン語化したスペイン語なわけね。

越川　そう。だから最近はおもしろいところへ行くと必ずピジンに出会う（笑）。日本文学でも世界文学でも、一番おもしろいのは「これは何語？」みたいな領域じゃないかな。

宗教はプラシーボ

伊藤　私がお経に興味を持ち出したのはこの十年、いや、もっとかな。はまった理由はエロだったからです。高校のときに読んでおけば随分人生は変わったろうなと思うぐらいエロだったんですよね。

越川　エロ？　どういうこと？

伊藤　もう本当にペニスが立ったとかオマンコに入れるとか、そういう話なんです、仏教説話なのに。書いてる人は、景戒という人ですが、真剣に仏教徒やってるから、かえってその真摯さと、セックスに興味がある感じが組み合わさっておもしろくなってて。

もともとお経はインドで、サンスクリット語かパーリー語で作られたものです。私たちが読んでる、たとえば法華経なんていうのは、四～五世紀の中国で鳩摩羅什《くまらじゅ》という人が中国語に翻訳したものので。鳩摩羅什は西域のクチャというところの出身ですが、お父さんはインド人、お母さんはクチャ人、つまり混血だったんですよ。だから彼はまず二つの言葉を持っていた。それから中国に連れていかれてそこでお経を中国語に翻訳をするんですけど、彼にとって中国語ってネイティブの言語じゃなかったわけ。で、それが朝鮮経由で日本に渡ってきたり、中国へ渡って行って持って帰ってきたりして、日本人は読んできた。

平安時代の初めのころ、朝廷には中国人の僧侶が傭われていて、中国語のお経の読み方を教えていたそうです。でも日本はその後は鎖国みたいになっちゃったから、読み方もどんどん変形していったと思うんですよね。

私が最初に経典を見たのは般若心経の経本でしたが、平仮名でルビが振ってあるの、「はんにゃーはーらーみーたー」とかって。音引きしてあったから、これは学術的なものではなく、どうやって口に出すのかを私たちに教えてくれる、ピジン語化した読みを教えてくれる手引きなんだなと思うと、そこに関わってきたおびただしい人びとの思いとか、経験とかがつまっているようで、なんかこう、慕わしい。

般若心経を実際に聞いたのは、二十六か二十八ぐらいの時だったかな。当時の婚家のお寺に行ったの。お堂に座ってると、お坊さんが来て何か読み始めた。お坊さんの声ってダミ声だからちっともきれいだと思わないのに、それがバンドの中のベースのように基調になって、ブン、ブン、ブン、ブンって響いて、それに合わせて、お堂で一緒に座っていたおばさんたちが経本を手にして唱和し始めるわけですよ。女の高い声で、口々に。そのあまりの美しさに聞き惚れた。当時の夫に「これ何?」って訊いたら「般若心経っていうんだよ」と教えてくれた。東京に帰ってきて岩波文庫『般若心経』を買ってみたら、お寺で見たような音引きのルビなんて全然なくって、意味がちゃんとある。シャーリプトラっていう人に対してアヴァローキテーシュヴァラが「こういうことなんだよ」と諭しているんですね。宗教の勧誘っていうよりは、哲学みたいだ。で、しかもアヴァローキテーシュヴァラって、それまでもよく名前だけはきいてた観音様じゃないですか。あれには驚いた。でも、それを音読するとなると、まんまの中国語なのに、なまりきった音で、しゃーりーしー、しきふーいーくう、じゃ何がなんだかわかんないじゃないですか。音だけ。でもそれで、人びとはありがたいと言うわけ。思い込みですよね。意味がある、音がある、言葉がある、私はここにいる、詩人であると。それが繋がった。凄いものだなと思ったのが二十八年前のこと。で、十年ぐらい前に翻訳してみようと思った。そのときからもうずっと、はまっている理由は、やっぱりお経とはピジン語であり、言葉が変形していて、私たちは意味がよくわからないままそれを唱えている。この辺の何かあちゃこちゃなところにすごく惹かれて。仏教と言ってるけど、興味があるのは翻訳なのかも。その伝言ゲームみたいな、ピジン語の環境がおもしろかったんです。鳩摩羅什に弟子入りしたいくらい。ちょっと読んでもいいですか。

越川　ええ、どうぞ。

伊藤　般若心経です。「観自在菩薩《かんじざいぼさつ》。行深般若波羅蜜多時《ぎょうじんはんにゃはらみたじ》。照見五蘊皆空《しょうけんごうんかいくう》。度一切苦厄《どいっさいくやく》。舎利子《しゃりし》。色不異空《しきふいくう》。空不異色《くうふいしき》。色即是空《しきそくぜくう》。空即是色《くうそくぜしき》。受想行識亦復如是《じゅそうぎょうしきやくぶにょぜ》。舎利子《しゃりし》……」っていうのが原文です。では翻訳を……。

自由自在に世界を観ながら人々とともに、歩んでいこう、道をもとめていこうとするかんのんが、深いちえによってものを見つめる修行のなかで、ある考えにたどりついた。わたしがいる、もろもろのものがある。それを感じ、それをみとめ、それについて考え、そしてみきわめることで、わたしたちはわたしたちなのである。しかし、それはみな「ない」のだと、はっきりわかって、一切の苦しみやわざわいから、抜け出ることができた。ききなさい、しゃーりぷとら。「ある」は「ない」にことならない。「ない」は「ある」にことならない。「ある」と思っているものはじつは「ない」のである。「ない」と思えばそれは「ある」につながるのである。「感じとる」。「みとめる」。「考える」。「みきわめる」。どれもまたそのとおり。ききなさい、しゃーりぷとら。在るものはすべて「ない」のである。「生きる」もない。「死ぬ」もない。「きたない」もない。「きよい」もない。「ふえる」もない。「へる」もない。つまり。「ない」というそのなかには、「ある」もない。「感じとる」も「みとめる」も「考える」も「みきわめる」もない。「目」も「耳」も「鼻」も「舌」も「からだ」も「心」もない。「いろかたち」も「こえ」も「におい」も「あじ」も「さわれるもの」も「思いを起こすもの」もない。「目で見る世界」もない。「心に思う世界」もない。目で見る世界から心に思う世界まで、人の心のはたらきはいろいろあるけれども、そのどれもない。またそのはたらきがなくなることもない。「ものを知らぬ苦しみ」もない。「ものを知らぬ苦しみ」がなくなることもない。「老いて死ぬ苦しみ」もない。「老いて死ぬ苦しみ」がなくなることもない。ものを知らぬから老いて死ぬまで人の生きる苦しみはいろいろあるけれども、そのどれもない。またその苦しみがなくなることもない。生きるための苦しみもない。苦しみをつくりだす迷いものない。苦しみや迷いがいつかはなくせるという希望もない。苦しみや迷いをなくそうという努力もない。「知る」ということもない。「得る」ということもない。つまりなんにも得られない。だから。道をもとめるものたちは、このちえに従うのだ。それで。心にこだわるものがなんにもなくなる。だから。恐怖を感じることもなくなる。こだわるものがなくなる心がすみきる、現在、過去未来、目ざめた人たちはいつもこのちえにしたがって生きてきたし生きていくのだ。それで。はっきりと目ざめることができるのである。だから。知っておきなさい向こう岸にわたれるこのちえ。これはつよいまじないである、これはつよくてあきらかにきくまじないである。これはさいこうのまじないである。これはならぶもののないまじないなのである。どんな苦もたちまちのぞく。ほんとうだ。うそいつわりではけっしてない。だから。おしえよう、このちえのまじないを。さあ、おしえてあげよう、こういうんだ、「ぎゃーてい。ぎゃーてい。はーらーぎゃーてい。はらそうぎゃーてい。ぼーじーそわか。

（『読み解き「般若寝心経」』朝日新聞出版より）

……般若心経でした。

越川　あのね、またヴードゥーへ話を持ってきたいんだけど（笑）。

伊藤　ヴードゥー対仏教ですね。

越川　そっちは世界宗教だから、強いんだよね。こっちは負けないようにしなくちゃいけない。今の朗読を聞いて、魔術のような言葉遣いだなと感じました。「あなた、こうしなさい、ああしなさい」といったお説教めいた言葉じゃなくて。ぼくが興味を持っている信仰というのは、通常は

「呪術」と呼ばれているものですよ。伊藤さんの作品もそういうところがあるよね。野生の詩だから。でも、そういうものをレヴィ＝ストロースは呪術とは言わなかった。

伊藤　何て言ったんですか？

越川　「具体の科学」って。

伊藤　へえー、何かちょっと偉くなったような感じ。

越川　そう。ただ、ぼくが慕うババラウォなんかは「だからどうした」って言うだろうけど。科学は世界の一部しか捉えられない、でも、かれのイファ占いは世界全体を捉えているという自負があるからね。

伊藤　私、世界宗教っぽい仏教ってやってますけど……。

越川　でもどこか違う、ピジンですよ、伊藤さんのも。

伊藤　うん、根っこはすごいアニミズムなんです。というのは、うちの母方のおばあちゃん、呪術師だったの。

越川　どういう意味で？

伊藤　拝み屋。大概、更年期になって生活が苦しくなると女にこういう能力が出てくるんですって。手が震えて何か憑いて、何言ってるのか誰もわからない状態になる。でもうちの母だけがわかったそうですよ。あるとき誰かが「お財布なくした」って訊いてみたら「ううう（祈っている）たんすの後ろ」と（笑）。「夫の行動がちょっと不審だ」と訊くと「ううう、女がいる」と（笑）。すごい当たって評判になって、おじいちゃんがお金を取り始めた途端、当たらなくなっちゃって(笑)。

越川　ほう、それはいい話だね。

伊藤　でしょう。そういうものなのね、人生って。ところが母にもやっぱりそういう能力があって、私が外でセックスして帰ってくると、すぐわかった(笑)。とにかく、おばあちゃんは、ハーブというか薬草の調合をして近所に分けていたりする、いわゆる呪術師だった。すごいでしょう。

越川　すごい。そういう話好きだな。

伊藤　だから私にもその血が……(笑)。

越川　おおいにあります。

伊藤　母が寝たきりになったとき、両手両足が動かなくなって、もう絶望の淵にいるわけですよ。そのときに私は考えたの——大体うちは、火傷したりしたら、病院に行くよりもおまじないをしたり拝み屋に行ったりしていたんですね、昭和三、四十年代頃ですけど。ものもらいができたりすると母が流しで水を出して、お米粒を三粒流して、「ナガムシ様、ナガムシ様」と私に唱えさせたんです。「ばかなことを」と思いながらやってましたけどね——で、母が寝たきりになって絶望の底に沈んで、これを何とかして救ってやりたいと思ったとき、彼女の世界を持ってくればいいんだと思って。それで「お母さん、今の状態はきっと、お母さんがクモが嫌いでいつも殺していたでしょう？　今までクモを殺し過ぎたたたりかも」って言ったわけ。そしたら一瞬信じるんですよ。

越川　クモの復讐を？

伊藤　うん。「ああ、そうかもしれない」って。でも、近代人だから一瞬ふっと信じたあと、「そんなばかな話、あるわけないじゃないの」って結局否定するんですけど。そこが、私が興味を感じるところでもあって。信心って何なんだろうと。『とげ抜き』でさんざん考えたすえに、信心の対象って「煙」かもっていう結論出してますけどね。もしクモだ煙だということを信じられれば、気持ちは楽になるわけでしょう、プラシーボみたいな感じで。

越川　そうですね。

伊藤　宗教ってまさしくそれじゃないですか。ヴードゥー教も結局そうでしょう。

越川　ええ。サンテリアでも、その他の信仰でも、太鼓を使ってやる儀式は、神がかり的な憑依儀礼なんですね。死者の霊をはじめ、いろいろな精霊が神がかりの能力のある人のところに降りてきて、その人たち自身が精霊になる。その踊りというか動きが、ぼくにとってすごく衝撃的なの。

伊藤　どんな動きをするんです?

越川　さきほど言ったババルアイェという平癒の精霊が憑依すると、その人は病気の人や障害者のような動きをする。「愛」を司るイェマヤーは海の女神だから、スカートを両手で持って波の動きをしてみせる。「たたりだよ」と言われて、なるほどそうかと思えるような信仰篤い人に、精霊は降りてくる。だからぼくのところには、まず降りてこない。まだぼくには「えっ、どうして?」という部分が残っているから。

伊藤　お任せするということですか。

越川　そう。憑依は「(神様が)馬に乗った」っていう言い方をするんです。だから、乗り移られた人は馬で、その馬も神様になる。

3・11以後の「違和感」

越川　伊藤さんは3・11のときに日本にいなかったの？

伊藤　はい、アメリカにいました。

越川　ぼくは東京駅近くのホテルの、二十階ぐらいの場所にいたんです。久しぶりに自分の恩師と会って食事していたら、地震が起きた。それで帰れなくなっちゃって。ぼくの先生は戦争を経験しているからまったく物に動じないで、奥さんやぼくと東京駅の地下街やその近くで夜明かしした。このたびの地震や津波で、おおくの人が亡くなりました。でも、キューバのことわざに、「幸福のためにならない禍はない」っていうのがありますよ。

伊藤　私はアメリカにいて、二日後の三月十三日に日本に来る予定だったんですよ。帰ってきてからはずっと熊本です。だから、体感もしてないし、実感もたぶんない。避難してきている人は熊本にもいて、熊本の友人たちと何かしようってことで朗読会やってお金集めたりもしましたけど、どうしても東京の人ほどには切実に感じられないんですよね。何も不自由してなかったし。ただ、後ろめたさみたいなものはありました。だから……何だかあまり関われてない感じがする、この問題に関しては。

越川　詩人としてということ？

伊藤　うん、そうね。すごい嫌だったのが、３・11の後も言葉が何だかもう軽薄だったこと。詩人たちの言葉もそうだし、あちこちで見た地震に関する詩もそうだし、テレビで何回も何回も流された金子みすゞの詩も……。

越川　そうですね。いまもあるよ。

伊藤　私たちの頭が洗脳されていくみたいで。本当は詩ってそういうものじゃないだろうと思うんだけど、ああ怖いとか地震がまた来るとか、ハッと反射のように出てきた詩ばかりが多くなって。例えばこれが戦争に対してだったら、詩人たちは第二次世界大戦のときに戦争に協力しちゃった過去とその反省があるから、大雑把にいえばそこから始まったのが戦後詩だと言えるんですね。だから戦争に関しては、安易な言葉をすぐに出さない、みたいなストッパーがかかってる。でも地震の場合、そういう倫理観みたいなものがちょっと違っていたから、みんな安易に出しちゃったような気がしました。もしかしたら私が本州じゃなくて九州とカリフォルニアの人間だから、距離を持って見ていたせいかもしれないけど。

越川　スローガンと詩の違いじゃないかな。例えば「がんばろう！　日本」だとかのスローガンは、そういう直接話法の言葉で訴えかける政治家たちにとっては都合のいい言葉だけど、それでは詩にはならない。「原発やめろ」っていうのも、なかなか詩にならないじゃない。

伊藤　わかんない、それもありなんじゃないかな、詩としては。

越川　そう？　それを連呼していても詩になるの？

伊藤　具体的な実感を言えば詩にならないとは思うけど、理想を言うと、それでも詩になりうるんだと思う。何でもありなのが詩だから。ただ、詩人として外国の人たちと関わっていると、国によってはスローガンの詩が多いところもありますね。何ていうか、政治的な態度が詩になっていくような。

越川　はい。

伊藤　そういうのを読むと「けっ」と思って鼻白んじゃうので、私は正直わかんないんです。でもただ自分のことを書いていればいいのかというと、そうでもないわけだし。詩って何かということになると、わかんなくなる。でも、いま書かれている詩も、つまんないと言いたくなるんだけど、私みたいに何も言わないでだまっているよりはましだと思う。詩人なんだから、なんか感じたら言わなくちゃいけないわけで。どんどん出すべきだったとも思える。

越川　もし「原発やめろ」が詩になるとしたら、石牟礼道子さんや伊藤さんみたいな詩で読みたいな。水俣病を扱ったブリコラージュ的な作品『苦海浄土』で、石牟礼さんが伊藤さんが言いそうなことをいっていますよ。「私の故郷にいまだに立ち迷っている死霊や生霊の言葉を階級の原語と心得ている私は、アニミズムとプレアニミズムを調合して、近代への呪術師とならねばならぬ」って。

お経という「詩」の力

伊藤　ところで、仏教には大乗仏教と小乗仏教がありますよね。小乗仏教は、お釈迦様がつくった仏教の周辺にあった仏教で、すごくいいこと言ってるんだけど、基本は自分が悟りを開きたいという考え方。それがのちに異端者たちが大きな動きを起こして、自分一人で悟りを開くんじゃなくてみんなと一緒に開くんだという、みんなが乗れる大きな乗り物みたいな宗教をつくった。これが大乗仏教。最初は異端だったから、僧も教団に属していたわけじゃないので、町や村や角や辻や、そういうところで語って聞かせていたわけです。「お釈迦様がこんなことを言った」——もちろんそんなのうそですよ、お釈迦様はとっくに死んでるんだから——とにかくそうやって語っていた。その語っていたもののなかに法華経や、仏説阿弥陀経や、浄土系のお経、般若心経があって。

そういう意識でもってお経を読んでいると、これは語り物なんだということをある時点で実感したんですね。私が詩人としてずっと興味を持ってきたのは、語り物なんです。詩の原点というのは三つあって、一つはまじない。手を切った子供に「痛いの痛いの飛んで行け」っていうと泣きやむでしょう。これはやっぱり言葉の力だと思うんですね。もう一つは、この人がこうやって生きて死んだということを誰かが覚えていて伝える。これもやっぱり語りで、言葉の力です。そしてもう一つは、何か特殊な言葉を使って、上にいる大きな人——神様でも何でもいいんですけど——に伝える。これが歌で、これも言葉の力、詩だと思うんですよ。大乗仏教の経典は、そういうものを満たしているような気がするんです、みんな一緒に行こう、みんな一緒に行こうという呼びかけが。

たとえば法華経の自我偈という経典なんかは、みんなで行くんだっていう感じがすごく出ていて。私が翻訳したものを一部朗読します。

わたしがさとりを得てからこのかた、長い長い時間が経った。無限にちかい時間であった。その間たえまなくおしえを説いて、むすうの衆生をさとりの道にみちびいた。それからこのかた長い時間が経った。無限にちかい時間であった。衆生を向こう岸に渡すために、わたしは死んだふりをしてみせるが、ほんとは死んでない。いつだって生きておる。生きておしえを説いておる。わたしはいつだって生きてここにいるが、神通力をつかって、うち迷う衆生には、近くにいても見えないようにする。人々はわたしの死ぬのを見て、遺骨をたいせつにまつり、恋しがる慕う心をいだくだろう。渇いて水をもとめるように、信じる心をもつであろう。衆生がブッダを信じてたよりきり、まっすぐただしくやわらかな心をもって、ひたすらブッダを見ようとし、そのためには身も命も惜しまない。そのときがきたら、わたしは人々や僧たちとともに、霊鷲山に出かけよう。そこでわたしは衆生に語りかける。いつだってここに生きているのだ、死なないのだよ、方便力をつかって、死ぬも死なぬも自在にあらわせるのだよ、よその国の衆生が心から信じるならば、わたしはかれらのなかにだって入っていこう、そしてこのすぐれたおしえを説こう、と。あなたがたはこれを聞いていない。だからただわたしが死ぬとおもったのだ。わたしはおおぜいの衆生を見まもる。苦海にしずんでおる。かれらのために身をあらわさずにいて、渇いて水をもとめるような信心をおこさせた。かれらの心が慕いもとめるので、あらわれ出ておしえを説いた。これが神通力だ。長い長い間、わたしは霊鷲山にいた。ほかのさまざまな場所にもいた。衆生の世界に終末が来て劫火に焼かれるときも、わたしのこの土地はきよらかでおだやかだ。神々や人々がみちあふれ、園も林もたてものも、宝にみちておごそかだ。樹々はしげり花がさき実がなり、衆生はたのしくあそぶ。神々は天鼓をうちならし、人々はおんがくをかなでる。曼陀羅花が雨のように、ブッダと僧たちの上にふりそそぐ。わたしの浄らかな土地はこわれない。しかし人々はそこに焼きつくされた光景を、悲しみや怖れ、苦しみや悩みばかりを見てとる。罪だらけの衆生は悪業の因縁にひきずられ、長い長い時が過ぎても、ブッダとそのおしえと、それを信じてゆく僧たちと出会うことがない。善い行いをかさね、心やわらかくまっすぐでただしい者が、わたしのこの身が生きておしえを説くのに出会えるのだ。あるときは人々に、ブッダの命は無限なのだと説こう。長い時間をかけてやっと仏を見た者には、ブッダを見るのはこんなにむずかしいのだと説こう。これがわたしのちえの力。光のようにちえがあふれるのも、無限の命をたもつのも、ながいあいだ修行して身につけた力である。かしこい者たちよ。疑うな。疑う心を断ちきって二度と持つな。ブッダのことばにはうそがない。れいの医師が心を病む子を治すために、実は自分は生きているのに死んだと教えた。あれはうそをついてるわけではなく、子を助けるためには善い手段だと説くのと同じである。わたしもまた世の父として、人々の苦しみや患いを救う者だ。ありふれた生を生きる人々がまよっておる。だからほんとは生きてるが死ぬといった。わたしがそばにいるとかれらは、心がおごり、したいほうだいのことをして、五欲から離れられずに悪い道のただ中に堕ちてゆく。わたしはつねに衆生が道を行かぬかを知り、それぞれに合わせて向こう岸に渡すよう、草木の種のようにさまざまにおしえを説く。わたしはいつも自分に問いかけておるのだ、どうしたら衆生をさとりにみちびき、ブッダのおしえをわかちあうことができるのか。

（「今日一日を生きるお経（7）」『一冊の本』二〇一一年三月号より）

……自我偈でした。

仏教用語って漢語ですよね。鳩摩羅什たちがこうやって訳してきた。それがまるで業界用語とか符牒とかいう感じで、いまだに使われる。そこがブラックホールみたいになって、意味を伝えなくしてしまう。聖徳太子とか法然とか親鸞とか道元とか、みんな漢文読めたから、私たちよりはなまなましく言葉を感じていたんでしょうけどもね。衆生とか罪業とか煩悩とか、浄土でも阿弥陀仏でも、私たちはすでにその言葉を知ってるから、それが出てくると、そこだけポコッと抜け落ちてしまう。そこだけ理解しようとしなくなる。煩悩とか罪業という言葉は今の私たちも使ってますけど、使ってる意味も全く同じかというと、やっぱり違うんですよ。だからわかったようでわかってない感じが残る。それが何だかむかついて、ちゃんとわかるように平仮名に開こう開こうとしたんだけれども、やっぱりそれに当たる大和言葉がないから結局仏教用語を使ってしまうわけで……難しかったですね。

越川　『読み解き「般若心経」』で、伊藤さんは、お母さんやお姉さんが分からないと言っているから、『般若心経』を翻訳してみた、自分の言葉で置きかえてみたみたいなことを書いていて、あぁ、なるほど、そういう必要に迫られていたのかと思っていたんだけど……。

伊藤　やっぱり欲ですね。欲しい物があったら買いたいし、おいしそうな物があったら食べたいじゃないですか。それと同じで、言葉があったら自分の言葉にしたいのね。自分の言葉としてとらえたい。これはもう詩人としての業というか、抜け出せないものでしょうね。

般若心経は、ほかのメジャーなお経よりずっと哲学に近いと思うんですよ。どうやって生きていったらいいのかを言ってる。そのほかの法華経なんて、ファンタジー文学みたい。信じなさいと言われても信仰心ってのがまだよくわからないから、信じることができない。ただ、一人で救われるんじゃなくて、みんなを救って一緒に行こうというのが大乗仏教の中心です。だから震災後の私たちが引き受けなくちゃいけない「みんなで」という感じはそれに近いのかなと思ったりしてね。ついこのあいだまで私は、お経ってエコだとか、一切衆生悉有仏性だからとか言ってたわけですよ。それこそ私がずっと持っていた興味そのもの、エロがあって、繁茂繁殖があって、木があって草があって空があってというような。日本の古代歌謡や北米先住民の口承詩みたいな世界。そんななかに仏教の、大陸的な壮大なファンタジックな語りもあるんだなあ、と。でもやっぱ世界宗教ですからね、信心って何かなあと考えてくると、そのままでいられなくなってきた。そして、どんどんはまっていって、法華経に興味持って、いろいろなもの読んで、浄土教にも興味持って、勉強していくと、宗教としての仏教は、そうじゃないとこにある気がしてます。漠然とエコで、植物や動物と共存というのは楽しい。一も二もなく賛成だし、そういう世界に生きたい。でも、宗教、信心とか信仰とかが必要になったときというのは、そういうんじゃなく、もっとこう、すべてを捨ててひとつだけ取る、それにすがる、というような、そんな気持ちなんじゃないかと思うようになってきました。とうぜんクモや煙じゃないですね。勉強してますけど、すごく難しくて、出家するか、仏教の大学に行くしかないなあと思ってます。

死者はすぐそこにいる

越川　さっき伊藤さんは仏教の経典の中に見られるエロティシズムについて触れたけど、ぼくがサンテリアに惹かれるのも、それが必ずしもわれわれの性欲を否定していないからです。ただし、いいセックスと悪いセックスがあって(笑)、それを決めるのはわれわれの道徳観じゃなく、ババラウォの占いによるんです。悩みごとや問題が生じたら、擬制の親子関係を結んでいるババラウォのところへ行って、占いをしてもらうんですよ。そんな世界に興味を惹かれるきっかけになった出来事について書いたものがあるので、僕も朗読していいですか。

伊藤　どうぞ、どうぞ。

越川　これはある雑誌でのんびりと連載している「死者のいる風景」という紀行文の一部です。

キューバに通い始めた年のことだ。

ある日曜日の朝、私はまだ薄暗いひと気のないサンティアゴの街中を、天敵のヘビを探すマングースみたいに小走りに革命広場に向かっていた。革命広場よりずっと手前のバスターミナルのわきでエル・コブレ行きの乗合バス(といっても改造トラック)に乗る。乗客はまるで家畜みたいにトラックの荷台にぎっしり詰め込まれ、私は最後尾に立つ。車掌の男に五ペソを払う。片手に水の入った大きなペットボトルを持ち、もう片方の手でテナガザルみたいに頭上の鉄棒をつかむ。トラックはカーブの多い田舎道を猛スピードで飛ばし、右に左に大きく揺れる。

エル・コブレの町はサンティアゴから内陸に二十キロほど行ったところにある。コブレというのはスペイン語で銅という意味で、この町には銅の鉱山がある。

一五三〇年ごろから奴隷制が廃止される十九世紀後半まで、三百年以上にわたってスペイン人の総督のもとでアフリカから連れてこられた大勢の奴隷たちがここの銅山で働かされた。奴隷たちによる反乱も頻繁にあったし、銅山から逃げる者もいた。

エル・コブレのセントロ地区に着くと、坂道を歩いていく。丘の頂上にカトリックの教会が見えてくる。白塗りの立派な教会だ。さすがキューバの守護神、慈悲の聖母が祀られているだけのことはある。教会の門の前に立つと、右手のトタン屋根の家の向こうから、太鼓と鉦のリズムに合わせてアフリカの歌声が聞こえてくる。何らかの集会をやっているに違いない。

私は飢えたヤギが餌をもとめるようになりふり構わず音のするほうめがけて、手前の道を小走りで行く。角を曲がると一人の背の高い男がぬっと私の前にあらわれた。「見るかい？」と、男は獲物を見つけた大蛸のように絶妙なタイミングでその手を私の肩にまわして誘った。「見るとも、グラシアス」と、私は答えていた。

「おれ、ホルヘだよ」

男は人当たりのよい笑顔を見せて、ベンベをやっていると言った。先祖の霊や精霊にお供えをして厄払いをするらしい。わき道を通って奥のパティオに出る。そこでは大勢の人が歌いながら踊っていた。ホルヘに聞くと、きのうの夜十時ごろからずっとこんな感じだという。

そろそろクライマックスらしい。パティオの一角に穴が掘ってあり、そこに人々が集まり、生け贄に使った雄鶏の内臓や羽根を長老の指示で順序よく埋めてゆく。そのあいだも、太鼓や鉦のリズムに合せて人々の歌は続く。

すると、一人の長老が体を震わせる。明らかに何かが乗り移った様子だ。体がずるずると穴の下に落ちていき、まるで生け贄と一緒にあの世に戻って行きたがっているかのようだ。若い男が後ろから羽交い締めにして死に物狂いで引き戻そうとする。と、もう一人の長老も神がかりの状態になり、身近にある木の幹を右手でたたく。何か呪文のような言葉をつぶやく。

私はホルヘに撮影の許可をもらって、この最後の儀式のところだけはデジタルカメラをビデオモードにして撮った。

神がかりというのはアフロ信仰の精霊か死者の霊が人間に乗り移るわけだから、既に人間ではなく神聖な存在だ。それを映像に撮ることなど許されない。

私は強烈な目の輝きをした老女に「なぜ撮ったのだ！」と恫喝された。

「ホルへが……」と私は言いよどんだ。私の中では、まずかったかなという気持ちと、いい映像が撮れたという気持ちが半ばしていた。

その日、宿に戻り、カメラの中のメモリーカードに保存した画像や動画をノートパソコンに移しかえる作業をした。なぜかビデオで撮ったあのシーンだけは取り込めない。その後も毎日メモリーカードの画像や映像をパソコンの中に取り込んだが、あのシーンだけはできなかった。あるとき、私はカメラに保存してあったその動画をうっかり削除してしまった。私は落胆した。口にくわえた骨を川に落としてしまったイソップ寓話の犬みたいに。

翌朝、私は自分自身に言った。やっぱりあれは文明の利器なんかに保存して人に見せびらかすものではなかったのだと。

ホルへが私を慰めるようにこう言った。キューバにはこういうことわざがあるよ、「オオカミと一緒に歩く者、吠え方を学ぶ」ってね。

私は時間をかけてホルへたちから吠え方を学ぶことにした。

（「死者のいる風景（第四話）　キューバ／エル・コブレ」『SPECTATOR』Vol.24、二〇一一年秋／冬号）

……終わりです。

伊藤　いい話ですね。

越川　二〇〇八年夏からキューバを訪れています。これからも長いつき合いになりそうで。

伊藤　じゃあ、今度会ったときは、本気でヴードゥーな人になってるわけですね。死後のことも何かやるの？

越川　死後のことは、さっき言ったとおり、死者の霊のほうから来るんだから、別にわざわざあっちの世界に行かなくても、身近に死者はいっぱいいるんですよ。

伊藤　死者はどこにいるんですか。

越川　地面の近くかな。

伊藤　じゃあ、身近にずっといる感じなの？

越川　そう。天上じゃなくて近くにね、でも地下じゃない。死者は上から降りてくるから。でも下のほうからどうやって降りてくるの？　という質問はしたことないんだけどね（笑）。

伊藤　今度行ったら「死者はどこにいるんですか」って聞いておいてください。あと、「どこに行くの？」とも。

越川　死んだら、ってこと？

伊藤　うん。それが宗教の大きなの関心事の一つのような気がする。一人で死にたくない、死ぬときは苦しみたくない、死んだあと、なんにもないところにいるのは怖いから、現世と同じような生がつづくといいと思うってのが、なにか信じようとするときの気持ちなんじゃないかな。でも、なんだかね、仏教をこうしてかじってみて、深みにはまればはまるほど、死んだあとなんてどうでもいいような気がしてます、野ざらしでいいような。

［オープン講座『3・11後の生と死を考える』（明治大学野生の科学研究所＋リバティアカデミー共同企画）、二〇一一年十月二十九日］ （2012・4）

高齢化社会の中で死に対処する仕方を学ぶ （伊藤比呂美『とげ抜き 新巣鴨地蔵縁起』）

宣伝文などで長編詩と銘打たれているが、小説としても読める。もともと伊藤比呂美の詩は口語体で書かれ、音の響きに重きをおいた平易なものだから、詩と小説の境界など、ちょうど淡水と海水がまじり合う河口の水のように、なきに等しい。

テーマは、タイトルの「とげ抜き」に示唆されているように、人間の苦悩や苦痛を取り除くための、あれやこれやの悪あがき。悪あがきが常軌を逸していればいるほど、読み物としては面白い。たとえば、母親はわけのわからないことを口走るようになり、専門家に「見当識障害」と診断され、入院し、一方、胃がんを除去してからめっきり足腰が弱った父親は、一人で家で不自由な生活を強いられる。そんな年老いた両親の介護のために、伊藤は数カ月ごとにわざわざ移住先のカリフォルニアから熊本へ子連れで帰ってくる。カリフォルニアで生まれた幼な子を少しでも日本語に馴染ませようと日本の学校に短期間通わせようとあくせくする。学校に行くのをぐずる娘を送ったり迎えたりする合間に、父母の世話をする。そのうち、米国に残した老夫が急に手術することになり、頼りなげな電話をかけてくる。

水俣病に文字通り体を張って取り組んだ作家の石牟礼道子が、さる対談の中で、そんな伊藤比呂美の孤軍奮闘を「甲斐性」と称している。母として、娘として、妻として一人三役の大活躍。そんな破れかぶれな著者の苦労を思うと、同じような悩みや苦しみを抱えている読者は、きっとみずからのトゲを抜いてもらった気がするかもしれない。

年々、日本人の寿命が延びて、世の中は高齢化が進んでいる。医療技術の進歩のもたらす最大の逆説は、老人は昔ほど簡単に死ねないということだ。葬儀のやり方を教える本はあっても、ながびく病気を抱えての死に方を教える本はあまりない。妙な言い方だが、伊藤比呂美が死にそうな両親の介護で見せてくれる悪あがきこそ、そうした高齢者の死への対処の仕方を教えてくれる格好のテクストだ。なぜなら、本書でも二度指摘されているように、だれにとっても死は初めての経験なのであるから。

（2007・8）

「卵と壁」を超えて

【1】

村上春樹のエルサレム賞受賞と受賞式出席でのスピーチがマスメディアを賑わせたのは、まだ記憶に新しい。村上の英語スピーチは、「さすが世界のムラカミ！」という単純で好意的なものから、「どうせだったら、卵を壁に投げつけるパフォーマンスぐらい見せてほしかった」という皮肉なものまで、日本人の間でいろいろな反応を引き起こした。

しかし、ぼくにとっては「卵と壁」をめぐる「文学的な表現」が一人歩きしていた印象が強い。

「もしここに硬い大きな壁があり、そこにぶつかって割れる卵があったとしたら、私は常に卵の側に立ちます」

そう村上は受賞の席で言った。

ぼくが初めにテレビや新聞などのニュースでその言葉を聞いたとき一番奇異に感じたのは、マスメディアが揃って、その文学的な表現を、村上によるイスラエル政府批判と受けとっていたことだ。報道関係者は、イスラエル軍によるガザ攻撃に言及しているとして、壁がイスラエル軍で、卵がパレスチナ市民、という単純な構図を思い描いたのだ。

だが、ぼくはそう受け取らなかった。そうした文学的（多義的／曖昧）な表現では、壁というのは、過激なシオニストたちにだけでなく、イスラム原理主義者にもなりうる。その場合、卵は自爆テロの犠牲になるイスラエル市民をさす。さらに言えば、その表現は、硬直した原理主義一般に対する批判にもなりうる。つまり、「世界のムラカミ」は「私は原理主義が嫌いです」みたいな、分かりきったことしか言っていないのではないか。

そのときのぼくの直観では、村上はパレスチナ市民の味方であることを表明したのではない。だから、イスラエル政府があらかじめ村上のスピーチ原稿を読んだとしても、手直しを要求するまでもなかった。

立野正裕は、ぼくの知るかぎり、村上の受賞スピーチに対して最も苛烈で正鵠《せいこく》を射た発言を行なっている。立野は、ある雑誌に載せたエッセイの中で、「暴力を前にしてあえて自らを卵になぞらえてみせる人間の声が、少しも伝わってこない。これを日本の報道のように、ガザ攻撃批判と言うのは笑止である」と、断言する。

さらに、村上やソンタグなどの文学者をふくむ有名人を利用する権力システム（それはイスラエル政府にかぎらない）への批判を行なう藤永茂の言葉、「異端的な発言が許されるのは、それを赦しておくことが『言論自由社会』のイメージに貢献する限りにおいてであって、もし実害が生じて、全体の勘定がマイナスになれば、即刻停止ということになる筈です」という言葉を援用しながら、立野は次のように述べる——。

「村上が事前に送った原稿が削除や手直しを要求されなかったのは当然だろう。壁と卵をめぐる村上の言葉は前もって検閲するまでもなかったのだ。なぜなら、まさにこういうふうに中辛くらいの味付けで語ってほしい、と『壁』が願ったとおりに『卵』はしゃべって来たにすぎないのだから」(『社会評論』一五七号、二〇〇九年)

立野の言いたいことは、たとえ村上の発言がどんなに「文学的」な表現でなされたとしても、村上はイスラエル政府によって「政治的」に利用されてしまったということだ。村上のほうも、ノーベル賞への布石としてエルサレム賞受賞を利用した。両者にとって、「世界のイスラエル」と「世界のムラカミ」を宣伝するいいチャンスだった、と。

〔2〕

村上春樹の『1Q84』は、一九九五年に地下鉄サリン事件を起こしたオウム真理教をモデルにした寓話として読める。一九七九年に山梨の山中に宗教法人化した「さきがけ」という団体と、その教祖とも呼ぶべきリーダーが出てくる。(ちなみに、オワムの宗教法人化は一九八九年だ)。

そうした宗教カルト団体は、当然のごとく原理主義的な存在だが、小説の主人公の一人、青豆という名の三十歳になる女性は、そうした原理主義的な存在への嫌悪感を隠さない。

都内の公立図書館へ行き、新聞の縮刷版で一九八一年に起こった事件を調べているうちに、「エジプトのサダト大統領暗殺」の記事を発見して、宗教がらみの原理主義者たちに対して「一貫して強い嫌悪感」を抱く。「そういった連中の偏狭な世界観や、思い上がった優越感や、他人に対する無神経な押しつけのことを考えただけで、怒りがこみ上げてくる」のだった。

その少しあとでも、原理主義者は唾棄すべきものとして、「便秘」と比べられる。「便秘は青豆がこの世界でもっとも嫌悪するものごとのひとつだった。家庭内暴力をふるう卑劣な男たちや、偏狭な精神を持った宗教的原理主義者たちと同じくらい」

なぜか？　なぜそれほどまでに青豆は原理主義者に嫌悪感を抱くのか？

宗教カルト団体「さきがけ」が壁だとすると、果たして、青豆は、ちょうどイスラエルで村上が英語でカッコよくタンカを切ったように、壁につぶされる卵の側に立つ人間なのだろうか。

だが、青豆をめぐる物語は、それほど単純ではない。

少しまわり道をしよう。この小説は、青豆と、彼女と対になる同年齢の主人公、川奈天吾を中心にして、家族の絆や精神的なよすがを失った現代日本人の内面を追いかける新しいタイプの〈時代小説〉のおもむきを持つ。

広告代理店の台頭やワープロの普及に象徴される、情報資本主義の到来を彷彿とさせる一九八〇年代半ばを背景に、その市民生活を逐一描写しながら進む。だから、村上文学の意匠としてというより、そうした時代精神の反映として、ファッションや料理、音楽、文学、映画の比喩や言及を交えて語られるのは、小説の内的欲求といえよう。

だが、この小説はなぜこれほど長くなければならないのか。

新聞や雑誌での絶賛の嵐にもかかわらず、ぼくにはこの小説は冗漫に感じられる。一つには、たとえばピーター・ケアリーの『ケリー・ギャングの真実の歴史』やオルハン・パムクの『雪』などと違い、この小説は比喩やアナロジーやメタファーがばらばらに一人歩きしていて、有機的な機能を果たしていない。まるで一つひとつの筋肉の鍛え方は素晴らしくても、全体的には均整のとれていないボディビルダーの体を見ているように、ちぐはぐな印象を受ける。

さらに、重要なことに、小説を読み進めるうちに次第に明らかになるように、主人公の秘密の開示にあたって、あまりに驚きが少なすぎる。だから心地よいのだ、という読者もいるだろう。最初に謎かけがあり、次第にその謎が解けていくミステリの語り形式の、それが醍醐味だ、と。

だが、この小説では、主人公の内面の秘密まで、後づけの説明でたいていのことは分かってしまう。だから、後づけの説明に触れることは、この小説に礼儀を欠くことになる。しかし、後づけの説明、すなわち粗筋を語って興味がそがれ、主人公の内面まで分かってしまうとすれば、そのようなものが果たして小説といえるのか。ライトノベルとどう違うのか。

［3］

そろそろ青豆と原理主義的な存在をめぐる話に戻ろう。読者にとって驚きの少ない物語展開の中で、ほとんど唯一といってよいくらいの驚きのシーンが〈BOOK2〉の半ばに訪れる。

それについて語る前に、いくつかの基本的なことについて触れておこう。

まず、青豆自身が原理主義的な精神を抱えた人間だったということだ。彼女はいわば、内に壁を抱えた卵だった。単なる卵でも単なる壁でもない、複雑な内面を持つ人間だった。

彼女の出自には、エホバの証人を思わせる「証人会」というキリスト教の原理主義団体がかかわっている。両親が輸血拒否や国家祭事の拒否をはじめ、過激な信仰による戒律を守り、彼女も十歳までその信仰に基づいた生活を送らされてきた。十歳のときに、信仰と決別したとはいえ、それが体に染みついている。

だから、青豆の原理主義者への批判は、自己批判の色合いを帯びている。だが、あるときまで彼女はそれに気づかない。われわれ読者も。そのあるときというのが、〈BOOK2〉の半ばなのだ。

青豆は元来、武闘派である。現在はスポーツクラブのインストラクターをしているが、中高、大学とソフトボール部に属していた。友人らしき者はいないが、生涯でただ一人、親友と呼べる女性がいた。その名を大塚環といい、彼女は同じ高校のソフトボール部に属していた。大塚環は大学のサークルの先輩に無理やり強姦されるが、彼女に代って、青豆はその先輩に個人的な制裁を加えた。先輩のアパートの部屋をバットで完全に破壊した。その後、大塚環が不幸な結婚をして、家庭内暴力から自殺に追い込まれたときには、彼女に代って元夫に制裁を加え、特製のアイスピックで死に至らしめる。そこにあるのは「弱者のため」という論理であり、正しいことをしたという感慨しかない。

一方、麻布の「柳屋敷」に住む老婦人もまた、いわば、壁によってつぶされる卵の側に立つといった受賞スピーチの村上に近い立場にいるといえるかもしれない。老婦人は、原理主義的な宗教カルト団体のメンバーに対して、「人格や判断能力を持ち合わせていない人々です」と、断ずる。

老婦人は家庭内暴力の犠牲になっている女性や子供たちに緊急避難所としてアパートを開放し、青豆には私怨からではなく、「もっと広汎な正義のために」と、家庭内暴力をふるう「卑劣な男たち」の殺人を依頼する。だが、その社会正義への揺るぎない信念は、青豆の言葉を借りれば、老婦人が取り憑かれている「狂気に似た何か」（あるいは、「正しい偏見」）を思わせる。

老婦人は青豆に対して、仕事のあとに、必ず「あなたは間違いなく正しいことをしました」と、ねぎらいの言葉をかける。ここでは、老婦人にとっても青豆にとっても、正義と悪の境界はあきらかだ。まるで、藤田まことの『必殺仕事人』を見ているように。

[4]

ぼくが驚きといったのは、そうした卵＝正義、壁＝悪といった単純な構図が崩れる瞬間が訪れるからだ。

老婦人が最後に青豆に制裁を依頼する対象となるのがカルト集団のリーダーと目される男だ。老婦人が得た情報によれば、この男は、老婦人のシェルターに脱出してきた、子宮を破壊された少女つばめをはじめ、四人の初潮前の少女をレイプしているらしかった。老婦人にとって、このリーダーは「歪んだ性的嗜好を持つ変質者」であり、この世から抹殺すべき悪だった。

都内の一流ホテルに出向いた青豆が目にした男は四十代後半から五十代前半で、巨体だった。一通り筋肉マッサージをほどこし、いつもの作業に取りかかろうとしたが、青豆はアイスピックの最後のひと突きができない。

その男が青豆に語ったところでは、月に一、二度全身の筋肉が硬直し、麻痺状態になる。その奇病は教団では、恩寵／神聖な証と見なされ、その間、勃起したかれと十代の少女たちが、後継者を生むために交わる儀式が行なわれている。それが巫女の務めである。交わりはリーダーの肉体を滅びへと向かわせるが、教団はそれを「恩寵」の代償であると考える。だから、ただの世俗的な意味でのレイプではない、と。

リーダーの男は安楽な死を待ち望む。青豆が殺しにきたのも知っている。青豆はアイスピックのひと突きができない。この男がただの原理主義者ではないから。おそらく青豆は自らの内なる原理主義に気づいたから。その男の中に、葛藤する自分の姿を見たのだ。

最終的に、青豆はこのカルト団体のリーダーを死に至らしめることになるが、自分が老婦人のいうように「正しいことをした」と納得できない。

「世界のムラカミ」は、イスラエルで多義的な「卵と壁」のメタファーを使って日本のマスコミを煙に巻いたが、この本の著者である村上春樹は、この〈驚きのシーン〉で、カルト団体のリーダーに象徴されるカリスマに引きつけられる空虚な現代日本人の姿を描いて、「卵と壁」の単純な構図を超えたのだ。

（２００９・７）

瓦礫の視点による反歴史の書　（今福龍太『ミニマ・グラシア　歴史と希求』）

タイトルの『ミニマ・グラシア』はささやかなる恩寵とも、小さな感謝とも受け取れる。今福龍太自身が「自分にとってもおそらくもっとも倫理的な態度のもとに書き継がれたテキストを収めた」と断言する本書は、文学や芸術の分野から「政治的な」発言をしようとする意思に貫かれている。

それは、おそらく9・11以降の超大国アメリカによる独善的な軍事侵攻やメディア戦略によって、われわれの想像力がどんどんやせ細っていくことに対する今福の苛立ちをバネにしているようだ。というのも、世界を善と悪、敵と味方で単純に峻別するような政治言語や、衝撃的な映像を何度も繰り返すことでわれわれの視覚を鈍化させるマスメディアのやり方では、痛みや苦しみの感覚すらも鈍化させることになり、「他者」へのまなざしが失われるからだ。

それらの平板な言説や映像戦略に対して、今福の取る姿勢は「歴史について思いをめぐらすことは死について思いをめぐらすことである」と語るソンタグにならって、死者の側から現実を見やる「反歴史」の姿勢だ。

今福は、政治ジャーナリズムが絶対に持ち得ない瓦礫の想像力（ベンヤミン）や植物のヴィジョン（ソロー）や砂漠の思想（ジャベスほか）を援用しながら、世界の陰影を読み取っていく。とりわけ、人類の文明が廃墟を内蔵するという論点は重要だ。それは9・11の事件を事象として捉えるジャーナリズムの視点を越えるものだから。

たとえば、第二部の「戦争とイーリアス　ソローからヴェイユ」と題された、スリリングな論考では、勝者も敗者もなく、戦争や破壊の悲惨さを冷徹に描いた芸術家や詩人による公正な視線が示される。『イーリアス』のホメロス、『ウォールデン』で有名な自然観察者のソロー、ナポレオンのスペイン侵攻を描いたゴヤ、スペイン内戦に参加したシモーヌ・ヴェイユを経て、ヴェイユの同時代人で亡命ユダヤ系ウクライナ人のラシェル・ベスパロフへとたどる暴力芸術の系譜。

そうした異例のジャンル横断の方法論は、今福によって、「即興的な時間錯誤と空間錯誤の方法」と呼ばれるが、まさしくボーダーの想像力に導かれた方法論ともいうべきものだ。

世界のどんな辺鄙な場所で起こった映像を瞬時に世界中に伝えるマスメディアの「世界同時性の強迫観念」や紋切型の現実像に対峙するかのように、今福は写真、絵画、文章、詩などの異なる分野で、みえざる地下水脈に満々たる水をたたえている芸術家たちを掬いとってくる。芸術家とは、自然や現実を変形する自由を用いて、固有の出来事の表層の下にある人間の普遍性をわれわれに伝えるものだから。

本書で何度も特権的に扱われるソンタグやベンヤミンを別格にして、文学の世界では、フアン・フェリーペ・エレーラ、ギーエン、インファンテ、アレーナス、シモーヌ・ヴェイユ、ソロー、カネッティ、ジャベス、アビー、チャトウィン、ドルフマン、ブロツキー、ジョイス、ハックスリー、パス、石牟礼道子、金芝河など、写真では、東松照明、ジェイコブ・リース、レオ・ブランコ、コミックでは、アート・スピーゲルマン、映画では、カサヴェテス、メカス、絵画では、ゴヤ、レオン・ゴラブ、フェルナンド・ボテーロなどが、時代と国を越えて「反歴史」の歴史を構築すべく参照される。

それらの芸術家たちの作品は、今福がわれわれと分有することを希求する歴史の「恩寵」であり、「感謝」の徴にほかならないからだ。

（２００８・９）

世界の死者たちの声をつなぐ（今福龍太『群島—世界論』）

原稿用紙にして千枚を超える、おそらく今福龍太の代表作になるはずの大著だ。だけど、そう言いきってしまうことは、著者の企図に反するかもしれない。なぜなら、本書で、今福はシャーマン（語り部）のごとく、おびただしい数の死者（詩人、映像作家、思想家、ミュージシャン）の霊を呼び出し、その声を引き出しているからだ。

今福が死者の声に拘泥するのは訳がある。一つには、「自分たちが生きていると感じるためにこそ、私たちは死者を必要とする」（ルーマニアからの亡命詩人コドレスク）からである。

そして、奴隷船から大西洋やカリブの海に投げ捨てられた無数の黒人奴隷をはじめとして、「歴史」から見捨てられた人々の「救われなかった舌＝ことば」をかり出し、それらを世界規模で繋ぎあわせることによって、従来のヨーロッパ中心の、「他者」を疎外する世界像を反転させられると信じるからだ。

全二十章からなるが、それぞれの章が海に浮かぶ群島のごとく、独立していながら隣り合う章とゆるやかに繋がる。

整然と書かれた「歴史」とは対極にあり、国家が推奨する国家語や国語に対して、ダイアレクト(方言)やクレオール語で語られたり書かれたりしたことばの響きや霊気に重きを置く。ウラ(心、浦、裏)や、シマ(島、集落、縞)など、ことばの類推《アナロジー》に誘われて、北米ミシシッピデルタ、カリブ海、アイルランド、奄美、済州島、ブラジル、ガイアナなど、従来の世界地図の上に、コロンブスの航海に始まる植民地主義、その近現代版ともいうべき資本主義的国家主義の「征服」と「収奪」の犠牲になった者たちの抵抗と連帯の糸線を縦横無尽に引きながら、群島の縞模様を織りなす。

特質すべきは、新しい世界ヴィジョンのために採用されたユニークな叙述法である。それは、例えば、この地球の「本質」は「水」にあると捉える思考に導かれて、十九世紀北米のソローや古代ギリシャの哲学者タレース、折口信夫、島尾敏雄、ダーウィンなどを「島」と見立てて渡り歩くような、通常はあり得ない空間錯誤《アナロキスム》と時間錯誤《アナクロニスム》を意図的に採用する「誤読」の方法論だ。

本書は、近年に刊行された人文学・思想系の書物でこれを凌ぐものはないと断言できるほど重要な作品であり、ぼくは大いなる知的な刺激を受け、かつ読書の興奮を覚えた。　（2009・4）

失われた「時」を探索《もと》めて（レヴィ＝ストロース＋今福龍太『サンパウロへのサウダージ』）

とても贅沢な本だ。まるで西洋音楽とアフリカ音楽が一度に楽しめるサンバのように、本来二冊になるはずの本が一冊に纏められているのだから。さらに、そこに写真と活字からなる重層的なテクストという贅沢が加わる。

タイトルにもある「サウダージ」という言葉は、クロード・レヴィ＝ストロースにいわせると、日本語の「あわれ」に似て、「ノスタルジー」に近い意味を持つという。ただし、過ぎ去ったものを懐かしむというのではなく、今という時間のはかなさを懐かしむ気持ちのことだ。

今福もそれを受けて、「私はたえず「いま」という時の瞬間的な充満と喪失に配慮するこの特異なブラジル的悲嘆のあり方を、「サウダージ」という翻訳不可能な深い感情複合体の核心に感じとった」と、共鳴している。

本書の前半は、レヴィ＝ストロースの写真集(今福による活字テクストの翻訳を含む)。オリジナル版は一九九六年に刊行されているが、写真はすべてレヴィ＝ストロースが一九三五年から四年にわたってサンパウロに滞在したときに撮ったものだ。レヴィ＝ストロースは「カメラのレンズの後ろに目を置くと、何が起こっているのか見えなくなり、それだけ事態が把握できなくなる」と、写真を撮ることの逆説を説いている。おそらく撮る前に、なんども都市を歩き回り、撮ることを逡巡したに違いない。

現在、人口が二千万人と南米一のメガロポリスと化したサンパウロは、一九三〇年代はまだ百万人の新興都市であり、植民地の名残をとどめていた。レヴィ＝ストロースの写真集でも富裕層の街区のそばに貧困層の街区が隣接し、近代的な路面電車のそばを家畜が通るなど、街の多様性を窺うことができる。

さらに、「無秩序な都市化」の様相もかいま見ることができる。象徴的なのは、当時唯一の摩天楼として屹立していたマルティネッリ・ビルの写真であり、今福が六十五年後に同じ構図で撮った同ビルのまわりには高層ビルが乱立している。ビルは存在しても、現在の文脈では意味が変わっている。レヴィ＝ストロースの写真集の中の、洗濯物がはためくイトロロの谷とか、サンパウロ初の近代的なアパートビルのコロンブス・ビルなどはすでにない。ここに収められた写真は、未来を幻視する「消失のヴィジョン」で撮られたに違いない。

本書の後半は、「時の地峡をわたって」というタイトルの、今福龍太による刺激的なエッセイと写真集からなる。今福自身、レヴィ＝ストロースの写真集に触発された再撮影の旅を「時の微細な痕跡をさがす彷徨」と名づけ、敢えて時間をかけて自分の足でかつてレヴィ＝ストロースが歩いた場所を歩く。その足の下に、時の重層的な重ね書きを感じ、「時の回廊」を発見するために。実際、リベルダージ大通りの、屋根の石像をはじめ、今福の写真集のあちこちにその小さな、しかし重要な「発見」を見つけることができる。

今福のエッセイの中で圧巻なのは、植民地主義的暴力と遠く繋がる民俗学における写真撮影の意味を問い直している点である。ブラジルの学者から『悲しき熱帯』を、民俗誌的データの収集にもとづく体系的な記述でないと批判する声があり、今福はその限界こそ可能性だと切り返す。それは「力の探求」としての民俗学が破綻する試みだったからだ、と。学問が植民地主義的暴力を助長しているケースはいまなおあり、学問の対象とされる「他者」からのまなざしを限りなく意識した本書の意義はとても大きい。

（２００９・２）

叛徒たちの鉱脈を「発明」する　（今福龍太『ジェロニモたちの方舟　群島・世界論〈叛アメリカ〉論』）

一八三〇年、米国で「インディアン強制移住法」がアンドリュー・ジャクソン大統領によって調印された。今福龍太は、恐るべき詩的想像力によって、その法令の根底にあった領土拡大・民族浄化の国家的な「欲望」が、いまなお米国に存在していることを見抜く。

「二百年にもおよぶインディアン戦争の符牒の連続性。それはチェロキーの大地やミシシッピ川を越え、西部フロンティアをも易々と超越し、中米やカリブ海への侵略、さらに太平洋を渡ってフィリピン支配やヴェトナム侵攻、沖縄基地、そしてアフガン、イラク、リビア、東日本大震災へと間断なく連続する記号と比喩の群島をかたちづくる」

それに対して、今福は、かつて南西部で叛乱を指揮したアパッチ族のジェロニモのごとく抵抗する叛徒たちを発見する。それは「個の表現として孤立するのではなく、繋がりや連帯のなかで真の意味を開示する」群島としての詩を「発明」するプロセスでもある。

発見されるジェロニモたちは、一九世紀にいち早く米国の領土拡張主義政策に異議を唱えた思想家ソロー、米国の侵略主義に風刺の矢を放った国民作家トウェイン、チリのピノチェト独裁政権と戦った詩人のネルーダ。さらにそうした著名な文学者だけでなく、カリブ海生まれの両親を持つフランス系ジャズ・トランペッターのクルシル、ハイチ系のケベック作家ラフェリエール、核の平和利用といううたい文句によってヒロシマ・ナガサキの記憶を書き換える欺瞞に怒りをぶつけたドイツ人哲学者アンダース、壮大なホラ話のレトリックとヴィジョンでハワイの隷属的な桎梏を打破しようとしたユーモア作家ハウオファ、「経済的ジェノサイド」を弾劾したドイツ出身の経済学者・経済史家グンダー＝フランク、米国とフィリピンの歴史を省察する現代詩人フランシア、解放の神学を実践して独裁政権に追われたハイチのアリスティド元大統領、強制収容所経験を経てナヴァホ族との出会いによって他者として転生した日系詩人イナダ、キューバ革命のパラドックスをウォーホルばりのゲバラ写真で表現した写真家ホセ・フィゲロア、ナガサキの被爆遺物に象徴される核の「暴力」に静かに対峙した写真家の東松照明など。軽やかに場所、時間、ジャンルを越境しながら、叛徒たちの地下鉱脈を掘り起こす。

先行する『群島―世界論』より、意図的な詩的「誤読」の方法を先鋭化して、アクチュアルな現代世界と向き合う意欲作だ。

（2015・3）

絶望を希望に反転する思想　（今福龍太『ハーフ・ブリード』）

メキシコで頻繁に使われる独特なスペイン語表現で、直訳すれば「犯された女の息子」を意味する罵倒語「イホ・デ・チンガーダ(こんちくしょう)!」がある。

その語がメキシコ人の神話的な起源にかかわるということは、注目に値する。十六世紀のスペイン人征服者によるインディオ女性の「凌辱」から生まれた「私生児」というルーツ。それは自分ではどうしようもない過去の「恥辱」である。

通常「混血児」を意味する「ハーフ・ブリード」とは、そうした理不尽な「恥辱」を抱えて生きている人たちのことだ。その中には曖昧な性の境界地帯に生きる同性愛者やトランスジェンダーの人たちも含まれる。

アメリカに渡ったメキシコ人は「チカーノ」と呼ばれ、トランプ大統領の支持者たちを代表とする白人社会で、さらなる差別や障害に遭い、出口のない「閉塞感」に駆り立てられる。

本書は、あえてそうした逆境を引き受け、「自由」に向けて血のにじむような意識変革を成し遂げたチカーノ詩人たちの思想を、著者の浩瀚な知識に基づいて、熱くかつ詳細に語った優れた研究書である。

今福は「絶望」を「希望」に反転させるダイナミックなチカーノの思想を長い年月をかけて追い

求めてきた。先人の詩人や思想家の本を何度も読み返し、自らが社会の周縁者の側に立って行動することで、おのれの思想を鍛え直してきた。

チカーノ運動の第一世代のアルリスタから始まり、南西部の大地に根を下ろした抵抗のレスビアン詩人アンサルドゥーアや、国境地帯の文化の多層性を多様な仮面と声で例証したゴメス＝ペーニャ、監獄詩人のサンティアゴ・バカ、ベケット劇のスペシャリストで監獄俳優のリック・クルーシー、根気よく国境の壁の写真を撮り続ける写真家のギリェルモ・ガリンドなど、大勢の一線級のチカーノ・アーティストたちが出てくる。

なかでも、今福によって特権的に「きみ」と呼びかけられる詩人のアルフレード・アルテアガは良き先人として、ちょうど地獄めぐりをするダンテのための案内人ベアトリーチェの役割を果たす。「思想には羽が必要である」と、今福はいう。本書にはたくさんの優れたチカーノ詩が訳出されている。それらの詩が強靭なチカーノ思想を軽やかに空高く飛翔させる「羽」であることは言うまでもない。

（2017・11）

第二章　迷子の翻訳家

迷子の翻訳家

翻訳の話を文学にかぎってみると、それはとても特殊な世界のことのように思われている。あたかも、ベテランの自動車整備士がエンジン音を聞くだけで車のどこにトラブルがあるかわかってしまうみたいに、翻訳の世界にだって、素人にはうかがいしれない奥義があったりするんじゃないか。そう、思っていらっしゃいませんか?

確かに、作家にはそれぞれ文体の癖があるので、同じ作家の作品ばかりを翻訳するならば、「こう来たら、こう攻めろ」みたいな戦術はいくつか立てられるだろう。その点は柔道やフェンシングみたいに、一対一で闘うスポーツ競技と一緒かもしれない。でも、或る作家に対して通用する戦術が他のどの作家にも通用するかというと、それはゼッタイにノーだ! 柔道だって、同じワザばかりじゃいろいろな選手に勝てない。

何も失うものはない。いや　あらゆるものが翻訳なのだ
われわれは一人残らず　翻訳しながら迷子になる

But nothing's lost. Or else: all is translation.

And every bit of us is lost in it.
(James Merrill, "Lost in Translation")

米国詩人ジェイムズ・メリル（一九二六～九五）は「翻訳」という行為を、通常考えられているよりずっと広義に捉えているようだ。メリルによると、ぼくたちは皆、日常生活でも「翻訳」をしているらしい。ぼくたちは生きながらいろいろと不可解な出来事に遭遇し、それがどういう意味なのか考える。ぼくたちは、しばしば意味が理解できずに逡巡する。たまに、わかった！　と思ったら、恥ずかしい「誤訳」であったりする。だから、どうしていいかわからなくなる。わからないけど解釈しながら迷子になり、迷子になりながら、それでも道をさがす。いずれにしても、この世界を完全に理解し尽くすことは不可能だ。つまり、最終的な「正訳」にはたどり着けない。

もっと分かりやすくいえば、ぼくたちが生きている世界は、いわば「外国語のテキスト」であり、ぼくたちはそのテキストの翻訳作業にたずさわる「迷子の翻訳家」なのだ。

ぼくたちは、狭義の「翻訳の世界」でも逡巡とためらいを繰りかえす。名翻訳家と呼ばれる人でも、あれこれ悩む。話がちょっとオカルトぽくなって恐縮だが、「迷子の翻訳家」たちの中でも信頼できるのは、霊感のつよい人たちではないだろうか。というのも、いい翻訳家というのは、原作者と霊の交感ができる人のような気がするからだ。日本語で小説を書き、『万葉集』の英訳者としても知られているリービ英雄も、翻訳家＝シャーマン説を信じているようで、こんなことをいっている。

「少なくとも翻訳しているその間は、他人、おまけに異言語で生きている他人に『なる』ことを強いられるのである」(『最後の国境への旅』)

さて、まるで原作者が翻訳家に憑依したとしか思えないような、霊感のつよい日本語を紡ぎだしてくれた最近の傑作として、ヴィトルド・ゴンブローヴィッチの『トランス=アトランティック』(国書刊行会)と、ホセ・マリア・アルゲダス『アルゲダス短篇集』(彩流社)を挙げておきたい。それぞれポーランド語の専門家の西成彦と、スペイン語の専門家の杉山晃がかかわっている。たんに頭だけでなく、その翻訳家のもてるエネルギーを全部つかった力業だと思う。この二人は訳語一つを決める際にも、ずいぶん逡巡したんだろうなあ、とぼくは想像する。

ぼくも西さんや杉山さんに負けまいと、机の前にすわり、邪念を取り払い、原書と向かい合い、原作者の声を聞こうとする。ぼくは霊感がつよいほうでない。だから、自分が翻訳する作家に会う機会があったら、会うようにしてきた。ロバート・クーヴァー、ポール・ボウルズ、ゲーリー・インディアナ、スティーヴ・エリクソンなど。やっぱり会ったほうが、格段と小説の翻訳はやりやすくなる。作家の生の声を聞いたことがあるだけで、テキストの中の声が聞こえてきやすくなる。少なくともそう錯覚できる。

次の文章は、ポール・ボウルズのある短編の一部だが、ボウルズがまるで霊媒になってノンストップでしゃべりつづける若い女性の声に耳を傾けたかのようだ。ぼくも、うまく行ったかどうかはさておき、霊媒になってボウルズの声を通して語られるその女性の声に耳をすませてみた。

ある朝森の中をちょっと散歩したのよするとと何があったと思う小径にそって塗りたての看板がいくつか立てかけてあったわけ全部に〈花に触れるべからず〉って書いてあってこれって明らかにあたしたちに対するあてつけよねだって他に住んでいる人なんていないんですものよくもこんな風に気がまわるもんだわあの女のロクでもない花なんてほしくもないのにわたしたち花なんかに触れたこともないしあたしには花を切るような趣味はないし花は育つのを見てるほうがずっといいっていうのに(以下略)

One morning I went to take a little walk in the woods and what should I see but several freshly painted signs that had been put up along the paths all saying DEFENSE DE TOUCHER AUX FLEURS obviously they'd been put there for us there was no one else isn't it extraordinary the way people's minds work we didn't want her beastly flowers we'd never touched them I don't cut flowers I much prefer to see them growing.... (Paul Bowles, "Tangier 1975")

バルガス＝リョサは創作について、面白いことをいっている。

「小説を書くのは、ストリップのダンサーが観客の前で衣裳を脱いでいって裸体を見せるのと何ら変わりがないように思われます。ただ、小説家はこれを逆の手順でやるのです。ショーがはじまったときは素裸だったのが、小説を書いていくうちに、自らの想像力で作りだした厚地のきらびやかな衣裳を裸体にまとわせて隠していくのです」(『若い作家に宛てた手紙』)

もし創作という行為がバルガス゠リョサのいうように、一種のストリップショーだとすれば、翻訳というのは「着せ替え人形」によるストリップショーだ。翻訳家は原作者のショーを何度も見ては、原作者の衣裳に近いと思えるもの衣裳棚から探しだしてきて、何度も人形に着せたり脱がしたりしてあくせくする。それから、ステージの悩殺的なポーズをあれこれ人形に真似させる。そのうち、その人形に原作者の魂が乗り移ってくれれば、こっちのものだ。ただし、その人形というのが翻訳家自身に他ならないという点が、ただの「着せ替え人形」と違うところである。

(2005・6)

ハダシの学者・西江雅之に会う

「西江さん、朝が早いらしいんです。申し訳ないんですが、午前中でもよろしいですか」

インタビューを手配してくれた編集者が電話の向こうでいった。それは、まるでサッカーファンが、「ワールドカップのチケットをあげようか、でも日本戦以外のでもいい?」と友人からいわれるようなものだ。あれこれ迷っている場合ではない。答えは、単刀直入に「はい、よろしくおねがいします」の一言。たとえ夜中の十二時だって、朝の四時だって馳せさんじまいります、という心境だ。

ＪＲ中央線のＭ駅前の喧燥を離れ、これといって変わり映えしない住宅が立ち並ぶ一本道を歩いていく。五、六百メートルほど行ったところで交差点にぶつかり、そこで右折する。そこから、広い割に車の量はさほど多くない道路をしばらく歩いてゆく。「あたしって、ときどき方向音痴なんです」と、自信なげにナビゲーター役の編集者がいう。「でも、たぶんもうすぐです」と、彼女が言葉をつづけたそのとき、まるで待ち構えていたように西江さんが姿を現わした。われわれが歩いている歩道の十メートルほど前に、だ。それにしても、絶妙のタイミングである。

「蝦蟇屋敷」と名づけられた西江さんの借家は、道路から十五メートルほど奥まったところにあるので、見逃しやすい。そこで、わざわざ出てきてくださったわけだ。あとで思ったのだが、駅から電話で連絡した編集者に的確な道順を指示したあとで、西江さんは家の中で頃合いを見計らっていたにちがいない。こういう狩猟家のような「待ち伏せ」は、素人にできるワザではない。タンジールの絨毯屋に一時間も拉致されたことがあるぼくがいうのだから、ゼッタイに間違いない。

「ぼくはボウルズの作品、きっと、ほぼ全部もっていますよ」と、西江さんはいった。べつに自慢するのではない、あたかもそれが当然だといいたいかのような口ぶりで。ポール・ボウルズも辺境の「旅人」だったから、話の糸口になればと思って、ぼくはお土産に自分がかかわったボウルズの翻訳書と映画のパンフレットをお渡ししたのだ。『西江雅之自選紀行集』（ＪＴＢ）のなかの「モロッコ、砂漠紀行」と題されたエッセイで、西江さんは、サハラ砂漠の砂地に描かれた風紋を首から上のない（そして足首から先もない）女体に喩えている。その女の体内に埋もれて死んでゆくというヴィジョンがすごい。ボウルズにも、かれ特有のクリスタルな文体で書かれた「孤独の洗礼」という、ぼくが大好きなエッセイがあり、砂漠を前にした人間の絶対的な「孤独《ソリチュード》」が語られている。それは西江さんにいわせれば「皮膚の外はみな異郷」という死生観にちかい感覚ではないだろうか。

「アメリカ人なら十二、十三歳ぐらいの子どもでも知っている有名人ですが、日本じゃ知られてない人がいるんですよ」と、西江さんはテーブルの上に広げた本の一冊『伝説のアメリカン・ヒーロー』（岩波書店）を手にとり、その執筆の意図を説明してくれる。たとえば、サカガウェアというアメリカ開拓史に一役買ったインディアンの女性は米国各地に銅像があり、二〇〇〇年には一ドル硬貨の図案にも描かれたほどの人だが、日本での知名度は低い。そこで、そのような日本で知られていない有名人たちを紹介したのだ。「こんどは、知られざるフランスについて書きたいんですよ」と、西江さんはいう。世界中に、小さなフランスが散らばっているという話だ。たとえば、ブラジルの近くにもフランス領がある。ジャングルの中にはいまだにハダカで原始的な生活をする人々がいるという。だから、フランスという国は、一方には都会的な洗練、他方には原始的な素朴が共存している国家ということになる。

このあと、人間が識別できる色の言葉について、アフリカの言語とヨーロッパの言語の意味範囲のちがいについて、学問的な論文と創作的な文章について、ぼくは用意してきた質問をした。すると、西江さんは豊富な具体的な例をあげて楽しい講義をしてくださった。さすが「ハダシの学者」の異名をとるだけのことはある。

「写真が一万枚くらいあるんですよ。なかなか整理がつかなくて」と、西江さんは最後に申し訳なさそうにいった。アフリカやカリブをはじめとして、世界の「秘境」を撮った写真を本にしたいのだという。そりゃ、いい写真集ができるだろうな、とぼくは思う。

あっという間の二時間だった。帰りがけに、世界各地から持ち帰った民芸品や蛇や動物の亡骸のほかに、『不思議の国のアリス』の各国語翻訳のコレクションも見せていただいた。挿画に描かれたスワヒリ語のアリスは、やせてかわいいが、色の黒い女の子だった。

土間で靴を履き、ガラスのドアをあけて外に出ようとすると、来たときと同じように、そこに飾ってあった蝦蟇《ガマ》の置物がゲロゲロと挨拶した。ぼくは何だか遠い異郷を旅しているように、心の底から愉快になって「蝦蟇屋敷」をあとにした。

（2002・4）

＊なお西江さんの残した貴重な写真は没後、管啓次郎らの尽力で素晴らしい写真集『花のある遠景』（左右社）に結実した。

対話　翻訳と旅　（管啓次郎／越川芳明）

翻訳者は昇天者

越川　英語で「翻訳」というのはtranslate（トランスレイト）、翻訳者というのはtranslator（トランスレイター）ですが、それらは、ラテン語からきていて、「移す」という意味のtransという語と「運ぶ」という意味のlateという語の合成語です。それに似た単語でtranscribe（トランスクライブ）というのがあります。scribeは「書く」行為をしめす動詞ですが、名詞はscript（スクリプト）、皆様もご存知のとおり、「台本」です。

で、transcribeというのは、今ぼくがこういうふうに喋っていたりする言葉、皆さんの耳に響いている言葉を、目で読む「活字」に直すという行為をいいます。いわゆる「テープ起こし」ですね。楽器で弾いた音を五線譜上の記号に写すこともその動詞で表現します。面白いのは、もうすたれてしまったのだけれど、translateに昇天するって意味があるんですよね。昇天、トリップする人。だからその意味からいうと、translatorというのは技術を磨く職人というよりは、才能ですね。ナチュラル・ハイになれる者、というのでしょうか。こじつけめいてはいますけど、そういう人かなという気がするんですよね。

管　さすが越川さん、英文科の先生ですね（笑）。Translationは数学用語で平行移動という意味もあるようですが、言語から言語へと横滑りするうちに、地上を離れて空に飛び出すみたいな動きが入ってくるのでしょうか。

越川　今回ぼくが訳したエリクソンの『エクスタシーの湖』ですが、原題は、Our Ecstatic Daysといいまして、これは直訳すると「われわれが恍惚となる日々」くらいになるんですね。それではちょっとまだるっこしい。今回はロサンゼルスが街ごと水浸しになって湖が出現する、そんな話です。「エクスタシーの湖」という、わかったようなわからないような、ちょっと詩的なタイトルをつけてみました。主人公の女性には幼い息子がいるんですが、その子が湖でいなくなって、彼女が潜って探しにいったら、もうひとつの湖に出てしまう、っていう話なんですね。

管　読もうと思って、申し訳ないことにまだ半分も読んでいないのですが。すごく複雑な小説ですよね。

越川　いや、あんまり複雑じゃないですよ（笑）。いろいろな話が出てくるので、それをひとつにまとめよう、ジグソーパズルを完成しようとすると、とても苦労します。でもそんなことは忘れて、細部を楽しめればいいんだと思うんですね。全体がどうなっているかは、正直なところ一回読んだだけではわからないですから。三十回くらい読むとばっちりジグソーパズルのピースがはまるかもしれないですが。

管　なるほど苦行ですね、それは（笑）

越川　だからそれはですね、SM的な愛情しかありえないんじゃないかな（笑）。苦行って思っちゃうと読めなくなっちゃうので。ただ、中で展開されるイメージや場面は凄いものがありますよ。詩を読むように、読めばいいのかも。

さっき言った主人公の女性が見失った子どもは、実は別の場所で成長しているんですね。この子が家の「病気」シック・ハウスっていうと何だか違うものみたいですが(笑)、病んだ家を診る女医と一緒に行動しているんです。そんなシーンの中で、「十三の喪失の部屋」という場面があります。「記憶の喪失の部屋」とか「家族の喪失の部屋」とか、ダンテの『神曲』の地獄篇のような、人間の心の闇を映し出すような旅ですね。このシーンなんかは、訳していてもちょっと震えました。個人的にはあれが一番すごい場面かなと思うんだけど。そういうふうにして読んでいけば全然不条理じゃないんですけどね。あら筋で成り立っている村上春樹の小説を期待するときついのかもしれないけど、物語のコアな塊というか、そういうのを感じて読んでいけば全然難しくない。

管　訳していて震えるっていいですね。

越川　うん。ぼくは基本的に英語できないんですけど(笑)。ただぼくは、エリクソンと個人的なつきあいがあって、かれがしゃべっているのを実際聞いているから、かれの本を読んでいてもかれがしゃべってくれているような感じで読めるんですよね。翻訳は英文解釈じゃないですから、別に一言一言正確でなくてもいいわけですし。

管　越川さん、訳しながら泣くことってありますか。

越川　難しすぎて泣くことはありますけど(笑)

管　ぼくはよくありますよ。エイミー・ベンダーの短編なんか、訳しながらあまりに感動して。作者も書き終えたとき泣いただろうと思ったりして。

越川　それは本当に、すたれた意味での translator ですね。「昇天する人」。

管　まあバカですから。『エクスタシーの湖』はタイポグラフィックな冒険というか、さまざまな工夫がなされていますね。

越川　翻訳本は佐々木暁さんというアートディレクターの作品ですが、やっぱりデザインが凄いですね。しかも二段組だから、原本をそのまま写しただけでは駄目なので、佐々木さんなりのアレンジが加わっています。

一番難しいのは、ダブル・ナレーションというか、普通のナレーションに、物語の途中から一行だけのナレーションが加わって、最後に二つのナレーションがぱっちり重なり合うんですよ。それをどうやって日本語訳の本に移植するか。普通、英語を日本語に翻訳すると、圧倒的に活字の量が増えてしまうので、一行のナレーションの部分をどうやって最後にぴったり合わせるかというのは、技術的な意味でとても難しかったですね。

ニューメキシコという場所

越川　エリクソンの作品にはニューメキシコもよく出てきますね。最近はニューメキシコのプエブロもしょっちゅう出てきます。エリクソンには「インディアン」の血も混ざっていることもあって。北欧と「インディアン」の異なる血が混在している。かれの風貌なんかそういう感じがしますね。内的な他者として、先住民ということは意識していると思いますね。

管　確かに、エリクソンは北欧系の名前ですね。

越川　ぼくのニューメキシコ体験はもう五～六年くらい前ですね。初めてアルバカーキに行くことになって、管さんにどこに行ったらいいかアドバイスを求めたら、アコマを薦められた。それでレンタカーを飛ばして行ってみたんです。アコマには「スカイ・シティ」の別名がありますが、いいところでしたね。

いいところ、というのは、先ほどの翻訳のことにひきつけて言うなら、翻訳も旅も、やっぱり日常から外れていくってことだと思うのね。日常と同じ体験ではないことをする、自分ではない自分がひょっとしたらいるかもしれないというか。そういう体験ができれば一番いいんですよね。で、アコマに行ったときは「何だこれ」というような(笑)、強烈な体験をしました。

管　そもそもなぜニューメキシコに行かれたんでしたっけ？

越川　ジミー・サンティアゴ・バカという詩人がいるのですが、かれに会いに出かけたんです。そしたらかれ、本当のバカでね(笑)、いい詩人なんですよ。かれはぼくと同じ年なんですけど、ニューヨリカンのピニェロと同じ監獄詩人で、二十歳くらいまでは文字を知らなかったんです。ドラッグ売買の容疑か何かで逮捕されて、五年くらい牢獄に入っていたときにはじめて字を習った。アメリカの刑務所って、中に学校があるらしいんですね。そこで詩を教えてもらって、あるとき自分の書いた詩を文芸誌に送ってみたら、小切手で二十ドルが送られてきた。そしたら「こんなので二十ドル貰えるんなら、俺いくらでも稼げるじゃん！」と思ったらしい（笑）。それから自分の人生を題材に詩を書いていったら、一杯できちゃったらしいのね。今ではアメリカの一流詩人ですけど。管さんも訳されていますね。

管　ぼくもニューメキシコとの出会いははっきりしているんですよ。むかしハワイ大学で人類学を勉強していたのですが、そこであるとき地理学教室の前を通ったら、ニューメキシコの白黒の風景写真が貼ってあったんです。それがすごかった。山があって野原がずっとひろがってという単なる風景写真だったんですが、雲の影が映っている。それがよかった。空気が乾燥していて、澄み切っているのがわかる。雲の影が濃い。影が山の山腹を走っている感じで。山も木なんか全然生えていなくて、砂漠と岩ばかり。その強烈な風景写真に頭が感光したみたいになってこれは行かなくてはと思った。二十年位前の話ですけれど。

越川　エドワード・アビーという作家が『砂の楽園』というノンフィクションを書いています。また、コーマック・マッカーシーは八〇年代以降、このへんの砂漠を舞台にした小説ばかり書いていますが、最近翻訳が出た『ブラッド・メリディアン』もいいですね。あとは映画で、ギジェルモ・アリアーガの『燃える平原』という映画があります。『ある日、欲望の大地で』という邦題にされてしまっていますが（笑）、南西部および国境地帯を舞台にした、とてもいい映画です。ここの環境はアメリカの中でも東部とはずいぶん違う、ひとつのユニークな文化を形成している。よそ者である画家のオキーフや、作家のローレンスが惹かれたのがよくわかる。

旅する書き手たちとの出会い

越川　ハワイからニューメキシコに行かれたというお話でしたが、誰か旅をしている書き手の中で、お手本のような人はいらっしゃいますか？

管　書き手というか、人生の中で一番「この人に会ってなかったら、今こうはなってなかったな」と思う人は、文化人類学者の西江雅之先生ですね。

西江さんという人は変わった人で、文化人類学者・言語学者・アフリカ研究者のすべて兼ね備えている。そして歩くのがとても速い。西江さんはもともとスワヒリ語を勉強していて、二十歳くらいのときに日本で最初のスワヒリ語の辞書を作りました。その後、サハラ砂漠を徒歩で横断して。アフリカではマサイ族の遊牧民たちと一緒に暮らしていたんだけれども、かれらに「お前は歩くのが速すぎる」って文句を言われたらしいです(笑)。いろいろな伝説の持ち主ですね、三十カ国語くらい喋るとか。お風呂は一年に一回くらいしか入らない。泳ぐのも大嫌いで、海なんかハワイに行っても絶対入らない。高校生のころは体操選手だったそうですが、なんかそんな身体性と知識のスタイルが、完全に一致している。

越川　ぼくも西江さんのお宅に伺う機会があったのですが、蝦蟇屋敷というあだ名がついた家に住んでいますね。大きいヘビの抜け殻からマサイ族のペニスケースまで、本当にいろいろなものが置いてありました。

管　あそこは最高におもしろい場所です。アフリカ研究や言語学の本のコレクションだけじゃなく、個人博物館にしてもいいくらい、本当にいろいろなものが置いてありますね。さりげなく置いてある写真が、マン・レイが撮影したマックス・エルンストの生写真だったりします。『西江雅之の驚異の部屋《ヴンダーカマー》』みたいな本を作りたい。

ぼくは学生のころ文学にも言語学・人類学にも興味があったのですが、当時、西江先生がカリブ海の人々が話すクレオル言語のフィールド調査をしていて、その話を授業でうかがって、クレオル言語の世界を知ったんです。一九八〇年代ごろのこと。それでまあ、よし、ぼくもカリブ海に行ってみようと。それからだんだん人生が熱帯化し、同時に貧困化も進んだ(笑)。

越川　でも、カリブ海でのご経験は『オムニフォン』っていう素晴らしい本に結実してるじゃないですか。ぼくは出たときに書評を書かせていただきましたけど、ちょっとこれはかなわないなと思いましたね。脱帽の一語に尽きます。

ぼくはね、九〇年代のはじめにポール・ボウルズに会いに行きました。かれの住んでいたタンジールに二回行って、それぞれ一週間くらい滞在しました。夕方になるとかれのアパートメントにノーアポでただ行く。そうしていると、いろいろなところからいろいろな人が来るんですよ。ジャーナリストとか写真家とかがね。そのうち十人くらいになって、お茶なんか飲みながらみんなで話す。そういう作家との出会い、付き合いっていうのも、ぼくにとって影響が大きいですね。管さんは、会いたかった人はいますか?

管 そうですね、けっして会いたくはなかったけども、大きな影響を受けた作家はブルース・チャトウィンですね。実際に会ったら、たぶんすごく嫌なやつだと思うけど。チャトウィンの小説に対するアプローチの仕方には、文体にも主題にも形式的な実験にも強く印象づけられました。『ソングライン』なんて、終わりのほうはノートだけですからね。

越川 あれは死にそうだったからじゃないの(笑)。でもあのノートはすごいですよね。ぼくも『ソングライン』は、いま研究室にある本を十冊残して全部捨てろと言われたら、残す一冊のうちに入るかな。とんでもない本ですよね。

管 チャトウィンの文章は何度読んでも戦慄を覚えますけど、あのぶっきらぼうなくらいシンプルな文体を学んだのがヘミングウェイなんですよね。特に初期短篇集の『49短篇集』をつねに鞄に入れていた。

越川 でもヘミングウェイなんかよりずっといいと思うけどなあ。正直、ヘミングウェイの『老人と海』など、どこがいいのかさっぱり分からない(笑)。何回読んでも好きになれないんですよね……。ジャック・ケルアックもそうです。青山南さんには悪いけど、ぼくには原書で三十ページくらいまでしか読めませんでした。

管 『オン・ザ・ロード』はどうですか、退屈ですか?

越川 ぼくは、あれはちょっとね。ドルの優位性にあぐらをかいた自己満足という意味で、文化的なマスターベーションだと思うんですよね。そういう要素が自分にもあるから嫌なのかもしれないけど……。

管　ぼくも『オン・ザ・ロード』はずっと読めなくて、何でここまでラディカルに退屈なものをみんなよろこんで読むんだろうって思っていたんですよ。ところがあるとき、マット・ディロンが全文を朗読したCDを買ってダラダラと聴いていると、そのおもしろさがわかった気がした。車の運転とかしながら聴くといいんです。友達と長距離ドライブして、疲れ果てて何も話すことがなくなったときに初めて出てくる思いがけない思い出話ってあるでしょう。そんな作品だと思います。

越川　じゃあ、読んじゃいけない本なんだね(笑)。『本は読めないものだから心配するな』っていう管さんの本のタイトルがここで効いてくる訳だ！　なるほど、今日は勉強になりました(笑)。

ついでに言うけれど、ケルアックにメキシコ・シティを舞台にした『*Tristesa*』っていう中篇があるんです。当地に滞在していたときに、この場所で読んだら意見が変わるかなと思ったんですが、結局すっごくつまらなかった(笑)。こんなものをメキシコ人が読んだら怒るぞ、と思いましたね。素朴なアメリカ人が読んだら「メキシコってこんなところなんだ」と思うかもしれないけど。自意識の欠如した、ただの観光客のような視線が嫌でした。

管　ああ、なるほどね。かれの小説で一番面白いと思うのは、『*The Dharma Bums*』(ザ・ダーマ・バムズ)という作品があるでしょう？　ゲーリー・スナイダーがモデルになっているという。あれはすごくいいですね。完全にフィクションの人物より、ずっとおもしろい。

会場　越川さんは、外国に行かれると市場と墓場に必ず行かれるそうですが、その理由をお聞かせ願えますか？

越川　市場っていうのは食い物がある場所ですよね。生きていくために必要なものが売っている、人の欲望があらわれる場所ですね。世界中どこの市場に行ってもにぎわってるし、何も買わなくても楽しいところだと思います。

あとは墓場。死っていうのは、我々がみな必ず行き着く終着駅じゃないですか。墓場に行くと、その土地の人たちが死者をどのように扱っているかがわかって、とても面白いですね。死者を手厚く扱っているところは生者にも優しい。メキシコの一番南のチアバス州のサン・クリストバルという標高の高い街から車で三十分くらいのところにチャムラという先住民の村があります。そこの墓地が面白かったです。そこの墓地にはいろいろな色の十字架が埋まっているんですよ。黒は老人、青は若者、子どもは白とか。面白いのはね、墓地のまわりがなんだか汚いんですよ。コーラのビンやペットボトルなんかが散らばっている。どうも、死者はコーラとか、炭酸が好きらしいんです（笑）。だから、空瓶はゴミじゃなかったんです。先祖へのもてなしかたとかも、墓場を見ればわかりますし、面白いですね。メキシコには十一月一日に死者の日というのがあって、是非そこに行かれるといいと思います。お墓を花で飾り立てて、食べ物を置いて、家族が集まる行事になっています。日本にいたときはお墓などに興味はなかったんですが、メキシコに行ってその重要さを再認識しました。

会場　旅をするときには、現地で本に出会ったり、持って行かれたりするのでしょうか？　それとも、旅をされるときには読書はされませんか？

管　ぼくは旅をしているときもしていないときも、常に十冊くらい本を持ち歩いています。習慣ですね。旅先でも本屋に行きますから、そこでの本との出会いももちろんあります。でも実際に移動中に読むかというと、あまり読まないですね。ぱらっと開いては、あるページが「よく書けてるなあ」と感心したりとか、その程度です。でもそんな印象が思いがけないところで変なつながり方をして、新しい方向性を感じることがある。それに導かれるようにして別の場所に行ったりすると、また新しい発見があったりします。昔からメアンドルシェルシュという造語で呼んできたのですが、それはメアンドル（曲がりくねった）とルシェルシュ（探求）の合成からなる、方法なき方法論。いつもそうです。

越川　この前キューバ映画祭のために二泊三日で北海道に行ったのですが、一日に四本くらい映画を観て、寒い時期だったからホテルの部屋で本ばかり読んでいました。だからその旅では、北海道の風景はほとんど見ていないんですよね。そういう旅もあれば、旅先では本など読まずに人と会ったり体験したりすることを重要視することもあります。旅に本を持って行くかどうか。これは難しい選択ですね。最近ぼくは、本を置いていくことが多いです。本に頼らずに、自分の経験を書き留めることにしている。本は帰ってきてから読む。だから、旅にノートはたくさん持っていきます。去年の夏一カ月ほどキューバにいたんですが、僕のノートパソコンではネットもメールもできないんですよ。一流ホテルのロビーに一時間くらい並べばメールぐらいできるんですが、それも何だか馬鹿馬鹿しい。だから、まるまる一カ月ネットもメールもやらずに過ごしました。すごく新鮮でした。その経験をノートに書き綴って過ごしましたが、そんな旅もありますね。（2010・5&6）

＊この対話は、二〇一〇年二月九日、青山ブックセンター本店で行われた。

対話「翻訳をめぐって」（新元良一／越川芳明）

エリクソンにとり憑かれて

新元　エリクソン作品とはどういったことから親しまれるようになったのでしょうか。

越川　今から十年以上前にある学会で、カーヴァーか何かのシンポジウムでしゃべったことがあるんですが、そのときパネラーの一人だった佐藤良明さんがエリクソンについてちらっと触れたことがあったんです。それで『*Days Between Stations*』のペイパーバックを手に入れて読んだのが最初かな。それを読んで、その頃ピンチョンの翻訳とかやってたんですけど、自分にとってこのスティーヴ・エリクソン、わりとフィットするなあって感じたんです。

新元　具体的には、どういう部分が印象に残っていらしたのですか。

越川　かれのなかにあるものがぼくに訴えたんだろうと思うんです。それはちょっと説明しにくいけど、何ていうか恋愛関係を描いてる小説であっても黒い想像力みたいなものがある。それがすごくぼくにぐっときたんですね。
新元　作者の感覚に惹きつけられて。
越川　言葉では簡単に括れないような、人の情念とか衝動とかそういうの、英語では「obsession」て言いますけどぼくなんか、本当は翻訳をやりたくないんだけどやってるっていうのは、たぶん「obsession」だし（笑）。もっとわかりやすく言うと、たとえば男女関係だけじゃなくても、男と男、女と女の関係でもいいんだけど、どうしても逃げられない相手ってのがいる。そういう相手とぶつかっちゃったときに、自分は執着したくないのに執着しちゃうみたいな。
新元　どうあがいてもそこに辿り着いてしまうと。
越川　そう。世俗的には「腐れ縁」とか言うじゃない。心理学の用語はあまりいい訳じゃないと思うけど強迫観念と言ってます。が、本人が知らずして「とり憑かれた」状態です。
新元　そこで翻訳することになったわけですか。
越川　いや、自分で翻訳するつもりはなかった。当時、筑摩書房にいた編集の人から、何か面白い小説ないかなって言われたときに『*Rubicon Beach*』と『*Days Between Stations*』はどうかって言ったの。そしたら、信じられないことに、さっさと企画を通しちゃって（笑）。すごいよね。まだ数冊しか出してない無名の作家ですよ、その頃は。で、言い出しっぺのぼくにおはちが回ってきて、逃げられなくなっちゃった（笑）。でも題名が訳しにくくて。彷徨うっていう日本語がぼくは好きだ

から『彷徨う日々』ってつけちゃった。自分のなかではすごくいいタイトルだな、と勝手に思ってるんですけど(笑)

新元　このタイトルは確かに日本語にはしにくいですね。さてほかの作品にくらべると『彷徨う日々』は、構造的に破綻している部分があると思うんですが、逆にぼくはそれが面白いと感じてしまうんです。越川さんはそのあたりをどう見られてますか。

越川　人それぞれに小説とは何かみたいなものさしがあると思うんです。完成度があるとかないとか、あるいはこれまで例がないとかね。たとえば、高橋源一郎さんは群像新人賞を取れなかったんだよね。審査員のなかに「これは小説ではない」って言った人がいて。それはその審査員が持っている小説のものさしに合わなかったっていうことだよね。確かに『さようなら、ギャングたち』は破格な小説だけどさ。でも『群像』はずっと高橋さんをフォローしてるよね、賞をあげないでフォローはするっていうのも作家の育て方の一つかもしれないけど(笑)

新元　エリクソンは一時期ブームというか、盛り上がりがありましたよね。

越川　ええ、島田雅彦さんが『ルビコン・ビーチ』を、柴田元幸さんが『黒い時計の旅』と『Xのアーチ』を翻訳したり。島田雅彦さんは『すばる』でエリクソンと対談したでしょ、『新潮』ではは村上龍さんも。あと、『エスクァイア』では、編集者に頼んで小林恭二さんとの対談を設定してもらいました。作家同士をマッチアップさせるのは面白いですよね。というのも、お互いの作品を読んで対談に臨むから、その後それぞれの創作に影響してくるかもしれないし。

新元　エリクソンも村上龍さんの本を読んでたんですか。
越川　そう。英語訳があった『コインロッカー・ベイビーズ』をね。
新元　エリクソンの来日のときは越川さんが中心になっていろいろ計画なさったとうかがってます。
越川　ぼくは翻訳だけやっててても面白くないんですよね、日々(笑)。だから、ちょっとイベントつくろうと思って。まず彩流社から『スティーヴ・エリクソン』というガイドブックを出したんですよ。その本のために、島田雅彦さんと巽孝之さんを担ぎ出してぼくと三人で座談会をやったんですが、最後に島田さんが「エリクソンを呼ぼうか」って言ったの。「俺は新宿の歌舞伎町を案内するから」って。だったらっていうことで島田さんを逃がさないようにしておいて、エリクソンが来たとき歌舞伎町は頼むと。そこからスタートして、ぼくの知り合いの出版社の人たちに頼んで対談を起こしてもらって、その原稿料をスティーヴ・エリクソンの滞在費にあてる、と(笑)。文書をつくって新聞社とかにいっぱいファックス送って。「アメリカ作家が来ますから」って。「招聘団」とかって架空の団体をつくってね。でもエリクソンが偉かったのはあんまりお金がないから高いところには泊められなくて、根津あたりの安い素泊まりのホテルに泊まってもらったんだけど、対談に備えて村上龍さんや島田雅彦さんの小説をその安宿で一所懸命読んでたんだよね。
新元　エリクソンの『真夜中に海がやってきた』には、越川さんも登場してるとか。
越川　そうそう。ヨッシーって少年に改造されてね。村上龍さんは「ホテル・リュウ」って歌舞伎町の連れ込みホテルになってて。でもね、ひどいんだよ。ヨッシーという少年は、「日本人というよりアメリカ人のような発想をする」やつで、記憶をカプセルに詰めて埋めてある「記憶の墓」から記憶カプセルを掘り起こして、密かに日本へ送り届けてるなんてことをしてる。最後は嵐のなかで稲妻に打たれて電気ショックで勃起したまま死んじゃう(笑)。

新元　なかなか悲惨な(笑)。

越川　ねえ。あれだけ来日のときに尽くしてやったのに「これかよ！」って思った(笑)。だから世界中のエリクソン読者にそんな人間なんだと思われても困るんで、最近は「ロベルト」って名乗ることにしようかと(笑)。

新元　そういう場面を訳すのはどんな感じがするものですか。

越川　訳しづらい、やっぱり(笑)。

新元　本人に文句を言ったりしますか。

越川　いやあ、言わないですよ。ありがとうございましたってもんで(笑)。

新元　この本のあとがきでは、手直しに時間をかけたと書かれてましたが、いつも推敲にはかなり時間をかけられるんですか。

越川　かけますよ。やっぱり読者は日本人だから、そこはね。謙遜じゃなくてぼくは自分の文章がうまいと思ってないんです。だから、他人様が千五百円とか二千円とかっていう高いお金を出してくださるものに対してちゃんとしないと申し訳ない。しかもぼくの場合しょっちゅう出すわけじゃなくて、何年に一度とかいうペースなんだし。

新元　推敲の作業はどのようになさるんでしょう。

越川　朝から晩まで喫茶店にゲラ持って閉じこもって、ずうっと。

新元　そのあいだ、編集者と連絡は？

越川　取りますけど、編集の人と相談しながら進めるというわけではないです。推敲は自分一人でやりますから。共同作業と言える部分としては、ぼくが直したゲラを戻して、読んでもらって、疑問点は「？」をつけてもらってそこをまた直すというかたちですね。

新元　何度かやりとりをして完成していくと。

越川　そういうのって大事ですよね。で、不届き者だと思うけど、ぼくがつねに目指しているのは、日本の小説家が読んで捨てちゃうようなものにはしたくない、ということ。もっと言えばパクッてほしいんです。

新元　エリクソンを呼んだみたいな、そういう活動はお好きなんですか。

越川　なんか好きみたい（笑）。しょっちゅうはやりませんけど。それだけ思い入れのある作家だったということですね。

新元　そこまでいくかどうかはともかく、今お好きな作家や作品というと？

越川　今日はそれで何冊か持ってきたんです。去年出た翻訳についてあちこちで書かせてもらいまして、なかでもぼくが去年いちばんいいなと思ったのは。ピーター・ケアリー『ケリー・ギャングの真実の歴史』。あと、ホセ・マリア・アルゲダスというペルーの人が書いた『アルゲダス短編集』、文化人類学者で小説も書いている人ですね。もう一冊は日系三世のディヴィッド・ムラのノンフィクション『僕はアメリカ人のはずだった』。

新元 ぼくがこのなかで読んだのは『ケリー・ギャングの真実の歴史』だけですね。オーストラリア版ねずみ小僧次郎吉みたいな話で(笑)。原文も翻訳も読んだんですが越川さんから見てこの翻訳はいかがでしょう。

越川 翻訳者の宮木陽子さんという方をぼくは知らないんですが、とても丁寧に訳している感じがします。たぶんこれは一回日本語をつくってからもう一度検討してるんじゃないかな。もしそういうことをしてなくて、一回でこれだけ完成された日本語をつくっていたら、相当すごい訳者だなと思う。『アルゲダス短編集』の杉山晃さんも会ったことはないんですが、この人も尊敬するな。ラテン・アメリカのスペイン語系のものをよく訳されてますよね、メキシコのガルシア＝マルケスと言われているファン・ルルフォの『ペドロ・パラモ』の岩波文庫の訳も素晴らしい。ぼくら英語圏の人間はメジャー志向が強くて、やっぱり読者もそっちのほうに向いている傾向がありますけど、その枠に収まらないようなこういういい作家を地道に紹介しているって人には頭が下がります。

新元 翻訳者でもベテランの方になると、翻訳する本はご自分でお好きなものを選べるわけですよね。

越川 いや、最近はそうでもないみたい、不況だから。この本出版してって版元に持っていっても、「そのうちね」みたいな反応で、腰ひけちゃってるし(笑)。

新元　状況はかなり厳しいと。

越川　売れればいいんだけどねえ。ぼくらのなかでの「売れれば」っていうのは初版が売れて再版できればってことですよ。普通は三千部とか五千部とかいう感じだから再版できないと辛い。編集者には絶対に迷惑はかけられない。だから、本当にやりたい場合は、編集の人に、それまで六%でやってた翻訳料を三パーセントでいいからって言う。そうするとボランティアになるけど。でもいくら何でもゼロっていうとやる気がなくなっちゃうから、そうはしないけど(笑)。

新元　そういった思い入れできる本を見つけるにはアンテナをひろげていなければならないと思うんですが、情報収集はどのような方法で。

越川　ぼくは一時片っ端から読んでた。今はアマゾンとかを使って怠惰になってますけど九〇年代までは買い出しに行ってましたね、ニューヨークとかサンフランシスコとかそういうところに。ニューヨークに「ストランド」ってすごい古本屋があるでしょ、めまいがするぐらいすごい数の本があるところ。その頃は一週間滞在すると四日ぐらいは入り浸ってね。自分でバカじゃないかと思ったんだけど、ちょっといいタイトルだな、なんて思うと抜き出してカバージャケットの紹介文を読んだりするじゃないですか、それをね、小説のコーナーでAから全部見ていく。

新元　え、AからZまでですか。それは時間がかかるでしょう。

越川　だから一日で終わんなくて、今日はAからEまで見ていこうかなとか。あの店がすごいのは冊数だけじゃなくて、店員さんがよく知ってることなんだよね。いちおうこっちでチェックする書名をメモして持っていくんだけど、ときどき棚に並んでなかったりして尋ねてみると「あっちのぞっき本のコーナーにあったかもしれない」なんて言って探しだすんだな。三階の〈古書コレクション〉にご案内します」なんて言って高い本のところに案内されたり。さすがにそこの本は高いからちょっと買えなかったんだけどね。

新元　どれぐらいの冊数を一度に買われていたんですか。

越川　入り口にスーパーのカゴみたいなのがあるでしょ、あれにドンドン入れて。ただ当時連載してた書評の原稿を書くには二十冊読んで一冊ぐらいしか書けなかった。百冊で五冊とかね。ぼくの研究室はそんなふうにして買ってきた本ばっかりですよ。だから、俺が死んだらこの本はどうなるのかなって思ってて(笑)。

新元　それほど大量の本を持って帰るわけにもいかないでしょうし、日本へは郵送されるんですか。

越川　そう。ホテルの部屋でパックして。船便でもいちばん安い船底便ね、何箱でいくらの三カ月後とか六カ月後に到着するみたいな。

新元　そういう時代を考えると今みたいにアマゾンとかで本をオーダーするのっていうのは。

越川　ちょろいよね(笑)。

新元　本をお選びになる場合には、何か傾向はありますか。エリクソンやロバート・クーヴァー、その他ぜんぜん違う感じのものも訳されてますが。
越川　ヘンタイかな（笑）。
新元　ヘンタイ（笑）。えっと、ちょっと変わったものということでしょうか。では、そういった英語圏の文化への興味が翻訳の道へ進まれた前提としてあるんですか。
越川　翻訳家になるなんて思ってなかった二十代前半の頃、ぼくは野球が好きだからクーヴァーの『ユニヴァーサル野球協会』を読んでみたんです。まああれは野球小説というよりも、野球が世界創造のメタファーとして使われているだけなんだけども、たまたまそれを同人誌で翻訳してみたんですよ。版権取らずにゲリラでね。
新元　え、版権を取ってなかった。
越川　だって同人誌だもん。だけど、今の時代には、いくら同人誌とはいえ、好きだからって翻訳志望の人が勝手にスティーヴン・キングなんかをやったらたいへんなことになっちゃうから、ダメです（笑）。で、結局その同人誌は一回だけで終わっちゃった。五百円とか値段つけて本屋へ持っていって、精算にも行かないような本でね。
新元　その同人誌はいつ頃の話ですか。
越川　阪神タイガースが前回優勝した前後、一九八五、六年じゃなかったかな。
新元　『ユニヴァーサル野球協会』は越川さんの訳で出ましたよね。
越川　ええ。結局、クーヴァーの来日と重なって、ちゃんと版権取ってくれた出版社があって出しました。

新元　それが翻訳家としてのきっかけと。

越川　そう。あとで訳文を読むとヘタでねえ、ちゃんと刊行するときにすごく手を入れた。

新元　それからはご自分の好きな本だけ訳してこられたわけですか。

越川　いや、そうじゃなくても頼まれればいちおう読みますよ。でも、映画のやつは嫌い（笑）

新元　そうなんですか、いちばん部数が出るものでしょう。

越川　自分のペースでできないから。以前ね、ある版元から頼まれたのがやっぱり映画の原作で、これが八月公開で、四月に頼まれて期間は三カ月だって言うんでね、まあ、収入はそっちのほうがいいんだけど、でもそのためにだけやって意味があるのかっていう天の邪鬼な気持ちが湧いてきて、結局ほかの人にふっちゃった。かれはいい訳をしましたけどね。ただ、オチとして、映画は結局八月に来なくて半年ぐらい遅れちゃった（笑）

トリッキーに攻めてくる小説は翻訳家に攻めのディフェンスを求めている

新元　お仕事の進め方についてうかがいたいんですが、参考までに翻訳作業にあたって何かご自身の決まりごとっておありでしたら。

越川　口幅ったいですね、そういうことは。ぼくは翻訳が得意じゃないし（笑）。小鷹信光さんが『翻訳という仕事』っていい本を出してて、翻訳のテクニックとかどういう人が翻訳に向いているかとか書いていらっしゃるから、翻訳についてはそっちを読んでもらったほうがいい(笑)。とにかくぼくの話は特殊すぎて一般化できない。

新元　では小鷹さんの本にはどのようなことが。

越川　翻訳をする人には三つの条件が揃っていないとだめらしいです。まず、外国語ができること。二つ目は日本語に細心の注意が払えること。これは英語を日本語にするときに、関係代名詞なんかが出てくると、語順から言えば後ろから訳していくわけでしょ。で、その次に「but」が出てきたとして、「しかし」なんて単純に置き換えると、ときには意味がこんがらがっちゃう場合がある。「but」を訳さないほうが、日本語としていい場合もある。だから、一度訳したあとでその日本語の文章が論理的にスジが通っているかどうか確かめなくちゃいけない。そういうことを「どっちでもいいんじゃない」みたいにやってしまう人はたぶん翻訳家に向いてないという。

新元　無頓着だと翻訳家にはなれないと。

越川　まあ、それは何をするにしても言えることで、翻訳家に限らないでしょうけど(笑)。

新元　そりゃそうですね。で、最後の条件は？

越川　これがいちばん大きいと思うんだけど、コツコツやれる人。つまり、毎日、午前中四時間翻訳して、ちょっと休んで、また午後も四時間、それを六日間きちんとやって「ああ、楽しかった」と言える人。

新元　越川さんはそういうタイプなんですか。

越川　いい質問だなあ（笑）。ぼくはそういうことができる瞬間とできない瞬間がある。面倒くさくてやってられないと思ったりね。ムラっ気っていうのかな。だから、やるときはほかの仕事をやらないことにしないと無理です。何か新しい面白い小説ないかな、とか、どこか行きたいきたいなあという欲望を全部シャットダウンして、その一冊の翻訳だけにしないとダメだな。それで講談社に迷惑かけちゃったのは、ロバート・クーヴァーの『ジェラルドのパーティ』。何年もかかっちゃったんです。

新元　何が原因だったんでしょう。

越川　ガアっという熱が自分のなかに生まれるまで時間がかかった。結局、九八年にサンディエゴに行って三カ月でやった、閉じこもって、そればっかりで。

新元　ということは、やると三カ月でできるものを……。

越川　そうそう。俺はやればできるんだから（笑）。逆に言うと、やる気にならないとなかなかできない。そういうことがあるから、自分の子供に「勉強しなさい」と言えないの。

新元　ところで、越川さんは翻訳だけではなくて、評論やエッセイもお書きになられていますが、両者に違いはありますか。

越川　ちょっとたとえ話になりますが、バスケットボールで言うと翻訳というのはディフェンスなんです。つねにマークしなければならない相手がいる。相手っていうのは原作者、原文のことで、ガードしてないと抜かれて得点を入れられちゃう。だからこっちとしては制約が多いわけで、そんなに技を使って攻めるわけにもいかないわけです。で、エッセイとか小説、評論は、好きなことを書けばいいわけでしょ、いろんな技も使えるし。だから、どっちかっていうと書き物はオフェンスだし、翻訳は基本的にディフェンスだと思う。

新元　では、両者を並行していくことに関しては？

越川　たとえば柴田元幸さんは名翻訳家と言われてますよね、じゃあ日本語で書くほうはどうかっていうとエッセイなんかでもひと味違ったものを書かれてる。両方でバランスをとってうまくやってて、オールラウンドプレイヤーだと思います。そういう人が世の中にけっこういて、ラテン・アメリカ文学の野谷文昭さんは翻訳以外にも映画論とか日本文学論とかをいっぱい書いてるし、フランス文学の野崎歓さんはジャン・フィリップ・トゥーサンとかを訳しつつ、映画についても谷崎についても本を出してるでしょ。そのほかにも、中国文学の藤井省三さんも忘れちゃいけないし、語学の天才、沼野充義さんもいる。

新元　語学の天才。翻訳の天才ではなく。

越川　そう。だって、普通、ロシア語ができる人っていうのなら、まあいるかなあという感じけど、ロシア文学・東欧文学っていう括りだから。それってポーランドもあればほかにもたくさん違う言葉があるわけでしょ。あとは英語もできるし。語学の天才ってだいたい通訳になっちゃうよね。だけど、かれは文学という世間の人が目を向けない分野で活躍してる(笑)。周縁から攻めている語学の天才ってことでいえば、あと一人、管啓次郎さんもいる。『コヨーテ読書』という翻訳論とチカーノ文学を紹介する本を書いた人です。ラテン・アメリカ文学やチカーノ文学をやってるから、英語とスペイン語の両方に堪能なんだけど、マリーズ・コンデというクレオールの女性が書いたフランス語の小説も訳したりして、ぼくは尊敬してます。

新元　その本、ぼくは読んでないですね。書名になってる「コヨーテ」というのは？

越川　コヨーテって犬とオオカミの中間ぐらいで、都市と野生のあいだをうろついてる動物でしょ。だから管さんは自分をコヨーテと称してる。かっこいいね。先に取られたね(笑)。もう一つ、コヨーテって国境地帯でメキシコから合衆国への密入国者たちを助けるプロの請負い人たちの通称でもあるんです。で、いいコヨーテと悪いコヨーテがいて、悪いのは金だけとって依頼人を砂漠に置き去りにするような奴なんです。

新元　なるほど。ところで、両方をこなす人として村上春樹さんもいますが。

越川　そうそう。それでさっきのバスケットボールのたとえ話に戻るんだけど、特に合衆国ではバスケットってやっぱりストリート系のスポーツでしょ、ボールとリングが一つあればできる。担い手は貧困層の黒人か移民で。そういう意味で、村上春樹さんは文学界の移民というか、「周縁」の人。多くの小説家ってたとえ翻訳ができる人でも創作というオフェンスに走る。ヴォネガットとかの翻訳をやったこともある池澤夏樹さんとか、あと高橋源一郎さんもマキナニーをやったけど今翻訳をやりませんかって聞いてみてもやりませんって言うでしょ。

新元　もう一度翻訳を、とはならない。なぜでしょうね。

越川　かれらは完全に攻撃にシフトを変えたんでしょう。やっぱり、攻めてシュートを決めたほうがかっこいいからでしょ（笑）。ところが、村上春樹さんはオフェンスもディフェンスも両方やるんですよ、これは日本の小説家としては珍しいタイプのマルチプレイヤー。かれは日本の同時代の文学に批判的だから、翻訳をすることで拠って立つところがあるのかもね。で、そんなふうに両方やってる村上春樹さんがもし外国で大きな文学賞でも取ったら、日本における作家像というものが多少変わるかもしれないと思ってるんですが。ノーベル文学賞とかね。

新元　ところで、越川さんご自身は翻訳者として、ぴったりマークのワン・オン・ワン・ディフェンスの相手にはどんな作家がお好きですか。

越川　オーソドックスでありつつも新しい攻め方をしてくる作家。今まで見たことないドリブルをしたり、トリッキーなフェイントをかけたりとかって感じかな。なぜかというと、そういう作品だと翻訳してても飽きないから。辛い作業のなかでも、ああ、こういう手もあるのか、とか思ったりする。でも、それを好んで翻訳するってことはある種、自分の首を締めてる世界なんだけど（笑）。

新元　そういった一筋縄でいかない原文とマッチアップする場合、特別な対処の仕方はあるんでしょうか。

越川　ちょっと逆説めく言い方だけど、特にポストモダンの小説は、ディフェンスでも攻めていかなきゃダメなんだよね。攻めるディフェンスというと、たとえば『白鯨』を千石英世さんが出したときに、どっかの頭の固い学者で「原文に忠実じゃない」と批判した人がいたでしょ、翻訳で、あれこれ付け加えてるって。翻訳ってそういうもんなのにね。千石さんの訳を批判した人は、原作を丁寧に追っかけてろって言いたいんですね。反対に千石さんはたまにこっちからフェイントをかけろって考えじゃないかな。翻訳者にも攻めのディフェンスが必要だと。

新元　ある程度原文に忠実でないやり方をしないと、伝えきれない部分があるんですね。

越川　ぼくが訳したロバート・クーヴァーなんかはメタファーが多くて、たとえば「dog」を比喩として使ってた場合に「犬」と訳しちゃうと、確かに「おまえは犬だ」という日本語にすれば忠実ではある。でも英語の「dog」が持っている「容姿の美醜」については日本語の「犬」にある権力に忠実なという意味とはニュアンスが違ってくるわけ。だから「dog」を思い切って「ブタ」と訳さなきゃいけない場合もある。クーヴァーに「メタファーを訳すのがいちばん難しい」って手紙を書いたら「自分の日本語を使って自分でつくれ」って返事が来てなんてこともあって。ポストモダンの張り巡らされたメタファー群に対しては、やっぱり攻めのディフェンスをしなきゃいけないと思ったんです。

新元　原文を書いた作者が言うぐらいなんだから、そうすべきだと。

越川　いわゆるクレオールの文学、だってそうでしょ。けっこう混成語の英語やフランス語が入ってるからそのままでは訳せない。だからって、日本の方言を使えば雰囲気を伝えられるってもんでもないしね。その点では、日本の作家で目取真俊さんとか崎山多美さんは面白い。沖縄出身で、あっちの言葉を使いつつ、でもウチナーグチだけではないし。どこまでやるかってところがね。

新元　攻めのディフェンスというお話で、ポストモダンでそういうことをしなければならないとなると、翻訳家にも創作の力がないといけないわけですか。

越川　本当はね。「dog」を「ブタ」と訳すのはできたとしても、原作では「dog」が全体に絡んで、たとえばあとに「cat」も出てくるから、いったん「ブタ」にしちゃったら、こっちもブタ関係で訳してかなくちゃいけないでしょ。それがしんどい(笑)。

新元　ところで、今はどんな作品を翻訳されてるんでしょうか。

越川　ゲイリー・インディアナって作家が書いたニューヨークを舞台にした少年売春の話。臓器移植とかいろんな問題が絡んでくるんです。これにいろんな固有名詞が出てきてね、ゲイのたまり場とか。

新元　というと、有名なところではクリストファー・ストリートとか。

越川　いや、そういう初級レベルじゃなくて、ゲイじゃない人が絶対知らないようなところ。ニューヨークで生活しててもわからないんじゃないかな。だから、いっぱい訳注をつくってるんですよ。

新元　原作者とはお会いになられましたか。

越川　ゲイリー・インディアナにはずっと前に会いました。イースト・ヴィレッジの部屋が一つだけの安アパートみたいなところに住んでてね。

新元　越川さんの場合、そうやって作家に会うと、翻訳をやりやすいですか、それともやりにくいですか。

越川　圧倒的にやりやすい。たとえばエリクソンの『真夜中に海がやってきた』は、もう楽ちんだった。読んで翻訳するときにかれが執筆する上での「手」がわかってるから。あとは会話でも「あ、こういうこと言いそうだな」ってわかるし。

新元　本人が言いそうなセリフということですか。

越川　それもある。ただ、個人的な付き合いだけじゃなくて、読者としてかれが書いた本との付き合いも長いからね。あの本でいちばん難しいのは、視点人物が変わっちゃうところなんですよ、中年男だったのが十八歳の少女になったりって。そのたびにトーンを変えなくちゃならない。

新元　それに関してもじっくり付き合ってきてるからやりやすいと。さて、最後にお聞きしたい質問なんですが、今後新訳をしてみたい古典ものなどはありますか。

越川　いつも枕元に置いてる本があって、パブロ・ネルーダの『二十の愛の詩と一つの絶望の歌』って詩集なんだけど、これをやってみたい。チリの詩人だからスペイン語です。

新元　今までスペイン語を翻訳したことはおありなんですか。

越川　ないない。いきなりパブロ・ネルーダ。

新元　メキシコに旅行もされているとうかがってます。中南米のスペイン語文化圏にはそうとう興味をお持ちなんですね。

越川　気持ちの上じゃ、半分メキシコ人だから。ロベルト越川って名乗ってる(笑)。

新元　では、その詩集を出すために出版社へ持っていくことはないんですか。

越川　そこまで図々しくはなれないよ(笑)。スペイン語が頭に根付いてないから。もうちょっと時間かかると思うけど、これはぼくの野望っていうか無謀っていうか(笑)。出ても注目されないと思うけどね(笑)。

(2004・9)

キャリル・フィリップスに聞く

キャリル・フィリップス(一九五八年生まれ)は、これまでに小説六冊、ノンフィクション三冊を刊行している実力派の中堅作家だ。二〇〇二年十一月中旬に初来日を果たし、まるで季節はずれの台風のように、あっという間にやってきて、あっという間に去っていった。

かれを知ったのは、七、八年ほど前に神田の東京堂という書店で手に取った一冊の英語の小説がきっかけだった。それはどうでもいいような小説を何百冊と読んできて、ようやく探り当てた宝だった。ぼくは詳しい経歴も知らないこの作家について、そのとき直感した。この作家は、国境三部作で知られるコーマック・マッカーシーと同じように、ポストモダンの物語形式を採用しながら、「越境」の意味を根源的に問い直す作家である、と。いわゆる「ポスト植民地主義の作家」といった、ありきたりのレッテルでは収まりきらない小説家である、と。

後から知ったフィリップスの経歴についていえば、国籍はイギリスだが、生まれはカリブ海の小国セント・キッツ。生後数カ月で白人労働者階級の住むイギリスの北部の町に移住し、そこで少年時代を過ごす。「カリブ海がぼくの生まれ故郷だけど、マンゴの実がどんな木になるのか、イメージがわかなかったよ」という、真面目とも冗談ともつかぬフィリップスの言葉に象徴されるように、青年期に達するまで、自分自身が「イギリス人」であることを疑わなかった。大学はオックスフォード大学に行き、英文学を学ぶ。現在は、活動の場を米国に移し、ロンドンやカリブ海だけでなく、シンガポールをはじめアジア各地にも足を運んでいるらしい。

——いま、ニューヨークに住んでいることですが、執筆もニューヨークで?

「いや、タイのホテルだよ。そこへ行けば、日常生活から完全に切り離されるからね。『川を越えて』(一九九三年)以降、だいたい二年に一度ぐらいのペースで行ってる。夏の時期を創作に当てることにしてるんだ。その時期は、仕事の旅をひかえて、執筆に集中する。ホテルにこもって昼に寝て、夜に執筆するというサイクルをとる。午後四時頃に朝食をオーダーするから、ホテルの人はぼくが前の晩にパーティか何かで遊び疲れたのだと思うらしい(笑)」

フィリップスは、『川を越えて』や『ケンブリッジ』(一九九一年)などの小説で、イギリスからカリブ海へと大西洋を旅するビクトリア朝の白人女性や、イギリスに駐留する米国の黒人兵士の子をみごもる白人女性を語り手にすえるといった離れわざをみせる。それらの物語において、大西洋は単に地理的、政治的な「境界」のみならず、精神的かつ物語学的な「境界」のメタファーとなる。というのも、登場人物に関していえば、大西洋を越えて異世界へ移動する旅は、白人であれ、ユダヤ人であれ、黒人であれ、旅人にどのような精神的変容をもたらすかを探求するのが、かれの小説の大きな特徴でもあるからだ。と同時に、フィリップス自身も、たとえば非=黒人の、女性の視点から世界を見るといった、人種や性の「境界」を乗り越える語りの挑戦をみずからに課す。そういった二重の意味で、かれの小説はすぐれた境界侵犯のボーダー小説だ。

——あなたは初めから「故郷」を喪失しているという意味では、インターナショナルな「モームレス」作家であり、しかし同時に、カリブ海、イギリス、米国のすべてが「故郷」と考えられるという意味では、初めからイギリスの「国民作家」であることを放棄した新しいタイプの作家ともいえますが。

「確かに、文化的背景から見て、ぼくは多様かつハイブリッドな作家といえるかもしれないけど、アーティストが〝すばらしいインターナショナルな放浪者〟であるというのは、どうも信じられない。あらゆる芸術家というものは、ごく個人的な、特定のローカルな問題に取り組むものだからね。ぼくの場合、そのパーソナルな問題というのは、自分自身が文化的な混交性を認めない社会で育ったということなんだ。英国社会は、とても排他的な社会で、つねに狭い視野から世界を見ようとする傾向がある。自分と同じ顔つきをしていない人々の存在を認めるのが大変難しい社会で、顔つきの違う人々をどう扱っていいのか、わからない。〝違う存在〟を絶えず問題視してきたからね。〝違う存在〟そのものであるぼくの、作家としての仕事というか責任の一端は、そうした社会に向かって、違うということはぜんぜん問題じゃない、やがては誰もが文化的にハイブリッドな存在になるんだよ、ということを発言することじゃないか、と。そして、若い世代に向かっては、社会がはめこもうとする型にきみ自身を押しこまないように、ともいいたい。自分のアイデンティティに対して行なう最悪なことは、複合体の一部を否定してしまうことだからね。複合体こそきみ自身の本質なのに。こんにち、われわれが住んでいる世界にあって、〝純血〟と呼ばれるものに後退するのは、まったくバカげたことだけど、だからといって、作家が直ちにローカルなものを離れて、一気にグローバルにならなきゃならないという考えもおかしい。さっきもいったように、作家が扱う問題というのは、ささいで特殊な問題だからね」

十八世紀の奴隷貿易がもたらした「黒い離散」は、小説『川を越えて』の中心テーマだが、黒人問題は黒人しかわからないといった本質的な立場はとらない。むしろ、たとえば初期の紀行エッセイの傑作『ヨーロッパ族』(一九八七年)や小説『血の性質』(一九九七年)において顕著なように、そうした黒人の悲劇の歴史をヨーロッパにおける少数民族差別、ユダヤ人差別の歴史とリンクさせて考察する点がフィリップスのすぐれたところだ。かれ自身が『新しい世界のかたち』(二〇〇一年)で触れているように、祖父や祖母の中にユダヤ人やインド人の血も混ざっていることが必然的にかれにそういうスタンスをとらせるのだろう。

「正直なところ、これまで黒人作家はインターナショナルな読者をあまり獲得してこなかった。というのも、黒人作家とは、つねに人種問題と抵抗のテーマを扱う者だと見なされてきたからだ。それがいま変化してきて、非=黒人の人々、白人たちが理解し始めた。黒人作家の中には、しばしばかれらの自身との共通点があるというふうに。その昔、二、三世代前には、黒人の顔が載った本を見ると、ただちにこれはわたしの本じゃない、とかれらは判断した。人種差別についての本だ、暗い本だと決めつけてね。自分たちの社会にとっても重要な問題を提起しているかもしれないのに。それが、いまぼくたちが生きているような時代になって、ひとついいことは、世界の作家同士が互いに語り合い始めたってことじゃないか。人種にかかわりなく、国籍にかかわりなく。きみもそうだけど、ラテンアメリカの作家もロシアの作家も、ぼくの作品を読んでくれて、それがただの〝人種〟の物語だと思わない。〝人種〟の物語以外の何かを読み取ってくれる。これは比較的新しい現象だと思う」

——ところで、あなたは日本作家の中でも、とりわけ遠藤周作に興味を持っているとのことですが。

「ぼくは社会のちょっと外に置かれた作家という概念に興味があってね。遠藤周作は、ちょっとだけ社会の外部にいた。と同時に、かれは旅をした作家で、第二次大戦後にフランスに行った。旅については、それが経済的な理由による移住であれ、政治的な理由による亡命であれ、教育的な目的による留学であれ、旅はその人間を変え、世界観を変える。遠藤の場合も、そのことが当てはまる。そこに興味を覚えたのだ。確かに遠藤は、カトリックであるということで、ちょっとだけ周縁的状況に追いやられていた。だけど、旅をするという経験も、かれの面白い側面だといえる。それと、他の日本作家にもいえることだけど、遠藤にとりわけ見られるのは、社会に対してほとんど残酷なというか、シビアなまでの倫理的ヴィジョンを持っていることだ。何が正しくて、何が間違っているかということに夢中になるあまり、大和魂のようなオーセンティックな精神性を欠くことになる。こうしたテーマに、ぼくはとても興味がある」

――ヨーロッパの英雄的なイエス像ともちがって、遠藤のイエス像は見た目がみすぼらしいのが特徴ですが、そうしたイメージにあなたは社会の周縁性を見たりするのですか。

「イエス・キリストを直接、題材にするような遠藤の小説には、それほど興味はない。それが遠藤自身の切実な問題であることは認めるけど、ぼくの興味はかれが日本社会について書く、そちらのほうにあるからだ。『スキャンダル』や『海と毒薬』といった小説だね。あるいは、『深い河』みたいに、抑圧のきつい社会において、強烈なモラル意識を問う小説だ。それに対して、『沈黙』のような、熱心に宗教の問題に取り組んだ小説は、それほどぼくの興味をひかない。ぼくの興味は、日本社会や戦後に日本人が抱え込んだ問題について書かれた作品のほうにある。ここが日本人の問題だ、ここが日本社会の問題だ、と遠藤が厳しく問いつめる小説のほうに。何年も前から遠藤の作品はメモをとりながら、読んできた。これまであれこれ口実をつけて書かないできたけど、ついに次のノンフィクション作品で書くことになるかな」

（2004・9）

ハニフ・クレイシに聞く

映画『マイ・ビューティフル・ランドレット』(一九八五年)はハニフ・クレイシの書いた脚本がアカデミー賞の候補になったこともあり、幸いいまでもヴィデオで見られるが、ロンドンの南地区に住むインド系、パキスタン系移民たちの内面を描いた悲喜劇だ。数多くの印象的なシーンの中でも、主人公の移民二世の青年が叔父の大邸宅を訪ねるそれは、いかにもクレイシらしいアイロニーがぴりっと利いているシーンだ。

大邸宅に行くと、青年は叔父さんの妻に面会させられる。カラチの上流階級の出であることが自慢のこの中年女性は女王様みたいに気位が高く、故郷とのつながりを忘れてイギリス化している青年を〈どっちつかず in-between〉となじる。とはいえ、ビジネス界で成功をおさめている叔父は、外で上流階級出のイギリス女性を妾にしているのだから、この「女王様」こそ、夫の作ったロンドンの中の小さな「インド」で虚勢をはっているにすぎない。こうしたひねりの利いた風刺ゆえに、クレイシは一部のインド系、パキスタン系の移民たちから批判を受けてきたのだろう。

クレイシは一九五四年にロンドンの南東地区で生まれた。パキスタン人の父とイギリス人の母をもつ混血《ハイブリッド》である。イギリス生まれであっても、イギリス白人たちからは移民扱いされ、一方インド人・パキスタシ人の移民一世からは「イギリスかぶれ」と見なされる。クレイシはそんな宙ぶらりんの〈どっちつかず〉を自らの創作の武器《ポジション》に据えて、外なる「他者のまなざし」でイギリス社会における移民への迫害や人種差別だけでなく、同性愛をめぐって、パキスタン系移民の共同体内部における家父長制度にも風刺の刃を向ける。そんなアイロニーとダークな笑いがクレイシの小説の特徴だ。
とりわけ、デビュー長編『郊外のブッダ』（一九九〇年）は、語り手自身の言葉を借りれば、「帰属意識とよそ者意識が奇妙にまざりあった」立場から、イギリス社会や移民共同体の矛盾を語った小説だった。そういう意味では、『悪魔の詩《うた》』のサルマン・ルシュディのみならず、わが国の在日韓国人作家——たとえば、戦後大阪の朝鮮人たちの悲喜劇を下世話なユーモアをもって共同体内部から描ききった『夜を賭けて』の梁石日《ヤン・ソギル》との類似性を見つけるのも難しくない。

しかし、クレイシの最近の関心は、二〇〇二年に出版したSFファシタジー仕立ての作品——老人の脳を若い肉体に移植したらどうなるかを書いた『ザ・ボディ』という小説に端的に見られるように、老人の心理や〈エイジング〉といった方にシフトしているような気がする。ぼく自身が五十歳をすぎて肉体の衰えを実感していることもあって、今年で五十歳になるクレイシに〈エイジング〉への考え方を訊いてみたかった。

ヴィヴィアン・ウエストウッドのチェックのシャツをラフに着こなしたクレイシは、新聞の写真で見たよりずっと若々しく見える。

『郊外のブッダ』では、ポップミュージックやドラッグ、ファッションや人種のこと、ゲイであることやバイセクシャルであることの意味について書いた。そうした題材こそ、執筆当時に人々が考えていたことだったからさ。デイヴィッド・ボウイやセックス・ピストルズを見てみればいい。もちろん、われわれはアメリカ作家たちからも影響を受けたけど。いまいったようなトピックは、その当時、とてもコンテンポラリーなものだったんだ」

クレイシはそう一気にまくし立てるが、写真家がカメラを向けると一瞬ポーズをとってカメラ目線になる。長いこと演劇界や映画界にもかかわってきたからだろうか、それとも自意識がつよいナルシストなのだろうか。

「確かに過去はぼくの中にある。明らかにぼくの一部だ。でも僕はいつだってコンテンポラリーな世界、現代社会を書いてきた。ぼくの本は、いつも現在が舞台なんだ。『ブラック・アルバム』〈短編集、一九九五年〉にしても、『パパは家出中』〈長編、二〇〇一年〉にしても、『ザ・ボディ』〈長編、二〇〇二年〉にしても、みなそれらが書かれたときを舞台に据えているよ」

〈エイジング〉のテーマといえば、短編集『ミッドナイト、オールデイ』〈一九九〇年〉に収められた「小娘」という小品は、五十歳になるインテリの作家らしき男が二度目の結婚に破綻をきたし、労働者階級出身の二十代の女性と恋愛関係になり、別の町にいる彼女の母親を一緒に訪ねにいく物語だ。二人の年齢差だけでなく、階級固有の価値観の違いからくる男女の不安を二人の視点から描いている。

老人と若い女の恋愛をめぐる物語は、とりたてて珍しいトピックではない。むしろ、ありふれているともいえる。でも、どちらの側から描かれるかによって、見える世界はずいぶんと変わってくる。

最近、クレイシは『母』というタイトルの映画脚本を書いた。七十歳近い女が三十五歳も年下の男と恋愛をしセックスするというセンセーショナルな内容でマスコミの話題をさらった。昨年十一月のガーディアン紙にもこの映画をめぐるクレイシのインタビューが大きく載っているほどだが、その紙面でも明かされなかった意外なことがクレイシの口からぽろりと洩れた。

「日本以外のいろいろな国で上映されたよ。ちょっと前にアメリカで公開されてね。実は小津安二郎の『東京物語』に触発された映画なんだ。ある女性が家族と一緒に住むためにロンドンにやってきて、娘の恋人と関係をもってしまうという話。老人と年下の女性との恋愛を描いた映画はたくさんあるけど、その逆はあまりない。ぼくの映画では主人公は平凡な女性なんだ。とくに美人ってわけじゃない。シャーロット・ランプリングが演じるような女性じゃないんだ」

ぼくは映画を見ていないので確かなことは言えないが、取り立てて顔や肉体に自信があるわけではない老女の若い男への慕る思い、若い男の前で裸になることの差恥や不安などがきっと面白く描かれているに違いない。〈盗聴〉や〈覗き見〉はクレイシの小説や映画に頻出するモチーフであり、この作品でも老女の心理を覗き見るかれ一流の特技が発揮されているはずだから。

ところで、父と息子の関係もよくクレイシの小説に出てくるテーマといえるだろう。そうしたテーマがもっとも繊細に描かれているのは、栄光の七〇年代を引きずりつづけているオチこぼれロックミュージシャンを父親にもつ少年を主人公にした『パパは家出中』だろう。クレイシは「何か与えられたもの——創作をめぐる考察」というエッセイで、かれ自身の父親のことに触れている。大使館勤めをしている父の夢は小説家になることだった。ほとんど毎日、父は仕事から帰ってくると机に向かって小説を書いていたが、一冊も発表されることはなかった。ハニフは、父の書いたある短編を読んだときのエピソードを書き留めている。その短編はマドラスを舞台にしたもので、ひとりの住み込みの召使が主人である夫婦のどちらとも性的な関係を持つという非常にショッキングな内容だった。

ぼくは、そのエピソードがとても気になった。その短編に投影された父親の内面世界を覗き見る息子ハニフの心理がどんなものであったか、興味がひかれた。

ぼくがそのことに触れると、クレイシは「その質問は、ぼくにとっても興味深いよ」と、身を乗り出してくる。「というのも、今年の九月にイギリスで発売される本をちょうど書き終えたばかりだからさ。ぼくの父親の書いた本をめぐる本であると同時に、息子がその父親の書いた本を読むとはどういうことなのかについて書いた本なんだ。ぼくの家の地下室と母の家で父の本を見つけてね。三冊の長編と、数編の短編だけど、多くの作品でセックスのことが描かれていた。それと、インドでの父の生活とか家族のこととか、兄弟のこととかイギリス人のことも描かれていた。で、ぼくは短いエッセイではなくてまるまる一冊の本で、父の本に対してぼくが抱いたいろいろな印象を書いてみた。息子が父親の書いたものを読むって話。ぼくの父は十二年前に亡くなったけど、それらの本は、ぼくにとっては死者からの手紙みたいなものだ。とても刺激的な作業だった。というのも、君が父さんの書いた本を読むとするだろ、すると父さん自身やその生活のことで、たぶん父さんが君に喋れなかったことを君は知ることになる。いわば、君は父さんの無意識の世界をイメージすることができるというわけさ。作品のタイトルは『かれの心臓に僕の耳を』だ。一種の回想記だね」最後に、クレイシは六〇年代からずっとビートルズ、ストーンズ、ザ・フー、ジミ・ヘンドリックスなどを聴いてきたというが、最近のポップミュージックに関心があるか訊いてみた。すると、ヒップホップの知識はギャングスタ・ラッパーに憧れる自分の息子たちから教わっているよ、という返事が返ってきた。

（2004・7）

ロバート・クーヴァーに聞く

ロバート・クーヴァーといえば、トマス・ピンチョンやジョン・バース、ウィリアム・ギャス、ドン・デリーロらと並ぶ米国のポストモダン文学の大御所であるが、今年（二〇〇五年）の五月末にソウル経由で東京にやってきた。ソウルでは世界作家会議に招聘されて講演を行なったらしい。クーヴァーの来日はちょうど二十年ぶり二度目のことで、ぼくにとっても久しぶりの出会いだった。

『ユニヴァーサル野球協会』（一九六八年、邦訳は白水社Uブックス）の野球ゲームをめぐる物語が小説宇宙と作者との関係のメタファーになっているように、クーヴァーの小説はつねに言外の何かを読者に暗示するように拵えられている。ちょうどそのように、クーヴァーの来日も、それ自体で終わらずに、まるでありそうにない何か大事件の前触れであるかのような気にさせる。八五年のときは、クーヴァーの来日のあと、阪神タイガースの何十年ぶりかの優勝があった。さて、今回はどうなのだろう。

　前回のとき、ぼくは詩人の佐々木幹郎さんとクーヴァーが東京白山の湯豆腐屋で歓談するのをそばで聞いているだけだった。米国大使館に勤めていたアメリカ人に、クーヴァーは大変気難しい人だと聞かされていたので、勝手に萎縮してしまった。今回は、一週間の東京滞在中に四つの講演をこなすハードなスケジュールだったが、その合間を縫って、オフの日に、ぼくはクーヴァーを夫人同伴で東京見物に連れだした。折から天気のよい日曜日で、ぼくはそれほど詳しいわけではない原宿や表参道、赤坂、六本木と長時間の散歩につき合ってもらった。夜遅くなってから、クーヴァーはすこし腹がすいたので、ビールを飲みながら一緒に寿司をつまもうといった。魚介類や刺身が好きで、渡り蟹のから揚げが大好物だった。

　中西部出身だが、現在は東部の大学に在職していて、そこからうまい魚介類料理が食べられるボストンまでは車で三十分くらいだという。また、三年に一度のサバティカルのときはロンドンにあるマンションの一室に移動しているらしい。昔から、夫人の故郷であるバルセロナや、イギリスのドーヴァー海峡の近くの田舎に引きこもったりしているので、食生活もビーフ中心の平均的なアメリカ人とは違うのかもしれない。

　さて、ジョン・ホークスやボルヘスやカルヴィーノなど、英語圏でも非英語圏でも〈言葉の魔術師〉と称される小説家がいるが、クーヴァーも風景描写を極力排した小説宇宙をつくりだすそんな〈言葉の魔術師〉であり、寓話作者《ファビュリスト》だ。

あまり知られていないが、小劇場向けの戯曲も書いており、「神学的立場」や「リップ目覚める」など、実際に舞台に掛かったものもある。特にビリー・ザ・キッドを主人公にした西部劇「ザ・キッド」(一九七二年)でオビー賞を受賞したこともある。舞台は見たことがないが、戯曲を読んで、まるで手品師が手際よくカードを切るように次から次へと西部方言のカウボーイ言葉を繰りだし、虚構の西部劇空間を作りだすクーヴァーの奇才に驚嘆させられたものだった。

九〇年代以降の小説作品を見ても、イタリア童話のパロディである『老ピノッキオ、ヴェネツィアに帰る』(一九九一年、邦訳は作品社)、多角的な視点からスモールタウンの富裕層の世界を捉えた『ジョンの妻』(一九九六年)、「ザ・キッド」の小説版ともいえるウエスタン小説『ゴーストタウン』(一九九六年、邦訳は作品社)、過激なポルノ映画の連作集『ラッキー、ピエールの冒険』(二〇〇二年)、あるいは童話『白雪姫』を魔女の側から語り直した『継母』(二〇〇四年)など、たった二十六文字のアルファベットを操るだけで読者を空想の世界へ誘いかつ引きとめる職人芸はいまだに健在だ。

「イギリスで一番親しく付き合っていたのは、アンジェラ・カーターでした。童話や民話を書き換えさせたら、彼女の右に出る者はいません。『ブラック・ヴィーナス』(河出書房新社)もいいですが、『血染めの部屋』(筑摩書房)は最高傑作です。彼女は九〇年代の初頭に亡くなってしまい、いまイギリスには素晴らしいといえる作家はそう多くいませんが、ジム・クレイスはそのうちの一人です。『死んでいる』(白水社)は、散文でありながら、詩のように韻律(弱強のリズム)を意識して作られた美しい作品です」

講演会では、別の意味での〈言葉の魔術師〉ぶりを披露してくれた。ぼくは短編の「透明人間」や「ニュー・シング　新しいもの」などの朗読を聞いたが、俳優の朗読といってもいいようなメリハリのきいた巧みなパフォーマンスに舌を巻いた。一方、かれは八〇年代よりブラウン大学の創作科でペーパーレスの電脳文学の開発に関わってきたが、講演会では現在までの成果ともいうべき、「洞窟」と呼ばれるマルチメディアを駆使した三次元の実験スペースや、これまで開発されたハイパーフィクションのソフトを自分のPCを使って見せてくれた。

クーヴァーは、本人もいうように「旧学派」の印刷媒体に属する作家だが、現在のインターネット環境が人間にどのような感覚の変容をもたらし、またそのことが文学にどのような影響をもたらすかを絶えず思索してきた作家でもある。

九〇年代には、『ニューヨークタイムズ』（一九九三年八月二十九日）に長い電脳小説論を寄せて、「ハイパースペースにアーティストの誰かが襲撃を企てるたびに何か新しいものが生まれ、フィクションの芸が豊かになり、軌道が広がり、技術マニュアルが拡大する」と、ハイパーフィクションを評価した。マイケル・ジョイスと並ぶハイパーフィクションの担い手の一人、スチュアート・モルスロップの『ヴィクトリー・ガーデン』をボルヘス（特に「八岐の園」）と絡めて論じながら、最新のテクノロジー（道具）と昔からあるソフト（小説的想像力）との接合の可能性を示唆した。ただ、かれが想い描いているものがたとえば、ネットで流行った内容をただ紙媒体に移し替えた『電車男』のようなものでないのは明らかだが、小説家と、グラフィックアーティストやコンピュータプログラマーとのコラボレーションが必要になる時代を幻視している節もある。

「しっかり深く読むというのは、人文科学の教育の達成すべき重要な目標のひとつです。でも、多くの人がそうした行為を放棄しています。多くの人が自身の想像力を縮小させ、枯れさせていきます。マルチメディアに向かうこのところの流れによってそんな脅威にさらされています。マルチメディアの脅威は避けられないものかもしれない。われわれはますますよき読者になれないような時代に向かっていて、本のテキストもそうした新しい電脳スペースには適合できないで、文学もハードメディアやアイコンによって支配されるテキストになるかもしれない。それがわれわれの運命かもしれません」

クーヴァー自身、まだリンクやウィンドウという言葉すら流通していなかった八〇年代の半ばに、紙媒体の本の中で〈リンク機能〉を駆使した非直線的な語りによって物語の迷宮『ジェラルドのパーティ』(一九八六年、邦訳は講談社)を作りだしていた。

最後に、これから出る作品について質問してみると、創作集『ふたたび子どもに』だという答えが返ってきた。妖精物語やファンタジーというポピュラーなフォーマットを使った物語を二十いくつかまとめたものらしい。

「作家になりたての頃から、物語《ストーリー》はどのように機能するのか、どのような目的で語られるのか理解したいと思っていました。分析するのではなく、物語の中に生きることで、その意味を探ろうとしてきました。キリスト教の物語、愛国主義の物語、ポルノグラフィーの物語などです。でも本当は、昔から童話に興味をそそられていたのです。童話によって、子どもたちは世界の仕組みがどうなっているかを知り、モラルと世界の関係について知ります。『プリックソングズ&デスカンツ』(一九六九年)の何編かでも妖精物語を使いました。それ以降も、童話の書き直しをしてきたのですが、とくに『眠れる森の美女』の物語を使って、それが『ブライアー・ローズ』(一九九七年)になったり、童話を魔女の側から書き換えた『継母』になったりしました。あるとき一冊の本で、子供時代をテーマにした童話集を、子供特有の無邪気な態度を絡ませたものを書こうと思いました。ジグソーパズルとか謎なぞとかカードとか、遊戯場の世界、子供の世界を描きながら、大人の物語を書こうとしたのです。子供っぽい世界ですが、大人の童話です。本当は、春に出る予定だったのですが、『プレイボーイ』がそのうちの二つを買ってくれたので、単行本の発売は夏になりました」

クーヴァーはこれまで毒をもって毒を制するがごとく、米国の政治やスポーツや娯楽や宗教やマスコミにまつわる説話のあれこれ、いわば「アメリカ神話」のフィクションをフィクションによって脱構築してきた作家だ。なかでも、『火刑』(一九七七年)は、ニクソンをはじめとする各界の有名人たちをことごとく貶めながら、アメリカ建国神話に水をぶっかける脱神話的な小説だった。九〇年代後半以降、かれはファンタジーの世界に引きこもったような印象を受けるかもしれないが、どっこい、かれのファンタジーはディズニー映画やその辺の童話作者の説くうすっぺらな「道徳」に唾をかけるような悪意を含んでおり、とても子供への推薦図書にはなり得ない危険な小説である。

そんなわけだから、最初の来日のときにアメリカ政府の役人が警戒したのも、もっともだったのだ。

（2005・10）

ルイス・J・ロドリゲスに聞く

ルイス・J・ロドリゲスは、東京と千葉のライブハウスでチカーノバンド「ケッツァル」と共演して、ポエトリー・リーディングをするために初の来日をはたした。

ロドリゲスとは、新宿の高層ビルに入っている和風レストランで会った。やや太めの体型でベースボール・キャップをかぶっていて、愛想もよくて、まるで近所の面倒見のよいおじさんみたいだった。事前に見た文学事典にはもっと精悍な顔写真が載っていたので、すこし拍子抜けした。その優しそうな眼差しには、不良少年時代の面影はなかった。

回想記『つねに走って――ロサンジェルスのギャングライフ』（一九九三年）は、ロドリゲスの著作の中でも一番のヒット作で、いまでも版を重ねており、およそ三十万部のベストセラー。この本は長男のために書いたという。息子は三件の殺人未遂で懲役二十八年の刑に処せられ、現在も服役中だ。この本はカール・サンドバーグ文芸賞やシカゴ・サンタイムズ図書賞など、専門家から高い評価を受け、また刊行後、ロドリゲスはアメリカ各地で講演を依頼されたり、有名なテレビ番組に出たりした。だが、アメリカ図書館協会の一九九九年の調査によれば、この本は全国の図書館の書棚から外されるべき「悪書百冊」の中に入っているという。

「この本にも書きましたが、ぼくはエルパソの対岸、メキシコのシウダー・フアレスで一九五四年に生まれました。二歳のとき、一家でロサンジェルスに移住したんです。父はファレスで高校の校長をしてたんですが、政敵の陰謀で裁判沙汰に巻き込まれ、学校から追いだされたようです。母はチワワ出身で、タマウマラ族の血がまざっています。母は北への移住には反対でした。移住先はロサンジェルスのサウス・セントラル。ワッツという黒人ゲットーです。そのゲットーの中に〈ザ・クォーター〉と呼ばれるメキシコ人の居住区《バリオ》があり、最初はそこに住みました。スペイン語しかできなかったので、英語の学校は面白くなく、自然とストリートライフに魅せられていきました。七歳のときにかっぱらいを始めて、十一歳のときにはサウス・サンガブリエルという、道路も舗装されていない郊外の荒地へと引越したのですが、そこでドラッグに手を染め、少年院に入れられます。十四、十五歳の頃は、イーストLAのパリオの一つ〈ラス・ローマス〉のギャングの一員になっていました。高校も中退しました」

ぼくは、そんなチョロ（メキシコ系の不良少年）がどのようにして文学と出会ったのかに興味があった。ニューメキシコのジミー・サンティアゴ・バカや、ニューヨークのミゲール・ピニェロなど、犯罪に人生の意味を見出していた「悪童」が刑務所で初めて詩と出会って、人生をやり直すケースは珍しくない。

「文学というか詩と出会ったのは、十八歳のときです。刑務所でホセ・モントーヤ、デイヴ・へンダーソン、ペドロ・ピエトリなどを知りました。雑誌に自分の詩が載るようになったのは八〇年代から。つまり二十代の半ばぐらいからです。いまじゃ、ノンフィクション作品も小説も書いていますし、メキシコ系の子どもたちを啓蒙するための児童文学にも手を染めています。だから、詩人というレッテルにこだわってはいません」

確かに、ノンフィクション作品『つねに走って』以外にも、ロサンジェルスのバリオを舞台にした短編小説集『イーストLA共和国』(二〇〇二年)や、イーストLAのホームボーイズ(メキシコ系の不良)の声を聞き集めて書いた『イーストサイド・ストーリーズ』(一九九八年・写真/ジョゼフ・ロドリゲス)など、ロドリゲスには散文作家としての仕事もある。また、最新作『製鋼工場の音楽』(二〇〇五年)は、初の長編小説であり、メキシコ北部のソノラ砂漠からアメリカ合衆国に移住してきたヤキ族の青年とその子孫を視点にして、第二次大戦以降のロサンジェルスの発展を社会の周縁者から描いた野心作。人種差別や階級闘争など、マスメディアの伝えない陰の政治問題に翻弄されるスコーピオ家の遍歴を克明に描いている。

とはいえ、ロドリゲスは、デビュー作の『歩道の詩』(一九八九年)以来、最新の『わたしの本質は飢餓』(二〇〇五年)にいたる現在まで、詩集を四冊出しており、詩人としてのキャリアも無視できない。

ロドリゲスの詩の特徴は、身近な出来事を平易なことばでつづるという一点につきる。気取りや難解さが一切ないので、朗読向きの詩といえよう。感情を吐露する絶叫型や、韻《ライム》を踏むラップ型ではない。むしろ、経験を内省によってろ過した、思索吐露型の詩。テーマはバリオの生活、旅の一こま、リッチー・バレンスやロス・ロボスなどチカーノ・ミュージシャンへの思い入れ、母との和解、イラク戦争など、身近な日常をつづったものが多い。が、視線の低さがそんな平易な詩に鋭いエッジを加えている。ホームレスとしての詩人から見た世界をつづった詩「イエスが救う」にこんな一節がある。

しかしここでは　わたしは嘆きの詩人
無用な文学のドブさらい
ここじゃ　わたしの隠喩的な物言いも
わたしのねちっこい韻文による見世物も
まったく無意味だ！
わたしは歩道の影にすぎない
塀のちいさなシミ　シングルルームからなる
ダウンタウンの社会福祉ホテルの
崩れかけた廊下に
投げられたサイコロにすぎない

「ぼくの詩は、〈ナラティヴ・ポエム〉と言うべきものです。語るように詩を書きます。ほとんど短編小説と言ってもいいかもしれませんが、でも、そこにフィクションの入る余地はありません。現実そのものです。それに対して、小説で心がけているのは、登場人物の造形で、そのために想像力を使います。たとえば、以前『すばる』で訳していただいた『ラス・チカス・チュエカス』という短編は、もともと義理の妹がボーイフレンドに殺されるということがあり、その事件を発端にして書き始めましたが、あとは想像力によるフィクションです」

ロドリゲスにはそうした文筆活動以外に、講演やコミュニティ組織の運営など、社会活動家《アクティヴィスト》としての顔もある。現在はロサンゼルスのサンファーナンド・ヴァレーで、「ティア・チューチャズ・カフェ&セントロ・カルツラル」という書店兼文化センターを運営していて、そのことはコミュニティ活動のモデルとされている。また、八七年にはシカゴで「ティア・チューチャ・プレス」という出版社を創設。

「ニューヨークの大手出版社はチカーノの本など出さないし、またバーンズ・アンド・ノーブル・ブックスとか、全国チェーンの書店は、白人の本しか置きませんから。自分たちの書いた本を出したり置いたりするというコンセプトで、出版社や書店を始めたんです」

最後に、日本の印象を聞くと……。

「日本はメキシコと同じで、文化が複雑にできているという印象です。米国みたいに、帝国主義的な独占で、どこへいってもマクドナルドがあるような均一的な国とは違うような……。そんなアメリカにコントラストをつけるという意味でも、ぼくはチカーノ文化は重要だと思っているんですよ。実は、ぼくはミスター・カートゥーンに刺青を彫ってもらったことがあるんです」

ミスター・カートゥーンとは、ヒップホップ文化の中で生まれたメキシコ系の刺青アーティスト。十六歳のときから、チョロの乗り物であるローライダーカーのボディにガイコツや褐色のマリアなどメキシコ的な図像《アイコン》をペイントしていたが、一方で身近な不良少年たちに彫っていた自己流の刺青が認められて、プロに転身。エミネム、五〇セント、サイプレス・ヒルなどのラッパーたちに彫ったり、スヌープ・ドッグをはじめ多くのアーティストのために、アルバム・ジャケットのデザインやロゴを製作したりしている。そのことはチカーノのチョロ・スタイルが黒人ヒップホップ文化に影響を与えてきたという証にほかならない。

人は見かけによらないものだ。ぼくはロドリゲスの優しい眼差しに騙されたのかもしれない。不良の徴、ミスター・カートゥーンの刺青を見せてもらうのを迂闊にも忘れてしまった。

（２００７・６）

ギジェルモ・アリアガに聞く

淡い灰色のシャツの右胸に、黒い数字が長々と並んでいる。ギジェルモ・アリアガは、囚人服を模したシャツを着ていた。頭は短く刈り込み、眼光は鋭く、身長も一八〇センチ近くある。喧嘩したくないタイプの男だ。だが、かれは久しぶりにあった友人のように、気さくにインタビューに答えてくれた。

アリアガは一九五八年、メキシコシティに生まれた。南のイスタパラパ地区の中流の家庭に生まれ育ち、父親は日本のブラザーミシシの代理店をしていたという。だから、小さいうちから日本人とも付き合いがあった。日本人のビジネスマンに、お土産で三色ボールペンや、中をのぞくと裸の女性の絵が見えるペンなどをもらったよ、と冗談まじりに打ち明ける。

新人俳優の菊地凛子が聾唖の高校生を演じ話題を呼んだアレハンドロ・ゴンサレス・イニャリトゥ監督の『バベル』(二〇〇六年)や、メキシコの新鋭俳優だったガエル・ガルシア・ベルナルの衝撃的なデビュー作『アモーレス・ペロス』(一九九九年)をはじめとして、アリアガはそのユニークな脚本で独自な世界観を作りあげてきた。

とりわけ、カンヌ映画祭でアリアガが脚本賞を獲得したトミー・リー・ジョーンズ監督の『メルキアデス・エストラーダの三度の埋葬』(二〇〇五年)は、米墨国境地帯を舞台にして、北米の物質中心主義を風刺する南(バリオ、メキシコ)の視点が盛り込まれた傑作だった。今秋公開される新作『あの日、欲望の大地で』は、そんなアリアガの初監督作品だ。

「この世界は専門化が進んで、どんどん隙間が少なくなってきている。能力があるのにそれを発信する隙間がない、というのが現代社会特有の悲劇だが、ぼくはそんな思いをしたくないんだ。作家だけでなく、ほかの仕事にも挑戦したかった。小さい頃になりたかった職業が四つあってね。プロのスポーツ選手、作家、映画監督、俳優。スポーツ選手にだけはなれなかったけど」サッカー、バスケットボール、ボクシングが得意だったらしい。選手になるのは今からでも遅くないのでは、と冗談まじりに訊くと、まるで母親に過剰に励まされた少年のように、苦笑しながら、「確かに未来は誰にもわからないね」と、答えた。

『夜のバッファロー』などの小説が世界各国で読まれている作家であり、脚本家であり、『あの日〜』で監督デビューも果たしたアリアガだが、どんな形であれ「人間の物語を語りたい」というのが、かれの一貫したモチベーションのようだ。

「ぼくは、人が生きる状況に取り憑かれている。美的なものよりも、倫理的なものを描きたい。人間の矛盾や複雑さを描きたい。人間の知性と獣性、美と醜の間の緊張感を語りたいんだ」

好きな映画監督と影響を受けた作家について尋ねてみた。

「監督では、まず黒澤明。『デルス・ウザーラ』は素晴らしい。コッポラも好きな監督だ。同時代の映画人にもいる。クルド人のバフマン・ゴバディ(『亀も空を飛ぶ』)や、ドイツのトルコ系移民を描くファティ・アキン(『愛より強く』)も好きだ」

「作家では、シェイクスピア、フォークナー、スタンダール、トルストイ、ドストエフスキー、ファン・ルルフォ、大江健三郎、三島由紀夫。みな人間の状況を書いている。作家の中には言語にこだわる者もいるが、私は人間の生にこだわる作家に惹かれる」

名前の挙がったファン・ルルフォは、脚本家として映画作りにも深くかかわった、二十世紀のメキシコを代表する作家だ。ルルフォの作品『金の鶏 El gallo de oro』(一九六四年)は、映画化されるさいに、カルロス・フエンテスとガブリエル・ガルシア＝マルケスが脚本にかかわっている。メキシコ的運命観に貫かれた名作だ。ルルフォの小説『ペドロ・パラモ』を映画にすることは考えたことはないですか、と訊いてみると――、

「それは今まで考えたことはないけれど、でも、私は知らないうちにルルフォにオマージュを捧げていたのかもしれない。『燃える平原 The Burning Plain(『あの日〜』の原題)は、ルルフォの小説『燃える平原 El llano en llamas』(一九五三年)と響きあうから」

『あの日〜』は、「時間」の処理がユニークな映画だ。小説では意識の流れを利用したフォークナーやジョイスなど、モダニズムの文学以降当たり前となった感のある「無意識の語り技法」も、映画となると、めずらしい。いまだに、過去/現在/未来へと線的につながる月並みな時間処理の中で、過去は過去としてフラッシュバックで語られることが多いからだ。

『あの日〜』には、三人の女性が登場する。妻子ある男性との恋に溺れるジーナ、母の不倫に憤るその娘マリアナ。マリアナは故郷を捨て、名前をシルビアと変えて、流行の最先端をゆくレストランでマネージャーをしているが、故郷で自分が犯した過ちに今も縛られている。消すことのできない記憶が、シルビアを異常な性行動に走らせるのだ。そこにシルビアの娘を名乗る少女、マリアが現れて……。

映画では、三世代の女性が生きてきた時間は区分けされることなく、同時進行形とでもいうよう

な渾然一体の流れとして扱われる。物理的な時間と、人間の心理を反映した内的時間があるとすると、アリアガは後者にとらわれている作家だ。

「だから、ぼくは時計を持たない(笑)。時計に左右される生活を送りたくないので。人間にとって、時間は均一ではない。十年間の経験を二分間で語れることもあれば、二分間の出来事を語るのに、十年間かかることも人生にはある。シルビアの場合、思いつきでやってしまった二分間の出来事が、他の人物たちに大きな影響を及ぼし、その後の人生を変えてしまうのだ」

この映画は、もともと「四大元素」という仮題がついていたらしい。人類はこの宇宙で特別な存在ではなく、その一部にすぎないという思いが込められている。

「自然の四つの元素――火と土と空気と水――は、映画を進める上での視覚的なメタファーとしてだけでなく、映画に詩的なものをもたらす。だから、ロケ地選びは非常に重要だった。ニュー・メキシコの砂漠を選ぶにあたっては、ロケハンのチームに、車で走って砂煙の立たないようなところはダメだといっておいた。見つけるのに二、三週間かかり、映画会社からは何を考えているんだ、と苦情をいわれたが、実際にロケ地に行ってみると、やっぱりそこしかないと、わかってもらえたんだ」

四大元素の中でも「火」は人類に文明をもたらす契機になったものであると同時に、破壊的な道具にもなる。そのことがアリアガの映画ではたびたび示唆される。これまでの映画でも、誤ってメキシコ人の牧童を撃ち殺してしまう国境警備員マイク・ノートン(『メルキアデス・エストラーダ

〜』)や、父親の銃で遊んでいるうちに取り返しのつかない事件を起こしてしまうモロッコの少年(『バベル』)など、たびたび「火」が人生を狂わす発端となってきた。そうした過ちの一瞬から独自の語り構造を持つ「悪夢」の物語が展開し、「悪夢」からの脱却が示唆されるのだった。

本作でも、ジーナの密会場所となるトレーラーハウスが炎上するシーンや、シルビアの元恋人の操縦する農薬散布の飛行機がトウモロコシ畑に落下し炎上するシーンが出てくる。一方が人生の破滅を導き、他方は人生の再生を導くモメントとなっている。そうした自然の元素が俳優のような存在感を示していると同時に、この映画は死と再生を描くという点で、「女性」をより意識した作品となっているようだ。

「『アモーレス・ペロス』は三世代の男性をめぐる映画だったが、『あの日〜』は女性三世代の物語だ。女性には生理があって、毎月、出血と痛みに患わされ、人間としての限界に向き合わなければならない。そのぶん、女性のほうが自然の中に生きていると言えるのかもしれない」

(2009・9)

鼎談「村上春樹訳『キャッチャー・イン・ザ・ライ』を読む」(沼野充義/新元良一/越川芳明)

現代的なホールデン像とは?

沼野　J・D・サリンジャーが一九五一年に発表した『ライ麦畑でつかまえて』は、私たちも若いころに出会い、また日本のみならず世界中の読者にひろく読み継がれてきた戦後アメリカ文学の大きな作品の一つです。それをこのたび、日本を代表する作家の一人である村上春樹さんが、自ら希望されて訳し直した。これは大きな出来事だと思って、期待して読みました。

私自身が初めて読んだのは高校二年か三年のとき、『赤頭巾ちゃん気をつけて』で人気作家となった庄司薫が日本のサリンジャー、と騒がれていた頃です。野崎孝さんの訳で読んだんですが、今回、比較のために再読してみて、意外と古びていないことに驚きました。野崎訳が最初に出たのは一九六四年、今の版は白水Uブックス版（一九八四年）のために多少改訳されているんですけど、何十年も愛読され、版を重ねてきた。大部分の日本人は野崎訳を通じてこの作品を知ったわけで、それだけの力のある訳だったんだと、改めて感じました。

いまにして思えば私もスノッブな高校生だったというべきか、原書で読んでみようと思い立って、ペンギンブックスの、注釈が薄い別冊になっている箱入り版を、受験勉強を兼ねてめくったりしていました。こんな落ちこぼれの若者の話を受験生が読んで英語の勉強をするというのも、変な話なんですけれど（笑）

主人公のホールデンは十七歳ぐらいで、かなり汚い言葉も使っているけれど、実はいい家のお坊ちゃんで、頭のいい知的な少年ですね。それに対応するような日本の高校生の言葉とはどういうものだろうか、という問題がまずある。正直に言って、野崎訳も村上訳も、日本の高校二年生が実際にこんな喋り方をするかといわれれば、違うと思うんです。それをどうやって文学作品としての日本語に作りこんでいくか、そこが腕の見せ所ですね。野崎訳にも工夫がありましたし、村上訳は、サリンジャーの原文と格闘しつつ村上さんらしい文体にしているなという印象を持ちました。

越川 今、沼野さんがおっしゃった原文の一人称の語りが、この小説で一番の曲者じゃないでしょうか。こんな喋り方をする高校生は、おそらくアメリカにもいませんよ（笑）。こんなに皮肉たっぷりに、ユーモアをもって社会批判ができる高校生なんて、僕にはちょっと想像がつきません。おそらく、三十代の初めでこれを書いたサリンジャーが、十六、七歳のホールデン少年というキャラクターを創り出す上で格闘したのが、この一人称の語りだと考えたほうがいいんじゃないか。

僕も大学に入ってから、やはり野崎訳で読んだのが最初ですが、野崎さんも訳したときにはもういい歳をしたおじさんだったわけで、六〇年代の学生の言葉を模倣しながら、日本の文体にしていったんじゃないかと思うんです。「～だったのさ」「～してやがんだ」みたいな言い方で、都会の少年の気取った喋りを創り出したんじゃないかな、と。村上さんの訳も、ある部分では野崎訳を踏襲していると思います。

新元 僕も野崎さんの訳で、高校半ばぐらいに読みました。アメリカのカルチャーを一番吸収していた時期でして、すぐに入っていけましたね。そのころは、いわば今の若い人がMTVを見るように、ポップカルチャーとして読んでいたんですけれど、今回、久しぶりに原書を読み返して、作家サリンジャーの力を改めて感じることができました。

村上さんの新訳で印象に残ったのは、「君」という呼びかけがよく出てくること。以前、村上さんにインタビューしたときにも、読者との関係の話が出ましたが、作家としてよくお考えになった上でのことだと思います。

面白いのは、読者と語り手の位置関係が一定ではないんですね。最初は単に語りかけられるだけだったのが、段々と相談を持ちかけられ、「君だってこうだろう」と諭され、立ち位置が変わっていく。読み進めるにつれて、ホールデンとの関係が親密になっていく、そんな変化を村上訳からは感じました。

語りかけられる「you」とは誰か？

沼野　人称代名詞の訳し方は、実は私も今日、重要なテーマとしてお二人に伺いたかった点なんです。冒頭から、もし君が俺の話を聞きたければな、と始まるわけですが、この「you」は一体どういう設定なのか。

これは以前から思っていたことですが、村上さんは人称代名詞をかなり意図的に訳出することが多いんですね。この冒頭は、特定の聞き手を想定しているような感じも受けるのですが、英語の「you」には、一般的な人を指す使い方があって、それは大体において日本語に訳さないほうが自然なんです。「翻訳の世界」的な、こうやるとうまく訳せますよというレベルの技術論だと、訳してはいけない、といわれる。

たとえば、カポーティの『誕生日の子どもたち』の最初の方に、「その顔を見たら、この子どもたちは生まれてこのかた女の子というものを一度も目にしたことがないんじゃないか、とあなたは思ったことだろう(From their faces you would have thought that they'd never seen a girl before)」という文章があります。この「you」は明らかに、特定の人に「あなた」と呼びかけているわけではない。女の子なんて一度も見たこともないような顔をこの子たちはしてたんだよという、そういう一般的な判断の「you」だと思うんですね。それを村上さんは敢えて「あなたは」と訳しているんです。村上さんにはそういった今までの訳者としての経験、文体に関する彼自身の考えがあって、それが本作にも生かされているという感じがしました。

村上さんは柴田元幸さんとの対談でも、「私」という語り手に対して、聞き手の「you」は何なのか、かなり意識した、と発言されていましたが、越川さんはどうお考えですか。

越川　いきなり核心にきましたね(笑)。確かに僕も考えました。この小説は「If you really want to hear about it」(君が聞きたければ)というところから始まるんですが、この「君」というのは誰なのか。

ホールデンは結核で、精神分析医もいるような病院みたいなところで静養していますから、一つには、一般的な人に向かってというよりは、リハビリを兼ねて、特定の人に向かって語っているという意味合いがあると思います。

と同時に、この最初の文章は「君」に向かって、自分が生まれる前に両親がどういう仕事をしていたか、自分の子供時代がどうであったか、そういったプライベートなことは、知りたいかもしれないけど知らせない、と警告しているんですね。なかなか思わせぶりな言い方で、じゃあ、途中で何かほのめかすのかなあと期待しながら読んでいっても、結局、家族のプライベートなことは最後まで言わない。

もし、これが一般的な読者に向かっての「you」だとすると、よくあるのは語り手が読者とコミュニケートするという意味での、一種の「誘いかけ」だと思うんですけど、この「you」は、誘いかけているようで、結局、読者を排除しちゃっている。ある一線までは喋るけど、後は教えない。必ずしも読者と語り手の間にコミュニケーションが成立して、物語の最後にはある秘密を共有して、ああよかったね、という話ではないんですね。

つまり、ひねくれて考えれば、他者を作りだしていくような「you」、絶対に秘密など共有できないと予め宣言してしまうような「you」であって、仲良くしようという意味での「you」ではない。今の沼野さんの話を受けてこじつけて言えば、あえて「君」と訳すことで、語り手が読者を疎外する面を際立たせていると思います。

新元　今、越川さんがおっしゃったことは、僕もとても興味深いですね。

最初に、自分の素性なんか訊くな、とぶっきらぼうな言い方をしてるんですが、途中で、宗教のことが出てくるんです。食堂で隣り合わせたカソリックの尼さんたちと会話する場面で、ホールデンはしょっちゅう周囲からカソリックかどうか探りをいれられる、それは「ひとつには僕のラストネームがアイルランド系で、アイルランド系の人ってだいたいカソリックだからだ」（村上訳）とあります。アイルランドの人がカソリックからユダヤ教に変わることはまずないと思うので、おそらくプロテスタントに変わったのでしょう。この部分をアメリカの人が読むと、ホールデンの父親の弁護士はかなり社会的に地位が高くて、そうなるためには宗教も変えざるを得なかったんだ、と想像すると思うんですね。

最初はぶっきらぼうだったのに、途中でこんな告白をしてしまうあたり、彼は「君」に対して、結構許している部分が出てきた、と僕は感じました。その間にはいろいろなプロセスがあるわけなんですけれども。

沼野 一方では、妹のフィービーとか、死んだ弟のアリーとか、自分にとってとても大事な家族のインティメートな話まで細かく語っている。そんなことは信頼してない人に話す必要もないことですから、その辺は構造的に整合性が取れているというよりは、一気に喋っちゃってるという感じを受けますね。

新元 ええ。僕もそう思います。

沼野 穿った見方をすると、ホールデンのアルター・エゴ(分身)というか、「内なる他者」みたいな面もあるのかもしれない。村上さんの『海辺のカフカ』に出てくる「カラスと呼ばれる少年」なんて、まさにそうでしょう。ちなみに、カフカはチェコ語でカラスという意味です。それから、ホールデンはすぐ息が切れると言っているから、結核かなにか、肺の病気なんでしょうけれど、一方では、精神の病を患っているような感じも受けますよね。ひょっとしたらこの

「you」は精神分析医で、「お前なんかに俺の昔の話はしてやりたくねえよ」と言ってるのかな（笑）。

越川　そうそう、そういうふうにも読めますね。確かにホールデンのいる場所については、「ここ」とか「こんなうらぶれた場所」とか、曖昧な表現しかありません。場所的にも曖昧だし、地理的にも特定できないんです。かろうじて、ハリウッドに近くて、兄のＤＢが毎週来てくれる、とあるので、西部の方なのかなと思うんだけど、でもそこを出るときには兄が車で東部まで送って行く、というからねえ。

沼野　アメリカを横断したら二昼夜か、三昼夜ぐらいかかってしまう（笑）。曖昧さといえば、高校を飛び出したホールデンが、夜遅く列車に乗ってニューヨークに深夜になって辿り着く。それからいろんな出来事が起きるんですけど、一晩の間にあんなにあれこれできるのだろうか。「タクシーを呼んだりするにはもう時間が遅すぎたから」駅まで歩いて、列車に乗って、ニューヨークへ着いてから結構いろんなことが起きる。どうもちょっと時間がおかしいような気がするんです。

サリンジャー研究者の田中啓史さんも、ここの時間の流れは変じゃないかと指摘しています（『サリンジャー　イエローページ』荒地出版社）。緻密に作られているというよりは、勢いで語られているような感じを受けます。

一つには、いかにもアメリカ的なトール・テールズのレトリックといいますか、もう五時間も待たされたとか、そんなことは千回もやったとか、意図的にすごく誇張された表現を使っているということがある。一人称の語りですから、必ずしも本人が本当のことを言っているという保証はありません。

じじ臭い語りをする十七歳

越川　今、沼野さんが誇張法のことをおっしゃいましたが、この作品の魅力のひとつは、その語り口ですね。学校とか軍隊とかコミュニティーといったものを「くだらない」と言ってしまえばそれで済んじゃうんだけど、それをどう面白く批判していくか。その表現に力があります。たとえばホールデンが辞めさせられる私立高校は、千をくだらない数の雑誌に広告を出していて、「本校は少年たちを、明晰な思考をする優秀な若者へと育成して参りました」なんて書かれてるんだけど、そんな頭のいいやつなんかいないんだ、という。だから嘘っぱちだと言ってしまえばおしまいなんですが、そこで、「二人くらいはちょっとましなのがいたかもしれない」と言うんですね。その二人にしたところで、高校に入る前からもともと「ちょっとまし」だったんじゃないのかな、というオチがあったりする。ユダヤ的なユーモアという面もあるんでしょうか。

沼野　結構アイロニーきついですよね、ホールデン。英語やヨーロッパの言葉は、日本語に比べるとアイロニカルな表現をいろいろ使うと思うんですけど、実際にアメリカの若い子が、相手をけなすときに褒め上げたり、こんな皮肉なものの言い方をするんでしょうか。

新元　キャラクターとしては作り込まれていると思うんですが、生意気なティーン・エージャーが、逆のことを言って皮肉を言うことはよくありますね。
沼野　日本語でも皮肉はないわけじゃないですけどね。ただ皮肉を言っても、文字通り取られちゃったりして（笑）
越川　最初のほうで「おっ」と思った強烈な表現があるんです。兄のDBは作家だったんですが、今はハリウッドで脚本家になって非常に成功している。儲けているわけですね。それを原文では、「ハリウッドで売春している」と批判しているんです。「being a prostitute」、売春婦をやっていると。
沼野　身売りしてる、と。
越川　そう、野崎訳も村上訳も「身売り」と訳していますが、これはもっと強烈な言い方なんですよ。毒舌ですね。
新元　「身売りする」なら、普通は「セルアウト（sell out）」という言葉を使いますが、プロスティチュートは、相当強い言葉ですよね。
沼野　個人的なことを言いますと、DBも昔はいい作家で、「秘密の金魚」という短篇なんか傑作だった、とあるでしょう。僕、ここがものすごく記憶に残っていて、いつか自分でも「秘密の金魚」という小説を書いてみたいなあと思ったくらいなんです。そういう、ディテールで記憶に残るところがいっぱいある小説ですよね。
村上さんもたしか対談で言っていましたが、DBも、ある意味では作家サリンジャーの諷刺的な分身です。彼自身はハリウッドの人気作家になったわけではないにせよ、もっとイノセントな若い目から見れば、社会と妥協している、と批判されても仕方ない側面がある。さらに純粋なイノセンスの塊みたいな形で、死んでしまったアリーの記憶が、化石のように存在している。いろんな形の自我のかけらが構造的に取り込まれているような気がします。

この作品には「フォニー」(インチキ)という言葉が何度も出てきます。日本のインテリはコロキアル(口語的)な言葉をあまり知りませんから、「フォニー」という単語はこの作品を通じて日本でも知られるようになったような観がありますね。この作品に見られるような、過激なイノセンスの立場からのフォニー批判は、当時のアメリカにおいて、先駆的なものだったのでしょうか。

新元 フォニーという言葉自体は今でも一般的に使いますし、エスタブリッシュメントに対して「あいつらはインチキだ」と腹立たしい気持ちを抱くことは、割と普遍性があると思うんです。二年前の二〇〇一年に、『キャッチャー・イン・ザ・ライ』刊行五十周年を記念して文芸誌が取り上げたり、『ニューヨーク・タイムズ』のブックレビューが論評を掲載したりする動きがあったんですが、若手作家十四人がサリンジャーについて書いた『With Love and Squalor(愛と悲惨をこめて)』という本が出ています。この中で、ある女性作家が若いころに『キャッチャー』を読んで、なんてじじ臭い語りをする十七歳なんだろうと思った、と書いているんですね(笑)

沼野 それは、口語が古びているとか、そういう意味じゃなくて、語りそのものがじじ臭いと?

新元 ええ、語り口が、だと思います。

越川 サリンジャーは、いま四冊の単行本として刊行されている以外の作品は、もう本には収録しない、という強い意志を表明しているんですが、田中啓史さんが、テキサス大とプリンストン大にある未発表の原稿や手紙を調べて、興味深い論文を書いているんです。それによると、サリンジャーには『キャッチャー』の他に、ホールデンを主人公にした短篇が幾つかあって、最初は三人称で書いているらしい。四五年に出た短篇「アイム・クレージー」で、ようやく一人称を使うようになったんだそうです。

それと、サリンジャーはコロンビア大で創作科の講座に出ていたことがあるんですが、そのときの先生であるバーネットという作家に手紙で、「一人称で書くのは難しい」と語っているらしい。田中さんの論文を読むと、二十代後半から三十代にかけてのサリンジャーが十七歳のホールデンを一人称を使って苦心しながら造形していく姿が思い浮かびますね。だから、サリンジャーは必ずしも、この小説で十代の若者の喋り言葉を写そうとしたわけではないんだ、と。

新元　それで思い出したんですが、『アンジェラの灰』というメモワールを書いたフランク・マコートにインタビューしたことがあるんです。アイルランドからの移民で、高校の先生をやってきたのが、また家族でアイルランドに戻って貧乏生活を始める、という話なんですが、最初はどうしてもうまく書けなかったという。そこで神さまからお告げがあって、まあ、そういう表現を彼は使っていたんですけど、子どもの語り口で書いてみようと思ったらしいんです。それで改めて書き始めたところ、どんどん進めることができた。結果的には、子どもを一人称の語り手に持っていったところがこの自伝の一番の魅力になっているんです。

ティーン・エージャーと七、八歳の子どもでは違うとは思うんですが、若い語り手にすることで、作品にどういう魅力が出てくるのでしょうか。

越川　『キャッチャー』のなかで子どもを主人公にした小説を批判しているところがあります。ディケンスの『デイヴィッド・コッパーフィールド』や『オリヴァ・ツイスト』のような波瀾万丈の物語は、インチキで駄目だ、というんです。紆余曲折がありながら、めでたく少年が成長していくところを読ませる小説だからでしょうね。サリンジャーがホールデンの口を借りて紡ぐ物語は、それとは一線を画すんだという立場ですよね。

僕はすでに五十を過ぎてますから、もし子どもの経験をそのまま描いた小説を読んだらたぶん投げ出しちゃうと思うんですが、最後まで読めたのは、さっき新元さんがいみじくもおっしゃった「じじ臭さ」、いい意味で大人が読んでも耐えうるような部分がこの物語にはあるからだと思えるんです。

沼野　子どもを主人公にすることで、一般的にいえば、無垢の視点を確保できる。世間ずれしていない視点から世の中を見れば、社会の制度を批判する上で、かなりやりやすいですよね。いわば「異化」というか、世間の大人はごく当り前だと思っていることが、彼の目を通すととんでもないインチキに見えて、糾弾することもできる。

ただ、今回読み直してみると、ホールデン自身にも結構嫌味なところがあるんです（笑）

越川　ありますねえ。

沼野　他人のフォニーは痛烈に批判しているくせに、ニューヨークへ出てくると、田舎から来たお上りさんの女の子たちのことをすごくバカにしている(笑)

ドストエフスキーの長篇に『未成年』という作品があって、二十歳くらいの男の子の一人称の手記の形式なんです。ドストエフスキーの長篇の中ではあまり評価されないんですが、小説としては非常に面白い構造を持っていて、『キャッチャー』と似たところがあります。『未成年』の主人公のほうがちょっと年上ですが、すごくませたところと幼稚なところが混在して、混乱した語りが続いていく。ホールデンもまさに自分のなかに矛盾を抱え持っているようなところがありますね。象徴的なのは、頭の右側には何百万本と白髪があるんだ、というところ。半分ジジイで半分ガキ、という感じがすごくありますよね。

越川　その宙ぶらりんなところが一番面白いんじゃないかなあ。ホールデンは子どもと大人の両方の世界に足を突っ込んでいて、大人の価値観を知らないわけじゃない。だけど、大人の世界には入りきれないし、大人になることを拒絶している。かといって子どもにも戻れない。かつて野崎訳を読んだときには、より子どもの視点というか、フィービー的な視点に立っているのかなと思っていたんですが、村上訳では宙ぶらりんの感じがよく出ていましたね。

村上ワールドの言葉遣い

沼野　村上訳の特徴について、少し具体的に見ていきたいと思います。

『キャッチャー』の翻訳の仕事は、時期的にはちょうど『海辺のカフカ』の執筆と並行していたと思うんですが、田村カフカ君は十五歳で、ホールデンとほぼ同じ世代です。普通、作家はだんだん自分が齢を取ってくると、主人公の年齢も上げていくものなんですけど、村上さんは、十五歳の視点から世界をもう一度見てみよう、とかなりドラスティックな「回帰」の試みを意識的に行なったんじゃないか。『キャッチャー』の新訳に取り組まれたのも、その作業の一環のように思えます。

越川 村上さんの小説はほとんど一人称の「僕」ですね。スタート時点の『風の歌を聴け』に始まって、八〇年代を代表する長篇といわれる『羊をめぐる冒険』『ノルウェイの森』『ダンス・ダンス・ダンス』と、みんな「僕」の語りです。『世界の終りとハードボイルド・ワンダーランド』では「僕」の章と「私」の章が交錯している。『海辺のカフカ』の田村少年の語りも「僕」だし、小説のなかでもう一人の「自分」を作り出す、一人称の語りはどんどん洗練されてきているんですよね。とすれば、『キャッチャー・イン・ザ・ライ』での「僕」の造形は、彼の独壇場でしょう。村上さんの作品群を横に置いてこの小説を読んでも、読者はそんなに違和感を抱かないんじゃないかなあ。

沼野 いまの若い読者は、むしろ村上さんの名前に惹かれて読んで、あ、サリンジャーってこういう人なのか、という感じで入ってくるわけでしょ、たぶん。そういう意味では、訳者って大きいですよね。

越川さんが最初に、野崎さんの訳は六〇年代の若者の気取りと偽悪的な部分を表現するために作りこまれた言葉だという感じがすると指摘されましたが、野崎訳のほうが乱暴ですよね、言葉づかいも、キャラクターも。村上さんの訳では、ある意味ではより現代的な、より優しいホールデンが立ち現れていると思うんです。

日本文学全体が、六〇年代と今とを比べると、より優しい男を描くようになってきた、という側面はあると思うんですが、その方向の代表的な作家は村上さんです。

僕は昔から、一度これで小論文を書いてみたいと思っているんですが、村上さんは、小説でよく「やれやれ」を使うわけね。

越川　確かにそうだ(笑)。

沼野　ホールデンにも、「『やれやれ!』」と僕は言った。ついでに言うと、この『やれやれ!』ってのも口癖なんだ」と言わせてるわけですけど、ここは英語では「ボーイ」なんです。その種の間投詞では「ゴッド」なんていう言葉もよく出てきますが、「やれやれ」は野崎訳には一度もないと思うのね。まあ、村上春樹の読者にとってはおなじみの言葉なんですけど、高校生が「やれやれ」って言うのは、確かにじじ臭いかもしれない。

逆に、村上さんの小説に出てくる「やれやれ」をどうやって外国語に訳すのか。これは語学的にはものすごく面白い問題で、僕はいつか調べたことがあるんですけども、英訳を見てもロシア語訳を見ても、がいしてよりアグレッシブになっている。ロシア語だと、「くそ!」とか、「悪魔にさらわれろ」みたいな間投詞になって、原文よりも明らかに粗野なんですよ。日本語の「やれやれ」って、アグレッシブな罵りというよりは、ぼやきでしょう。

越川　ええ。受け入れた上でね。

沼野　たとえば石原慎太郎タイプのアグレッシブな壮年の男であっても、あるいは若い暴走族の男であっても、「やれやれ」なんて言うところは想像できない。それをホールデンにも言わせちゃっていて、やっぱり村上春樹的な世界だなあと(笑)。

越川　カーヴァーでも似たようなことがありました。カーヴァーの場合、登場人物たちは労働者階級が多いですから、卑語や俗語は、「ガッデム」とか、もっと激しい表現なんです。英語として第三者が聞けばかなり強烈な言い方もみな「やれやれ」とか「いやはや」になっちゃう。それはまあ、よかれあしかれ村上ワールドの定番アイテムみたいなものでしょうね。

沼野　言葉づかいには、現代の口語風の言葉をかなり取り入れているんですけれども、やはり、村上さんの好みが反映している。たとえば「crazy about」が「ぞっこん」。「とことん」「掛け値なしに」なんていうのもずいぶん使ってる。いまの若い子は絶対使わないと思うんだけどな。

越川　それは、さっきのじじ臭さを出してるのかな(笑)。

新元　村上さんは数年前からインターネットのサイトでファンと交流して双方向でコミュニケーションを取っているでしょう。インターネットの言葉は独特ですし、そこから取り込まれた言葉も多いんじゃないでしょうか。今の十代、二十代の人の話し言葉もかなり取り入れられているような気がしました。

越川　擬音も面白いでしょう。「ずぶずぶに淋しくなってしまった」という表現なんて、マークせずにはおられなかったんですけど(笑)。

沼野　その次のページに、「やれやれ、僕の頭はすごくそわそわしてきた」とある。頭がそわそわしてきたという表現もちょっと面白いですが、ここの「やれやれ」も、原文は「ボーイ」なんですね。

新元　「ボーイ」という言い方は、今はなかなか聞きませんね。使うのはおそらく、五十代とか六十代以上の人だと思います。いまの十代、二十代だと「オー・マイ・ガッド」とか「ガッド」、はっきり言って「シット」ですよね。

沼野　最初の方で、高校を出る前に先生のところへ行くと、先生が呼びかけの意味で「ボーイ」と使っている。昔は白人が目下の黒人男性なんかに使うこともあって、いまはPC(政治的正当性)からいっても、そういう呼びかけはちょっとしにくいと思うんですけど、野崎訳では、この間投詞の「ボーイ」を全部、「坊や」にしてるんです。村上さんは、そこのところを「あーむ」と訳してるのね。この訳語にたどり着くまでには相当苦労したんじゃないかなあ。

越川　「あーむ」か。なるほど(笑)

タイトルについて

沼野　今日は、タイトルのこともお二人に伺ってみたかったんです。『キャッチャー・イン・

ザ・ライ』というタイトルは、いかがでしょうか? それ以前に、野崎訳のタイトル自体があれでよかったのかどうかという問題もあるかもしれません。いずれにしても訳しにくいタイトルで、いろんな国の翻訳を見ると、ずいぶん苦労している。意訳しているケースが多いんです。

越川　『ライ麦畑の捕手』というのを、どこかで見たことがある。

沼野　あ、そんな直訳もあるんですか。確かドイツ語はそんな訳ですね。僕はロシア語訳を持っているんですけど、いま定訳になっているのは、『ライ麦畑の断崖の上で』。崖から子どもが落ちないように捕まえてやるという話でしょう。その意味を含ませているんですね。

新元　逆に、『ライ麦畑でつかまえて』を英語に直すと、どうなるのかな。

沼野　これは日本語として曖昧でしょう。「つかまえて」は命令形で「キャッチ・ミー」と言っているのか、それとも「キャッチング」の意味で「つかまえながら」何かしているということなのか。そこはたぶん、意図的な曖昧さなんでしょうね。

本文を読めば、ホールデンがロバート・バーンズの詩をちょっと間違えて理解していた、という話が出てきて一応「謎解き」はあるんですが、タイトルの日本語訳は曖昧で、ちょっと不思議な魅力を持つが故に定着しちゃったんでしょうかね。

これは皮肉とか批判ではなく、客観的な事実として指摘しておきたいのですが、野崎訳が出た時代から四十年近く経った今の日本語の中には、英語がより自然な形で多く入ってきている。村上さん自身も、自分の作品や翻訳の中で、英語の単語を訳さないでそのまま生かす作家ですよね。

新元　確かに、手紙の最後で「ディア」と呼びかけたり、コカ・コーラが「コーク」になっていたり、旦那が「チーフ」になっていたり。それだけ日本の文化がカタカナ言葉というか、英語を摂取しているんだな、ということがわかりますね。

沼野　そういったカタカナを取り入れて、新しい日本語の文体を作ってきたのが村上さんですよね。面白いのは、彼の小説自体が、いわゆる翻訳口調を取り入れた、かつてなかったような文体で成り立っているんです。その村上さんが翻訳をするときには、そういう風に自分で作り上げた日本語を応用している。そのワンクッションが見えないと、直訳しているように見えるんだけど、実はそのプロセスにおいて、戦後の日本語がたどってきた道のりを反映して、さらに新しいものを切り開こうとしているんですね、村上さんは。

だからこのタイトルはカタカナのままでいいのであろうという見方もあるでしょう。でも、そこをあえて村上春樹がどう訳すか、見てみたかったという気持ちもある。

新元　ああ、なるほど。

沼野　僕は、どちらかというと後者なんです。村上さんの訳をずっとチェックしている柴田元幸さんも翻訳の名人として知られている人なんですが、僕、昔、畏れ多くも彼の訳に文句をつけたことがあるんです。ミルハウザーの『イン・ザ・ペニー・アーケード』を彼が訳したときに、本文の訳はたいへんな名訳だというのはよくわかっているけど、タイトルも同じくらいうまく日本語に訳してくれないかなって(笑)。それは、僕がロシア語やってる僻《ひが》みなんですけどね。ロシア語の小説を翻訳するときそんなことはできませんから（笑）。

越川　そうですねえ（笑）。

社会的反逆という文脈

沼野　日本では、野崎訳以前に橋本福夫さんの訳（ダヴィッド社）が一九五二年に出ているそうです。私は見たことがないんですが、このときは『危険な年齢』というタイトルだったんですね。同時代的な文脈では、社会に対する無垢な若者の反逆という受け止め方でもてはやされた面がすごくありました。それがサリンジャーの真意をどのくらい反映しているかは分かりませんが。

ただ、今読み直してみると、結構いい家のお坊ちゃんで、主人公自身も結構フォニーなところがあるのが目につく。村上さんが新訳を通して、ある意味で本質的な読み直しをしたと言えるのは、たぶん、この物語を「無垢な自我対フォニーな社会」という対立の構図に解消するんじゃなくて、むしろ、自分の内面に抱えているどうしょうもない葛藤を抉り出していく方向で読み解いているからではないか。自己に本質的に対立するものがあるとすれば、それは社会ではなくて、むしろアルター・エゴみたいな形の聞き手ではないか。村上さんのこの文体は、そういう解釈を引き寄せます。

それに対して、野崎さんの訳は、鬱屈した若い男の子が反抗しているような、乱暴な感じを受けますね。作品の解釈自体にも関わるようなところで文体の違いが作用しているような気がしますが、どうなんでしょう。

当時のアメリカの文脈だと、社会的反逆が結構強く打ち出されてきた時期なんですか。それとも、サリンジャーの作品はやはり孤立した先駆的なものなんでしょうか。

越川　文学史的に見れば、五〇年代のビート世代と並んで、読者に愛されるアメリカ文学の担い手たちのなかに位置付けられていたことは間違いないでしょうね。六〇年代のアメリカの大学生に愛読されていたのは、この『キャッチャー・イン・ザ・ライ』やジョーゼフ・ヘラーの『キャッチ＝22』、ケン・キージーの『カッコーの巣の上で』、ケルアックの『オン・ザ・ロード』などです。体制からドロップアウトしていったり、戦争に行っても、戦場とは逆方向に逃げたり。あるいは、体制そのものに反逆するというより、むしろ体制から弾き出されて精神病院に入れられたりする主人公たちを描いた小説でした。だから当然野崎訳もそういう文脈で読まれることが多かった。どっちかといえば、大学側よりは学生の味方だったのかなと思います。

新元　僕は、出版当時に読んでいるわけではないので、よくは分からないのですが、同時代に野崎訳を読んだのは、やはり、カウンターカルチャーに傾倒する若い人が多かったのではないでしょうか。それと比較すると、村上さんの今回の新訳はポップカルチャーだなという印象を受けました。

沼野さんが指摘されたように、野崎さんのホールデンが何かに対して苛立ちをぶつけているとすれば、村上さんのホールデンは、自分のどこがおかしいんだろう、何でこうなっちまったんだろう、と自問している。若者のカルチャーとして、何かにぶつけるのではなく、自分の中へ中へと入っていって、これから自分はどこへ行くのか、どう収拾をつけるのか、そんな問いかけを村上訳からは強く感じました。

沼野　確かに、村上訳の場合、ホールデン自身の抱えている矛盾が、ある意味ではよりよく見えてくる。野崎さんの訳だって同じ人物には違いないんだけど、むしろ、ホールデンには悪いところはないんだ、社会がインチキで悪いから、それにぶつかっていくんだ、というニュアンスがありますね。村上さんのほうが、もう少し繊細に読み込んでいる。

村上訳にはところどころ、註がついているんですね。この種の小説にあまり註をつけると興ざめなことが多いんですけど、これは村上さんの読みを示しているという意味で面白かったんです。たとえば妹のフィービーは、あまりにも清らかで崇められすぎていて、非現実的な感じすら受けるんですが、村上さんは、フィービーがノートに書き付けた文章の綴りが間違いだらけだと指摘した上で、「彼女に対するホールデンの評価が高すぎるということなのだろうか、そのあたりはちょっとした謎だ」と註をつけていますよね。缶詰(canning)のnが一つ足りない、とか(笑)。僕は原書で読んでいても、そんなこと気がつかなかった。

そうだとすると、フィービーは一般の人たちの目から見るとそんなに頭のいい、すごくいい子じゃないのかもしれない、という疑問がわいてくる。でもホールデンの目を通してみると、それがほとんど天使のような子になってしまう。そうして、歪んだ社会を批判する彼自身がじつは現実を歪めて見ている、という面が透けて見える。村上さんはそこまで読み取ろうとしているんでしょうね。単なる社会的反逆やカウンターカルチャーの文脈、では、どうしてもこういうほうには視点が向かない面があります。

越川　同感ですね。そこも、この一人称の語りの一筋縄ではいかないところかな。ホールデン自身も、「僕は嘘つきだ」と明言しています。ニューヨーク行きの夜行列車に乗ったときに、同級生のお母さんに当たる魅力的な女性に会って、次々と口からでまかせを言っている(笑)。村上訳では、そんな部分にも目が行きますね。

沼野　「僕はとてつもない嘘つきなんだ」とはっきり自分で言っているのに、野崎訳を読んでいた昔の読者は、あんまりそれは信じていなくて、あまりにも明白なレトリカルな誇張以外はもう全部真実な告白だと思いたがって読んでたような気がするのね。

越川　うん。かなり曲者かもね、この一人称。ホールデンって奴は複雑ですね。

新元　「本当の話だよ」とか、「嘘じゃないよ」という表現は、もちろん原文にあるんですが、村上さんの新訳で読むと、それがもっと強調されてくる。物語が進むにつれ、「君」にすがりついて、「僕」の言うことをもっと聞いてくれよ、と懇願しているような印象すら受けましたね。野崎さんの訳の印象としては、ある種の怒りを吐露して聞かせるというアプローチだったと思うんですけど、今回は、もっと自分のほうに向けようとしている印象を受けました。

サリンジャーの擬装

越川　ここでもう一歩踏み込んで、『キャッチャー』の現代性というか、今、日本のコンテキスト、あるいは世界のコンテキストの中において、新しく訳していく意味があるのかどうか、ちょっと厳しい問いを問われなければいけないと思うんです。

僕は、さっき申し上げたように、僕自身がもう五十過ぎてじじ臭いんですが、それでもこの小説を面白く読めたんですね。それはなぜかと振り返ってみると、単なる少年の抵抗物語ではない、というところにある。

もう少し具体的に言うと、二年前にサリンジャーの一人娘マーガレット・A・サリンジャーの回想録が刊行されて、もうじき新潮社から翻訳も出るようです。タイトルは『ドリーム・キャッチャー』(邦題『我が父サリンジャー』)といって、アメリカ先住民が悪夢を取り除くために、寝床のそばに置くクモの巣状のお守りのことなんですね。彼女はサリンジャーの娘であるという悪夢を、この本を書くことによって取り払うということなんでしょう。ある意味で衝撃的な本です。

解釈に繋げられる新しい読み方ができるのではないかと思って読んでみたんですが、とても面白かった。彼女はサリンジャーの「ディスガイズ」、擬装について語っているんです。さっき新元さんが面白いことをおっしゃってて、コールフィールド家は元々アイリッシュ・カソリックだったけれど、それを隠すというか改宗してプロテスタントになったんじゃないか、と指摘されましたね。

新元　ええ。

越川　ホールデンのお父さんはマンハッタンで成功した弁護士のようなんですが、ワスプ主流のなかに紛れて一流の弁護士になるために、カソリックという宗教を捨てるか隠すという操作をしたと思うんです。父がプライベートのことを息子にべらべら喋られると「カリカリする」というのは、きっとそういう事情が隠されているからなんでしょう。そんな父のアイデンティティーの捏造みたいなものを息子も共有していて、カソリックの尼さんたちと仲良く話をするんだけど、ひやひやしている部分がある。尼さんたちに「あなたはカソリックなの」って訊かれないように願いながら喋っているから、充分に楽しめなかった、というんです。

サリンジャー自身の伝記的な事実を言うと、彼のお父さんはユダヤ人で、お母さんがアイリッシュであって、ハーフジューイッシュ・ハーフカソリックです。双方の家庭で歓迎されざる結婚であったらしい。

お母さんは、結婚してからアイリッシュ・カソリックであることを隠して、名前をマリーからミリアムへと変えている。ある時、お母さんはサリンジャーの姉のドリスとサリンジャーに向かって、「自分はユダヤ人でない」と告白する。それがドリスとサリンジャーにはショックだったそうです。自分たちは完璧にユダヤ人だと思っていたんだけど、半分半分なんだ、と。

サリンジャーはそうした母のアイデンティティーの擬装を、ひねった形で小説のなかに盛り込んでいるんじゃないか。つまり、ホールデンの父親をアイリッシュにして、しかも宗教的なアイデンティティーを隠すという方法で織り込んでいるんです。

今、多文化主義とか多民族主義とかいわれるけど、民族や宗教にまつわる差別や迫害はなくならない。とすれば、結局、マイノリティーが主流のなかに紛れ込んで戦略的に生きていくというのは、とても現代的なテーマじゃないかと思うんです。
と同時に、戦前の反ユダヤ主義のなかでユダヤ人がどうやって生き延びていくかという戦略として「ディスガイズ」というか、文化的擬装の問題もあります。サリンジャーの本名は、ジェローム・デイヴィッド・サリンジャーなんだけど、J・Dとイニシャルに変えているでしょう。これも一種の擬装なんですね。

沼野　ああ、なるほど。

越川　フルネームじゃなく、イニシャルで自分の名前を隠すやり方は、別にサリンジャーに限ったことじゃなくて、戦前戦中にユダヤ系の人たちがかなりテクニカルにやったことらしいんですね。そういうことを考え合わせた上で『キャッチャー』を読むと、非常に微妙な問題も含んでいるんだというところが、僕にはすごく面白かった。ワスプ的な体制の中で、アイルランド系だのユダヤ系だの、周縁に追いやられた人たちが自分を社会的に成功させようとするとき、自分の出自を隠したり、擬装したりすることがある。そういう面を含んだ小説、あるいは作家なんですね。

新元　その意味では時代性はありますね。一九五一年に出たということは、JFKが大統領になる前です。アイリッシュの人間が社会のトップに立つ国家ではなかった時期に、「弱者」とは言わないまでも、マイノリティーの人間、戦争が終わって何年か経って、アメリカが高揚している時代の上層部分とは別な社会に生きている人たちの話、という気はしますね。

沼野　サリンジャーのアイデンティティーの問題には、アイリッシュとジューイッシュと両方あって、微妙ですね。僕はアメリカのユダヤ文学も結構読んできましたが、普通われわれがユダヤ系文学というと、アメリカの場合は、たとえばシンガーみたいにイディッシュ語の作家がいて、ソール・ベローだとかマラマッドとかフィリップ・ロスに至るまで、ユダヤという色が強い作家が多いでしょう。

越川　そうですね。

沼野　サリンジャーはどうなのかなあって、僕、前から思ってたんですけど、いまの越川さんの話を伺って、なるほどなあ、と。もっとずっと繊細で、微妙なんですね。

間接的な戦争小説

沼野　もう一つ、いまの「ディスガイズ」というキーワードに関連して思ったのは、サリンジャーの戦争体験のことです。サリンジャーには、強烈なこと、一番大事なことはストレートに書かないようなところがあって、今回読み直してみても、サリンジャーの戦争体験は、ものすごく重かったはずなんだけど、それはほとんど反映していません。そこは他の同時代のアメリカの作家とも違うところですけど。

今回気がついたのは、『キャッチャー』には結構、文学作品談議が出てくるんですね。二十歳前後のときはすっ飛ばして読んでいました。これも、村上さんが訳註をつけてたんで際立って見えたんですけど、ルパート・ブルックとエミリー・ディッキンソン、二人の詩人のうちどちらが優れた戦争詩人かという議論が出てきます。ホールデンの兄がアリーにそう問いかけたら、アリーはディッキンソンと答える。今の日本の読者には、ディッキンソンは知られていても、ルパート・ブルックなんてさっぱりでしょう。だからこれはわれわれにはちんぷんかんぷんなんだけど、要するに、ブルックのように戦争のことを正面から派手に書いたって本当に書いたことにならない。ディッキンソンはたぶん戦争を正面から取り上げたことはまったくないと思いますが、彼女のほうがずっと本質的に戦争のことを語っている、そういう話ですよね。

それはまさにサリンジャー自身のことでもあるし、さっきの「ディスガイズ」の話にも通じる面がある。アイデンティティーの一番触れられたくない部分は、正面からは書かないけれど、ある意味ではもっと微妙な深い形で書いているんだ、ということにつながるかな、と。

越川　ええ、つながりますね。まさしく、僕自身がこれまで読み込めなかったのを、今回新しく感じ取ることができたのは、いま沼野さんがおっしゃった間接的な戦争小説である、という点です。文学談議では他にも、リング・ラードナーと『グレート・ギャッツビー』はいいけれど、兄のDBに勧められて読んだヘミングウェイの『武器よさらば』は駄目だと言っていて、だけど、その理由は書いてない。ホールデンから、あるいはサリンジャーから見ればセンチメンタルに見えるんでしょうけど、戦争体験者から見ると甘っちょろい、という意味を込めて言っているのかなあ、という点がひとつ。

それから、DBは四年くらい戦争に行ってて、すごく鋭いことを言っているんですが、軍隊にはナチみたいな連中がいっぱいいると言うんです。もちろんその軍隊は連合軍のほうですよね。

沼野　そうそう。

越川　そんなふうに戦争批判というより軍隊批判を、巧妙に地の文のなかに織り込んでいく。そこには、ナチス・ドイツだけが戦争の加害者であるといったホロコーストの紋切り型思考には収まらないものがある。

それと、誰もが気づくことだけれど、ホールデンは盛んに映画は嫌だ、映画は嫌いだ、と言っているにもかかわらず、女友達と映画を観に行ったりしている(笑)。

娘のマーガレットの回想録によると、サリンジャーはオープンリール式のフィルムを所有していて、家庭で上映会をやってハリウッド映画を子どもたちに見せていたらしいんですね。見せたのがヒッチコックの恐怖映画とか、マルクス兄弟のコメディとか……。

沼野　ああ、分かりますね。

越川　ハリウッド映画では、戦争映画でも美しくヒーローを作り上げ、センチメンタルにうたいあげるじゃないですか。今じゃ、テレビをはじめとするマスメディアがそうだけど、たとえば、イラクで救出されたジェシカ・リンチさんなど、もう英雄に仕立て上げられている。そういうことをインチキと考えるホールデンからすると、そんな戦争映画、戦争報道は許せない、ということになるのではないか。

そういったことを考え合わせると、『キャッチャー』はある意味では、現代に通じる戦争小説的な部分を備えているると思うんです。戦場とか英雄を扱うのではなく、間接的な描き方をされた戦争小説なんです。

新元　それはとても面白いですね。何年か前に、僕は、サリンジャーの出身高校に取材に行ったことがあります。ペンシルベニアの小さな町に寄宿舎があって、『キャッチャー』に出てくるような寄宿舎生活を、サリンジャー自身も送っていたそうです。そこの学校のシステムがやっぱり軍隊形式なんですね。運動場があって、そのヤードのなかには大砲があったり。そんな規律が厳しい生活の中で、サリンジャーも揉まれていった。いま越川さんがおっしゃった、戦争というよりも軍隊生活に対する批判も、もしかするとそこから出てきたのかな、ということも、いまチラッと思いました。

沼野　軍隊的なものへの嫌悪は、ヘミングウェイのようなマッチョな作家への嫌悪と重なってくるんじゃないですか。それはよく分かるような気がします。だいぶ古い本ですが、ウォーレン・フレンチという人の書いた評伝によると、サリンジャーは戦争中にヘミングウェイに会ったことがあるそうです。これはどこまで本当か分からないのですが、ヘミングウェイがサリンジャーの部隊を訪ねてきて、いかにも彼らしく、ドイツの銃の性能を示すために、目の前でニワトリの首を撃って吹き飛ばした、と。それ以来、サリンジャーはヘミングウェイのことが大嫌いになった、というんですね。今のアメリカのイラク戦争なんて、サリンジャーはどう見てるんでしょうかね。

そういえば、確か加藤典洋が『敗戦後論』という評論のなかで、まさに『ライ麦畑でつかまえて』を「戦争を描かない戦争小説」という視点で論じていました。

越川　僕が面白いと思う現代日本の作家の一人は、目取真俊さんなんです。目取真さんは、まったくサリンジャーとは違う資質ですが、作品のどこかに必ず。戦争のことが巧みに盛り込まれている。『水滴』も『魂込め』も、『群蝶の木』でも、間接的な戦争小説という意味では似た部分がありますね。

隠遁生活という神話

沼野　今でもサリンジャーは読み継がれていると思うけれど、別の見方をすると、ある時点からぷっつり書くことをやめてしまった作家で、しかも長篇はこれ一作しかない。作家としてはあまりにもコーパスが小さくて、もう完全に過去の人、みたいな受け止め方も一部にはあると思うんですが、アメリカではどうなんでしょうか。

新元　確かに、現代アメリカ作家で、影響を受けた作家、敬愛する作家として名前を挙げる人はほとんどいませんね。何年か前に爆笑問題の太田光さんと一緒にジョン・アーヴィングのお宅に行ったとき、太田さんがアーヴィングも好きだしサリンジャーも好きだ、と名前を挙げたんですが、興味なさそうな感じでしたねえ。

越川　ただ、あまりに広く読まれていて、敢えて名前を挙げるような作家ではない、という見方もできるんじゃないでしょうか。

僕が知っている限りでは、若手といえるかどうか分からないけど、アリゾナの砂漠に住んでいる三十代の作家（ミッチ・カリン）が、影響を受けたと発言しているんです。彼のデビュー作は、まさしく南西部の高校生でフットボールの選手、もう高校三年で卒業する間際のころを扱った小説なんです。「南西部の『キャッチャー・イン・ザ・ライ』」というふうなキャッチコピーがつくのかな、と思って訊いてみたら、『キャッチャー』にはすごく影響受けたと言っていました。

あるいは、ジョン・フォックスというエイズで亡くなったゲイの作家を訳したことがあるんですが、彼なんかのキャッチコピーは、「ゲイのサリンジャー」（笑）。

沼野　ほおー。

越川　だから、社会から疎外された、孤独な少年を描く作家、体制批判をするかどうかは別にして、ホールデンの立場によりそって読んでいける作家は、すごく影響を受けているんです。しかも、僕の会った作家は、デビュー作をどうやって書いていいかわからなくて、こんな書き方もあるんだと一人称の素朴な形を選んだ、と言ってました。

沼野　サリンジャー、いま何歳ぐらいでしたっけ。

新元　八十四歳。

沼野　もうおじいさんだなあ（笑）。有名作家には、隠遁するとか、プライバシーを公開しないという人は結構多くて、ミラン・クンデラなんかもプライベートな話は絶対しませんし、村上春樹もそれに近いところがある。だけど、サリンジャーはちょっと病的なくらい、世間に自分を見せようとしない部分がありますよね。
新元　もはや、隠遁生活をやっていることが一つのステータスになっています。たとえばドン・デリーロの『マオⅡ』は、まさにサリンジャー。世捨て人というか、俗世界とは隔絶して生きていく作家を主人公にしていますけれど、それはもう、一つのステータスになっているような気がします。トマス・ピンチョンだって世間との交わりはありませんけれど、でも、彼のやってることはみんな知ってるぞみたいなところはありますから。
サリンジャーは本当に、世間との交わりを断ってしまった作家として、それはそれで、もうジャンルになっているという気がします。
沼野　そういった自己神話化とか、自分を伝説にしちゃう面があるんですね。
新元　まさしく神話ですね。新作の原稿を金庫にしまっている、なんていう噂もありますが。
越川　書いてはいるんでしょうけど、発表しないからねえ。世に出るとしても、結局は死後じゃないですか。
沼野　サリンジャー自身が何か発言することはないんですか。
新元　僕は聞いたことがないですね。例の、自分を追いまわすジャーナリストのイアン・ハミルトンと法廷で争って以来、表立って何か意見を言ったことはないと思います。たまに、タブロイドかなんかにスーパーマーケットからカートを押して出てくる写真が出たりしますけど、二十年に一度ぐらいは（笑）

村上春樹はロシアの国民的作家

沼野　アメリカでは村上さんの作品はどのくらい読まれているんですか。

新元　年々人気が高まっているのは間違いありません。『ニューヨーカー』が毎年一回、ニューヨーカー・フェスティバルというイベントを催して、ゆかりの作家を招いて朗読会を開いたりしているんです。去年の秋には村上さんも招かれて、僕もたまたま柴田元幸さんと一緒に行きました。ダウンタウンのチャイナタウンの近くにある二百人ぐらい入るクラブでは、お客さんの八割方はアメリカ人。翌日、ユニオンスクエアにある大書店、バーンズ・アンド・ノーブルでサイン会をやったときも、すごい行列ができて、終わらせるのが大変だったと聞いています。

三年前に、ティム・オブライエンの家に行って話を聞いたことがあるんですが、日本では幾つかの作品を村上さんが翻訳されていますよと言ったら、「村上さんにもよろしく」と。それが、去年、ニューヨークにオブライエンが久し振りに来て朗読会をやったときに、やはり村上さんの話になったら、「ありがとう！　わざわざ僕の作品を翻訳してくれて」って、より感激したニュアンスを感じましたね、端々に。

沼野　ロシアでは村上春樹は、国民的作家という感じですよ。翻訳もなかなかいいし。小説好きの読者で、ムラカミの名前を知らない人はまずいないと思います。

サリンジャーも結構読まれてきました。スターリンの死後、ヘミングウェイが解禁されて、ライト＝コヴァリョーワという女性が訳したんですが、これがものすごくいい訳なんです。その彼女がサリンジャーも訳していて、それがきっき名を挙げた『ライ麦畑の断崖の上で』で、これも一時期かなり話題になったはずです。サリンジャーのヘミングウェイ嫌いを思えば、この二人の作家を同じ人が訳しているというのも皮肉な話ですが、サリンジャーのほうもいい訳でしたね。意外と知られていませんが、ソ連みたいな国でもサリンジャー、ヘミングウェイに代表されるアメリカ文学はかなり自由に読むことができたし、当時の若者は結構影響を受けているんですよ。

新元　こんどの新訳の本を見ると、帯で「村上春樹の新しい訳」と大きく書かれているのが印象的です。

沼野　欧米では翻訳書に翻訳家の名前が大きく出るということはまずありませんから、その意味ではかなり異例のことではありますよね。

越川さんも現代文学を訳されていますし、私もロシアやポーランドの現代作家に関わっていますが、生きている作家の作品を訳す場合、普通は原著者と連絡を取りますよね。

越川　ええ。

沼野　訳していてよく分からないところがあって、直接訊いてみると、十中八九の作家は、面倒だろうけど、気持ちよく丁寧に教えてくれる。訳してくれてありがとう、なんて愛想の一つも言ってくれたりする。でも、サリンジャーの場合は、本人がそういった交流を全面的に拒絶しているわけですから、訳者にとっては、なんだかもう生きていない昔の作家みたいな感じがしてきますね。カーヴァーのように、信頼関係のあるほかの現代作家を訳す場合とはだいぶ勝手が違ったんじゃないかな。

新元　今回、村上さんが訳されたことで、日本でも新しい読者を得て、より新しい読まれ方をしていくのでしょう。そのことをサリンジャーはどう思っているのか、いつかぜひ訊いてみたいところですね。

（2003・6）

村上春樹の新訳『キャッチャー』の現代的な意義

村上春樹が、J・D・サリンジャーの長編小説『キャッチャー・イン・ザ・ライ』（白水社）の翻訳書を上梓した。半世紀以上も前に出た小説でありながら、日本では野崎孝訳『ライ麦畑でつかまえて』によって異例のロングセラーを記録してきた作品でもある。

野崎訳の特徴である「べらんめえ調」によって、これまで主人公のホールデンは大人の偽善的な世界を否定する「純潔な少年」と見なされてきたし、それによって作品自体も爽やかな「青春小説」のレッテルを貼られてきた。だが、こんどの村上訳に接して感じるのは、この作品を「青春小説」と捉えてきたそうした読み方自体が、実は学生紛争時代の産物ではなかったかということである。

村上の新訳の大きな特徴は、ソフトで皮肉のきいた口調だ。村上は一人称の語りをそのように仕上げることによって「老成した子ども」としてのホールデン像を作り上げた。実際、この少年はけっこうオヤジ臭く、十六歳にしてすでにタバコの吸いすぎで結核の疑いがある。十歳の妹の純真さをたたえながらも、自分はすでに大人の世界に片足を突っ込んでしまっている。こうしたオヤジ少年に、サリンジャーは興味深い告白をさせている。

「僕の頭の片方には――右側だけど――何百万本っていう白髪がある。小さい頃からもう白髪が生えていたんだよ。それなのに今でもときどき十二歳の子どもみたいな真似をしでかしちゃうわけさ」

思えば、サリンジャーが短篇の連作で書いた「グラース家」の七人の子どもたちからして、ラジオのクイズ番組で気のきいた回答を寄せる言葉の達人だった。とりわけ、長兄のシーモアは、二十一歳にして大学の英文科の教授という早熟の天才だ。それ以外にも、サリンジャーは短篇「テディ」において、十歳の少年でありながら、芭蕉の晩年の俳句を口ずさむほどに「老成した子ども」を造型している。

戦争小説

「老成した子ども」とは、賢者の知恵と若者の肉体を備えた人間というほどの意味だが、それは現実の存在というより、むしろ、こうありたいという作家の強迫観念の産物なのだ。実娘マーガレットは、そうした強迫観念の一因を作家の戦争体験にもとめている（『我が父サリンジャー』新潮社）。サリンジャーは第二次大戦の激戦のひとつノルマンディ上陸作戦に参加しているが、戦時中に「戦闘疲労症」に陥っている。戦後、作家は禅やインド哲学やサイエントロジーといった精神世界にのめりこみ、さらに幾種類ものカルト的な精神健康法に執着したという。

さて、サリンジャーは短編では直接戦争を題材にして、神経がおかしくなり猫を狙撃してしまう兵隊を登場させてもいる。『キャッチャー』は声高に反戦を叫びはしないが、死を題材にして瞑想的な詩を書いたエミリー・ディッキンソンを戦争詩人といったり、ヘミングウェイの戦争小説『武器よ、さらば』を批判したり、軍隊に四年間も入っていたホールデンの兄の話を引き合いに出すなど、間接的な戦争小説として読むこともできる。ホールデンにいわせれば、戦争が英雄を生み出すとすれば、それはハリウッド映画の巧妙な捏造なのだ。

文化的な擬装

さらに、この小説の現代的な意義として、「文化的な擬装」の問題を挙げることができる。ホールデンは民族的な出自をわざと曖昧にしている。高給取りの弁護士である彼の父は、カトリック教徒の多いアイルランド系らしいが、ワスプの中でやってゆくためにカトリック教徒であることを隠しているようである。

伝記的にいえば、サリンジャーはアイルランド系の母とユダヤ系の父のあいだに生まれている。この小説が書かれた頃はまだ米国においても反ユダヤ主義の風潮がつよく、ユダヤ人はひそかに名前をイニシャルに変えるなどして、ある種の昆虫が身を守るために擬態をおこなうように、自分を目立たせないようにしていた。サリンジャー家の場合は、もっと複雑で、母は結婚後、名前をマリーからユダヤ人的なミリアムへと変え、ユダヤ人の互助会組織から排除されないような工夫もしていたらしい。『キャッチャー』は、隠れキリシタンや在日コリアンの行き方にも通じるような、そうした宗教的・民族的な迫害に対処する方法としての「文化的な擬装」といった微妙な問題も提起しているのだ。

（2003・6）

詩がうつる——多和田葉子のボーダー詩

その卓抜な女性ヒステリー論——いかに男性社会が自分たちにとって不都合な女性を「ヒステリー」というレッテルを貼り付けて隔離し差別してきたかをつづった『女がうつる』という本で、著者の富島美子は「うつる」と、ひらがなを使っている。

いまそのタイトルにならって、「多和田葉子の詩がうつる」と書いてみよう。

詩が感染する？

詩が移動する？

詩が映る？

どれも正しいような気がする。なぜなら……

結論を急ぐ前に、多和田葉子の小説世界に寄り道をして、その言葉を少し覗いてみよう。『容疑者の夜行列車』と『アメリカ　非道の大陸』は、列車でのヨーロッパ大陸旅行、自動車でのアメリカ大陸旅行の違いこそあれ、ロード・ノヴェルの形式をとっているのは同じだ。

ロード・ノヴェルでは、旅の先々の珍しい風景や習慣をなぞるだけでなく、旅人の内面の変容もたどる必要がある。いや、むしろ旅の出発点から到達地点までのあいだに、旅人が認識上の変化を遂げるそのダイナミズムこそ、ロード・ノヴェルの醍醐味だといえる。

だが、多和田葉子のロード・ノヴェルは、それだけにとどまらない。「言葉の移動」という現象が起こる。たとえば……

「さあ、出発しましょう。」

そう言われて、あなたは急に大切なことを思い出して唾をのんだ。

「でも、わたしはこういう大きな街で運転するのは苦手ですし、正直言うとペーパー・ドライバーなんです。」

そう言ったとたんに、あなたの身体は折り紙で折った鶴になってしまった。そうかペーパー・ドライバーなんていう英語はきっとないんだ、だから文字通り受け取られて、紙にされてしまったんだ……（以下略）」（『アメリカ　非道の大陸』）

舞台はアメリカ合衆国のどこか。使われている言語は英語。会話は英語で行なわれている。その中で、「ペーパー・ドライバー」という和製英語が発せられる。和製英語とは、英語の影響を受けた日本語であり、日本語宇宙の語彙を豊かにする新造語にほかならない。だから、必ずしもネガティヴに捉える必要はない。が、ひとたび英語環境の中で、使われると、齟齬をきたし、コミュニケーション不全をおこす。そうしたシチュエーションを多和田葉子は、滑稽なエピソードに転化して、フィクションにしている。

ある言語から別の言語への移動、人は普通それを「翻訳」と呼んでいる。鉄道の相互乗り入れには、線路の互換性・電車の互換性が必要で、それがないと脱線の危機に見舞われる。翻訳でも、文法の互換性や人称の互換性など、密かに目に見えない操作が行なわれている。だが、異文化をめぐる旅にカルチャー・ショックが付き物のように、言語間の移動である「翻訳」にも、地口やメタファーなど、互換性のない、置き換え不可能なケースが出てくる。カルチャー・ショックとは、それまで通じたものが通じなくなる恐怖や不安に襲われること。カルチャー・ショックによって、それまで自明としてきた認識が揺さぶられ、視野が広がる機会に恵まれるように、そうした互換性のない言葉の翻訳のケースに出くわしたときにこそ、たとえば「ペーパー・ドライバー」みたいに、日本語への認識が深まることがある。

管啓次郎はそれを「言葉の乗り換え」と名づけている。外国語間の翻訳のみならず、母語で書く場合にも、「文学の言葉に足を踏み入れていくとき、外国語の場合とおなじだけの困難がある」という。

「たとえば、宮澤賢治の奇怪な文体は、彼の周囲にあった話し言葉と翻訳文学の文体の結合から生まれたものにちがいないし、チカーノ（メキシコ系アメリカ人）作家の英語作品やフランス語圏カリブ海の黒人作家たちのフランス語作品だって、程度の差はあっても言葉の乗り換えの結果としてはじめて書かれているものなんだから」（『オムニフォン』）

管啓次郎のラディカルな言語観は、一言語の中に多言語の断片が宿っているというものなので、翻訳は外国語間の「言葉の乗り換え」にとどまらず、日本語内部でも見られるというわけだ。

一方、多和田葉子は、『エクソフォニー』の中で、「文学というのは、翻訳の極端なかたち」であり、正しい翻訳とは大根畑のように退屈だと述べたことがある。それをぼくなりに解釈すれば、多和田葉子にとって、文学とは互換性のない言葉の発見であり、いわばかたちの不ぞろいの大根を並べることにほかならない。多和田葉子の文学は、非互換性の言葉がそれまで持っていなかった意味を生み出し、それを使った人間に新しいアイデンティティを創生させる、そういう機能があることも示唆している。

多和田葉子の文学を楽しむとは、互換性のない言葉と互換性のある言葉の併置を楽しむこと、つまり、かたちの不ぞろいの大根に価値を見い出すことに等しい。小説世界でも、ときには、語呂のよさでくり返される数え歌のように。ときにはダブル・ミーニングを有するだじゃれのように、ナンセンスとセンスのあいだを行き来する。

言葉がナンセンスに感染するとき、流行の悪性ヴィールスに身体がおかされるように、言葉が正常な（正常なとは何か？　健康なとは何か？）意味から逸脱していく。たとえば……

薬はきくけれど、保険は絶対にききませんよ
病因などは　それで　えっと
美術によるストレスです
絵？
近眼の盲導犬が　夢の中を駆けてくる
ほよっ
もうどうけんと言っても　もう犬ではない
疲れましたね「あれも芸術これも芸術の一日で」
あって　あって　あいつづけると
もう　アウとは　言えない
あいびきとは
メス豚と　メス牛と　半々の遺伝子　（『傘の死体とわたしの妻』）

男と女（女と女）の「逢引き」から、肉屋で売られている「合挽き」へと意味の移動、「言葉の乗り換え」がおこる。たんに意味がズラサれているのではない。セックスから妊娠、出産をへて、ハ

ーフブリード(半々の遺伝子)の赤子が生まれる。その間のプロセスをとばした言葉の飛躍／秘薬／秘訳が行なわれている。「あいびき」という、たった一つの言葉が拓く多義性の世界がそこにかいま見られる。

多和田葉子の詩は、やっぱりうつる。

(2007・5)

「倒錯者」のユーモア——島田雅彦詩集を読む

盲目の宮城道雄は、「春の海」をはじめとして、琴と尺八のための名曲を数多く作った偉人であるけれど、すぐれた文章家でもあった。

かなり前に読んだものなのに、いまでも覚えているあるエッセイの一節がある。手もとに本はないし、細部は忘れてしまったので、少々ちがっているかもしれないが、要点のみを書く。

——ある夜のこと、宮城道雄が弟子たちに琴のレッスンをほどこしていた。すると、突然ヒューズがとんで、家中が停電になった。住み込みのお手伝いさんが新しいヒューズを取りつけにいこうとしたが、懐中電灯が見つからない。真っ暗で、ヒューズが取りつけられない。皆、大慌て。そこで、主人の宮城道雄がおもむろに立ちあがり、ヒューズを直しにいきながら、ふと漏らすのだ。

「目明《めあ》きって、不自由なものですね」

いま、島田雅彦の処女詩集のなかから、ぼくの胸の中の「無意識」にグサっと来た一節を取りだしてみると、意外にも宮城道雄が最後にいい放った言葉と似ていることに気づかされる。

地上に存在しなければ、不幸に見舞われることもない。
墓場でくつろぐ者には永遠の平和がある。　（「嘆きのタイムマシーン」より）

宮城道雄と島田雅彦の言葉を並べてみよう。
①目明きって、不自由なものですね（宮城）
②墓場でくつろぐ者には永遠の平和がある（島田）
いったいどこが似ているのだろう？　ぜんぜん似てないですね。（バカ野郎！　ふざけんな！という皆さんのヤジが聞こえてきそう）。でもちょっと待ってください。まだまだあるのですから。

③死者は夢の中の人と同じだ
夢の中ならいつでも会える
夢を見なさい。　（「自由人の祈り」より）

「夢」という言葉は、「退屈」とか「旅」と同じように、島田雅彦の詩のなかによく出てくるキーワード。この詩集では、頻出度が一番高い言葉である。かつて、ぼくは小説家・島田雅彦の想像力に敬意を表して、かれを「妄想作家」と称したことがある。たとえば、ピンカートンと「蝶々夫人」の血をひく混血児をあつかった『彗星の住人』や、スペインのバルト地方(ナバラ王国)出身のイエズス会修道士ザビエルをあつかった『フランシスコ・X』など、もう一つの有りえたかもしれない「歴史」をつむぐ「妄想の作家」の面目躍如たるところがある、と。

だとすると、果たして、詩人・島田雅彦の使う「夢」も、「妄想」に置き換えてもいいのだろうか?

④死者は妄想の中の人と同じだ
妄想の中ならいつでも会える
妄想を見なさい

「夢」を「妄想」に置き換えても、意味はぜんぜん変わらないように思える。むしろ、意味的には、詩の空漠たる「夢」のイメージとちがって、「妄想」のほうがより散文的(分析的)になる。理解しやすくなる。具体的に、それはどういうことだろうか?

一言でいえば、「倒錯者」のユーモアということではないか。島田雅彦の「夢」(あるいは「妄想」)は、「人生」を肯定的にとらえる「常識」に明るく挑む逆説的な装置である。そうしたこの世の「常識」に囚われている限り、「自由」はない。「どうせこの世の中生きていても地獄だ、退屈だ」と考えてはじめて、「死者を嘆いてどうする、嘆くべきは自分たち生者のほうではないか」という発想がでてくる。

島田雅彦は、この詩集の後半に載せたエッセイで、ポーランドの文学者シュルツの性的マゾヒズムに触れて、こういっている。「シュルツにとってそれは卑小な世界を神話化し、不愉快な人生を笑いとばすヒューモアであり、死の欲動を先送りする個人宗教であったのだ」と。ぼくは、島田雅彦の文学の本質も、マゾヒストのユーモアにあるのではないか、と疑っている。

さて、ぼくは盲目ではないのに、盲目の宮城道雄の放った言葉①にグサっときた。島田雅彦の「墓場」や「死者」を「平和」に連結させる②にもグザっときた。

そんな宮城や島田の言葉には、ぼくもきっと染まっているはずの世間の紋切型の思考に対する一発逆転のユーモアがある。それこそ、ぼくが文学を捨てられない理由かもしれない。最後に、宮城道雄や島田雅彦に通じる「倒錯者」のユーモアをもうひとつ掲げて、この小考を閉じることにしよう。

詩は僕を見ると
結婚々々と鳴きつゞけた
おもふにその頃の僕ときたら
はなはだしく結婚したくなつてゐた
（中略）

詩はいつもはつらつと
僕のゐる所至る所につきまとつて来て
結婚々々と鳴いていた
僕はとうとう結婚してしまつたが
詩はとんと鳴かなくなった
いまでは詩とちがった物がゐて
時々僕の胸をかきむしつては
箪笥の陰にしゃがんだりして
おかねが
おかねがと泣き出すんだ。（山之口貘「結婚」より）

（2002・9）

〈カタコト列島〉への誘惑　（管啓次郎『オムニフォン』）

「世界の多様性は、世界のすべての言語を必要とする」。管啓次郎はカリブの思想家エドゥアール・グリッサンの詩学をそうパラフレーズし、本書のタイトル『オムニフォン』を「あらゆる言語が響きわたる言語空間」と定義する。

「世界のすべての言語だって、そんな不届きな！」と、あなたは思うかもしれない。

それは仕方ないことだ。外国文学や外国思想の輸入業者である一部の学者たちが、自分のことを棚上げにして、流行りの思想を日本語に置き換えることだけしかしてこなかったのだから。

管啓次郎も欧米産の「多言語主義」という言葉をつかう。でも、意味するところは正反対だ。主流言語を中心にして、他のいっぱいあるマイナーな言語も大事にしましょうよ、というのが、通常の「多言語主義」の主張だとすれば、管啓次郎は「ひとつの言語にはつねに他の複数の言語が滞在している」といい、主流とマイナーの枠を取っ払って、ピジン言語もなにも、すべての言語を平等に並置してしまう。それほどにラディカルなのだ。

難しいことを述べてはいない。「涸れ川」と題された、アリゾナの砂漠を舞台にした短い物語を読めばいい。雨の匂いのする、ある夏の日の午後、ちかくの砂漠に子供たちとでかけていき、「僕」はうさぎを見つける。「僕」は何もいえない。いや、思わず舌が「僕」を裏切り、「僕」は二人のメキシコの少年に向かって「コホーネス」と叫ぶ。メキシコの少年たちは爆笑する。「コホーネス」とは、日本に訳せば、「金玉」という意味だから。「コネーホス」というべきだったのに。そういうユーモラスな間違いの喜劇をはさみながら、「僕」は翌日におなじ砂漠で発見された少女の死体事件に触れて、生の中にひそむ死をテーマにした、この小さな物語をとじる。

この物語を読んで、ぼくはおもう。管啓次郎の間違いは、少年たちの記憶にとどまるだろう。かれらは砂漠でうさぎを見るたびに、変なオジさんの発した音（コホーネス）をみずから口にして、そのときの情景を思い浮べることだろう。管が本書の副タイトルに選んでいる〈世界の響き〉とは、そんな風に、言語の偶然性や間違いや沈黙などが生み出す人間どうしの結びつきや繋がりのことではないだろうか。

〈世界の響き〉をかいま見せてくれるのが、「間に合わせの言語」と管がいうピジン言語だ。異質な言語どうしの接触から生まれる人間どうしの繋がりのはじまり。そして、そんな「ピジン言語」を支えるのは、とりあえずの「カタコト的精神」である。

管啓次郎のもくろみは〈カタコト列島〉をつくることだったのではないか。カリブ海のグリッサンやマリーズ・コンデからポルトガルのペソアやドイツの多和田葉子まで、リトアニア系の移民の子アルフォンソ・リンギスからブラジルのふたりのアンドラージまで、それらの島々をリゾーム的に繋ぎあわせる。さらに、ジョイス、パウンド、ウィリアム・カルロス・ウィリアムズ、ベケット、フォークナーといったモダニストたちに、次々とカタコト精神をみつけて語る。

カタコト列島は、地図の上に描かれた国境のように固定的でない。だから、管啓次郎はあなたを挑発し、誘惑する。アメリカ合衆国主導の経済的・軍事的グローバリズムに抗して、そうした危険な世界観に「ほころび」を見つけられる人たちにむかって、自分の列島を作って連結しましょう、と誘うのだ。管啓次郎の『コヨーテ読書』を読んでコヨーテ・パスタを作りたくなったあなたに、とりあえず、旅にでてみましょう、と。

（２００５・４）

複数の言語・文体的歪曲　ナボコフの『ベンドシニスター』をクレオール小説として読む

「我々クレオールの作家の第一の富は複数の言語を所有していることである」。

このように言って、それまで負の遺産と考えられていたクレオール性を積極的に活用することを説いたのはポストコロニアルのカリブの作家たち(『クレオール礼賛』平凡社)である。いまそうしたポストロコニアリズムの文脈で、ナボコフのアメリカ合衆国への亡命後第一作目である『ベンドシニスター』(原作は一九四七年)を見てみると、ナボコフもまたすぐれてクレオールの作家であったことに気づかされる。

ひとつに、ナボコフの翻訳者たちは、たとえばシャモワゾーのようなカリブ海出身のフランス語作家を日本語に変換しようとする翻訳者と同様に、ただちに翻訳の技術的難問に直面させられるのだ。複数言語を利用したハイブリッド文体をいかに日本語の翻訳のなかに活かすか、という難問に。カリブ海の作家と違ってナボコフのことば遊びは早くから評価されていたにしても、それを翻訳に活かすとなると、カリブ作家の翻訳と同様に、恐ろしくムズカシイ。

本書の巻末につけられたナボコフ自身の「序文」(一九六四年)にこんなことが書いてある。「言葉の世界では地口は一種の疫病、伝染病である」と。また「この本には、字の綴り替えと組み合わされた地口のような、文体的歪曲があふれている」とも。

ナボコフのこの言葉は非常に示唆的である。ナボコフはこの小説が「地口」からなるとして、それが「疫病、伝染病」であり、「文体的歪曲」であるという。しかし、この小説のひとつの大きな主題が警察国家の「グロテスクな非人間性」であってみれば、抵抗の文学のまっすぐな文体よりも、まるでファンハウスの歪んだ鏡のようにそれ自体が人間や組織の狂気を映しだす、カフカにも似たこうした「文体的歪曲」こそ相応しいのではないか。

ナボコフはさきの「序文」で「わたしは『誠実』でもなければ『挑発的』でもないし、『風刺的』でもない。教訓作家でも寓意作家でもない」と言い、この小説を単純な「寓意小説」として読まないよう、読者にあらかじめ釘をさしているが、しかし、この小説を活気づけているのが、体制への容赦ない諷刺精神であり、ブラックユーモアであることも事実なのだ。もしそれがなかったら、ぼくは途中でこの本を投げ出していただろう。

たとえば、この小説の主人公は世界的に高名な哲学教授であるらしいアダム・クルークだが、ナボコフは、警察国家パドゥクグラートの杜撰で非能率的な官僚制を、それに手も無く翻弄される頑固者のクルーク教授の数々のエピソードを通じて、痛烈に批判している。妻を亡くして病院から帰宅するわれらがクルーク先生は、橋のたもとで歩哨につかまると……。

「これは何だ?」と二人のうちの肥ったほうが訊いた。通行証を押さえた爪でひとつの言葉をさしている。クルークは読書の眼鏡を眼にあて、男の手の上から覗きこんだ。

「大学だ」と彼は言った。「ものを教える場所さ――何も特別なことはないよ」
「いや、ここだ」肥った兵士が言った。
「ああ『哲学』だ。ほら、あれだよ。mirok（小さなピンクのじゃがいも）のことを想像するとき、これまでに食べたものや、これから食べるもののことはいっさい参考にしないで考えるようなものさ」

……このあと、この融通のきかない二人の歩哨はクルークの通行証にサインがないことに難癖をつけて、もういちど橋の反対側まで行ってサインをもらってくるように言い、絶対に引き下がらない。そのくせ、クルークが老体に鞭をうち反対側まで戻って、サインをでっちあげてくると、もはや歩哨たちの姿はないといった具合だ。

この小説は、語りの面でも、面白い特徴が見られる。核となるのは、主人公のクルーク教授の亡命（未遂）の物語だが、語りの人称に関していえば、クルークの一人称の語りで始まりただちにクルークを視点に据えた三人称の客観描写に移り、最後に語り手（作者）の独白で終わる。真ん中の三人称の客観描写のなかにも、酔っ払ったクルークから亡き妻に宛てた「手紙」（この手紙によって、ふたりの出会いやこれまでの生活が読者に語られるが、このテクニックはイケルと思った）が挿入されたり、シェイクスピア観（『ハムレット』）の解釈をめぐるパロディの議論が挟まれたりする（この部分は、ぼくに知識が乏しいせいか、翻訳では楽しめなかった）。しかし、もっと重要なことは、

「序文」でナボコフ自身が種あかししているように――これがなければ、読者にはほとんどわからない――そこここに、レマルクのような通俗作家からジョイスのようなモダニスト作家まで、いろいろな文献のパクリがちりばめちれていることだ。恐るべき博識というかパクリの才能に改めて感服した。

最後に、翻訳について。加藤光也の訳には、ほとんど文句のつけようがない。最後まで読み通せたのも、丁寧かつ誠実な訳(訳注もふくめて)のおかげである。ただ、最初に触れた翻訳の難問には、ルビを振るとか、原語(ナボコフ語)をそのままイタリック体で残す、という方法で対処されているが、ロシア語を知らない読者にとって、ルビはほとんど意味をなさないし、ナボコフ語も同様である。この対処法はクレオール文学の翻訳を試みたいと思っている者にとって、残念ながら参考にならなかった。

(2001・4)

歴史の断片から創作する (エドゥアール・グリッサン『フォークナー、ミシシッピ』)

一応、フォークナー文学をめぐる「評論」と呼ぶことはできる。

だが、「評論」と呼ぶにしては息の長すぎる叙述法によって、あたかも著者自身がフォークナーの文学の特徴として挙げる「渦」や「めまい」を作りだすかのように、結論を宙づりにする。

周知のように、フォークナーはアメリカ深南部ミシシッピ州の小さな町を舞台に、白人の家系の没落や崩壊を描き出した。

南部白人にそうした破滅をもたらす「病毒」は、プランテーション経営の前提となっていた「奴隷制」であり、そこから派生する人種問題だった。

フォークナーの作品において、人種差別はイデオロギーではなく、一人ひとりの心の内奥の問題として描かれた。白人純血種への偏執によって、皮肉にも「混血」の裏切りを受けるトマス・サトペンのように。

本書のタイトルの一部「ミシシッピ」は、州名であると同時に、呪われた「宿命」を背負わされた歴史の〈場〉の象徴でもある。

果たしてフォークナーの文学作品は、黒人奴隷の末裔たちの読解に耐えるのかどうか。

グリッサンのフォークナー論はその点に焦点をあて、作家の実生活と創作における人種差別をめぐる分裂／葛藤を扱っていて、大変興味深い。

ただし、それだけではない。

フォークナー作品の読解という表向きの顔の下に隠された、もう一つの企図があるのだ。

それは〈クレオール文学論〉とも〈世界文学論〉とも呼びうる、自己の文学論を提示したことだ。

その特徴の一つは、本書で〈痕跡〉とも〈踏み跡〉とも訳されている歴史の断片、アフリカ奴隷のような無名人たちが遺した欠片から、小説を創作するということである。

それは権力者の遺した史料から「ナショナルヒストリー」を書く試みとは正反対の創作行為だ。

言うまでもなく、数多くの世界の作家たちがそのことに取り組んでいる。本書にも、コロンビアのマルケスほか、フォークナーの「血族」が紹介されている。

我が国でも、大江健三郎や中上健次のみならず、目取真俊(「ヤンバル」)、古川日出男(「トウホグ」)、田中慎弥(「赤間関」)など、優れた作家たちがそれぞれの「ミシシッピ」を掘り下げて、歴史の暗部をえぐり出している。

(2012・9)

母国語の呪縛 (片岡義男『日本語で生きるとは』)

日本は形ばかり気にする儀礼や儀式の国だから、やたらと紋切り型の表現が多い。挨拶を例に取れば、英語を習いたての頃、ぼくは「行ってきます」とか「お帰りなさい」とか「いただきます」とかいった日本語は英語で何というのか、と疑問に思っていた時期があった。学校に行くから、「アイム・ゴーイング・ツゥ・スクール」か、学校や会社から家族のだれかが帰宅するのを迎えるから「ウェルカム・バック」か、これからご飯を食べるのだから感謝をとめて「サンキュー・フォア・ザ・ディナー」かなどと、いまではへたな冗談としか思えないようなことを一時期真剣に考えていたのだ。言い換えるならば、英語の表現など無数にあるというのに、英語を単一の日本語で置き換えるだけの、多様性を抜きにした英語教育を受けていたので、片岡義男のいう「母国語の呪縛の外へ」(『日本語の外へ』所収)出られなかったのだ。母国語による文化に呪縛されていることにすら無自覚だったといえる。

しかし、いま日本人の中で何人の人が中学生のぼくが考え出したような英語を笑えるだろうか？何人の人が外国語が日本の文化や歴史とはまったく異質の文化や歴史を背負った異言語であるということを自覚しているだろうか？

本書は、戦後五十数年間に日本人が培ってきた効率至上主義のあり方を反省するという視点から書かれた日本語論、日本人論といえるだろう。官僚と大企業の主導のもとに、品質のいい画一的な規格品を作ることにかけて、世界一の国になった日本の、しかし現在の破綻はどこからくるのか。片岡義男の明快な論旨によれば、外に向けて経済的な成功をおさめるために、日本という国は、一個人の意見というものを抑圧・統制し、日本語でいえば、「内輪の言葉と不特定多数向けの紋切り型」しかない、裏ルールの横行する世界を作ってきたという。内輪のみで通用する閉鎖的な記号・符丁・秘伝だけが珍重される世界を作り上げてきた、と。だから、かつてのぼくのように決まり文句（日本独特の純国内仕様モード）を英語に平気で持ち込もうとする心情が抜けないのだ。片岡義男の言葉は厳しいが、しかしかれの提言はやけに明るく楽天的ですらある。つまり、失敗をしてもゼロからの出発を許すような社会システムを作ればいい、と。しがらみを捨てた個人の対話が可能な社会、論理的な日本語のやりとりが尊重される組織を作ればいい、と。

（2000・3）

鰐と文学全集

いかに歴史が浅いとはいえ、アメリカ文学にも古典(大家、大物と持ち上げ方はいろいろあるが)と呼ばれる作家や詩人はいる。だから、たとえば、ノースウエスタン大学出版の『メルヴィル全集』とか、フィンカ・ビヒア版の『ヘミングウェイ全集』など、しかるべき編者が校閲した立派なハードカヴァーの全集もいろいろ出ている。

しかし、日本で現代アメリカ文学、それも戦後作家の研究というか、その真似事みたいなことをしていると、海の向こうで刊行されたそうした全集に触れる機会はそう多くない。せいぜい執筆の必要に駆られて、つまみ食いするぐらいで——。

ふと、わが書斎を見まわしてみると、昔ニューヨークを初め、各都市の書店や古本屋で買いあさった現代作家のチープなペーパーバックが山積みだ。まるで地震がおこればひとたまりもないディスカウントショップのように、床から天井まで本が棚にぎゅう詰めになっている。だが、めざとい消費者のように、目を凝らしてみると、格安商品ばかりの中に、箱に入った(つまり高級そうな)作家全集がずらっと並んでいるではないか。新潮社版『ドストエフスキー全集』全二十七巻だ。

この作家の全集としては、ほかに米川正夫の個人訳(河出書房新社)や、小沼文彦個人訳(筑摩書房)があるようだが、この新潮社版は江川卓を初めとする、十一人の訳者による分担制だ。ぼくは個人的に小沼文彦の訳が好きで、『罪と罰』は小沼訳で読んでいたのに、ほとんど例外的ともいうべき全集の購入には新潮社版を選んでいる。新潮社は二十七巻もの全集を七〇年代の後半の二年間で一気に発売していて、ぼくの購入はものの弾みというしかない。

その頃、ぼくは大学院生で、ジョン・バースというアメリカ作家に凝っていた。バースは、ブラックユーモアをまぶした偽史小説(歴史改変小説とも呼ばれる)を得意にしていた。新潮社版『ドストエフスキー全集』の中の第六巻に「鰐」という短編小説が原卓也訳で載っていて、これがバースみたいにブラックユーモアの炸裂した、抜群に面白い寓話だった。

舞台は、十九世紀の半ば、帝政ロシアの首都サンクトペテルブルク。語り手は、窓際族と思われる独身の役人で、街で見せ物になっている鰐に呑み込まれた同僚の顛末を語る。怪物に人間が呑み込まれる物語といえば、すぐにクジラに呑み込まれる聖書のヨナの物語を思い出すが、こちらのヨナは、自らの囚われの身を逆手にとって、「鰐の中からだと、なんだか何もかもがよく見えるみたい」だとのたまい、一躍名士になる夢を見るだけでなく、人類の真理に関する空疎な講釈をあれこれ垂れもする。

ドストエフスキーが黒い笑いのターゲットにするのは、ヨーロッパに対するロシア人の田舎者コンプレックス、社会主義や外国資本導入を論じる進歩主義者のおごり、同僚の失態を喜ぶ役人根性、硬直した官僚制度などだが、語り手の屁理屈や詭弁すらもその例外ではない。

というのも、語り手の役人は職場の先輩に相談にいき、鰐に呑み込まれた同僚が「職務中」と見なされる方法はないか、「出張」という形で俸給を出してもらえないだろうか、と訊くのだから。職場の先輩が「どんな出張で、どこへ？」と質問する。すると――、「腹の中へ、鰐の腹の中へです……言うなれば、調査のため、現地での事実研究のためにです……」

そんなわけで、文学全集というと、ぼくはただちにこの鰐の物語を思いだす。フロリダのオキチョビー湖に生息しているアリゲーターや、コスタ・リカの熱帯雨林のカイマンとちがって、この鰐は寒冷地ロシアに連れてこられた、いわば難民化した鰐だ。しかし、そんな「難民」も、そもそもドイツ人母子によってロシアに持ち込まれた商売道具（海外資本）であり、官僚制や階級制に守られて生きている帝政ロシアの小役人はみずから「外国資本」に食われながら、愚かにもそのことを好ましくさえ思っている。それこそ、ぼくがブラックユーモアの傑作という由縁だ。（２００７・11）

沼野充義とは何者なんだ？（『徹夜の魂　亡命文学論』『W文学の世紀へ』）

「ロシア文学者」だろうか。そう規定してしまうと、何かこの著者のたいへん大きな部分が抜け落ちてしまうような気がする。そういえば、かれはロシア語や英語にかぎらず、言語習得にかんして凡人には及びもつかぬ異能を有しているようだ。

まあ、その程度で驚いていては、いけない。沼野充義の本領は、多言語習得のレベルではなくて、多言語習得を前提にした文学論のレベルにおいて発揮されるのだから。というわけで、最近たてつづけに出た二冊の本を読んでみた。一方が主にロシア・東欧の文学(ナボコフやブロッキーやカフカ、その他にこの本のハイライトともいうべき、ドヴラートフをはじめとする、一九七〇年代から八〇年代にかけての「第三の波」の亡命ロシア詩人たち)を扱い、他方が主に現代日本文学(大江健三郎や安部公房、その他にリービ英雄や多和田葉子や水村美苗といった「バイリンガル作家」による「日本語文学」)を扱っている。とはいえ、扱う対象はちがっていても、著者のスタンスは変わらない。それをスーザン・ソンタグにならって、「異邦人のまなざし」と呼んでみたい気がする。

「移民たちの天国と地獄」(『亡命文学論』に収載)という文章の中でも触れられているように、十九世紀末のこと、ポーランドの有名女優と作家が中心となって、南カリフォルニアでコミューンの建設が試みられた。ソンタグはそのときの出来事を題材にして、小説『イン・アメリカ』(二〇〇〇年、邦訳は河出書房新社)を書き、創作の動機を問われて、「その二人の亡命者に触発されたのです。わたしはアメリカについて書いてみたかったのです。異邦人のまなざしで」と、答えていた。

そうした「異邦人のまなざし」で見ると、当たり前のように思っている世界が違ってみえてくる。二冊の本によれば、現代ロシア文学を支えてきたのは、必ずしも「純血」のロシア人たちだけではなくて、むしろロシア語で書く少数民族出身者であったりユダヤ人であったりするという。ロシアの国民的詩人プーシキンの祖先にはアフリカの血がまじっているともいう。また、安部公房の描く

「砂漠」は無国籍的ではなく、むしろ「日本的」であり、クンデラの場合は、マイナーなチェコ語で書いていたときの作品のほうがより普遍的な価値を持っているという。

こんな風に作家の「帰属意識」を問う沼野充義は、ただの「ロシア文学者」ではない。じゃ、何者なんだ？

（2002・5）

文学の未来と語りの方法　（イタロ・カルヴィーノ『カルヴィーノの文学講義』）

「利害をはなれた読書のなかでこそ、私たちは「自分だけ」のものになる本に出会うことができる。私の知人に美術史家がいて、その人は目ざましい読書家だが、これまでに読んだ書物のなかでもっとも深く愛着をおぼえる本として、ディケンズの『ピクウィック倶楽部』をえらび、あらゆる機会にこの本から引用し、人生のあらゆる出来事を、ピクウィックからとったエピソードに照らし合せて考える。時が経つにつれて、彼自身が、彼の宇宙が、彼にとっての真の哲学が『ピクウィック倶楽部』のかたちを装うようになり、すべてがディケンズの本そっくりになってしまっている……」

文学が人生を模倣《ミメシス》するのではなくて、人生が本を模倣《コピー》するという、はなはだ倒錯的ともブッキッシュともいえる思想を読者に深く印象づけるこのエピソード、実はぼくの友人の話ではない。古典文学をめぐるカルヴィーノのエッセイのなかでぼくが発見したものだ（須賀敦子訳『なぜ古典を読むのか』)。つい「発見」などと大袈裟な表現をしたくなるほどの、宝石(あるいはその原石)のごとき文章がテクストのそこここにうまっていて読者の探求を誘う。だから、ぼくの本はペンや鉛筆によってしるされた宝の地図の様相を呈する。さきほどのエピソードにつづけて、カルヴィーノはいう。「古典とは……全宇宙に匹敵する様相をもつ本である」と。つまり、その美術史家はディケンズの本を自らの内的宇宙のモデルとしたのであり、そのくらいの本でないと古典と呼ぶに値しないとカルヴィーノはいいたいかのようだ。

『カルヴィーノの文学講義』に見られる文学論も、古典をめぐるエッセイで述べられたものと大きくちがうわけではない。ここで大きくちがっていると思えるのは、語りの力点の置きどころと、語りの方法である。まず、語りの力点が文学の未来に、未来の文学に置かれていることが注目に値する。つまり、カルヴィーノがここで数多くの古典作品(ポップアートからギリシャ神話まで、あるいは科学者の文献から宗教家の文献まで多岐にわたり、とりわけ特権的にポール・ヴァレリー、ダンテ、ジョルダーノ・ブルーノなどの名が頻出する)を引用するのは、未来に向かってひとつの課題——現在、「全宇宙に匹敵する様相をもつ本」の創造は可能か——を問うためである。カルヴィーノ自身の言葉を引けば、その問いは「二〇〇〇年以降、幻想文学は可能か?」ともいい換えられるのだが、マスメディアがテクノロジーを駆使して現代人に浴びせつづける強烈かつ紋切り型の「イメージ爆弾」に、いかに文学的想像力は対抗できるのだろうか? そのことを詳しく論じている余裕はないので、ポストモダンの条件(テクノロジーと情報消費主義)については、本書の「多様性」という章を読んでほしい。

一方、語りの方法であるが、後世に残したい文学的な価値とカルヴィーノが考えたもの、すなわち、「軽さ」「速さ」「正確さ」「視覚性」「多様性」といった項目を、カルヴィーノは具体的な作品を挙げながら、幾度も脱線したり、細部に分け入ったりして、横断的・派生的・体験的に語る。最初は、その語りの奔放さにぼく自身、正直なところ戸惑った。「講義」ということばが連想させるある種の割り切りというか、単純化された論理のようなものを期待していたからである。しかし、カルヴィーノは、さながらダンテのガイド役として地獄の難所を案内するベアトリーチェのように、われわれ読者を様々な木々や雑草が地下で連結しあう森のごとき百科全書的な文学世界(「全宇宙に匹敵する様相をもつ」)へといざなう。最後まで読んでくると、ここでの語りこそが、かれの説く五つの文学的価値の実践的モデルにほかならないのではないか、という思いに捕らわれる。すなわち、かれの講義録は、たとえば「軽さ」について論じるという拘束というか制約を自らに課しながらも、ぼくが大学で行うような平凡かつ予定調和的な講義とはちがって、その語りの展開は自由自在、予想外な方向にすすみもする(「重さ」を賞揚する場面もある)。さながら幾つもの選択肢のまえに立たされた人間のように、そのときどきの言葉の論理が決定する道筋に身をまかせているかのようだ。「速さ」を説く場面においても、カルヴィーノはその反対である「迂回」の価値を否定するものではない。

本書はカルヴィーノがハーバード大学で行う予定だった文学講義の草稿をもとにしている。六つのメモという副題がついているところからわかるように、本来は六回の講義を受け持つはずであった。しかし、本書には五つの「メモ」しか残されていない。五回分の草稿が残されているだけである。妻による「まえがき」によれば、最後の一回分はアメリカに着いてから、書かれるはずだったという。

通常行なわれている、じつに味気ない説明によれば、講義をする予定だった一九八五年にカルヴィーノが脳溢血で急逝したために、「一貫性」と題されるはずだった最後の「メモ」が欠けているという。つまり、「偶然」の出来事がかれの講義録を未完に終わらせた、と。しかし、本書がカルヴィーノの遺書となったということや、宇宙の体系を丸ごと捉えようという完璧主義者カルヴィーノの未完成願望などを考え合せると、最後のメモの欠如はほとんど意図的ではないか、と思われてくる。つまり、カルヴィーノは件のメモを書いたが(少なくとも頭の中では考え抜いたが)、それをわざと破棄した(あるいはわざと書かなかった)のではないか、と。真相はあくまで闇の中であり、カルヴィーノの幻の意図は証明されえないだろう。だが、たとえ証明されなくとも、そう想像したほうが読者の参加や、読者との対話を重んじたカルヴィーノの文学にふさわしいのではないか。未完成の空白が残されたことで、読者にはそのミステリーの探求が永遠に要求されることになるからだ。

(1999・8)

第三章　「他者」のまなざし

「死者の世界」を覗き込む（柴崎友香『かわうそ堀怪談見習い』）

エドガー・アラン・ポーの「黒猫」や「告げ口心臓」などがいい例だが、怪奇小説やゴシック小説の中には、霊感の強い「信頼できない語り手」が登場するものがある。真実なのか、それともただの語り手の妄想なのかはっきり判別できない物語を提示することによって、作者は語り手の不安や恐怖を読者にも共通体験させようとするのだ。

だが、「怪談（見習い）」を冠した本作の場合、語り手の「わたし」（谷崎友希＝小説家）は、信頼できそうな語り手だ。「感情が乱高下するようなことは、日常生活でも、小説の書き方でも得意ではない」とか、恋愛も怪談も向いていない、と告白する。

そういうわけで、語り手（＝作者）は入れ子構造（伝聞形式）の語りを採用することになる。賢明にも、自分より霊感の強い人たちの言葉を「引用」するのだ。

とはいえ、「わたし」自身も、通常「超常現象」と言われる事象に対して鋭い感性がないわけではない。中二の時に、友達と一緒に侵入した謎のマンションで目に見えない存在に気づいてから、「それまで暮らしていた世界と、別の世界との隙間みたいなところに」生きるようになったからだ。「隙間みたいなところ」とは、わたしたち生者が死者と出会うトポスに他ならない。「わたし」は現世を死者の視線で見ることができるので、「超常現象」に対しても、不安や恐怖を感じることとなく、平静でいられるのだ。

かくして、「隙間みたいなところ」ばかりが出てくるが、それは幽霊屋敷のようなおどろおどろしい場所ではなく、街の古本屋だったり公園だったり、漁村の古い家だったり都会の真ん中の奥まった路地だったり、ワケあり物件のアパートだったりビジネスホテルだったり、大阪環状線の電車の中だったり……。要するに、わたしたちにとって、身近な生活空間の中の「ちょっと違った世界」なのだ。

それぞれが短い、数多くの物語の中で、「桜と宴」と題された作品は秀逸。「わたし」は、友人のたまみに誘われて商店街の桜見に出かけていく。そこで、ある会社員の若い女性に紹介され、彼女の「幽霊話」を聞く。彼女は中二の頃にいじめに遭い、安らぐ場所がないまま、環状線の電車に乗って過ごす。すると、自分と同じように電車から降りない人たちの存在に気づく。あるとき目をつけた上品な婦人を家まで追いかけ、そこで彼女は自分自身に死者の姿を見抜く能力があることを発見する。

注目すべきは、その話を聞きながら、「わたし」が彼女の眼球にある「穴」を見つけることだ。その「穴」こそ、「どこか遠いところへつながっている暗闇」に通じる入口であり、「死者の世界」の換喩に他ならない。ポーとは違った語り口で、わたしたちのすぐ身近にある「死者の世界」を描いた洗練された「ゴシック小説」だ。

（２０１７・５）

バランスの悪い家族（柴崎友香『パノララ』）

柴崎友香の芥川賞受賞作『春の庭』には、東京・世田谷の洋館が出てくる。かつて写真集になったこともあるというその水色の建物を、近所の古い賃貸アパートに住む主人公は「バランスが悪い」家だと感じる。「一見すると趣と歳月を感じる建物なのだが、しばらく眺めていると、屋根と壁とステンドグラスと塀と門と窓と、それぞれが別のところから寄せ集めたように見えてきた」

『パノララ』にも、「バランスが悪い」家が登場する。いや、「バランスの悪さ」では、ずっと過激かもしれない。路地の奥まったところにあるそれは、三種類の構造物からなり、一つはコンクリートの三階建て、そのそばに黄色い木造二階建て、さらにそのそばには、赤い小屋が乗った鉄骨のガレージが、まるでそのつど思いつきで継ぎはぎされたみたいにつながっている。「それぞれの一階と二階がずれているし、壁が重なっているところも隙間があいているところもある。ブロックで遊んでいて同じ種類のが足りないから別の積み木で継ぎ足した、という感じ」

よく「名は体を表わす」というが、この場合は、「家は人を表わす」というべきか。というのも、「下北沢」という街をモデルにしたとおぼしき「S駅」から徒歩十五分の、この怪獣キメラみたいなへんてこな家には、「寄せ集め」みたいな家族が住んでいるからだ。

住人は父母と三人の子供（といっても、皆もう成人だ）。父・木村将春《まさはる》は、小さな建設会社「木村興業」の社長、母・志乃田みすず（本名は正子）はベテラン女優。子供は上から文《ふみ》、イチロー（壱千郎）、絵波で、母親がみすずであるのは同じだが、父親は三人とも違う。イチローの父は将春、文の父はみすずが将春と会う前に不倫関係を結んだらしい著名な演出家、絵波の父はイチローが四歳のときにみすずが家出して、一年ほど一緒に失踪していた男（正体不明）といった具合に。

いうまでもなく、この小説のテーマは、「家族とは何か」である。

語り手の「わたし」こと田中真紀子は、いま二十八歳で、関西から東京に出てきて六年になるという。小さな広告企画会社に勤めているが、不安定な非正規雇用者だ。だが、彼女にとって、もっと深刻なのは「過干渉」の母親の存在だ。

真紀子の母親は、ひとり娘のためによかれと思って、着るものから食事、就職、習い事と、なにごとにも口を挟む。その一方で、自分が聞きたくない娘の意見には、無反応を決め込む。娘は、一方的な母親の押しつけを優等生的に聞き入れることで、ストレスや不安を内に溜め込む。そうやってずるずると生きていると、いつまでも自立ができないし、主体的な選択もできない。

つねに相手の言動を気にして、頭の中で自分の言葉を反芻しているうちに、会話が終わってしまう。真紀子の優柔不断な態度が、この小説の自意識過剰な語りの文体に反映している。

たとえば、会社の中で、先輩にあたるかよ子さんに対して反論したくなったときも、「神経質とは言ってないしちょっと違うんじゃないかなと思ったが、うまく説明できそうになかったし、説明することをかよ子さんが望んでいないかもしれないから、言わなかった」

万事、こんな具合なのである。真紀子は母だけでなく、他人に対しても積極的に態度を表明しないし、喜怒哀楽を表に出さない(出せない)。

物語は、真紀子がアパートの更新料が払えなくなり、さほど親しいわけでもないイチローの好意により、木村家の一室(ガレージの上に乗っかった赤い小屋)を安く貸してもらうことから始まる。彼女は木村家というとんでもない「異世界」に入り込み、そこの住人との交流を通じて、徐々に自立する手だてを学ぶ。確かに、実家の父母とは違って、こちらの父・将春は冬でも暑いと言ってリビングで全裸になってしまうし、母・みすずはロケ撮影や舞台を理由に、まったく家に寄り付かない。天真爛漫というか、無頓着で気のおけない人たちだ。

一方、子供たちにしても、真紀子より二歳年上の文は、中学時代に自傷行為に走ったことがあるらしく、また、大学を出て入った会社も上司によるセクハラで辞めてしまい、その後、ほとんど家にいることになり、そのことに後ろめたさを感じているようだ。そのせいか、家族のために料理だけは力をこめて作る。そのくせ、料理を作った後は皆と一緒に食べずに、自室に閉じこもってしまう。真紀子はそんな文に親近感を持っているが、大学生の絵波は文とほとんど口をきかない。それどころか、文について「不幸顔しちゃって」と、嫌味なことばかり言う。イチローを除いて、木村家の住人はみな相当に「濃い」キャラクターばかりだ。

この小説の白眉は、木村家で暮らし始めてちょうど一年たったある土曜日、悪夢的な出来事がつづくその一日を、ちょうどドラッグでバッドトリップしたみたいに、真紀子が何度もくり返し経験してしまう、最後のほうの数十ページだろう。その日は、母が薬の過剰摂取をして、救急車で病院に運ばれたとの連絡が父からあり、病院に向かうために、S駅のホームで電車を待っていると、送りにきてくれていた絵波が彼女を逆恨みした若者によって線路に落とされてしまう。真紀子は、そんな同じ一日が繰り返し襲ってくるあいだ、そこから抜け出したいと思っているが、なかなか抜け出せない。

それは、真紀子にとっての「通過儀礼」というか、自立のための真の成人式なのかもしれない。木村家は、その「バランスの悪さ」によって真紀子を救う。「バランスの悪さ」というのは、逆にいえば不定形ということであり、フレクシブルに姿を変えられるということである。真紀子が実家からもどってくる(文は金沢へ引っ越しする)ことによって、木村の家族もキメラのごとく形を変えるのだろう。これが「正しい」という家族の形など、初めからないのである。そんなことを考えさせてくれる、バランスのいい小説だった。

(2015・3)

際立つ〈外なるまなざし〉 (茅野裕城子「西安の柘榴」)

茅野裕城子は、つい最近米国製のファッション・ドールをめぐるノンフィクション作品を出したばかりだ。すらりと背が伸びたバービー人形が、実は東京の下町にルーツを持ち、文化的には〈混血《ハイブリッド》〉の産物であることを証明してみせた力作だった。

哲学者の鶴見俊輔なら「外なるまなざし」と呼ぶだろう、外国文化の中にさらなる「他者」を発見する茅野の才能は、この八つの短篇からなる最新作でも健在だ。

茅野の中国通はつとに知られているが、彼女が小説で描くのは、観光ガイドブックで触れられていないような中国だ。たとえば、中国政府から激しい宗教弾圧を受けてきたジェフリーア派というイスラム教徒のやっているラーメン屋とか、東北地方の朝鮮族自治区にある焼肉屋とか。そういう周縁に追いやられた人々と同じ低い視線で、経済発展のすさまじい最近の大国の変化を眺める小説には、鋭い批評が働いていて、ハッとさせられる。

冒頭におかれたサイボーグSF風の「口内電話」では、北京からある怪しいミッションを帯びて、北朝鮮との国境地帯へとおもむく日本女性が登場する。彼女が泊まるホテルの隣にはショッピングモールが建築中で、その看板にリゾートヴィラの絵が描かれている。彼女はさりげなくこう付け加える。

「この壁の絵を描いたのは、年配の画家ではないかとおもう。(中略)文革のころの政策を具体化したポスターの絵を描いていた同じひとが描いたようなヴィラの絵の下には、プロパガンダの代わりにとんでもない価格が書き添えてある」と。

むろん、これは批評ではなく、小説である。が、たんに外国を舞台にしてエキゾチックな風物をなぞっただけの凡百の小説と違って、異文化に向けられた鋭い批評の刃は、日本人としての自らの色恋沙汰にも向けられる。それゆえに、どの作品も妙な可笑しさと潔さをあわせ持ち、べとつかな

い好印象を読者に残す。（2004・8）

テクノロジーとフェティシズムの融合（茅野裕城子『バービーからはじまった』）

茅野裕城子の小説では、デビュー作『韓素音《ハン・スーイン》の月』から最新作の『西安の柘榴』まで、それが何を指しめすのか分からないまま、それゆえに外国語の文字のかたちや音に心を奪われる女性がよく登場する。まるで赤ん坊が玩具と戯れるかのように、言葉の物質性と戯れる女性が。

とはいえ、女性は日本語を話す大人だから、ただ外国語と戯れているだけではなく、頭の中でトンチンカンな誤解もしていることがある。たとえば、中国語の「愛人」は、「妻」という意味なのに、日本語の意味で受け取るとどうなるだろう。頭の中であれこれ男への思いをめぐらす女性の、ときに滑稽味を帯びさえする強迫観念の世界。

ときどき、ぼくはまるでアメリカ人作家ジェイン・ボウルズの小説を――アラビア語もまともに知らないのにイスラム世界の奥深くに入っていって自分自身を〈イスラム化〉したジェイン・ボウルズの小説を――読んでいるかのような錯覚にとらわれることがある。

だが、茅野の『バービーからはじまった』は、小説ではない。カラーの図版がたっぷり組み込まれた、読んで楽しいバービー研究書だ。茅野は、小学生のときに二年間バービーにハマったことがあり、数年前からこんどはインターネットの eBay というオークションを通じて百体以上ものバービー人形を収集し、さらに数多くの英語のバービー関連本や研究書(巻末に参考文献が掲載されている)も集めまくって、文字どおり〈バービーちゃん化〉した。その彼女が「わたし」の視点から、バービーの生い立ちや進化の過程を語っている。

バービーに関して、この本で知ることができる基本的事項。①バービーの名前の由来は、マテル社の社長エリオット・ハンドラーとその妻ルースの実の娘、バーバラのニックネームである。②バービーの第一号は、東京の下町の工場で誕生した。③バービーは、一九五九年に誕生してからこれまでも生き延びてきたが、その間に「二度の決定的な変化」を遂げている。まず、六七年にツイスト&ターンの新しい顔でモッズ期のバービーにモデルチェンジし、さらに七七年に「チャーリーズ・エンジェル」の女優のような「スーパースター・フェイス」のバービーに転換した。

もちろん、その他にも六十年代前半はジャクリーヌ・ケネディがバービーのモデルになったり、また六〇年代後半からはキャリア・ウーマンの頂点としての「宇宙飛行士」のバービーも登場したり、さらに八〇年代には「ドールズ・オブ・ザ・ワールド」シリーズとして、世界の民族衣装をまとったさまざまな人種のバービーが出現するなど、つねに米国の時代意識を反映させている、といったことも書かれている。

とはいえ、小学生の頃に、バービーなんぞで遊んだことがないぼくのようなオヤジにとって、この本は果たして面白いのか?

結論からいえば、絶対にイエスなんだな、これが。というのも、これは基本的にバービー本ではあるけども、バービーが「発明」された昭和三十年代の「東京物語」でもあるからだ。

昭和三十二年、ロサンジェルスに本拠を置くマテル社の一行は、当時日比谷にあった帝国ホテルに泊まった。バービー製作の可能性をさぐりにきたのだ。「なぜ、帝国ホテルを選んだのだろうか……。理由は簡単である、他になかったのだ。ホテルオークラもニューオータニも、ビートルズが宿泊した東京ヒルトン(現在のキャピトル東急)も、まだ、オープンしていなかった」

デザイナーのジョンソン女史も、その年の九月に日本にやってきて、帝国ホテルに一年以上も滞在して着せ替え人形の服のデザインに取り組んだ。そして翌三十三年に「四十八体の人形と数千組の着せ替え服セットが、横浜の港を出た」

茅野は最近やっとのことで初期の#1バービーを手にいれて、こう言う。「わたしが、この小さな物体を、こんなにも懐かしく感じるのは、それが、アメリカのおもちゃ会社の人形でありながら、実際に作られた日本の、東京の、昭和三十年年代の記憶をも内包しているからかもしれない」と。

「人形が記憶を内包する」って? どういうこと? 茅野はバービーの金型《モールド》もプラスティックの材質も決まってなかった頃に、文字どおり試行錯誤を繰り返した日本人技師や会社(国際貿易)の関係者たちに取材してまわった。昭和三十九年の東京オリンピックのときに選手村が作られる代々木公園のあたりに、それまでは米軍キャンプがあったために、バービーが原宿のキディランドだけで売られていたといったことを教えてくれる知人が現われる。そうしたことが書かれているセクションを読むと、あなたも、ちょっとだけ重たい#1バービーのプラスティック・ボディに「昭和三十年代の記憶」を幻視できるようになる。

人形は喋らない。いっときは喋るバービーもあったらしいが、内蔵されている機械が壊れてしまうと〈トーキング・バービー、ミュート〉と表示されて、オークションに売りに出される。茅野の小説家としての才能がもっとも発揮されているのは、そんな喋らない人形に耳を傾けて、あたかも特殊な耳をもったシャーマンのごとく、ミュートの声を聞き出してくることだろう。それは、「#981 Busy Gal」のジョンソン女史や、「Talking Ken ®, Mute」のフランク・ナカムラの声を引き出すくだりに端的に見られる。

茅野裕城子がハマッたと述懐する、ネットオークションによるバービーコレクション。それは、おそらく最先端のテクノロジーと原始的フェティシズムとが融合した、現代人の信仰のあり方のひとつなのだ。石塚正英はいう。「ド゠ブロスにおいては、生物・無生物それ自体を崇敬の対象とする信仰がフェティシズムである。これは、何か特別のものの象徴として刻まれる偶像への崇拝と決定的に異なる点であり、これこそフェティシズムのフェティシズムたる第一の特徴である」(『フェティシズムの思想圏』)と。

何かわけのわからない超自然的な力の象徴として崇めるのではなく、モノそれ自体を崇める。それが原始的なフェティシズムのあり方だとすれば、インターネットを通じてその即物的なフェティシズムの世界にハマっていく現代人の心を、これほど興味深く覗きみさせてくれる本は他にない。

(2004・7)

「見えない人間」の小さな声を聴く（カズオ・イシグロ『わたしを離さないで』）

この小説の設定は、九〇年代後半のイギリスということになっているが、人物の設定は映画『ブレードランナー』のようにSF的というか、近未来的だ。架空の未来人間を扱っていながら、イシグロはそれらの人物に降りかかる出来事について、地道に細かいディテールを積み重ねることで、かれらが血と肉の備わった、そして魂も有するかけがえのない一個の人間たちであることを、圧倒的な説得力をもって知らしめる。

語り手は、三十一歳のキャッシー・Hという女性（ということは、一九六〇年代頃から、彼女のような新型人間が生みだされているということになる）。すでに十一年あまり「介護人」という仕事について「臓器提供者《ドナー》」の世話をしているらしい。この小説は、キャッシーが十六歳頃まで少女時代をすごした〈ヘールシャム〉という外界から隔離された施設、というか全寮制の学校での出来事を、一人の男性をめぐって別の女性と繰りひろげた三角関係を交えながら、回想するものだ。

往々にして、回想には「捏造」がつきまといがちだ。イシグロはキャッシーを過剰なまでに抑制的な語り手にすることで、読者が他人の回想に対して抱くはずの疑念を取り除こうとする。キャッシーは知っているかもしれないことも、読者が知らなければならなくなるまで明らかにしない。なぜ社会から隔離されているのか。なぜこの子たちに極端にびくびくしているのか。なぜこの子たちは将来子どもが生めないのか……云々。読者は、主人公たちと同じ条件下に置かれて、絶えずサスペンスの中に置き去りにされる。しかし、最後には、深い悲しみとともに、あっと驚くような大団円が訪れる。

クローン羊ドリーの誕生が報じられたのは、一九九七年二月のこと。学者の中には、臓器を取り出すために無脳症のクローン人間の開発を唱える人もいるらしい。遺伝子工学の先端問題を論じる科学者たちに欠けているのは、「見えない人間」たちの視点に立つことである。イシグロは小説家の想像力を駆使して、未来人間の「心」を書いた。ただ一言、すごい小説というしかない。

（２００８・９）

音楽と人生の黄昏をモチーフにした短編集（カズオ・イシグロ『夜想曲集　五つの音楽と夕暮れをめぐる物語』）

カズオ・イシグロは、若い頃、聖歌隊で歌い、バンドでギターを弾き、夢はプロのミュージシャンになることだったという。

『夜想曲集』は、そうしたアマチュア演奏家としてのイシグロの経験が活かされた短編集だ。単に、音楽や演奏家についての蘊蓄《うんちく》が小説の中にちりばめられているだけではない。たそがれを連想させる「夜想曲」をモチーフにして、長年連れ添った夫婦のあつれきやすれ違いがチェーホフの短編のように巧妙にほのめかされる。

五つの短編は、すべて一人称の語り手によって語られるが、生計のために妥協を余儀なくされている演奏家たちだ。冒頭の短編「老歌手」の語り手のように、ベネチアのサンマルコ広場のカフェで、観光客のために『ゴッドファーザー』のテーマを一日に九回も演奏しなければならないといったように。

短編「モールバンヒルズ」には、ティーロとゾーニャという名の、スイス人の中年夫婦が出てくる。夏のリゾート観光地で、スイス民謡やヒットソングなどを演奏して生計を立てている。レストランの支配人からスイスの民族衣装を着るよう指示され、夫はそれを「スイス文化の一部」であると楽天的に割り切るが、妻はなぜ暑苦しい衣装を着なければならないのか不満だ。

著者は、一流ではないミュージシャンを通して、商業世界での成功とは何かを問うている。特に、「老歌手」と四番目の「夜想曲」。語り手も舞台もまったく異なる二編には、隠れた細工がなされている。両作にシナトラなどと並び称される有名歌手の妻という設定で、リンディ・ガードナーという女性が登場する。

「老歌手」では、中西部の田舎からスターの妻になるという夢を持ってカリフォルニアにやってきて、その夢を果たすが、結婚で破局を迎えている。「夜想曲」では、破局を乗り越えた彼女がいる。努力を信じる彼女と、才能がありながらくすぶっている語り手のミュージシャンとが、成功をめぐって追突する。この情報化社会の中で、演奏家が成功するために必要なのは天賦の才なのか、努力なのか。

作品の多くに中年夫婦が登場するが、夜想曲がすべて暗い演奏になるとは限らない。「天才」とおだてられた若手の演奏家の落ちぶれた姿を語った最後「チェリスト」のように、ペシミスティックな帰結を迎えるものもある一方、二番目の「降っても晴れても」のように、波風が立った中年夫婦の仲裁を頼まれた男を語り手にしてコミック調に展開、明るい見通しをうかがわせながら終わるものもある。

（2009・7）

「檻」の中の「鳥」が暴れない、あまめのカフカ（村上春樹『海辺のカフカ』）

村上春樹はこんどの小説で、ごく普通の人間も必ずもっているはずの暗い心のうちを覗きこもうとした。たとえば、それは凶悪な犯罪をおかす十代の少年たちの不可解な心理を、あたかも暗く深い井戸に釣瓶を落とすみたいに、そっと探ろうとするような作業である。

この小説には、田村カフカという十五歳の少年が登場する。少年は親がつけた名前を捨て、わざわざカフカという名前をつけたらしい。なぜ少年がその名前をつけたのか、理由は書かれていないが、当然、チェコのドイツ語作家フランツ・カフカを意識した上でのことだろう。

フランツ・カフカは、『審判』や『変身』をはじめとした小説で、理不尽な状況におかれた人間を描いた。とりわけ、「檻」というのは、そうした人間世界の不条理を表すためにカフカが好んでつかった表現である。カフカによれば、われわれは国家とか会社とか学校という「檻」によって外なる制約や拘束を受けているだけでなく、自分で心のうちに「檻」を作りその中に「鳥」を飼うという。「鳥」というのは、自分でもコントロールできない暗い欲望や暴力かもしれないし、強迫観念のことかもしれない。いずれにしても、国家や会社や学校はつぶすこともできるが、内なる「鳥」は殺せない。ただ飼いならすことができるだけだ。

この小説の奇数章はすべて、田村カフカ少年によって一人称形式（「僕」）で語られるが、この少年は世界的に有名な彫刻家、田村浩一の一人息子らしい。なぜか母は少年が四才のとき養子の姉を連れて、この上流家庭から家出をしている。母に捨てられたことが田村少年の心に「檻」をつくらせ、「カラス」と呼ばれる少年、すなわち、内なる「鳥」を飼うことになったようだ。この奇数章の最大の難点は、その「鳥」がなかなか暴れないことである。というか、カラスと呼ばれる少年は、山中の小屋で独りもくもくとフィットネスをこなすような禁欲的な少年に向かって二人称（「君」）で理性的に話かけるのだ。そんなわけだから、血染めのシャツを着たまま神社の奥で倒れていた空白の四時間に対して田村少年が感じるはずの恐怖にしても、はたまた真夜中に少年の前に出没する幽霊の佐伯さんとのセクシャルな交感にしても、まるでよくできた遊園地のお化け屋敷みたいな感じなのだ。村上春樹には神がかりのシャーマンになって、少年の不条理な心に触れてほしかった。

そうした危うい橋を渡る代わりに、作家は奇数章で、性同一障害の大島なる人物を造型することでかわした。女性の身体（ヴァギナ）を持っているが性意識の上では男性として、肛門でのセックスを好むという、この風変わりな登場人物こそが、内なる「鳥」を飼いならしていることをうかがわせるという意味で、誰よりもカフカという名前にふさわしい。かれは「自然というものは、ある意味では不自然なものだ」といった、人間世界のパラドックスをいくつも田村少年に語ってきかせる。一方、ナカタ、星野、ジョニー・ウォーカー、カーネル・サンダースなど、資本主義社会のポップヒーローやブランド品の名前を付与された人物たちが数多く登場する偶数章で唯一特筆すべきは、むしろ名前の与えられていない元小学校教師による手紙（第十二章）である。この手紙には、戦争によって夫を奪われた若い女性が教え子の小学生に対し衝動的に暴行を加えてしまったことへの内省が書かれており、みずからの不可解な「鳥」と格闘したこの初老の女性の文章は、文句なしにすばらしい。村上春樹のカフカ的な本領が発揮されている部分であろう。

このように「変態」の大島や無名の元小学校教師という脇役的な人物のおかげで、村上春樹はチェコのカフカのように、〈通過儀礼〉やギリシャ神話などの型どおりの退屈な物語構造から逸脱することができた。それにしても、原稿用紙にして千五百枚もの小説のほんの一部の話だから、やはりこの小説は〈あまめのカフカ〉というしかないのかもしれない。（2009・12）

「父親」のいない「犯罪小説」（中村文則『掏摸《スリ》』）

中村文則は犯罪者の視点から現代日本を見るという、実に小説家ならではの倒錯的な試みに挑戦している。ちょうどドストエフスキーの『罪と罰』が、高利貸しの老女殺しを行なう男を主人公にして、貧富の差の激しいロシア社会を見据えたように。

語り手の「僕」は中年の掏摸《スリ》だ。裕福そうな人間に狙いをつけて、電車の中や雑踏で財布を抜き取るのを生業とする。

そんな「僕」は、子供の頃から塔を幻視してきた。それは彼方にありながらも、絶えず「僕」を見張っている。「どこかの外国のもののように、厳粛で、先端が見えないほど高く、どのように歩いても決して辿り着けないと思えるほど、その塔は遠く、美しかった」

「僕」にとって、塔とは何なのか。

一人称の語り手が読者に隠している情報もあるはずで、家族についてまったく言及しないことから推測するに、もしかすると、「僕」の父親のことかもしれない。

とはいえ、「僕」にとって、象徴としての抑圧的な父親は別に存在する。チェスのコマのように他人の運命を弄ぶのが趣味という、木崎という名の不気味な男だ。この男は、スリのようなせこい犯罪はせこい人間のやることだと言う。闇社会に生きるかれは大物の政治家や投資家を狙うだけでなく、実行犯として参加させる「僕」やその仲間を犯行後、虫けらみたいに消すことも躊躇しない。

木崎のように絶大な権力を有する者が、塔によって象徴される屹立するペニス(男性中心的)だとすれば、「僕」がスリのターゲットとするポケットや鞄は、いわばヴァギナや子宮の象徴である。

母親や妻によって示される女性的価値が、家族のいない「僕」には、四年前に自殺してしまった人妻の佐江子や、スーパーで万引きする女性の姿をとって現われるが、二人はともに男性の犠牲となっている。

「僕」は、塔＝木崎＝権力者に圧倒され、追いつめられながら、ポケット＝万引きの女＝スリといった「せこい」が、女性的な行為／価値観によって救われる。

「僕」はひょんなことから「父親」となる。万引きする女の息子に慕われて、木崎とは違う、抑圧しない女性的な父親の役割を果たす。万引きの手口を少年に教える一方、万引きはやめるように諭し、母親の男の暴力から少年を守るため、施設に入れようとする。

「犯罪小説」という形を取りながら、新しい父親のあり方を示唆した「家族小説」として読めるところが面白い。（２００９・12）

震災後の迷路をさまよう（中村文則『迷宮』）

ギリシャ神話で「迷宮」といえば、クレタ島のミノス王が、半獣半人の怪物ミノタウロス（なんと王妃と牡牛のあいだに生まれた！）を閉じ込めておくために名工ダイダロスに設計させた巨大迷路「ラビュリントス」を思い出す。

この迷宮をめぐっては、アテナイの英雄テセウスが怪物を退治するだけでなく、「アリアドネの糸」を使って迷宮からの脱出に成功するエピソードが有名だ。

つまり、「迷宮」とは、どのように窮地から脱出するか、人間の知恵をためす装置なのだ。

この小説の「迷宮」は、そうした目に見えるかたちを取っていない。まるで大空を風に流されてゆく白雲のように変幻きわまりない、人間の暗い「内面」世界を指している。

語り手の「僕」は、三十代なかばという設定だ。ある弁護士事務所に勤めている。上司や同僚に悪意を抱いていても、それをそのまま口にすることはしない程度には、社会に適応している。だが、幼い頃に母親に捨てられたトラウマは消えていない。

あるとき、「僕」は紗奈江という中学時代の同級生の女性に会い、彼女のアパートに誘われて泊まる。その翌日、探偵と称する男に会社帰りに待ち伏せされて、紗奈江の素性を知ることになる。

探偵によれば――、

かつて日置事件という「迷宮」入りした不可解な殺人事件があった。誠実だが平凡きわまりない夫が被害妄想に取り憑かれ、絶世の美女である妻の行動に不信感を募らせ、極度の「嫉妬心」から妻の自転車を壊したり、家中に防犯カメラを取り付けて監視したりする。十五歳の息子は不登校になり、妹に性的な接触をもとめたり、気味のわるいプラモデルを作ったりする。そのうち、「壊れる家族」を象徴するかのように、凄惨な殺人事件が発生する。鍵のかかった家の中で、夫と妻と兄が殺されて、妹だけが生き残ったのだ。その生き残った妹は、「僕」がアパートに泊めてもらった紗奈江である、というのだ。

小説は、この日置事件に関する「僕」の調査や推理を推進力にして一気に突き進むが、「僕」だけでなく、紗奈江も彼女自身の「迷宮」に閉じ込められていることが分かってくる。

自分の中の暗い暴力的なケダモノを飼いならす術を心得ている「僕」は、出口のない「迷宮」を彼女と共にさまよう覚悟を決める。

最後に一言添えておくと、小説の時代設定は、あの3・11の数カ月後である。語り手の「僕」は、震災後のこの時期を既視感を持って捉える。つまり、かつて自分が幼かったバブル崩壊後にも、そうした「無力感」を覚えたというのである。

ここに来て私たちは「迷宮」が震災後に難局に立たされた日本社会の比喩にもなっていることに気づかされる。迷宮からの脱出ではなく、その中で生き延びることを説く寓話だ。(2012・8)

巨悪につながる小さな「悪意」(中村文則『A』)

十三の作品からなる短篇集。初出の媒体も時期もまちまちだが、不思議なことにテーストが変わらない。それは、作家の才能の表れなのか、それとも作家の不器用さの表れなのか。いや、作家は自分の不器用さすらも才能に変えてしまう、力技をときに発揮するのだ。

言うまでもなく、中村ワールドに特徴的なモチーフの一つは、個人の内面(悪意)による裏切りだ。登場人物たちは内なる「裏切り者」の仕業で、身体に異状をきたす。急に心臓の鼓動や呼吸が速くなったり、嘔吐したり、胸が苦しくなったりする。たとえば、都会の繁華街でストーカーまがいの行為をそれと自覚せずに行なう、短篇「糸杉」の「僕」や、会社の女性を飲みに誘い出して妻には語れない自分の本心を語る、短篇「嘔吐」の「僕」など、かれらは自分の内面（悪意）というミクロな世界の「謎」を追いかける。

とはいえ、この短篇集で、ぼくが個人的に最も堪能したのはそうした「心理ミステリ」ではなく、「黒い諧謔」に彩られたグロテスクな作品だった。

なかでも、「A」はピカ一の短篇だ。外地での日本軍の行動をテーマにしたもので、語り手は見習い士官。かれは「山東省」で、ある「講習」を受ける。上官や部下の前で、刀を持たされ、一人の中国人の首を刎《は》ねさせられるのだ。最初はとうてい人など殺せないが、何かの拍子に刀を振り下ろしてしまうと、それまでの自分でなくなる。かれは上官たちによって、中国人を殺す「勇気」と「度胸」を褒められ、部下の者たちから畏怖のまなざしを向けられる。

軍隊という特殊な世界では、敵を殺すことが、倫理的に善であり正義である。だから、見習い士官は、上官たちから「我々の仲間」になったと言われたとき、「誇り」さえ感じる。

だが、小説家はそうした狭い社会で通用するだけの「善」や「正義」をいったん宙づりにする必要がある。

短篇「妖怪の村」では、天下りした役人の作った企業が国から特殊な任務を委託されて税金を独占的に吸い上げるといった社会の巨悪が描かれる。

巨悪はそれだけで独自に存在するのではなく、私たちの内なる小さな悪意と結びついている。巨悪の真ったただ中にいて、それを描くことができるのは、正義を標榜する大手マスコミではなく、中村のような小説家のみだ。

（２０１４・８）

「月の王」との邂逅（中村文則『王国』）

澁澤龍彦がいみじくも「奇抜な短篇」と呼んだ、アポリネールによる「月の王」という作品がある。

アポリネールらしき人物がドイツの山岳地帯を放浪し、樅の森をさまよい、ある洞窟の中につくられた地下宮殿で、ルートヴィヒ二世と邂逅する、不思議な一夜の出来事が語られている。澁澤はエッセイの中で、アポリネールがバイエルンの狂王ルートヴィヒ二世を「月の王」と呼んだのはルイ太陽王を意識したからにちがいない、と述べる。そして、「一方が現世の絶対権力者、他方が夢の世界、夜の世界に生きる王であることは、わざわざ説明するまでもないだろう」と付け加える（「太陽王と月の王」）。

くしくも中村文則の『王国』の中で最後まで見え隠れするのは、女性原理を象徴する「月」だ。男根を連想させる「塔」が『掏摸《スリ》』の象徴的なイメージであったのとは対照的である。「月の王」ルートヴィヒ二世が夜の世界に生きたように、この小説の主人公たちも、現代日本の夜の「王国」に生きる。すなわち、「善悪を超えた純粋な狂気」の支配する倒錯の世界である。

語り手の「わたし」は、鹿島ユリカという天涯孤独の女性だ。児童養護施設で育ち、唯一の友人ともいえるエリすらも事故で失う。

また唯一自分の生き甲斐になるかと思えた、エリの遺した翔太という少年も突然、奇病に襲われる。「わたし」はそんな「運命」に抵抗したいという気持ちを抱き、少年の治療にかかる膨大な費用をひとりでまかなおうとする。それが犯罪の世界に足を踏みいれるきっかけだ。

犯罪というのは、矢田という男に指示されるままに、ホテルの一室にいき、そこにいる男に眠り薬を飲ませて、ベッドの上で裸にして自分と一緒にいるところを写真に撮るというものだ。

有名人や社会的な要人のスキャンダルを捏造するのだが、「わたし」には、犯罪行為の全貌がつかめない。その点では、彼女に指示している矢田にしても、ほとんど同じかもしれない。

舞台は、若干の例外はあるが、ほとんどすべてが夜の池袋のラブホテル街だ。「わたし」は、池袋に関して、「この街にはまだ盲点が無数にある」という。

昼の権力、警察の目が届かないところがある。そんな闇の「王国」に君臨している男がいる。『掏摸』にも登場した木崎という男だ。かれは「わたし」とは対極にいる存在で、「わたし」に対する話しぶりから、かれだけが犯罪の全貌をつかんでいるようにも思える。

「わたし」は、翔太の死が「わたしの人生を不意に深く切った亀裂」だと言い、理不尽な死というものに、あるいは「無造作で冷酷な事実」に納得がいかない。一方、木崎はこの世界では「幸福よりも不幸のほうが引力が強い」と言い、人が突如死に直面したとき、どうして自分が……といった不可解な思いを抱きながら死んでいくのを見るのが好きだと言う。木崎が不気味なのは、そんな自分のサディズム嗜好を隠そうとしないからだ。

なぜ木崎のような倒錯的な「化物」に「わたし」は惹かれてしまうのか。親友のエリも、似たような「化物」に惹かれて身を滅ぼした。

木崎は「わたし」に、ホテルの一室で繰りひろげられているSMショウを見せて、マゾヒズムは相手の狂気を引き出し、それをどこまでも要求し、それによって相手を支配するのだ、と述べる。もし女が食虫花のように受け身で相手を殺すマゾヒズムの原理に徹したら、男のサディズムなど刃がたたぬ、とでも言いたいかのように。現に、木崎は言う。「サディズムの行き着く先は、殺人による破滅だ」と。

「わたし」は、月の宴の夢を見る。その夢の中で、女性たちが支配する乱交がおこなわれている。ギリシアの娼婦フリュネ、血と肉を欲した残虐なハンガリーの貴族のエリザベートやアンゴラの女王ジンガなどが出てくる。月が近づき、誰かが「わたし」にお告げをささやく。「お前の中に」と。そのお告げは、のちに「わたし」が木崎によって殺されかけたとき、木崎の子を「お前の中に」宿せ、そして木崎を殺せ、という内なるマゾヒズムの声となって再生する。

木崎は、SM論のほかに、世界の異端思想にまつわる知識を披露する。たとえば、原始キリスト教時代の異端宗教グノーシスの世界観だ。

木崎によれば、グノーシス主義者たちの考えは、人々が天災や疫病、貧困や飢えに苦しむような世界を創った神が完全な神であるはずがない、むしろ悪意に満ちた存在であるというものだ。かれらは聖書に書かれた神を崇めるのをやめて、もっと上位にいるはずの神を崇めねばならぬと考える。木崎は「わたし」に言う。「この発想は、施設で虐げられている孤児が、周囲の人間達にではなく、自分には本当の両親がいるのではないかと希望を抱く構図に似ている」と。

紀元後、シリア、パレスティナ、エジプト、小アジアあたりから中央・東アジアまでをカヴァーしたその思想は、教団としては、いまイラン、イラクのマンダ教を遺すのみとなっているようだが、クルト・ルドルフによれば、グノーシスに特徴的なのは、みずからの救済論を他のオリエントの土着の宗教の中に溶け込ますことをためらわない、宗教的なシンクレティズム(混淆)だという。

木崎の思考の中に奇妙にも溶け込んだグノーシス救済論は、「わたし」の次のような言葉につながる。「この窒息しそうな世界で、もがいている全ての人達に対して、何かできないだろうか……翔太のような子供の運命を裏切る、わたしらしい何か」

アポリネールの「月の王」では、語り手の「私」は狂王ルートヴィヒと一緒に、「夜明けを迎えた日本のさわやかな雰囲気」を呼びさます音を聞く。一方、『王国』の語り手の「わたし」は、狂気の木崎から過去の自分を消されて、夜明けと共に日本の地を離れる。「捨てられるというのは、自由と同じ意味だ」とつぶやきながら。

フォークナーのヨクナパトーファ・サーガ(連作)のように、ゆるやかにつながる物語群を予想させる見事なオープン・エンディングだ。

(2012・1)

北の大地に育まれて　（佐川光晴『おれたちの青空』）

主人公のひとり後藤恵子は、北海道の新聞社から、自らの来し方を語る「北の大地に育まれて」というインタビュー記事に登場するよう依頼される。小説のなかで展開するのはそうした北の大地に育まれる道人の人生ドラマであるが、主人公たちは、みな道外の出身者だ。

三篇の物語はすべて一人称で語られているが、語り手はちがう。第一部「小石のように」は、柴田卓也（十四歳）。第二部「あたしのいい人」は、児童養護施設の運営者の後藤恵子（四十五歳）。第三部「おれたちの青空」は、恵子の甥にあたる高見陽介（十四歳）。三人の共通点は、恵子の運営する施設に一緒に住んでいることぐらいである。だが、複雑な事情を抱えた人間同士がぶつかり合いを繰りひろげながら血の通った共同生活を行なっており、それは、もう一つの「家族」の可能性を暗示するものだ。

中核をなすのは、第二部の主人公の後藤恵子の物語だ。肝っ玉かあさんの典型ともいうべき恵子は、若狭湾の小浜の網元の家に生まれたが、親の反対を押し切って一浪して北大医学部へ入った。が、演劇にハマり大学を中退。演劇部の後輩、後藤善雄と劇団を作ったが失敗。結婚も破綻する。波瀾万丈の人生を送るも、七年前に、縁があって札幌に児童養護施設「魴鮄舎」を開設。

「この世界は舞台である」という有名なセリフを書いたのはシェイクスピアだが、その箴言さながらに、恵子は鲂鮄舎を舞台に、中学生たちと人生という演劇をつくりあげていく、もう一つの大きな軸をなす第一部では、どのように思春期の自立を成し遂げるかというテーマを、中二の柴田卓也の彷徨というかたちで描く。

その旅のあいだに、横浜出身の卓也の小学校時代の過去が開示される。父を突然の交通事故で亡くし、さらにその事故をきっかけにして、「母の変貌と理不尽な仕打ち」に見舞われる。母は言う。卓也はレイプ事件により生まれてきた子どもで、子どもに恵まれなかった自分たち夫婦が養子として縁組した。縁組に積極的だったのは夫で、自分はそうではなかったのだ、と。

旅路の果て、厳冬の士別の「羊と雲の丘」で、卓也は覚醒する。「おれが自分を卑怯だと思うのは、母の現在を知ろうとしないからだ」。卓也もまた「北の大地に育まれて」生きている。

第三部では、前作『おれのおばさん』の主人公で語り手だった高見陽介を再登場させる。父が銀行の金を横領して逮捕され、東京の名門進学校を辞めざるを得なくなった少年の後日談が語られる。

作者は北の大地に小説の鉱脈を探り当てた。その他の登場人物たちに焦点をあてて、「鲂鮄舎物語」を根太い大木に育てていくはずである。

（2011・12）

落伍者の流儀（西村賢太『芝公園六角堂跡』）

「落伍者には、落伍者の流儀がある。結句は、行動するより他に取るべき方途はないのである」

作家が自虐のユーモアを込めて「中卒の低能」と称する主人公は、あれこれ悩んだ末に、そう覚悟する。

表題作「芝公園六角堂跡」から始まり、「終われなかった夜の彼方で」「深更の巡礼」「十二月に泣く」と続く連作集だ。時間的には二〇一五年の、二月から十二月までの一年間を扱い、等身大の主人公に仮託して、作家自身の内面を掘り下げる。

テーマと文体の両面から見ていこう。

まずは「初心にかえる」という全四作を貫くテーマから。北町貫太は、いま四十八歳にならんとしている。二十九歳のとき以来、私小説作家の藤澤清造の「歿後弟子」を自称し、藤澤の作品を唯一の心の支えにして生きてきた。だが、最近は、そのことを忘れがちになっているようだ。

ちなみに、芥川龍之介の『或阿呆の一生』の中に、次のような一節がある。

「彼はこの画家の中に誰も知らない彼を発見した。のみならず彼自身も知らずにいた彼の魂を発見した」と。

「或る阿呆の一生」の主人公と画家の関係は、北町貫太と藤澤清造の関係にそっくり当てはまる。なぜなら、人生の「落伍者」であるのを自覚している北町貫太にとって、藤澤の作品こそが「救いの神」であり、「泉下のその人に認めてもらう為だけに書く意慾」（ともに「芝公園」）を持ってきたからだ。誰も知らない藤澤の素晴らしさを「発見」して以来、所詮、「死者への虚しい——あくまでも虚しい押しかけ師事に他ならない」（「十二月に」）と知りつつ、能登の菩提寺で師匠の月命日の供養を欠かさず続けてきた。

そんな「落伍者」が、あろうことか、数年前に、最高に栄えある文学賞を受賞。それにより一気に「虚名」があがり、テレビ出演のアルバイトも舞い込むようになる。少年時代にひたすら憧れていた有名歌手とも、親しい付き合いをしてもらえるようになる。

だが、北町貫太は、何かがおかしいぞ、と自覚する。「自身の出発点たる思いの意識がいつか薄いものになってゆき、頭の片隅ではその不手際を認識しつつも、立ち止まって、つくづく省みるまでには至っていなかったのだ」(「夜の彼方で」)

要するに、「何んの為に書いているかと云う、肝心の根本的な部分を見失っていた」(「芝公園」)と気づき、「野暮な初一念に戻」る(「十二月に」)決心をくだすのである。

法哲学者の土屋恵一郎によれば、「初心忘れるべからず」という名言を日本人で最初に吐いたのは、能役者の世阿弥だという(『世阿弥の言葉』)。その意味は、現代とは少し違っていて、世阿弥は私たちが生涯において三度、「初心にかえる」必要性と向き合わねばならないと説いた。私たちは青年期、中年期、老年期にそれぞれに異なる身体的、精神的な課題を突きつけられるからだ。

土屋は青年期の「初心」について、『風姿花伝』の言葉を引く。

「ただ、人ごとに、この時分の花に迷いて、やがて花の失するをも知らず。初心と申すはこのころの事なり」(新人であることの珍しさによる人気など、すぐに消えてしまうのに、それも知らないで、いい気になっていることほど、愚かなことはない)

「新しさはいつでも次の新しさに取って代わられる。新しさゆえに注目を集める時は、「初心」の時である」。土屋はそう解説し、続いて中年期、老年期の「初心」について述べるのだが、ここでは割愛する。

北町貫太は、芝公園のホテルの一角で開かれた人気歌手のライブに「ご招待」される。世間的に見れば、作家先生として順風満帆である。だが、会場に着いて、なぜかかれは近くの公園の方には背を向けている。そこは、かつて敬愛する作家が野垂れ死にした場所であり、見て見ぬふりをしているのだ。

年齢的には中年期に達しているが、作家としてはまだ「新人」の部類にすぎない。いっときだけの珍しさで花を咲かせても仕方がない。北町貫太はそのことに気づくのだ。「やはり無意味な交遊、華やかな思いなぞは遠慮なく壊してでも、彼は野暮な初一念に戻りたいのである」(「十二月に」)。

西村賢太の文体についても触れておきたい。確かに、偽悪的で自虐的な語り口が目立つ。「彼は所詮、わけの分からぬ五流のゴキブリ作家なのだ。／何しろ性犯罪者の倅《せがれ》である。おまけに人並みの努力は何一つできなかった、学歴社会の真の落伍者である上、正規の職歴も持たぬ怠惰な無用の長物である」

だが、この調子で突き進むと思いきや、たくさんの異名を有するポルトガルの詩人フェルナンド・ペソアばりの「多重人格」ぶりを発揮するのである。

例えば、作家は愚者であり賢者でもあるような両義的なキャラクターとして北町貫太を創造する。性格が病的に誇り高い一方、根の稟性《ひんせい》がかなり下劣であるとか、傲然と行動するくせに根が気弱な後悔体質でできているとか、陰気な一方、根が目に余る調子こきにもできているとか……。そのように、たった一人の北町貫太の中にたくさんの周縁に追いやられた「他者」の声をそそぎ込み、それを文体に反映させる。「私小説」でありながら、ラディカルで斬新な印象を受けるのは、そのせいだ。

言い換えれば、それは「演技者」としての自覚とも結びつく。西村賢太は、複数の人間を演じる謎の存在なのだ。「五十年前の田舎者」のような、みすぼらしい「ユニフォーム」を身にまとっているが、ただの汚い身なりの浮浪者ではない。田中英光、藤澤清造、川崎長太郎らの、私淑する「私小説書き」たちの心意気に倣いつつ、作品に登場する主人公のダサいイメージを壊さないように、わざと「ダメ人間」を演じているのだ。

かくして、作家は次なる「初心」のときが来るまで、「私小説」という形式をこの作家でしかできない仕方で鍛え直す。まるでかつてのヒット曲を、声の出し方を工夫して歌い続ける有名歌手のように。それが「落伍者の流儀」なのだ。

（2017・6）

ある悪童作家の日常生活　（西村賢太『一小説書きの日乗　遥道の章』）

「月を指さすと、間抜けな奴は指を見る」

これはキューバのことわざ。作家の置かれる立場も、似たようなものがある。せっかく月を指さしているのに、指を見ている読者や批評家がいたりする。だから、作家も戦略的にならざるを得ない。昨今、作家の日記が「商品」になるのはめずらしい。「私小説書き」を自称するこの作家の日常生活が覗き見られるだけの価値があるということだ。とはいえ、露出狂ではないので、きわどい私生活の暴露まではしない。「買淫」に関するくだりも、「(大)当たり」あるいは「外れ」という結果報告があるのみ。戦略的に読者の想像を掻き立てる。

その他には、寝起きの時間、風呂(サウナ)、執筆や校正作業、外出、打ち合わせ、テレビやラジオのアルバイト、交友関係、飲酒と食生活についての記述がある。だが、この日記を「一私小説書きの日乗」たらしめるのは、次の三点である。

まず小説家のユニークな創作過程が明かされている点だ。①短篇のネタ繰り→シノプシス作り。②ノートへの下書き。③ノートから原稿用紙に清書。④清書したものを訂正。⑤ゲラの訂正。このようにワープロを使わないで、手数をかけて原稿を整えていく作業工程について、本人は「文章を一発で整えられぬのは自分の同人誌時代からの悪癖であるが、かように期日が迫っている際は、つくづくもってこの頭の悪さ、文才のなさが情けなくなってくる」と、自虐的に綴る。だが、二週間あまりで文芸誌のために原稿用紙九十枚以上の小説を仕上げつつ、もう一つの文芸誌に連載の短篇を書いているのである。頭が悪かったり文才がなかったりしたら、こういう綱渡りの芸当はできまい。

次に、編集者との「打ち合わせ」と称する飲み会の記述がこの作家には重要だ。思えば、一昔前には、書き手と編集者は喫茶店や飲み屋でお喋りをして〝相互教育〟をおこなっていたものである。いまや原稿の依頼も提出もメールになり、作家も編集者も互いに「透明人間」になっている。こうした無機質のネット時代に酒を酌み交わしながらバカな話ができる関係は大事である。

最後には、この作家の偏屈ぶりというか愚直さが好ましい。私淑する作家の墓参り（自宅内にもその作家の墓標がある）を欠かさぬというスピリチュアルな姿勢、胃腸薬や痛風の鎮痛剤を飲みながら暴飲暴食を止めない愚かしさ、一仕事終えてからの明け方の「晩酌」、それ自体が小説のネタになるスランプなど、昼夜逆転した生活を送る悪童作家の読み応えのある日常である。

（2016・8）

自虐のユーモアの下に隠された冥界の匂い　（西村賢太『東京者がたり』）

後楽園球場、隅田川、蒲田で始まり、芝公園でおわる「目次」に騙されてはいけない。「はじめに」という章で、著者自身が「極私的な東京方眼図」と称しているように、これは「東京者」（オシャレな「東京人」ではない）である著者が、田舎者とは違った独特の視点とスタイルで、自分のかかわった土地や人間について語ったものだ。

十八歳のときに上京してきた純粋に田舎者であるぼくは、この「随筆」を面白く読んだ。その理由について書こう。一つ目は、著者が「事大主義」を毛嫌いしているのがよく分かるからである。たとえば、後楽園球場が好きだという。少年時代に日ハムファイターズのファンだったからだ。野武士のような無骨な選手たちが身につけたダサいユニフォーム姿に微笑ましい滑稽さを感じたのだという。すでに自分だけの有望選手を贔屓する小さな「旦那」である。

ぼくが自分の小遣いで初めて入った野球場はかつて南千住にあった東京球場である。カクテル光線の明るさは後楽園以上と言われ、確かに芝生がまぶしく光ってみえた。小山、木樽、成田の三本柱が牽引する「ロッテオリオンズ」の本拠地だ。だから巨人や阪神が好きではない著者の嗜好はよく分かる。同じ流れで、著者は都区で言えば、白金台とか表参道とか、きらびやかな町をまったく受け付けない。田舎者が、粋な町としてそこにたむろするからだ。

二つ目に面白いのは、一見東京探訪のかたちをとっているが、実は著者の文学修業のプロセスをかいま見せるものになっている点だ。江戸川区在住のころ、母のお伴で錦糸町でのショッピングについていった折りにご褒美に買ってもらった「プロ野球事典」から始まり、中学時代に見つけた横溝正史や江戸川乱歩のミステリ、十五歳で初めて一人暮らしをした鶯谷のラブホテル街の三畳間と神田神保町界隈の古本屋めぐり、長じて新宿花園町の高層マンションの「豚小屋」と田中英光の探求へとつづく。

三つ目に面白いのは、著者の探訪がすでにこの世にない世界の復刻版であることだ。自意識過剰な自虐的なユーモアの陰で、その復刻版は侘しい死の世界に彩られている。冥界を訪れるダンテのように、著者は田中英光や藤澤清造など、遠い昔に物故した作家に惹かれ、先人との対話から創作のエネルギーを得ている。オシャレな場所とか生きている人間なんぞ、はなから念頭にないのである。

（２０１５・12）

五〇年代の差別問題を見つめる（ハーパー・リー『さあ、見張りを立てよ』）

アメリカ南部では、十九世紀半ばの奴隷制廃止後も九十年近く、黒人を差別する人種隔離政策（「ジム・クロウ法」一八七六〜一九六五）がまかり通っていた。白人たちは、「血が汚れる」ことを恐れ、暴力で黒人の「人権」を押さえつけようとした。一九六三年、二人の黒人学生がケネディ大統領の後押しでアラバマ大学に入学登録しようとしたとき、ウォレス州知事（もちろん白人）は州兵を繰り出し、それを阻止しようとした。

この小説の舞台は、そうした公民権運動が激化する前夜、五〇年代の深南部アラバマだ。二十六歳の女主人公ジーンが二十年ぶりに南部に帰ってくる。いっときは、おてんば娘として今は亡き兄たちと楽しく過ごした過去の思い出にふけることができる。久しぶりに見る弁護士の老父も、株で大儲けして四十代で引退した「学のある変人」の叔父さんも、ズボンをはかない生粋の南部レディの叔母さんも、誰もが健在で、健全に見えた。だが、リビングルームで下劣な黒人差別パンフレットを見つけてから、彼女の牧歌的な世界が崩れ始める。絶対的な信頼と尊敬を寄せていた父が白人優越主義の団体のメンバーであることが発覚するからだ。

社会の周縁に追いやられた「他者」の視点に立つことは、易しいことではない。だが、この女主人公は、子供の頃から観察力が鋭く、そうしたことができたようだ。黒人女性たちがわざと「無知」を装う「知恵」を持っているのを見抜いていたのだ。黒人のメイドは立派な英語をしゃべれるのに、「客人の前では動詞を落として黒人っぽくしゃべったりするのだ」と。

文学的価値では、同じ南部の白人作家であるフォークナーやオコナーの諸作品に敵《かな》わないのに、同じ作者による『アラバマ物語』がこれまで圧倒的な人気を誇ってきたのはなぜか。主人公の女の子が「なぜ差別がなくならないの?」という根源的な問いを大人の世界に投げかけ、差別を決して是認しなかったからだ。だが、もう一つの『アラマバ物語』というべき本書は、差別問題をめぐって主人公を諭す叔父の理屈に見られるように、やや後退してしまっている印象を受ける。今でも科学的な根拠の欠けた、人種偏見を抱いている人が大勢いる。だから、二つの『アラバマ物語』の果たすべき使命はまだ終わっていない。

（2017・3）

白人老女と浮浪者の目から　（J・M・クッツェー『鉄の時代』）

一九八六年の南アフリカ共和国のケープタウンを舞台にしている。アパルトヘイトが撤廃されるのは一九九三年のことだから、この国がまだ混乱の最中にあった時代を扱っていることになる。のちに大統領になるマンデラもまだ獄中に繋がれている頃の話だ。

学校でのアフリカーンス語の強制に反発した黒人学生の授業ボイコットに端を発し、警察によって武器を持たない黒人学生が射殺されたりした、いわゆる「ソウェトの蜂起」は、それより十年前のことである。この小説は、そうしたきな臭い時代を、理不尽で差別的な制度の恩恵を受ける一般白人市民の目から捉える。

主人公（語り手）ミセス・カレンは七十歳の白人老女。かつて大学でラテン語の教師をしていたらしいが、いまは黒人の家政婦フローレンスを雇い、独居生活をしている。ハイブラウな職業柄、彼女の語る物語はウェルギリウスの詩や古代ローマの言い回しをはじめ学識にあふれていて、まるで「講義」のようだ。だが、それらは身近にいる黒人たちの心には入らないし、かれらから返ってくるのは、「沈黙」でしかない。もっとも身近な黒人たちの現実ついてまったく無知なせいで、彼女の学識は、まるで実のならない果実の木のように、かれらからありがたがられない。

老女自身はたぶん乳癌を患っており、片胸を手術で失っている。この小説は、十年前に米国に逃げた娘に当てた「遺書」という形式をとる。その中で老女は面白いことを言っている。娘はアパルトヘイトを嫌って国外に脱出したのだが、それは決して亡命とは呼べない、自分こそが国内で亡命しているのだ、と。

彼女にそうした認識をもたらしてくれるのは、白人からも黒人からも「人間のクズ」として白い目で見られる社会的アウトサイダー、浮浪者のミスター・ファーカイルだ。浮浪者は彼女の庭に居候をきめこみ、彼女のぽんこつ車を押すという労働を得て、つねに彼女のドライブに付き添う。

これは、またの名を「変身《メタモルフォシス》」と呼んでもいいかもしれない物語だ。老女の大きな精神的変化を扱っていて、老女は通常の境界を越えて黒人居住区《タウンシップ》へと越境し、そこで初めてこの国のジャーナリズムがまったく伝えていない警察による黒人少年への暴力事件を目の当たりにして、次第に目覚めていく。老女は自らの家に逃げ込んだ黒人少年を守ろうとして警察に抗議し、撃ち殺された少年のことを「わたしはあの少年とともにある」と告白するまでになる。

アパルトヘイトを死守しようとする白人支配層も、それに断固反対する黒人側もすべて原理主義の「カルヴァン派」のように「鉄の時代」に生きているなかで、唯一、アル中の浮浪者と死に行く老女だけが、鉄を溶かす柔軟性を持つ。作家は、そこに変化する南アへの期待をこめたにちがいない。

（２００８・12）

放浪者《ノマド》の女性の物語 （コラム・マッキャン『ゾリ』）

東欧のロマの女性を扱った読み応えのある小説だ。しかも、栩木伸明による翻訳はまるでロマの金物細工みたいに、一言一句にまで心と技術が行き届いている。

作家はロマの血を引く者ではない。アイルランド人である。当事者でない作家が書くマイノリティの物語は、往々にして紋切り型のステレオタイプをなぞった物語になりやすく、それゆえに逆に、世間一般の覗き趣味を満たすものとして好評を博したりする。

この小説は、その手のウケを狙ったものではない。ロマでない作家がロマについて書く難関を、語りの構造に工夫を凝らすことで巧みにくぐり抜けている。

たとえば、作家は視点人物や語りの人称に工夫をこらす。一つに、作家自身を投影したと思えるスロヴァキア人のジャーナリストが登場する章を挿入して、ロマの人々にカモられる非ロマの文筆家の姿を被虐的にコミカルに描く。そうすることで、作家はロマに対するお気楽な思い込みを巧みに回避する。

主人公の女性ゾリ（本名はマリエンカ・ボラ・ノヴォトナー）についても同様であり、ある章では一人称の「あたし」で、また別の章では三人称の「彼女」で語っている。作家は女主人公の内面と、外なる史実の両方から語ることで、二十世紀の歴史（ナチスドイツやファシストによるロマの虐殺や、東西冷戦下の東欧社会）という大きなコンテクストの中でマイノリティの女性の生き方をしめしている。逆に言えば、この小説は二十世紀のヨーロッパ史を語られざるロマ史から影絵のように切り取ろうとしたものだ。

小説には、いかに飢餓に身を苛まれようとも時の体制がおしつける同化政策や定住政策などに屈しない気高いロマも、また平気でモノを盗んだり嘘をついたりするロマも出てくる。主人公のゾリはその両方の特質を有し、読み書きを覚えてはならないという一族の掟を破って永久追放の裁きを受けた、いわば汚染《マリメ》を被った女性だ。しかし、幼い頃に家族をファシストによる虐殺で失った彼女がもっとも大事にしているのは、彼女とともに唯一生き延びた祖父の言葉だ。

「よく見てごらん、川の水は深く静かに流れてるだろう。川の流れは未来永劫変わらないんだ……そこにある水の流れは誰のものでもない。俺たちのものでさえないんだ」

スロヴァキアのロマでありながら自らの仲間の中では生きられず、戦後も放浪を重ねてついにイタリアのチロル地方の山奥に最終的な生き場を得た放浪者《ノマド》のゾリ。ロマと非ロマの二つの社会の狭間に生きる彼女の生き方は、今日、個人レベルでも国家レベルでも「川」を所有することに躍起になっている私たちに鋭い問いを投げかけてくる。世界は誰のものなの？　と。

（２００９・１）

アンデスの麓を吹き抜ける風のように　（ホセ・マリア・アルゲダス『アルゲダス短篇集』）

日本に東京文化と関西文化の違いがあるように、ペルーにも山岳文化と海岸文化の違いがある。首都リマに代表される海岸地方が欧米風の近代主義をとり入れ、合理的な思考を尊ぶのに対し、アンデスの山地は、いまなおインディオの神話の中に生き、山や木の精霊を語り、ときに濁流となって暴れ狂う川に畏怖の念を抱く。

二十世紀のペルーを代表する小説家であり、民俗学者でもあったアルゲダスが描くのも、そうした二つの文化のぶつかり合いである。ここに訳出された十三編の短篇のほとんどの舞台が山岳でもなく海岸でもない、その中間の麓の草原地帯《パンパ》であるのも、そうした理由からだ。

麓の草原にこそ、二つの文化がぶつかりあうペルーの現実が見られる。その端的な例が水の権利だ。ごく少数の白人農場主は自己の経済力にまかせて、インディオの長老と手を組み、軍隊や警察を抱きこみ、水の権利を一人占めする。熱帯の草原では、水は命の次に大切なものだが、水を確保できない多数のインディオ（小作人たち）の畑は干からび、トウモロコシも実が小さく貧弱なものしかできない。

アルゲダスは慈悲心に欠けた強者の海岸文化（白人農場主、軍隊）への怒りを隠さない。かれらはインディオと寝た自分の女を崖から突き落としたり（「復讐」）、村一番の乳をだす牝牛をインディオの手から強引に奪いとったり(「小学生たち」)、未成年の少年を力ずくで軍隊に徴用し善良な母親を狂気に陥らせたり(「ドニャ・カイターナ」)するような「悪魔の心」をもつ人間として描かれる。アルゲダスの小説には、つねにそうした圧制への憎悪と、暴力的革命への熱い衝動が潜んでいる。と同時に、シビアな現実から目を背けることもないし、空想に走ることもない。むしろ、インディオたちの挫折を見て、悲嘆にくれているようなところもある。そこがともすればロマン主義に陥り易いスタインベックら北米の白人作家と違うところだろうか。

この短篇集の中でも、最高傑作と思われるのが「水」と題された作品だ。語り手は孤独な白人の少年。本来ならば強い白人農場主の側に立つところだが、幼くして母を亡くしたアルゲダス自身と同じように、インディオによって育てられ、その山岳文化に親近感を抱きながら、結局は二つの文化のどちらからもはじきだされる存在である。地の文にケチュア語やインディオの歌がさしはさまれ、角笛吹きの青年の軽快な笛の音と激しいアジテーションに彩られて、祝祭的な雰囲気の中で物語が展開するが、最後には悲しい結末が待っている。

アルゲダスの物語は、アンデスの麓を吹きぬける山岳の風のように、冷たく、そして熱い。いちどその屈折した独特な風にあたると、やみつきになる。同じ訳者(杉山晃)による『深い川』や『ヤワル・フィエスタ』(ともに現代企画室)も、あわせて勧めたい。

(2003・9)

カウンター・カルチャーの精神を受け継ぐテキサス草原のアリス　（ミッチ・カリン『タイドランド』）

二十世紀のおわりに、アメリカの南西部の砂漠から彗星のようにあらわれた新人作家ミッチ・カリン。エドワード・アビーや吉増剛造らに通じる〈砂漠の想像力〉をもった小説家だ。常識的には不毛とも思われている土地の中に豊饒なるものを見いだすことができる才能の持ち主である。

小説の主人公は、十一歳のジェライザ＝ローズ。テキサス草原のアリスともいうべき、この少女は学校に行ったことがない。だから、友達はいない。いや、厳密にいえば、普通の少女たちより多い。というのも、彼女は一山いくらで買いもとめてきたバービー人形のパーツとか、屋敷のまわりで飛びまわる蛍たちとか、簡単に友達になれるのだから。たとえば、バービーのパーツには、それぞれ名前がついていて、それらの人形との対話をおこないながら、身近な世界を読み解いてゆく。

六十七歳の父はかつて売れたこともあるロック・ギターリストで、少女が一番信頼おいている精神的な存在だが、いまはドラッグにやられてしまっている。とはいえ、大都会のストリートペインティングをはじめ、社会的現実について父が少女に遺した六〇年代の対抗文化《カウンター・カルチャー》の価値観は、彼女に確実に受け継がれている。

その他に、デルという名の、魔女の館のような家に住む老女や、その弟でディッキンズという名の癲癇もちの男が出てくる。かれらは、少女とともに文字どおり人里はなれた社会の周縁部に住む人たちだ。

イギリスの寄宿学校を舞台にした『ハリー・ポッター』が、旧植民地からの移民への差別をはじめ、イギリス特有の社会問題を隠し味にしているのに対し、この一見子供向けの米国のファンタジー小説も、少女と癇癪持ちの男とのキスシーンを見れば分かるように、ピューリタンの「倫理」によってつねに迫害にさらされるゲイをはじめ、マイノリティからの静かな異議申し立てが隠し味となっている。だから、大人が読むべきファンタジー小説なのだ。

（2005・2）

身近な異次元への「冒険」描く（スティーヴン・ミルハウザー『ナイフ投げ師』）

ミルハウザーは、あるインタビューで「小説とは冒険にほかならない」と述べている。この場合、「冒険」とは、読者を日常生活のくびきから解き放つ「危険と隣り合わせの驚異の世界」への誘《いざな》いのことだが、赴くところは世界の果てとは限らない。むしろ、家の近くの路地、屋根裏部屋、町のはずれの森など、ごく身近なところに「冒険」への入口が潜む。

十二編からなるこの短編集の中で、そうした身近な異次元への旅を扱い、世界が平板なものとは限らないことを示したものとして、語り手が九年ぶりに昔の友人の隠れ家を訪ねる経緯を語った「ある訪問」や、女子高校生たちの謎の徘徊を題材にした「夜の姉妹団」や、不倫の相手の夫から呼び出しを受けて夜明け前に山奥に連れていかれる顛末を語った「出口」や、退屈な日常に刺激を与える芸術世界を「地下の迷宮」というメタファで示した「私たちの町の地下室の下」などがある。

言い換えれば、それは芸術家による視線の冒険でもある。ミニチュア作品であれ、世界規模の作品であれ、人間と等身大ではない作品への偏執狂的なこだわりが見られる。

ミニチュアの世界への偏愛を扱ったものとして「新自動人形劇場」や「協会の夢」という作品があり、そこではミルハウザーの無垢で無尽蔵の想像力や職人的な細部描写や、芸術は人生を模倣するのではなく、芸術自体を模倣するのだ、という思想が披露される。

とりわけ、「新自動人形劇場」という作品では、ハインリッヒ・グラウムという、自動人形作りの名匠に託して、完璧をめざす芸術家の破滅を描く。名匠グラウムは、誰もが名作と認める傑作人形を制作したのち十余年にも及ぶ沈黙を経て、とてもぎこちない動きをする人形を発表する。それは、機械仕掛けの人形に人間の魂ではなく、人形自体の魂を吹き込もうと意図したものだった。

だが、この短編集の白眉は、「パラダイス・パーク」という作品だ。ニューヨークの郊外に、人々の想像力を圧倒する遊園地を創設する男サラビーの妄執をめぐる物語。遊園地のまわりにめぐらした百十メートルものの高い壁、地上の遊園地の下に構築する地下遊園地のなど、ありきたりの限界を超えていく「芸術家」の可能性への挑戦と破滅の美学を描く。作家はここで、おどろくべき垂直方向の想像力を果てまでおし進める。

大統領選挙をはじめ、何ごとにもショービジネス的なお祭り要素が入り込み、暗い過去（戦争や侵略）を忘却しがちな楽天的な国民性に対して、まっさらな壁の背後にもう一つの世界の存在を幻

視する、暗いゴシックな想像力による「冒険」は貴重であるといわねばならない。（2008・3）

亡くなった父を「発見」する旅　（若林正恭『表参道のセレブ犬とカバーニャ要塞の野良犬』）

冬でもめったに気温が二十度以下にはならない常夏キューバ。二〇一五年の春にアメリカとの国交を回復して以来、欧米の観光客で賑わっている。

ハバナには、世界中のどこに行っても見られないものが二つある。一つは、一九五〇年代のアメリカ製クラシックカーが今なお健在なことだ。もちろん、エンジンや内装は改造されているが、ボディは元のままだ。

もう一つは、旧市街地から何キロも続く海岸通り。日が落ちる頃には、住民たちが浜風にあたりに散歩に訪れる。この海岸通りには、世界中の観光地にあるスターバックスやマクドナルドの建物がない。まだ「新自由主義」に汚染されていない「聖域」に欧米の観光客も憧れるのかもしれない。

ハバナをめぐるこの旅日記にも、海岸通りが出てくる。若林は言う。「この景色は、なぜぼくをこんなにも素敵な気分にしてくれるんだろう？」と。ふと若林は広告の看板がないことに気づく。東京やニューヨークは広告だらけで、それによって「必要のないものも、持ってないないと不幸だ」といった、物質主義の価値観を無意識のうちに押しつけられる。

風景はそこにあっても、見る人の心の有り様によって、映る姿が違ってくる。著者は、「広告の看板がなくて、修理しまくったクラシックカーが走っている、この風景はほとんどユーモアに近い強い意志だ」と言いはなつ。そこに解放感の笑いがこみ上げてくる。

ハバナ湾のカバーニャ要塞や革命広場、コッペリア・アイスクリーム店などハバナの名所を精力的に歩きまわる。だが、実は、著者が自分に向かって行う「内省《つぶやき》」にこそ、本書の真骨頂がある。とりわけ、亡くなったばかりの父親をめぐる感慨は読者の胸を打つ。「亡くなって遠くに行ってしまうのかと思っていたが、不思議なことにこの世界に親父が充満しているのだ」と「発見」する。スケジュールに追われる日常を振り返るためにこそ、わざわざ遠いキューバに旅したとも思えるほどに、誠実で自虐的な言葉に溢れた好著だ。

（2017・11）

「他者」から見た世界　（黄皙暎《ファンソギョン》『パリデギ　脱北少女の物語』）

八〇年代に北朝鮮に生まれた少女を主人公にした波瀾万丈の物語。

パリという名の主人公は、生まれた時には、すでに女ばかり六人産んでいた母によって林の中に置き去られ、飼い犬のおかげで辛うじて一命をとりとめる。祖母の歌に出てくる、「見捨てられし者」という意味の「パリデギ」がその名の由来だという。しかし、その名には苦難を経て「生命水」なるものを得ることで家族に幸せをもたらすという「パリ王女」の伝説に由来するポジティヴな意味もある。

物語は、二つに分かれ、前半では九十年代後半の北朝鮮や中国での主人公の苦難が語られる。金日成の死亡後、北朝鮮が大飢饉に襲われるなか、叔父が韓国へ亡命したとの嫌疑をかけられ、パリは父母と切り離されて、祖母と逃げるうち、中国の山奥で天涯孤独の身の上に。

後半は、主人公が中国の港から乗り込む密航船の劣悪な環境と女性が辱めをうける状況が描かれたあと、ロンドンの下町での出来事が中心となる。主人公が出会うのは、同じような境遇にある移民や難民たちだ。

アフリカやアジアや東欧など、冷戦構造が崩れたあと、新自由主義のシステムからはじきだされた周縁地域からの経済難民や、紛争地域で難民化した人々だ。

小説は9・11米国同時テロ事件やイラク戦争をも取り込み、西洋のキリスト教社会で理不尽な嫌がらせをうける異文化の「他者」の視点を引き受ける。朝鮮人のすべての家族を失った主人公は、パキスタンからのイスラム教徒の二世と結婚し、新たな家族を築き始める。

彼女は幼い頃から巫女《ふじょ》の才能を発揮して、危機に陥るたびに祖母の霊を呼び出し、窮地を脱することができる。自ら産んだ子を失うなど、様々な試練を乗り越えた末に、「戦争で勝利した者は誰もいない。この世の正義なんて、いつも半分なのよ」と、作者の主張を代弁するかのような言葉を吐く。

本書は、かつて列強の植民地としての辛酸をなめた東アジアから出発し、グローバルな視野を持って、「譲りあいの精神」や「他者への寛容」など、アジア的な「教訓」を提言する。二十一世紀

の世界平和を希求する優れた寓話だ。（2009・7）

絵を見ることの謎に迫る（シリ・ハスヴェット『フェルメールの受胎告知』）

ハスヴェットは、小説家ポール・オースターの妻で、小説『目かくし』などの著書があるアメリカの作家。ヨーロッパの近代絵画に魅せられて美術館に通い、何時間も絵画の前に立ち尽くした。細部に目をやり、メモを取り、資料や研究書にもあたって、執筆したのが本書だ。

ジョルジョーネの「嵐」、フェルメールの「真珠の首飾りをもつ女」、シャルダンの静物画、ゴヤの版画集「ロス・カプリチョス」など、主に八名の画家の作品を取りあげている。作家自身の偏執狂的な姿勢についても隠すことなく語られ、小説を読むような醍醐味を味わえる。一人の人間が絵を見たときに何を感じるかについて、その内省的なドラマが平易な文章でつづられる。

とりわけ、ジョルジョーネの「嵐」を論じた文章は秀逸だ。十六世紀初頭に描かれた、この絵の前景には一人の男がいるが、作家は長らくその男の存在を忘却していたという。なぜ記憶から消えていたのかを探りながら、視覚芸術としての絵画を見ることの意味のみならず、人の視線の不思議な働きについて分析する。

作家が取りあげる絵はどれもあいまいさがあり、寓意がはっきりしない。科学的な調査から絵の〈秘密〉が明かされることもあり、「嵐」でも製作の初期には未完成の女性が描かれていた。完成版では消されたが、作家は、なぜ画家が消したのかを探求する。だが、結局、謎は謎のままだ。彼女はプロの学者ように解釈し尽くすことはせず、このように言う。「私が愛するものは、なんらかのかたちで、私の手をすりぬけるものであってほしい」と。

ここで分かるのは、作家が見ているのが物としての絵画ではなく、まして市場的価値としての絵画でもなく、幽霊のような見えないものだということ。つまり、作家はそこにいない生身の存在としての画家と対峙しようとしているのである。そこが凡百の美術評論家の文章と異なり、架空の世界を旅する〈視覚の冒険〉となるゆえんだ。（2007・5）

人気作家のアフリカ紀行（ポール・セロー『ダーク・スター・サファリ』）

「私にとって、旅はくつろぎや休息のためのものではない。旅とは行動し、活動し、移動するものだ」

アメリカの人気作家セローは、長大な旅行記の中でそう断言する。

北はカイロから南はケープタウンまでアフリカ大陸の東部をさまざまな乗り物（客船、飛行機、乗り合いタクシー、バス、ボート、汽車）を乗り継いで縦断する、約五カ月半の長旅である。

脱線と遅延をくり返すおよそ一万二千キロの旅は、青函連絡船を乗り継いで札幌から東京まで鈍行列車で五往復するようなものだ。

いや、それ以上の困難さが伴う。エジプトから、スーダン、エチオピア、ケニア、ウガンダ、タンザニア、マラウイ、ジンバブエ、南アフリカ共和国へと九カ国にわたって国境越えをするさいには、犯罪者やごろつき、病原菌、意地悪な税関の小役人が手ぐすね引いて待ちうけているからだ。

それでも、著者はこう言う。

「私は絶対に観光客にはなりたくなかった。できるだけ辺鄙な土地へ行って、話のできる仲間に囲まれたかった」と。

著者は、六十年代にマラウイやウガンダで暮らしたことがあり、久しぶりの再訪であった。だが、アフリカでは貧困や都市のスラム化が進んでいた。

「支援貴族」という表現を使って、アフリカ人自身の自立をもたらさない、欧米による経済援助や慈善活動の不毛さを風刺する。その一方で、観光客相手の売春婦としてしたたかに生きている女性たちに味方しながら、アフリカの辺鄙での生活や政治状況をこまめに記述する。

作家自身が言うように、病気や犯罪に巻き込まれたりせずに「現地に迷いこんだような感覚と旅の悦楽」を与えてくれる点が紀行文学の醍醐味だとすれば、この本ほどそうした醍醐味を味わわせてくれるものはない。分厚い本だから読書に時間がかかる。だがそれぐらいの苦労はなんであろうか。

（2012・4）

物語に隠されたユダヤ人の〈擬態〉（アヴラム・ディヴィッドスン『どんがらがん』）

アヴラム・ディヴィッドスンは、サリンジャーとほぼ同年代のユダヤ系作家だ。五〇年代までユダヤ系のアメリカ人は社会的な差別をおそれて、おおっぴらにその出自を告げることができなかった。アメリカ青春小説の典型とされる『キャッチャー・イン・ザ・ライ』でも、主人公のホールデン少年が自分の出自をごまかすといった〈民族的な擬装〉が見られる。幻想小説、ミステリ、SF、ファンタジーなどの体裁をとったデヴィッドスンの作品の中にも、『キャッチャー』に似た〈民族的な擬装〉が隠されている。それは現代風に言えば、メインストリーム文化に溶け込む振りをする〈クリプト（隠れ）〉や〈パッシング（社会的な変装）〉だが、そうしたテーマは、たとえば、無機物の自動再生機能を扱った「さもなくば海は牡蠣でいっぱいに」や、植民地インドで起こった殺人事件を扱った「ラホール駐屯地での出来事」や、詐欺師の大芝居を扱った「パシャルーニー大尉」など、エンターテイメント性の高い物語でも、分かる人には分かる程度の音で奏でられている。

この本は、世界幻想文学大賞受賞作家の優れた短・中編を十六篇集めたもので、晩年不遇をかこったこの異能の作家の妙技を余すところなく堪能できる。作家は一九二三年にニューヨーク州の正統派ユダヤ教徒の家に生まれ、のちに天理教に改宗した。五〇年代にSFを書き始め、多くの文学賞を受賞。〈F&SF〉誌の編集長に抜擢され、後年、貧困ゆえに家賃の安いメキシコやベリーズに移住した。世界各地の密教的な伝承・物語に知悉していた。しかし、初期の作品から晩年の作品に通じるのは、社会の周縁に追いやられた人間や物（死者や生物も含めて）から世界を見る視線だ。米国における奴隷問題、差別問題を扱った傑作「物は証言できない」や「さあ、みんなで眠ろう」だけでなく、一見怪奇小説に見える初期の「ゴーレム」にしても、メキシコの幻想物語に見える後期の「すべての根っこに宿る力」にしても、前者はイディッシュ、後者はスパニッシュをまぜながら、英語で書くボーダー作家としての〈擬態〉能力をいかんなく発揮し、「英語文化帝国主義」の色に染まるのを巧妙に回避している。

（２００５・11）

〈森のゲリラ〉の創作じゃないの？（ゴンブローヴィッチ『トランス=アトランティック』）

ばかばかばかばかばか西成彦のばかやろう。こんな面白い小説、訳しちまって。

でも、いったい「翻訳」なのか、これは。ひょっとして、ゴンブローヴィッチの名を騙った〈森のゲリラ〉西の創作じゃないのか。読みすすめるのが惜しい！　と思いながらページをめくり、とうとう西自身による「訳者あとがき」を読み終えたあとでも、まだ頭の片隅に一抹の不安が残る。かつがれているんじゃないか、と。

　それほどに軽快な言葉遣い、まるで大道芸人か的屋《てきや》みたいなリズムとスタイルをもった文章なのだ。そう、寄ってらっしゃい見てらっしゃい、のリズムとスタイル。それが小説の構造だけじゃなく、意味論的にみて、もっとも効果を発揮するのは、社会の周縁に追いやられている者に作者が発言の機会を与えるときだ。

「父親はどこまで行っても家父長的な鞭を使って、息子を自分のしりに敷く」

「これまで、ポーランド人の運命は、そんなにありがたい代物だった？　あんた、自分がポーランド人だってことに嫌気が差したりしない？　受難つづきなんてまっぴらだとは思わない？　どこまでいっても受苦と受難の連続じゃなかった？　なのに、いままた、あんたたちの皮は、ひっぱたかれ、ひっぱたかれ、鞣《なめ》されようとしてる！　そんなに自分の皮にこだわりたい？　別な何か、新しい何かへと変身したい願望はない？　あんたたちのところの男の子がみんな父親のあとを追いかけて堂々めぐりするのが、そんなに嬉しい？　いっそのこと、男の子を父親の頸木《くびき》から解放してやったらどう？」

これは、アルゼンチンに住むポルトガル人とトルコ人の混血の大富豪こと美少年狩りの〈ゴンサーロ〉の、おのれの変態行為を正当化するたわごとだ。だが、この父親と息子の頸木をめぐる言説は、ポーランド〈父〉と新大陸アルゼンチンのポーランド人共同体〈息子〉のメタファーになっているだけでなく、〈祖国〉の文化伝統や権威といったお題目を唱える退屈な知識人連中への、ラディカルな批判になっている。

ゴンブローヴィッチ＝西は、〈回転〉のモチーフをふんだんに用いて読者に眩暈《めまい》を起こさせながら、ヨーロッパにおける大戦と自身の亡命生活の不条理を徹底した方法意識で笑いのめす。これほどブラックな毒気をまぶされたグロテスク・ユーモアは、貧血気味の日本文学に活きの良い血をもたらさないではおかない。だからいっただろっ、ばかばかばかばかばかって。（2004・12）

たぶん、おれ56さい、「たかだ」とモ〜すものです。（谷川俊太郎、高橋源一郎、平田俊子『日本語を生きる』）

たぶん、おれ56さい、「たかだ」とモ〜すものです。おれショ〜ジキ「じしん」ないです。ビョ〜インのセンセ〜によると、ケ〜ドの〈キオクソーシツ〉だそ〜です。カンゴ婦のMEGUちゃん（おれがそ〜呼んでるだけだよ）がそっと教えてくれたところによれば、「あなたの日本語がコワレてる」んだ、そ〜です。一から日本語ベンキョ〜しましょうね。そ〜センセ〜からいわれました。そんなとき、この本としょかんからかりてきて、声に出してよんでくれたんです。やさし〜なぁMEGUちゃん。

でもタイトルきいて、こりゃむずかしそ〜だぞ、It's a big problem! て思ってたら、それがマジ・ビックリじゃありませんか。おれっチのことが書かれているんですから。谷川俊太郎センセ〜、平田俊子センセ〜、高橋源一郎センセ〜の三人が、それぞれ「ショ〜セツ」と「ギキョク」と「シ」の三つケ〜シキをつかっておれのこと書いてます。シロ〜トのおれにはナマイキなこといえませんが、シジンの谷川センセ〜と平田センセ〜の六作品には、ケッコ〜ファンタジックていうかモ〜ソ〜系のフンイキがぷんぷんしてました。ショ〜セツ家の高橋センセ〜の三作品には、なんかおれ自身のことが書かれてるとはいえ身につまされました。そして世のなかにたいするブラックな笑いもかんじました。

で、おれはいったい何モノなのでしょ〜か。谷川センセ〜によると、わかいころキョ〜レツなことしたみたいです。「高田には秘密がある／二十三歳の夏に母の妹つまり叔母と寝たのだ」。ワァオ。そのオバさん25も年上らしい。おれってヤルゥ〜？　でも、おれ、いま81のオバさんのイサン金をネラったりして、ワルみたい。平田センセ〜によると、もっとスゲ〜。チュ〜ガッコ〜のキョ〜シのくせに頭がいかれてシッソ〜したあげくしぬのです。ウソ〜。おれのニョ〜ボ〜（おれにいたっけ？）によると、「あの人、最近おかしかったんです。『悪魔がやってくる』といって家の外を鏡で見張ったり、ひと晩中明かりをつけっぱなしにしたり。かと思うと、柱をのこぎりで切ろうとしたり」とか。だけど、おれまだ生きてるっつ〜の！　さらに高橋センセ〜になると、もっとショ〜ゲキ的。おれは「見えない人間」なのです。「そう、タカダさんは、いるのに、いなかったのである」ってね。おまけに三十年イジョ〜も「ヒキコモリ」です。ママが80になって「ろ〜じんホ〜ム」にいくってんで、おれを見かぎるんです。カナシ〜ね〜。

この三人の日本語のおかげで、おれはおれのジンセ〜を十二分にリプレ〜できました。でも、まてよ。おれって「たかだ」だったっけ？

（2003・5）

拝復、バルガス＝リョサ様へ（小説家でない一オジンより）（バルガス＝リョサ『若い作家に宛てた手紙』）

拝復、リョサ様へ

お手紙、拝読いたしました。わたしは先生のお手紙の宛名にあったように、「若い作家」ではなく、ただのオジンですが、追伸もいれて、全部で十二通のお手紙（日本語バージョンですが）を楽しく読ませていただきました。先生の手紙をひそかに覗きみてしまったほかのデバカメ連中と同様、わたしも早いうちから、この手紙が一種の偽装であり、書簡の形式をとったひとつの小説論、あるいは小説案内であることに気づいておりました。

そこで、ただのオジンのブンザイでありながら、筆を執らせて（この表現、とっても陳腐ですね。正確にいえば、「パソコンのキーボードを叩く」でしょうが、馴染みがないので、つい社会に流通している紋切り型のことばを使ってしまいます。これから気をつけます）いただいた次第です。第一章「サナダムシの寓話」から第十一章「通底器」までに語られている、小説の構造、手法、空間・時間の処理、語り手・視点の問題などは、失礼を顧みずに申せば、それほど新しいことではないように思えます。ただ、先生がどこかで、「芸術作品がすぐれたものか、貧困なものかを決定するのは、細部なのだ」とおっしゃっていたと思いますが、それをもじっていわせていただくと、先生のお手紙が面白く感じられたのは、他ならぬ細部なのです。

ひとつには、それらの細部を織りなす比喩には、さすがに一流の作家だけあって、よっお、日本一！　じゃなかった、世界一！　と掛け声のひとつもかけたくなるほどの、説得力がありました。小説家とは、内なる悪魔に仕える者だとよくいわれますが、先生は言い方を少し変形させて、小説を書くとは、自らの体内にサナダムシを飼うようなものだ、といいます。小説家とは、そのサナダムシにあらゆる養分を吸い取られることを悦ぶ者である、と。まるで文学に対するマゾヒスト宣言ですね。それだけではありません。生の「体験」をもとに「幻想と技巧」を用いて小説を作りあげてゆく、創作のプロセスをストリップショーに喩えるくだりには、思わずうなってしまいました。「小説を書くというのは、ストリップのダンサーが観客の前で衣裳を脱いでいって裸体を見せるのと何ら変わりがないように思われます。ただ、小説家はこれを逆の手順でやるのです。ショーがはじまったときは素裸だったのが、小説を書いて行くうちに、自らの想像力で創りだした厚地のきらびやかな衣裳を裸体にまとわせて隠して行くのです」と。

さて、先生は、小説の技法を説明する際に必ずたくさんの作品を具体例として挙げていますが、作品を紹介する手並みが素晴らしいので、それを読んでいないことが恥ずかしいというより、人生の一大損失のように感じられてくるのです。平たくいえば、そんなに面白いものをオレはいままで見逃していたのか！　いいこと教えてもらったぜ、得しちゃったな！　といった感慨です。数多くある「オレ、得しちゃったな」の中で、ほんの一例だけを挙げれば、オネッティの長編『はかない人生』、D・M・トーマスの長編『ホワイト・ホテル』、ビオイ＝カサーレスの短編「天空のたくらみ」、コルタサルのいくつかの短編などがあります。
では、なぜそれらを読んでいないことが人生の損失に感じられてしまうのか？　それは先生の紹介文に、大袈裟な言い方を許していただけるなら、「命」が通っているからだと思います。「天職」のためだったら、「幸せな奴隷」として一生涯を過ごしてもいいと「覚悟」を決めた人ならではの「命」が。次の文章を読んで、そんなことをつよく感じました。引用させていただきます。
「文学的才能の育成というこの話に興味がおありなら、フロベールの膨大な書簡集、とりわけ一八五〇年から一八五四年までの間に愛人のルイズ・コレに書き送った手紙を読まれるといいでしょう。（中略）創作をはじめたときに、私は彼の手紙に出会ったのですが、これは大いに役立ちました。フロベールはペシミストで、彼の手紙には人類に対する罵詈雑言が並べられていますが、文学に対しては限りない愛情を抱いていました。ですから、十字軍の戦士でもなったつもりで文学に取り組んだのです。ファナティックな信念を持って夜も昼も文学に身を捧げ、言語を絶するほど極端なものを自らに求めました。こうして自分の限界（初期の著作にはそれがはっきり現れています。当時流行していたロマン主義的な手本にならって修辞的で古色蒼然としたものを書いていたのです）を乗り越えて、最初の近代小説『ボヴァリー夫人』と『感情教育』の二作を書くことができたのです」　敬具　小説家でない一オジンより
追伸　さっそくコルタサルの短編集を手に入れて、読んでみました。子うさぎを口から吐き出す

奇癖を持つ男を扱った「パリの女性に宛てた手紙」も、バイク事故を契機にアステカ族の生け贄になる悪夢を見る男の物語――いやその逆に、生け贄にされかけた男がバイク事故の悪夢を見る「夜、あおむけにされて」も、悪くなかったのですが、先生の紹介文のほうがずっとスリリングでした。なお、わたしの知人が、日本からも目取真俊の「水滴」や「魂込め」をオススメするよう申してお りましたので、センエツながら申し添えます。（2000・11）

きみは悪夢を見たか？（J・G・バラード『スーパー・カンヌ』）

前作『コカイン・ナイト』にちょっとがっかりさせられたので、あまり期待しないで読みすすめていったが、こんどの作品はすごく読みごたえがあった。

『スーパー・カンヌ』の舞台は、過剰な労働とセックスレスな生活に特徴づけられる高級ビジネス街でありながら、「楽園」という皮肉な名称をもつ未来都市エデン＝オリンピアだ。映画祭で有名な観光地を見晴らす高台にあるこの人工都市は、ハイテク産業のメッカとして、ヨーロッパの「シリコンバレー」として描かれる。

確かに、地中海に面した南欧のスーパー・リゾート地を舞台に、無数の監視カメラと強力なセキュリティ・サーヴィスに守られた閉鎖的なニュー・エリートたちの暗黒面がサスペンスタッチで語られる点は、『コカイン・ナイト』と何ら変わらない。だが、ひそかに犯罪とドラッグを生きる糧にしなければならないような危うい生活でも、『コカイン・ナイト』の金持ち特権階級の悪夢とはちがい、ひたすら仕事に明け暮れるこちらのパワー・エリートたちの病理は、ビンボー暇なしのワーカホリックの日本人には、より切実なものとして迫ってくるはずだ。

こちらの小説のほうが読みごたえのある理由は、それだけではない。語り手ポール・シンクレア（航空雑誌の編集にたずさわる中年のイギリス人）の中に、ヨーロッパのエリート階級にいまも根強く残る人種差別《レイシズム》に魅了される危ない傾向や、自分の中に倒錯的な少女愛を認め、と同時にそうした誘惑の危険性を見出してゆくという、ある意味で綱渡り的な語りの冒険をバラードが自らに課したことが高く評価できるのだ。たとえば、エデン＝オリンピアを牛耳る一握りの高級エリートの中でも、ワイルダー・ペンローズなる精神科医は、管理された少量の狂気は人間が正気を保つために必要であるとの、ユニークな考えに立ち、革のボーリングスーツで偽装した企業エリート集団が「楽園」の外の貧民・移民を襲撃する犯罪行為をたくみに正当化する。人間の中からひそかな暴力衝動を引き出す、抗いがたい魅力をもった「悪」の権化である。

そうした「悪」のカリスマへの両義的なスタンスが、この小説全体にサスペンスを張りめぐらし、読者は最後まで語り手ポールがどっちに転ぶのか、わからない。ぼくが『スーパー・カンヌ』を面白いと思うのは、この小説はヨーロッパを舞台にした近未来小説でありながら、ファシズムに対する現代日本人のノスタルジックで倒錯的な欲望のメタファーとしても読めると思ったからだ。つまり、エデン＝オリンピアのエリートたちと同様、「移民」を極端に排斥しつづける日本社会は、結

局はまだ「悪」のカリスマに操られる古いファシズムの危険性を宿しているのではないか、と。（2002・12）

米国のテレビ業界の内幕をあばく（ジョン・アーヴィング『第四の手』）

この小説は、一種のテレビ業界（とりわけニュース報道部門）の内幕モノであり、小川高義による日本語訳も、見事にテレビ業界特有の軽いノリを達成していていている。さすがアメリカ作家の中でも有数のストーリー・テラーだけあって、この小説も明るいユーモアにみちたほのぼのとした作品として仕上がっている。

テレビは本質的にものごとの複雑さを追求できないメディアだ。アーヴィングはいう。「テレビは事件に追い立てられるように動き、ものごとの根本を見ようとはしない」と。そうでありながら、アメリカ社会は（そして、多かれ少なかれ日本社会も）、そうしたテレビニュースを見ることによって、世界の動きを知った気になっている。その結果、アメリカのどの僻地にいても、いながらにして世界がわかるという傲慢がまかりとおる。

そんなテレビ報道の世界に生きるアンカーマンがこの小説の主人公。パトリック・ウォーリングフォードは、どんな事件もＮＹのオフィスにいる幹部連中が自分たちのステレオタイプの鋳型（たとえば、夫を失ったばかりの女性は冷静ではいられない、とか）にはめて編集し直す、そんな「やらせ」に疑問を抱きながらも、現状を打破できない。そんな安全志向の男が、かれ自身にふりかかった事故をきっかけに大きく変身を遂げてゆく。ニューヨークのマスコミの体現するクールで都会的な価値観を捨てて、中西部ウィスコンシンの素朴でストレートな人間的魅力を獲得してゆくのだ。その人間的魅力の象徴として、「第四の手」がある。それは、直接的には主人公が事故で失った左手の代用品であるが、実際には主人公と未亡人ドリスしか感じることができない想像上の手なのである。そうした着想自体はとても面白いが、テレビ業界の冷血人間たちの裏切り(ニューヨーク)と、ドリスという名の未亡人が大切にする田舎の大家族の絆(中西部)という対比が、深みを追求するメディアの小説としては少々単純で陳腐すぎないだろうか。テレビ番組はものごとの本質を摑めないといいながら、その本質を地でゆく単純化したストーリーがちょっと気になった。(2002・8)

銃乱射撃事件が暴くテレビ社会の病巣 (DBCピエール『ヴァーノン・ゴッド・リトル』)

無名作家のデビュー作にもかかわらず、イギリスの権威あるブッカー賞を受賞した小説。

著者の経歴も面白く、オーストラリア生まれながら、幼くして科学者である父の仕事の都合で、世界を点々とし、父の死後に、ドラッグに手を出したり、人の家を売り飛ばしたりするなど、破天荒な人生を送ったという。

小説の舞台は、キリスト教の「殉教」という語に由来する、テキサス州の小さな田舎町。十五歳の少年、ヴァーノン・グレゴリー・リトルの災難と成長とを題材にしている。

ヴァーノン少年は、親友のメキシコ系の少年がいじめへの復讐心から十六人の生徒を殺した射撃事件の共謀犯あるいは真犯人としての嫌疑をかけられ、国境の南へ逃亡を試みる。

無実なのに、少年が逃亡しなければならないのは、思いを寄せた女の子から預かったドラッグや、失踪した父親の残していったライフル銃など、もし捕まったときに自分に不利に働きそうなものをいろいろと抱えていたからだ。

米国の高校での銃乱射事件に想を得たというが、マイケル・ムーア監督の映画『ボウリング・フォア・コロンバイン』が銃社会の問題を突き止めようとしたのに対し、この小説はむしろ、テレビの視聴率争いに代表される情報資本主義の病巣を突く。それは、テレビで放送されることが真実であるという間違った思い込みを人々のあいだに生みだすだけでなく、人々が複雑な現実を等閑視したがるようになるといった悪循環をもたらす。さらに、視聴率至上主義の弊害もある。

作家は少年の語りに忍ばせて、「物事の実際のありようを彼らは忘れはてて、テレビ映画みたいに世界を見るようになる。そのなかではすべてが単純明快だ」と、警句を発する。

社会から疎外される若者の物語という点では、サリンジャーの『キャッチャー・イン・ライ』を彷彿とさせるが、きたない卑語を多用する、ブラックユーモアをまぶした語りと共に、「ひざまずいて人のために祈れ」という寓意を伝える、喜劇的などんでん返しが、この小説を大人が読むに値する小説にしている。


（2008・3）

第四章　歴史の痕跡

身体に刻まれた「歴史」の痕跡（古川日出男『聖家族』）

「東北」は南か?

この小説、北から青森、秋田、岩手、山形、宮城、福島の六県を舞台にした、時空間軸をSF的に飛翔するおそろしく分厚い「ロードノベル」を読みながら、ぼくは古川日出男の書く「東北」って、ずいぶん「南」っぽい、と感じていた。

「東北」が「とうほぐ」と登場人物の声を借りて発音されるとき、なおさらそう感じるのである。そして、それがこの小説のすごいところだ、と思った。その理由《わけ》から話そう。

たいていの日本人は、東北が首都のある東京から見て東北の方角にあるから東北と呼ばれていると思っているにちがいない。でも、日本の他の地方は、そういった方角では呼ばれないのに。たとえば、九州は日本の「南部」とは呼ばれないし、まして鹿児島や沖縄は、方角ですべての地域をしめす米国にならって、「深南部《ディープ・サウス》」などとは呼ばれない。なぜ東北地方だけが、方角で呼ばれるのか?

それは、一口でいってしまえば、そこがただの地方ではないからだ。そこは中央から見て「鬼門」として、アイヌの北海道、南の沖縄と同じように、日本の歴史のなかではげしく周縁化（差別）されてきた土地であり、その土地に住む人々は違うコトバを話す異人種として、時の支配者に従わないものとして、中央政府から絶えず懼《おそ》れられてきた存在だったからだ。そのため、平安以降たびたび、「征伐」が行なわれ、「東北」は迫害される。

> 海に蔵《しま》われたもの。地に埋められたもの。歴史はさまざまな形で埋蔵されている。だから、『日本』史の欠片《かけら》は葬られずに、再興のために埋蔵されてもいる。

歴史上何度も裏切られてきた東北の、埋蔵された歴史を中央の視座ではなく、東北の視座で語り直す。あるいは、「とうほぐ」のコトバで日本史を語り直す。

古川日出男がそう意図したであろうこの小説を読みながら、ぼくがイメージしたのは、十五世紀末に端を発するヨーロッパの植民地政策でアフリカから根こそぎにされて新天地アメリカ（南北アメリカおよびカリブ海の島々）に奴隷として連れてこられた人々の、いわば歴史の敗者であるかれらの末裔が、自分たちのコトバで語り直した「世界史」あるいは「世界文学」だった。

通常、それらの文学は、世界の南北問題にメスをいれる「ポストコロニアル」の文学と称されているが、それは「南」の敗者の視座から語られるものだ。勝者（征服者）でないがゆえに、文献という歴史学者が珍重する武器がない。その代わりに、それらが武器として使うのが敗者の家に伝わる口承伝説だ。伝説といっても、体系があるわけではない。むしろ、断片の集積であり、だからこそ、そうした断片を文学者（思想家）の想像力によって、一つの物語という「体系」に鍛えあげる力業が要求される。

マルチニーク出身の「ポストコロニアル」の文学の重要な思想家であるエドゥアール・グリッサンはそうした方法論を「痕跡の思想」と呼んでいる。

「痕跡は地球の隠された表面の彼方で、かくも遠く、かくも近く、ここ─かしこで、生き残りの場の一つとして、ある者たちによって体験されてきた」

「痕跡とは枝と風を学ぶ不透明なやり方だ。自分でありつつ、他者へ流れつく」

「痕跡の思想はシステムの隘路から遠く離れたところへ行くことを可能にする」

（『全─世界論』恒川邦夫訳、みすず書房、二〇〇〇年）

それは、かつてのヨーロッパの帝国のように（あるいは、十九世紀末から現在まで覇権主義を貫くアメリカのように）、他者を征服することで世界の中でおのれの特殊なアイデンティティを確立するのではなく、他者と自己の中に「雑種」の要素（関係性）を見いだすことで「他者」と手を結ぼうとする思想だ。古川の小説は、後で述べるように、必ずしも、正面切って「他者」と手を結ぼうとする人物たちを主人公としているわけではないが、しかし、そこに明確に示されているのは、「とうほぐ」が決して一枚岩でなく、人と文化が混じりあった土地であるということ、歴史上、その中に勝者も敗者も混在したこと、そうした混在の歴史が抹消されるのを防御しようとする意思だ。

確かに、「南」の文学は「敗者」の歴史の掘り起こしをめざす。この小説でも、「北の端には南の端が孕まれていた」と比喩的に表現される、明治初期における福島の会津藩士の青森への流刑(いわばティアスポラ)や、昭和四十年代の秋田の八郎潟(現在の大潟)の埋め立てによる開墾や入植政策と同時にしめされた政府の減反政策など、中央によって翻弄されてきた「敗者」としての東北の歴史が語られる。しかし、それでは、従来の「正史」を裏返しに語っただけで、ぜんぜん面白くない。東北がただ恨みつらみをいい募っているだけだから。だが、この小説のすぐれたところは、最近の学術調査によって、北の端にアイヌの北海道だけでなく、遠く中国や朝鮮半島とも交流(人と物)があったと立証されつつある、青森の津軽半島の「十三湊《とさみなと》」を取りあげて、もう一つの「とうほぐ」を妄想する点だ。十三湊は、鎌倉時代に豪族安東氏の拠点だったとされる。

十三湊の支配者は、この日の本を管掌する『日之本将軍』として室町幕府に承認されていた。武士団を率いる、土豪であった。ただし和人であった。にもかかわらず蝦夷《えみし》の血を引いた氏族だと、自ら主張し、系図も操作した。圧倒的な海上勢力を有して、この土豪は日の本に君臨した。

アジアの東北にして『日本』の東北に。

十三湊は超国家的な東北アジアの商都としての顔も持ち、雑多な人々が混住しながら繁栄していた。和人にアイヌ、そして大陸の出身者。当時、大陸の王朝は明《みん》で、だから十三湊にいたのは明人だった。異民族の雑《ま》じる都だった。それがヒノモトの都だった。

さらにいえば、なぜか米国「南部」の黒人の話す英語（ある意味でクレオール化した）を東北方言で日本語に翻訳する「伝統」も日本にはあり、たとえば、マーク・トウェインの『ハックルベリー・フィンの冒険』の黒人逃亡奴隷ジムの南部方言は、東北弁で訳されて、一部から何で東北弁なのか、東北を差別するのか、と批判されたりもしたが、それは訳者（あるいは作者）が差別に無自覚なだけであって、しかし、東北方言を古川のように自覚的に使えば、逆にそれは文学の武器にもなりうる。

この小説も、ところどころで、東北弁がまじり、物語の断片がさらなる物語の断片を生み、自己増殖する「南」の「ポストコロニアル」の文学の方法論に基づいている。古川のコトバをもじっていえば、「んだから易々《やすやす》ど、空間の縛りさ超えっぺ」

多文化主義的な東北

東北を旅していて、すぐに気づかされるのは、山形の「そば味噌」のように、調味料に独特の味わいがあるということだ。この小説でも、東北各地を放浪する兄弟が繰りひろげるご当地ラーメン談義の中に、異文化をみずからの懐に取り込んできた「多文化主義的な東北」の実態がひそかに語られている。一見外国など縁のなさそうなただの田舎町にすぎない（と思える）喜多方や白河などに、どうして異常なまでたくさんのラーメン屋が存在するのか。それは、従来の日本にはない味、あるいは新しい複雑な味を好む秘かな歴史があるのではないか。

食べ物や道具をはじめとする文化は人と共にやってくる。だから、多文化主義の「とうほぐ」には、外国から来た人々もいた、と仮定できる。東北には、異人《まれびと》や異類、天狗、忍び、山伏、なまはげなど、外地からやってきたと想像される存在にこと欠かない。

この小説で、重要な二つの家柄がこれにあたる。すなわち、青森のヤシャガシマ（あえて漢字をあててみれば、夜叉が島か？）の「狗塚」一族と、会津は郡山近郊のハチランシャマ（こちらは、「八亂射魔」と記されている）の「冠木《かぶき》」一族だ。

いみじくも冠木十左が、鎧をかぶせたように瘤のできた自分の指に気づいた狗塚カナリアに、「この指は、歴史だ」とつぶやくように、どちらの一族も、明朝に中国から追放され、朝鮮半島をへて津軽に辿りつく劉達に流れをくむ拳術の血筋を有する。いわば、「歴史」を男の身体に刻み込んだ一族である。そして、女の役割はひたすらその血の「歴史」を継続させること、つまり孫を作ることに注がれる。狗塚家の白鳥《はくてう》が孫の雷鳥《らいてう》にいったという。「ヤシャガシマはこの世の中心」だ。「血統はね、絶えなければそれでよい」と。

なぜなら、かれらの歴史は日本の「正史」になることはなく、かれらの身体でしか継続できない「稗史《はいし》」だから。

この小説は、東北に渡来した異人《まれびと》の系譜に連なる人々の身体に刻まれた「歴史」の掘り起こしとも呼べるのだ。

異人《まれびと》は、鳥、犬、猫など鳥獣類と近親性があり、畏怖されると共に忌避される。この小説では、狗塚一族の末裔に三人きょうだいがいて、末の娘カナリアの上に長兄の牛一郎、次兄の羊二郎がいる。牛一郎は犬とりわけ白い犬と仲がよく、その犬に導かれて、危機を脱することができる。だから、犬の痛みも体感できる。

日本史において、犬は異類として象徴的な存在である。大切にされすぎる時代(「生類憐れみの令」の江戸の綱吉政権下で)もあれば、ないがしろにされる時代もあったらしい。たとえば、本書は、狗塚一族の兄弟の会話の中に、その歴史を忍び込ませている。たとえば、戦前の話。

なあ、羊二郎(どうしたの、兄さん?)ほら、この記述(これは、新聞だね。昭和の十九年の)十二月十七日の、朝日新聞の(犬の記事だね)悲惨な(悲惨な、犬の記事だね)そうだ。軍需省の化学局長と厚生省の衛生局長の連名で、地方長官宛に通牒が出された。出されたんだそうだ(犬の……犬の……)軍用犬と警察犬と天然記念物指定犬と登録猟犬を除いて、飼われている犬はのこらず献納されなければならないって。一頭のこらず(買い上げられるんだね。大は三円。小は一円)買い上げられる。もちろん強制的に(それから?)それから? (どうなるの?)

殺されるよ。

（殺される）

毛皮がほしいんだ。

（犬の毛皮）

軍需物資だ。それが。殺されて皮を剥がれる。報国のため……国家に報いるために（それは犬の国家？）違うよ（違うの？）人間（ひと）の国家だよ（ヒトの？）日本人の（日本人の、ニホン？）帝国だ。大日本帝国だ。その聖戦だ（それは犬の聖戦？）違うよ。


ぼくはこのSF的想像力にみちた大作を読みながら、その各所にはめ込まれた日本史の「事実」らしきものは作家が丹念に調べあげたものだということを疑っていなかったが、この箇所だけは作家が空想で作りあげたエピソードなのか、それとも「史実」に基づくものなのか、気になった。そこで、図書館で朝日新聞の当該箇所を調べてみた。

すると、昭和十九年十二月に、日本政府は、つぎのようなおふれを出していたのが分かった。「畜犬の〝献納運動〟各地で買上げも行ふ」の見出しで以下のような記事があった。

「軍需毛皮河の増産確保、狂犬病の根絶空襲時の危害除去をはかるため全國的に野犬の掃蕩、畜犬の供出の徹底を期することになり、軍需省化学局長、厚生省衛生局長の連名で各地方長官あて十五日附通牒を発した、軍用犬、警察犬、天然記念物の指定をうけたものおよび猟犬(登録したものに限る)を除く一切の畜犬はあげて献納もしくは供出させることとし、二十日から明年三月末日までに畜犬献納運動を断續的に実施させる

献納、供出についてはあらかじめ町會、隣組常會を通じて趣旨の徹底を圖り、日時と場所を指定して献納の受入、供出の買上げを行ふが、買上価格は一頭につき大が三円、小は一円見當とする、なほ軍用犬、猟犬、警察犬などは一斉検診を行つて狂犬病豫防注射を行ひ、狂犬病の疑あるものは強制的に供出させる畜犬繋留期間中(各都府縣で公示)放置してある犬はすべて野犬とみなして捕獲されるから注意が肝要——」

ここにいたって、ぼくは煌々と明かりのついた図書館のなかで、そこだけ真っ暗な異次元の場所に追放されたかのように、おそろしくなった。「妄想のとうほぐ」は、決して古川日出男の「妄想」ではなかったからだ。そして、この小説に完全に脱帽していた。

「その書名が記載された公文書、あるいは史書や年代記はございません。これは公式《おもて》の歴史ではありませぬので。しかし非公式《うらがわ》の歴史においては、これは一部の年代記編者らの一門や賢者たちの師資相承《ししそうしょう》、組合に属さぬ物語り師たちの口伝などによって、ふさわしい名をあたえられております。すなわち『災厄《わざわい》の書』です」(『アラビアの夜の種族』角川文庫)

すでに古川日出男は、出世作となった『アラビアの夜の種族』(二〇〇一年)のなかで、征服者ナポレオン軍に追いつめられたカイロの一貴族の家来アイユーブのコトバで、埋もれた「稗史」の再興を語っていたのだ。

史実と想像力を縦横に駆使した「妄想のとうほぐ」の稗史は、三年にわたって書き継がれ、ついにここに完成を見た。今後、この小説を無視して「東北」の歴史を語ることはできないだろう。

(2008・12)

震災後日本の偽装を暴く　(古川日出男『ドッグマザー』)

古川日出男は、東北地方を舞台にした『聖家族』という小説で、「歴史はさまざまな形で埋蔵されている」と書いたことがある。

小説が歴史学や考古学と違うところは、過去のかけらを想像力によって一気に現在の位相へと転じる点だ。埋蔵された歴史は、小説家によって再利用されるのだ。

こんどの小説では、京都が舞台。長らく首都として権力者が日本国の歴史を形作ってきた都市だ。この小説でも、国家の要という意味で、「日本列島の腰椎」と称されている。

しかしながら、この小説で再利用されている歴史は、均一な権力者のそれではない。強者も弱者も絡み合って複雑な様相を呈する歴史である。しかも、三つある物語の最後の語りの時間は、二〇一一年の春に設定されている。いわば、震災後の日本の行く末をいち早く考察した小説といえる。

「僕」は、実の父母を知らない。養父母によって、「歴史」のない関東の「湾岸地帯」で育てられ、城東の錦糸町に移住したという。いま、三種類の偽造身分証明書を携帯し、養父の亡骸を背負って、老犬と共に旅に出る。

京都市の南、伏見桃山御陵への養父の埋葬から始まり、「僕」はさまざまな京都人と関係を作りながら変身を遂げていく。老舗の料理を裏取引でケータリングする「六地蔵の女性」や、裏でスポーツ賭博を開帳するお好み焼き屋、「僕」を広告用の素材に見込んだ写真家、限られたセレブだけを対象に「性のデリバリー」を手配する奇人、鴨川の河川敷で生活する情報通の「家なし」の老人などとの関係を通して、この都市の現在進行形の「歴史」を目撃する。

そうした現在進行形の「歴史」は、つねに二重構造を有している。とりわけ、「僕」が関わりあいを持つことになる宗教団体は、宗教法人の下に関連企業がいくつも接続している。震災以降に日本の復興をうたって、大物政治家を取り込み国家に公認されることをめざす。

この小説が震災以降の文学としての意義を持つのは、二重構造のために見えにくい偽装の社会貢献を行なうやからの存在を私たちにかいま見させてくれるからだ。

（2012・5）

先住民の「心」で世界史を捉える（上野清士『ラス・カサスへの道』）

歴史が、活字メディアを操る者たちによって記されるものだとすれば、そうした手段を持たない者には歴史は存在しない。だが、弱者のための歴史を書こうとする「良心」の人もいる。ラス・カサスとは、大航海時代のコロンブスと同時代の人であり、そんな反権力の人だった。カトリックの司祭として「新世界」に赴くが、「征服者」たちの残虐非道の行ないを目にして、それを国王やヴァチカンに訴え、先住民の「保護官」に任ぜられた。

かれは教会の内部にとどまらず、都市スラムの貧者と行動を共にする現代の第三世界の「解放の神学」の神父たちの遠い祖先でもあったわけだが、晩年は執筆活動に専念し、インディアス（新大陸）の〈発見〉の歴史を書いた。

上野清士はラス・カサスの残した布教の足跡を生地スペインからたどり、カリブ海のエスパーニャ島、キューバ島、中米地峡（パナマ、ニカラグア、エル・サルバドル、グアテマラ、メキシコ、ホンジュラス）、南米（ベネズエラ、ペルー）へと旅する。

これはラス・カサスのテクストに導かれた、ただの歴史探訪の書でもないし、ラス・カサスを聖人扱いする伝記でもない。上野清士の関心は、現代の被征服者の生き方にある。各章には、これらの国々の政治問題や民族・宗教問題へのスパイスのきいた論評が差しはさまれている。

とりわけ、後半のグアテマラの章では、カトリック教会とラス・カサスの限界についてきびしい批判をする。メキシコをはじめ中米に十四年暮らし、思考をめぐらしてきた上野の行き着いた地点は、キチェ族をはじめとするグアテマラの先住民の視点であり「心」だった。

上野は、グアテマラの各地にあるカトリックの教会で「濃密な異教的気配」を感じ取り、そこにカトリック教会がそっくりそのまま移植されたわけではないことを直感する。

上野によれば、先住民はこの五百年間に、「『平和的布教』で生じた隙間をたくみに活かして、祖先の霊をかれらの宗教体系のなかで生きながらせた」のだ。

被征服者の視点から、民族や宗教の対立をめぐる現代世界の矛盾を考える格好のテクストである。

（2008・8）

ムスレムの心から書かれたポストモダンの政治小説　（オルハン・パムク『雪』）

トルコの現代小説家オルハン・パムクは、9・11以降に急激に欧米で読まれだした作家だ。この小説でも、「紺青」という暗号名を持つ魅力的なイスラム過激派のリーダーが出てくる。だが、『雪』は特定のイデオロギー（イスラム原理主義）を代弁する小説ではない。むしろ、世界の政治と切り離されて生活しているように見えても、現代人はそれとは無関係には生きられないといったことを伝える「政治小説」なのだ。しかも、エーコやマルケス、オースターなどを知った小うるさい読者が読んでも、なお面白いと感じられるポストモダン文学の仕掛けを具えている。それがこの作家がトルコ国内のみならず、欧米でも高い評価を得ている理由だろう。

たとえば、この小説のタイトルを見てみよう。たんなる舞台装置というより、現実の細部を覆い隠すという意味で、この小説の真の主人公ともいえる「雪」は、少なくとも二重の意味を付されている。ひとつは、四十二歳の詩人Ka(本名はケリム・アラクシュオウルだが、匿名で生きることを好む)が緑色のノートに書き取ったとされる十九個の詩からなる詩集のタイトル。しかし、そのノートはKaの暗殺とともにどこかに失われてしまい、取材や詩人の残したメモ書きによって、語り手の「わたし」(オルハンという名前を持つ)が、探偵小説の探偵よろしく、その詩集の内容を詩人の行動と共に再構成しようとする。それがいまわれわれの前にある小説『雪』である。

この小説では、モダニズム芸術の約束事も披露される。国民劇場で左翼劇団(かつてブレヒトも演じたことがあるという)によってなされるドタバタの前衛芝居は、いわば劇中劇の様相をなし、いくつかの間の軍事クーデターを成功させる。死者も出るそのドタバタ劇は「人生が芸術を模倣する」ごとく、現実と虚構の境目を失わせ、詩人を混乱に陥れる。これは劇場の外で、国家(軍や警察や学校)やイスラム主義者(穏健派と過激派)、クルド民族派、近代化をめざす左翼などによって繰りひろげられる混乱の政治劇の縮小版だ。

小説の舞台は、一九九〇年代のトルコの東北のはずれ、アルメニアと国境を接する小都市カルス。この吹雪に閉ざされた小宇宙が、トルコ現代史の暗部を照らし出す。つまり、十五世紀以降繁栄を誇ったオスマントルコが十九世紀末に没落してから、トルコはヨーロッパの列強に占拠される。が、一九二〇年代にムスタファ・ケマルの指導のもと列強を追い出し、いまのトルコ共和国が樹立される。その際に、極端な近代化というかヨーロッパ化を推し進めた。ヴェールやトルコ帽を禁止するなど、伝統的イスラム文化を排除することにした。政教分離政策を採り、インテリの左翼は無神論に走った。その後、伝統的なイスラム主義が復活、なかでも狂信的な原理主義者が過激な行動に出る。この小説では、教員養成学校の女子学生の被るスカーフが政争の象徴になり、女子学生の間に自殺が流行したり、スカーフを被った女子学生を退学処分にした校長が撃たれたりする。町は軍の指導下におかれ、私服警察や密偵や密告者と盗聴機器があふれ、まさに恐怖政治の世界。

最大のアイロニーは、主人公Kaがあまりに急激だったトルコ近代化の犠牲者だったという点だ。頭は近代的なヨーロッパ人となったが、ムスレムの心を宿すKaは、亡命先のフランクフルトでは劣等感に苛まれ精神的に惨めな暮らしを送るしかないが、同時に祖国にも安住できない。「紺青」のアジトを警察に密告したと疑われて、最愛の女性に見捨てられるだけでなく、イスラム過激派によって異国の地で暗殺されてしまう。

結末で、ある人物が語り手にこういう。「遠くからでは、誰も、俺たちのことをわかりはしないのだ」と。これは欧米人(キリスト教徒)に対してなされた、穏健なイスラム教徒の偽らざる発言である。異文化は簡単に理解はできない。それだからこそ、こうした小説が書かれ、読まれる意義も出てくる。

(2006・6)

失われた瞬間《とき》を求めて　（オルハン・パムク『無垢の博物館』）

ノーベル賞受賞後第一作（原作は二〇〇八年刊）だ。トルコ辺境の少数民族クルド人問題やイスラム民族主義の問題を絡めた前作の『雪』（二〇〇二年）とはうって代わって、恋愛がテーマだ。ケマル・バスマジュという、アメリカで教育を受けた三十歳の財閥の子息と、遠縁にあたる没落した家系の、十二歳年下の娘フュスン・ケスキンとの禁断の恋が語られる（と思いきや、最後に、あっと驚くポストモダン小説の仕掛けがあるのだが、それはいま触れないでおこう）。禁断の恋というのは、ケマルにはフランスで教育を受けたスィベルという名の上品な許嫁《いいなずけ》がいるからである。

「わが家は三代も前から繊維業に携わり、裕福だった。七〇年代初頭の繊維業と輸出業の成長に加え、イスタンブルの人口が三倍以上に増え、この街、特にわたしたちの住むニシャンタシュ周辺の不動産価値が跳ね上がったことや、父の会社が順調に拡大したことも手伝って、家族の資産は十年前の五倍になった」

そう豪語する裕福なケマルによって一人称で語られるこの長編小説の翻訳書は、上下巻に分けられているが、正直なところ、上巻の四分の三ほどまでは退屈の極みであった。上流階級に属する婚約者の女性と別れることなく、貧しい美少女を妾として囲いたい、といった金持ちのぼんぼんの能天気で、独りよがりな論理（しかし、それはケマルの父のような、前の世代の権力者や金持ちには自然な感覚だった）が見え隠れするだからだ。ケマルの手前勝手な思いを敢えて「わたし」という一人称の語りに託して語るパムクの意図はどこにあるのだろうか。

しかし、婚約が破綻するあたりで、にわかに小説は面白くなる。禁断の恋が別の局面を迎えるにつれて、ケマルの素朴な語りも翳りを帯びてくるからだ。家族ごとの失踪のあと、思いを寄せるフュスンが親の意向を受けて別の貧しい若者と結婚してしまっているという知らせがケマルに届く。しかし、ケマルは遠縁であることを口実にして頻繁にフュスンの家を訪れ、映画監督になる夢を抱くフュスンの若い夫に援助を申し出る。フュスンとの関係は、妄想といたわりのあいだを行き来するものとなり、手を触れることすらできない。それでも、ケマルはたった一カ月半しか続かなかった「ユートピアの瞬間」の再来を夢見て、八年近くの歳月をカスキン家通いに費やす。

ここまで読み進めてくると、小説の重層的な構造が見えてくる。表層には、切々と語られるケマルの悲恋物語があり、映画にすれば、こういったテーマだけでも大作が作れるだろう。だが、小説の時代が七〇年代半ばからの十年間に設定されている、その社会的、政治的な意味が熱いマグマのようにその下に隠されている。

というのも、一九二四年、この物語の主人公と同じケマルという名前を持つ国父アタテュルクが世俗主義（政教分離主義）によるトルコ共和国を建国して以来、推し進められてきた西洋化・近代化に対して、イスラム復活派の巻き返しがあり、世俗主義と原理主義との対立が表面化したのが、この時期といえるからだ。小説の中で何度か遠回しに触れられているように、イスタンブルの街では、左翼労働者階級とイスラム民族主義者の銃撃戦が頻繁に見られ、一九八〇年九月には、左翼の政治テロを牽制すると同時に、イスラム復活派の勢力を抑えようと、軍部によるクーデターまで起こった。まさに政治の季節だったのである。

この小説で語られる住民の生活レベルでも、年の瀬の習慣として、宝くじの抽選や高級ホテルが飾る巨大なクリスマス・ツリーなどに象徴されるヨーロッパ・キリスト教文化の浸透にイスラムの民族主義者が苛立ち、ホテルに爆弾が仕掛けられ、それは「賭け事や酒にまみれた放蕩な新年に対する保守派の怒り」と、述べられている。

また、女性だけに「純潔」を求めるイスラム世界の性道徳に関しても変容が見られる。「西欧化し、富裕な家庭に生まれ育ち、ヨーロッパを志向する上流階級の女性たちが、一人、また一人とこの〈純潔〉という禁忌を踏み越えて、結婚前に恋人と関係を持つようになったのはあのころからだろう」

さらに、恋愛小説の表土の下には社会学的な地層も見られる。世俗的な変容を遂げるイスラム世界の中で、首都イスタンブルこそ、この小説の隠れた主人公ではないか、と思えるほどに丁寧に詳述されるのが、住民の貧富の差を反映した都市区域図だから。巻頭に付された地図に暗示されるように、これはすぐれた都市小説なのだ。

ケマルはニシャンタシュの高級住宅地を出て、ファーティフの貧民街のホテルに逗留し、チュクルジュマのフュスンの家を我が家のように感じる。「イスタンブルの津々浦々は、もはやフュスンを想起させる表徴と一体化してしまった」と吐露するケマルの、フュスンの亡骸を追いかける彷徨は、近代化の象徴ともいうべき裕福な新市街と、ロマやクルドの人たちも住む貧しい旧市街とのあいだの見えない壁を越える旅である。と同時に、それは精神の旅でもあり、フュスンの母ネスィべ婦人に代表される下町の人の謙虚な視点を獲得するほどに変身を遂げる。

はじめのほうで、ぼくは前半が退屈の極みだと言った。しかし、それはゆったりとケマルの内的宇宙を押し広げ、恋愛小説として成立させようとするパムクの意思の表れだった。それなくしては、いま述べたような多層的な構造も意味をなさなかったはずだから。

ケマルは、プルーストが好きだったというモロー美術館に想を得て、フュスンにゆかりのものを展示する博物館の創設を思い立つ。参考のために世界の博物館をしらみつぶしに見てまわるが、その偏執狂ぶりは、フュスンの残した吸い殻のコレクションは四二一三本に、訪ねまわった博物館は五七二三にのぼるという指摘など、数字へのこだわりに見てとれる。「当博物館の展示品のような、その瞬間が封じ込められた品々を陳列し、それらがいまに伝える〈時間〉という集合体を甦らせようという努力に我々が哀愁を覚えるのは、その一連の瞬間の果てるところ、つまり避けようのないその死を想起させるからだ」。

人間は死を克服することはできないが、ケマルの「無垢の博物館」のように、幸せを感じた人生の一瞬を保存し、忘却に抗うことはできる。ケマルは言う。「幸せになろうと努め、〝時間〟を忘れることに挑めるのは、ただ人間だけである」

この本は、声高に叫ばれる政治の「正義」の荒波の中で「失われた瞬間」を求めつづける「偏執狂」の悲しい業を密かに肯定するものではないだろうか。小説の執筆もまた、多かれ少なかれそうした「敗者」のつぶやきを拾う営みに他ならないからである。とすれば、パムクがケマルの代理人として語るというメタフィクションの仕掛けも、ただの文学的なお遊びの域を超えて、文学の心意気に支えられたものであると言えるだろう。

（２０１１・３）

放浪詩人の書いた「二十一世紀文学」（ロベルト・ボラーニョ『野生の探偵たち』）

今年(二〇一〇年)の春、ふらっと立ち寄ったトロントの書店で購入したのがロベルト・ボラーニョのスーパー・メガノベル『２６６６』の英訳本ペーパーバックだった。

著者紹介の欄を覗いてみれば、二〇〇三年に五十歳の若さで亡くなっているが、すでに何冊もの英訳本が出ているではないか。

このたび見事な日本語訳が出た『野生の探偵たち』は、ガルシア・マルケスやコルタサルなど、中南米の一流の作家たちに贈られるロムロ・ガジェゴス賞を受賞している。日本語版は、上下二巻で九百頁を超す大作だ。

ボラーニョは一九五三年に南米のチリで生まれた。思春期に家族と共にメキシコに移住し、世界各地を放浪したあと、居を定めたスペインのバルセロナ郊外で亡くなっている。そうした遍歴から窺われるのは、「根なし草」の放浪癖だ。放浪は何かを発見するための手段というより、それ自体が人生の目的と化している。ボラーニョにとって、放浪とは詩であり、詩は放浪である。

『野生の探偵たち』にも、放浪詩人ランボーに端を発し、二〇年代にメキシコで起こったシュールレアリスムの前衛詩運動に愚直なまでに入れ込むグループ〈はらわたリアリスト〉が登場する。いわば、メキシコの「ビート世代」(アレン・ギンズバーグ、ゲーリー・スナイダー、ジャック・ケルアック、ウィリアム・バロウズなど)ともいうべき若者たちだ。

なかでも、アルトゥーロ・ベラーノとウリセス・リマの二人はその中心をなす。作家ボラーニョの分身ともいうべきベラーノはかれと同じチリ出身で、七〇年に誕生したアジェンデ民主政権を支持すべく、メキシコから自発的に革命家として赴くが、ピノチェトの軍事クーデターに遭い警察に逮捕される。たまたまピノチェトの体制に入っていたかつての級友の手引きにより九死に一生を得る。その後も、メキシコ北部からヨーロッパ、アフリカ各地を放浪し、ドラッグや無頼の生活のせいで、すい臓炎をはじめいくつもの内臓を患いながら、最後はアフリカで消息を絶つ。

一方、相棒のウリセス・リマも、パリ、ウィーン、バルセロナ、イスラエルを放浪しているが、面白いのは、ニカラグアにメキシコ詩人の使節団の一員として出かけたときに失踪したエピソード。メキシコと中央アメリカをつなぐ川を端から端まで歩いていたらしい。かれはそのとき数え切れないほどの島を見つけたが、中でも二つの島が印象的だったという。一つは「過去の島」で、そこは退屈そのもので、想像の重みで沈みそうだった。もう一つは「未来の島」で、島人たちは攻撃的で、共食いしていた。ボラーニョの小説では、ブルース・チャトウィンを想起させるそうした放浪者による〈世界ヴィジョン〉が、まるで熟練の手品師の妙技のように、惜しげもなく披露される。

この小説は、語りの構造に特徴がある。単純に言ってしまえば、ＡＢＡのサンドイッチ形式だ。パンの部分にあたるＡは「青春小説」、中身にあたるＢは「政治小説」とも読める「青春小説」。二種類の小説が解け合うポストモダンのハイブリッド性が、二十一世紀文学の先端をゆくこの小説の妙味だ。

具体的には、第一部と第三部は、フアン・ガルシア＝マデーロという十七才の大学生一年生の日記形式。一九七五年の十二月から翌年の一月の約二カ月にわたって、大学をサボってのメキシコ・シティの喫茶店めぐりや性のイニシエーションなどが語られるが、いわば、メキシコ版『キャッチャー・イン・ザ・ライ』ともいえる様相を呈する。

貧乏学生フアンが古本屋めぐりをして、世界の文学作品を万引きするくだりが出てくる。面白いのは、盲目の女性店主に、万引きはだめよ、と釘を刺されたり、また別の店では、金がないので古本屋をまわって万引きをしていると正直に告げると、同性愛者の老店主に詩集を贈られたりする。このようなエピソードが示唆するように、ボラーニョはおそらく独学で、広範な文学的教養を獲得したのだ。

第二部では五十人を超す証言者が登場し、それぞれの個人的な観点から、二人の詩人ベラーノとリマについて語るのだ。ここの部分がこの小説の白眉だが、七六年から約二十年にわたって、メキシコ、カリフォルニア、ヨーロッパ（フランス、スペイン）、中東、アフリカなどで、さまざまな階層の、さまざまな思想の持ち主による証言がなされる。オクタビオ・パスやレイナルド・アレナスをはじめ、実在・架空の詩人や作家が実名や偽名で大勢登場する。ソル・フアナを師と仰ぐフェミニスト詩人たちがマッチョな〈はらわたリアリスト〉に冷水を浴びせる。自己満足のロマン主義に陥らないそうしたパロディの才能が、まるで真っ暗な闇に輝く星の光のように、まぶしくきらめく。

同時に、チリやニカラグアなど中南米へのアメリカ合衆国の軍事介入とか、独裁政権によって抹殺される知識人たちといったラテンアメリカ特有の問題とか、一九六八年のメキシコ警察・軍隊による弾圧事件（トラテルコ事件）の中で、大学のトイレに閉じこもったウルグアイ人の女性詩人のエピソードなど、中南米の「政治」のモチーフがちりばめられている。

ロベルト・ボラーニョは、オクタビオ・パスなどに象徴される「権威」からは意識的に距離をおいていたので、欲しがったかどうか分からないが、もし生きていれば、ノーベル文学賞の最有力候補間違いなしの文学者だ。

本書は、遺作『２６６６』（二〇〇二年）と共に、移民が常態と化し、国境がゆらぐ二十一世紀の現状を扱うこれからの若い日本の作家たちが目指さねばならない作品である。

（２０１０・７）

世界へとつながる「周縁」（ロベルト・ボラーニョ『２６６６』）

テキサス州エルパソ市のダウンタウンから十分ほど歩き、米墨国境を越えメキシコのファアレスに入ると、十字架を象った「慰霊碑」が立っている。一九九三年頃から頻繁に起こっている女性失踪殺人事件に抗議し、地元やアメリカ側の人権活動家たちが作ったものだという。被害者は四百人、あるいは四千人とも言われ、犯人に関しても単独説、複数説があり謎に包まれている。

ロベルト・ボラーニョの大作『２６６６』は、活動家たちが「フェミサイド（女性をターゲットにした大量虐殺）」と名づけるこの事件を中心にして、万華鏡のようにさまざまな模様を描き出す。その模様は五つに大別できる。「批評家たちの部」「アマルフィターノの部」「ツェイトの部」「犯罪の部」「アルチンボルディの部」と題されていて、その大きなパターンの中に、さらに小さなバリエーションが存在し、模様は無限に増殖してゆく。

「批評家たちの部」は、一九二〇年生まれとされるドイツ人作家アルチンボルディをめぐる四人の研究者たちの物語だ。かれらはフランス人、スペイン人、イタリア人、イギリス人と、いずれも非ドイツ語圏の人間で、二十歳前後の頃に、それほど有名でない作家の作品に遭遇しているらしい。母語への翻訳を試み、論文を書き、学会で交流を深めるかれらのうち一人は女性で、彼女を軸にして友情と性愛をめぐる複雑な愛憎劇が繰り広げられる。やがてかれらは、謎の女性殺人事件が起こっているメキシコのサンタテレサ市(フアレス市がモデル)に、アルチンボルディを探しに出かける……。

「アマルフィターノの部」に登場するのは、ピノチェトのクーデターでアルゼンチンに亡命した、アマルフィターノというチリ人。かれもアルチンボルディの研究者だ。バルセロナの大学で教鞭をとっていたが契約が切れて、サンタテレサの大学に移る。そして同じくサンタテレサにやってきた前述のヨーロッパ人研究者たちに出会う。ヨーロッパの研究者たちにとって、アマルフィターノは非常にネガティブで、人生を諦めたような男に映る。

「フェイトの部」に登場するのは、ニューヨークのハーレムに拠点をおく黒人系雑誌の編集者、フェイト。黒人ボクサーの試合を取材するようスポーツ部から依頼され、サンタテレサを訪れる。ホテルでかれは、チューチョ・フローレンスという記者と知り合いになった。フェイトは十代後半の女性・ロサとも知り合うが、彼女はアマルフィターノの娘で、チューチョによってコカイン漬けにされようとしている。娘が殺人事件の被害者になることを怖れる父の依頼で、フェイトはロサを北へ脱出させる。

「犯罪の部」にはノンフィクション・ノベルの手つきも感じられる。一九九三年から起こっている女性殺人事件を事細かに追いかけ、警察と富裕層と犯罪者の癒着などが描かれる。この部で興味深いのは、メキシコのカトリック文化における「神聖嫌悪」という病気についてのエピソード。これが教会や偶像の破壊などを引き起こし、フアレスの女性殺人事件にも複雑に絡んでいく。

「アルチンボルディの部」では、二十世紀のはじめに遡り、数奇な人生を辿るハンス・ライターなる人物を追う。かれはプロイセンの片田舎で幼少時を過ごし、職を転々とする。ルーゴ・ハルダーというボヘミアンな青年に感化を受けたり、戦争に巻き込まれたりする。そして一九九五年。ハンスの妹・ロッテのもとにメキシコの弁護士から電話がかかる。彼女の息子・クラウスが、サンタテレサの女性殺人事件の容疑者として刑務所に収監されているというのだ。ロッテは何度かメキシコを訪れるうち、偶然、アルチンボルディなる作家の本と出会い、アルチンボルディとは兄ハンスだと確信する。ロッテは兄と再会を果たし、息子の一件をかれに託す。そしてアルチンボルディ＝ハンスが、ようやくサンタテレサを訪れることになる……。

なぜボラーニョはこの女性殺人事件に焦点を当てようとしたのだろうか？

ジャーナリストの伊高浩昭によれば、ファアレスの女性殺人事件には複数の要因があるという（二〇〇六年一月の立教大でのシンポジウム）。

その要因とは、

（1）一九九四年に発効した北米自由貿易協定により、米墨国境のすぐ南の土地に保税加工工場（マキラドーラ）ができ、中米諸国から貧しい移民が仕事を求めてやってきて、犯罪のターゲットとなりやすい状況に置かれた。

（2）ファアレスにはメキシコ最大のドラッグマフィアが存在する。麻薬密輸人や中毒者による女性への暴行の可能性。

（3）メキシコ文化に内在する女性蔑視、女性虐待の傾向。

加えて言えば、メキシコ警察の腐敗や、大物政治家や富裕層が事件に関係しているという説もある。

二〇〇四年十二月号の『すばる』（集英社）でも、斉藤修三がこの事件に触れている（「ボーダーに消えた少女」）。斉藤は、とりわけ（1）の要素に強者の論理を見て、低賃金で雇われる貧者／弱者／女性が犠牲になっていると指摘。「どんなにグローバルな問題でも、ローカルな現象として出てくる」と、地元活動家の言葉を引用する。

この言葉は、ボラーニョが『２６６６』を書いた動機を連想させる。チリで生まれ、メキシコへ亡命し、バルセロナをはじめヨーロッパ各地を放浪したボラーニョ。かれはきっと知っていたのだろう。メキシコの作家たちが書こうとしなかったこのメキシコ固有の社会問題が、どこかで世界でつながっていることを。第一世界と呼ばれる先進諸国の富を生み出す「現代の奴隷制」の舞台である、請負工場やゴミ集積場で起こっている女性殺人事件こそ、小さな周縁が世界とつながっていることを証明するものだということを。

（２０１３・２）

世界の端っこで、愛をさけぶ　（ピーター・ケアリー『ケリー・ギャングの真実の歴史』）

片山恭一の『世界の中心で、愛をさけぶ』が、若い女性のあいだで評判らしい。中学生の娘も、友達に借りて読んだという。自分の勤めている大学で、二年生の男女百人に聞いてみたら、なんと読んでいる人が十一人もいた（ほとんどが女子学生）。村上春樹訳の『キャッチャー・イン・ザ・ライ』のときも、似たような数字だったような気がする。

どこが受けるのか、話題作を読んでみた。一言でいえば、青春恋愛小説である。二〇代後半と思われる男が語り手で、高校時代に白血病で死んでしまった女の子のことを回想するという話だ。小説の凝った仕掛けとしては、主人公とその祖父の二人の悲恋が相似形で語られるということぐらいだろうか。ストーリー自体はあっけないほどに単純で、「喪失」というモチーフが全編をつらぬく。誰でも大切なものを失うのは辛いから、柴咲コウならずとも、ついほろっとさせられてしまう。涙腺のゆるいわたしも、やられかけた。そういうところは、とても丁寧に書いているのだ。

しかしながら、この小説の致命傷は、「他者」のまなざしが少しも感じられないという点である。まるで〈感動〉がウリの安っぽいテレビドラマを見させられたような印象がぬぐえない。「他者」のまなざしというのは、たとえば、アキという名の、白血病で死ぬ女の子がなぜオーストラリアなんぞに遺灰を撒いてほしいと願うのか、すこしは考えてみようといった姿勢のことだ。四〇歳をすぎても、こうした無邪気な物語を平気で書けるなんて、いい度胸している！

『世界の中心で、愛をさけぶ』で泣きそこねたあなたにぴったりの小説が、ここにある。どうしてアキがオーストラリアにあこがれたのか、よくわかるはずだ。『世界の端っこで、愛をさけぶ』と訳してもいいのだが、正式なタイトルは、『ケリー・ギャングの真実の歴史』という。オーストラリア出身で、ニューヨークに住んでいるピーター・ケアリーの長編小説〈原作は二〇〇〇年〉だ。奇しくも、二十代半ばの男が語り手〈というか書き手〉という設定で、自分の短い人生の出来事を娘に回想する形式をとっている。叶わぬ恋〈というか叶わぬ結婚生活〉をめぐる物語もある。

時代は十九世紀の半ば、まだイギリスの植民地であったころの話で、舞台はオーストラリアの南東部、メルボルンのあるあたりの未開の奥地《アウトバック》だ。ピーター・ケアリーは、すでに『イリワッカー』〈一九八五年〉や『オスカーとルシンダ』〈一九八八年〉など、虚実をないまぜにした幻想的で、スケールの大きい〈歴史改変小説〉によって、英語圏のガルシア・マルケスとも目される作家だが、この小説は、かれの作品のなかでも最高傑作ともいいうるものではないだろうか。というのも、流刑囚移民の末裔からオーストラリアの歴史を語りなおしたポストコロニアル小説としても、社会の最下層の「悪党」を主人公にした冒険小説としても、オーストラリアの未開の奥地を描いたネイチャーライティングとしても読め、多層的な読みが可能であるからだ。あれこれ下手な理屈をこねるのをやめて、その特長をいくつか挙げてみよう。

まず、ストーリーテリングの巧みさがある。マーク・トウェーンの『ハックルベリー・フィンの冒険』の語りを想いだしてほしい。こちらの小説の主人公エドワード・ケリー〈通称ネッド〉は、十二歳で父を亡くし、アイルランド流刑民の子として、オーストラリア社会の周縁に追いやられ、貧乏ゆえに学校へ行けない。ハックと同様、「無学」の語り手だ。「無学」だが、「無知」ではない。

小説家は、まるで野ネズミが地をはいずりまわるかのように、低いアングルからこの世の中を見ることを自分に課す。たとえば、それは、奥地特有の比喩によって世界を切り取るネッドとその仲間たちの見方に表れる。「政治家がおれたちみたいなもんを弁護してくれると思うのか。あいつらにとっちゃおれたちは小麦粉につくコクゾウムシみたいなもんなんだぞ」と、ネッドの相棒のジョーが忠告する。一方、植民地を治める体制側のイギリス人たちは、ネッドにとっては、赤みがかったでっぷりした二重あごの生きもの(巡査部長)であったり、百キロはありそうな年とった豚(治安判事)であったり、ほそくて長いすじ状の鳥のフン(新聞社の編集長)であったり、弱い者に襲いかかってくるディンゴの群れ(警官たち)だったりするのだ。

小説家は、かつて植民地時代にイギリス人の中傷や偽証によって「極悪犯罪人」に仕立てられたアイルランド流刑民の側に立つ。そして、社会の端っこに追いやられたのけ者たちの汚名を晴らしながら、「一九世紀半ばまではイギリスの流刑地で、その後にイギリス人が白豪主義をかかげてこの国を建設しました」といった、ありきたりのオーストラリア史をひっくり返す。この小説がきわめて現代的であるのは、アボリジニの精神世界だけでなく、たとえば、ネッドがさいごに米国南軍の戦艦とクーフリンの戦車を合体させたような一見奇妙な鎧をつくったみたいに、ヨーロッパの北の端っこから南半球の周縁に移植された(当然、変形を被った)アイルランドの伝説もまた、オーストラリアの誇るべき文化のひとつであるといったことをしめしたことだ。そこに、ポスト国家主義の時代のクレオール性が端的に表れているといえる。

さて、イギリス出身の小説家ブルース・チャトウィンは、アボリジニの独特な世界観と記憶システムとに興味をもち、その探求の成果を『ソングライン』（一九八七年）という、すばらしい書き物に残してくれている。チャトウィンは、〈砂漠〉の放浪者《ノマド》なので、中央オーストラリアの乾燥地帯をほっつき歩いた。そして、〈人類のふるさとは砂漠にあり〉という結論をひきだしてくる。「もし砂漠が人類の故郷なら……、われわれが緑なす牧場に飽きてしまうその理由を、所有がわれわれを疲弊させるその理由を、パスカルが人は快適な寝場所を牢獄と感じると言ったその理由を、容易に理解することができるだろう」と。

『世界の中心で、愛をさけぶ』の主人公は、ケアンズ郊外の砂漠に行って、「四方を見まわしても、同じような風景ばかりだ」と、もらす。一方、チャトウィンの砂漠は一見なんの変哲もない土地なのに、アボリジニの詩がいっぱい詰まった心豊かな風景と化す。そして、ケアリーの描くオーストラリアでは、植民地の不正や圧制を反映するかのごとく、つねに大雨に見舞われ、川は氾濫し、やりきれない風景がつづく。そうした〈風景〉描写のなかにも、それぞれの小説家の力量が出ているのではないか。

（2004・2）

政治的なメッセージを隠した「童話」（ロバート・クーヴァー『老ピノッキオ、ヴェネツィアに帰る』）

クーヴァーは、つねに過激で猥雑なユーモアによって、アメリカの権威と戦ってきた。

しかし、この本は十九世紀末に子どものために書かれた童話『ピノッキオの冒険』を下敷きにしていて、舞台はピノッキオの出生地ヴェネツィアだ。

あのピノッキオが、美術史の分野で世界的に知られたアメリカの大学の名誉教授として、自叙伝の最後の章を書くために故郷に戻ってくる。

だが、もう一人の主人公がいる。「ルネッサンス」時代の「ヴェネツィア派」と称される画家たちを数多く輩出した古都ヴィネツィアだ。

老ピノッキオは、異教徒である「ムーア人の鐘の音」が聞こえるこの町をさまよいながら、あちこちでかれらの作品に遭遇する。だが、それらの作品は、ただ崇められるだけではない。

たとえば、十五世紀に活躍し、数々の聖母子画で有名なジョヴァンニ・ベッリーニ。この高名な画家の名前は、クーヴァー一流のひねりを加えられてよみがえる。

折しも当地では冬のカーニヴァルの最中であり、それは年に一度だけ、世俗の価値観が逆転する瞬間でもある。そういう瞬間にベッリーニの架空作品『臓器の聖母』が登場し、ローマ・キリスト教会の権威を失墜させる破廉恥きわまりないドタバタ喜劇の道具立てとなるのだ。

世界的に著名な大家とはいえ、今やピノッキオは百歳を越え、心身ともにガタが来ている。しかも予期せぬ友人たちの裏切りによって、息も絶えだえの様子だ。

その姿は、世界の指導者として二十世紀を席巻してきたものの、このところ振るわない「超大国」アメリカの姿に重なる。

元の木偶の棒に戻りたいと願う主人公の思いは、アメリカは「超大国」の奢りを捨てるべきだ、という作家からの政治的なメッセージだ。そうした仕掛けが隠された大人向けの童話である。
（２０１２・10）

「貧困大国アメリカ」を幻視する　（デニス・ジョンソン『ジーザス・サン』）

十一個の短編からなるが、アメリカ社会の周縁で起こっている出来事がドラッグ漬けの「俺」によって、オープンエンディング形式で語られる。短編集というより、これはシャーウッド・アンダースンの『ワインズバーグ、オハイオ』のような、グロテスクな人間群像を描いた「連作集」と呼ぶべきだろうか。

行き場を失った「俺」にとって最後の砦ともいうべき酒場「ヴァイン」は小説の象徴的なトポスだ。

「ヴァインは列車のラウンジカーがなぜか線路から外れて時の沼に入り込んで解体用の鉄球を待ってるみたいな感じの場所だった。そして鉄球は本当に迫ってきていた。都市再開発で、ダウンタウン全体が壊され、捨て去られている最中だったのだ」

そう、八〇年代後半から全米各地の都市中心部において盛んに「都市再開発《ジェントリフィケーション》」が行なわれ、地価や家賃が上がって低所得者たちが追いたてられた。そうした強者の論理への批判がこの小説の隠し味になっているが、それと同時に、マスコミによって喧伝される「いつわりの夢」の潰えたあとの無惨な風景が「廃墟」のイメージとして全編を貫いている。

作家はウイリアム・バロウズにも似たドラッグ中毒者の文体の中に社会風刺を取り込む。時に幻覚と現実との境目が見えない風景を描きながら、「貧困大国アメリカ」の実態を幻視する。

ハンター・トンプソンの小説をもとにしたテリー・ギリアムの映画『ラスベガスをやっつけろ』と、レイモンド・カーヴァーの短編をもとにしたロバート・アルトマンの映画『ショート・カッツ』を足して二で割ったようなユニークで印象ふかい小説だ。

あなたが見るのは、「負け犬」としての低所得者階級からなるアメリカに他ならない。ドラッグ売買やアルコール中毒、戦争後遺症、性犯罪、銃、病院、デトックス、アルコール中毒者更正の会合、離婚、シングルマザー、酒場通い、失業、バス通勤などがキーワードだ。

とりわけ、真ん中に置かれた「仕事」という作品では、バスの窓から見えるこの街がリアリティの失せた「スロットマシーンの絵柄みたい」に映る。幻覚が現実で、現実が幻覚であるようなアメリカの(心象)風景を見事に捉えている。

(2009・5)

祖国で難民化する村人 (パノス・カルネジス『石の葬式』)

カルネジスは一九六七年生まれのギリシャ人で、九二年に留学のためにイギリスに渡ったという。ドイツ語で書く多和田葉子や、日本語で書くリービ英雄のように、外国語(英語)で書く作家だ。外国語で書くということは絶えず「他者」としての意識を持って書くということである。

電気もテレビも冷蔵庫もまだ珍しいが、しかし確実に近代化の波が押し寄せてきている時代の、古代哲学の都とも世界遺産とも無縁なギリシャの過疎の村を舞台に、住民の生態を十九の中短編で描く。

それぞれの作品がゆるく結び合う連作集で、エクセントリックな人物設定や、ユーモアやアイロニーに富んだ寓話的な語りや、容赦ない社会的な現実とその逃げ道としての幻想や夢が混在するマジックリアリズムなど、シャーウッド・アンダーソンやガルシア・マルケスを彷彿とさせもするが、どちらとも違う独特な味わいがある。

グロテスクな性格描写についていえば、最愛の妻が死産で亡くなり、その原因をつくった双子の娘を地下室に閉じ込め、文字どおり動物扱いすることで復讐しようとする父親や、跡取り息子がほしい一心で、男の子を流産してしまう妻を砒素で毒殺する超利己的で強欲な地主の男など、誇張され類型化された人物が多く登場する。しかし、一番印象に残るのは、複数の物語に登場して、村の「権力者」としての存在を印象づけるイェラスィモ神父だろう。

教会の祭壇に飾るために宿屋の庭の花を失敬してきたり、郡都から招いた主教の前でウソの奇跡を仕組んでみたり、人間臭いことこの上ない人物だ。「こんな朝早く神父に会うなんて、縁起が悪いや」と、住民の一人につぶやかれたりもする。作家のギリシャ正教に対する風刺は明らかだろう。

最後の「アトランティスの伝説」では、知事が推し進める水力発電所のダム工事で、教会どころか村そのものがなくなってしまう。しかも公共事業の一部を担っているのがドイツの企業であるという皮肉が効いている。祖国で難民化する、このグローバリズムの時代の「ディアスポラ」を巧みに寓話化した物語だ。

（2006・9）

ある大女優のチャレンジ（スーザン・ソンタグ『イン・アメリカ』）

ソンタグは冒頭で、ある高名な女優の波瀾万丈の人生に触発されてこの小説を書いたと告白する。時代は十九世紀後半。大女優がポーランドでの輝かしい名声を棄ててアメリカへ行き、困難と挫折を経験しながらも、再び女優として成功するという話だ。

なぜソンタグはこの女優について書かねばならなかったのか？

作中で彼女と恋仲になる年下の作家がこう述べている。「ありうべき別の人生への願望を刺激しないようなら、物語を語ることに何の意味があろう？」と。

女優はもともと貧しい家に生まれたが、伯爵の男に見いだされて階級差という壁を乗り越える。だが、現状に満足しないで、昆虫のように絶えず「脱皮」をはかり自分自身を拡大しつづける。いはく「自分という容れ物を忘れなければならない」と。

当時、ポーランドはオーストリアやドイツ、ロシアによって分割統治されており、ポーランド人は母語の使用すら制限されていた。女優はスキャンダルを恐れずに大劇場との契約を破棄し、夫や知人を引き連れてカリフォルニアで実験的な共同生活を始める。だが、そうしたプロジェクトも仲間のあいつぐ離脱によって挫折を余儀なくされる。そこで、彼女は舞台に戻り、英語劇にチャレンジする。

この小説には、隠れたもうひとりの「主人公」がいる。理想国家としての「アメリカ」である。一行がアメリカへ移住した一八七六年に、「独立宣言」百年祭を祝ってアメリカ初の博覧会が開催された。電話、タイプライターなど、最新の発明品に驚く主人公の姿が描かれている。だが、小説の中では触れられていないものの、実はこの博覧会には女性の地位向上を目的にした「女性館」という「目玉商品」があったのだ。

ソンタグの執筆の意図は何だったのか？　おそらく、大女優の生き方に託して、貧しい移民や女性たちにとって理想の避難所であった理想の「アメリカ」を現代の読者に思い出させる、そんな「啓蒙小説」を書くことだったのではないだろうか。

（２０１６・７）

文学でフィリピン深層へ　（ミゲル・シフーコ『イルストラード』）

語り手の「僕」（著者と同じ名前のミゲル・シフーコ）は、冒頭で、米国に亡命中のフィリピン作家クリスピンの謎の死について語る。

クリスピンも「僕」もフィリピンの同じ地方の富裕階級の出でありながら、政治ではなく、文学に希望を託す点で共通している。

物語は、クリスピンの遺作『燃える橋』の原稿の探求をめぐって展開する。それは、「何世紀にもわたってフィリピンの支配階級を蝕んできた血族登用、樹木の不法伐採、ギャンブル、誘拐、汚職、その他ありとあらゆる悪徳がその中で見事にすっぱ抜かれているはずの原稿」だった。

「僕」はその原稿の在処を探しながら、クリスピンの伝記を執筆しようとする。「彼の人生について書くことが自分の人生の謎を解く手がかりになると考える」からだ。

この小説は、小さな筒をまわすたびに異なる絵模様が見える万華鏡のようだ。というのも、ポストモダン小説にお馴染みの「モザイク模様」のテクストよろしく、ブリコラージュ（あり合わせの材料を使った「器用仕事」）という語りの方法を採用しているからだ。

たとえば、クリスピンが書いたとされる小説群（『マニラ・ノワール』という冒険活劇小説や『啓蒙者たち』という自伝小説、『自己剽窃者』という回想録など、十個を超える小説やエッセイ）のみならず、作家が関わったとされる雑誌インタビューや、ローカルなジョークなど、ときにユーモアたっぷりの語りの断章群が巧みにつなぎ合わせられている。

感心させられるのは、そうした語りの断章の総体がフィリピンの近現代史の暗面をあぶりだし、十九世紀末の独立戦争時代から現代までつづく少数の富裕層による寡頭政治の「からくり」をすっぱ抜いているということだ。

フィリピンの地方色をふんだんに取り入れながら、世界文学としての普遍性をそなえた驚嘆すべきデビュー作だ。

（2012・8）

多種多様なニューヨークの市民像　（コラム・マッキャン『世界を回せ』）

ニューヨークを舞台にした、9・11以降を見据えた小説だ。

弁護士や医者、サラリーマンやエレベーターボーイ、掃除夫など、さまざまなニューヨーカーが世界貿易センタービルの上空を眺めている。

だが、それは二〇〇一年に同時多発テロで崩壊するツインタワーではない。ビル完成の翌年（一九七四年）の夏、ある男（綱渡りの大道芸人フィリップ・プティ）が二棟のあいだに鋼鉄ロープを張って綱渡りを行なった、その有様を見ているのだ。

この冒頭の描写は、小説の基調をなす。生死を賭けたアクロバティックな行為が、9・11以降に荒んでしまった人々の心に、癒しのヒントを与えてくれるからだ。

作家は失われたタワーを回復するために三十年ほど過去にさかのぼる。だが、それは過去を美化するだけのノスタルジーではない。その証拠に、アメリカ政治の失態とも呼ぶべきもの——ニクソン大統領の辞任劇や、ベトナムや中東を舞台にアメリカが関与した戦争への言及があるからだ。

とりわけ、ベトナム戦争で息子たちを失った母親の会が象徴的だ。メンバーの中の上流階級の白人女性クレアと下層階級の黒人女性グロリア。出自も階級も人種も異なりながら、悲しみを共有する二人が、誤解を乗り越えて心を通わせる。これも、当事者からすれば、一種の危うい綱渡りなのだ。バランスを失いそうになりながらも勇気を奮って行なう心の綱渡り。異なる人間同士のコミュニケーションの綱渡りが各所で見られるのがこの小説の醍醐味だ。

小説の語りに注目すると、多種多彩な人物が登場して、一人称と三人称の語りが並存する。とりわけ、一人称の語りは、作家の分身とも言えるアイルランド人キアラン以外に、ほとんどが女性だ。中西部出身の大金持ちの娘で、ソーホーでのきらびやかな生活に飽き足らない思いを抱く画家のララ。貧困地区サウス・ブロンクスに住む中年の黒人売春婦ティリー。夫を暗殺されてグアテマラから子供を連れて亡命してきた看護師アデリータ、そして前述したグロリアなど。

ウォールストリートばかりがニューヨークではない。この都市には実にさまざまな人種や階級、思想や信仰を有した人々が住んでいる。紋切り型でないかれら一人ひとりの「声」を作り出すこと。それこそ、作家が「グラウンドゼロ」という舞台に仕掛けたアクロバティックな言葉の「魔術」でなくて何であろうか。

（２０１３・７）

世界一の金融都市の栄光と暗闇（ベヴァリー・スワーリング『ニューヨーク』）

世界一の金融都市を誇るニューヨーク。その金融都市の中核をなすウォール街を舞台にした歴史小説。

といっても、有名なニューヨーク証券取引所の物語ではない。いまはその面影もないが、かつて奴隷や年季奉公人への鞭打ちをおこなった「公設処刑場」に遠く連なる物語だ。

物語は、その土地をただ同然で先住民から買い取ったオランダ人によってニューアムステルダムと呼ばれていた十七世紀初めから始まり、十八世紀後半のアメリカ合衆国の独立期までを扱う。ニューヨークの都市アイデンティティの核となるものを、その揺籃期に見出そうという試みだ。

その核とは、登場人物の言葉を借りていえば、こうなる。「ニューヨークというところは、金持ちになった者が勝ちというところだ」と。まさに、いまなおウォール街で通用する資本主義の過酷な論理だ。

主な登場人物は、外科の才能があったためにメスに手をだし国を追放されたイギリス人の床屋と、薬草の知識を有するその妹に連なる一族の人々だ。作家は、数多くのメロドラマ的な色恋沙汰をはさみながら、この一族郎党の浮き沈みと、変転をとげる新興都市の物語をオーバーラップさせる。

原題は「夢の都市」だが、明るい夢だけではなく、弱い立場の人間の味わう「悪夢」も丹念に描かれている。たとえば、ニューヨークの富豪は奴隷貿易で財をなすが、その栄光や夢の影には、黒人やインディアン、ユダヤ人、年季奉公人や女性に対する暴力があった。その象徴がウォール街の公設処刑場だった。

この小説は、いかにそうした「他者嫌悪《ゼノフォビア》」によって、「善意」をもった一般市民による民主主義が一気に衆寓政治へ堕すか、その瞬間をとらえている。そこに、9・11以降のブッシュ政権の「初

めに戦争ありき」といった姿勢やそれに追従する国々への警鐘が読み取れる。（2004・10）

「ファンタジー」で書き換える、もうひとつの世界史 (アンジェラ・カーター『ブラック・ヴィーナス』)

アンジェラ・カーターは、『血染めの部屋』をはじめとして、大人向けの「ファンタジー作家」として知られている。一見素朴なおとぎ話にこそ、家父長制度の中で大切に温存されてきた男の欲望や抑圧が隠れているといった信念から、おとぎ話を大人向けの小説へと変換することに長けた作家だ。

八編からなる短編集だが、著者が素材として選んだのは、おとぎ話でなく、伝記や実話と称される類のものだった。幼い頃に役者だった両親をなくし、アルコール中毒で夭折した十九世紀米国の天才詩人エドガー・アラン・ポーとか、十七世紀英国の下男の娘で、幼い頃に両親を流行病でなくし、ロンドンに出てきて娼婦への道を余儀なくされ、その後も新大陸に渡ってインディアンのもとで暮らす女性とか、いわば孤児や孤児同然で波乱万丈の人生を歩む人物を主人公に据えた物語が目につく。

たとえそうした伝記や実話を素材にしていても、作家の「ファンタジー」の翼が休むことはない。時代も舞台も多彩であり、たんに歴史や社会から疎外された者たちの声を拾うだけでなく、小さな寓話によって「世界史」の一部ぐらいは書き換えてやろう、という作家の大胆な野心が読み取れる。

たとえば、表題作はロマン派詩人ボードレールの愛人の一人、黒い肌をしたジャンヌ・デュヴァルを主人公にしているが、作家は最高の皮肉をこめて、どちらが「詩人」にふさわしいかほのめかしながら、こう書く。「疎外を歌ったら、ほかに類のない偉大な詩人は、完璧なる疎外者に出会った」と。

そして、ある伝記作者が娼婦デュヴァルは惨めな老後を送ったと書くのに対して、カーターの物語は、むしろ彼女を人生の勝者に見立て、歴史の勝者たる植民地支配者にバチがあたるような絶妙なオチをつけて終わる。「ファンタジー」とは、現実から逃避するための道具ではなく、むしろ現実に接近する道具なのだ。（2005・1）

他のすべての小説を凌駕する小説　（ホセ・カルロス・ソモサ『イデアの洞窟』）

〈プラトンの洞窟〉という、喩え話がある。一言でいうと、「われわれが真実だと思って見ているのは、外から差し込む光を受けて、洞窟の壁に映っている影にすぎない」というもの。だったね、確か。

キューバ出身でマドリッド在住の現代作家がそうした〈プラトンの洞窟〉の喩え話を基に、真実は何かとか、イデアとは何かとかいった話題をポストモダンの推理小説に仕立てた怪書だ。

ギリシャ神話のキマイラのように、身体はひとつではない。二千年以上も前の、パピルスに記された物語を現代語に翻訳した『イデアの洞窟』の本文が頭部だとすれば、翻訳者の「わたし」による、倒錯的な「訳注」が胴体だ。そう、ナボコフの『青白い炎』のように。その上、尻尾みたいな「翻訳者あとがき」がつく。

「作者は死んだ」といわれて久しい(誰がいったんだっけ?)のに、いまだに世間では作者がまるで「神」とはいわないまでも、「主人」のように扱われ、読者はただの「奴隷」扱いだ。昔から神託を解釈するプロの「読み手」としての神官がいたように、いま必要とされているのは、すぐれた「読者」なのに。

世界はいわばテキストであり、そのテキストを翻訳することこそが世界理解であるといった考えがある。最も過激なのは、テキストなど、読者がいなければ無意味だとする、ポスト構造主義の読者論的アプローチ。そういうアプローチでは、テキストは完全ではない。テキストの欠損をうめるのは、〈読者〉=〈翻訳者〉の役割だ。

『イデアの洞窟』で、そうしたアプローチをおこなうのは、頭と胴体の主人公である。頭の主人公は名前をヘラクレス・ポントーといい、アテナイの時代に起こった殺人事件に理知の推理をきかせて迫る「探偵」だ。一方、胴体の主人公は、名前の与えられていない現代ギリシャ人の「わたし」であり、ヘラクレス・ポントーのなしとげた偉業のテキストを翻訳しながら、そこに隠されているらしい謎に対して想像力をめぐらす。果たして、どこに真実はあるのか、それとも真実など最初からないのか。

真実と幻影、正気と狂気、理知と欲情といった対立概念をディアローグ風に提示しつつ、しかも古代ギリシャ神話〈ヘラクレスの十二の功業〉からの比喩を駆使して作り上げた小説だ。と同時に、メタミステリ、メタフィジカルミステリ、脚注小説、SF、ファンタジー、ポストモダン小説など、小説形式の怪物性をいかんなく発揮した小説ともいえる。だから、「それは本それ自体、理想的な本、他のすべての本を凌駕する本ということでしょう」。たぶん。

（2004・11）

世界の辺境からの、声のない叫び（リチャード・フラナガン『グールド魚類画帖——十二の魚をめぐる小説』）

正直なところ、大変な奇書である。十二からなる章のそれぞれの扉に、ポットベリード・シーホース（タツノオトシゴの一種）をはじめとして、魚の絵が描かれている。みんな、小説の舞台であるオーストラリア本土の南に位置するタスマニア（十九世紀にはファン・ディーメンズ・ランドといわれた）地域に棲息する魚たちだ。語り手であり絵の作者でもあるウィリアム・グールド（シド・ハメットほか多数の偽名をもつ）は、ゆえなき罪状で海の独房に入れられ、海水に浸かりながら、原始キリスト教（カバラ主義）の教えに近いともいえるし狂気の発想ともいえる或る啓示を得る。神の子イエスは魚であり、人間も魚である、と。科学者であれ山賊であれ、植民地支配者であれ囚人であれ、着ているものや地位や肩書を取っぱらえば、残るのは魚と同じ裸の肉体と顔の表情だけだ、と。

グールドは魚の絵につづけて手記を書く。十九世紀初頭、フランス系ユダヤ人の織工とアイルランド人の母の間に生まれた私生児であるかれが、新大陸の文明化という大義のもと、英国の流刑植民地政策のちいさな一役を担わされるといった経緯をはじめ、みずからの波乱万丈の遍歴を六色のインクでつづる。なぜ六色かというと、監獄に入れられインクがないので、血や糞やアヘンチンキなどを使うしかないからだ(ただし、日本語の翻訳書では二色)。

ピーター・ケアリーの『ケリー・ギャングの真実の歴史』と同様、この作品も植民地時代のオーストラリア史を声なき囚人の側から書き換える「悪漢小説」であり、かつ蒸気機関車にはじまり現代のハイテク産業へと繋がる欧米の産業資本主義文明への批判のまなざしを持った「ファンタジー小説」である。しかし、フラナガンの筆は、ツーペニー・サルというアボリジニの女性の描き方からも分かるように、ケアリーよりずっと先住民の世界観に近い。フラナガンはアザラシ猟師たちのアボリジニの集団虐殺をはじめ、数々の惨劇を各所に散りばめるだけでなく、機に乗じて司令官になりすます凶悪犯の、観光客をあてこんだ鉄道建設や遊技場建設の夢も書いている。それは新大陸の原野にヨーロッパを再現するという無謀な、しかし現在まで続く文明人たちの狂気の夢だからだ。

みんなに均質な生活を保証すると謳いながら、貧富の格差だけを助長するだけの経済的なグローバリズムに覆われたこの地球で、いまや壮大な構想力に裏打ちされた一流の文学が世界の辺境＝周縁(都市ゲットーを含む)からしか生まれてこないということを、この小説は確認させてくれた。二〇〇二年度英連邦作家賞という栄誉は、伊達ではない。

(2005・8)

歴史的現実と対峙する「シャーマン」（ウィリアム・ヴォルマン『ライフルズ』）

ビル、きみは小説の半ばを過ぎた頃に、ミルチャ・エリアーデの『シャーマニズム』の一節を引用しているね。むろん、この小説は、十九世紀の北西航路発見史をベースにしているから、それにかかわる膨大な参考文献からの引用が見られ、エリアーデからの引用は、単にその中のひとつにすぎないのだけども……。

「エスキモーたちは手足を切断した後に諸器官が再生するという恍惚的な体験を信じている。彼らが語るところによると、動物(クマ、セイウチなど)が候補者を傷つけ、ばらばらにするか、貪り喰う。すると候補者の骨のまわりからは新たな肉が育ってゆくという」

エスキモーたちは、なぜそんな「非科学的な」ことを信じたのだろうか。なぜ動物を植物と同じように見なして、切断した部分が「再生」するなどと信じたのだろうか。キーワードはエリアーデの「恍惚」という言葉のように思える。きみが本書の巻頭のほうに引用した言葉にもあるように、エスキモーたちは、「食糧や衣料に用いない動物を殺さない」という掟をもっていた。これは、かつての日本人の、獲った鯨は肉も骨もすべて無駄にしない、という姿勢に似ている。それに対し、北極圏にやってきたヨーロッパ人たちは、動物の数の多いことをいいことに、無駄に殺しまくった。「いや、あれほど高い緯度でもアザラシやセイウチが相当に多く、私たちはその扱いに困るほどだった。何千頭ものアザラシやセイウチが寝そべっているのだ。私たちはその中を歩きまわりながら、気の向くままにそれらの頭を叩き割って、神が作りしもののふんだんさに心から笑った」(ヤン・ウェルツル、一九三三年)

エスキモーたちは、アザラシやセイウチと共生すべきであることを知っていたから、動物を無駄に殺さなかった。だからこそ、動物が再生するという「非科学的な」恍惚にひたることができた。十九世紀半ば、ジョン・フランクリン卿に率いられた二隻のイギリス艦隊が氷の北極圏に閉じ込められる。肉の缶詰が腐っていることが判明し、やがて探検隊は棄船を余儀なくされ、人肉を食べて窮地を凌ごうとしたが、全員消息を絶つ。そもそもの過ちは、ビル、きみが指摘するように、「ミスター・フランクリンは知る者たちから学ぼうとしなかった」ことにある。フランクリン配下の者がライフル銃でエスキモーを殺したことがあった。運命の仕返しというべきか、フランクリンが亡くなったあとに、隊員たちは奇跡の脱出を試みたが、エスキモーに見捨てられ助けてもらえない。だけど、誰がフランクリンとかれの探検隊を責められるだろうか。現代に生きる者だって、同じ過ちを犯しつづけているのだから。むしろ、そちらのほうが重大な問題ではないだろうか。「冬のキャンプではダウンはほとんど役に立たない。それはイヌイットの間では常識で、そのことをサブゼロ(この人物は、きみの分身だね)も聞いたことがあった。フランクリンはイヌイットの声を真摯に受けとめるべきだったのだ」

ビル、きみの小説を特徴づけているのは、その語りだと思う。きみは、この小説でいわばシャーマンのような役割を果たしているね。きみは想像力の中で、艦隊のひとつに乗り込み、リトル大尉とその部下であるコックのディグルとが交わす会話に耳を傾ける。その後、缶詰の肉の腐食の可能性を心配したリトル大尉と、その忠告を無視する楽天的なキャプテン・クロージャーとの会話もフォローする。だけど、もっともきみの「憑依」の才能が活かされているのは、ジョン・フランクリン卿とサブゼロのあいだを行ったり来たりして、十九世紀と二十世紀を自在に往復する語りのアクロバットの中さ。一方に、白人のサブゼロとエスキモーの少女リーパの恋があり、他方に、ロンドンに愛妻ジェーンを残しながらリーパとの禁断の恋に陥るジョン・フランクリン卿がいる。一見支離滅裂に見える、「夢」と同じ構造をもつ語りだけど、欲張りフランクリン／サブゼロの御都合主義の中に、イギリス帝国の辺境探検の影にかくされた領土拡大の意図を読み取ることができる。

とはいえ、ビル、きみはかつての帝国の植民地主義をあげつらうためにこの小説を書いたわけではない。むしろ、きみの魂の目と耳は、フランクリン卿がかつて探検した北極圏の辺地にいま現在住んでいるイヌイットたちに向けられている。というのも、かれらこそ、二十前世紀の半ばに故郷のケベックから移住《リロケーション》させられ、騎馬警官隊から性的な被害にもあってきたにもかかわらず、いまなおカナダ政府から無視されつづけている「周縁人」だからだ。

（２００１・５）

「だめ男」の自虐的なユーモア　（エドムンド・デスノエス『低開発の記憶』）

キューバは二年前（二〇〇九年）に、革命五十年周年を祝ったばかりだ。フィデル・カストロが最初に勝利宣言をおこなったサンティアゴの街には、大きな看板にチェ・ゲバラとカミロ・シエンフエゴスとカストロの三人の英雄の似顔絵が描かれ、革命五十周年の文字が踊っていた。

必ずしも順風満帆だったわけではない。革命直後に米国の反カストロ派キューバ人によるヒロン海岸（ピッグズ湾）侵攻事件があり、それ以降五十年以上にわたる米国による経済制裁があり、九一年にはソ連からの経済的な援助が断ち切られ、しばらく極端なモノ不足に襲われた。

だが、なにより世界を震撼させたのは、一九六二年の「キューバ・ミサイル危機」である。そうした時代背景が、この日付のない日記、このキューバ版『地下生活者の手記』ともいうべき本書（初版は一九六五年刊行）の語りに反映している。

政治的に熱い時代の渦中にあって、醒めた目でキューバ革命を映しだす一人称「僕」の語りに注目すべきだろう。とはいえ、「僕」は、作家のデスノエス自身ではない。作中に、エディ（あるいはエドムンド・デスノエス）という作家への言及が出てくる。自己相対化の手法だ。

「エディの小説を読み終えた。あまりの単純さに、開いた口がふさがらなかった。精神分析や強制収容所や原爆が出現したあとでこんな小説を書くなんて、実に哀れだ」

「僕」は、そうエドムンド・デスノエスの作品をけなす。そうして、この「日記」のなかで、「僕」は異文化接触をテーマにした自分自身の作品にたいして言及する。それらの小品は、この「日記」のあとに添えられている。

作者は、そんな風に実に手のこんだ自己言及的な物語構造、「著者」の死を意識したポストモダンなメタフィクションの語りの構造を選びとっている。では、なぜそうした構造を選びとったのか？

それが意味するところは、一言でいえば、「権威」の否定だ。

「キューバのブルジョアのことを考えるたびに、口から泡を吹くほど腹立たしくなる」とブルジョワ的価値観を否定しながら、かといって、「僕」はキューバ革命の社会主義的イデオロギーを信奉しきれない。「僕」はいう。「島は罠だ。革命によって僕たちはみな島の内側で囚われの身となってしまった」と。

アメリカ資本主義の虜になって亡命に走る者たちを愚かだと感じるほどにはインテリだが、しかし政治活動に走るタイプではない。いわば、どっちつかずの非政治的な男。そんな「だめ男」の自虐的なユーモアが、この一人称の語りの特徴をなす。

「米国を相手に戦うのは偉大なことだが、僕はそんな運命は望まない。低開発のままのほうがいい。生きるために四六時中死と向かい合わなければならない運命に関心はないし、魅力も感じない。革命家というのは二十世紀の神秘主義者だ。彼らは容赦のない社会主義のために死ぬ覚悟ができている。僕は凡庸な人間であり、現代人であり、鎖を作る輪のひとつ、取るに足らないゴキブリなのだ」

作家志望であった「僕」は、自己分析が得意だ。ヘミングウェイ記念館を訪ねておこなう鋭い洞察や、「北」へと旅立つ友人パブロを哀れと感じるコメントに、痛烈な反植民地主義的な主張や、米国的消費主義を批判する精神が読み取れる。だが、実は、自分自身がそうしたブルジョワ根性の持ち主であることを自覚している。そこで、自虐的にならざるを得ない。

さらに、「僕」は女性にたいするマチスモを隠さない。意識の「低開発」をさらけだす。作者は、必要なのは「意識革命」だといいたいかのようだ。

「僕は女性のさまざまな年齢を観察し始めた。三十歳と三十五歳の間には、ある微妙な一点が存在する。そこを境にキューバの女は突然、盛りを過ぎて衰えを示し始めるのだ。まるで驚くべきスピードで腐っていく果物のようだ。夕日が海に沈んでいくのと同じ、目がくらむようなスピードで」

そう得意げに語る「僕」は、若い娘たちをさがして女漁りをするが、カサノバみたいには上手くいかない。妻のラウラが革命後ただちに「北」へ亡命したあと、「僕」は街でナンパした貧しいセロ地区の若い娘エレーナや、自分の部屋の掃除にやってくる、東洋人風の切れ長の目をしたノエミなどと関係を持つ。エレーナの家族からは、結婚をする気がなく娘をもてあそんだと警察に訴えられて、裁判沙汰になる。エレーナの兄が訴えにきたときも適当に応対し、ふたたび夜に高級レストランで会おうと答える。なぜなら「〈エル・カルメロ〉は、彼に劣等感を抱かせるのにもってこいの場所だったし、冷房の効いたその雰囲気にはブルジョアの残り香が漂っていた。あいつを居心地悪くさせてやれるだろう、と僕は考えた」

結婚以前にも、女性遍歴はあった。二十代のはじめ、「僕」はハンナという名の、ユダヤ系のダイアモンド商の娘といい仲になるが、ハンナの家族がニューヨークに移住したのち、縁遠くなり、その後、十歳年上のレコード店の店員エマと二年ほど同棲した。

「僕は十三歳のときから売春宿に入り浸った。十五歳のころは自分を天才だと思っていた。二十二歳で高級家具店の経営者になった。僕の人生は、ぶよぶよしてしまりのない、熱帯の怪物的な植物に似ている。葉っぱはバカでかいのに実がならない」

本書はすでに、小田実が『いやし難い記憶』(一九七二年)というタイトルで英語版からの重訳を試みているが、今回は、スペイン語版(二〇〇三年のキューバ版)を底本にしているという。こなれた名訳である。トマス・グティエレス＝アレア監督による映画『低開発の記憶』(一九六七年)と共に、イデオロギーに囚われずにキューバのいまを考える大事な資料というだけでなく、卓抜なユーモアに満ちた自己省察の書でもある。

(2011・8)

失われた〈ハバナ〉をもとめて　(ギジェルモ・カブレラ・インファンテ『TTTトラのトリオのトラウマトロジー』)

フォークナーと言えば、米国深南部ミシシッピのジェファソン。ジョイスと言えば、アイルランドのダブリン。二十世紀の世界文学に関心のある者ならば、誰でも知っている作品の舞台だ。重要なのは、それらが文学的なトポスであるということ。モデルとなった町が実際に存在したとしても、私たちが読むのは、作家たちが構築した〈神話的な〉場所である。

インファンテも、モダニズム文学の先人たちの例に倣う。白紙のページや真っ黒に塗りつぶされたページ、逆さ文字のページを混入させたり、特異な〈クバニスモ（キューバ語）〉を駆使してさまざまな言葉遊びをおこったりしながら、かれが思想的な理由で永遠の別れを告げたキューバを、それも革命前の首都ハバナを〈神話〉の都市に仕立てあげる。

ただ、そこに映画や音楽など、ポップカルチャーの要素がふんだんに、というより過剰なまでに加味されている。ロサンジェルスを〈暗黒の街〉として描いたレイモンド・チャンドラーなどのジャンルフィクションの意匠／衣装すらも身にまとう。

ところで、ハバナのベダード地区二十三番通りとＬ通りの角には、カストロに率いられた反乱軍がハバナでの作戦本部として使ったホテル〈アバナ・リブレ〉がある。小説の舞台は、皮肉にも、そのすぐ近くだ。ホテルから海岸通りに向かって歩くと、ゆるい坂道《ランパ》になっていて、そこは文字通り〈ラ・ランパ〉と呼ばれるところだ。かつては賑やかな〈夜の街〉だったが、ブルジョワ的な娯楽を精神的な堕落と見なす革命政府の方針で、街の灯は消え去った。

〈ラ・ランパ〉を中心にして、インファンタ通りのナイトクラブ〈ラスベガス〉や、かの有名なキャバレー〈トロピカル〉など、都会の夜を彩る〈悪の巣〉が幾つも登場し、主人公たちが夜を徹して酒場をはしごする。確かに、かれら〈ほとんどが知識人〉のポップカルチャー〈ハリウッド映画や欧米のポップ音楽〉への心酔は一見「軽薄」に映るが、そこには、明らかに思想弾圧をおこなう体制への、作家の批判がこめられている。

小説の語りは、三人称の「彼」と一人称の「僕」が混在し、しかも一人称で語る主人公は複数いる。中でも四人の人物が注目に値する。いずれも、ポルトガル詩人のフェルナンド・ペソアに比肩する〈多重人格作家〉インファンテの分身と言える。

まず、カメラマンでジャーナリストのコダック。コダックが一人称で語る「彼女の歌ったボレロ」という連続短篇小説集では、「黒鯨」という渾名される巨体の黒人歌手〈ラ・エストレージャ〉が登場する。コダックは彼女が無名の頃から自分の部屋に居候させてやったりベッドをともにしたりする。コダック自身が〈芸能部〉から〈政治部〉へと左遷され、夜を徹して飲み歩くことがなくなるうちに、ついに彼女は夢を叶えて華々しいデビューを飾る。だが、海外公演に出たとたん、心臓に悪いメキシコの高地であえなく命を落としてしまう。ここには、失われた〈ハバナ〉に対する哀切な思いをコミカルに、かつメロドラマティックに歌う〈ボレロ歌手〉のインファンテがいる。

次はアルセニオ・クエという俳優。職業柄、セリフや文章を覚えるのが得意で、友人との会話の最中に、いきなりフォークナーやシェイクスピアなど、文学作品の一節を口ずさんだりする。また、カバラ的な数字解釈／数字遊びにも魅せられており、いたるところで、数字を見つけては、世界の意味を探ろうとする。さらには、知り合いや友達に会うと、挨拶代わりにキューバの悪口を——たとえば、「この国にとどまるのは、鳥か魚か観光客だけ、どちらもいつでも好きな時に出ていけるからね」――滔々と述べる。俳優クエの中に見られるのは、文学中毒で、皮肉とお喋りが達者なインファンテだ。

次は、雑誌編集者のシルベルトレ。この小説の後半の四割近くをしめる「バッハ騒ぎ」という作品は、シルベルトレの一人称によって語られる。シルベルトレは視界に黒いシミが浮かぶほどの映画狂だ。目の前の出来事をハリウッド映画のシーンに照らし合わせて語る癖があり、ときにそれが現実なのか映画の一シーンなのか分からなくなる。クエの運転する車でハバナ市内と郊外を東から西へ、西から東へとあてもなく飛ばしながら、二人は文学談義を繰りひろげる。シルベストレは一見でたらめに思える「ムジュン人」という概念で、二十世紀の作家や登場人物を評価したり断罪したりするが、そうした形で作家は抱腹絶倒の文学観を披露する。

最後は、怪物ブストロフェドン。片時も辞書を手ばなさずに言葉遊びを得意とするこの男は、いわば、言葉の錬金術師としてのインファンテの分身と言える。かれの繰り出す言葉には、クリエイティヴな翻訳が求められる。とりわけ、かれの作る回文は、日本語でも上から下から読んでも通用しないとまずい。〈日那紳士なんだ／イタリアでもホモでありたい／なんて躾いい子いいケツしてんな〉。訳者の寺尾隆吉も果敢に創作に挑戦し、見事に言葉遊びをやってのける。

さらに、ブストロフェドンのパロディの才能にも舌を巻く。それは「トロツキーの死　古今未来七名のキューバ作家による再現」と題されたかれの遺作に見られる。

周知のように、世界的な同時革命を唱えるトロツキーは、一国社会主義を唱えるスターリンと対立してソ連を追われる。後年メキシコに亡命するが、弟子を装った青年に暗殺される。暗殺者はサンティアゴ出身のキューバ人だった。

トロツキーの暗殺をめぐって、ブストロフェドンは、キューバ作家たちの文体模倣《パロディ》によって考察を行なう。すなわち、カルペンティエールに似せた、精密な細部描写によるバロック的な文章、ギジェンさながらの対話形式を利用したエレジー、ピニェラの象徴主義的な間接表現、アフロ信仰パロの用語をぎっしり詰め込んだリディア・カブレラの文章などだ。これらは、作家ギジェルモ・カブレラ・インファンテ自身の華麗でアクロバティックなまでの文学ダンスに他ならない。

そんなわけで、この大部な作品(翻訳は四百字詰め原稿用紙で、ゆうに一千枚を超す!)は、英語圏のピンチョンやバースなどと同様に、文体の「ごった煮(キューバでは〈アヒアコ〉が有名)」が一大特徴をなすポストモダン文学の一大成果、いや金字塔と言っても過言ではないだろう。

(2014・9)

ヤケにステキにねじれたパルプフィクション　(マーガレット・アトウッド『昏き目の暗殺者』)

アトウッドは、どうしてこうした複雑な語り形式を取らなければならなかったのか。

複雑な形式というのは次の四種類の語りを混ぜこぜにしているからだ。①老女(八十三歳)アイリスの語るチェイス家一代記　②地方新聞の記事、ゴシップ誌の切り抜き　③アイリスの妹ローラの作とされる不倫小説『昏き目の暗殺者』　④③の小説の主人公の男が語る猟奇的SFファンタジー。

物語として断然面白いのは、パルプ的感性豊かなジャンクフィクションの④だ。舞台は、どこか中東地帯を髣髴とさせるサキエル・ノーン。そこの住民ザイクロン人の打ち立てた都市は、「この世の理想郷」とされるが、実は、貴族と奴隷に別れたきびしい階級社会であり、奴隷少年たちは織り目の細かい絨毯作りを強制され、八歳か九歳でみな失明の憂き目にあう。〈昏き目の暗殺者〉とは、絨毯作りで失明した子供たちの中で、雇われの刺客になる者のことらしい。

ところで、「パルプフィクション」とは一九三〇年代、四〇年代に大流行した安っぽく俗悪なジャンル本(SF、ミステリ)のことだが、④で語られるSF的なパルプ物語も、舌を抜かれた処女を生贄にしたり凌辱したりといったように、暴力とセックス、裏切りと復讐をめぐるアクションが次々と出てくる。と同時に、「出口のない楽園は地獄だ」といった不思議な逆説に満ちた世界でもある。

一方、そうしたパルプフィクションが流行った時代の、カナダの都会トロントとその周辺の田舎を舞台にした愛と裏切りの物語①の語りは、退屈とはいわないまでも冗漫だ。もっとも、①の語り手アイリスはプロの書き手ではないし、もっというならば、十九世紀に成り上がったブルジョワ一家の甘やかされた娘でもある。

作者アトウッドとしてはそうした時代の衣食住にわたる細部を書くことは必要だったのかもしれ

ない。というのも、②の新聞や雑誌の記事と共に①のアイリスの物語から浮かびあがってくるのが、大恐慌の時代において、渦中にある者が移民や難民や労働者を「アカ」といって排斥するだけでなく、ヒットラーの台頭を讃美しさえし、時代思潮の波に盲目的に呑み込まれてしまう姿だからだ。アトウッドの頭の中には、後に「戦争の世紀」と呼ばれる二十世紀のカナダ史を、ブルジョワ貴族娘とプロレタリアート青年との不倫物語③を通して語るという壮大な企図があったのではないか。そう考えるとき、④を含むこの小説は、デイヴィッド・リンチの映画みたいに、俗悪だけど、ヤケにステキにねじれたパルプフィクションだな、と思えてくるのである。（２００２・12）

壮大なポストモダン、アンチ＝ケータイ小説（アラスター・グレイ『ラナーク』）

ケータイ小説全盛のこの時代に、スコットランド随一の現代作家による、アンチ＝ケータイ小説めいた作品が、みごとな翻訳によって日本の読者の前に届けられたことを率直に慶びたい。

それにしても、ギガレベルの大作である。原書は六百頁、翻訳でも原稿用紙四百字詰めにして二千枚をくだらない。一九五〇年代から二十年以上にわたって書きついで、八〇年代初頭にようやく出版にこぎつけたのだという。これが著者四十五歳のときのデビュー作というのだから、さらに驚きだ。

副題にあるとおり、四巻からなるスコットランド人の伝記である。第一巻と第二巻は、ダンカン・ソーという冴えない美術学生について、作家の自伝的な事実にほぼ忠実にもとづいて描かれたリアリズム小説。一方、第三巻と第四巻は、ラナークという男の精神の彷徨を描くSFファンタジーだ。

ラナークの物語の中に、ダンカン・ソーの物語が内包されるという、ポストモダンのメタフィクションとしての仕掛けがある（第三巻から始まるのはその理由による）だけでなく、この作品はさまざまな奇想に富む。最後のほうの「エピローグ」で、作家自身が登場し、主人公ラナークと会話をしながら、作品の中身について、手の内を明かす自己言及的な章があったり、本作に直接あるいは間接に引用された過去の文学作品のリストやパクリの手口の数々を披露する「盗作索引」があったり……。二十世紀前半のエリオットやジョイスなどのモダニストがまじめにやっていた引用行為を博学ひけらかしのおふざけに転嫁してしまうのだ。

細かく見ていくことにしよう。第一部はダンカン・ソーの少年時代を扱っている。少年はグラスゴーに住んでいるが、第二次大戦で空襲があり、母と妹と疎開する。戦後はグラスゴーに戻り中高等学校に入るが、空想の世界にひたってばかりで、おまけに喘息の持病を抱えて学校の成績は伸び悩む。そのうち母が肝臓を患って亡くなる。

第二巻は、運よく奨学金がもらえて美術学校に入ることになるが、初日になけなしの金で買った画材一式を盗まれるというヘマをしでかす。美術学校の奇人変人たちと付き合いながら、一方で、教授の娘のマージョリーと身分違いの色恋ざたに憂き身をやつす。彼女にふられ、喘息と気管支感染症がひどくなり病院に入院し、たまたま隣のベッドにいた牧師に教会の内壁に壁画を描かないか、と打診される。壮大な壁画に着手し、大幅に遅れながらも完成するが、あえなく教会は取り壊しの運命に。街で拾った娼婦にも、体の湿疹で敬遠され、ついに殺人行為の幻覚まで見るようになり病院に入院することになる。

第三巻と第四巻の二巻は、精神を病んだソーの見た夢の世界という風に解釈することもできるが、その世界は、まさにダンテの「神曲」の地獄篇に近い。人間が人間を犠牲にすることに貪欲になっている現代の「地獄」だ。主人公は、ダンカン・ソーがあの世で転生したような、ラナークという名の男だ。

逆にいえば、作家グレイのグロテスクな想像力が壮大に展開するのが小説のこの部分である。とりわけ、ラナークがほとんど太陽の照らない都市アンサンクから一種の自殺行為を経て堕ちていく「施設」と呼ばれる「地下世界」は地獄絵のようにヴィヴィドに描かれる。というのも、この施設では、人間が「火蜥蜴」となって発する熱をエネルギーとして利用したり、人の一部を人工食料として活用したりしているのだから。

ここに作家のキリスト教への不審と反戦思想が読み取れる。大航海の時代以降、他民族を殺戮したり搾取することでしか繁栄を築いてこなかったヨーロッパのキリスト教諸国への批判が見られる。グレイは、エピグラフで人類を「残虐で恐ろしい怪物」として捉えたダ・ヴィンチの言葉を引きながら、作中でも一登場人物の言葉を借りて、「人間ってのは、自分で自分を焼いては食べるパイみ

たいなもの」だといっている。（2008・2）

遺伝子のベンチャー（リチャード・パワーズ『幸福の遺伝子』）

つい先頃、米連邦最高裁判所は、さるベンチャー企業が保有する乳がんや卵巣がんのリスクを高める遺伝子の特許を無効とする判決を下した。だが、合成DNAの特許まで否認されたわけではなく、遺伝子診断ビジネスは留まるところを知らない。

『幸福の遺伝子』は、そんな最先端の生命工学とベンチャービジネスが絡んだ、実に現代的なトピックを扱う長編小説だ。

あたかも生まれつき特別な「幸福の遺伝子」を持っているのではないか、と思わせるタッサという二十代の女性が登場する。いつも幸せそうにしているだけでなく、彼女はまわりの人々にも陽気な気分を「伝染」させる。だが、アルジェリア生まれの彼女の人生は激烈そのもので、内戦で父親は暗殺され、母や弟と一緒にパリに亡命。母は病死し、弟と一緒にカナダに逃げ、いまはシカゴにある芸術大学で学ぶ。

タッサは、あるときデートレイプ事件に巻き込まれる。彼女に関して、関係者の一人がうっかり警察に使った心理学用語がマスコミにリークされ、一躍「時の人」に。さらにネット上のブログや人気のテレビ番組によって、「幸福の遺伝子」を持つ特別な人という「虚像」が膨らみ一人歩きする。やがて彼女の遺伝子を検査したいとか、卵子を買いたいというベンチャー企業が現われる。とりわけ、トマス・カートンというゲノム学者は、悪魔に魂を売るファウスト博士を彷彿させる。

ところで、主人公は芸大生タッサの出席する創作の授業で、ノンフィクションの「日記」の書き方を教えるラッセルという二流の作家だ。だが、フィクションとノンフィクションは、ラッセルの教えるように、はっきりと分けられるわけではない。

時折顔を出す語り手の「私」はこの小説自体が虚構（作り話）であることを訴えるが、そのような虚構性は、小説の専売特許というわけでない。ネットやテレビ番組を初め、いたるところに紛れ込んでいる。そんなことを示唆する優れた現代小説だ。

（２０１３・６）

〈女〉にまつわる負の言説　（宇沢美子『女がうつる』）

ヒステリーという名の〈女〉を主人公にした、一種の物語である。というか、そう読んだら面白いとおもう。もちろん、著者（富島美子）は、ヒステリーではない。だが、ちょうどフロベールがボヴァリー夫人はわたしだといったように、富島は、ヒステリーはわたしだと叫びかねない、そんな危険な両面感情をヒステリーに対して持っているようにおもわれる。そんな危うさが、この本の魅力だ。

ヒステリーという名の〈女〉は、いろいろな〝変身術〟を兼ね備えている。ときには、都市のスラム街になり、下水になり、地下世界になり、神経質で、狂おしく、憂鬱で、それに金がないわけでもないのに万引きしたり、とっても理不尽で、恐ろしく、正体がつかみにくい。〈男〉には真似もできない変身の秘訣は、魔法のランプともいうべき〈子宮〉のおかげだ。あるいは、生物学的に〈女〉を〈女〉たらしめる月経。

しかし、〝変身〟というのは目の錯覚で、〈男〉が勝手にそんな超能力を妄想しているだけかもしれないのに、誰もそんなことなど、つゆ疑わない。

「女の〈周期物語女〉は、語られる女にとっては限りなく呪縛的な死装束と化し、と同時に、それを語る男たちにとっては（語る女にとっても？）いくらでもそのなかに表象を排泄／受胎することのできるテクストのひそみ、パンドラの匣・子宮《ヒステラ》と化す」

なぜ、そうなってしまうのか。ちょっと本文のなかに立ち入ってみる必要があるかもしれない。

この本の歴史的舞台は、十八世紀から十九世紀末にかけてのアメリカ及びイギリス。十八世紀半ばに始まった産業革命は、それからほぼ一世紀の間に、たんに現在の資本主義の原型みたいなものを作り上げただけでなく、さまざまな副産物を生みだした。富島の指摘によれば、富の蓄積による階級差だけでなく、性差も育て上げたのである。というのも、〈女〉の月経は、〈負債〉として経済的に捉えられ、「まことに女の体というものは浪費壁が強くてこまりものだ」などと、ブルジョワジー（資本家）いう名の〈男〉によってもっともらしい言説が生みだされる。月経によって血液を浪費する〈女〉は、スラム街の貧民と同様、近代化や資本主義のめざす効率的な生産にとってマイナスなフアクターでしかないという意味で、常に社会が管理・治療すべき対象と化した。

ミシェル・フーコーも、十七世紀半ばの近代的な市民社会の形成期に、最大の悪徳とされたのが、もはや中世の〈傲慢〉でも〈貪欲〉でもなく、〈怠惰〉に他ならなかったということを指摘している（『精神疾患と心理学』）。

なんらかの理由で生産的でない者たちをすべからく社会の周縁に追いやり、閉じ込めるという意味で、階級差にしろ、性差にしろ、あるいは身体・民族の優劣をめぐる言説にしろ、すべての根は一つである。

富島美子は、心理学、経済学、気象学、骨相学、人相学、解剖学、絵画、写真、文学とさまざまなジャンルを横断して、新歴史批評的《ニューヒストリシズム》な方法論に基づいて、いかにあざとく産業革命以降、資本主義的なエートスによってさまざまな負の属性が〈女〉に付与されてきたかを読み解く。そして、〝女（狂女）らしさ〟と説く、社会のすみずみに巧妙に織り込まれたさまざまな抑圧装置《レトリック》を発見し、そのウソっぽさを教えてくれる。だから、そんなウソに、簡単に感染《うつ》ったらいけない。（1994・3）

「偽装」の日系人　（宇沢美子『ハシムラ東郷　イエローフェイスのアメリカ異人伝』）

日系人ハシムラ東郷は、二十世紀の初めに米国の新聞や雑誌のコラムの書き手として登場した。かれの書いたコラムは、ユーモア文学の大家マーク・トウェインにも絶賛されるほど人気を博した。

どこかおかしい日本人英語に、ばか丁寧な言い回し。中国人や日本人など黄禍論が盛んだったときは、「私たち日本人にも有色人排斥のお手伝いをさせてください」などと、トンでもないギャグをかましていた。

自虐的なユーモアで自らを笑い者にしながら、同時に黒人や日系人らの少数民族の人たちを無能扱いする米国社会の人種差別を笑う仕掛けだったのだ。

一人称で語るハシムラ東郷には、自分の顔かたちの描写がなかった。そのため、文章に添えられたイラストが米国の多様な価値観を反映していた。コラムやジャポニズムの人気を受けて、ハシムラ東郷を扱ったハリウッド映画が作られる一方、カリフォルニアでの排日運動を反映したような、差別意識のつよいゴリラまがいのハシムラ東郷のイラストも登場した。

ところが、ハシムラ東郷は白人作家ウォラス・アーウィンによって生みだされた「偽装《イエローフェイス》」の日本人だった。かれは、学僕《スクールボーイ》(住み込みの家事手伝いによって学費を稼ぐ苦学生)という〝設定〟であり、その仕事は日系社会からも蔑視されていた。白人作家アーウィンは、そうした最下層の有色人の道化の仮面をかぶることで、自らへの批判を逃れ、社会風刺を繰り出すことができたのである。

とりわけ、『グッド・ハウスキーピング』という中流白人女性向けの雑誌では、学僕という女性的役柄を活かし(男でありながら女の仕事をするという意味で、ジェンダー・クロッシングをして)米国の家庭の奥深くに入り込む。そして、掃除機の使い方すら知らないなど、みずからの無能さを笑わせながら、笑うママたちの親バカぶりや人種偏見、マニュアル通りの子育てなどを笑い返す。

米国は「白人キリスト教文明」の国という自民族のアイデンティティを確立するために、黒人やアジア人などが自分たちより劣った人種であるというステレオタイプ(紋切り型)を作り出してきた。そして、学問としては極めて怪しい優生学によって人種差別を正当化しようとした。

一方、ハシムラ東郷は白人に憧れる、日系人たちの同化論すらも揶揄した。そのように社会的弱者すらも笑いのめしていることが「政治的な正しさ」という考えが浸透した今日、ハシムラ東郷を論じることを難しくしている。そう宇沢は述べるが、その点こそがアーウィンの文章が文学として後の世まで生き残れなかった理由ではないのだろうか。作者の立ち位置が高すぎたのではないだろうか。

結局、二十世紀前半に人気を誇ったハシムラ東郷のコラムは、米国における日本人のステレオタイプの形成を助長して終わった。ハシムラ東郷の名も秘めた意図も忘れ去られ、劣った日本人というイメージが残ってしまった。

宇沢が十年も費やし、忘れられた「偽装の日本人」を追いかけた本書は、米国のマイノリティを題材にした非常にユニークで示唆に富む「文化研究」である。それはまた、日本人が在日外国人に対して持つステレオタイプを考える上でも大いに参考になる試みだ。

(2008・11)

旅の王様と、謎のモロッコ (四方田犬彦『モロッコ流謫《るたく》』)

仮に『月島物語』が四方田犬彦の三十代後半の代表作だとすれば、『モロッコ流謫』は四十代後半の代表作になるだろう。すでに『月島物語』で試みた、個人的な視点に立つルポルタージュと文化史研究の交じり合ったハイブリッドな文体を援用して、さらに大きな対象を捉えようとした力作だ。かつて『月島物語』が東京の路地のいまと昔を語って、日本の近代化を再考するという隠れた意図を宿していたように、『モロッコ流謫』は、ヨーロッパから見て地中海の向う側の小国のいまと昔を語って、一括りには論じられない世界各地の植民地主義の問題を考えるヒントを提供する。

日本はもとより、世界各地を歩きまわる四方田は、同伴者をもたない独り旅の達人である。かれは「裸の王様」をもじり、自虐的なユーモアをこめてみずからを「旅の王様」と呼ぶ。いまから十年前、旧ソ連のグルジアで、一瞬の隙を狙われ、財布やパスポートや航空券の入ったバッグを盗まれるという最大級の不運を経験し、以後、少々のトラブルにはへこたれなくなったとはいえ、我らが「旅の王様」も、ことアッラーのきこしめすこの国に対しては、ひとまず留保をつけざるを得ない。「モロッコは脅威と謎そのものだ。そしてわたしは十年という時間をかけて、この謎を見つめてきた。だが、謎は深まるばかりで、わたしはどこまでも核心に触れることができない」と。

本書は、その謎を解くべく、果敢にモロッコの時空を旅した記録と読むことができる。書物の構成上、地中海の港町タンジェからスタートして、内陸の古都フェズを経由し、アトラス山脈を越えてサハラ砂漠のオアシスに行き、再びタンジェへと向かうルートが選ばれる。例えば、フェズに向かうガイドを買ってでるアラブ人の話とか、ラマダン明けのアラブ人家庭での食卓の話とか、興味深い個人的な旅の断章が、まるで『千夜一夜物語』のシェヘラザードの語りを聞いているかのように止めどなく出てくる。そうしたシーンは、豊富なディテールと共に、動詞の現在形を多用したテンポの早い文体で語られる。それらの体験は、たとえば、「昔むかし……がありました」といった類の文章の誘発する、もっともらしい説話《フィクション》的な意味づけを排して、「現在」という一瞬に凝縮されたものとして提示されるのだ。

とはいえ、『モロッコ流謫』の魅力は、モロッコという謎を探求する著者の文化論者的な視座に負うところが大きい。例をあげればキリがないが、たとえば、ボウルズ、ジュネ、ボルヘス、ショクリーといったモロッコにゆかりのある文学者への言及、マチス、ドラクロワ、ヤクビなどにまつわる美術史的な指摘、クスクスをはじめとするモロッコの食文化にまつわる蘊蓄など、モロッコに対する文化史的知識は、まるで無限の青を湛える砂漠の空のように豊かであり、かつ多彩である。とりわけ私財を投じて映画(『さよならモロッコ』)を製作した愛川欽也のモロッコへの偏愛や、映画『アポロンの地獄』のなかで、砂漠の町をギリシャ悲劇の舞台に見立てたというパゾリーニの倒錯など、著者の映画史論的記憶は、砂漠やイスラム文化に対するステレオタイプの思考を覆すアングルを提供してくれ、感動的ですらある。

しかし、そうしたノマド的なエクリチュールの旅を経てもなお、「旅の王様」はまるで砂漠の絶対的な風景を前にしたかのように謙虚である。イスラム文化圏のモロッコに最後まで解けない謎を見るのは、ひとつにはアラビア語へのかれのスタンスのせいなのではないか。「旅の王様」は、言語の達人であり、実際に独り旅にあって最良の同伴者とは、現地語に他ならぬことを誰よりも熟知している。かれはいう。「わたしにとってたやすく発音することのできるハングルは、強い自己主張の身振りとして映る。アルファベットは機能的な音符であり、キリル文字は不機嫌な厳粛さ、中国の簡略された漢字はいかなる官能性とも無縁な政治のあり方を連想させるだけだ」と。かくいう「旅の王様」にとって、「意味からも声からも解放された線の戯れでしかない」アラビア文字は、旅の同伴者としての働きを果たさないばかりか、その美しい飾り文字からなるコーランの世界も、「純粋の表層の目の悦び」をもたらすテキストでしかない。それでも、かれはいう。「ハイデガーが説くように、謎に立ち向かうもっとも礼節に満ちた態度とは、それを永遠に謎に留めておくことかもしれないのだ」と。

最後に、特記すべきことは、タンジェに半世紀も留まりつづけたボウルズ、ラバトで大使をしていた三島由紀夫の実弟平岡千之、海岸の町ララーシュをついの住処としたジュネ、リフ山脈のジャジューカ音楽に精神の解放を見たブライアン・ジョーンズなど、モロッコで「流謫」の身におかれた者たちへの共感が、本書にある独特の陰影を投げかけ、味わいを深めているということだ。

（1999・11）

前衛芸術の「政治性」(四方田犬彦『署名はカリガリ』)

大正期(一九一〇年代～二〇年代)に日本に現れた、映画と演劇をシンクロさせて上演する独特なスペクタル形式を「連鎖劇」と呼ぶが、『署名はカリガリ　大正時代の映画と前衛主義』は複数のテクストを機能的にハイブリッドした一種の「連鎖劇」だ。

例によって「四方田節」としか名付けようのない、個人的な視座に立った饒舌で軽快な語りに導かれてページを括っているうちに、私たちはジェットコースターに乗ったかのように、めくるめく別世界へと旅している。

そうした語りの方法を、著者自身は「迂回のエクリチュール」と告白している。何のことはない、本書自体がポストモダンの「メタフィクション(入れ子細工)」の実践の書だと思えばよい。

とはいえ、難解な研究書ではない。大正期の日本に異常発生した前衛芸術(映画と文学)を題材にしていて、作家周辺のゴシップネタを挟むなど、一流の芸人顔負けのサーヴィス精神が旺盛だ。

例えば、一風変わった芸術家肌の女子大生に導かれて、谷崎潤一郎の『痴人の愛』のモデルと思しき老女と会うくだりはワクワクする。「和嶋せい」という名の、この女性は谷崎の妻千代の実妹であり、一時は愛人として作家と同棲していただけでなく、日本映画草創期の「女優」(葉山三千子)でもあったという。これだけでも、読者が思わず身を乗り出す「物語」でないだろうか。

全編は三部からなり、奇しくも十九世紀末生まれの、四人の小説家や映画監督(谷崎潤一郎、大泉黒石、溝口健二、衣笠貞之助)が俎上にあげられている。文章の端々に偶像破壊の意図が見え隠れする。従来の固定的な作家/監督像を打ち壊し、もう一つの作家/監督像を提示しようとする強い意思に貫かれているのだ。

例えば、王朝文学の旗手の谷崎は、ドイツ表現主義の映画に魅せられた野心的な映画人として、あるいは、ぐうたらな浮浪者を主人公にした初期チャップリンの反市民的な映画に魅せられた映画人として、読者の前に立ち現れてくる。身分違いの恋の破滅や女性を社会主義的なリアリズムで描くことに定評がある溝口健二は、実験精神に満ちた映画人として浮かびあがる。

いうまでもなく、ドイツ表現主義の傑作『カリガリ博士』は、夢遊病者を扱い、人間の「不安」や「恐怖」や「悪夢」の表象――デフォルメされて歪んだ舞台装置、黒白の衣装や化粧――が散りばめられている。この作品に代表されるアヴァンギャルドな作品を生み出した美学運動は、文学、音楽、絵画のみならず、様々な分野にも及んだが、著者によれば、新しいモノ好きの大正モダニスト映画人もいち早くそれに呼応したという。

本書の白眉は、四人の作家や監督の残した前衛的な作品についての丹念な分析にある。それぞれ、『『人面疽』を読む」、「『血と霊』を読む」、「『狂った一頁』を観る」と題されているセクションがそれだ。内外の先行研究はもちろん、当時の映画評の類の小さな文献まで渉猟して、比較検討しながら結論を導き出す。ここは映画研究者の見本である。

『人面疽』は谷崎の幻の映画の原作。怪奇小説の様相を帯びた、「ホフマンやポーに耽溺する悪魔主義的な心身小説家」の前衛作品だ。人面疽というのは、聞き慣れない言葉だが、「人間の腹部や膝に人間の顔に酷似した不気味な腫瘍が生じ、モノを言ったり、寄生主に向かって要求をするという病気」だそうだ。もちろん、これは架空の病気だが、そうした病気に取り憑かれた初期の谷崎のゴシックな想像力は、ただの倒錯的なフェティシズムではなく、秩序転覆の「政治性」も帯びていたに違いない。

大泉黒石は、ロシア人の父と日本人の母との間に生まれた混血作家。孤児としての流謫の生を送った。著者は、長崎の「支那人」居留地を舞台にした犯罪小説『血と霊』を取りあげ、作家の異邦人としての周縁性に焦点を当て、「のがれがたき宿命への洞察とそれを語ろうとする黒石の情熱は……ホフマンには、とうてい及びもつかないものであった」と、高く評価する。

とりわけ秀逸なのは、衣笠貞之助による実験映画『狂った一頁』の分析だ。この作品は、精神病院を舞台にしたものだが、「監禁と隠蔽を旨とする近代社会への異議申し立て」であり、すぐれた「近代批判の芸術テクスト」として絶賛される。

著者は、一瞬のきらめきを放つ前衛芸術の宿命を重々承知している。だが、それでも「挫折を余儀なくされた、前衛芸術の試みが万が一成功していたら……」といったSF的な想像へと読者を誘う。有り得たかもしれない作家の生(仮想世界)に思いを馳せながら、不朽の名作ではなく、一瞬のきらめきを放った作品に焦点を当てて、蕾から花を咲かせるのだ。本書の最大の功績は、ぼくのような一般読者に、谷崎の『人面疽』や、溝口／大泉の『血と霊』や、衣笠の『狂った一頁』といった、「小さな巨人」たちの魅力を知らしめたことだろう。そういう意味で、すぐれた啓蒙の書と言わなければならない。

（２０１７・４）

第五章　戦争と文学

吟遊詩人の心を持つ革命家の誕生（海堂尊『ポーラースター☆ゲバラ覚醒』）

かつて世界中の若者たちのヒーローだったチェ・ゲバラにまつわる書籍は枚挙に暇もない。ゲバラ自身の手になる文章も少なくない。とりわけ、『モーターサイクル南米旅行日記』はキューバ革命に参加する以前に書かれた紀行文の傑作だ。

『ポーラースター』も、『南米旅行日記』と同様、ゲバラの青春時代に焦点を当てる。だが、大きく違うのはこちらが反グローバリズムの現代小説である点だ。小説はノンフィクションと違って、伝記的な事実に縛られることがない。「仮想現実」を扱うSF小説のように、当時の著名人たちとのあり得たかもしれない出会いがたくさん出現して、ドッキリさせられる。たとえば、ゲバラ少年がアルゼンチンの作家ボルヘスやチリの詩人ネルーダと出会い、貴重なアドバイスをもらったり、独裁者ペロンの妻エビータとは彼女が無名の頃からの知り合いだったりする。こうした数々の小説的な「うそ」が、まるで壮大な仕掛け花火のように、最後のシーンで大輪の花を開かせる。

豊かな家庭に育ったノンポリの医学生が、親友と共に行き当たりばったりの旅に出る。だが、かれらが目にしたものは、チリの銅山やエクアドルのバナナ農園で米国の大資本によって富を吸い取られ、貧困や圧政に苦しむインディオや労働者の姿だった。それまでは英雄の手柄を歌う「吟遊詩人」になることを夢見ていたゲバラ少年が革命家になるべく「覚醒」していく。

その決定的瞬間が詩的な象徴によって暗示されているところが素晴らしい。ゲバラはアンデス山脈のチチカカ湖にある小島でインディオの女神像を拾う。「自由な気風」を重んじる両親の影響で無神論者だったゲバラ少年が「この出会いは偶然ではない」と悟り、「ぼくの人生はぼくひとりのものではない」と覚醒するのだ。

その後、ゲバラ少年は祖国アルゼンチンを離れ、「汎ラテンアメリカ主義」による「国境なき南米大陸」の実現という、壮大な夢の道へと突き進んでいく。

（2016・7）

コミカルなポストモダンの「家族小説」（ジョナサン・フランゼン『コレクションズ』）

小さな戦争

これは、コミカルな風刺をまぶしたポストモダンの「家族小説」だ。

ポストモダンというわけは、従来のリアリズム小説とは違って、作者の特権的な立場（全知の立場）を前提にしない書き方で書かれているからだ。すなわち、この小説では、比較的短い一番目の章「セント・ジュード」と最後の章「修正」のあいだに、それ自体が中篇小説といってもよい五つの章、「失敗」「考えれば考えるほど腹がたつ」「洋上で」「発電機」「最後のクリスマス」が挟まれているが、それらの章がひとつの家族を構成する五人の視点人物によって語られている。

アメリカの心臓地帯、中西部の架空のスモールタウン、セント・ジュードに暮らす老夫婦がいる。ミッドランド・パシフィック鉄道の技術部長の職を辞したアルフレッド・ランバートと、世間体を非常に気にする妻イーニッド。そして、その老夫婦の三人の子どもたちがいる。長男で、いまは東部の都市フィラデルフィアで地元銀行の投資部門の部長になっているゲイリー。次男で、若い女子学生とトラブルを起こし東部の大学を解職されたチップ、さらにフィラデルフィアの資産家に認められて新たに開店する超一流レストランのシェフを任される末っ子のデニース。

これらの五人が視点人物となり、かれらと関わりを持つ近隣の人々、恋人、会社の同僚、仕事仲間、そしてもちろん家族の他のメンバーと織りなす悲喜劇を互いの立場から語り起こす。それゆえに小説で描かれる世界は、相対的な世界観の寄せ集めにならざるを得ない。

小説の主たる舞台は、家の中だ。たとえば、アルフレッドとイーニッドの老夫妻の場合は、家の地下室だ。なぜ地下室なのか？ そこに卓球台があるからである。作家は、夫婦の諍《いさか》いをただの激情の発露とみなさず、個人を内側から縛っている価値観の争いとみて、「戦争」のメタファーで描く。それぞれの価値観をぶつけ合う場として、地下室の卓球台が「戦場」として描かれる。

「卓球台は内戦が公然と戦われる場の一つなのだ。戦場の東端では、アルフレッドの計算器が、花柄の鍋つかみや、ディズニーワールドのエプコット・センターで買ったコースターや、イーニッドが三十年前に買ってから一度も使っていないサクランボの種をぬく道具などに襲撃される。一方、西端ではアルフレッドが、イーニッドに言わせればなんの理由もなく、松毬《まつかさ》とスプレーで着色した榛《はしばみ》の実とブラジル・ナッツでこしらえたクリスマス・リースを引き裂いたりする」

戦いのメタファーは、老夫婦ばかりに適用されるのではない。長男ゲイリーの家庭でも同じだ。ゲイリーとその妻、富裕なクエーカー教徒の家柄を誇るキャロラインは、フィラデルフィアの高級住宅地に住むが、「最後のクリスマス」を、子どもたちはむろん、嫁や孫たちも全員招いて中西部の自宅で祝いたいという、姑の「気違いじみた執着」（嫁キャロラインの言葉）をめぐって、内戦が勃発。かれらの場合は、寝室が戦場となり、故郷でのクリスマスに固執するゲイリーと、かれを「鬱病」と決めつける妻とのあいだで戦いが引き起こされる。

「キャロラインは今や夫への敵意を夫の〝健康〟への〝気遣い〟に偽装する技を身につけている。この生物兵器に、彼が使用している家庭争議用の通常兵器は太刀打ちできないのだ。彼が意地悪く彼女の人格を攻撃するのに対して、彼女は高潔に彼の病気を攻撃する、という構図になっている」

そうした夫婦の諍い、嫁姑の確執など家庭内の争いを、フランゼンはなぜ「戦争」のメタファーによって描くのか。

同じ家族の問題を描くのでも、たとえば、八〇年代以降に流行したレイモンド・カーヴァーをはじめとするミニマリズム小説とはベクトルが違う。というのも、ミニマリズム小説では、台所のような小さい世界を一枚の写真のようにミニマルに写しとり、背景にあるより大きな世界を読者に想像させる「俳句」的な手法をとるからだ。ミニマリズムの小説では、台所の争いを「戦争」のメタファーなどを使って描いたりしない。

また、一世代前のポストモダンのメガノヴェルの書き手たち、トマス・ピンチョンやウィリアム・ギャディスやドン・デリーロなどの全体主義的な「歴史小説」とも違う。ジョナサン・フランゼンはウィリアム・T・ヴォルマンと同世代だという。そこにひとつのヒントがうかがわれる。

ヴォルマンは太古からのアメリカ大陸の歴史、北からのアメリカ大陸「発見」の旅に興味をいだき、みずからの北極生活をフラグメンタルな「歴史小説」のなかに溶け込ます。たとえば、『ザ・ライフルズ』(一九九四年)は、十九世紀半ば、ジョン・フランクリン卿に率いられ、氷の北極圏に閉じ込められたイギリス艦隊による北極探検をあつかっているが、ヴォルマンはシャーマンのごとくフランクリン卿に憑依して、十九世紀と二十世紀を自在に往復するアクロバティックな語りを展開する。過去の歴史と現在の自分(サブゼロという化身を通して)を想像力で強引につなげることで、歴史小説に、現代の語り部としての血を、内的な動機を与えている。

フランゼンもまた五人の視点人物に憑依して、より大きなアメリカ的価値観を問い直す、新しいタイプのメガノヴェルを志向している。フランゼンが夫婦の争いを「戦争」のメタファーで描くのは、そうすることによって誇張による滑稽味が出ることもあるが、より重要なことは、アメリカの外の世界で実際に起こっている「戦争」に対して読者の連想を誘うことができるからだ。

小説の「語りの現在」とされている九〇年代の後半、アメリカは東アジアや南米の経済危機を尻目に、チップに「金儲けをしないことが不可能だ」とまで言わせるほどの経済的な好況を呈していた。そのチップは、ソ連から独立を果たすバルト海のリトアニアで、ネット詐欺まがいの事業に手を貸し、旧東欧の急激な資本主義化のなかで、マフィアと手を組んだ新興財閥《オルガイヒ》による利権争いに巻き込まれる。チップがかかわるのは、ネット情報を武器にしたグローバル時代の経済戦争だ。勝ち取るのは領土ではなく、金だ。世界銀行やＩＭＦ（国際通貨基金）などが小国の産業を民営化させようとして、融資の条件をつり上げる。「世界銀行に融資を申しこむと、彼らは産業を民営化しろと命じた。そこで政府は港を売りだした。航空システムを売りだし、電話網を売りだした。いちばん高い値段をつけたのはたいていアメリカ企業で、たまに西ヨーロッパの企業のこともあった」。経済危機に陥った小国が資金力のある多国籍企業に乗っ取られてしまう事態が生じる。中西部の家族の小さな争いの向こうには、アメリカ的世界観によって引き起こされた軍事的、経済的な戦争がある。フランゼンの笑いをもたらす風刺小説には、そんなアクチュアリティが潜んでいる。

後期資本主義

戦争とならんで、この小説が焦点を当てるのは、後期資本主義（情報消費主義）の行き過ぎた様相だ。

ブライアン・キャラハンは、フィラデルフィアでこれまでにないクールなレストランを作ろうと、その主任シェフとしてデニースに白矢を立てる。ブライアンは、生来の勝ち組で「生まれたときから有力者たちの世界の内側にいる」男で、温厚で良識人ある人間として、「ゴールデン・レトリバーのように世間を渡ってきた」という。一方、デニースは、ブライアンの妻ロビンから「人間はなんのために生きるの？」という問いを突きつけられるまで、自分が生きているのは「人に（とりわけ男に）勝つためだ」ということを疑わなかった。年上の男たちを踏み台にして、もちろん本人の涙ぐましい努力の成果もあって、地方都市のセレブたちと肩を並べるまで登りつめる。出自の違う二人、ブライアンとデニースに共通するのは、ともに「成功」するためであれば、手段を選ばない生き方だ。

あるいは、ニューヨーク市ソーホーやトライベカに暮らす新興成金（スーパーリッチ族）が行くグランド通りの高級スーパー「消費の悪夢《ナトメア・オブ・コンサンプション》」が登場する。消費することが「善」であり、「金がなければ人間とはいえない」とまで感じさせられるハイパー消費主義時代の象徴のような存在だ。

さらに、後期資本主義社会でいちばんの悩みは、ゴミ問題だ。「もったいない」文化とは対局にある「使い捨て」文化の産物。便利さや快適さを最優先する「先進国」の消費主義は、大量のプラスティック商品（ペットボトルや包装袋やＣＤやケータイ）を開発してきた。その結果、それに比例するだけの廃棄物がうまれるようになった。現代において最悪のゴミは、原子力発電所の「核廃棄物」プルトニウムをおいて他にない。ドン・デリーロは『アンダーワールド』（一九九七年）でこうした核廃棄物処理の際に現われる「強者」のエゴイズムを描いて、消費社会を風刺した。一方、フランゼンの『コレクションズ』には核廃棄物処理の問題は出てこないが、デニースの雇い主ブライアンの妻で、デニースがレスビアン関係を結ぶロビンという女性に、消費主義に甘んじない生き方を体現させている。ロビンは貧民地区の子どもたちを雇って、有機菜園の実験農場を行ない、その収益を分配しようとする。それは、平等主義のユートピアの創造であり、エコロジカルな「リサイクリング(再利用)」の思想の実現である。カトリックのロビンは「聖ユダ」(ランバート家の故郷「セント・ジュード」の名前の由来)に惹かれるという。見込みのない目標(理想)に打ち込む人を守護する聖人だから。

フランゼンより一世代上のポストモダン作家、ロバート・クーヴァーは中西部のスモールタウンを舞台にした『ブルーニストの起源』(一九六六年)で、黙示録的世界の到来を待つ狂信的なキリスト教徒、それを迫害しようとする地元民など、登場人物の一人ひとりに焦点をあて、その心の内側からアメリカ的価値観の対立を風刺的に描きだした。フランゼンもまた、アメリカ社会で最も保守的だと言われる中西部を基点にして、そのようなステレオタイプなイメージの背後に潜む矛盾や病理を登場人物の人格《パーソナリティ》を通じて風刺的に描く傑作小説『コレクションズ』を書きあげた。フランゼンは現代小説の登場人物に関して、面白いことを語っている。

「リルケは人格が存在しない、あるのは交差する様々な領域であるという、ポストモダン的な洞察を予見していた。すなわち、人格というのは社会的に構成されるものであり、遺伝子によって構成されるものであり、言語的に構成されるものであり、後天的に子育てによって構成されるものなのである。(中略)それは生々しく、恐ろしく、底なしの何ものかなのだ。それは村上春樹が『ねじまき鳥クロニクル』の井戸でさがしているものだ。それを無視することは人間性を否定することに他ならない」(『パリス・レビュー』二〇一〇年冬号)と。

(2011・8)

戦争をめぐるジレンマに対峙する小説家の想像力　（リチャード・パワーズ『囚人のジレンマ』）

アメリカ中西部の田舎町のごく平凡な家族に焦点を当てて、それを現代アメリカ史（第二次世界大戦から七〇年代まで）の文脈の中で、小さな家族史と大きな世界史とを並行させて語るポストモダン小説。テーマは、戦争とその後遺症だ。

ごく平凡な家族とは、エディ・ホブソンを父とし、従順な妻アイリーンと、二十代半ばから十代までの四人の子どもたちだ。父は十六歳で第二次大戦を迎え、疑うことなく徴兵検査に出かけるが、望んだパイロットにはなれず、その代わり飛行機整備士として戦争に参加。戦後は高校で歴史の教師をするが、あるとき突然、卒倒を起こし、ワケのわからない言葉を吐くという奇病（おそらく原爆後遺症だと思われる）に襲われる。しかし正常なときは言葉の魔術師よろしく、「われわれはときに、自分の意志で行動するよう他人にけしかけてもらう必要がある」といった、深遠な格言を説いたりもする。

父のお気に入りは〈囚人のジレンマ〉という、自白を強要された二人の囚人が互いに相手を信用するか裏切るか、どちらが得なのかを問うゲームだ。囚人を戦時中の国家に譬えれば、自国の利益を追求し、先に攻撃を仕かけたほうが得策か、それともじっと相手を信じていたほうが得策か、といった命題に置き換えることができる。このゲームがもたらす最大の逆説は、自国の利益だけを追求することが逆に自国を破滅に追いやる可能性があるということだ。

ホブソン家の物語と並んで、この小説が大きなアメリカ史として持ち出すのは三九年のニューヨークの万博であり、四〇年のディズニーによる『ファンタジア』の製作だ。ともに科学の進歩に対する妄信やアメリカの正義を一般に喧伝するものだった。一方は原爆の製作に、他方は世界を善と悪の戦いに単純化する幼稚な世界観の形成につながるという意味で、象徴的な過去の遺産だ。父エディは、悲しいかなこの時代の寵児だった。

この小説はアメリカの過去を語りながら、現在と未来に対する予言性を帯びている。それは、ひとえに仮想の歴史(偽史)を提示しているからだ。日系二世のブレインの二人が強制収容所に入れられたことを知ったウォルト・ディズニーが日系二世たちを救うアニメ映画の製作を発想するという物語がそれだ。歴史を語るうえで「もし……」で始める仮定の話は意味がないが、しかし、9・11以降も相変わらず〈囚人のジレンマ〉を突きつけられている世界状況を直視するとき、この小説が提示する想像力は大いに役に立つ。

(2007・7)

エロコミ感覚の「ホロコースト文学」 (ジョナサン・サフラン・フォア『エブリシング・イズ・イルミネイテッド』)

昨年(二〇〇四年)、大統領選挙をめぐるドタバタ騒ぎで世界中に政治家のおばかさん加減を知らしめたウクライナ。歴史的にポーランド王国に属していたこともあったり、ロシア帝国に属していたこともあったり、またその両国に分割されていたこともあったり、また近くはソビエト連邦に属していたり……。そんな大国に翻弄されるウクライナの、ポーランドとの国境地帯を舞台にして、ときにスパイシィな皮肉をいっぱいきかせ、ときにエロティック・コミックの下半身中心の語りで書かれたこの小説。でも、テーマはぐっと重たいホロコースト(ユダヤ人虐殺)だ。

こういうと、コミカルなタッチで描かれたホロコースト映画『マイ・ライフ・イズ・ビューティフル』を思い出す人もいるだろうけど、ストーリーはあれほど単純でないし、退屈でもない。スクリーン上のリンクをクリックしてあちこちのHPを勝手気ままにネットサーフィンするデジタル世代の若者が、東欧出身の米国ユダヤ人の自己探求+東ヨーロッパの近代史の問い直し、といったトピックでアナログの活字上を渡り歩くとこうなるのか。そう思えるほどに語りのテンポは軽快というかちょくちょく移り変わり、断片的な情報が満載で、しかも先が読めない。

端的にいって、語り手はふたりいる。一人は作家と同じ名前をもつユダヤ系アメリカ人のジョナサンで、かれの語る物語はマジックリアリズム的な歴史小説の装いをもつ。一七九一年から一九四三年までのウクライナのユダヤ人居住区《シュテトル》を舞台にした、ジョナサン自身の祖先たちの系譜物語だが、ジョナサンの想像の産物ということになっている。I・B・シンガー顔負けの、イディッシュ語の口承文芸の伝統に裏打ちされた法螺話や、エロティックな性遍歴や、法外なドタバタ事件が次々と展開し、量的にみても、このセクションの物語が十八個で一番多く、この作家の力量がいかんなく発揮されている。

もう一人の語りはアレクサンドル・ペルチョフ。一九七七年生まれのウクライナ人の大学生という設定だ。父が東欧を訪れる米国ユダヤ人向けの旅行業者をやっていて、その父に命じられて、かれは盲目の祖父をドライバーにしたてて、69《シックスティナイン》が好きな変態の雌犬〈サミー・デイヴィス・ジュニア〉を引き連れて、ジョナサンのルーツ探しに通訳として同行。アレクサンドルの語る物語は、全部で八つあり、いわばルーツ探しの同行記にあたるのだが、かれの語り口の珍妙さがこのセクションの特徴だ。「ぼくは前から自分のことを性能のつよい男性だと思っている。信じていただきたい、ぼくは女の子にもてもてで、どの娘からも異名をとっているのだ（中略）。大学の英語の二年め、ぼくは無鉄砲に成績がよかった。担当の講師は頭がみそくそなので、これはとても壮大なことだった」

　この青年、女とセックスするという代わりに、「まぐわる」という言葉を使う。なぜなら、やがて米国に留学したいというのがかれの夢で、「類義語辞典」で語彙を増やしているだけだから、変てこりんの英語になってしまう。とはいえ、こうした間違った用語法が笑いの対象にしかならないのでなく、むしろときにネイティヴのアメリカ人へのキョウレツな批評にもなりうるという、といった作者一流の逆説も言外に隠されている。それは、ジョナサンの物語に対する小説内の批評ともいえるアレクサンドルのジョナサン宛ての手紙に率直にあらわれる。

　ウクライナのユダヤ人は、ほぼ全員ナチスに虐殺されたといわれている。が、虐殺にかかわったのは、ナチスだけでない。一般市民（この場合、ウクライナ市民）の罪意識も同時に問う、「ホロコースト文学」のスタンダードナンバーも、アレクサンドルの祖父の自殺という形で奏でられる。だけど、ジョナサンの祖父サフランと、ユダヤ人よりさらに周縁人のジプシー娘との恋愛を書き込むことで、この小説がユダヤ民族バンザイ調になっていない点が一番の救いだ。（2005・2）

東部戦線の「地獄絵」（ジョナサン・リテル『慈しみの女神たち』）

第二次世界大戦のユダヤ人の大量虐殺を扱ったホロコースト文学の中でも、質量ともに別格だ。主人公はドイツ親衛隊の将校で法学博士のマクシミリアン・アウエ。ポケットにフロベールの小説をしのばせるような思索派の文学青年だ。ナチスの東方への遠征に参加し、最初はユダヤ人の虐殺にかかわらないが、運命の成り行きで、かかわらざるを得なくなる。

アウエは語り手でもあり、導入部で「殺す者は、殺される者と同じように人間なのであり、それこそが恐るべきことなのだ」と、述べる。かれはもともと戦場で悪夢と嘔吐に悩まされ神経衰弱に陥るほどに繊細な感覚の持ち主だったが、最後には唯一無二の親友だったトーマスを殺めるような「殺人鬼」になり果てる。

この種の物語では、目を被いたくなるような惨殺シーンがあればあるほど、物語にリアリティがあると見なされやすい。本書でも、ウクライナへの侵攻から始まり、スターニングラードでの決戦を経て、敗戦によるベルリンへの撤退に至るまで、血と糞尿と死臭の漂う「地獄絵」の連続だ。

しかし、作家は虐殺の被害者としてのユダヤ人像を大げさに打ちだすことで、イスラエルやユダヤ人に利するだけの立場は取らない。ナチスがウクライナの民族主義者たちに執行を肩代わりさせる報復の公開処刑や、ロシアの戦争孤児たちが組織する戦闘集団による乱暴狼藉など、暴力は至るところに見られ、ユダヤ人以外にもその土地の女性や子ども、動物や家畜までが犠牲になる。ナチスもロシア・ボルシェヴィキも等しく野蛮である。語り手は言う。「近代の大量虐殺は大衆にたいし、大衆によって、大衆のために課せられる一連の過程である」

戦争や虐殺ではなく、主人公の個人的な体験にまつわるフィクションの部分では、同性愛や近親相姦、父の不在、母殺しなど、ギリシャ神話に想を得た人間的なテーマが絡みあう。さらにコーカサス山岳地帯の多民族の諸言語の研究者で、頭蓋人類学(人種差別に根拠を与えた)のいかさまを説くフォン博士の登場なども相まって、知的な読解へと誘う小説だ。

(2011・6)

血塗られた戦争空間としての「西部」を描く　(コーマック・マッカーシー『ブラッド・メリディアン』)

十九世紀半ばのアメリカ南西部を舞台にしている。かつてのハリウッドの西部劇は、たいていこの時代の西部を扱っているが、この小説は映画でロマンチックに描かれた西部を、アメリカ人と先住民とメキシコ人の三すくみの「殺戮」や「強奪」に血塗られた戦争空間として書き直しをおこなっているという意味で、「歴史改変小説」(リンダ・ハッチョン)と呼んでもよいだろう。

十九世紀半ばといえば、米国が政治的混迷をきわめるメキシコに戦争を仕掛け、メキシコ領土の北半分をぶんどった「米墨戦争」が思い出されるが、主人公の「少年」がテネシー州の小屋から西に向かって放浪を始めるのが、まさしく戦争の真っただ中の一八四七年だ。それ以降、ヨーロッパの列強から世界覇権を奪い取るために米国の仕掛ける様々な戦争を思い起こせば、この時代の西部を扱うということには、この国の本質(好戦性)の原点を抉るという意義があったのだ。

「少年」は、社会の周縁に暮らす貧乏白人《プアホワイト》だ。出産時に母が亡くなり、読み書きができずに、不潔な体にほとんど着の身着のままで、「見境のない暴力への嗜好をすでに宿している」。小説の中で最後まで固有名を与えられておらず匿名であり、十四歳にしてすでに父のもとを離れる。「孤児」としての主人公は『白鯨』のイシュメイルや『ハックルベリー・フィンの冒険』のハックなど、アメリカ文学の専売特許だが、直感と本能のおもむくままに自己の才能(銃撃ち、馬の足跡を読む力など)だけを恃む「少年」の姿は、世界制覇に挑む米国の写し絵と映る。

「少年」は、主体的な視点人物として、米国に編入されたばかりの西部の歴史を生きる。かれはテキサスでアメリカの非正規軍に徴用される。だが、非正規軍とは名ばかりで、要するに体のいい盗賊である。メキシコへ行って、土地やモノをぶんどるだけだから。メキシコ北部で逮捕されるが、運よく釈放され、次に入るのは、テキサスのお尋ね者グラントン将軍に率いられた荒くれ集団で、アパッチ族をターゲットにした頭皮狩り隊だ。

アパッチ族頭皮狩り隊の中で、アメリカの「荒野」を体現する人物はホールデン判事だ。二メートルを越す巨体でありながら、顔を見れば禿髪で眉も睫もなく、手は子供のように小さい。ほら吹きの名人としてキリスト教の伝道師を罠にかけたりする一方、植物学者や考古学者として、砂漠に残る遺物をノートに克明に記録したり、誰も知らない数々の外国語を自由に操って皆を驚かせる。「自然を裸にすることで初めて人間はこの地球の宗主になれる」とうそぶき、人知や科学への過剰な思い入れを抱きながら、ゲーム感覚で人間を殺すことを躊躇わない。この判事のような、一見魅力的でカリスマ的な「超人」の造形にも、米国が仕掛ける「戦争」への批判が込められていると言える。

最後に、見逃してならないのは、南西部の「砂漠」をはじめとする大自然の描写だ。ただの小説の背景というより、むしろ、小説の真の主人公かもしれない。小説は、一八七八年に「少年」が四十五歳なったところで終わっている。その頃、かれはテキサス北部でバッファファフォーが絶滅するところを目撃する。皮を取るために、八〇〇万頭もの死骸がころがっていたという記述があり、一部であれ自然を破壊し尽くす人間の暴力はとどまるところを知らない。だが、「正午《メリディアン》が夜の始まりである」をはじめ、物語の中に何度か差し挟まれるタイトルに引っかけた逆説的な言い回しが示唆するように、血《ブラッド》まみれの絶頂《メリディアン》だった時、すでに米国の凋落が始まっていたのだ。（２０１０・４）

終末論的世界を旅する父と子（コーマック・マッカーシー『ザ・ロード』）

マッカーシーはメルヴィルやポーなど、アメリカン・ゴシックの代名詞というべき〈暗い想像力〉を受け継ぐ作家として知られている。映画化された前作『ノーカントリー』（邦題『血と暴力の国』）の殺人鬼アントン・シュガー同様、この小説でも、核戦争後とも思える地獄絵の中を旅する父子を襲う野蛮な人食集団が出てくる。

主人公の父子は、そうした「悪者」と対峙する「善い者」として、自分たちを「火を運ぶ者」と呼ぶ。そもそも古代に人類が手にした「火」がやがて核兵器をもたらし、この小説の舞台である「死の灰の世界」を生みだしたと考えれば、作者の意図するところは単純ではなく、むしろ両義的だ。「火」は人類に科学的な進歩をもたらす一方、科学文明そのもの。死をもたらしかねないからだ。それでも、人類は生き延びるために「火」を手放すことはできない。

父子は、人類も動物も草木もほとんど死に絶えた厳冬の終末論的風景の中を南へと旅する。ショッピングカートに缶詰や水やオイルなどを載せて。

斬首された赤ん坊が串焼きされているような悪夢的な光景をたえず目の当たりにする少年が父親に向かってする根源的な問いは、「ぼくは人を食べたりしないのだろうか？」というものだ。果たして人間は希望のない世界で絶望に陥らずに生き続けることがでるのか。それは、作家がこの小説で自らに問うた問いであった。

小説は、父子が野宿し、食料をあさる荒廃した土地やひと気のない見捨てられた家などを、地をはうような徹底的な写実主義で描写する。その一方で、メッセージ性の強い寓話によく見られるように、登場人物に名前はつけられていない。唯一、父子が途中で出会う乞食の老人だけが嘘の名前を告げるだけだ。また、父子が旅する土地にも名前がない。ボロボロになった地図で、父子は現在位置を確認するが、読者はその名を知らされない。

かくして、写実主義的な細部描写と、より普遍的な寓話的操作とが混交した、ユニークなハイブリッド文体で、こうした暗い終末論世界がどの街にも、どの人にも訪れるものとして、圧倒的な説得力を持って迫ってくる。

（2008・9）

楽天的なディストピア小説　（ジム・クレイス『隔離小屋』）

最初の数ページを読んだとき、ただちにコーマック・マッカーシーの『ザ・ロード』（原作は二〇〇六年）を思い出した。父子が核によって廃墟と化した厳冬の「アメリカ」を南に向かって旅する物語である。この小説では、登場人物に名前がつけられていなかった。無名性の物語によって、マッカーシーはこの小説を万人に当てはまる寓話となるよう発想したのだ。

一方、イギリス作家ジム・クレイスの九作目になる『隔離小屋』（原作は二〇〇七年）もまた、荒廃した「アメリカ」を舞台にした「ディストピア小説」だ。だが、主人公には名前がつけられている。マーガレット(なぜかファミリーネームは不明)とフランクリン・ロペスである。ディストピア小説は、近未来SFの装いをとりながらも、現実の政治・社会的な要素を取り入れて、あるメッセージを伝えようとする。この小説の場合、それは裸の王様である「アメリカ」への警告ではないか。

マーガレットとフランクリンは、終末論的な風景の中を──人々が飢饉ゆえに故郷を離れざるを得なかったり地殻変動による毒ガスに襲われたりするだけでなく、旅の途中で盗賊団に狙われて、金品のものを奪われたり人身売買のために囚虜となったりするような悪夢的な世界を──旅する。

とはいえ、この悪夢はあまり怖くない。作者が舞台や主人公たちに距離をおいて書いているからだ。言い換えれば、「アイロニー」がこの作品の隠し味となっている。作者は、まるでシェフが料理の味を複雑にするかのように、秘伝の「アイロニー」のスパイスをふんだんにまぶす。

「ここはかつてアメリカだった。……それはかつて、地上で最も安全な場所だった」と、作者はプロローグで宣言する。

いま「アメリカ」は、外套を手縫いで作ったり、弓と矢による狩猟で肉を確保したりしなければならない中世のような荒野に逆戻りしている。人々がそこからの脱出に「希望」を見いだすといった設定からして、米国への風刺が明らかだ。

かつて米国がよそ者に差し出していたのは、「温暖な気候、肥沃な土地、健康によい空気と水、豊富な食料、高い賃金、親切な隣人、整備された法律、自由主義の政府、暖かいもてなし」だった。

だが、いまそれらはなく、「夢の国」などではない。

他人に不幸をもたらすといわれる赤毛の持ち主のマーガレットは、伝染病の疑いをかけられて、丘の上の「隔離小屋《ペストハウス》」に幽閉される。その間に、湖の底が激しく震動して毒ガスが発生。それが風に乗って彼女の住む街「フェリータウン」を襲う。街の中心から離れた場所に排除・隔離されたマーガレットだけが唯一命拾いし、伝染病を逃れようとした住民たちのほうが予期もしなかった別の脅威にさらされる。

もう一人の主人公フランクリン・ロペスは兄ジャクソンと一緒に、「フェリータウン」よりずっと西の故郷に母親だけを残し、新天地に向かう船に乗るべく東海岸をめざす。六十日以上もかかってようやく「フェリータウン」にたどり着くが、そこで兄とはぐれて、マーガレットが幽閉されている小屋を発見する。かれもまた毒ガスによる死を免れる。皮肉なのは、勇敢であることがアダになる兄と違って、フランクリンは大柄なのに臆病で、恥ずかしがり屋とくる。足腰もそれほど強くない。かれの「足首から太腿にかけての肉は、足を踏み出すたびに、腸詰めのように、ぐにゃりとなった」

大胆なマーガレットと臆病なフランクリンは一見不釣り合いなカップルだが、通常は弱点とされる互いの性格で互いを補いあって逆境を生き延びることができる。

二十世紀アメリカ作家のジョン・スタインベックは、十六世紀に到来したヨーロッパ人が新大陸の帝国(メキシコのアステカ)を滅ぼすさいに三つの武器を持っていたと語ったことがある。すなわち、「銃器」と「天然痘」と「宗教」だ。

この小説の舞台でも、「天然痘」ではないが、「フラックス」と呼ばれる新しい伝染病が蔓延している。「宗教」にかんしても、フィンガー・バプテストというキリスト教原理主義のカルト集団が出てくる。マーガレットをはじめとする旅人たちは、「聖なる箱船《アーク》」と名づけられたこのカルト集団のコミューンで、自らの労働と引き替えに住居と食料を与えられる。集団の思想の根幹には、鉄への嫌悪があり、鉄がこの世に不幸をもたらすという信念がある。手を使った工芸、芸術、料理なども、鉄と同様に「悪」であり、十一人の「無力な紳士」と呼ばれる高潔の士たちは、「水や空気のように生きる」ことを「善」として、手をつかうことすらも忌避して、労働者たちに食事から自慰行為まですべて面倒を見てもらう。

この小説は、9・11以後の「アメリカの崩壊」(ギンズバーグ)を題材にした寓話だ。『ザ・ロード』には救いはなかった。絶望的なまでに荒んだ風景の中を旅する父子にあるのは明日への夢ではなかった。むしろ、今を生き抜くという、ある意味で動物本能的な意志だった。だが、他の移民の流れに逆らって故郷に舞い戻ろうとする『隔離小屋』の男女には、なぜか明日に対する妙に楽天的な希望がある。もっとも、その希望がどこから湧いてくるのか、読者には知らされないのだが……。

(2010・7)

「恋の最終列車」に乗った男女の、ほろ苦くて甘い後日談　〈ティム・オブライエン『世界のすべての七月』〉

ティム・オブライエンほど執拗にヴェトナム戦争を題材にした小説を書き続けている作家はいない。が、これはヴェトナム戦争についての物語ではない。オブライエンは、中西部の大学で青春時代を過ごし一九六九年に卒業した〈団塊の世代〉の男女を十名以上登場させ、二〇〇〇年の七月初旬の週末におこなわれる同窓会の光景と、はるか昔の卒業式の頃の出来事とを交互に語る。

めずらしく女性の登場人物が多いことも、登場人物たちの〈恋愛〉へのグロテスクなまでの妄執に焦点を当てていることも、この小説の特徴だ。ある既婚女性は、大学時代に思いを寄せていた歯科医の男性と不倫旅行するが、旅行中に事故によってその恋人を失い、またある女性は、フリー・ラブの信奉者よろしく、二人の夫と二重生活を送りつつ、たえず新しい男性を求めつづけなければ気がすまない、といった具合に。

先ほど三十一年の時の隔たりを「はるか昔の」と称したが、当人たちの意識の中ではそれは「きのう」の出来事にすぎない。そのことが説得力をもって鮮明に伝わってくるのは、やはりオブライエンらしくヴェトナム戦争が絡んだいくつかの物語だ。それはヴェトナム帰還兵と元兵役忌避者の二人の「心」の動きにうかがわれる。前者は戦争で片脚を失い、いまもヴェトナムの悪夢というべき「心的外傷後ストレス症候群（ＰＴＳＤ）」に襲われ、最愛の妻にも逃げられてしまう。後者はカナダへ逃げたあとカナダ人女性と結婚し、娘も生まれるが、いまなお駆け落ちの約束を反故にした同級生の女性への遺恨を持ち続けている。

村上龍の『69（シクスティ・ナイン）』とは違い、これは輝かしい青春小説ではない。むしろ、人生の選択肢が、まるで失業者の通帳の残高みたいに、みるみる減っていく中年の物語だ。でも、そうした人生の「敗け犬」たちへの作者の筆はあたたかい。小説の中に二度出てくる音楽グループの名前をもじっていえば、この小説はモンキーズの「恋の最終列車」に乗った男女の、ほろ苦くて甘い「後日談」だ。

（2004・5）

「対テロ戦争」をテーマにした〈ファンタジー〉（リー・カーペンター『11日間』）

皮肉なことに、戦争はこれまで優れたアメリカ小説を数多く生み出してきた。いや、ヘミングウエイの『武器よ、さらば』、メイラーの『裸者と死者』、ヘラーの『キャッチ＝22』、ヴォネガットの『スローターハウス5』、オブライエンの『カチアートを追跡して』、メイソンの『イン・カントリー』、マッカーシーの『ブラッド・メリディアン』など、戦争小説こそアメリカ文学の一大ジャンルと言うべきなのかもしれない。

そうした事実は、アメリカという国家が好んで戦争を問題解決の手段にしてきたということを物語っている。と同時に、作家たちが国家や軍隊の唱える戦争の「大義」から一歩距離を置いて、批評精神を発揮してきたことことの証しでもある。

この小説は、果敢にも〈同時多発テロ事件〉以降にアメリカのかかわったイラク戦争やアフガン侵攻をテーマにしている。だが、残念ながら、9・11以降にアメリカ人のあいだで高まった「愛国心」や、「対テロ戦争」を掲げるブッシュ政権のお題目そのままの世界観を踏襲するだけで、「戦争」への独自のヴィジョンは見られない。

「対テロ戦争」という用語を無防備に使うだけでなく、それを強行に押し進めたと言われるブッシュ政権の副大統領ディック・チェイニー(当時、石油関連会社の重役でもあった)を手放しで褒めている節すらある。

小説には、主人公＝視点人物が二人登場する。サラという中年女性とその息子のジェイソン。サラは若くして息子を生み、シングルマザーとして育てる。息子は高校生のときに9・11のテレビ映像を見て、海軍兵学校に入ることを決意。その後、米海軍特殊部隊SEAL《シール》の隊員となり、厳しい訓練を最後まで耐え抜く。

この特殊部隊は、オサマ・ビンラディンを殺害するミッションを成し遂げたことで有名だ。小説でも、ジェイソンがあるミッションに出かける日を、敢えてその日(二〇一一年五月一日)に設定しているが、潜入場所はぼかされている。

小説は、母と子が交互に読者に内面を披露しあう〈語り構造〉を取っている。著者はおびただしいリサーチやインタビューをおこなっており、ワシントンDCの実在の人物(ケネディ、レーガン、チェイニー)の名を使ったり、特殊部隊SEALの訓練場面を詳述したりする。それによって、まるでノンフィクション・ノヴェルの雰囲気を醸し出すかのように。だが、肝心の場面は、ぼかされてしまい、中途半端な印象がいなめない。著者がギリシャ神話の英雄の名を持ち出して、「殉教した」エリート軍人(ジェイソン)を「勇者」としてまつりあげているのを見れば、これはファンタジーと呼ぶべきものかもしれない。

とはいえ、日本人の読者にとって、この「小説」にまったく利点がないわけではない。日本の自衛隊も米軍と共に海外で戦うことが予想される昨今、この本は、アメリカ人の「大義」や「愛国心」のために日本人が容易に巻き添えになることだけは教えてくれるからだ。(2014・8)

二十一世紀の文明批判の寓話 (丸山健二『白鯨物語』)

十九世紀半ばに書かれたアメリカ文学の一大傑作『白鯨』の超訳である。超訳というと、いささかうさん臭さが付きまとう。

だが、案に違《たが》い、丸山健二の『白鯨物語』は、メルヴィルの『白鯨』における最大の美質といえる逆説のレトリックを、頻繁かつ的確に繰り出す。

たとえば、アメリカの捕鯨業のメッカ、ニューイングランドのマサチューセッツは新大陸にやってきた厳格な清教徒たちが最初に足を踏み入れた土地である。その伝統から、白人キリスト教徒は、

「邪教」を信じる先住民を野蛮人と決めつけ、自分たちを文明人と見なす。しかし、丸山はメルヴィルと同様、捕鯨船に乗り組む「原住民」たちを「高貴な野蛮人」として描く。たとえば、南洋の島からやってきた「野蛮人」のクイーケェグは、「千古の謎を解き明かし、神の言葉さえも読解できる、正真正銘の哲学者である」。それに対して、白人乗組員たちは、「野蛮な文明人」として描かれる。「粗野な存在であるのは、むしろ文明人の体裁を繕って取り澄ましていながら、羽目を外した愚行を自制できない白人のほうかもしれなかった」と。

メルヴィルの原作は、イシュメールの視点と神の全知の視点が同居しており、内容的にも、ごった煮の様相を呈する。鯨についての博物学的な蘊蓄が平水夫イシュメールの語りの流れを押しとどめる役目を果たす。

一方、丸山の『白鯨物語』は、イシュメールのみを語り手に据えており、それがこの小説の独自性である。その視点から語ることによって、二十一世紀の「文明批判」の寓話としての側面が強調される。人間を動物より上等な生き物と見なしながら、ひたすら互いに戦争で殺戮をくり返す人類への警鐘が見られるのだ。

「この世で最もおぞましい悪魔的な職場があるとすれば、……戦場だろう」と皮肉を述べた後、だめ押しに最後にこんな箴言《しんげん》が置かれる。「人間同士の殺し合いが終わりを告げたときこそが純然たる人間の時代の訪れである。それまでは、甚だ残念ながら、動物以下としての、非人間の時代がつづくばかりであろう」と。

（2014・3）

廃墟から、また始まる　（村上龍『半島を出よ』）

つぎの文章は村上龍の『半島を出よ』の一部だが、＊に入れるべき国名を次の中から一つ選びなさい。①日本②朝鮮民主主義人民共和国（北朝鮮）③中国④イラク

「貧乏になった＊は、周囲の国々から嫌われるようになり、しだいに落ちぶれていった。＊が嫌っても、＊が怒っても、どうということはないと無視されるようになったのだ。（中略）＊は、しだいにひねくれるようになった。＊は四十トン近いプルトニウムを持っていて核武装なんか簡単なんだと怒鳴る政治家が増えて、街角で喝采を浴びるようになった」

解答は①日本である。でも、折りしも北朝鮮が核兵器開発に着手したという報道もあり、やっぱりあの国のやることはヤバいや、などと思っている人は、「貧乏」とか「嫌われる」をキーワードに②北朝鮮を選んでしまうかもしれない。そんな狂気じみたことをするのはゼッタイに②北朝鮮だと思っている日本人も然りである。

日本の「自衛隊」が「防衛」のためにわざわざ中東にまで出向くこのグローバルな時代では、どこでも戦場と化す可能性があり、世界の情勢次第で、この先どうなるのか誰にもわからない。正気と狂気は、いわばコインの裏表だ。すぐにひっくり返る。

物語の基本的な時間軸は二〇一〇年年末から翌年の春の日本（川崎、東京、福岡）と北朝鮮という

ことになっている。その時までに米国のドル暴落に連動するかたちで日本経済が破綻し、銀行の預金封鎖があり、大不況でホームレスと自殺者が続出。そういった一見ムチャクチャな設定のうえに、さらに北朝鮮の特殊部隊が北九州に侵略してきて、政府は福岡を本土から切り離すといった、もっとムチャクチャな物語がつづく。

ムチャクチャといっても、空想的なSF小説ではない。こうした荒唐無稽なSF的設定をリーダブルな物語に変換するのは、まるでノンストップの機関銃掃射みたいに止まることを知らない村上龍の圧倒的な描写力だ。たとえば、九名の精鋭コマンドの一人、チャン・ボンスによって船の上から観察される夜明け前の福岡の街の印象的なシーンから、超高層ホテルの爆破を企《たくら》むイシハラ・グループの若者たちがV型成形爆破線を配線する発破屋顔負けのシーンにいたるまで、病的なまでに緻密で入念な描写が積み重ねられる。

原稿用紙に換算したら千六百枚を超えるという本作には、登場人物の体験にかかわる描写以外に、冒頭に引用した文章のような、作者自身による状況説明や解説も一緒に散りばめられている。それらの状況説明や解説の根拠となったものとして、北朝鮮関連や住基ネット、経済のグローバル化の問題をはじめとして、巻末に相当数の参考文献が挙げられているし、あとがきにも十数名の脱北者への取材のことが触れられている。今後、この小説が村上龍の代表作になることは間違いないだろうが、読者の中にはそうした状況説明や解説にお説教臭さを感じ取り、その点を批判する者もいるだろう。

だが、この小説を現代日本社会に向けた、J・G・バラードやカート・ヴォネガットのような近未来志向のブラックユーモア小説だと捉えると、別の見方もできる。ブラックユーモア小説の優劣は、描写や状況説明に基づくグロテスクなメッセージによって、いかに読者が笑えるかにかかっている。

この小説に見られる社会風刺のメッセージのひとつとして、執拗に繰り返されるのは周縁者《アウトサイダー》の視点で見ることの意義だ。それらの「他者」のまなざしで見られるのは、一様に日本社会の恥部や弱点だから、笑うしかないではないか。

たとえば、人は外的な要因で主流派から周縁者へと追いやられることがある。福岡市役所に勤める尾上知加子だけでなく、政界の中枢にいると思われる人間でも同じだ。東大法学部から日銀をへて議員へと、いわゆるエリートコースを歩んできた山際清孝は、内閣官房副長官の職を罷免されるが、蚊帳の外に追いやられて初めて、それまで自分が属していた世界のグロテスクさに気づく。「この円卓の様子を外部から見ると、最優先事項を決められないという日本政府の欠点がよくわかる。だとしたら外国から見ている連中にも同じことがわかるのではないかと思ったのだ」

「他者」のまなざしは、つねに自分たちを排除しようとする敵と闘わねばならなかったイシハラ・グループの若者たちにもっとも顕著だ。かれらは、少年時代から親や親戚から疎外され、その後も住民票コードをもたず、まさに日本社会のシステムの周縁に追いやられている。自分のなすべきことさえわかっていれば、それはいちがいに不幸とはいえない。グループの指導者イシハラは「多数派に入っちゃだめよ」と、若者たちをさとす。

しかしながら、村上龍が作家としての身魂をもっとも注いでいるのは、日本にとって外部そのものともいうべき北朝鮮人たちだ。日本語教師のパク・ヨンス、ハン・スンジン司令官、情報スパイのチャン・ボンス、キム・ハッス副官、チェ・ヒョイル警察隊隊長、日本でテレビ宣伝を担当するチョ・スリョン、会計を担当する女性士官キム・ヒャンモク。この七名の北朝鮮人が、二十四に分けられたセクションの中の八つで、視点人物の役割を果たす。つまり、この小説の三分の一が外部の視点から成り立っているということだ。「わたしたちは日本という国の外側にいるからそういったことがよく見えるが、内部にいる者にはなかなかわからない」

この小説の結末で、村上龍の作品の定番ともいうべき、ドン詰まりの状況を一気に変える殲滅的なシーンが見られる。ただし、そういったカタストロフィーが北朝鮮軍という外部でなく、イシハラ・グループという周縁の力によってもたらされていることに注目したい。周縁者は内部にあって、破壊にも創造にも加担する。ちょうど血液中の白血球が最初に病原菌に対応するように。

一時は本土から切り離された福岡は、日本国家と距離をおいて再スタートを切る。地方自治体が中央からの交付金頼みの政策から脱けだして独自の地方色をだす。九州人であれば、顔を東京にばかり向けていないで、地理的特徴を活かして朝鮮半島や中国や東南アジアとの交易や交流を通じて国境の壁を打ち破れ。この小説をそうした提言を有するボーダー小説として読むこともできる。瓦礫の山からなる廃墟は、世界の終りではなく、始まりでもある。

（2005・7）

「愛人小説」を装った「情報小説」(村上龍『心はあなたのもとに』)

五十代のビジネス・エリート、西崎健児が語り手だ。かつてチューリッヒに本社を持つ金融機関で二十四年働き、後に日本で優良な中小企業から資金を集める小さな投資組合を作り、そのファンドの投資で成功してきた。かれは1型糖尿病という難病を患う二十歳近く年下の四条香奈子、その他の愛人を持つ。

西崎は、進取の精神に富み、保守的な日本社会で「成功」を収めた「勝ち組」である。かれの金融哲学のキーワードは、「信頼」だ。ビジネスの成功は、長い困難な交渉の果てに獲得される「信頼」があればこそだという。同時に、女性たちとの関係も信頼と信用をめぐる危ういバランスの上で成り立つ。いわく、「女たちとの関係は金融市場に似ている」

しかし、女性たちに対しては、ときどき自分が信頼されていないのではないかと悩む。愛人たちが重要な局面で自分に相談せずに勝手な行動を起こしているように感じるからだ。常に物事の優先順位に留意し、「用心深い性格だけが取り柄」と自覚する西崎だが、女性関係においては「情報」から疎外されている。金銭や家族に恵まれ、しかも複数の愛人までいるにもかかわらず、西崎はみずからを「哀れな五十男だ」と称してはばからない。

村上龍の『歌うクジラ』の主人公(こちらは少年だ)は、生きる上で意味を持つのは「他者」との出会いだけであり、移動しなければ出会いはない、と述べる。

一方、こちらの中年の主人公は、たとえばアムステルダム、ロンドンなど、ビジネスで世界を股にかけていながら、ホテルの周囲から出たことがないと言う。だから、自分を本質的に変えるような出会いはない。唯一、真の「他者」(階級や性において)といえるのが香奈子なのだ。

しかし、香奈子の死に際して、二人にゆかりの都会の小さな公園に、その背もたれの裏側に英語でYou will be with me, always.(心はあなたのもとに)と刻んだプレートをとり付けた白木のベンチを寄贈する。「おそらく誰もプレートには気づかない。だが、わたしにとっては、香奈子が生きたことの、ただ一つの証だ」と述べるだけだ。そうした行為や言葉は、西崎が「他者」との出会いによって変わったというようにしてはあまりに自己満足的に映る。

香奈子から西崎への携帯メールが本文に数多く引用されている。現代人には不可欠なコミュニケーション・ツールであるはずの携帯メールだが、皮肉にも彼女からのメールは西崎に喜びを与えるだけでなく、不安や苦痛を与えたりする。

本作は「愛人小説」を装っているが、一方で、将来のデジタル書籍化を多分に意識した「情報小説」でもある。主人公が複数の愛人たちと飲食する高級料理やワインの名前が頻出する。また先端の医療ビジネスに関する情報もふんだんに盛り込まれている。この作品が電子媒体で読まれるようになれば、それらの固有名詞や専門用語からさまざまなリンク先へと飛んでいって、読者は知識を一層拡大させることができる。この小説の付加価値なのかもしれない。

(2011・6)

女性アーティストの喪失の日々 （ドン・デリーロ『ボディ・アーティスト』）

デリーロは一九八五年、出世作『ホワイト・ノイズ』で、売れる純文学作家へと華麗なる転進をはかった。それ以来、『リブラ　時の秤』をはじめ、米国の社会問題をまるごと扱うような意欲作を発表しつづけてきた。

そして、今度の十二冊目の小説である。これまでの大作に比べると、あっけないほどの小品だ。タイトルの『ボディ・アーティスト』とは、自分の体が資本のパフォーミング・アーティストのこと。名前はローレン・ハートケという。映画監督のレイと結婚したばかりで、海辺の避暑地に家を借りて一緒に住むことになるが、ある朝、夫は失踪し、最初の妻のアパートで謎の自殺を遂げる。

小説家は、借家に独り残されたローレンの喪失の日々をつづる。謎の青年が登場するが、それが孤独なローレンの妄想なのか、「事実」なのか、読者にはわからない。さらには二人称と三人称を併用した、主人公の内面を重視した〈語り形式〉で書かれているので読者はうっかり読み飛ばせない。

そんなわけで、あっけない小品とはいえ、これは果汁百パーセントの生ジュースみたいに、凝縮した散文詩と思ったほうがいい。冒頭に、風に揺られ巣にしがみつく「蜘蛛」のイメージが出てくる。それは突如不幸のどん底に突き落とされながらも、必死でこらえようとするローレンのけなげな姿に他ならない。

（2003・3）

情報資本主義時代の〈グレート・ギャッツビー〉（ドン・デリーロ『コズモポリス』）

この小説の主人公は、二八歳にして本当のセレブだけが住むマンハッタンの高層住宅に四八室からなる自宅を持つ超エリート社長。その名もエリック・パッカーという。高級リムジンに搭載したコンピュータディスプレイの上を流れる数字の列を見ているだけで、たちどころに金利や株価の予想ができてしまう投資アナリストだ。ポータブル・キーボードを叩く瞬時の指の動きで、弱小経済に苦しむ国家の一つや二つぐらいあっさり破産させてしまうほどのパワーをもつ。いわば、グローバル・テクノ時代の鬼ッ子的存在であり、情報資本主義社会の「勝ち組」の一人なのだ。

このグローバルな資本主義の世界では、勝ちつづけることが正義だ。負ける奴は、そいつに欠陥があるからだ。出来のわるい奴は、会社には不要。有能な社員だけで会社を運営しろ。じゃんじゃん利益をあげろ。最新の機器を使え。使えない奴はクビにしろ。外国語ぐらい学習しろ。使えん奴は、とっとと辞めてもらうぞ。「負け組」なんぞ、頭が悪いか、ただ怠惰なだけのクズだ。

開いた口が塞がらないでしょう。この米国の「勝ち組」の論理。

かつてイギリス作家J・G・バラードも、ハイテク時代のパワーエリートの世界を『スーパー・カンヌ』というSF小説で語ってみせたことがある。バラードは商売上賢明にも舞台をロンドンではなく近未来のフランスの避暑地近辺に設定したが、デリーロはそんな「逃げ」を打たずに、堂々と世界金融の街ニューヨークに舞台を据えた。しかも小説の語りの時間は、欧米の投資家たちがタイのバーツを急落させて東アジアを通貨危機に追い込んでからほんの数年しかたっていない二〇〇〇年四月だ。

おそらくそうした設定のせいで、この小説は欧米の評論家たちの不評を買ったのだろう。が、それはむしろ小説家としてのデリーロの名誉というべきではないだろうか。というのも、「弱肉強食」のグローバリズムの論理をひそかに信じている欧米人にとって、この小説の主人公を襲うグロテスクな悪夢は、他人事ではないからだ。

そのことを少しだけ述べれば、この小説の最大のブラック・ユーモアは、グローバリズム時代の〈グレート・ギャッツビー〉とも称すべきこの成り上がり野郎が、最後は資本主義のパラドックスに絡めとられてしまうという点にある。資本主義のパラドックスとは、巨大な利益をあげた者はどこかでさっさと競争から離脱しない限り、そのまま大きく勝ちつづけることは不可能であるということだ。華々しい「勝ち組」にとって、離脱とは敗北を意味するから離脱はできず、いずれはボロ負けを余儀なくされるということだ。資本主義のシステムだけは生き残るが、それを動かす人間や企業は駒のように代替可能だ。そんなブラックな風刺、日夜「勝ち組」をめざして努力している企業戦士たちには、とうてい楽しめる代物ではない。でも、「負け」を覚悟した人には、勇気百倍の薬となるだろう。

（2003・4）

排泄物やごみを、あなどるな　（ドン・デリーロ『アンダーワールド』）

「クソは情報だ」といったのは、ロス在住のゲイ作家デニス・クーパーである。クーパーは、『フリスク』という小説で、愛する男がどんな人間か知りたくて、好んでその男の肛門を舐め、その男の排泄物を食らい、ひいてはその男の体を切り裂き内臓をえぐるという、グロテスクな趣味をもつ主人公を描いた。サド公爵の伝統につらなる、人間を文字どおり「裏口」からとらえる「倒錯的な」小説だ。

内臓をえぐり取るという行為はさておき、いまや排泄物への偏愛を「グロい」とか「倒錯的」と、無視するわけにはいかない。排泄物をあなどる連中は、自分の「クソ」ごときによって手痛いしっぺ返しに遭う。排泄物はウソをつかない。検便や尿検査の結果を目の前に突きつけられるとき、まるで大事な「秘密」がバレたかのようにわれわれが無力感を味わうのは、排泄物がすさんだ私生活の実情を浮かびあがらせる「情報」だからだ。

便利さや快適さを最優先する「先進国」の消費主義は、大量のプラスティック商品（ペットボトルや包装袋、ＣＤやケータイ）を開発してきた。その結果、それに比例するだけの廃棄物が生まれるようになった。もし一週間でもごみを出さなかったらぼくの部屋はごみで埋まってしまうだろう。現代においていろいろあるごみの中でも、最悪の「燃えないゴミ」は、原子力発電所の「核廃棄物」プルトニウムをおいてほかにない。これを処理する場所として、地図に名前の載っていない自国の砂漠や小国の海が選ばれる。いわゆる「強者」のエゴイズムだ。あるいは、これまでに知られていない画期的な処理法が開発されて……。

そんなことを思ったのも、最近、ドン・デリーロの小説『アンダーワールド』を読んだからだ。さすが、ケネディー暗殺事件を扱った『リブラ　時の秤』で大ブレークしたデリーロ、商売がウマイ。この小説の大きなテーマのひとつが、ごみ問題なのだ。

ニューヨークのブロンクスのスラム街出身の白人ニックは、この小説で唯一「俺」という一人称の視点を与えられているほどの重要人物であるが、廃棄物処理会社に勤めるやり手のビジネスマンだ。かれは、小説の後半、カザフスタンの僻地へと飛び、いろいろな国の資本家たちが関与する、国際法で禁じられた核実験に立ち会う。核廃棄物を核爆発によって処理しようという秘密の実験である。グローバル時代の先頭を行く多国籍企業の資本家たちや秘密結社による世界的規模の陰謀、それは小説家デリーロのおはこともいえるテーマだが、この程度のお膳立てでは、ピンチョンと並べるわけにはいかない。トム・クランシーにだって負けてしまうのではないか。

「この神をも恐れぬ国アメリカにはまだ食えるゴミがある。ほかの国の食卓に載っている食べ物よりもましなゴミがある。家に持ち帰って家具にしたり、子供に食わせてやれるようなゴミを出す連中がいる」

小説の中で、ある登場人物がそう気の利いたような口をきく。だけど、ごみは依然として減らない。排泄物を愛するデニス・クーパーの主人公とはちがって、所詮他人事だからだ。

「だから、どうした？　食い物なんて余っているんだし、要らなくなった家具や服を捨てて、どこがわるい。世界の温暖化なんて、京都議定書なんて糞くらえだ」と、開きなおる者に向かって、ごみ問題をテーマにする小説家ができるのは、そんな気の利いた口をきくことではない。むしろ、ごみによる人間への復讐をかいま見せることではないのか。

そういう意味で、読者の心に深い印象を残す魅力的な人物が出てくるのを忘れてはいけない。たった一個の野球ボールのために家庭を捨てて、その行方を過去にさかのぼって探求する男、マーヴィン・ランディである。かれは、新婚旅行の最中に、すでに自分の排泄物の質的な変化や異臭に気づき、新婦にそのことをさとられないか心配でならず、それに強迫神経症的に囚われる。合成ポリマーからなる鬘をつけ、合成樹脂商品からなる現代の「プラスティックごみ文化」の申し子ともいえる存在なのだ。

（２００２・９）


「混血」を怖れる「白いアメリカ」（トマス・ディクソン・ジュニア『クー・クラックス・クラン――革命とロマンス』）

ＫＫＫ（クー・クラックス・クラン）とは、白人優越主義で知られた米国南部の秘密結社。十九世紀半ばの南北戦争後に結成され、裁判にもかけずに黒人をリンチにして、「白いアメリカ」の保持に躍起になった。そんな「見えざる帝国」について、二十世紀の初めにＫＫＫの側に立って書かれた大衆小説がこれだ。『風と共に去りぬ』の作者マーガレット・ミッチェルも、この小説に魅了されたというし、折から新産業として躍進めざましい映画界ではD・W・グリフィスによって『国民の創生』という作品に仕立てられた。とはいえ、なぜいま、そんな昔の小説が紹介される必要があるのだろうか。

奥田暁代が巻末の解説で述べているように、この作品は「アメリカの歴史を改竄しようとした小説」として読むべきなのかもしれない。世紀転換期において、アメリカの大衆の無意識にナチス顔負けの「優生思想」を植えつけるのに大いに寄与した悪意のある小説、いや、むしろ当時のアメリカ社会に根強くあった黒人への差別意識を強烈に反映した反動的な小説として。

小説は、南部青年ベン・キャメロンが騎士道精神を発揮して、か弱き南部貴婦人を犯した黒人暴徒をやっつけるといった勧善懲悪のパターンを踏む。四部仕立ての最後の部分でようやくKKKが登場するが、一部から三部までは、いかに南部の白人富裕層が北部のやり方によって虐げられているかを語り、南部人の心情に訴える。悪人としては、黒人に味方して南部白人を窮地に陥れる北部の有力政治家ストーンマンを配する。そのモデルになったのは、リンカーン以上に熱心に人種的平等を推し進める提案をおこなった急進派のサディアス・スティーヴンズ。この北部の政治家は身体的にも性格的にも欠陥のある人間としていぎたなく描かれる。さらにその家政婦である「混血」のリディアは急進派の政治家以上に怖れられ、国家を破滅におとしめる「黄色いあばずれ」と呼ばれる。

ＫＫＫは決して過去の遺物ではない。排外主義のＫＫＫ的メンタリティはソンビのように生きている。米国はいま「反移民法」で揺れていて、人種差別の刃はスペイン語を喋るヒスパニックに向けられているが、根底にあるのは、黒人に対して感じたのと同じ、血の混じりあいに対する「白いアメリカ」の怖れだ。そんなご時世だからこそ、原点に立ち返って、この「悪書」を読む価値があるといえる。

（２００６・８）

「非軍事的な侵略」を受け入れるべきか、それとも（西垣通『アメリカの階梯』）

「アメリカの階梯」とは、一体なんだろうか。そう思いながら、二十世紀初頭の北カリフォルニアを舞台にしたこの小説を読んでいくと、後半のほうで、「存在の階梯」というキーワードにぶつかった。ジョージ・ワシントン博士という名の、慈悲深いアメリカ人の医者の書き残した遺書の中に、この言葉が出てくるのだ。

「此のプラトン風の思想のもとでは、神から無機物に至る、〈存在の階梯〉は不動であり……」「此のように存在の階梯を上昇してゆくことこそ、生物進化(evolution)に他ならぬ」。さらに、博士によれば、「存在の階梯を上昇してゆくこと、進歩(progress)してゆくことは当然のことながら神の御意志である」という。

これは、要するに白人種が人類文明のトップに昇りつめた種族であるとする一種の優性思想であり、それを宗教の名において正当化したものだ。ヨーロッパ人は新大陸において先住民という「他者」を虐殺してきたが、その侵略を支えたのが「存在の階梯」という考えなのだ。

西垣は『一四九二年のマリア』という小説で、大航海の時代に新大陸に乗りだそうとする若いマラーノ(キリスト教に改宗したふりをしている、隠れユダヤ教徒)を主人公に据えている。キリスト教とイスラム教のどちらにも属さず、島田雅彦が小説『フランシスコ・X』の中でずばり「中立のこうもり」と称したこうした周縁人の生存を描きながら、西垣はいかにキリスト教徒が神の正義を広めるために多くの異教徒を虐待するか、宗教的な「使命《ミッション》」の中に見られる皮肉を鋭く突いていた。

『アメリカの階梯』でも、日本人の父とアメリカ人の母との間にカリフォルニアで生まれた真壁《まかべ》作夢《さむ》という一種の周縁人が登場する。日本で養父によって育てられた作夢が、カリフォルニアに渡り、あっと驚くような出生の秘密を知るというのが、本書のメインプロットだ。

日米が戦火をまじえそうな時代にあって、どちらの国でも、「混血」は怪しい存在として排除される。この小説はそんな「他者」視点から、人種とは、民族とは、国家とは何かを問う壮大な小説だ。

では、「アメリカの階梯」とはなんなのか。この小説では、作夢の実父、薄田信吾郎の若い頃の体験から、二十年代初頭の米国によるアジア(フィリピン)への侵略が俎上に載せられている。信吾郎の解釈はこうだ。「アメリカが世界を啓蒙していくということは、決して、白人種の優位を誇示しその文明を押しつけることではない。その真意は、彼らの掲げた自由、平等、民主の思想によって、万人が平和にまとまっていくことであるのだ。それこそが、「世界が真のアメリカになる」ということであるのだ」

「アメリカの階梯」とは、現在の米国主導のグローバリズムの根底にあると思える、そんなお節介な啓蒙思想のことなのではないか。だとすれば、いまや消費主義や情報通信において、すでに米国以上に米国的になってしまった日本はどう対処すべきなのか。

「血の流れぬアメリカの非軍事的侵略をすすんで受け入れる」。これは作夢の胸のうちだが、著者の態度表明でもある。というのも、著者は「侵略することは侵略されることだ」という、先住民の子孫ハックの吐くパラドックスを信じているようだから。

もちろん、それに対して激しい異論や反論も予想されるだろう。そういう意味で、きわめて挑発的な小説である。

（2004・10）

麻薬と意識革命――もう一つのアメリカ六〇年代　（ジェームズ・エルロイ『アンダーワールドUSA』）

昨年（二〇一〇年）のこと、キューバの元議長フィデル・カストロが新聞のコラムの中で、CIA（米中央情報局）やFBI（米連邦捜査局）による「陰謀」に触れていた。

カストロは旧ソ連のKGB（諜報局）の元二重スパイ、ダニエル・エスチューリンが書いた衝撃的な暴露本『ビルダーバーグ倶楽部――世界を支配する陰のグローバル政府』（邦訳はバジリコ）から多くを引用しているのだが、その本によれば、ひと握りの欧米の支配層からなるフリーメイソンめいた秘密結社によって全世界が牛耳られてきたというのだ。

たとえば、キューバ危機からケネディ暗殺、キング牧師暗殺、ニクソンの大統領就任に至るアメリカの六〇年代に、CIAがMI6(イギリス軍情報部第六課)と手を組んで、ドラッグを使って反体制運動を懐柔しようとしたという。また、FBIも同様の懐柔策を弄したらしい。

「ウッドストック・フェスティヴァル(一九六九年)では、五十万人ほどの若者がある農場に引き寄せられるように集まり、ドラッグによって洗脳された。(中略)そのすべてがFBIと政府高官の完全な共謀によるものだったという」(二〇一〇年八月十七日付のキューバ『グランマ』紙)

ジェームズ・エルロイの小説『アンダーワールドUSA』も、そんな激動のアメリカ六〇年代を扱っているが、右に挙げたような陰謀論めいたエピソードが数多く出てくる。

FBI捜査官と左翼の女性運動家が共に反体制運動にドラッグを持ち込もうとする。とはいえ、動機はまったく正反対だ。前者にはドラッグによって左翼活動を壊滅させようという意図があり、後者にはドラッグによって意識革命をさらに前進させようという意図があるからだ。

六〇年代は「政治の季節」と言われる。一方に、白人至上主義の右派が人種差別を助長する。「ラスヴェガスは黒ん坊という細菌の繁殖地だ。黒ん坊の白血球は異常に高い。奴らと握手するな。奴らは指先から汚い膿をだしている」。細菌への恐怖症から、ラスヴェガスのホテルを買い占めようとする大富豪のハワード・ヒューズはそう述べる。「ドラキュラ伯爵」ことドクター・フレッド・ヒルツは、ヒューズの資金でおのれの「人種浄化計画」を実行に移そうとする。カストロ革命によってキューバでのカジノの利権を失ったマフィア(マルチェロ、ジアンカーナ)は、大統領候補のニクソンに多額の裏金を渡して、カリブ海のドミニカ共和国への進出を画策する。

他方、黒人・有色人種、女性、ゲイなどのマイノリティ・グループによる公民権運動があり、この小説では左翼の大学教授のカレン・シファキス、黒人左派組織とつながりがある白人女性ジョーン・ローゼン・クライン、謎の女グレッチェン・ファーなどが登場する。

しかしながら、この小説の眼目は、「政治の季節」にあっても、そのようなイデオロギーの戦いは表向きだったという恐るべき事例を次々と物語るところにある。

マスコミが報道しない地下世界《アンダーワールド》では、右派(クー・クラックス・クラン、モルモン教、フーバー長官に率いられたFBI、マフィア)の一部と、左派(リベラル政治家、活動家、黒人過激派組織)の一部が手を組んでいたというものだ。

ウェイン・テッドローは、元ロス市警刑事だが、父親の後妻と愛人関係にあって、父親を殺し、左派に転じる。キング牧師の殺害にも関わったらしい父親は、モルモン教の大立て者で、陰で人種差別を煽る冊子を配布している。ウェインは、あたかも自分と父の犯した罪を贖うかのように、ドミニカ共和国に潜伏している左翼運動家の女性にマフィアの金を渡し、建築中のカジノを破壊する。フーバー長官の右腕ともいうべきドワイト・ホリー捜査官は、大学の同窓で左翼の女性活動家カレンと情報を交換するだけでなく男女関係にもある。さらに、もう一人の左翼の女性活動家ジョーン・ローゼン・クラインズとも関係し、彼女を黒人過激組織にスパイとして潜入させる。おまけに、そのジョーンも、もう一人のＦＢＩ捜査官ジャック・ライヒと手を組んで現金輸送車の襲撃にかかわる。

このように、小説では実在人物と虚構人物だけでなく、右翼と左翼を巻き込んだ、めくるめく人間関係が繰りひろげられ、ＦＢＩによる黒人活動組織つぶしの謀略、警察による殺人、警察による殺人事件のもみ消し、有力政治家とマフィアの癒着などが暴露される。まさに、暗黒社会アメリカの地獄絵である。

この長大な物語の最後を託される若い私立探偵のクラッチは、反カストロのフランス人の傭兵メスプレードに洗脳されてキューバ攻撃に加わったのち、失踪した黒人青年の残した本を読んだり、ドミニカ共和国やハイチに行ったりするうちに左旋回する。クラッチは幻覚症状の中でこう言う。「ここはロサンゼルスなのか、それともハイチなのか。ここにいるのは黒人街の屑どもなのか、それともヴードゥーの信者なのか」。

そう、この小説で展開するのは、「第一世界」と「第三世界」の境界線がない、アメリカ人にとっては悪夢的な世界だ。しかし、そうした悪夢的な世界は、カリブ海や中米の小国の人々にとっては、すでに経験ずみだった。米国の右派政権が、ＣＩＡや亡命軍人を使って、小国の民主政権を倒し、米国に利するようにそこの独裁者を買収していたからだ。そうしたやり口は、中米やカリブ海の国々が共産主義化することを恐れたニクソンやレーガンの政権に引き継がれた。

これは、ニクソンやフーバー長官、ヒューズなどの歴史上の人物を登場させたクライム・ノヴェルの形式を採りながら、右翼と左翼の絡み合いを男女関係に喩えたり、犯罪都市ロサンゼルスに象徴されるマクロな世界と登場人物の日記の抜粋に見られるミクロな世界を交錯させたりして、現代の反グローバリズムの視点からアメリカの六〇年代を圧倒的な説得力をもって書き直してみせた怪作だ。

（2011・11）

第六章　結んだ縁は切れない

結んだ縁は切れない　（瀬戸内寂聴『奇縁まんだら』）

『日経新聞』の人気連載エッセイ「奇縁まんだら」は、著者と文豪たちとの交流がユーモアのある落ち着いた口調で語られていて、週一回の掲載を待ち焦がれていた人はぼく以外にも多いはずだ。

この本は最初の一年分、二十一名の作家たちとの出逢いをまとめたもの。横尾忠則による作家たちのシュールな肖像画も数多く収録され贅沢な作りになっている。

瀬戸内の生まれたのは、関東大震災の一年前、大正十一（一九二二）年。この本に取りあげられた作家は、島崎藤村、正宗白鳥、川端康成をはじめ大半が明治生まれで、遠藤周作と水上勉だけが唯一大正生まれ。すでに全員物故している。

瀬戸内は冒頭でこう言う。

「生きるということは、日々新しい縁を結ぶことだと思う。数々ある縁の中でも人と人との縁ほど、奇なるものはないのではないか」と。

文豪たちについて、奇縁に彩られた面白いエピソードは枚挙に暇《いとま》がない。学友に連れていってもらった能楽堂で見かけた藤村の小説家としての美しい素顔、川端康成が試みようとしていた源氏物語の現代語訳、毎月の仕事の重みを実感するために原稿料は振込では駄目だという、舟橋聖一の忠告、稲垣足穂から机を貰う「机授与式」の顛末、北京でみつけた宇野千代の徳島の人形師をめぐる小説によって、小説家としての目を開かされたこと、今東光から法名「寂聴」を授った経緯、小説家など辞めて、天才画家(自分)の弟子になれといった岡本太郎の自信、女流文学者の宴会で、阿波踊りを踊りなさい、と命じた最後の「女文士」の平林たい子の貫禄など。

とりわけ、錯綜した男女関係を扱った谷崎潤一郎と佐藤春夫にまつわる逸話が断然面白い。影の主役である妻たちを登場させているからだ。

瀬戸内は若い頃に編集者として、原稿の依頼をしに直接谷崎の家に出かけていき、谷崎が不倫の末に獲得した松子夫人に会っている。「はあ。そらご苦労さんですなあ。でもうちは今、仕事たんとかかえておりまして」と、夫人に体よく断られている。「ああ、この口調が大谷崎の心を射抜いたのだな、と私はうっとりした」と、瀬戸内は記す。

これは、作家によるただの回想録ではない。瀬戸内をこれまで小説家として生きさせてくれた「仏縁」への感謝の心が根底に流れているからだ。

「一度結んだ縁は決して切れることはない。そこが人生の恐ろしさであり、有難さでもある」

(2008・7)

野宿する若き学者 (木村哲也『『忘れられた日本人』の舞台を旅する――宮本常一の軌跡』)

久しぶりにいい本に巡り合えた。本にはいろいろなタイプがあり、めったにないことだが、著者に会って、著者が書き残したことを聞きたくなるような本もある。木村哲也の本はそんなタイプの本だ。

世間で「本の虫」だと思われている書き手でも、あちこち放浪していることが多い。池澤夏樹にしても、四方田犬彦にしても、自分の足で歩いている。ただ活字だけに頼っているわけではない。逆説的な物言いになるが、真にブッキッシュな人ほど、本の外の世界に眼を開いているものだ。木村哲也もまた、大学時代に図書館に所蔵されている民俗学者、宮本常一の著作をすべて読んでしまったというから、相当の読書家だといえる。が、同時に、かれもまた自分の足で歩いてみなければ気のすまない人のようだ。

木村は一九七一年、土佐の生まれ。高校生の頃に初めて宮本常一の本を手にとり、ひと通り著者集を読み終えてから、「誰も宮本を語らないのなら、彼を知るために彼が歩いた土地を自分も同じように歩いてみるしか方法はない」と決意する。なにしろ、生涯に日本中をくまなく歩きまわった（十五万キロ、地球四周分！）といわれる「旅の巨人」の後を追おうというのだから、生半可なものではない。木村は旅費を安くあげるために、次の三つを鉄則にする。

①移動手段としては普通列車にしか乗らない。②食事はなるべく質素に。③宿代を浮かすために寝袋で野宿。

木村の訪ねる場所は、現在どこも「過疎」と呼ばれるようなところで、一日二便ぐらいしかバスが通っていない。しかもアポイントメントなしだ。だから、無駄足を踏んだことは数知れないと推測される。

この本は、基本的には宮本常一の『忘れられた日本人』（岩波文庫）の舞台を訪ね、宮本が聞き書きした人たちの子孫に会って、その後を探るというもの。

宮本は書き残しておかねばこの世から消えてなくなってしまうような話を、明治維新を経験した古老から聞きだし、近代日本における「民衆的思想」の形成を跡づけようとした。一方、木村の聞き書きを読んでいると、「戦後日本の問い直し」というテーマが浮かびあがってくる。というのも、大正生まれの老人たちの話からは、高度成長期におけるインフラ整備やダム開発で、皮肉にも町や村が廃れていく姿が示唆されるからだ。「過疎」は初めから「過疎」ではなかった。権力の思惑と無垢な人たちの金欲が結びついて、「過疎」が作られていく。

あえて時代遅れの不便な「旅」をすることで、木村は貴重なものを得る。それは胸がときめくような想定外の出会いであり、思わぬ学問的な発見である。この本はそんな出会いや発見にみちている。だから、ぼくはこの本が好きだ。

（２００６・６）

忘れられた「他者」の文学　（木村哲也『来者の群像』）

一九九〇年代半ばごろから十年以上にわたって、東村山市の多磨全生園をはじめ、全国のハンセン病療養所を訪ねてハンセン病者の詩人たちにインタビューした。これは、その「探訪記」であり

「聞き語り」である。

一九五〇年代前半に、詩人の大江満雄が編集に尽力した『いのちの芽』という、ハンセン病者たちの詩の詞華集《アンソロジー》がある。木村哲也が訪ねたのはその詞華集に作品を寄せた、知られざる詩人たちである。大江満雄がハンセン病療養所の人々にどのような影響を与えたのか、大江満雄とハンセン病者との間に、どのような交流があったのか、聞いてまわる。

『「忘れられた日本人」の舞台を旅する　宮本常一の軌跡』(河出書房新社)でも、木村哲也の愚直なまでの行動力と、淡々とした筆づかいの中にふとのぞく熱い詩情に魅せられたが、『来者の群像　大江満雄とハンセン病療養所の詩人たち』(水平社)でも、ぼくの期待は裏切られなかった。現在の「忘れられた日本人」とも言うべきハンセン病者の文芸活動に焦点をあてて、それを歴史に刻んでおこうという姿勢に心打たれる。

木村哲也と大江満雄との関係について触れておくべきだろう。木村は、中学生の頃に一度この詩人にあっているという。そのとき、「老人の性」という特集を組んでいた雑誌を差し出される。大江がそこに書いていたものは、ハンセン病療養所に暮らす女性との対話だった。木村は、自分を子供扱いしなかった大江に強烈な印象を受ける。大江の死後、絶版で読めなくなっていた大江の著作集の刊行に奔走し、『大江満雄集　詩と評論』(思想の科学社)の編者として名前を連ねることになる。さらに、ハンセン病をめぐる大江の文章を集めて、『癩者の憲章　大江満雄ハンセン病集』(大月書店)を編纂した。ここには、たった一度の出会いで強烈な印象を残した大江にたいする、著者の常に変わらぬ熱意と敬意がうかがわれる。

本書では、知られざる詩人たちの手になる多くの優れた詩が、大江の評とともに、紹介されている。ここで取りあげられなかったならば、おそらく一般の目に触れることはなかったに違いない、いずれも選り抜きの、社会性と隠喩表現に富んだすぐれた詩ばかりである。

中でも、瀬戸内海の長島愛生園の小島幸二（本名は近藤宏二）という、盲目の詩人は忘れがたい。盲目というハンデキャップに加えて、指先が知覚麻痺になり、唯一の残された舌先で点字を読むのである。

「唇で頁をくると　ふっと匂うしみの匂い／舌先にとけこむ　ほろ苦い味／点　点　点／……点は文字となり／文字は言葉となって流れる」

大江はこの盲目詩人の作品を読んで「詩人というものは盲人になるとき、はっきりするとおもいます。一流の詩人でも、このような詩人に学ばねばならぬとおもいます」と語った。それにたいして、木村はこう付け加える。「大江が舌で点字を読むことを教え、近藤さんが舌読を身につけ、それを詩に表現し、今度は大江の心を動かす。この相互の響きあいが、無言のうちにおこなわれていたのである」と。

木村が草津の栗生楽泉園で面会した亡命ロシア人の子トロチェフも忘れがたい。ロシア革命から逃れてきたロシア人貴族の二世という数奇な生まれと、ハンセン病を発症して以来、目覚めたという詩作をめぐって、木村はこう言う。「この世に住む人びとを単色で眺める、というのとは違ったものの見方を教えてくれる」と。

多様な人間の存在と生き方を認めようとする姿勢は、本書全体に反映されている。ともすれば、「絶望と死」というステレオタイプなレッテルを貼られやすいハンセン病者の、様々な「個性」が浮き彫りにされているのだ。

さらに、一般読者にとっては知られざる事実の数々が披露される。例えば、戦後間もなく、米国で発見された特効薬プロミンが日本にも入ってきて、ハンセン病は不治の病ではなくなったが、それでも偏見と隔離政策はなくならなかった。とはいえ、ハンセン病者への理解者もいた。例えば、一九五三年から草津の栗生楽泉園で患者たちの自主的な活動として「教養講座」が開設され、スポーツや芸術や医学をめぐって、鶴見俊輔(哲学)、佐藤忠男(映画)、大西巨人(作家)、山本健吉(文芸評論)らが講演を行なっている。

そうした文化人の中でも、大江満雄の関与はひときわ目立つ。全国のハンセン病療養所を訪れて、詩の指導にあたったほか、各療養所で発行する同人誌の詩の選者になったりした。大江は社会常識にとらわれなかったらしい。患者に対して、隔離政策も何のその平気で彼らの懐に入っていった。患者の書く詩に対しても、絶望や死をめぐる作品でなく、社会性のある未来に向かう詩を奨励した。

大江自身には、「癩者の憲章」という素晴らしい詩がある。

「ぼくは抵抗します。／癩菌の植民地化に。(中略)ぼくは憎悪の中の愛です。／癩菌よ癩民族のために栄よと非癩者を憎しみながら、／その滅亡を、ひそかに祈っている少年です。」

最後に、タイトルの「来者」とは、大江光雄の造語であるという。「ハンセン病」という言い換えは、かつての「らい病」への差別を忘却させることになりかねない。そう考え、「過去に負の存在とされた「癩者」を、私たちに未来を啓示する「来るべき者」と、読み替える方法をとったのだ。木村はその大江の詩人らしい読み替えを再利用したというわけである。

先ごろ、政府は隔離政策という「負の歴史」を後世に伝えるために、全国のハンセン病療養所の、老朽化が進んでいる施設を緊急に補修工事することを決めた。

本書はハンセン病者の詩人の紹介という体裁をとっているが、実は、木村自身が自負するように「知られざる戦後史、文学史、社会運動史」の優れた実戦の書なのである。（２０１７・12）

最果ての島にやってきたアメリカ人（ジェラルド・ヴィズナー『ヒロシマブギ』）

十数年前のことだが、日本の最果ての島をあちこちうろつきまわっていた。まるで宿なしのノラ犬みたいだった。

北海道の稚内から船で礼文島や利尻島に渡り、江戸時代末期に一人のアメリカ人がアイヌの地に密入国を企てたことを知った。父はスコットランド系だが、母はアメリカ先住民チヌーク族の酋長の娘だったという。長崎まで連れて行かれ、のちにペリー提督との交渉で通訳をすることになる侍たちに英会話を教えたらしい。

数カ月後に、南の八重山群島の石垣島に行き、そこから、小型機に乗って西の果ての与那国島に渡った。宿に着いて持参した携帯ラジオをつけると台湾の放送が入った。橋幸夫や舟木一夫など、昭和の歌謡曲が中国語のお喋りのあいまに流れてきた。

夕食のときに、沖縄本島から護岸工事にやってきた労務者の人から、宿の近くに一億円の墓があるという話を聞いた。戦後、沖縄が米国の統治下におかれていた頃に、密貿易で荒稼ぎした一家のものかもしれない、と。

翌朝、墓地を見にいった。大きい亀甲墓が見晴らしのよい海端に数多く並んでいた。雑草の生い茂る墓地には、天然記念物の与那国馬が放し飼いになっていて、墓の前のコンクリートに糞を落としていた。一億円の墓は、そこから少し離れたところにあった。広大な敷地は米大統領のホワイトハウスみたいに頑丈なフェンスで被われており、おまけにヒンプンと呼ばれる石塀で目隠しされていた。フェンスで囲ってしまっては、馬も遊びにきてくれないではないか。

数年後、ジェラルド・ヴィズナーという、アメリカ先住民の血を引く作家が来日した。戦後日本と現代アメリカを舞台にして、ヒロシマ原爆とアメリカ先住民の大虐殺を文学的な想像力でつないだ『ヒロシマ・ブギ　アトム57』(二〇〇三年)という小説を出したばかりだった。

作家と歓談する機会があったが、利尻島に流れ着いたアメリカの混血児のことを知っているかどうかは聞きそびれた。だが、後日、ぼくは日米の混血児である主人公が「わたり烏《がらす》」の夢を見る、小説の一節に遭遇して思わずにやりとした。「わたり烏」というのは、利尻島に流れ着いたラナルド・マクドナルドというアメリカ人の母親の名前だったからだ。

（2011・8）

境界線を侵犯する「未来の学」（安藤礼二『霊獣 「死者の書」完結編』）

安藤礼二は、「『死者の書』の謎を解く」という講演録の中で、学術研究の中で自らの主体性を問うた折口信夫の姿勢を高く評価している。

昨今の科学分野でも、科学者自身の立ち位置と研究結果とは切り離せなくなっているとして、「折口学は、未来の学になる」と断言する。いうまでもなく、それは思想家であり創作家でもある安藤自身の表明に他ならない。

タイトルにある「霊獣」とは、折口が英語やフランス語に通じたハイブリッドな表現者、岩野泡鳴の「神秘的半獣主義」の「半獣半霊の神体」からヒントを得たヴィジョンだ。「獣と霊は分離することができない」という発想は、肉体的な愛と精神的な愛はひとつであるという、折口のプラトニズム（同性愛）に繋がるだけでなく、神の声を聴く神懸かりの吟遊詩人の登場が文学の始まりとする、折口の古代文学論とも繋がり、さらに、本書で探求される折口の未完の書『死者の書　続篇』の、空海の世界観の解釈へも繋がる。

一応批評書と呼びうる本書は、しかし、小説を読むようなスリリングな瞬間を味わえる書物である。折口の未完の書を手がかりにして、論理のアクロバティックな飛翔が何度も見られるからだ。

とりわけ、藤無染とゴルドン夫人の邂逅が語られるシーンは恐ろしく興味深い。

無染は折口の同性愛の最初の相手であったとされる九歳年上の、浄土真宗本願寺派の僧侶だが、三十歳で没した。英語のできる僧侶として、キリストと仏陀の生涯の共通点を検討したり、キリスト教と仏教の教義(聖訓)の共通点を見いだしたりして、仏教とキリスト教の「習合」の研究をしていたのだ。

さらに面白い存在はゴルドン夫人のほうで、彼女はシリアで生まれたキリスト教異端ネストリウス派の神秘主義思想に魅了され来日した。キリスト教の救世主《メシア》として弥勒をとらえる研究をして、『弘法大師と景教』という論考を物した。

安藤によれば、ゴルドン夫人は藤無染に会っていなければならないという。夫人は無染に会い、弥勒こそが仏教とキリスト教を繋ぐ鍵であり、そのことを最も良く理解していたのは空海であると伝えていた。折口は生前の無染からそのことを聴いていて、空海を主人公にした『死者の書　続篇』を書こうとしたのだ、と。

安藤は後記において「研究は創作に、創作は研究に近づき、一体とならなければならない」と語るが、まさに本書は、そうした境界線の侵犯をみごとに実践してみせた「未来の学」といえるだろう。

(2009・8)

明治の文豪は、みな不良だった？（嵐山光三郎『文士温泉放蕩録　ざぶん』）

文庫本のカヴァーには、「異色温泉小説」とある。温泉小説だって？　さて、そんなジャンル、あったっけ。まあ、小説の肩書きなんて、どうでもいいや。要は、読者をあきさせないだけの仕掛けと内容をそなえているかどうかだから。

ひなびた温泉地をひとり渡り歩くのを得意とする著者のことだ、夏目漱石、正岡子規、尾崎紅葉などの明治の文学者たちをダシにして、日本全国の温泉と旅館を巧みに紹介することぐらい朝飯前、いや、嵐山風にいえば、朝風呂前だ。

商業雑誌には、タイアップ記事というのがあって、それはいっけん特集記事のようにみせかけながら、実は宣伝記事であるというトンデモない代物だ。もし旅行雑誌が老舗の旅館のタイアップ記事を載せるとして、この小説のように手のこんだ仕掛けをほどこしていれば、それはそれで楽しいものになるだろうが、そんな楽しいタイアップ記事など読んだことがない。

それでも、嵐山のこの本には、到底タイアップ記事にならない温泉というか風呂がふたつでてくる。ひとつは、詩人の北原白秋が人妻との不倫で(明治時代にあった姦通罪で)つかまり、監獄ではいる汗と体臭にまみれた最悪の風呂のくだりであり、もうひとつは、有島武郎が軽井沢の別荘で愛人と心中をこころみる前に、一緒に入る水風呂のくだりである。

「温泉小説」と銘打っていながら（どうせ担当の編集者がそうしたキャッチをつくったのだろうけど）、こういう楽しくない風呂のエピソードをちゃっかり挿入するあたりが小説家・嵐山光三郎のこわいところだ。さらに、この本でも、嵐山のブラックなユーモアは健在であり、ウソかまことか、国木田独歩と田山花袋が一緒に奥日光の温泉につかり、国木田に勃起したペニスをにぎられた田山が自分のペンネームを「汲古《きゅうこ》」から「カタイ」としたという話、うそっぽいけど、おもわず吹き出してしまった。

いまでは高校の教科書で偉い文豪として奉られている明治の作家・詩人連中、嵐山にいわせれば、当時はみな不良だったのだ。ただの女たらしの与謝野鉄幹にしろ、足指フェチの谷崎潤一郎にしろ……。もちろん、この本の著者も、超一流の女たらしの不良であることはいうまでもない（たぶん）。

（2002・1）

大衆化社会における「二流人間」のリアリティ　（アイン・ランド『水源』）

六十年前に書かれた小説だが、熱狂的なファンに支えられて、いまなおロングセラーを記録しているという。その理由の一つは、人物設定のわかり易さにある。登場人物は、建築業界とマスコミ業界に限られ、はっきり二種類に分けられる。すなわち、徹底した個人主義に生きる真の英雄と、愚劣にも他人に寄生する「二流人間」とに。

前者の代表としては、米国建築界の泰斗フランク・ロイド・ライトをモデルにしたといわれる天才建築家ロークがいる。無知な世間によって奇人変人扱いされるが、かれこそが自らの理念を貫く理想の人間として描かれる。また、言論界においては、タブロイド紙で一躍巨万の富を築くワイナンドという名の「独学」の巨人が出てくる。「この少年は初めての数学を、下水導管を敷設する技師たちから学んだ。地理は、波止場の船員から学んだ。社会科は、暴力団の溜まり場のような場末のクラブに出入りする政治家たちから学んだ」

この二人の巨人に共通するのは、世間の常識などにとらわれずに物事を判断し、自らの「天職」とするもの以外には、何ものの「奴隷」にもならないという点だ。しかし、こうした「唯我独尊」の精神は、その根をたどれば、十七世紀に迫害を逃れて新天地にやってきた新教徒たちのエトスにたどり着く。それこそ、この小説が「アメリカン・ドリーム」の神話を今なお信じる米国の若者たちの間で人気を博す、隠れた要因なのだ。と同時に、社会進化論者のH・スペンサーの名前が出てくるなど、危険な優生思想が隠し味になっていることも無視できない。

では、わが日本ではどうか。もはや松下幸之助や本田宗一郎のような超大物が出にくい現代の大衆化社会にあって、より身近に感じられるのは、皮肉にも、作者によって「二流人間」と侮蔑される登場人物たちの方である。かれらがいかに他人を騙しながら会社組織の中でトップに這いあがるか、またいかに偽善的な利他主義を唱えて大衆の心理を掌握するか、作者は憎しみを込めて語る。しかしながら、現代の一般読者は、自分自身が巨人でないこと知ってしまっているので、いかに愚

劣であろうと、これらの「二流人間」の成功や挫折のほうにリアリティを感じてしまうのだ。（２００４・９）

資本主義の「正義」にユーモアの矢を放つ（広小路尚祈『金貸しから物書きまで』）

語り手の広田伸樹（三十三歳）は、毎朝、会社に行く前に肩痛と首痛と吐き気に見舞われながら、「死の儀式」を執りおこなう。きょう一日、会社の中でつつがなく過ごせるように、駅構内のカフェでコーヒー一杯とタバコの一服によって「地獄」に飛び込む覚悟を決める。それは広田にとって、いわば己を殺すための儀式なのだ。

高校を出てからいろいろな職場を転々としてきた。「必死になって受験勉強をしたり、スポーツなどで根性を鍛えたり、就職活動をしたり、仕事を覚えたりしなきゃならなかったはずの貴重な時間を、ふらふら暮らしてしまった」。だが、結婚し子供ができると、人並みの生活に憧れるようになる。根性なくふらふらと生きてきた「ダメ男」でも、それなりの報酬をくれるのは、ある中堅の消費者金融会社ぐらいだった。待っていたのは、劣悪かつ極悪な労働環境で、意地悪な直属の上司（支店長）にはねちねち絞られ、もう一つ上の上司（ブロック長）には些細なことで怒鳴られる。お客に対しては、法律に抵触しないように、あの手この手で応対せねばならない。広田は述懐する。「これほど客と良好な関係を築くのが難しい職業が他にあるだろうか」と。

会社で働いているあいだ自我を抑え神経をすり減らすしかない。だから、毎朝、「死の儀式」を執りおこなうのだ。

安定した生活が送れない新たな貧困層《プレカリアート》が、日本社会に大勢出現している。この小説はそうした貧困層の側に立つが、社会批評に欠かせない逆説の顔も持っている。

語り手は「おれには学歴がない。根性もない。特別な才能もない」と告白するが、そうした愚直な語りによってこそ、おおらかなユーモアの才能を披露することができる。

「ああもう、腹立つ。頭が良くて感性の鋭い人とは、きっと話をしてもつまらんだろうな。理屈ばっかで。よかった。おれ、インテリじゃなくて。(中略)そういうつまらないインテリが世の中を仕切ってきたから、このつまらない世の中が出来上がってしまったのだろうけれど、おれには崩せんね、この世の中のシステム。インテリじゃないから」

崩せないシステムの周縁に追いやられた男のつぶやきが、むしろ周縁の「豊かさ」をあぶりだす。「ないない尽くし」を「あるある尽くし」に転化することで、作家は常に強者に味方する資本主義の「正義」に矢を放つ。

(2012・8)

きれいなウソを嫌ったもうひとりの米国作家　(ジョン・ファンテ『塵に訊け!』)

「人はきれいなウソを好む」といったのはブコウスキーだ。小学生の頃、大統領の歓迎パレードに参加しないで、ウソの作文でっちあげて先生に誉められた。つまらなそうだから行きませんでしたといわずに、パレードを見てすごく感動しました、とウソを書いたらしい。作家のブコウスキーにはわかっていた、米国社会で尊重される「正直」というのは、結局のところ、互いに「きれいなウソ」をつきあう、「偽善」の別名なのだということが。

確かに、小説もウソである。ウソといって悪ければ、作り物である。でも、それは人が好むようなきれいなウソ、あるいは人が聴きたがるような気持ちのいいウソではない。たとえば、どこかの政治家みたいに、「昔の日本は安全だったけど、いまは違法に外国人がいっぱい入ってくるから治安がみだれる」などといったことを真顔でのたまう人間を小説に登場させたとしよう。そうした根拠のない紋切り型の意見に対して、小説家がある一定の距離をもって風刺の一撃を用意していないとすれば、それはただの世間への迎合主義であり、小説とはいえない。

人が聴きたがるきれいなウソを嫌ったブコウスキー。かれが絶賛した先輩作家、ジョン・ファンテ。読者の期待が膨らむ。だが、ブコウスキーの小説にでてくる、飲んだくれの女たらしだけど、地を這うような低いアングルから社会を呪詛する登場人物を期待していると、はぐらかされる。正直なところ、最初のうちは何度も読むのをやめたくなった。それほど、語り手の「俺」こと、イタリア系の青年アルトゥーロ・バンディーニは、差別主義者(メキシコ人女性に対して)で、マザコンで、独り善がりで、臆病者で、有名作家になって女にチヤホヤされたいといった典型的な「成功」の夢に毒されていて、ファンテという作家がどの程度このショウモナイ語り手に距離感をもっているのか測りがたいのだ。

でも、最後まで読んでほしい。ブコウスキーと違って、この作家の得意とするところは、野球にたとえれば、直球ではない。変化球である。それもすごく曲がるくせ球だ。たとえば、アルトゥーロ青年がコロラド州の田舎から「成功」を夢見て、ロサンジェルスにやってくる。安宿の大家のおばさんから、メキシコ人やユダヤ人に間違われ、差別の憂き目にあう。出身地も大家のおばさんの勘違いからネバダ州と訂正させられる。自分の間違いを人に強引に押しつける大家の言い草が振っている。「ここに泊まれるのは良い人だけ、正直者だけよ」

このような腹抱絶倒の風刺的ユーモアが方々に散りばめられている『塵に聴け！』は、一言でいえば、社会のきれいなウソに目覚める青年の「成長物語」なのだ。最大級のオチが最後にあなたを待っている。だから、モハベ砂漠で繰り広げられる最後のシーンまで一緒に旅してほしい。絶対にあなたの期待を裏切ることはないから。

（2003・1）

「貧困」をブラックユーモアで笑い飛ばす（ジョン・ファンテ『バンディーニ家よ、春を待て』）

「ポストモダン小説」の特徴は、さまざまなジャンル様式をごった煮的に取り入れて、ひとつの小説として成り立たせるところにある。この小説は、「ポストモダン」という名称が生まれる遥か昔に、いろいろなジャンルを縦横無尽に横断し、「ポストモダン小説」の先駆けをなしていると言えるかもしれない。青春小説、ピカレスク小説、家族小説、プロレタリアート小説、恋愛小説など、いろいろな隠し味の工夫がなされている。

実は刊行されたのが八十年ちかく前で、しかもデビュー作というのだから驚きである。いまなお、目の肥えたうるさい読者の鑑賞に耐え得るだけでなく、凡百の新刊小説よりずっとエッジが効いている。

デビュー作とはいえ、この作家以外には書けない独自の世界がすでに刻印されている。それを一言で言えば、アメリカ社会におけるイタリア移民(カトリック家庭)の実態、経済的な貧者の暮らしである。言い換えれば、堤末果のいう「貧困大国アメリカ」の小説版(イタリア移民編)である。

視点人物としては、十四歳の少年アルトゥーロ、その父ズヴェーヴォ、その母マリアの三人が登場する。冬は雪に閉ざされるロッキー山脈は、コロラド州のロックリンという町に住むバンディーニ一家のメンバーである。

まず、少年アルトゥーロの視点から語られる「貧困」から見ていこう。かれは、アメリカで生まれたイタリア系移民の二世である。イタリア人でなく、「アメリカ人でありたい」と感じている。第一に名前が気に入らない。聞いただけでイタリア系と分かるアルトゥーロ・バンディーニではなく、ジョン・ジョーンズみたいな、いかにもアメリカ人らしい名前だったらよかったのにと思っている。なぜなら、名前のせいで同級生たちから「イタ公《ワップ》」とか、「ラテン野郎《デイゴ》」とか呼ばれて蔑《さげす》まれるからだ。三人兄弟の長男で、下に十二歳のアウグストと八歳のフェデリーコという弟がいる。

三人とも女子修道院の経営するカトリックの学校に通っているが、バンディーニ家だけは授業料が滞りがちで、それだけでも他の生徒たちに負い目を感じざるを得ない。

アルトゥーロは古典的なアメリカ文学に見られる典型的なピカレスク・ヒーローである。ハック少年やホールデン少年のように学校が嫌いで、学校の勉強よりも社会経験から多くのことを学ぶ。母の寝室から小銭を盗んで映画を見にいったり、母の結婚記念のネックレスを盗んで、ひそかに思いを寄せる女の子にクリスマスのプレゼントにしたり、その年代なりの悪さを発揮する。だが、敬虔なカトリック教徒である母の影響で、そうした罪を内面化して、結局、教会で懺悔するはめになる。この小説の中で描かれるアルトゥーロ少年のヒロイズムは、みずからの機転により、ほつれた両親の仲を繕《つくろ》い、家族の分裂を回避する行為で頂点に達する。

次に、母のマリアの視点から見ると、借金生活が彼女の精神に与えるダメージを抜きに一家の「貧困」を語ることはできない。食料品店は自宅の隣にあるが、「天文学的な数字」に跳ねあがったツケのせいで、マリアは「向こう見ずな霊感」が訪れないかぎり、店まで歩いていけない。「疲れを知らぬ亡霊のように、その勘定は冬の日々を恐怖」で満たす。衣服にしても、マリアの着ているものには、アメリカの豊かさを窺わせるものは一切ない。たとえば、「レーヨンのストッキングは色褪せて、今では黄ばんだなめし革のような色をしていた」。おまけに、夫は外で浮気しているらしい。そんな境遇のなか、彼女は並外れた信仰心で魂の中に救いを見いだそうとして、子どもたちに料理つくることさえ忘れがちになる。

最後に、父ズヴェーヴォの視点から「貧困」を見ていこう。日雇いのレンガ積み工で、イタリアの中部都市から移民してきた。マリアと結婚して十五年、ちゃんとした屋敷もあるがローンが滞り、実質的には銀行のものだ。靴には穴があき、段ボール箱の切れ端で穴を埋めている。大のギャンブル好きで、生活費にまわすべき金も賭博で擦ってしまう。日々を堅実に暮らす気持ちはなく、瘋癲《ふうてん》の気質がある。口癖は、「家に帰ることに、いったい何の意味がある?」だ。

小説の白眉は、ズヴェーヴォのようなアメリカ社会の周縁をうろつく「よそ者《アウトサイダー》」が、社会の中心に君臨する富者《エリート》と対決するシーンである。地元の不動産王ともいえるエッフィー・ヒルデガルド未亡人と、借金人生を送る風来坊のズヴェーヴォの対決。

そもそも「アメリカンドリーム」というのは、一言でいえば、貧者から大金持ちへの躍進、すなわち「富《カネ》」の蓄積を意味する。アメリカ社会の根底には、カネ持ちが幸福であるという信念がある。そうしたアメリカの常識を、この小説は覆す。

どん底の「貧困」をテーマにした小説でありながら、なぜ陰惨でもなく、センチメンタルでもなく、辛気臭くもないのか。

それは作家がみずからの苦境を突き放して見ることができるからである。たとえば、そうした姿勢は作家が次々と繰り出す過激なブラックユーモアの中に見られ、社会的な「他者」であるバンディーニ家よりもさらに弱者の視点を導入することで、バンディーニ家の逆境さえも相対化してしまうのだ。

「庭にいる鶏たちは、マリアにのみ忠誠を誓っていた。マリアの手から餌をもらう鶏たちは、ズヴェーヴォを憎んでいた。土曜の夜にふらりと訪れ、柵のなかの誰かを絞めてゆくのはこの男であることを、鶏たちはちゃんと記憶していた」

（2016・2）

ブコウスキーの生と死

チャールズ・ブコウスキーが逝った。一九二〇年生まれで、享年七十三歳。聞くところでは、ここ一年ほどは白血病で、闘病生活を余儀なくされていたようだ。それにしても、もう少し長生きして欲しかった。一度あって、話を聞いてみたい作家だった。

ブコウスキーについて解説めいた文章を書くのは、とても難しい。そもそもブコウスキーは「文学気取り」が大嫌いだった。文学を高尚な話題として語る輩（特に、大学の教師や既成の作家サークル）をうさん臭く感じるブルーカラーのまなざしがあった。だから、ブコウスキーと同じように、率直に綴るしかないのかもしれない。

ぼくがブコウスキーという名を初めて知ったのは、レイモンド・カーヴァーの詩の中だった。「きみは愛のなんであるかを知らない」というタイトルの、ブコウスキーの朗読会に出かけいったときのエピソードを綴った詩である。すでに、作家の青野聰が八二年に『新潮』で紹介しているのに、ぼくは恥ずしながら見逃していた。青野聰は、その後二度にわたって、ブコウスキーの短編のいくつかを文芸誌に訳出・紹介し、このたびようやく八年がかりの仕事にピリオドを打って、その成果を渾身の一冊にまとめた。ブコウスキーの三十編の短編を収録した『町でいちばんの美女』(一九七二年、邦訳は新潮社)がそれである。

そのオリジナル版は、いまから二十年以上も前に刊行されたものだけど、全く古さを感じさせない。メタフィクションのような斬新な語り手法を使うわけではないが、借り物ではないブコウスキー独自のスタイルと、アンチ＝アメリカ(反権力)の思想的なメッセージが見事に詩や小説に溶け込んでいる。たとえば、『町でいちばんの美女』の中に収められた短編「気力調整機」を見てみよう。

この短編は、物質的な富を最も大切なものとみなし、国家とかキリスト教の神とかを絶対視する中流階級のメンタリティを徹底的に茶化し、グロテスクに笑いのめす。ブコウスキーは清教徒の労働原理(勤勉・倹約)など屁とも思わず、むしろそうした原理に身を委ねることは、人間としての本質的な部分(ガッツ)を失うことだと思っているかのようだ。そうしたメッセージをブコウスキーは、直接打ち出すのではなく、ナサニエル・ウエストばりのグロテスク・ユーモアをもって寓話仕立てで語る。「身を粉にしてはたらくなんて、まっぴらだ」といっていた男が、ロボトミー手術を連想させる「気力調整機」にかけられると、ガッツを失い、「できるなら週七日間びっしりはたらきたいのです。できたら仕事は二つ欲しいのです」と、見事なまでに変身を遂げる。それもすべてカラーテレビや新車などを手に入れるため、アメリカン・ドリームを成就するためである。

ブコウスキーは、アメリカン・ドリームに象徴されるような物質万能主義《マテリアリズム》を嫌った。そういう意味では、ほぼ同世代のJ・D・サリンジャー（一九一九生まれ）やジャック・ケルアック（一九二二生まれ）などとも精神構造は似ているような気がする。しかし、そのことでその身に引き受けたものはかれらの比ではなかった。アメリカの物質的な富を忌避することで、ブコウスキーは社会の最下層で、社会の周縁で生きるしかなかった。

そんなわけで、デビューは遅れた。四十歳のときに出した、わずか十四ページの詩集『花、拳、獣の嘆き』（一九六〇年）がそれである。亡くなる直前に、小説『パルプ』（一九九七年、新潮文庫）が完成したばかりだったというが、それまでに、驚くべきことに六十冊以上もの詩集や短編集や長編小説を次々と発表してきた。

もちろん、デビュー前にも創作・詩作は行なっていた。二十四歳のとき、初めて自分の短編がある雑誌に載った。詩は三十五歳ぐらいから書き始めたらしい。いくら志が高くても、ブコウスキーのように書く意志を持続させることはたやすくない。その間、かれはさまざまな〝半端仕事〟や肉体労働で凌いでいた。そして、どや街で飲んだくれ、アル中で病院に担ぎこまれたこともあった。

アメリカで出たある文学事典のブコウスキーの項目に、作家に関する基本的なデータが載っていて、そのあとにこう書いてあった。「政治信条――なし。宗教――なし。趣味――競馬、クラシック音楽」と。ブコウスキーにとって、きっと飲酒は趣味などじゃなかった。創作と同じように、趣味じゃなかったから、死ぬまでやめられなかった。

小説でも詩でも、ブコウスキーは自分の知らないことは書かなかった。おのれの身辺の世界、つまり、どや街のアパート、売春宿、酒場、工場などを舞台にヴァナキュラーな路上言語をつかって、告白形式で読者に話しかけるように語った。

そういう意味で、マーク・トウェイン、ヘミングウェイらの口語文体による、会話を駆使したアメリカ小説の系譜に連なるといってもいいし、活字を通して目で読む詩ではなく、むしろ即興的な朗読を通して、観客と全身的な感動の場を共有しようしたビート詩人たちとの類似性も見られるかもしれない。しかしながら、悲惨な状況、孤独や死、別れをテーマとして扱いながら、乾いたユーモアさえ感じさせるその語り口に、ブコウスキー独自のスタイルを見ることも難しくないはずだ。陳腐な言い方になってしまうが、都市生活者の孤独と悲哀をこれほど感動的に詠った詩人・作家をぼくは知らない。

ブルーカラーの作家とはいえ、ブコウスキーは早くから文学的な教育をみずからに施していたようだ。ブコウスキーが青春時代にひとりで公立図書館に入りびたり読んでいた愛読書は、アプトン・シンクレア『ジャングル』、シンクレア・ルイス『メイン・ストリート』、初期のヘミングウェイの短編だったという。

その他の好きな作家には、D・H・ロレンス、ジェイムズ・サーバー、セオドア・ドライサー、ジョン・ドス・パソス、シャーウッド・アンダーソンもいた。のちに、ジョン・ファンテ、セリーヌ、カフカ、ドストフスキー、ロビンソン・ジェファーズもその中に加わった。

ニーリ・チャーコフスキーによるブコウスキーの伝記『ハンク』(一九九一年)によれば、ブコウスキー少年は、中流階級のモラルを押しつける厳格な父の鞭から逃げようとアルコールにひたり、そのうえ、ニキビの治療のために高校時代、半年も欠席を余儀なくされたという。精神的なトラウマを抱えた、孤独な少年時代だった。

そんなわけで、ブコウスキーは愛国心、勤勉、世間体、拝金主義といった、父親の信じるアメリカ的な価値観をことごとく嫌った。それは短編集『ホット・ウォーター・ミュージック』(一九八三年、新宿書房)に収められた「親父の死(一)」「親父の死(二)」や、長編小説『詩人と女たち』(一九七八年、河出書房新社)など、そこここに見られる。ブコウスキーは、そういった意味で反アメリカ的な作家ではあるが、一人の地下生活者・のんだくれ・クズとしての倫理《エシックス》を清教徒のような潔癖さで守りとおしたという意味で、かれほどアメリカ的な作家もほかにいなかった。

(1994・5)

白人の仮面をかぶった老人教授の恋愛物語　(フィリップ・ロス『ヒューマン・ステイン』)

これは、老人と若い女性との恋愛とセックスを扱った物語。というと、谷崎潤一郎の『痴人の愛』や川上弘美の『センセイの鞄』の米国版なの？　あなたは直ちにそう思うかもしれない。だけど、その直感は、ハズレかもしれない。

齢五十をすぎた作家なら、〈歳をとること〉やそれに逆らう〈若返り〉をテーマにした小説の一つや二つ構想したところで、ぜんぜん不思議ではない。むしろ老人と若い女性の恋愛など、あまりに陳腐すぎる設定だ。が、逆に考えれば、そうした陳腐な設定をどうやって陳腐でない小説にするか、小説家の力量を測るのにこれほどふさわしい題材は他にない。

「彼女の方は痩せて強靭な三十四歳の労働者、無口で読み書きができず、逞しい骨と筋肉をもつ素朴な田舎者で（中略）彼の方は七十一歳の思慮深い高齢市民、功なり名を遂げた古典学者で、容量の大きな脳みそには二つの古典語の言葉がいっぱいに詰まっている」

ちなみに、この小説を原作にしたリチャード・ベントンによる映画（邦題は『白いカラス』）では、〈人種差別問題〉をめぐる狂信的な言葉狩りを絡ませて、「思慮深い高齢市民」の老いらく恋に焦点が当てられる。

何の接点もなさそうな男女がニューイングランドの大学町で交わる。その舞台は、語り手のユダヤ系作家ザッカーマンが引用する十九世紀の文学者ホーソーンやエミリー・ディキンソンらを輩出したこともある由緒ある土地。厳格な清教徒がいまなお道を踏みはずした者を迫害することに情熱を燃やす土地だ。

ロスは、そうした倫理的に狭隘なワスプの土地で、黒人なのにユダヤ人と自らの正体を擬装して、その地域で最も古い「産業」ともいうべきアカデミズムの世界で出世の梯子をのぼってきたやり手老教授のコールマン・シルクの没落を描く。バイアグラがないと勃起しない老人と、母の再婚相手から幼い頃に性的虐待を受けたことがある女性との恋愛といったありがちな物語に、〈階級差〉や

〈人種差〉という偏差を加えて見事に他の恋愛小説との差別化をはかった小説。

そうあなたは思うかもしれないが、実のところ、〈パッシング（白人の仮面をかぶること）〉という派手な題材を隠れ蓑にして、ロスが本当に書きたかったのは、前立腺癌手術によって性的不能になった六十五歳のザッカーマンのエイジングのことではなかったか。そして、米国においてユダヤ人であるとはどういうことか、といったロスがずっとこだわってきたテーマではなかったか。ずいぶんと手の込んだ小説だ。とすれば、あなたの最初の直感は、やっぱりハズレだね。

（2004・7）

死への復讐としての老人の性愛（フィリップ・ロス『ダイング・アニマル』）

語り手のデイヴィッド・ケペシュは、現在七十歳になるユダヤ系の大学非常勤講師。二十代で一度結婚しているが、「二度と結婚生活という牢獄に入らない」と決めた。ケペッシュはいう。「軍隊と結婚、どちらも私が嫌悪する制度だ」と。それ以降独身主義を貫き、自分の教え子たちと奔放な性愛を楽しんできた。

メインとなるのは、八年前のこと。二十四歳の美女コンスエラ・カスティーリョとの出会いだ。コンスエラは、六〇年代に共産革命を逃れ米国に亡命してきた裕福なキューバ人の家庭に生まれた。その「ゴージャスな乳房」にケペシュはマイってしまう。

老人の性やエイジング（年をとること）が、この小説のテーマだが、それは同じ作家が前作『ヒューマン・ステイン』でも探求したものだ。老人が若い女性と恋愛関係におちいれば、否応もなくおのれの肉体的な限界や死と向き合わされる。だからこそ、ケペシュはいうのだ。「（若い女性との）セックスは死への復讐でもある」と。

米国では「性は悪徳なり」という清教徒の倫理観のもとで、男女の性はつよく抑圧されてきた。いまでも、政権はそうした宗教的な価値観にもとづいて同性愛者の権利を抑制する方針を打ち出している。

その一方、ホイットマンからヘンリー・ミラーまで、そうした狭隘な倫理観に反抗し性を謳歌する文学伝統もある。ロスはそうした奔放な文学伝統のルーツをさぐるべく、十七世紀のニューイングランドの毛皮交易所で先住民たちと交わり、清教徒たちを激怒させたという投機家で弁護士のトマス・モートンの話を挿入し、自らもその伝統につらなろうとする。

「喜びこそが我々のテーマなのだ。短い人生のあいだで、どれだけ個人のささやかな、プライヴェートな喜びに真剣になれるか」と、ケペシュは述べる。ぼくは本書をたんに性に耽溺した男の痴話ばなしではなく、「枯れる」ことを良しとしない老人の抵抗の書として読んだ。（２００５・２）

ラテンアメリカの「後進性」をポップな読みものにする　（ホルヘ・フランコ『ロサリオの鋏』）

ずいぶん以前のことだが、本屋で見かけたある本を、そのタイトルに惹かれて買いもとめたことがあった。田村さと子著『南へ――わたしが出会ったラテンアメリカの詩人たち』（六興出版）である。『南へ――』は、まるで激しいスコールによって淀んだスモッグも道路の埃もすべてきれいに一掃されたメキシコシティの夏の夕方を歩くみたいにスガスガしいかと思えば、他方では露店のタコスショップの激辛ハラペーニョを食べた後に、こちらの体と心がカッと熱くなるような、そんな複雑な魅力をたたえていたのだ。

そんなわけで、河出書房新社が開始した〈海外文学の新シリーズ〉の第一回配本が田村さと子が翻訳した小説『ロサリオの鋏』であるということを知り、おもわず意気込んでしまった。著者ホルヘ・フランコは、一九六二年生まれのコロンビア出身の小説家で、ガルシア・マルケスの後継者と目されているらしい。たしかに、この小説は『百年の孤独』のマコンドと同様、コロンビア第二の都市メデジンが〈神話的な空間〉として造型されている。しかし、その〈神話的な空間〉はすこしも牧歌的ではなく、むしろドラッグと殺人事件で汚染されている。

この小説は、ロサリオという名のスラム出身の若い女性の短い生涯を、アントニオという名の若者を通して語ったものだ。「セックスを早い時期に知ると、その人の人生は不幸になる可能性が大きい」と、語り手はいう。が、ロサリオにとって早い時期にセックスを知ったのは、みずからが望んで、というのではなく、強者によってから力づくで強いられたことによるのだ。つまり、八歳のときに母が連れこんだロクでもない男にレイプされ、十一歳のときにまた別の男に襲われ、十三歳でその襲った男の急所を母の鋏でちょん切るという復讐を遂げて……。ロサリオはすでにそんな年齢で、ストリートワイズな知恵と護身術とを身につけて、キスをしながら急所を突くというワザを習得してしまっているのだ。

かつて田村さと子はガルシア・マルケスに会い、次のように記している。「――後進性としての遅れこそ私たちの武器です。その遅れをエネルギーとして先進国に勝る文化的創造ができる――と言い切った彼の言葉の中に、感傷的にではなく、しかし愛着をこめて自らの土地に生き死にする人々を見据え、その中から浮かびあがってくるものを見極めようとする決意とでもいうものを感じた」(『南へ――』)と。

そんなマルケスが高く評価しているというこの後輩作家も、ラテンアメリカの「後進性」を創作の武器として使う。たとえば、それはコロンビアの階級や人種にもとづく差別であり、麻薬問題や貧困問題であり、政治の無力やマフィアの暗躍(利権争い)であり、アメリカ合衆国に対するあこがれと反発の入り混じった微妙なスタンスなどである。そして、そうしたラテンアメリカの「後進性」が剥き出しのかたちで露呈しているのが、社会の周縁におかれたスラムなのだ。

死と隣り合わせにあるようなスラムの激烈な生を書くのはいい。『ロサリオの鋏』はすごく面白い小説だが、すこし不満があるとすれば、小説家も語り手もスラム出身者でなく、むしろ上流階級出身者であることだ。小説家フランコは「スラム」を体現する人物としてロサリオという名前の、悪女でもあり聖女でもある〈運命の女（混血女）〉を登場させ、その〈運命の女〉に対する上流階級出身者の白人男性によるロマンティックな愛情を絡ませる。

これではハリウッド映画によく見られるように、ラテンアメリカの「後進性」のポップな商品化ではないだろうか。マルケスのいう「文化的創造」の観点からすれば、とても陳腐なやり方ではないだろうか。そんなわけで、最初の意気込みが強すぎたせいか、ぼくはノリきれないで終わってしまったのだ。

（２００４・３）

現実の境界線上に過去の言葉を掘りおこして　（W・G・ゼーバルト『目眩し』）

〈死人に口なし〉と、いう。死人に罪をおっかぶせていれば、自分は安泰だとシラを切る罪人が多い。確かに、死人はあの世から抗議したりしないから。だが、世の中にはごくまれながら、むねんにも沈黙を強いられたまま亡くなった者になり代わり、亡霊の言葉を話す人がいて、そんな人は通常、霊能者とか詩人と呼ばれる。Ｗ・Ｇ・ゼーバルトはそういう意味での霊能者・詩人であり、いわば声なき死者のための代書屋だ。

『目眩し』（原書一九九〇年）は、傑作小説『移民者たち』（一九九二年）と同様、登場人物の異なる四つの物語からなる。スタンダールのアルプスの峠越え(「ベール、あるいは愛の面妖なことども」)。ゼーバルト自身のイタリア旅行(「異国へ」)。カフカのイタリア旅行(「ドクター・Kのリーヴァ湯治旅」)。ゼーバルト自身のチロル地方W村への旅(「帰郷」)。

どの物語にも見られるモチーフとして、〈一九一三年〉という年号が使われていることに注目したい。一九一三年とは、むろん第一次大戦がまぢかに迫り、戦争とその殺人マシーンが讃美され、殺戮と破壊がロマンティックに語られる時代の象徴である。理想化された戦争のイメージと凄惨な戦場との間の埋めがたいギャップに、死んでいく者たちは初めて気づく。「一九一三年は一種独特な年だった。時代の節目であって、草原を這う毒蛇さながら、導火線を火花が走っていた」

近代のヨーロッパ史は血塗られた歴史であり、「国民国家なるものの義にして聖なる怒り」によって他民族の虐殺が平然とおこなわれた時代だった。ゼーバルトは『アルステルリッツ』(二〇〇一年)で、監獄でのユダヤ人の拷問を引き合いに出してそのことを検討するが、ここでも旅先の小村の図書館で昔の新聞にあたって、大衆の戦争への狂信を感じとろうとする。

ゼーバルトと死者たちとは、絶望で繋がっている。死者たちがゼーバルトに憑依して、作品のなかでは「事実」と「虚構」の境界がぼやける。一九八〇年代のゼーバルトの旅が過去の有名、無名の死者たちの旅と重なりあい、ゼーバルトは鬱を抱えたスタンダールになり、鬱を抱えたカフカになる。

過去の言葉を掘り起こすことによって、ゼーバルトは〈一九一三年〉以上に危ういヨーロッパ情勢

（極右的ナショナリストの台頭）に警鐘を鳴らす。

（2006・2）

亡霊の視点を持って現代世界を眺める（W・G・ゼーバルト『カンポ・サント』）

表題作の「カンポ・サント」が素晴らしい。「カンポ・サント」とは「聖なる苑」という意味で、「墓地」ということだ。

ゼーバルトは、住民が死者と共に暮らしていた時代に思いを寄せる。「コルシカの老女のなかには日暮れどきに死者の棲家を訪れ、土地の利用法や処世の途について死者の声に耳をかたむけ、死者と協議するのをならいとしていた者があちこちにいた」

生きながらにして亡霊の視点を持つこと、あの世からこちらの世界を眺めること。これこそ、ゼーバルトが終生心がけてきたことではなかったか。

この散文が含まれる前半は、ナポレオンの生家があるコルシカ島を舞台にした「紀行文」だ。「紀行文」と言っても、ただの旅行記ではなく、自然誌や人類学に基づく考察に個人的な体験を重ね合わせ、それを全世界とは言わないまでも、全ヨーロッパの戦争の歴史へと敷衍する。それ自体、ゼーバルトが「統語失調症」の詩人エルンスト・ヘルベックの手法として述べた「さかさまの遠近法」にほかならない。「極小の丸い像のなかに、あらゆるものが詰まっている」からだ。

アメリカの批評家スーザン・ソンタグが絶讃したゼーバルト作品集だが、本書だけは異色だ。作家の急死をうけて、編者の手によって編まれた遺稿集だから。

だが、ここに収められた文章は、他のゼーバルト作品の執筆時期に重なるという。これまでにこの著者を知らない人にも、恰好の入門書となるはずだ。

ハントケやグラスなどの西ドイツの戦後文学をめぐって、なぜ「廃墟」を扱った作品がないのか論じ、さらにナボコフやカフカ、チャトウィンなど、異邦人として生きた作家たちを取り上げる。

かつてゼーバルトは、死者の蘇りについて、こう言っていたものだ。

「ある種のものごとはきわめて長い間をおいて、思いもよらぬかたちで、不意を打って舞い戻るものなのである」と。


（2011・6）

「官能小説」に隠された風刺（谷崎潤一郎『鍵・瘋癲老人日記』）

コンビニに入ると、思わず栄養ドリンクを手にしてしまうお父さんにおススメの本です。ご亭主に飽き飽きしたという中年以上のご婦人方にも。

二つの小説、「鍵」と「瘋癲《ふうてん》老人日記」に描かれているのは、老人の「性愛」だからです。しかも、日記形式です。

通常、日記というのは、人に見せられない秘密を書くものですが、「鍵」では、あえて特定の読者に盗み見られることを想定しています。特定の読者というのは、夫婦の互いの伴侶です。「変態」と思われるかもしれませんが、実は、一種の「変態」なのです。「変態」によって、「性生活」の危機を乗り切ろうという、高度なテクニックです。夫のほうは、どうも京都大学の教授らしい。山本健吉によれば、発表当時(昭和三十一年)には、「その大胆な性の叙述が大きな反響を呼んだ」そうです。

夫の日記は、カタカナまじりで書かれています。

「元来僕ハ嫉妬ヲ感ジルトアノ方ノ衝動ガ起ルノデアル。ダカラ嫉妬ハアル意味ニ於イテ必要デモアリ快感デモアル」

教授先生は五十六歳で、すでに精力が減退し、体力もないと告白しています。寿命が伸びた現代では、ちょっと早すぎるような気がします。でも、当時、男性の平均寿命が六十三歳であったことを考えれば、不思議でもないでしょう。妻は十一歳年下の四十五歳。女盛りという設定です。

寿命が飛躍的に伸びた昨今、老人の「性」は切実なテーマですが、フィリップ・ロスの『ダイング・アニマル』というアメリカ小説は、七十歳の独身の教授先生が三十代のキューバ系の豊満な女子学生にまいった顚末を書いた小説です。この老人にとって「セックスとは死への復讐」であり、ロスの小説はただのエロ小説ではなく、「性は悪徳なり」というアメリカの清教徒の倫理観への抵抗という意味が隠されていました。一方、谷崎の「官能小説」には、教授に象徴される「権威」をあざ笑う風刺が隠されているのです。

(2010・3)

さまざまな「権威」をこなごなにする（サルバドール・プラセンシア『紙の民』）

ぼくはこの小説を読みながら、何重もの既視感にとらわれていた。のっけから紙で猫や人間の臓器や血管を作る、折り紙外科医アントニオにまつわる突拍子もないエピソードが出てくる。そこに、メキシコで絶大なる人気を誇る覆面レスラー「サントス」と「タイガーマスク」（サトル・サヤマ）との友情の物語という「脱線」が絡み、さらにかつてのハリウッドの大女優リタ・ヘイワースがメキシコの国境の町ティファナからやってきて「魔性の女」よろしく「アメリカン・ドリーム」を成し遂げるという「偽書」が追い打ちをかける。

そういうポップな装いをまとった「実験小説」の顔を持ちながら、小説を貫くテーマのひとつは、愛の喪失の悲しみという、とてもメローなものだ。

そう、ぼくは高橋源一郎の『さようなら、ギャングたち』を連想していた。きっとこの作家は、『さようなら、ギャングたち』の英語版を読んでいるに違いない。

物語の舞台は、誰もが自らの歴史の重みを逃れてやってくる西海岸のロサンジェルス。「ロサンジェルスは、メキシコ国の最北端の都市である」と言ったのは、メキシコシティ生まれの前衛パフォーミングアーティスト、ギリェルモ・ゴメス＝ペーニャ（『ボーダーの呪術師』）だ。ゴメス＝ペーニャの名言は、この都市に住む六割以上の人たちがラティーノ（スペイン語を喋る中南米からの移民とその子孫）であるという統計的事実のみならず、サンタナの音楽（『ブラック・マジック・ウーマン』）からギルベルト・エルナンデスのコミック（『ラヴ・アンド・ロケッツ』）に至るまで、あるいはタコスショップからローライダーに至るまで、そこに息づいているメキシコ文化をみごとに反映している。

歴史的に見て、ユニオン鉄道駅のすぐ近くのオリヴェラ通りにある小さな広場こそ、一七八一年にメキシコ人の数世帯によってスタートしたこの大都市の臍だ。だから、自らの歴史の重みを忘れようとして歴史性の薄いロサンジェルスにやってきて、なんだここはメキシコじゃないか！と感じてもそれは不思議ではない。十九世紀半ばの米国による侵略戦争以前には、ここはまさにメキシコの最北端の村だったのだ。

そんなロサンジェルスの臍からまっすぐ東に走るハイウェイ十号線（サン・バーナディーノ・ハイウェイ）を十五キロほどいったエルモンテという町がこの小説の舞台だ。

一般には、メキシコ系のストリートギャングが縄張り争いに明け暮れる暗いステレオタイプなイメージしか持たれていない、というか、全米の他の地域の人々には無名で、ありきたりな住宅地とモールだけのイメージしか浮かばない郊外の町を、作者は言葉の魔力だけで「神話」の町に変えてみせた。

カーネーションの花摘みに汗をながすEMF（エルモンテ・フロレス）の刺青をいれたチョロ（ギャングの若者）や父の目を盗んでライムをかじってばかりいる娘、畑仕事が終わるとメスカル酒を飲みながらドミノに興じる農場労働者、あるいは日曜日の朝にオアハカ出身のおじいさんの経営するメヌード(モツ煮込み)の屋台やグアダルーペの聖母教会に通うメキシコ人住民など、血の通った人々が登場する。とりわけ、ぼくには民間療法師《クランデロ》のアポロニオが印象深い。薬草の知識だけでなく、ハイチのヴードゥ、キューバのサンテリアにも詳しく、仮死状態のリトル・メルセドを調合薬で生き返らせる。のちにバチカンから使者がやってきて商品は押収され、かれは破門される。

「悪女」に纏わるメキシコの伝説がある。「マリンチェ」の伝説だ。十六世紀の初め、エルナン・コルテスがアステカを滅ぼしたとき、敵将の通訳となったタバスコ族の女性だ。それ以来、メキシコの男たちは自分を裏切った女を「マリンチェ」と呼ぶ。自分自身の過ちや女遊びは棚に上げて。

荒唐無稽なエピソードを積み重ねているように思えるこの小説で、メキシコ系の容貌の(背が小さく、名前からしてラティーノっぽい)作者を捨てて、別の白人男のもとに走ったガールフレンドを彷彿とさせる登場人物(ジプシーの血のまざったエリザベス、黒人の血のまざったカメルーン)が作者に対して批判の言葉を浴びせる。まさに「マリンチェ」の逆襲だ。

土星との戦いを始めるフェデリコ・デ・ラ・フェは、夜尿症のせいで妻メルセドに逃げられる。ストリートギャングのフロッギーは、恋人サンドラの父をそれと知らずに殺してしまって恋人に逃げられる。男女のあいだで繰り広げられるそうした三角関係に、怪力サムソンの髪を切る愛人デリラの役をリタ・ヘイワースが演じるという映画(『サムソン』)のエピソードが接続されて「悪女」の伝説が重層性を帯びる。この小説は一つには、女に逃げられた情けない男たちがどうやってその恨みや悲しみを癒すかを語ったものだ。

フェデリコは、熱せられた鎌を自分の体に押しつけ、火傷による痛みによって、悲しみ(と夜尿症)を癒す方法を編みだす。一躍スターダムにのしあがったリタ・ヘイワースに対して、かつてつきあっていたレタス収穫労働者は、銀幕にレタスをぶちまけて「売女め」と叫ぶ。恋人に逃げられたフロッギーは、ひとり家に閉じこもる。

確かにページを三つ四つの柱《コラム》に区切って、複数の登場人物の物語を共時的に展開するような形式はそう多くない。だが、「作者の死」を宣言するメタフィクションの仕掛けや、本の中に真っ黒な部分が出てくるようなタイポグラフィカルな試みによって過剰に彩られた反秩序のバロック小説は、十八世紀末のローレンス・スターン『トリストラム・シャンディ』を嚆矢として、現代アメリカ文学でも、フェダマンの『嫌ならやめとけ』からダニエレブスキーの『紙葉の家』に至るまで、これまでにもあった。

だが、単に作者の権威だけでなく、バチカンの権威や男のマチスモもこなごなにする、エルモンテの「神話」を創造したという点でユニークであり、作者はぼくの心地よい既視感を吹き飛ばしてくれたのだ。本書がデビュー作であるこの小説家の真価は、第二作で試されるだろう。

(2011・11)

健全な〈不良〉の見た動乱の世界 （矢作俊彦『悲劇週間』）

この小説は、三百冊はくだらない翻訳書や著作を残し、外国文学と日本文学の懸け橋となった堀口大學（一八九二～一九八一）を扱う、一見面白いエピソード満載の「青春小説」に見える。大學は本郷の東大前にあった家に生まれ（それゆえに奇特な名前がある）、三歳で母を亡くし、祖母に育てられる。東大の受験に失敗するや、文学の世界にめざめ、与謝野鉄幹の門下となり、佐藤春夫と一生つづく友情を育む。荷風のいる慶応大学予科をサボって、東京中をふたりでひたすら歩きまわる、そんな健全な〈不良〉ぶりが印象的だ。

それにしても、なぜ、いま大學なのか。明治時代なのか。

その答えは、小説の語りに隠されている。大學が語り手として、青春時代を回想するというかたちをとっているが、矢作は、ウブで世間知らずだった大學が「水族館の魚」から大海のトビウオへと転身するきっかけとなる若き日の海外生活を波乱万丈の物語に仕立てながら、それと同時に、大學の素朴な「眼」に映った他の人たちの生き方や死に方も丹念に描く。メキシコ在住の義侠心にとんだ日本人たちや、大學と恋仲になる混血のメキシコ女性フエセラ……。

とりわけ、大學の父は影の主人公ともいえる。日本初の外交官となった父は、日本がようやく近代へと突入しようとするときに、世界中を駆けまわり、政治の舞台裏で活躍する。ある意味で、日本の植民地主義政策に加担したエリート官僚だが、メキシコでは「英雄」としてもてはやされた。そんな父が息子に印象的な言葉をはく。「外交は言葉でやる戦争だよ」と。

「ぼく」にはそんな父がただ勝ち馬に乗っているだけでないか、と思えるときがある。〈不良〉だからこそ、弱い者に対する目が細やかだ。大學のやさしい思想が、明治から大正にかけて拡大主義を推し進める日本の「勝てば官軍」という思想(それは米国の現在の「グローバリゼーション」に一脈通じる)への批評となる。

のちに「詩」という短い作品で、大學は父に対して隠喩的でエロティックな返答をしている。「詩は言葉のSEXE/だから詩は言葉をかくす」と。

(2006・4)

失われた少年時代と父親への鎮魂歌　(スチュアート・ダイベック『僕はマゼランと旅した』)

戦後まもない時期に、白人以外のさまざまな民族の移民や労働者の家族がひしめきあって暮らす中西部の大都市シカゴ。なかでも、サウスサイドと呼ばれる下町の、猥雑でエネルギッシュな生活が、みごとなテクニックで活写される。みごとなテクニックとは、逆説めくが、〈語らない〉というテクニックだ。忘れがたい人生の一瞬を切りとって、他の要素は切り捨てる。行間に多くを語らせるタイプの短編の名手。

社会の周縁ともいうべき、都会の荒っぽい地区の人々の暮らしを内側から描く。そのため、朝鮮戦争で頭がおかしくなった叔父や、刑務所から帰ってきたばかりでボーイズクラブの楽隊長になる前科者、イタリア系の殺し屋、大戦で片腕を失ったバーのオーナーなど、残酷で悲惨な出来事に見舞われる人物が目白押しだ。

だが、語りの中心をなすのは、「僕」ことペリーとその弟ミックのポーランド系アメリカ人。かれら少年の目に映った父親の個性が強烈だ。この小説は、ある意味で、かれらの失われた少年時代と亡くなった父親への鎮魂歌かもしれない。父親は自分を「父上(サー)」と呼ばせるくせに、子供たちに食事を与えられなくなるかもしれぬ不安から身を粉にして働きつづけ、もったいないの精神から廃材やガラクタの配管を拾ってくる。

とはいえ、貧乏話につきもののお涙頂戴なところはまったくない。むしろ、隣家の夫婦の睦言をこっそり盗み聞きする少年たちのマセた楽しみなどが書かれ、ユーモアが隠し味になっている。また、両親の大喧嘩という癒しがたい状況を自作の「僕はマゼランと旅した」というデタラメな歌を歌って乗りきる少年たちの機転からは、どんなに悲惨に見舞われていても、笑いの一瞬が訪れ、それが救いになるという作者のメッセージが伝わってくる。

読み終えてのさわやかな余韻が、すばらしいコンサートの帰り道のように、胸の中にいつまでも残る。

(2006・4)

ダイヤモンドの結晶面のような多彩な物語の光を放つ（ハリー・マシューズ『シガレット』）

十五の断章とエピローグからなる構成に大きな特徴がある。それぞれの断章は、まるで屈折率や分散率の高いダイヤモンド結晶面のように、多彩な物語の光を解き放つ。

いま、あなたの前にある断章は二つの視点を持ち、「アランとエリザベス」とか「オリバーとエリザベス」といった、対話法《ダイアローグ》めいたタイトルが付けられているが、二人が対話を交わすとは限らない。あくまで視点のぶつかり合いによる対話法であり、あなたはそのすれ違いから生じるアイロニーを楽しむ。そういう仕掛けなのだ。

あなたは、互いに矛盾することもある対話法の空白を埋めながら読み進める。どうせジグソーパズルの絵は完成しないのだから、誤読を怖れる必要はない。むしろ、このパズルはあなたによる創造的な誤読を誘発している。

そういう意味で、これはあなたからの積極的なレスポンス、あなたの鑑賞／干渉を要求する「芸術小説」だ。ちなみに、本書は『人生　その使用法』で有名なジョルジュ・ペレックに捧げられているが、そのペレックやクノー、カルヴィーノらからなる〈ウリポ〉という芸術家集団に、著者ハリー・マシューズも所属している。かれらは一様に、過去から現在へと時間軸に沿って話を進める凡庸なナラティヴ（通常、あらすじと呼ばれる）を回避して、独自のフィクション、独自の言語宇宙を創造しようとする。

だからといって、怖れるには当たらない。語りのエクリチュール自体は、非常にオーソドックスだから。内容も日常生活の機微、というか男と女、男と男、女と女の愛憎とすれちがい。舞台は、芸術をもビジネスに変えてしまう魔法の都市ニューヨーク・シティと、その都市の富裕層が夏の避暑地として滞在する州北部オールバニー市近郊。時代は、大恐慌からアメリカが立ち直った一九三〇年代後半と、米ソ冷戦のさなかキューバ危機のあった一九六〇年代前半。

視点となる登場人物は、全部で十三人いる。かれらは夫婦だったり、恋人だったり、親子だったり、愛人だったり、ビジネスパートナーだったりして、互いに何らかの関係性が存在する。

たとえば、象徴的なのはある父娘《おやこ》だ。保険代理店業の立場を利用して大規模な保険金詐欺で大金を稼ぎ、富裕層の一角に食い込むオーウェンと、ヒッピー時代の洗礼を受け、芸術家を志すその娘フィービ。一方がなりふり構わぬ金の亡者ならば、他方は〈反資本主義〉の権化。父親は娘に自分とちがった芸術家の道を歩ませたくて、幼い頃から英才教育をほどこすが、いざ娘が自立しようと新進画家に弟子入りしたとたんに、その道を閉ざそうとする。おまけに、娘が甲状腺の異常から体調を崩すと、娘の主治医らに自分の偏見を吹き込んで誤診を招く。

この小説の大きなテーマの一つは、アメリカにおけるそうした親子間をはじめとして、夫婦間の、男女間《ジェンダー》の、芸術家とエージェント(画廊)間の支配／被支配関係であり、その逆転現象である。そのような現象の口火を切る〈激動の六〇年代〉といった時代性は、神経衰弱に陥ったフィービがケネディ大統領に送る狂気の手紙のように、「隠し絵」として深層に描き込まれている。ある断章で視点として大きく扱われる人物も、別の断章では背後に引っ込んで、マイナーな人物に変わる。すべての登場人物が、それなりに主役の役をこなす。とはいえ、著者の世界観や芸術観を反映しているという意味で、他の人物より重要な登場人物が二人いる。エリザベスという謎の女性であり、モリスという狂気の批評家である。

二人に共通するのは、ともにセクシュアリティに関して因習的な価値観から解放されているという点だ。エリザベスは、さまざまな男性と関係しながら誰からも支配されない。俗物の夫の支配に甘んじている保守的な女性モードの性的抑圧を解いてやったり、絵のモデルとして新進画家ウォルターに霊感を与え、かれを一躍スターにしてやったりする。

一方、芸術批評家のモリスは年下の男ルイスにSMのてほどきをしながら、文章修行をほどこす。モリスが与える文章レッスンの一つは、「芸術は、連続性や一貫性という〈自然らしさ〉を回避するところから始まる」というものだ。言うまでもなく、この小説はこうしたモリスの芸術論を反映させた芸術実践に他ならない。

最後に、小説の冒頭と最後のエピローグだけに登場する語り手の「私」について触れておこう。モリスに先立たれたルイスとおぼしき人物のこの「私」は、死に取り憑かれている。「生ける死者は空想の領域の存在ではない。彼らこそ地球の住民だ」と、自らも死者の霊域に踏み込んだかのような発言をしている。というのも、マシューズのみならず、あなたにとっても、ミューズ〈芸術の女神)の霊感と死者たちの霊感、これこそが芸術家に真の芸術を創出させる源だからだ。

(2013・9)

無頼の心とSF的な奇想で「現代日本社会」を風刺する (筒井康隆『繁栄の昭和』)

やっぱり筒井康隆は面白い。一筋縄でいかないからだ。

筒井は、多数のテレビドラマ(『時をかける少女』や『七瀬ふたたび』など)の原作者でもあり、舞台や映画の俳優としても知られている。

そうした多彩な才能や、ポストモダンの小説技法「メタフィクション」(「この世界はフィクション」という世界観を持つ)、生来の無頼な気質などがいかんなく発揮されたのがこの短篇集だ。

「メタノワール」と題された物語では、語り手の「おれ」が深田恭子主演の映画『死者の学園祭』に犯人役で出演しているという。筒井自身、二〇〇〇年に公開されたこの映画に出ている。だから、「おれ」は筒井自身と見なしてもよさそうな気がするが、「おれ」が家に帰れば、妻役の女優宮崎美子と本物の妻が登場したりして、どこからが現実で、どこからがフィクション(演技)なのか分からない。ドタバタ喜劇調のメタフィクションだ。

その他にも、表題作「繁栄の昭和」は、ボルヘス顔負けに、現実が小説を模倣するという奇想を活かしたメタ探偵小説だし、没落貴族の御曹司を主人公にした波乱万丈の物語「大盗庶幾」や、奇想天外のＳＦ短篇「科学探偵帆村」も、先行する作品をふまえた本歌取り《パロディ》であり、抱腹絶倒のメタフィクションだ。

多くの作品に見られるのは、「芯のある女性」に対する筒井の偏愛である。とりわけ、「高清子とその時代」は、浅草の喜劇女優をめぐる力作の評伝だが、社会の周縁で生きたその女優について書きながら、筒井は妻に似た気丈夫な女優を好きになる自身の奇癖を告白する。

永井荷風は、社会の中心にいる「狡猾強慾傲慢」なエリートたちと比較して、「淫蕩無頼」な浅草の芸人たちを「深く交えれば、真に愛すべきところあり」と弁護する。

筒井もまた、そんな浅草出身の芸人と同様に、戦争と汚職と公害問題に振り回された昭和という時代の暗さをバネにして、社会風刺のブラックユーモアを炸裂させる。それがいちばん色濃く出ているのが、ポスト福島の日本を扱った近未来小説「役割演技」だ。

（２０１４・11）

言葉にならない人間心理を表現する（蜂飼耳『紅水晶』）

中原中也賞受賞の詩人による、初短編集。

主人公が、たとえば化粧品の宣伝文句を考える美容ライターだったり、心理カウンセラーだったり、図書館員だったり、まったくちがう作品が五つ並ぶ。

だが、そのどれにも蜂飼ワールドとしかいいようのない雰囲気が漂う。それは一言でいえば、世界との微妙な距離感ではないだろうか。

正しくは世界というより、人間というべきだろうか。人間の心理は簡単に言葉にできないが、それを言葉で表現するところに文学の逆説と醍醐味が生じる。そのことを蜂飼の小説は改めてつよく感じさせてくれるのだから。

主人公たちは、ときには植物のように光や影に敏感に反応し、ときには動物のように匂いや音や色に反応する。

もちろん、同じ人間に対しては、言葉で対応するが、その言葉が自分の反応をただしく伝えてくれると限らないことを自覚しているような、そんな自信なげな対応の仕方である。

たとえば、冒頭の「崖のにおい」の語り手は、うっかり相手に失礼かもしれない言葉を吐いたあと、このようにいう。

「ほんとうは本心そのものというのではなかったが、口にしたら、言葉はあっというまに本心の顔を被った」と。

一種の家族小説の体裁をとっている「くらげの庭」でも、語り手の美香は人生を一時しのぎの野営みたいなものだと捉え、夫が単身赴任になり夫の家族と同居することになるが、なかなか本心を語らない。

語らないが、生き物としての他人に対して無関心であるわけではない。だから、死をおそれる年老いた義父に対する優しさも生じる。

義母の不在の夜に、身重の美香が添い寝をねだられ、それに応じる場面は、言葉できない主人公の本心と生と死の思いが微妙に交錯する、この短編で一番スリリングな場面だ。

表題作「紅水晶」は、昔ストリッパーだった薬剤師の女性が恋人を殺す作品だが、「引きこもり」の姉と一緒に暮らす女性を扱った「六角形」と同様、心理学のように人間を「狂人」と単純に定義することなく、言葉にしにくい狂気と正気のはざまを丁寧にさぐった秀作だ。（2008・2）

エッセイ形式で語る〈よくできた話〉（ポール・オースター『トゥルー・ストーリーズ』）

正直にいおう。これまでポール・オースターの長編小説は、どこか好きになれなかった。まるでジグソーパズルを一枚も残さずに完成させた絵図のようなウソ臭さが鼻についたのである。

ところが、ご都合主義のように感じられた〈偶然の連鎖〉がこのエッセイ集では魅力的に感じられるから、不思議だ。差別や迫害から逃れるために出自を隠し他人の振りをして暮らすユダヤ人が好きそうな、こんな〈よくできた話〉が出てくる。

オースターの友達の友達にチェコ人の女性がいて、その女性は父を知らなかった。彼女が赤ん坊の頃に父は第二次大戦でドイツ軍に徴用されてソ連の前線に送り出されたまま、行方不明になってしまったからだ。

女性はやがて大学で美術史を教えるようになり、そこで東ドイツからの留学生に出会った。女性はこの若者と恋に落ち結婚することになった。結婚式をあげてから、夫の父の死を知らせる電報がきた。葬儀にでかけるために、ふたりは東ドイツに向かった。そこで明らかになったのは、彼女の知らない義父がチェコ生まれで、ドイツ軍に徴用されてソ連の前線に送られ、戦争が終わってからもチェコには帰らず、新しい名前を使ってドイツに住み、ドイツ人の女性と結婚して、ずっとドイツで暮らしたということだった。

「夫の父がチョコスロバキアでは何という名前だったかを訊ねた彼女は、その答を聞いて、彼が自分の父親であることを悟った」

彼女は、自分の弟と結婚していたのだ。

「これは実際にあった話です」とわざわざ断わるのは詐欺師の常套手段だ。だが、エッセイという形式を採りながら、オースターも詐欺師顔負けの巧妙な語り口で読者をその世界に引きずり込む。小説ではあれほど腰を引いていたぼくなのに、いつのまにかその話術にハマッてしまっていた。それほど、小説家のストーリーテリングの妙技が発揮されている〈よくできた話〉なのだ。

（2004・3）

「物語」の力によって癒す傷心　（ポール・オースター『闇の中の男』）

二〇〇七年、アメリカ北東部ヴァーモント州の閑静な邸宅。老著述家オーガスト・ブリスが一人娘の家に身を寄せている。

オーガストは交通事故によって車椅子の生活を強いられているのみならず、長年連れ添った妻を癌で亡くしたばかりだ。娘は著述家としてのキャリアを積んでいるが、自信を失いかけている。夫が愛人をつくり、逃げてしまったからだ。さらに、この家には、孫娘も同居。彼女もまた傷心の日々を送っている。

戦争が暗い影を落としている。とりわけ、アメリカ主導で行なわれたイラク戦争は、いまだ二十代前半の孫娘に深い影響を及ぼしている。彼女の恋人はけんか別れしたあと、短期間で大金を稼ぐ目的で民間トラックの運転手としてイラクに赴任。だが、戦地で誘拐され、殺害されてしまう。その事件により孫娘は自分が恋人を死へと追いやったという自責の念にとらわれる。

そうした祖父、娘、孫の三人が、それぞれの傷心をどのように克服するのか。それが小説のテーマだ。ただし、それは主に二つの「迂回の方法」によって語られる。

一つは、この小説の最大の特徴というべき「多重世界《パラレルワールド》」の語りによる。それは、オーガストが頭の中で作り上げる「もう一つのアメリカ」の物語だ。そこでは「アメリカ同時多発テロ事件」もイラク戦争も起こっておらず、その代わりに、米国は内戦状態に陥っている。この語りにより、現実は一つでないことや、個人の中には多様な人格が存在することが示唆される。

もう一つは、この家族以外の、普通の人々の「並外れた出来事」や「辛い人生の一幕」についての、短いエピソードの積み重ね。映画や文学作品に言及したり、主人公が知り合いから聞いた話を披露したりして、変化に富んでいる。とりわけ注目すべきは、小津安二郎の『東京物語』の老人と嫁の会話や、十九世紀の作家ホーソーンの娘の言葉である。

確かにこの世の中は「嫌なもので」「けったいで」残酷だ。だが、それでも私たちは生きて行かねばならない。それは、あとに取り残された者に向けた、この小説のメッセージだ。

（2014・7）

「肉体」たちの記憶を語る（ポール・オースター『冬の日誌』）

オースターは冒頭でこんな言葉を発している。「この肉体の中で生きるのがどんな感じだったか、吟味してみるのも悪くないんじゃないか。五感から得たデータのカタログ」と。

そう、「カタログ」と称するからには、退屈であろうとなかろうと、何から何まで一応網羅しなければならない。例えば、三歳半のとき、デパートで遊んでいて、左頬に長い釘が突き刺さって顔半分が引き裂かれたエピソードから始まり、初老の男の肉体が記憶しているこれまでの怪我や傷の「カタログ」。

「君」という二人称で、読者に語りかける記述方法に特徴がある。なぜ自分自身の過去について語るのに「私」でなく、「君」を主語にするのか。

もちろん、それは自分自身の過去の出来事を突き放して見つめるための創作上の工夫に違いない。

だが本書のテーマ（身体の記憶カタログ）とも密接に関わっているはずだ。

オースターが引き合いに出すイギリス作家ジェイムズ・ジョイスの逸話にヒントがあるかもしれない。ジョイスはパーティの席上で、ある貴婦人から、あの傑作の『ユリシーズ』を書いた手と握手させてくださいと言われ、「マダム、忘れてはいけません。この手は他にもたくさんのことをやってきたのです」と答えたという。

私たちがこのエピソードから類推できるのは、本書の「君」が、たんに著者の過去の分身というより、むしろ、現在の著者とは別の生き物としての「肉体」たち、過去の様々な瞬間にいろんな反応を見せた「肉体」たちではないだろうか。

たんに執筆に取り組むだけでなく、自我意識に目覚めた三、四歳の頃から、性の虜になる思春期を経て、母の心臓発作による死や、著者の判断ミスによる交通事故で妻や娘を殺しかけた五十代、そして老いを意識しだした六十代まで、実に数々な事件や出来事に遭遇した無数の「肉体」たちの物語。それを掌編小説みたいに巧みに語ったものが本書である。（2017・3）

小心男の奏でる小声のバラード（エマニュエル・ボーヴ『きみのいもうと』）

著者は、ある批評家から「貧乏人のプルースト」と呼ばれたこともあるという。確かに人間観察が細かい。一見平凡な生活を非凡に描くボーヴの筆は、まるで素材は近くの畑で取れるありふれた野菜なのに、新鮮さを失わずに美味しく料理するシェフの腕みたいだ。

語り手はアルマンという名の中年男。なぜか働かずにぶらぶらしているが、ジャンヌという年上の庇護者がいる。物語は、ジャンヌの家に昔仲間のリシュアンを招待するところから始まる。そうした瑣末ともいえるエピソードの中に、すでに波乱万丈の心理ドラマが存在する。語り手アルマンはとても自意識過剰な男であり、相手との腹の探り合いがこの小説の真骨頂だ。

「彼[リシュアン]は緊張しきっているくせに、平気を装っていた。突然、ぼくを見て、意味ありげに顔をしかめた。あんた、うまくやったな、チャンスをものにしたじゃないか、そう言っているのだ。ぼくは意味が分からないふりをした」

物語の筋は、とても単純だ。リシュアンにはマルグリッドという妹がいて、彼女との「火遊び」ともいえない出来事がきっかけになり、それが「大火事」に発展して、アルマンは安逸な生活を失い、貧乏暮らしに逆戻り、というお話。

だが、単純な物語の背後に、一個人の生活をどん底においやる運命の力が示唆されている。それは戦争の影にほかならない。『ぼくのともだち』(白水社)では、主人公が「戦争傷痍年金」をもらう男という設定で、いっそうその影が色濃く出ていたが、ここでもリシュアンの体の「戦争の傷跡」にさりげなく触れたり、「兵隊だったとき、ぼくは片足をなくすより片腕をなくす方がましだと思っていた」と述懐したり、ぐうたら男の物語に歴史的事件の陰翳が加わっている。

ボーヴの父もロシアからパリにやってきて、貧乏暮らしに嫌気がさして、家族を捨てて裕福な女性のもとに走ったらしい。また弟は一生働くことなく、著者に寄生するように暮らしたという。近親のそんなダメ男たちをモデルにして、ボーヴは二十一世紀の読者が読んでも、なお輝きを失わない小説を書いた。（2007・2）

南の潮の香りと新しい「視点」を送り込む（ジャメイカ・キンケイド『川底に』『小さな場所』）

初めてペーパーバックの短編集『川底に』を手に入れて、その中の一編「母」を読んだとき、偉大すぎる母を持った娘の反抗と憧れというテーマを語るその特異な語り口と幻視的なヴィジョンに、なんとも説明のつかない不思議な読書の喜びと驚きを覚えたものだった。と同時に、はたして言語の音楽性やリズムや破格性を特徴とするこの作品を日本語に移し替える際に、同じような効果を日本の読者に与えられるだろうか、と思っていた。

それが、こちらの勝手な杞憂だったことを、この作品の訳者の管啓次郎は証明している。管が「です・ます体」で処理をしたのは、正解だった。確かにこの短編は、娘一個人の母との関係を語ったものでありながら、そうした文体処理を施すことで、小説の寓話性・象徴性が強まり、普遍的な物語へと昇華するきっかけを獲得しているように思えるから。たとえば、冒頭の一節はこうだ。「母なんか死んでしまえばいいと口に出しそれが母に与えた痛みを見るとただちに、わたしは後悔しておびただしい涙を流したのでわたしのまわりの地面はすっかり水浸しになりました」。こういう書き出しを読んで、あとを読みたくない人がいたら、ぼくには話す言葉がない。しばらく読んでいくと、次のような一節にもぶつかる。「母とわたしのあいだにはいまやわたしの流した涙があり、わたしは石ころをいくつか拾って涙を土手で囲みこみ小さな池を作りました。池の水はどろどろして黒く毒があり、そこに住めるのは名前もないような無脊椎動物だけでした」。娘と母との一体感の崩壊、それは娘の成長の証でもある。その距離感を毒の水と化したわたしの涙の作る池があらわしている。実際には失われてしまった母との一体感を、ずっとあとになって娘であるジャメイカ・キンケイドはこの「母」を称える歌を歌うことによって取り戻す。「母」を故郷のアンティーガと読み替えることも可能だろう。

この短編集の中で、一番読みごたえのある「川底に」をはじめとする、その他の短編にしても、外の世界への憧れ、少女時代の母や父への思い、そして「死」にまつわる瞑想などが、南の島の大自然の中で育まれた想像力、ニューヨークという大都会で磨いた彼女独自の言語感覚によって、音や匂いと一緒に読者に提示される。プロットに頼るのではなく、時に断片的に、時にフレーズの連続、反復として語られる小説。だから、詩のように、ゆっくり味わいながら、何度も繰り返し読む。声を出して読むと、もっといいかもしれない。

もうひとつの美しい詩的散文というしかない『小さな場所』は、「ポストコロニアル文学」のテキストとして絶対に欠かせぬ文献のひとつだろう。現に、アメリカの大学のやや高級なテキスト（ビル・アシュクラフト他編の『ポストコロニアル・スタディーズ・リーダー』）に、この一部が採用されている。この作品は、ポストコロニアル文学に特徴的な「二重のパースペクティヴ」（E・サイード）を有している。ひとつの場所の因習的な見方に拘泥しない、ノマドとしてのしなやかな身のこなしを有しているのだ。たとえば、『小さな場所』は、二人称で語られる。二人称の語りというのは、とりあえず批判しようとする対象に自分の身をおくわけだから、よくある時事放談の独り善がりな発言とちがい、批判の刃が自分自身にもはね返ってくる。

「あなた」（または「あなたたち」）とは、アンティーガ（この作品の主人公である西インド諸島の「小さな場所」である）にやってくる観光客（とりわけ、欧米の白人）であり、まずこうした観光客がやり玉にあげられる。さらに、批判の対象は、次第に「わたしたち」の側に移り、地元の政治家（とりわけ、自動車ディーラー、売春宿、ケーブル・テレビ会社などといった企業をつくり、政府を相手に政府の庇護のもとで富をむさぼる大臣たち……失墜してタクシーの運転手になり、笑いの種になる者もいるが）、政府に金を貸す中東からの貿易商（政府が特別のパスポートを作ってやらなければならないほど悪辣な連中たち）、ホテル訓練学校（キンケイドには、「召し使いの養成所」にしか思えない）などを崇めている地元民たちにも、容赦なく批判の刃は向けられる。ユーモアと皮肉のこめて故郷アンティーガを語ったこの散文の、旦敬介による日本語訳も、またいい出来だ。

（1997・5）

戦争の荒波の中の「喪失」（ポール・ユーン『かつては岸』）

韓国の架空の〈ソラ島〉を舞台にした八つの物語からなる短編集。日本の占領統治、米軍の駐留と軍事演習、最近の観光リゾート地の開発など、つねに外部からの圧力に翻弄されてきた島。

韓国系アメリカ人の作家は、島の風景描写に託しながら、島に暮らす人たちの内面を語る。多くの作品に見られるのは「喪失」というテーマだ。

かれらは肉親の誰かを悪運としか言いようのない大惨事や事故で失う。たとえば、冒頭の「かつては岸」は、リゾートホテルのレストランでボーイをしている青年が漁師の兄を失う比較的最近の話だ。兄の乗るマグロ漁船が米軍の潜水艦に衝突されて大破し、兄は行方不明になってしまう。また、「残骸に囲まれて」は、老農夫が妻と一緒に海で行方不明になった息子を捜しに出かける太平洋戦争後の話。息子の乗った漁船が、演習中の米軍機によって誤爆されたからだ。

そうした喪失のテーマと切り離せないのが、死者の霊を感じることができる主人公たちの存在だ。「わたしはクスノキの上」の少女は、父親と二人で牧場に暮らしているが、木立の中で袖なしの青いワンピースを着て雪の上に横たわる女性の姿を見る。それは心の中の欠落を埋めようとする幼い心が生み出す幻影かもしれないが、ひょっとしたら亡き母の亡霊かもしれない。

作品の中にはセンチメンタルな趣に傾くものがあるが、「そしてわたしたちはここに」は、読みごたえのある好篇だ。戦争の荒波にさらされる島の姿が社会の最下層の女性の視点から描かれ、時間的には韓国併合後から、太平洋戦争をへて朝鮮戦争までと長い。

なぜこの作家は、済州島をモデルにした架空の島の物語を書いたのか。

それは、社会の周縁に追いやられた人間にこそ、その社会に特有の歪みが現われるからだ。作家は東シナ海の小さな島の歪みから普遍的な意味を持つ物語をこしらえることに成功した。

（2014・8）

第七章　〈カフェ・ドゥ・パリ〉でミント・ティーを

〈カフェ・ドゥ・パリ〉でミント・ティーを

一九九一年の夏、一九九二年の春の二度、モロッコのタンジールを訪れた。ともに一週間程度の滞在で、作家ポール・ボウルズに会うのが旅の大きな目的だった。

ぼくが泊まったのは、新市街にある老舗の〈ホテル・レンブラント〉で、適度の古さを備えた天井の高いロビーが旅行客を威圧することなく迎えてくれる。部屋の窓からはタンジール港とその向こうの地中海が見渡せ、時差ボケで午前三時半にイスラム寺院から聞こえてくるミュエザンの声に目を覚ましたぼくは、窓を開け、海の向こうが次第に白んでゆくのを眺めていた。いつもとは違う時間の流れに身を任せるのを快感と感じ、時の経つのを忘れて、日の出とともに出発するフェリーを見送っていた。

ホテルの前には、タンジールの目抜き通りともいうべきパストゥール通り(通称ブールヴァール)があり、少し坂道になったその通りを歩いていくと、右手に海を見渡せる高台に出る。そこはロータリー状になった〈フランス広場〉で、バッキンガム宮殿を模したといわれる白塗りの建物が目を引く。フランス領事館だ。その手前に大きなカフェがある。

〈カフェ・ドゥ・パリ〉は、一九三〇年にフランスのマダム・レオンティーヌによって営業を開始。以来人々に格好の出会いの場を提供してきた。地元の人にとっても観光客にとっても、わかりやすい場所にあるのが一番なのかもしれない。
モロッコの作家、モハメド・シュクリはこんな風に書いている。「今日は、とても暑い。まだ十時半だというのに、ぼくは〈カフェ・ドゥ・パリ〉に出かけていき、テラスに腰をおろした。かれは別のテーブルにいて、英語の新聞を読んでいたが、その右手に若者が同席していた。ぼくは『やけたトタン屋根の上の猫』のカバージャケットの写真を見た。アラビア語の翻訳書を持っていたのだ。それからかれを長いこと見つめた。その目には、ずっと昔に撮った写真に見られる夢見るような表情があった」(一九七三年七月十七日)
もちろん、ここに描かれている〈かれ〉とは、テネシー・ウィリアムズのことである。ウィリアムズの他にも、ボウルズ夫妻はもちろんのこと、バロウズ、ギンズバークを始めとするビート世代の詩人たち、ジャン・ジュネ、アラン・シリトー、ベケットなど、タンジールを訪れた作家たちは数知れない。そういった作家や詩人たちが、あるいは画家のロバート・ラウシェンバーグやフランシス・ベーコンなどが、強烈な日差しを避け、テラスに陣取り、グラスにミントの葉を無造作に入れただけの熱いミント・ティーを飲みながら、ぼくと同じように、ゆっくりとした時の流れに身を任せていたに違いない。
確かに、映画『シェルタリング・スカイ』のロケに使われた旧市街のプティ・ソッコにある〈カフェ・セントラル〉に比べれば、〈カフェ・ドゥ・パリ〉はタンジールらしさ、モロッコらしさに欠けている。観光客たちもこの店をモロッコの風景としてカメラに収めようとは思わないだろう。しかし、いま振り返ってみると、男たちによって占領されるというアラブの流儀に染まったフランス風のカフェとしてぼくには世界じゅう探してもタンジールにしかないと思い出される店、それが〈カフェ・ドゥ・パリ〉だ。

（1994・9）

パタゴニアふたたび

ぼくはまだ一度もパタゴニアに行ったことはない。それなのに、なぜ何度かの訪問や滞在を連想させるタイトルをつけたのか。

ほんの数年前に、ぼくはぼく自身の「パタゴニア」を発見した。発見しただけでなく、それに取り憑かれてしまった。そのきっかけになったのが、ブルース・チャトウィンとポール・セルーの共著『パタゴニア　ふたたび』（白水社）という小ぶりな、しかしぼくにとっては〈大きな〉本だった。

その後、パタゴニアにまつわるもっと素晴らしい本、すなわちチャトウィンの代表作『パタゴニア』（めるくまーる）も読んで、またまたシビレてしまって、会う人会う人にパタゴニア、パタゴニアと呪文みたいに唱えたものだった。

ちょっと待て、なぜお前はパタゴニアなんかに惹かれるのか、とぼくはぼく自身に問う。それは最果ての荒涼たる土地に対する過剰な思い入れなのか、それともチマチマした日常生活から逃れたいという〈せこい〉逃避願望の表れなのか。そういった要素がぼくにまったくないか、というと、そんなことはない。大いにある。だけど、それだけではないような気もする。

ちょっと頭をひねってみると、ぼくを捕らえて離さないのは、パタゴニアそのものというより、パタゴニアをめぐるチャトウィンの文章、エクリチュールなのだ、ということがわかる。往々にしてあまり人の行かない辺境の地を旅した旅行者や探検家は、自らの特権を振りかざしたがる。いかに辺境の地が現代文明から隔たっているか、その落差を強調し、いかに自分の「発見」が貴重であるかを饒舌に語りたがるものだ。ポール・セルーは、そうした「発見者」の陥りやすいワナについて、『おんぼろパタゴニア急行』の中でこういっている。「旅とは消えゆく行為である。いわば摘み取った地理上の線を忘却に向かって孤独に移動することだ……しかしながら、旅行記はその反対である。その孤独な旅人は元気よく戻ってくると、自分を実際より大きく見せて、自分が空間に対して行なった実験について語ろうとする。……旅には消失が不可欠だが、帰ってきた者で黙っている者はほとんどいない」と。

もちろん、チャトウィンも黙っていない者のひとりだが、かれが多くの退屈な文章を書き散らす旅人や探検家とちがうのは、自らの世界観を辺境の「大自然」に投影して、勝手なロマン主義に陥ったりしない点だ。ジム・フィリップはいう。「旅行記は、長いあいだ他の民族に対して商業的かつ政治的な権力を行使してきた人々のあいだで、もっとも多く書かれ読まれてきた。……したがって、ある意味で、旅行記はヨーロッパ的であるといえ、帝国主義の歴史となんらかのかたちでかかわっている」と。

それに対して、チャトウインは「『パタゴニア』という言葉の響きが……『地の果て』の代名詞として、西洋人の想像力をかき立ててきた」ことを熟知し、ヨーロッパの先人たちの例にならうことはない。むしろ、かれはパタゴニアという土地に、その土地に住む人間に、そこの歴史を語らせようとする。そうした姿勢は、文化帝国主義とは正反対のベクトルである。なぜなら、そこには侵略者としての旅人が「大自然」の言葉を代弁してやろうといった奢《おご》りはまったくなく、むしろ「大自然」自体に語らせようという姿勢しかないからだ。それでこそ、「発見」が光を放ってくる。ただの不毛の土地と見なされたパタゴニアそれ自体の豊饒さが見えてくる。

詩人の指がぼくの腕をつかんだ。詩人は熱く輝く視線をぼくに向けた。

「パタゴニアかッ!」と、詩人は叫んだ。「したたかな女主人だぞ。こいつは呪いをかける。魔法使いだ。お前をはがいじめにして、絶対に離さないぞ」

雨がブリキの屋根を激しく打った。それから二時間というもの、詩人はぼくのパタゴニアになった。

チャトウィンは、イングランド北部に生まれながら、遊牧《ノマド》民の血をたぎらせていた。世界中の移動する民に関心を抱いていた。それは、奴隷売買によって無理やり故郷の土地から引き離されたアフリカ黒人から、みずから好んで辺境の地への逃亡を企てた盗賊まで、あるいは新天地でひと儲けを、と夢見た人から、故郷の習慣や制度に馴染まぬ人まで、さまざまな理由で、さまざまな形で移動した人たちである。サザビーの腕利きの美術鑑定士だったチャトウィンは、一説にあまりにいろいろな絵の細部を見つづけたせいで失明寸前になり、医者から勧められ、アフリカのサハラ砂漠を訪れたという。地平線を見ることが治療になる、といわれたのだ。それが遊牧民との最初の出会いだったという。

もし明日、全世界が吹っとんだとしても、パタゴニアさえ残っていれば、世界中の民族を集めた、驚くべき一大縮図がみられるはずだ。流浪者たちはみな、ただこの地に流れ着いたという以外にさしたる理由もなく、この「流浪者の最後の岬」に吹き寄せられたものばかりだ。

かくしてチャトウインがアフリカの遊牧民に出会って、取り憑かれたように、ぼくもまたチャトウィンのパタゴニアに出会って、取り憑かれてしまった。いつの日か、この足でパタゴニアを訪れるときがあるだろう。そのとき、ぼくはチャトウィンをなぞることなく、ぼく自身のパタゴニアを「再発見」できるだろうか。

（1994・2）

「ポエジーの島」めぐり　追悼　津田新吾

ちょうど同じ両親から生まれた兄弟でも性格がちがうように、離島にはそれぞれ独自の文化がある。沖縄県の宮古島を歩いていると、なぜか懐かしい気分がわいてくる。

ぼくの生まれ育ったのは、千葉県の銚子である。宮古島までは二千キロもあるが、黒潮の鰹漁では共通点がある。約百年前に、池間島の漁師に鰹の一本釣りを教えたのは、宮古島に移り住んだ鹿児島の人だったらしい。銚子にも、老舗の「しのだ」をはじめ、鰹の加工品を売る店がいくつもある。「しのだ」のT雄君とは幼いときからの友達だったので、よく家に遊びにいった。その頃は未成年だったので、昔ながらの平釜でじっくり煮込んだ鰹の佃煮を肴にして酒は飲めなかったし、女性との付き合い方も知らなかった。

宮古島には、ミャークフツ（宮古方言）で歌うダンディーなミュージシャン下地勇がいる。その存在を教えてくれたのは集英社の編集者のK田さんだ。鶴見の沖縄物産店に行ったときに、まるで生き別れた兄弟に遭ったかのように、懐かしそうに下地勇のCDを見つめていた。ぼくはそのとき初めて下地勇の歌を聞き、病みつきになった。

銚子には、いま新宿歌舞伎町に住んでいる（らしい）やくざなアヴァンギャルド菊地成孔《なるよし》がいる。

TBSラジオの「粋な夜電波」という番組で、AMラジオではとても聞かれないようなマニアックな曲を掛けまくっている。
下地も菊地も、表向きの色合いこそちがえ、ポエジーを大事にするミュージシャンであることには変わりはない。ぼくが今回選んだどれにも、みなポエジーの女神が宿っている。

（２０１１・10）

厳選十冊と一枚

伊藤比呂美『とげ抜き　新巣鴨地蔵縁起』（講談社文庫）
今福龍太『群島―世界論』（岩波書店）
菊地成孔『スペインの宇宙食』（小学館文庫）
佐々木幹朗『アジア海道紀行』（みすず書房）
下地勇『下地勇／心のうた――オール・ミャークフツ・シンガーの原点』（ボーダーインク）
『ATARAKA』（CD、インペリアルレコード）
管啓次郎『斜線の旅』（インスクリプト）
古川日出男『聖家族』（集英社）
オルハン・パムク『無垢の博物館』（早川書房）
コーマック・マッカーシー『ブラッド・メリディアン』（早川書房）
ロベルト・ボラーニョ『野生の探偵たち』（白水社）

ルビコン河を渡る幻視者

昨晩《ゆうべ》ふと思った。ぼくがいま一番会ってインタビューしたい作家は誰だろうか、と。でも、そういう言い方はどうも正しくない。

ぼくはずっと前からスティーヴ・エリクソンに会いたかった。何人かの友達にそのことを打ち明けたこともある。別にインタビューでなくともよい。エリクソンの小説が出たら、いち早く手に入れて、深い孤独感とリリシズムに貫かれたエリクソンの文章を読みたいと思っている。だから、「ふと思った」どころではなく、自分の無意識がそうせよ、と命じたといった方が正しいかもしれない。

もしこれが恋愛だったら、かなりの重傷である。いるはずがないのに、いたるところに彼女の姿が現れて、ぼくを悩ます。時間があっという間に過ぎ去っていき、自分の中にもう一つの時間が流れる。まるで世の中にきちんとした時間があって、夜の七時にテレビのスイッチをひねれば必ずニュースが流れるのがかえって不思議に感じられるかのように。

かつて八〇年代を代表するアメリカ作家、レイモンド・カーヴァーは〈台所〉を舞台に人生の縮図を描いた。少なくとも、初期の作品では、レトリカルな装飾を排除し、極端に切り詰めた文体によって、逆に眼に見えない大きな世界を読者に想像させようとした。まるで限りなくゼロに近い地点をめざすことで、無限大の世界を推測させようとするかのように。

エリクソンは、ある意味でカーヴァーとは対極にいる作家である。カーヴァーは生涯短篇だけを書きつづけ、とうとうアメリカ文学史上、ポウと並んで五本指に入るかもしれない偉大な短篇作家として、短すぎると思える生涯を閉じた。かたや、年齢的にはカーヴァーより一まわり若い、一九五〇年生まれのエリクソンは、処女作『彷徨う日々』を手始めに、第二作『ルビコン・ビーチ』をはさみ、第三作『黒い時計の旅』にいたるまで、ひたすら長篇のみを世に問うてきた。長篇といっても、エリクソンの小説はプロットよりは想像力を重視し、〈現実〉の時間よりは夢の時間に基づいて、ガイドブックに載っているアメリカではなくて、どんな地図にも載っていないアメリカを創出せんとするそれだった。

とくに『ルビコン・ビーチ』で顕著なように、読者を幻の世界へと誘《いざな》うエリクソンの物語の魔術に一度引き入れられたら、あたかも確実に論理で説明できると信じているわれわれの日常感覚が危うくなる。断片的で互いに矛盾する情報を集積したエリクソンの物語の圧倒的な説得力に負かされて、運河や水路に取り巻かれたポスト黙示録的世界ともいうべき近未来のロサンジェルスや、南米の未開のジャングル、ボヘミアンたちが自由を謳歌する大都会ニューヨーク、病んだアメリカの心臓部シカゴ、そしてうらぶれたイングランド南部の片田舎へと、われわれは旅をする。というより、時間的な脈絡を失わないぎりぎりの境界に立ちながら、各地を転々とする。

時間も登場人物のアイデンティティも日常的な感覚とは遠く隔たっている。たとえば南米のジャングルからアメリカにやってきた裸足の美女キャサリンはいつまでも十四歳か十五歳のままなのだ。第一部の主人公ケールは、何度も死んで生き返る。「自分は三十八か三十九なのに、ときどき五十か五十五歳のように感じる」と漏らすケールの言葉は、第三部でまったく別の人物と思われれるジャック・レイクによって繰り返される。この小説では、インディアンの土地だった頃のアメリカも、白人の女性が犯されたという噂によって一人の黒人がKKKによってリンチを受ける十九世紀末のアメリカも、禁酒法と恐慌にゆれた三〇年代のアメリカも、共産主義と反共主義が拮抗する五〇年代初頭のアメリカも、さらにテロリストが地下に潜伏し、国家転覆を企てる近未来の警察国家アメリカも、ほとんど共時的に提示される。つまり、エリクソンの小説には、われわれが教科書で習ったような〝歴史的な時間〟がいったん解体されて、われわれの日常的な時間とはまったく別の時間が流れている。われわれの〈正常な〉時間の遠近法が通用しない世界なのだ。

エリクソンは歴史の進化というものを信じていないのではないか。少なくとも、アメリカという国家の進化は。〈ただのアメリカ〉、〈アメリカ1〉、〈アメリカ2〉というエリクソン流の呼び名が出てくる。〈ただのアメリカ〉はインディアンの土地だった頃のアメリカで、白人による強奪・侵略がその歴史的な真実とすれば、アメリカ1、2でも強者による搾取や略奪がその世界の本質的な特質であり、そこに歴史的な進化・発展は見られない。アメリカ1、2は、いわば〈ただのアメリカ〉のヴァリエーションにすぎない。エリクソンはあたかも政治的な諸問題が時間とともに解決していくようなもっともらしい整合性にみちたアメリカ建国の物語を構築することはできなかった。むしろ、エリクソンにとって小説を書くという行為は、過去から未来にいたるすべてのアメリカ人の後悔も情念も欲望も憎悪もむき出しになった悪夢的な世界を築き上げることであった。あたかも過去から現在、未来へとつづく時間軸がなくなる分裂症患者のように。

ポール・オースターは、『ルビコン・ビーチ』を称して次のように絶賛している。「この小説はいろいろな映画や他の書物に負うところが大で、いろいろなジャンルの影響が見られるが、それは様々なレベルで成功しているといえる。サイエンス・フィクションでもあり、シュールリアリスティックな恋愛物語でもあり、政治的な寓話でもあり、そういった要素をこの小説はひとつにまとめあげていて、それから受ける印象は面白いことにオペラのそれに近いのである」と。エリクソンとオースターは詩人の想像力と言葉への執念という点では非常に似ている作家同士だが、物語へのアプローチという点では正反対ともいえる方法をとる。たとえば、オースターは『ムーン・パレス』という長篇で、まるでジグソー・パズルのピースを一つ残らず嵌めこむかのように、主人公の過去(祖先)の謎解きとアメリカ発見の旅にまつわる絵を見事に完成させたが、一方、エリクソンはいったんばらばらにしたピースを集めてパズルの絵を半ば完成させながら、所どころにピースが欠けた未完成の絵を敢えて読者の前に差し出す。第一部の主人公ケールは野性の美女にとり憑かれた映画脚本家が残した五、六十編の未完の詩編を読み、いたるところに彼女の(幻の)姿を見つけ、自分も最後の詩につづく詩を書かねばならないと感じるが、われわれ読者もまたそうしたケールのオブセッションに似た不思議な体験をすることだろう。まるで網膜が剥離し、鼓膜まで喪失して、自分の眼や耳を頼りに出来なくなった人間みたいに、われわれは想像力だけを頼りに欠けたピース、すなわちエリクソンが捨ててしまった物語にこそ耳を傾け、眼を凝らすことになる。

エリクソンはかのシーザーのように、絶対に後戻りできない境界点であるルビコン河を渡って、夢の世界、狂気の世界へ行ってきて、それを忠実に語ったように思える。暴力と救済、文明と野性、自己と他者、幽閉と脱出といったテーマが、三百年以上にわたる小説的な時間の中で繰り返される。魅惑的としかいいようもないリリカルでパッショネイトな文体で綴られた魔術的な世界。オースターならずとも、現代と向き合って小説を書くシリアスな作家たちに深い嫉妬心を抱かせずにはおかない小説。それが『ルビコン・ビーチ』である。

（1992・4）

アメリカの爆弾男

この四月中旬、ぼくはスティーヴ・エリクソンに会いにロサンゼルスに行った。

彩流社からエリクソンのガイドブックの編集をしてみないか、と誘われ、ぼくはふたつ返事で承諾した。エリクソンはディック風のSFを叙情詩的に処理した小説を書く一方で、映画、ロック、政治に対し文学に劣らぬ興味を持ち、文学者をきどらない作家なので、こちらの料理次第で面白い本になると思ったからだ。

それに、四年前にエリクソンに会って、『彷徨う日々』（一九八五年）の翻訳をすぐに終わらせると約束していたのに、いまだに出せないでいる自分にちょっとばかりやましさを感じていたこともある。

せっかくのオリジナルのガイドブックだから、エリクソン自身に日本の読者に向けた文章を書いてもらうことに決めた。ちょうど四方田犬彦が『ポール・ボウルズ』の案内書(思潮社)の監修をしたときに、ボウルズに特別メッセージを寄せてもらったように。

決めたといっても、書くのはエリクソン自身だから、まずその本の趣旨を依頼状にしたためねばならない。ぼくは自分で作った「目次」を英訳し、依頼状とともに郵送した。〈Bubble Bus〉という名の、若い友人のバンドに、エリクソンに触発された曲を作ってもらうことにしていたので、かれらのファースト・アルバムから数曲を適当にダビングさせてもらい、そのテープも同封した。

エリクソンからはすぐにOKの返事がやってきた。まるで当たるはずのない宝くじが大当たりしたかのように、ぼくと編集者は手紙を見て、一緒に小躍りしていた。それと相前後して、ぼくはアメリカ南部の古本屋を取材するという機会を与えられたので、取材が終わったら、直接エリクソンから原稿をもらうためにロサンゼルスに飛ぶことにした。ただ、本人に会えるかどうか、怪しかったが……。

いざアメリカに行き、移動の合間に読んだり見たりした新聞やテレビによれば、アメリカのマスコミ界はある事件でもちきりだった。通称、ユナボマー事件といわれる無差別爆弾テロの容疑者が捕まったというニュースだ。

逮捕された男は、ぼくよりちょうど十歳年上だった。一九四二年生まれ、とどこかの記事にあった。ハーヴァード大学を出て、ミシガン大学で数学の博士号を取り、短期間ながらカリフォルニア大学バークレイ校で助教授として教鞭を取ったこともあるという。その一点だけを取り上げれば、世間はそんなエリートがどうして？　と白目をむくかもしれないが、果たしてアカデミックな理科系の分野で、この程度の業績の先生をエリートといっていいものかどうか、ぼくにはわからない。むしろ、この男なんかが絶望的になるくらいの、もっとすごい超エリートがいて、とてつもなく激しい競争が存在するのではないか。

ぼくがむしろ興味をひかれるのは、教職を辞してから、この数学博士が七〇年代初頭以来モンタナの山小屋で隠者のごとく一人暮らしをしていた(と、いわれている)ことの方だ。「外界との疎遠は実に決定的で、ウォールデン池で二年間サバティカルを取ったヘンリー・デイヴィッド・ソローなどまるで社交的な蝶々みたいに見えてくる」と、『ニューズ・ウィーク』誌は、そのアメリカの爆弾男の孤高ぶりを表現した。かれが送りつけたとされるマニフェストには、「われわれは問題の多い社会に住んでいる」とか、「アメリカは楽観的で、自信に満ちた姿勢を失った」とか、アメリカの現代社会を憂える一節があり、その原因をテクノロジーに求めていたという。つまり、機械文明を呪うラダイト的な姿勢が見られたという。でも、爆弾男はどのようにして現代社会への怨念を十八年もの長きにわたって持続させたんだろうか。というか、「現代社会への怨念」といった抽象的なテーゼを、どのような個人的かつ内的な動機がサポートしていたんだろうか。それがわからない限り、ユナボマー事件は対岸の火事にすぎず、ぼくたちの身に迫ってこない。

折しも、一六九名もの犠牲者を出したオクラホマ・シティの連邦ビル爆破事件のちょうど一周忌ということで、テレビのニュース番組は、街の公園での合同慰霊祭を映し出していた。こちらの事件の容疑者の特徴は、アメリカ社会の衰退を憂えるという点では先ほどの爆弾男と同じだが、その原因を連邦政府（の「微温的な政策」）に求めるという点が決定的にちがう。自らを「愛国主義者」と任じて恥じない過激な連中が民兵として軍事訓練をしたり武装したりして、組織的な荒療治に出るというものだ。

そうした「愛国主義者」たちがバイブルと仰ぐ本があるという。それは『ターナー日記』というタイトルの小説で、白人が黒人やユダヤ人などを殺し、政府を転覆させるというたわいもない、しかしむちゃくちゃ人種差別的な話らしい。これまでに二十万部も売れ、オクラホマ・シティの容疑者たちのひとりも兵役中にこの本を携帯していた。おそらく、こちらの爆弾男たちの陥った最大の罠は、小説をフィクションとして読むことを知らなかったことだろう。この手の読者は、素朴な読者であり、洗脳に弱く、自らが信じるステレオタイプな「信仰」の犠牲になりやすい。

さて、カリフォルニアでは、昨年の夏、共和党出身の知事の強い支持のもとで、州立大学評議委員会が「アファーマティヴ・アクション」（高等教育、雇用の機会などで、人種・性のマイノリティが不利にならないように定めたプログラム）を中止する決議を下していた。それによって、マイノリティ・グループのために一定の〈受け入れ枠〉を定めた「割り当て制度《クオータシステム》」も廃止された。ぼくがカリフォルニア大学ロサンゼルス校の本屋でもらった学生新聞には、今年度入学するアジア系、ヒスパニック系などの学生には、いっそうの狭き門になるだろう、と批判的な記事が載っていた。

ぼくはそれを見て、エリクソンが出したばかりの『アムニジアスコープ』（一九九六年、邦訳は集英社）の中でこういっているのを思い出した。「もし歴史というものが何の意味もなさない都市があるとすれば、ロサンゼルスこそ、そんな都市であり、ロサンゼルスでは、歴史はきみのヴィジョンを開かせるんではなく、曇らせるんだ」と。


こういうと、誤解を生むかもしれないが、エリクソンにしても、元をたどれば、先ほどのモンタナの孤高の爆弾男（間違っても、オクラホマの、ごりごりの「白人優越主義者」ではない！）と先っぽの方でつながっているかもしれない。なぜなら、エリクソンは歴史的経緯を無視するロサンゼルス（あるいはアメリカ社会）に苛立ちを感じながらも、白人の爆弾犯たちが呪縛されている「古き良きアメリカ」という神話の転覆をはかって、言葉という化学成分を用いたパラドクシカルな爆弾《フィクション》を社会に向かって投げつけているのだから。

（1996・7）

アメリカの悪夢を代弁する （スティーヴ・エリクソン『Xのアーチ』）

一九九六年の十一月、エリクソンのガイドブック（現代作家ガイド2『スティーヴ・エリクソン』彩流社）を刊行した。宮内勝典をはじめとして、日本の作家にも声をかけてエッセイを書いてもらったり、アメリカ文学の研究者にも論文を寄せてもらったり、島田雅彦や巽孝之に座談会に出てもらったりと、ちょっとリトルマガジンの編集者の真似ごとをしてみたのだった。

ほぼ時期を同じくして『黒い時計の旅』につづくエリクソンの五作目の長編小説『Xのアーチ』が出た。純文学の翻訳家として定評のある柴田元幸の仕事である。次のような訳の一節を読んで、ぼくは感服してしまった。「その瞬間、綱に喉をますます強く絞められながら、彼(ジェファソン)はその官能を嗅ぎとった。燃える奴隷女に対する欲望が彼を満たした。下に自分の奴隷たちが見えた。彼の勃起を目のあたりにして、奴隷たちが縮み上がって後ずさりするのが見えた。勃起はこのままどんどん大きくなって、その重みで頭上の綱を断ち切って、彼を地上に落とし、それから窓の外の炎の山へ送り出すだろう。彼はそこで、女の太腿の灰の中へみずからを突き入れるだろう」

これはアメリカ建国の偉人として名高いジェファソンが、彼自身生理的に嫌っている奴隷制の虜になり、奴隷女に倒錯的な欲情をもよおし、それに翻弄される姿を描く文章である。ジェファソンのサリーへのオブセッションゆえに、アメリカ史は大きく左右される。そういうエリクソンの信念からすれば、このような悪夢的な場面の中にこそ、作家の想像力が生きているというべきだろう。

小説の中で、ジェファソンとサリーはパリで、自由な男女として性愛に耽っていたが、一七八九年にアメリカへ帰国するときに、サリーは「自由」を捨て、奴隷としてアメリカに戻るか、それとも、ジェファソンとの「愛」を捨て、そのままパリにとどまるか、といった二者択一を迫られ、「自由」を捨てる。しかし、サリーが別の選択をしていたら、どうなっただろうか。そういった仮定のもとに、エリクソンはもう一つのありえたかもしれない歴史を語り紡ぐ。

言い換えれば、この小説は、未来都市イオノポリスを中心に時空の軸をSF的に飛び越えながら、もう一つのアメリカ史を捏造する。警察国家の超管理体制のもとで、黒人奴隷サリーはハーレー夫人と名前を変えて登場し、たとえば、ウェイド(黒人警官)やエッチャー(白人役人)のみならず、エリクソンという名の登場人物の無意識にまで入り込み、かれらの行動を支配する。アメリカの奴隷制は、社会的差別としてというより、人々の心の中に罪意識として、いまなお染みついているということだ。

(1997・3)

スティーヴ・エリクソンと強迫観念の小説

ぼくは今年(一九九七年)の夏、ロサンジェルスにエリクソンを訪ねた。四月にエリクソンを日本に呼んで、いろいろ朗読会やサイン会をしてもらっていたので、わずか三カ月ぶりの再会だった。その折、ぼくが新聞か雑誌かで読んだか、テレビ番組で見たかした、一般公開用のフィルム・カットをめぐる、ある映画監督とスタジオとのトラブルについて触れると、エリクソンはこう答えたものだった。「そもそもアルトマンのような監督に頼んだスタジオがわるいよ。もしありきたりの映画を作りたかったら、ありきたりの監督に頼めばよかったのだから」と。

いまぼくは「ありきたりの」と日本語に訳したが、エリクソンは“conventional”という英語を使っていた。これは、いうまでもなく「因襲的な」「慣例に縛られた」「型にはまった」「様式された」という意味の単語であり、勇気ある実験的精神とは相容れない臆病な態度を連想させる。エリクソンは最新作『アメリカン・ノマド』(一九九七年)の一部をなす原稿を『ローリング・ストーン』誌に書く契約を結んでいたのだが、結局、数度その雑誌のために書いたものの、あとは喧嘩別れしていた。

『アメリカン・ノマド』には、大統領選挙を担当する記者として採用するかどうかをめぐって、ニューヨークに呼ばれ、『ローリング・ストーンズ』誌の社長と面談させられたときの様子が活きいきと描写されているが、そこには、かつて六〇年代に反体制の旗手として名を挙げながら、いまは権力の虜になっている社長に対する痛烈な皮肉が見られる。と同時に、「伝統的なレポーターが必要なら、ほどんど誰でもがぼくより優れているはずです」と但し書き付きの採用願いの手紙を社長に送ったという、エリクソン自身の自己弁護も見られる。

そんなわけなので、エリクソンはぼくとの雑談で、さきほどの言葉につづけて、「『ローリング・ストーン』が(ぼく以外の)ありきたりのジャーナリストを雇うべきだったようにね」と、付け加えるのを忘れなかった。しかし、そういった経緯を無視して、『アメリカン・ノマド』を通読してみても、これは「ありきたり」のノンフィクションどころではなく、率直にいって、『ローリング・ストーン』誌はともかく、単行本の契約を結んでいる出版社がよく腰がひけなかったものだ、と感じるくらいおそろしく過激な本である。

というのも、ひとつには、この本が形式的にも内容的にも、「キマイラ」的様相を呈しているからだ。一人称の語り手による「私小説」的告白が、時事的資料や裏付けにもとづく政治論評と同居しているというだけでなく、たとえばフランク・シナトラ、ブルース・スプリングスティーン、パティ・スミス、フィリップ・K・ディックなどのポップカルチャーの担い手たちをめぐる議論が、ビル・クリントン、ニクソン、レーガンなどをめぐる議論と同列になされている。さらにこの本には、アメリカ各地を飛びまわり、大統領選に出馬する政治家たちを綿密に取材し、細部では厳密な分析を加える本物のジャーナリストとしてのエリクソンの姿勢のみならず、政治家たちを「自由」「民主主義」「アメリカン・ドリーム」「アメリカの無垢」をめぐるアメリカの「イディア」(妄想や強迫観念)に囚われた「疎外された」登場人物として捉える小説家としてのヴィジョンも見られる。

さて、エリクソンについて、伝記風に記せば一九五〇年カリフォルニア州サンタモニカ生まれである。同年生まれには、ニューゴシックの旗頭というべきパトリック・マグラアや、ポスト＝バロウズ的ゲイ作家のゲイリー・インディアナなどがいる。また、ぼくの頭の中では、この二者をふくめて、メディア世代特有の文学表現(ラリー・マッキャフリーに倣って「アヴァンポップ」の文学といってもいい)に見られるジャンル横断性・境界侵犯性(ハイカルチャーとポップカルチャー、リアリティとフィクション)だけでなく、人間やアメリカ、アメリカの歴史を潜在意識・夢の側面から捉えようとする姿勢の類似性から、エリクソンはポール・オースター(一九四七年生まれ)、リン・ティルマン(一九四七年生まれ)、キャシー・アッカー(一九四八年生まれ)などと密かにリンクしている。

図書館学的分類にしたがえば「ノンフィクション」とされる二冊をふくめて、エリクソンには七冊の著作がある。しかし、小説家の小林恭二の解釈や、エリクソン自身のもくろみにしたがって、その二つも過激な「実験小説」とみなせば、全七作が小説ということになる。ほとんどすべての作品に共通する特徴としては、未来主義的なＳＦ的風景(廃虚)のイメージの提示、微妙にズレながら反復する断片的な悪夢的描写、非連続的な時間処理などが挙げられるだろう。

しかし、それらは疎外された人間の欲望と狂気という、すべての小説に共通するテーマに密接に結びついている。少しこむずかしくいえば、エリクソンの小説は人間の無意識の文法がその内部に構造化されているといえるのだ。そういう意味で、島田雅彦がエリクソンの小説(とりわけ、かれが翻訳した『ルビコン・ビーチ』)を称して、「無意識過剰を装った」と形容したのは、かなり鋭い見方だといえそうだが、しかし、いま挙げたエリクソンの全小説に共通する特徴が、交換可能な戦略でも装いでもなく、かれにとって唯一可能なエクリチュールであることを思えば、島田の表現は多少厳密性を欠いているかもしれない。

ぼくのいいたいのは、エリクソンはいい意味でそれほど器用な作家ではないということだ。エリクソンほど、かれ自身の強迫観念はもちろん、アメリカの歴史の暗部(たとえば、アメリカの奴隷制・大陸侵略)を覗きこみ、それを小説の核に据えてきた現代作家は他にいない。たとえば、小説家として比較的遅いデビューを果した八〇年代なかばの、ふたつのカップルをめぐる狂気じみた愛と所有の物語（『彷徨う日々』、一九八五年）や、人々の夢の中に潜むもうひとつのアメリカをめぐるオルタネイト・ヒストリー（『ルビコン・ビーチ』、一九八六年）で、エリクソンはすでにアメリカ文学の先人たち――メルヴィル、フォークナー、ピンチョンよろしく、「内面の暗い深淵」と「アメリカの歴史の深淵」に立ち向かう姿勢を見せていた。その後も、「アメリカ独立宣言」の起草者トマス・ジェファソンの愛人の視点からアメリカ史と現代の大統領選挙を見るという倒錯的離れ業をやって見せた『リープ・イヤー』（一九八九年）、今世紀最大のファシストの欲望を扱うパラレル・ワールド（『黒い時計の旅』、一九八九年）、近未来の警察国家をめぐるSF的寓話小説（『Xのアーチ』、一九九三年）などでも、物語はバニング・ジェーンライト、トマス・ジェファソン、サリー・ヘミングズといった奴隷制が生み出したり、奴隷制の問題と深く関わったりした人物（史実上の人物にせよ、虚構上の人物にせよ）の内面から語られている。このように、エリクソンは一貫してアメリカの歴史を突き動かしている集合的無意識（アメリカの「イディア」をめぐる妄想）にこだわりつづけてきた。というか、そのこだわりのあまりの強度ゆえに、むしろ、アメリカの強迫観念自体がエリクソンの小説を成り立たせているという、逆転した見方もしたくなるほどだ。

それは、ぼくがさきほど強迫観念がエリクソンの小説に構造化されているといったことに関連する。かれのテクストは、まるで夢の論理を反映したかのように、断片の集積と反復、結末のあまりの唐突さ、結びつきそうにない事件や人物が合理的な説明もなく結びつく驚きなどに彩られている。伝統的な写実小説に慣れた読者には、作品の破綻と映るかもしれないそうした特徴は、作家が意図したものというより、むしろ、夢の論理が作品を突き動かす強迫観念の小説の必然的結果であり、エリクソンの小説のダイナモなのだ。

そして、それがもうひとつのダイナモともいうべき、エリクソンの原子核的想像力(あるいは「詩的ヴィジョン」とも「幻視力」とも称される特徴)と手に手をとりあって、エリクソン・ワールドとしかいいようのない、蜃気楼のような小説世界を作り出しているのである。

そうした詩的ヴィジョンの例をひとつだけ挙げておこう。最新の小説『アムネジアスコープ』(一九九六年)や、『アメリカン・ノマド』や、エルニーニョ現象をめぐる最新のエッセイ(『ニューヨーク・タイムズ』紙、一九九七年九月十六日)において、アメリカは終末論的なエントロピーの色を強めて描かれている。また、中絶の是非や人種や移民をめぐる論議においても、アメリカの言論界は完全に二分され、極右と極左の両極端に走る傾向があり、中間がまったくないという状態だ、とエリクソンは指摘する。そうした分裂病患者のような症状は、エリクソンにいわせれば、建国の最初からアメリカに内在していたのであり、ジェファソンやリンカーンといった指導者が自らその「分裂病」を体現すると同時に、国の分裂を救ったのだという。アメリカが南北戦争によって物理的に分裂するところをリンカーンの宣言(第二就任演説)によって象徴的に救われたとして、その時点を新しいアメリカ(「アメリカ2」)の出発と捉えるエリクソンは、現在、人種問題をはじめとして、アイデンティティ・クライシスに陥っているアメリカを救いうる政治的指導者にジョー・クリスマス(フォークナーの『八月の光』の主人公)のような、自ら人種的アイデンティティ・クライシを抱えた病める「アメリカン・ノマド」しかないと思っているようだ。そして、それが「アメリカ3」の出発になる、と。

おそらく、そうした「狂気のヴィジョン」こそ、エリクソンがいま取りかかっている小説の核になるはずである。今年の春に来日した折に、ふともらしたように日本もその新作の舞台の一部になるかもしれない。これまでの小説の傾向からすれば、こんどの新作の冒頭は『アメリカン・ノマド』の終わった地点から、すなわち、「わたし」と恋人ヴィヴの渓谷の山火事からの脱出と、家の壁に飾られたヴィヴの蝶の彫刻の消失の謎をめぐるあたりから始まるだろう。まだ既刊の最新の二作が日本語に翻訳されていないというのに、ぼくの心は早くもまだ完成をみていないエリクソンの新作に向かって羽ばたいている。

（1997・11）

カオスとしての東京を幻視する

作家の星野智幸が『群像』(二〇〇一年五月号)に台湾紀行を寄せているのを面白く読んだ。星野は、初めての台湾旅行の新鮮な驚きを書き留めるだけでなく、日本の植民地政策のなごりともいえる、台湾に息づく「クレオール」としての日本語の欠けらにも、ユーモアをもって触れている。「台湾料理の定番のひとつが牛肉麵。……店の黄色い看板には『シワソウエイラオシアンニヨーロウメエン　五星級』とわけのわからない振り仮名が書いてある。私をこの旅に誘ってくれた『古都』の翻訳者によると、『川味老張牛肉麵（四川風味の老張牛肉麵という意味）』の中国語の発音を、適当にカタカナに直したもので、そのまま声に出して読んでも絶対通じない代物らしい。日本語使用者には音読できたところで意味はわからないし、北京語話者に対してはカタカナで表記する意味がないし、なぜ発音がカタカナで示されねばならないのか不明である」と。

こうした異国の都市の謎は、ときにそこを訪れる人を混乱に陥れるだけでなく、その人自身の立っている磁場をぐらつかせたりもする。旅をすれば、なぜ、なぜ、なぜ、の自問の連続である。この世の中に快適なだけの旅など存在しない。エリクソンの『真夜中に海がやってくる』にも、作家が異邦人として過ごした東京への「なぜ？」がそこここにちりばめられている。東京が世紀末的廃墟として幻視されているところが注目される。しかし、カオスは単なる秩序の崩壊ではなく、むしろ新しい秩序の始まりとして、最後に提示される。それはともかく、小説のなかの虚構の東京の一部をご覧にいれよう。

「東京のいたるところの町角で人々が地図をつくっている。クリスティンはこの都市《まち》にやってきた最初の日に、そうした光景を目にする。……東京は、異邦人としてのクリスティンの目には秩序のない都市に映るのだ。通りには名前がなく、家々には空間で意味をなす連続した番号がついていない……東京では、誰でも手の甲に、この都市の一大地図の一部が刺青してある。道に迷うと、そのたびに人々は町角に群がって、自分の手を差し出し、ずたずたに寸断された手紙の断片を寄せ集めるように、手の甲と甲を合わせるのだ」

エリクソンはかつて創作の父として、フォークナーやボブ・ディランの名をあげたことがある。エリクソンは登場人物たちの無意識、悪夢、強迫観念に焦点をあてて、現代や歴史を捉え直す長編作家であり、これまで短編はひとつも書いていない。かれがコンパクトな短編というジャンルに向かない理由は、北米大陸発見物語シリーズ全七巻のうちの一部が翻訳されているウィリアム・T・ヴォルマン(『ザ・ライフルズ』)にもいえることだが、自由自在な空間処理のせいかもしれない。ヴォルマンの小説が北極圏、ニューヨーク、ロンドンを自在に移動するのに対して、エリクソンは、東京だけでなく、カリフォルニア、ニューヨーク、フランスのブルターニュ半島、ロンドンを自在に行き来する。もちろん、エリクソンの小説では、ヴォルマンと同様、時間も自在に行き来し、過去と現在と未来が混在する。それによって、虚構と事実の境界がかぎりなく曖昧になる。エリクソンの小説は、「夢」にこだわる。それは別に登場人物の夢を書くということではなくて、合理性が優先される日常の論理とは違うもうひとつの論理、「夢の文法」が小説全体を貫くということを意味する。

たとえば、『真夜中に海がやってくる』において、最後まで名前を明かされない四十代の〈居住者〉は、自宅に引きこもり「狂気」のカレンダーの製作にとり憑かれるが、その年表は、従来の百年刻みの西暦によらずに、かれ自身の黙示録的ヴィジョン(これも一種の「夢の論理」だ)による年号がつけられている。また、小説の最後に、「夢ヴァージン」(夢を見たことがないのでこう呼ばれる)の少女クリスティンや老人カールが「目撃」する東京やサンフランシスコなどの都市の崩壊(そして新しい生命の萌芽)も、「夢」の出来事のように時間の配列を逆さにしたような描かれ方をするのだ。

(2001・6)

マヤ族と大自然の逆襲　(ジェイムズ・ティプトリー・ジュニア『すべてのまぼろしはキンタナ・ローに消えた』)

マヤ族とCIA

ジェイムズ・ティプトリー・ジュニア(一九一五〜八七)の略歴を瞥見するとき、彼女がCIA(米中央情報局)の創設時のスタッフであったという点に興味がひかれる。

ティプトリーは、一九四二年に米国陸軍に入隊し、写真情報士官としてペンタゴンで働くが、その後、空軍情報部のシェルドン大佐と結婚、五二年CIA発足時から五五年まで、写真情報部門に所属したという。

CIAは戦後米国の反共政策の産物であり、海外での情報収集と政治工作を目的とした大統領の直属機関であった。そういう組織に所属していたことがそののち作家のキャリアを始めた人にとって、果たしてどのような影響をもたらしたのだろうか。

巽孝之は『現代SFのレトリック』(岩波書店)の中で、ティプトリーのSFに見られる外宇宙的知性体の実体は作家の「自己内部の怪物」ではないか、とドキリとするようなことを述べている。だが、その「怪物」の中身には触れていない。

ちょうど本書に収録された作品を書いていた八〇年代初頭のインタビュー（『ＳＦマガジン』浅倉久志訳、一九八七年十月号）において、聞き手のチャールズ・プラットは軍隊やＣＩＡとのかかわりについてかなりつっこんで質問しているが、作家は多くを語らない。多くを語らないが、まるでスパイ小説の主人公みたいな作家の生涯の断片を覗き見ることはできる。まず、軍隊とのかかわりについてみてみよう。

「一九四二年にはアメリカ陸軍に入隊、〈ハリスバーグの空軍情報学校で開校以来最初の女性卒業生になり、三十五名の男の同期生はわたしをながめる以外にすることがない〉ありさまだった。卒業後は、写真情報士として、〈文字どおりペンタゴンの地下で〉極東の高空撮影写真を爆撃機のために解析する仕事にとりかかった。一九四五年、彼女は空軍の戦後処理計画に加わった。このプロジェクトは、ヨーロッパ戦線で空軍情報部の司令代理だったハンティントン・Ｄ・シェルドン大佐の立案だった。大佐の目的は、ドイツの機密科学研究の成果とそれにたずさわる科学者を、できるだけ早く手中にして、アメリカへ送ることにあった。この計画の対象には、原子物理学者や、最初の実戦用ジェット機や、ロケット工学技術が含まれていた」

ぼくがつい想像してしまったのは、彼女が広島や長崎への原爆投下にかかわっていたのではないか、ということだ。もちろん、根拠はない。より正確にいえば、彼女らのクールで科学的な仕事が、政府に利用されることになったのではないか、と想像されるのだ。

つぎに、ＣＩＡへの参加についてはどうか。「ティン（夫）は階級ぬきの立場でＣＩＡに参加し、わたしはたんなる技術レベルで写真情報部門の発足を手伝うことになりました。当時の仕事は、ドイツ空軍から押収されたソ連の空中写真を解析すること」だった。「わたしの写真情報の仕事は、清潔で無害な技術コンテストみたいなものでした。それによって脅迫されたり、強制されたり、危険にさらされた人はだれもいなかった。(中略)でも、暗殺や軍事作戦に関係した裏側は、実際のところ、情報部の仕事にまったくそぐわないものに思えたわ。それに長期の効果を考えると、そんな手段を使っている国家の威信が傷つくだけです」

ここで、いましばらく遠回りをお許しいただきたい。『すべてのまぼろしはキンタナ・ローに消えた』に収められた作品は、すべてメキシコのユカタン半島のキンタナ・ロー州が舞台である。ティプトリー自身も冒頭のエッセイ「キンタナ・ローのマヤ族に関するノート」で述べているように、先住民マヤ族の分布は、ユカタン半島からベリーズ、ホンデュラス、グアテマラ、エル・サルバドルをカヴァーし、とても広い。マヤ族は、絵文字や建築物、天文学や数学の知識、宗教などにおいて共通の特徴を有するが、各部族間の言語的差異も大きい。専門家によれば、もともと現在のグアテマラのウエウエテナンゴのあたりに、紀元前二千五百年頃にマヤ祖語を喋る集団がいて、そこからの移動・移住をへて、この祖語からローカルな差異を有するさまざまな部族語(変種)が生まれたとされている。

ティプトリーも触れているが、この物語のマヤ族の居住地は国民国家としてのメキシコに属するが、各部族は本来の〈国家〉を忘れていない。

「キンタナ・ローの海岸には、いま（一九八四年現在）でも、休戦協定による権利を盾に、同化や近代化を拒んでいる村がいくつも存在する」と、作家は念をおす。「ユカタンを理解したいと考え、なぜある種のことが、〈メキシコ的〉ではなく、〈ユカタン的〉と呼ばれるのかを知りたがる訪問者は、マヤ族がつい最近でもメキシコを相手に独立を求めて蜂起し、流血の戦いをしたことを知っておくべきだ。しかも合衆国は――つまり、わたしたちの国は――メキシコ援助のために派兵した」

征服されざるマヤ族の抵抗は、これにとどまらない。一九九四年一月、NFTA、すなわち〈北米自由貿易協定〉が実施されたと同時に、メキシコの南部マヤ族のグループ（サパティスタ民族解放軍）が武装蜂起した。そして、いまなおチアパスのジャングルを拠点にして、独立を求めてメキシコ政府と戦いをつづけている。

CIAとマヤ族のかかわりで触れなければならないのは、ちょうど創設期のCIAがまさにマヤ族の祖語を話していたとされるグアテマラに介入した歴史的な事件だ。一九四四年に、グアテマラでは独裁者のホルヘ・ウビコが追放され、国民の選挙による民主的政権が初めて生まれた。それまで国民人口のたったの二パーセントの富裕層が国土の七〇パーセントを占有し、一〇パーセントの土地を九〇パーセントを占める先住民が所有するといった、超不平等がまかり通っていた。したがって、先住民への土地の再分配が最重要課題のひとつだった。

しかしながら、グアテマラの民主政権は十年もつづかなかった。ティプトリーがまだペンタゴンに勤務していた五四年に、CIAが主導してクーデターをおこし、民主政権の転覆をはかったのだ。

表向きの理由は、ソ連型共産主義が中南米に広がることを阻止すべきというものであったが、じつは、利権が絡んでいた。というのも、独裁者たちと組んで中南米の利権を牛耳っていた〈ユナイテッド・フルーツ社〉が既得権と土地を失う可能性が大きく、しかもその会社にアイゼンハワー政権の中枢とCIAの関係者がかかわっていたのである。たとえば、ジョン・フォスター・ダレス国務長官の関係するニューヨークの法律事務所は、長いこと〈ユナイテッド・フルーツ社〉の代理人だった。CIA長官のアレン・ダレスはその会社の元評議委員であり、会社の広告部門を統率するエド・ホイットマンは、アイゼンハワー大統領の秘書の夫といった具合に。

ティプトリー自身はCIA長官アレン・ダレスについて、情報局の「裏側のタイプ」と呼び、ダレスには批判的だ。「一九六一年のキューバ侵攻が起きた原因はそれなの。裏側が表にのさばり出てきて支配権を握ったのと、アレン・ダレスが裏側のタイプで、評価のプロセスでは〈そんな試みが成功するはずはない〉と結論が出ていたのに、それをまったくオミットしてしまったから」と。果たして、同じ組織で自分たちはクリーンな仕事をしていたのに、裏の人間だけがダーティな仕事を請け負っていた、といって通るものなのだろうか。被害を受けた側からすればどちらでも同じではないか。

ひとつだけ確かなことは、グアテマラはふたたび暗黒時代に逆戻りし、九六年まで四十年近くも先住民を巻き込んだ内戦状態がつづいたことだ。おそらく、ティプトリーはダレス一派を批判する自分自身の説明に納得できなかっただろう。そうした後ろめたさが彼女の内部に押さえられない

「怪物」を生む、ひとつの切っ掛けになったのではないだろうか。

「わたし」の謎

本書に収められている三篇は、ジェイムズ・ティプトリー・ジュニアが男性のペンネームを使う覆面(女性)作家であることが判明したのち、八〇年代初頭に書かれたものだ。語り手は一人のアメリカ人男性であり、一人称の語りによって物語が展開する。

もう少し細かくみてみると、語り手は、ダイビングやシュノーケリングが趣味の、老齢の実験心理学者であり物書きである。リゾートの観光客というよりは、長期滞在型の旅人である。

舞台はメキシコのユカタン半島で、かれはたんにアメリカ人の老人というより、ラテンアメリカで多少軽蔑のニュアンスをこめて呼ばれる「グリンゴ」だ。そうでなくともよそ者は信用されていないのに、この土地に居座ろうとする「グリンゴ」は、もっと胡散臭い存在だ。

その辺の事情を語り手は心得ており、かれが間借りしている農場主のドン・パッオ・カモールについて、次のようにいう。「『アメ公《グリンゴ》』。きびしい横目でわたしをじろりと見あげた。その言葉を使うときはそうするのがこの老人の癖だ」

一言でいえば、どの作品でもグリンゴの語り手は周縁的な人物として設定されている。おそらく米国でも何らかの形で疎外感を味わっているかのような周縁者として。

小谷真理は、『エイリアン・ベッドフェロウズ』(松柏社)で、ナオミ・ミチスンのSF『ある女性宇宙飛行士の回想記』(*Memoirs of a Spacewoman*)に触れて、ジェイムズ・ティプトリー・ジュニアやジェリ・S・テッパーらの面影が見られるという。「西洋文明/西洋外文明の界面に位置する白人女性科学者のコミュニケーション挫折体験がノンフィクションでも、純文学でもなく、何よりもSFとして描かれなければならなかったこと」こそに注目すべし、というのだ。彼女らのSF作品は、西洋の家父長制社会の中で疎外された白人女性知識人・科学者の挫折体験の隠喩として読むことを誘っている、と。

マーリーン・S・バーは、ジェイムズ・ティプトリー・ジュニアが「男たちの知らない女」という短篇で、フェミニストからすれば、どうしようもなく鈍感な男性の語り手になぜ物語を語らせたりするのか、その皮肉なやり口について触れて、こう語っている。

「ティプトリーは、いかに人間/男たちが日常的に個人としての女を抹消しているかを典型的に示すために、男性であるフェントンの視点を用いているのだ」(『男たちの知らない女』勁草書房)

簡単にいえば、家父長制社会における男性支配を読者の目にさらすために、あえて愚鈍な男の語り手を用いているというわけだ。だが、本書に収められた作品は、事情が少し異なる。語り手は、「男たちの知らない女」のフェントンほどにこの土地の支配・被支配の関係に鈍感なわけでない。むしろ、マヤ族の一員にしてはもらえないものの、マヤ人たちから辛うじて認知してもらっていることに感謝に近い気持ちを抱いている男だ。

ここに現実との捩れが見られる。いうまでもなく、キンタナ・ローはいまグローバル資本主義の餌食になっているからだ。キンタナ・ローのカンクーンは、もともと七〇年代以降に開発された米国資本の一大リゾート。米国の大都市から飛行機にたった二時間乗るだけで、英語が通じ、しかも文明的な快適さを断念することなく熱帯の野生やマリーンスポーツを堪能でき、おまけに世界遺産を訪ねて知的好奇心も満たすことができる観光地として人気を博している。つまり、グリンゴたちの手軽な〈植民地〉だ。

そんなリゾート感覚でここを訪れるダイバーたちの中に、マヤ族の現在に興味を持つ人が何人いるだろうか。かれらは金をもつ支配者なのだから。とすれば、ティプトリーの作品の中の語り手の態度は異常に映る。異常でなくとも、少なくとも、メキシコに導入されたグローバル資本主義の現実からは遊離した態度をとっているように映る。かれは、マヤ族からもリゾート客のグリンゴからも変人とみなされるような、いわばアウトサイダーだ。

かれをアウトサイダー的な存在に仕立てることで、ティプトリーは自らの性的、階級的、民族的なアイデンティティをカモフラージュし、匿名性を維持しながら、シリアスなテーマを語る本当の語り手＝主人公を登場させる。それは、大航海の時代の難破船の亡霊を幻視した放浪のアメリカ人青年だったり、数百年前の神と重ねて海男の失踪を語るマヤ族の漁船の船長だったり、リゾート開発のせいでゴミが海中に溜まりお化け屋敷と化したサンゴ礁の中での探険を語るべリーズのイギリス風紳士だったりする。

かつて「接続された女」において、情報消費主義時代の広告業界の暴走を痛快に揶揄したように、ティプトリーは、海に生息する亡霊のモチーフをふんだんに用いて幻想的な物語をつむぎながら、学問的な遺跡発掘がメキシコにもたらす世界遺産＋リゾートツーリズムのパラドックスを鋭く突いている。ここでは、リゾートホテル開発や世界遺産の奨励による環境破壊がもっとも大きなテーマであり、マヤ族の逆襲と大自然（海）の復讐が毒薬のように忍び込ませてある。

ティプトリーの「怪物」とは、ロバート・シルヴァーバーグが「つけ髭的な変装」と揶揄した性の仮面のみならず、多種の仮面をかぶってさまざまな支配・被支配の境界をうろつきながら、涼しい顔をして大それたテーマを物語に仕立てるそんな才能のことではないか。次のティプトリー自身の言葉がそのことを暗示しているように、ぼくには感じられるのだが……。

「どのような集団でも、支配される側は相手が自分たちのことを理解している以上に支配者側のことを理解しているもので、それと同じことだ（黒人というのは陽気なミンストレルショーの歌手のようなものだと決め込んでいる多くの支配者たちが、ある日突然、血なまぐさい革命の洗礼を受けて苦悶することになる原因はここにある）」（『ＳＦマガジン』一九九七年十二月号）（２００４・11）

愛について語るとき（リチャード・パワーズ『ガラテイア2.2』）

ギリシャ神話によれば、ガラテイアというのは、キプロス王ピグマリオンが創った女性の彫刻の名前だが、女嫌いで有名なピグマリオンは自分の創った彫刻に魅せられてしまい恋愛の女神アフロディーテがその彫刻に生命を吹き込んであげたという。

いま、そのギリシャの伝説を手がかりに、この小説を読み解けば、十年も付き合った恋人を失ったばかりの、失意の小説家の「僕」、リチャード・パワーズ（三十五歳）がフィリップ・レンツという名の科学者の手を借りて、コンピュータH機号（別名ヘレン）に「ことば」を教えていくうちに、そのマシーンに恋してしまい、裏切られる話だと読めなくもない。米国の中西部にある先端科学センターに所属する「神経経済学」のレンツ博士と小説家の「僕」は、ともに底知れぬほどに「孤独な」人間であり、そういった共通点がふたりに一種の共犯関係を結ばせる。ふたりは先端マシーンに英文科の修士課程の最終試験をパスするだけの文学的素養を教えこむことができるか、といった余興めいたプロジェクトに取り組むことになる。しかし、それは原稿用紙にして千枚近いこの小説の、ほんの一部というか、一番の外枠にある物語にすぎない。

「言ってみればこんな話だが、本当はそうじゃない」

これは小説の冒頭で、語り手の「僕」がわれわれ読者に向かっていう言葉だ。だが、実は小説の山場で、もう一度だけ使われる。「僕」がヘレンを育ててゆくうちに、彼女から懇願されてCという名の女性との過去の愛の顛末を語らざるをえなくなり、その際に前置きとして使われる言葉なのだ。

つまり、それは外枠の物語のほかにも、「愛」というものがたんに自己投影の産物にすぎぬかもしれないということを伝える同一のモチーフの物語が複数埋めこまれていることを示唆している。

それらの複数の相似形の物語が互いに照らしあいながら、最後のクライマックスで「悲しみ」の焦点を結ぶ。だから、クライマックスで読者が「僕」とともに味わう「悲しみ」は、n乗となって押し寄せてくる、という仕掛けなのだ。

内側にある相似形の物語として、UやBやEと記号化された町での恋人Cとの暮らし、あるいはUでのAとの恋愛(というより「僕」のAに対する勝手な妄想)が執拗に語られている。外枠のコンピュータとの恋愛物語だけではシェリー夫人の『フランケンシュタイン』風のファンタジーになっていただろうが、これらの自伝めいた物語のおかげで小説はリアリズムのほうに引きもどされる。

それにしても、この小説では、どうしてマシーンにヘレンという固有名が与えられ、逆に、「僕」の恋人であるはずの女性のほうがCとかAとか記号化されているのだろうか。「愛」というものが自己投影の産物にすぎず、「僕」が見て恋をしているのが対象そのもの、女性そのものではなくて、自分の欲望や無意識の反映にすぎないとすれば、すでに人格という「邪魔物」を有しているふたりの女性などより、まっさらなマシーンのほうがより「僕」にとって理想の女性に近い存在だからなのか。「僕」にとって、生身の女性は不可解きわまりなく、「謎」であるという点でどの記号を使っても違いはないからなのか。

『ガラテイア2.2』は、リチャード・パワーズの五作目にあたる作品(原書一九九五年)だが、ここでもパワーズの百科全書的知識は恐るべし、フル活動だ。科学者たちの繰りだす科学用語やコンピュータ用語だけでなく、ときに引用符なしに、英文学の詩や小説などの一節がそっと忍び込ませである。一般読者には、正直言ってマイナーな詩人や学術科学用語のことまではわからない。だから、訳者若島正の脚注はありがたかった。面白いことに、ところどころで「僕」リチャード・パワーズがそれまでの自作を解説していたりする。自伝的な要素をもりこんで、これまでの創作活動を総括する意味があったのかもしれない。デビュー作『舞踏会へ向かう三人の農夫』の出版から数えて十年目だったから。

（2002・3）

究極の推理小説　（ウィリアム・ギャデス『カーペンターズ・ゴシック』）

ウィリアム・ギャディスが一九九八年に七十五歳で没したとき、ぼくはおやっと思った。年齢的にはバースやピンチョンなどに近いと勝手に思い込んでいたからだ。しかし、どちらかといえば、ビート世代に属する作家で、奇しくも『オン・ザ・ロード』のケルアックと同年の生まれだった。実際、ハーバード大学を中退させられて、『ニューヨーカー』誌の校閲係をしていたときに、NYのグレニッジヴィレジでビートの連中と交わっていたこともあったという。

とはいえ、ビート世代特有のアメリカ文明批判の姿勢は共有するものの、小説の構築に関しては、たとえばケルアックなどとは一線を画す。合衆国を経済・政治・宗教・文化といった点からまるごと把らえようとする大胆な野心とそれにふさわしい過激な小説形式を作りあげたという意味で、ギャディスはジョン・ホークスとならんで、この世代ではポストモダン文学の先駆けといえる存在なのだ。確かにファンや学者たちを驚喜させるのは、人物たちのセリフやト書きにひそかに埋め込まれた百科全書的知識だったり他の文学作品や聖書への言及だったりするが、そんなことなど知らなくても十分に楽しめる。

一九八五年に発表された『カーペンターズ・ゴシック』は、前二作――ピンチョンにインスピレーションを与えたといわれるデビュー作『認識』(一九五五年)やポストモダン文学の金字塔ともいうべき『JR』(一九七五年)に比べれば圧倒的に短く、わかりやすい。判りやすいのは、視点人物――実は、人間ではなく、カーペンターズ・ゴシックという建物――の設定や時間の設定により、小説の舞台が固定されたせいだ。シンシア・オジックもこの本を「ギャディスがアメリカ文学の中でゆっくりと建ててきた巨大で、独創的で、向こう見ずなゴシック邸宅に付け加えた小さな塔」と、称している。が、そうはいっても、地の文と対話文を区別しない(人物のセリフには、――がつく)この小説特有のスタイルは、ときにフィクションと現実――たとえば、エリザベスの見ているTV映画とエリザベスの寝室のできごと――の境界を曖昧にして読者にめくるめく思いをもたらすし、また、舞台が固定されたといっても、物語が大資本家の娘エリザベスの不毛の生活に収斂してゆくわけでもない。カーペンターズ・ゴシックの邸内でおこる出来事を物語の前景とすれば、この小説はその向うに何十倍もの後景がひろがっているようなイリュージョンを読者の脳裏に起こさせる。

たとえば、登場人物たちの会話から、アフリカの鉱物資源の採掘権をめぐる政治家、資本家、宗教家、科学者、そしてCIAをまきこんだ陰謀がある(らしい)ことがわかる。さらには、キリスト教のアフリカ伝道もその資本主義的な陰謀の中に組み込まれている(らしい)ことも。読者は、結局、こんな風に「……らしい」と曖昧な推測しかできない。ギャディスはこういっている。「作家の義務とは、作品を書くさいに自分自身を飽きさせないこと、つまり自分自身退屈しないことである。もし作家が退屈したりすれば、読者も退屈するに決まっているからだ」と。いい換えれば、ギャディスの小説には、推理小説の要素があるということだ。といっても、単純な犯人捜しの話ではない。この小説でも、たとえば、結末でエリザベスが死んでしまうが、それがはたして事故(訳者は、あとがきで、「心臓発作」と解釈している)なのか、新聞記事がいうように他殺なのか、はっきりしない。目に見える世界の現象をただなぞるだけでなく、目に見えない悪の手と手がつながるところを想像し推理するのは、読者なのだ。

とかく難解な「実験作家」のレッテルを貼られがちなギャディスだが、ピンチョンやバースなどと同様、かれの小説はダークなユーモアに包まれている。ぼくがこの小説を読みとおすことができたのは、ひとえにそのおかげだ。たとえば、エリザベスと夫ポールの夫婦の会話はまったくかみ合わない。夫が黒人や東洋人、ヒッピーに対する口汚い人種差別的言質に彩られた金もうけの計画(妄想)を語っているあいだ、妻は退屈凌ぎに夫の大事な書類にペンで漫画を描いていたり、オークションで売られてしまった母親ゆずりの家具の心配をしているといったぐあいに。また、エリザベスと、家主で地質学者のマキャンドレスなる人物との浮気の場面も、愛撫する男の俗っぽい動作と偉そうな発言とが同時に提示され、そのギャップが笑いを誘わないではおかない。この小説では、登場人物間の発言の食い違いや、同一人物の動作と発言の食い違いから生まれるアイロニーが最大の読みどころだ。

（2000・10）

ブラックユーモアが充満したポストホロコースト小説　（レイモンド・フェダマン『嫌ならやめとけ』）

本書を読むための準備運動

(1)伝聞形式。フランス系・ユダヤ系アメリカ人のフェダマンはひそかに理想の読者を想定して創作しており、それはサムこと、サミュエル・ベケットだという。『混沌への旅』という、セリーヌの「夜の果てへの旅」をもじったようなタイトルのベケット研究書も書いている。伝聞形式の情報の怪しさ・曖昧さが『嫌ならやめとけ』の特徴である。つまり、語り手はぼく(わたし)で、主人公はノースカロライナの第八十二師団の伍長、フランス人青年だが、ときたま小説の約束事を破って、主人公自身がしゃしゃり出て一人称で自分の体験を話し出す。こうした自己解体的な過激な反《アンチ》物語を読むと、政治的、倫理的、社会的理屈をつけて、もっともらしくまとまった説話的な物語がかえってウソくさく感じるようになるから、不思議だ。

(2)偶然と脱線。フェダマンは一九四二年、十八歳のときに、ナチスによって家族(父、母、姉妹、叔父、叔母)が強制収容所へ連れ去られたという。かれだけは母の機転により、クローゼットにかくまわれ、かろうじて命拾いしたらしい(英語・仏語の二言語作品『クローゼットの中の声』

参照)。フェダマンにとって、人生とは偶然の連続、脱線の連続、迂回につぐ迂回。個人の意志や感情や人生計画など、残酷な大儀や主義の前ではひとたまりもない。かれは偉そうな大儀や主義にもたれかかることも、それらを揚げることもない。あるのは、個人のサバイバルのみだ。「本当の人生とはイズムで終わるあの糞ではない。ナショナリズム/ショーヴィズム/デイタニズム/ペシミズム/ニヒリズム/マルキズム/キャピタリズム」(第八章「スーパーマンと現実生活」)

(3)実験性と難解さ。フェダマンは三十代に沈黙を貫き、四十代になってようやく沈黙を破ったという。『嫌ならやめとけ』と姉妹作になるデビュー作『二倍かゼロか』の活字使用法の斬新さ、もちろん、ページ番号はなく、一ページで「エピソード」(というより、主人公のオブセッションの形)は完結しているので、どこから読んでもよいのだ。フェダマンは、自分自身実験作家ではない、ともいっているそうだ。芸術・文学作品を「実験的」と称する場合、よくて高級そうな印象、わるければクソ面白くもない難解な作品といった印象を与えがちだが、そういう理由からではなく、むしろ『二倍かゼロか』や『嫌ならやめとけ』でしめしたようなコンクリート・ポエムのような書き方、語り方しかかれにはできないからだ。切れ切れの記憶の断片を想像力によって補完するしかないエクリチュール。ぼくには、ちっとも難解だと思えなかった。わからないところは飛ばし読みすればいいのだから。

さて、本書は、ヨーロッパのホロコーストを逃げ延びたフランス系ユダヤ人の少年がアメリカで朝鮮戦争に出兵志願する件（時間的に、一九五〇年前後）をメインに扱っているが、テーマとしては、アメリカの夢の探求とその不可能性、希望に満ちたアメリカ大陸横断の旅とその挫折、さまざまな恋愛とたったひとつの友情（いずれも実を結ばない）、軍隊生活における生と死、語ること・書くことのウソくささといったものが見られる。しかし、どれひとつ、まともな物語に回収されることはない。ドゥルーズとガタリがいうように、「書くことは、測量すること、地図化することにかかわる」（『千のプラトー』）とすれば、読者は頭の中で、物語られた断片情報から「地図化」の営為を行ないつづける。フェダマンがいくら物語をキャンセルしたとしても、「地図」は残る。それこそが読者にとっての小説のリアリティでなくてなんだろう。

フェダマンの斬新さは、苦労して何百ページを物語った、その果てにすべてをキャンセルする裏切りにある。ふざけるな、この野郎、と読者はいいたくなるかもしれないし、一杯食わされて、ばか笑いするかもしれない。この小説はポストホロコースト小説とも呼びうるものだが、ホロコーストにまさる不条理劇はないといいたいかのように、人生を、社会を、同朋を毒舌を交えて突き刺すブラックユーモアが作品のそこらじゅうに充満している。それが同じホロコーストを扱う作家でも、センチメンタルきわまりない映画『ライフ・イズ・ビューティフル』の映画作家とフェダマンとの決定的なちがいである。

（1999・11）

「白いカラス」の声なき声

フィリップ・ロスは、米国社会の周縁で規格外れのユダヤ人として生きるとはどういうことか、を問いつづけてきた作家だ。ロスの筆が冴えるのはブラック・ユーモアをこめて、米国社会の中枢に入り込んだユダヤ人エリートのなりふり構わぬ出世主義の卑劣さを内部告発するときだ。たとえば、ベントン監督が映画化した長編小説『ヒューマン・ステイン』(映画の邦題は『白いカラス』)には、高校生の息子を有名大学の医学部に入学させるために、ライバル学生の両親に金と昇進をちらつかせるユダヤ人医師が登場する。

そんな厚顔無恥な人物を登場させること自体、ユダヤ人共同体からすれば、裏切り行為に見えるだろうが、むしろ、そうしたアウトサイダーの視点ゆえに、ぼくはロスのことを信頼できる作家だと、思ってきた。

「自由の国」アメリカ合衆国には、人種や宗教やイデオロギーにおいて、規格外の人間を排除するシステムがある。物語の舞台として、一九九八年のニューイングランドが選ばれたのは、偶然ではない。

九八年といえば、クリントン前大統領の「セックス・スキャンダル」に対し、作家ロスの表現をもじっていえば、全米中が〈迫害〉の情熱に燃えていた年である。しかも、ニューイングランドは、十七世紀以来の魔女狩りのお膝元《ひざもと》だ。「魔女狩り」をおこなうのは、アングロ・サクソン系の白人プロテスタントで、略してWASPといわれる。ワスプでない移民の子孫のうち、比較的肌の白いアイルランド人(カトリック教徒)やユダヤ人は、五〇年代頃まで、自分の人種や宗教を隠したり、名前を微妙に変えたりして、ワスプ社会に紛れ込もうとした。そうした変装《パッシング》を愚劣だ、と誰に咎めることができよう。悪のは、誰が見ても排除するシステムの方なのだから。

カサベテス監督が五〇年代後半に製作した映画『アメリカの影』をご存知だろうか。これは遺伝子のいたずらで肌の色が白と黒に分かれた黒人兄妹の悲劇を扱った先駆的な作品だ。

一方、ロスの小説では、肌の色の白い黒人コールマン・シルクがユダヤ人の仮面をかぶり、学問《アカデミー》の世界に紛れ込む。しかし、家族と縁を切り黒人の出自を抹消して営々として築きあげた地位や名声も、何気ない事件によって簡単に崩れ去る。

社会的な名誉が失墜してから、七十一歳の元教授はバイアグラの助けを借りて、狂おしいまでに恋愛の炎を燃やす。相手は三十四歳の女性フォーニアだ。映画は、歳の離れたこの二人の〈禁断の恋〉と、フォーニアの元夫によるストーカー行為とに焦点を当てる。

フォーニアは、幼い頃、母の再婚相手によって性的虐待を受けたことがある。読み書きはできないが、三つの肉体労働をこなして立派に自立している。彼女の元夫は、ヴェトナム帰還兵で、PTSD(心的外傷後ストレス障害)の患者だ。

小説にも映画にも、フォーニアが愛玩《あいがん》する、動物保護協会に飼われたカラスが出てくる。この檻の中のカラスは、人間に育てられたために野生のカラスの鳴き方を知らない。老教授だけでなく、その若い愛人もその元夫も、実は「カラスである術を知らないカラス」なのだ。作家のロスもベントン監督も、そうした規格外の、ぎこちない生き方を強いられた人間たちの声なき声を丁寧に掬《すく》いとっている。

（2004・6）

きみはテクノ・ディストピアの悪夢を見たか　（J・G・バラード『コカイン・ナイト』）

これは、南欧スペインの高級保養地を舞台にした、日本語の訳稿にして九百枚を超えるミステリの大作である。イギリスの人気旅行作家チャールズ・プレシティスは、犯行を自白した弟のことばを信じられずに、真犯人さがしをもくろむ。そして、主にイギリスの退職したエリート層のために作られた高級住宅地におもむき、そこに見え隠れする「犯罪」の迷路をさまよっているうちに、ついに出口を見失う。この小説は、セックスとドラッグと金にまつわるプロットが巧みだし、構成にも破綻がない。しかも、絶えず真犯人をめぐる核心的な謎をちらつかせるので、最後まで飽きがこない。まるでヨットに乗って、珍奇な光景が次々と現われる未開の沿岸地域をすいすい航行しているようだ。

確かに、サスペンスはこの小説を突き動かすエンジンである。だけど、バラードはただの犯人さがしをしているのではない。社会的なメッセージがそこここに埋め込まれているのだ。たとえば、監視カメラとセキュリティシステムによって過剰なまでに保護された未来の閉鎖社会、そのテクノ・ディストピアの悪夢をバラードは予告する。
小説の中で「犯罪のない閉ざされた洞窟」と表現される、そうした特殊な共同体では、かえって住民たちが生きる気力を失い、「仮死」状態に陥ってしまう。さらに、犯罪こそがそんなまどろむ共同体を活気づける「中枢神経刺激剤《アンフエタミン》」であるといった皮肉な反社会的思想がぶちあげられ、その思想を実践に移す「カリスマ」も登場する。移民たちが平等の力をもちつつあるこのポストコロニアルの時代に、自分たちだけのために高々と境界壁を張り巡らすヨーロッパの少数のエリートたち。かれらは意思のないゾンビと化して、狂人なのか救世主なのかわからない「カリスマ」にたやすく操られてしまう。バラードはそれが未来社会の一縮図といいたいのだろうか。この小説は、上質の社会派的ミステリが好きな人には、かなりのオススメ品だといえる。

（2002・4）

「世界人」の発見　（デイヴィッド・ムラ『ぼくはアメリカ人のはずだった』）

日本滞在記の体裁をとっているが、ありきたりの滞在記とちがって、この本はずっしりとした読みごたえがある。それは、きめ細かな観察と思索的な文章のおかげだ。克明なメモや日記にもとづいた文章は、ある目標にむかって思索の旅をする。ノンフィクションとフィクションのあいだの境界を自由自在に行き来しながら。

デイヴィッド・ムラは、「日系三世のアメリカ人」だが、そのことはかれ自身にとって、どっちつかずの状況を生きるということを意味する。というのも、かれは晩年に和歌山に帰郷した祖父のように「日本文化」に回帰することもできず、かといって姓名をカツジ・ウエムラからトム・K・ムラへと変え百パーセントのアメリカ人になろうとした父のように「アメリカ文化」にも同化できないからだ。

むろん、そうした「宙ぶらりん」の状況は、書き手にネガティヴにばかり働くわけではない。二つの国の文化からはじき出されることが、狭隘《きょうあい》なナショナリストへの道を閉ざし、やがてかれに自分と同様に「宙ぶらりん」の状況を生きた先達たちと連帯する、もう一つの道を発見させることになる。『ぼくはアメリカ人のはずだった』には、詩人のデレク・ウォルコットや哲学者のミシェル・フーコーなど、アウトサイダーとして生きた文学者のことばが数多く引かれている。

本書のほんとうの目標は、ここにある。既存の国境によって自らの生き方を狭めるのではなくて、「世界文化を追い求める人間」へと変わること。異なる文化に住む人びとの「もうひとつの視線」で、自分自身を見ること。本書を書くことによって、著者はパレスチナ系のアメリカ人エドワード・サイードの思想に通じるそうした「発見」を、日系人の側からなしとげた。そういう意味で、国籍はなんであれ、世界のどこでも逞《たくま》しく生きたいと思っている人にとっては、きわめて刺激的かつ有益な本である。

（2003・6）

大衆文学を読み解く眼力（尾崎俊介『ホールデンの肖像　ペーパーバックからみるアメリカの読書文化』）

「ジャケット買い」と言えば、かつて音楽がレコードの形で売られていた時代に、カバージャケットの格好いいデザインや絵を見て、中身を聞かずに買うことを意味した。尾崎俊介はアメリカのペーパーバック（廉価版のソフトカバー本）を「ジャケット買い」する収集癖があるようだ。そうした収集の合間に、『紙表紙の誘惑』という優れた研究書を上梓してしまった。

通常、学問の大道をゆく学者たちが目を向けたりしない、一見軽薄に見える分野（物語がワンパターンの「ハーレクィン・ロマンス」のような「大衆文学」）の歴史を丹念にひもとき、文学研究の盲点を突く。

本書には、大きく三つの柱がある。一、ペーパーバックの出版史、二、イギリスから始まる「ロマンス」史、三、ブッククラブの歴史。

課題へのアプローチの仕方において立派な学者の本だが、それを記述するさいの視点は「上から目線」ではない。たとえば、専門家でない読者に向けて、ページの最下段に丁寧な脚注が付されていて、しかも文章がウィットに富んでいる。隅々まで気配りが効いているのだ。

どの論文やエッセイをとっても、謎解きのように話が展開する。なかでも、本のタイトルにもなっている「ホールデンの肖像」というエッセイは、読み応えがある。ペーパーバック版の表紙に描かれた絵めぐる、人気作家サリンジャーと出版社の攻防を論じたものだが、この作家のこだわり（悪く言えば、変質者ぶり）がよくわかる。その他にも、「ハーレクィン・ロマンス」とフェミニズムとの戦いの歴史を丁寧に跡づけたエッセイや、テレビ番組「オプラ・ブッククラブ」に象徴される、文学を商売に変えるアメリカ的な「錬金術」を論じるものなど、まさに目から鱗が落ちるものばかり。

優れた著述家になくてはならない鋭い観察力や、借り物ではない知識がどのエッセイにもにじみ出ている。乾いた喉をうるおすグラス一杯の冷水のように、読後感が心地よい。（2014・1）

「複数文化」の大切さを説くイスラーム世界の思想書（アブデルケビール・ハティビ『マグレブ　複数文化のトポス』）

マグレブとは、かつてフランスの植民地だった北アフリカのチュニジア、アルジェリア、モロッコの三国のこと。アラビア語で「日の沈む場所、西」という意味だ。

アルジェリア出身のユダヤ系思想家ジャック・デリタと同様に、一九三八年モロッコ生まれの著者ハティビも、アラビア語ではなく、旧宗主国の言語であるフランス語で書く。

そして、アラブの一神教の世界とフランスの普遍主義をともに批評の俎上《そじょう》にのせる。たんに西洋による〈オリエンタリズム〉だけを批評するだけではダメで、みずからの内なる文化の闇にも批評のメスを入れなければならない、と考えるからだ。

　どちらの世界でも中心ではなく、その周縁にいるあり方を、ハティビは「余白」という言葉で説明する。「西洋の形而上学やイスラーム神学の余白に位置し、余白のうちを移動する。目覚めた余白が問題なのだ」と。そうした「目覚めた余白」を生きる人をハティビは「プロの異邦人」と呼ぶ。

　本書でマグレブ地方の多言語使用（古代アラビア語、口語アラビア語、ベルベル語、フランス語）の慣習に触れながら、執拗に語られるのは、「複数の文化」を大切にすることの重要さだ。

　アラブやイスラーム世界も一様ではない、というややもすると中東の紛争の報道では無視されがちな事柄がすっと読者に胸に入ってくる。

　これは、思考のための思考の哲学書というよりは、実践的な提言の書である。たとえば、「反ユダヤ主義とシオニズムを超えて」は、ハティビの説く「複数文化」や「他なる思考」をパレスチナ問題に応用した、きわめて政治的で挑発的な批評文だ。

　また、一見政治とは関係なさそうな他の論文でも、功利主義を武器にして世界中に格差を生み出す新しい自由主義《グローバリズム》に対する批判を展開するなど、脱植民地主義の世界的な視野を持った思想家の書ともいえるのだ。

（2004・9）

あとがき

今年の七月に、母が他界しました。生前、母が贈ってくれたコトバがあります。額に入った箴言です。

「転ばぬものに　悟りなし」

息子からすれば、母自身は生前それほど転ばなかったように見えました。でも、そんなコトバをぼくに贈るからには、自分では失敗と思える体験をしていたに違いありません。

でも、母は失敗を次のステージに進むための過程だと捉える強いメンタリティーを持っていました。失敗は課題を克服するための一つの過程にすぎない、と。

ぼくは子供の頃から臆病で、心配症でした。チャレンジ精神のかけらもありませんでした。だから、母はずっとぼくに何か新しいことにチャレンジすることを望んでいたと思います。

四十歳を過ぎてから思うところがあり、スペイン語にチャレンジすることにしました。従来の、英語中心のアメリカ文学から逸脱して、ラティーノやチカーノのバイリンガルの文学を理解するためにスペイン語は必須でした。口の悪い友達に「四十歳からの色恋と語学はうまくいかないよ」と冷やかされました。あれから二十余年経っていますが、正直なところ、さほど上達しているとは言えません。その点からだけ見れば、失敗だったかもしれません。メキシコ放浪中には自分の未熟さと愚かさで何度も悪名高いメキシコ警察の厄介になりました。キューバではビザの更新をめぐって、これも社会主義国の役人の悪名高い官僚主義によって痛い目にあわされました。

本書に収められているのは、そうした自分の逸脱や数々の失敗と時を同じくして、『日経新聞』をはじめとする新聞や、『すばる』をはじめとする文芸誌、『スタジオボイス』をはじめとするサブカル誌に書かれた文章です。拙いながら自分のコトバで思考するチャンスを(おまけに原稿料も!)くださった編集者や記者の皆さんに改めて感謝いたします。

新聞や雑誌に載った対談や鼎談も含まれています。快く再録を許可してくださった伊藤比呂美さん、管啓次郎さん、沼野充義さん、新元良一さんの諸賢には厚く御礼申し上げます。

それぞれの論考の末尾には執筆の年月だけをつけておきましたが、文章は必ずしもクロノロジカル(年月日順)に並んでいるわけではありません。年齢的には四十代後半から六十代前半にあたりますが、これまで何を書くかというより、如何に書くべきかに心を砕いてきました。自分で言うのも恥ずかしいことですが、それほど自分の考え方は変わっていない、進歩していないのかもしれません。それがきちんとクロノロジカルに並べなかった理由です。

さて、この「あとがき」は、アフロキューバ信仰の儀式の合間に書いていましたが、訃報が届きました。母のあとを追うように、父も他界した、と。父は、母のような気の利いたコトバを残してはくれませんでした。どのようなコトバを残したかったのでしょうか。いや、少しだけ振り返ってみれば、父の残したメッセージはたくさんありました。父の生きた軌跡の中に、二十代の頃のシベリア抑留から、晩年に宮沢賢治の詩「雨ニモマケズ」に曲をつけ、Ｙｏｕ　Ｔｕｂｅにアップした自作の動画にいたるまで、未だコトバにならないで、ぼくの読解を待っているメッセージの痕跡が。

五年前にキューバにおけるアフリカ伝来の信仰のババラウォ（最高司祭）になりました。司祭の仕事の一つに占いがあり、占いにはたくさんの「神話」が付随しています。その解釈には、これまで自分がやってきた文学解釈や翻訳の経験が役立っています。今後は、生と死の境界領域を扱う「ボーダー文学」の世界に入っていきます。

最後に、彩流社の河野和憲氏には、お手をわずらわせました。『壁の向こうの天使たち　ボーダー映画論』（二〇一四年）以来、お世話になってばかりです。記して感謝の意を表したいと存じます。

著者識

二〇一八年八月末日　ハバナにて

作家別索引

あ行

か行

さ行

た行

な行

は行

ま行

や行

ら行

わ行

【著者】
越川芳明
…こしかわ・よしあき…

1952年千葉県銚子市生まれ。明治大学文学部教授、副学長。筑波大学大学院博士課程文芸・言語研究科中退。専門は現代アメリカ文学。90年代半ばより米墨国境でフィールドワークを開始。2008年よりキューバのアフロ文化の調査研究に入る。2013年夏、イファ占いをするババラウォ（最高司祭）の資格獲得。主な著書・訳書に、『アメリカの彼方へ／ピンチョン以降の現代アメリカ文学』（自由国民社）『壁の向こうの天使たち／ボーダー映画論』（彩流社）『あっけらかんの国キューバ』（猿江商会）『ギターを抱いた渡り鳥／チカーノ詩礼賛』（思潮社）『トウガラシのちいさな旅／ボーダー文化論』（白水社）ロバート・クーヴァー『ようこそ、映画館へ』（作品社）スティーヴ・エリクソン『きみを夢みて』（ちくま文庫）ポール・ボウルズ編『モロッコ幻想物語』（岩波書店）『カストロは語る』（青土社）等多数。

Sairyusha

周縁《しゅうえん》から生《う》まれる　ボーダー文学論《ぶんがくろん》

二〇一八年十月三十日　初版第一刷

著者――越川芳明
発行者――竹内淳夫
発行所――株式会社 彩流社
〒102-0071
東京都千代田区富士見2-2-2
電話：03-3234-5931
ファックス：03-3234-5932
E-mail：sairyusha@sairyusha.co.jp

印刷――明和印刷（株）
製本――（株）村上製本所
装丁――宗利淳一

ISBN978-4-7791-2515-7 C0098
http://www.sairyusha.co.jp